SCHERZ

EMILY RUDOLF

DIE AUSZEIT

THRILLER

SCHERZ

MIX
Papier | Fördert gute Waldnutzung
FSC® C083411

2. Auflage, 2025
Erschienen bei FISCHER Scherz

Redaktion: Silke Reutler
Satz: Fotosatz Amann, Memmingen
Druck und Bindung: CPI books GmbH, Leck
Printed in Germany
ISBN 978-3-651-00128-2

Kontaktadresse nach EU-Produktsicherheitsverordnung:
produktsicherheit@fischerverlage.de

Für Maren,
danke für alles.

PROLOG

VIKTORIAKAPLAN.OFFICAL

Beiträge

Gefällt **torifandom4eva** und **39.061 weiteren Personen**

viktoriakaplan.offical [Anzeige]

TEAM WORK MAKES THE DREAM WORK 🤍🌚

Dafür seid ihr der beste Beweis! 900 k Menschen folgen mir mittlerweile hier auf Instagram, und es werden jeden Tag mehr. ✨
Noch 100 k, dann sind wir eine Million. 🔥
Deshalb entführe ich meine Lieblingsmenschen und mein Team (#shoutout an @justkarla.rb, die heute extra ins Hanseviertel gefahren ist, um mir und @maximilian.kaplan Smoothie-Bowls von @db.bowls zu besorgen) im Sommer auf einen absolut verdienten Wochenendtrip.
Laut ersten Hochrechnungen von Max könnten wir an diesem Wochenende die Million knacken.
Deshalb geht es in ein luxuriöses Retreat (@glowingforest retreatandlodges) im Süden Deutschlands. Auf uns warten stundenlange Massagen, Yoga, gutes Essen und unzählige Cocktails am Infinity-Pool. ✨🔥🍎🧘
Im Gegensatz zu anderen Spa-Hotels oder Retreats kann das Glowing Forest Retreat & Lodges nur von ganzen Gruppen gebucht werden! Perfekt also für Meilenstein- und Silvesterpartys, Junggesellinnenabschiede und Familienurlaube.

Auch wenn ich dieses Event im engsten Kreis feiere, werde ich euch natürlich wie immer in meiner Story mitnehmen, denn ohne euch gäbe es diese Party schließlich gar nicht! #kannskaum erwarten #fühlteuchgedrückt

Auf welche Reise freut ihr euch schon? 💭

JETZT

1 KARLA

An diesem Morgen schmeckt die Luft nach Reue.

Noch bevor ich die Augen öffne, registriere ich ein dumpfes Pochen irgendwo in meinem Schädel und einen stechenden Schmerz, der hinter meiner Stirn pulsiert wie ein zweiter Herzschlag.

Vorsichtig massiere ich mir mit den Fingerspitzen die Schläfen. Aber der Schmerz bleibt. Konstant und intensiv.

Ich brauche eine Tablette.

Langsam schiebe ich eine Hand in Richtung Nachtschrank und taste auf der glatten, kühlen Oberfläche umher. Ich bekomme ein Stück Stoff zu fassen – wahrscheinlich ein gebrauchtes Taschentuch. Ansonsten ist die Ablage leer. Stirnrunzelnd fahre ich die abgeschliffenen Kanten entlang und suche nach dem Griff, mit dem sich die flache Schublade aufziehen lässt. Nichts.

Dann fällt mir plötzlich ein, dass ich gar nicht zu Hause bin. Abrupt öffne ich die Augen und starre in den Dachstuhl. Schatten tanzen zwischen den dunklen Holzbalken umher und scheinen sich im gleichmäßigen Rauschen des Regens zu wiegen.

Hastig setze ich mich auf und bereue es sofort, als der Schmerz hinter meiner Stirn explodiert. Ich lasse mich zurück in die weichen Kissen sinken und stöhne laut auf.

»Scheiße ...« Starr liege ich da und mache eine gedankliche Bestandsaufnahme meines Körpers.

Meine Glieder fühlen sich schwer und träge an. Mein Magen krampft sich unangenehm zusammen. Mein Mund ist trocken. Auf den Zähnen fühle ich einen pelzigen Belag.

Meinen letzten Kater hatte ich vor rund drei Jahren. Max und ich hatten bei einer Pizza Margherita und einem Glas Rotwein entschieden, dass es an der Zeit wäre, ein Baby zu machen. Also hatte ich beschlossen, mich ein letztes Mal so richtig zu betrinken, bevor ich die nächsten Monate abstinent leben würde.

Bei dem Gedanken an diesen Abend setzt mein Herz einen Schlag aus, und mir dreht sich der Magen um. Als ich spüre, wie meine Zunge schwer wird, springe ich aus dem Bett und stürze mit vor den Mund gepresster Hand ins Bad.

In letzter Sekunde schaffe ich es zur Kloschüssel und übergebe mich.

Während ich mir mit der einen Hand notdürftig die Haare aus dem Gesicht halte, kralle ich mich mit der anderen an die Klobrille, um das Gleichgewicht nicht zu verlieren.

Nachdem sich mein Magen beruhigt hat, spucke ich noch einmal aus, betätige die Spülung und lasse mich auf den kühlen Boden des Badezimmers sinken. Mein Körper zittert vor Anstrengung und Kälte. Mit geschlossenen Augen taste ich nach den Kleidungsstücken auf dem Boden, die ich beim Reinrennen aus dem Augenwinkel gesehen habe, und ziehe sie ungelenk an. Als es geschafft ist, lege ich erschöpft den Kopf in den Nacken und verharre eine Weile reglos.

Es ist ein Donnergrollen, das mich zusammenzucken lässt. Verwirrt öffne ich die Augen, blinzle und schaue mich um. Es regnet noch immer, aber die Konturen der Wolken sind mittlerweile zu erkennen, und erste Lichtstrahlen fallen durch die bodentiefen Fenster ins Bad.

War es gerade eben schon so hell? Oder bin ich noch mal eingeschlafen?

Ich lausche dem lauten Prasseln des Regens, als mir einige merkwürdige Flecken auf den Fliesen auffallen. Irritiert kneife ich die Augen zusammen.

Was –

Überall auf dem hellen Steinboden sind dunkle, kreisrunde Flecken. Stirnrunzelnd fahre ich mit dem Zeigefinger über einen davon, doch er löst sich nicht. Ich befeuchte die Fingerspitze mit der Zunge, fahre erneut darüber und wende etwas mehr Druck auf. Der Fleck verschwindet.

Ich komme schwerfällig in die Hocke und sehe mich nach einer Ursache um – einer zerbrochenen Flasche, einem umgekippten Glas Wein ... Aber ich sehe nichts dergleichen.

Mühsam richte ich mich an der Wand auf. In meinem Schädel dröhnt es noch immer, und der stechende Schmerz verbindet sich mit dem Pulsieren meines Herzens, als mein Blick auf das Waschbecken fällt. Dunkle Schlieren ziehen sich entlang der Marmorierung des Beckens. Vorsichtig öffne ich den Wasserhahn, doch erst als ich versuche, sie fortzuwischen, lösen sie sich und verschwinden im Abfluss.

Unwillkürlich muss ich daran zurückdenken, wie ich mir mit 15 Jahren heimlich die Haare schwarz gefärbt habe. Ich hatte vergessen, die dünnen Plastikhandschuhe anzuziehen, und als ich mir nach einer halben Stunde endlich die Hände wusch, sah unser Waschbecken genauso aus.

Nur dass das hier keine Haarfarbe ist.

Mein Atem rauscht in meinen Ohren, als ich mich zum Lichtschalter umdrehe. Ich betätige ihn, aber es bleibt dunkel. Auch nachdem ich ihn noch ein zweites Mal drücke. Wie zur Erklärung ertönt ein lauter Knall, als ob irgendwo in der Ferne ein Blitz eingeschlagen wäre.

Ich zucke zusammen, drehe mich wieder zum Waschbecken herum und erschrecke vor meinem eigenen Spiegelbild. Meine Augen starren mir klein und leer entgegen, dunkle Ringe zeichnen sich darunter ab, und meine Lippen sind trocken und aufgeplatzt.

Doch das ist nicht das Schlimmste. Das Schlimmste sind die Flecken überall auf meiner Haut und meiner Kleidung.

Dunkle.

Rote.

Flecken.

Unwillkürlich mache ich einen Schritt zurück und starre an mir herunter. Sie sind überall. Auf meinem weißen Oberteil. Meinen Armen. Meiner Hose. Als mir der dezente Geruch von Eisen in die Nase steigt, wird mir klar, woraus die Flecken sind.

Blut.

37 STUNDEN VOR DER TAT

2 PIERRE

Die Ankunft der Gäste stand unmittelbar bevor.

Bei dem Gedanken daran durchlief mich ein nervöser Schauer, und meine Kopfhaut prickelte unangenehm. Denn heute würden nicht *irgendwelche* Gäste anreisen, sondern *die* Gäste.

Mit dem Aufenthalt von Viktoria Kaplan und ihren Freunden stand für mich und das Retreat eine ganze Menge auf dem Spiel. Wenn es ihnen hier gefiel, würden wir uns vor Buchungen nicht mehr retten können. Wenn es ihnen nicht gefiel – nun, daran wollte ich jetzt nicht denken.

Die Aufenthalte aller bisherigen Gäste kamen mir jetzt wie ein riesiger Probelauf vor. Und dieses Mal ... Dieses Mal kam es auf jedes noch so kleine Detail an.

Allerdings schien es eines dieser unumstößlichen Gesetze zu sein, dass nichts nach Plan lief, wenn es galt. Statt wie sonst bei einer Tasse grünen Tees noch einmal alle Punkte auf meiner gedanklichen To-do-Liste durchzugehen und abzuhaken, fuhr ich mit verkrampftem Magen über den Waldweg den Berg hinauf und versuchte, meinen wütenden Küchenchef am Telefon zu beruhigen.

»Ich bin gleich da«, sagte ich, als ich im Sitz auf- und abfederte und die Stelle passierte, wo der breite Weg schmaler wurde und der Regen der letzten Tage tiefe Schlaglöcher hinterlassen hatte.

»Was heißt *gleich da*? Drei Minuten? Zehn Minuten? Zwanzig Minuten?« Thomas' Stimme wurde mit jedem Wort lauter, und ich konnte es ihm nicht verübeln. Die Gäste würden in wenigen Stunden ankommen, und ich war schuld daran, dass er in der Küche stand und bis auf Kaffee nichts kochen konnte.

Dabei hatte er mich genau davor gewarnt.

»Es wird nicht reichen, die Lebensmittel am Freitag zu kaufen«, hatte er gesagt und einen tiefen Zug von seiner Zigarette genommen. *»Wir machen das doch sonst auch nicht so knapp. Manches muss eingelegt werden. Und dann die ganzen Vorbereitungen. Wie soll ich das so kurzfristig alleine stemmen?«*

Ich hatte ihn sehr gut verstanden. Nur wollte ich an diesem Wochenende einhundert Prozent sichergehen, dass nicht noch mal so was wie die Woche zuvor passierte, als ein Gast sich den Magen an schlechter Milch verdorben hatte und seinen Aufenthalt abbrechen musste.

Also war ich heute in aller Frühe aufgebrochen, um als Erster am Großmarkt zu sein. Nur hatte ich versäumt, die Wetterverhältnisse der letzten Tage einzukalkulieren. Durch den pausenlosen Regen war der Boden weich und schlammig geworden. Deshalb konnte die Fahrt ins Tal über unbefestigte Wege entlang steiler Abhänge eine beschwerliche Angelegenheit darstellen. Als ich es schließlich mit einer rund halbstündigen Verspätung runtergeschafft hatte, blieb mir zu meinem Entsetzen nichts anderes übrig, als mich in eine Kolonne von LKWs mit fremdländischen Kennzeichen einzureihen, die von der Schnellstraße abgefahren waren, weil – wie ich später im Radio erfuhr – ein betrunkener Familienvater von der Fahrbahn abgekommen war und eine Massenkarambolage mit anschließender Vollsperrung verursacht hatte.

Thomas stieß am anderen Ende der Leitung die Luft aus, und ich sah ihn bildlich vor mir. Die Zigarette im Mundwinkel, den Blick grimmig in die Ferne gerichtet, während er fortwährend wie eine dieser Wackelkopffiguren den Kopf schüttelte.

»Bis du fertig geraucht hast, bin ich oben.«

Sehr optimistisch, Pierre.

»Wer's glaubt, wird selig.« Er lachte spöttisch, was jedoch in ein kehliges Husten überging. »Ach, und der Knirps aus dem Dorf. Du weißt schon, der Sohn vom Milchbauern, ist auch noch nicht da. Ich weiß, ich habe gesagt, dass ich keine Küchenhilfe brauche. Normalerweise stimmt das auch, aber wenn du hier erst Freitag früh mit den ganzen Sachen aufschlägst, tja ... Dann garantiere ich für nichts, hab schließlich auch nur zwei Hände.«

»Wenn der Junge nicht kommt, besorge ich Ersatz oder schneide selbst das Gemüse. Aber ich bin mir sicher, dass er gleich auftaucht. Sein Vater war sehr erpicht darauf, ihm hier einen Job zu besorgen.«

Nach dem Vorfall mit der Milch war ich gleich am Mittwoch zu unserem Bauern gefahren, um die Bestellung für dieses Wochenende persönlich aufzugeben und ihn zu bitten, darauf zu achten, uns nur absolut frische Milch zu verkaufen.

Er hatte genickt und statt sich zu entschuldigen oder zu rechtfertigen seinen schlaksigen Sohn Paul mit dem pickligen Gesicht und dem gelangweilten Blick herangewunken. Es hatte mich nicht sonderlich überrascht, als er mich fragte, ob ich nicht einen Job für den Jungen hätte. Noch weniger hatte es mich erstaunt, dass er sein Anliegen eher wie eine Aussage statt wie eine Frage formulierte.

»Vielleicht hat er sich verlaufen«, überlegte ich laut.

»Ach, Quatsch. Die aus dem Dorf wissen doch alle, wo das Retreat ist ... sind ja früher immer alle hier raufgekommen, um in der Almhütte zu feiern.«

»Der Junge ist höchstens sechzehn. Und das ist doch eine Ewigkeit her mit der Almhütte. Als ich das Grundstück gekauft habe, war die ja schon seit mehreren Jahren geschlossen.«

»Na und? Soweit ich weiß, sind die Kids aber immer noch hochgekommen, um heimlich zu rauchen oder zu knutschen. Und selbst wenn der Junge noch nicht hier war, sein Alter wird ihm den Weg schon erklärt haben.«

Ich bog um eine steile Kurve, die sich hinter den Bäumen verbarg, und wollte gerade Gas geben, um die Steigung zu nehmen, als etwas oder eher *jemand* auf dem Weg auftauchte. Sofort trat ich auf die Bremse.

»Putain de merde!«, fluchte ich.

Aus dem Kofferraum kam ein lautes Poltern – wahrscheinlich die Kartoffeln.

»Was 'n los?«

»Hab den Jungen gerade fast umgefahren. Ich bring ihn mit. Bis gleich.« Ich unterbrach die Verbindung, bevor Thomas etwas erwidern konnte, und sprang aus dem Wagen. Der Junge war von seinem Rad abgestiegen und schob es unter sichtlicher Anstrengung den schlammigen Weg herauf. Er lief ungerührt weiter, und als ich die übergroßen Kopfhörer auf seinen Ohren entdeckte, wusste ich auch, wieso. Ich lief zu ihm und packte ihn an der Schulter.

Mit schreckgeweiteten Augen fuhr er zu mir herum.

»Sorry!« Ich hob beide Hände.

Er brauchte einen kurzen Moment, dann lachte er nervös. Schweiß stand ihm auf der Stirn, und er schob sich die Kopfhörer von den Ohren, aus denen laute Bässe hallten.

Ein Wunder, dass er überhaupt noch hören kann, so laut wie die Dinger sind.

»Hi, Herr Karthee. Ich bin ein bisschen spät dran. Hätte nicht gedacht, dass der Boden so beschissen ist. Man kommt ja kaum voran.«

»Schon gut. Spring rein, ich hab's eilig.«

Wir hievten sein Rad in den Kofferraum des Land Rovers, stiegen ein, und ich drückte das Gaspedal durch.

Gute zehn Minuten später erreichten wir das Retreat. Die Sonne hatte mittlerweile sämtliche Wolken vom Himmel vertrieben und spiegelte sich in den unzähligen Glasflächen des Gebäudes sowie dem angrenzenden See.

Mit quietschenden Reifen brachte ich den Wagen zum Stehen und sah zu Paul hinüber, der den modernen Bau mit den bodentiefen Fenstern, dem Naturstein und der geradlinigen Architektur mit offenem Mund betrachtete.

Ich folgte seinem Blick und entdeckte Thomas, der mit großen Schritten auf den Wagen zueilte. Er gab ein komisches Bild ab, wie er da aus dem imposanten Gebäude stürmte, verschwitzt, mit dunkler Schürze und übergroßer schwarzer Kochmütze. Als er den Kopf hob, sah er mit grimmigem Gesichtsausdruck und tiefgefurchter Stirn zu uns in den Wagen. Sein ganzer Körper war gespannt und signalisierte, dass er bereit war, das Unmögliche möglich zu machen.

»Endlich!«, hörte ich seine Stimme dumpf durch die Scheiben. Noch bevor ich den Motor ausgeschaltet hatte, war er ums Auto herumgelaufen und hatte die Kofferraumklappe aufgerissen. Ich half beim Ausladen, dann ließ ich ihn mit dem Jungen allein – wohl wissend, dass Thomas ein Experte auf seinem Gebiet war – und spritzte den Wagen kurz ab, während ich im Kopf die anstehenden To-dos durchging. Jetzt musste ich nur noch einmal alle Räume inklusive der Gästehäuser checken und dann die Aufgabenverteilung final durchgehen.

Magdalena, unsere Teamassistenz und gute Seele, war, wie Thomas, fest angestellt. Zu Beginn hatte ich noch weiteres Servicepersonal über eine externe Agentur dazugebucht, weil ich davon ausgegangen war, dass es professioneller wirkte, wenn es mehr Mitarbeiter gab und wir so unmittelbarer auf die Bedürfnisse der Gäste würden reagieren können. Allerdings hatte ich schnell festgestellt, dass das überhaupt nicht notwendig war, da zum einen zehn Gäste – das war die maximale Belegung – keine derart intensive Betreuung brauchten und es zum anderen nicht die persönliche Atmosphäre schuf, die ich haben wollte. Für meine Gäste sollte das Retreat ein Wohlfühlort sein, der ihnen maximal Privatsphäre und Entspannung versprach. Mit weniger Personal wirkte ein Aufenthalt gleich intimer, und durch den engen Kontakt war es leichter, den Gästen jeden Wunsch von den Augen abzulesen, ohne dass sie das Gefühl hatten, permanent von ungeduldigem Personal umgeben zu sein, das nur darauf wartete, dass jemand sein Glas leerte.

Seither kümmerten Magdalena und ich uns allein um die Bewirtung unserer Gäste, und es klappte wunderbar. Das Personal für Massagen oder für die Meditations- und Yogapraxis wählte ich je nach Verfügbarkeit aus einem Pool freier Mitarbeiter und Mitarbeiterinnen aus.

Als ich die Lobby des Retreats betrat, stieg mir der intensive Geruch von Salbei in die Nase.

»Hi, Chef!« Magdalena kam die breite Wendeltreppe vom Spa-Bereich herauf. Sie hatte die lockigen kupferroten Haare zu einem strengen Dutt zurückgebunden und trug ihre dunkelgrüne Uniform. Ihre rechte Hand schwang sie grazil durch die

Luft und verteilte so den intensiven Duft eines Räucherbündels in der Lobby.

Ich lächelte. »Hi, Magdalena. Alles klar?«

»Natürlich. Und bei dir? Irgendwie spüre ich gestresste Schwingungen. Schon den ganzen Morgen. Das gefällt mir gar nicht.« Sie kam zu mir herüber und begann mit dem Räucherbündel vor mir herumzuwedeln, als wollte sie mich von einem Dämonen befreien.

Wir kannten uns seit nunmehr fünf Jahren. Bei der gemeinsamen Arbeit in einigen der Chalets auf der Zugspitze drüben hatten wir uns kennengelernt und genug Zeit gehabt, mit den Eigenarten des anderen vertraut zu werden.

»Bisher liefen ein paar Dinge nicht ganz nach Plan, aber ich bin mir sicher, jetzt, wo die Lebensmittel da sind, wird alles klappen. Wenn du deinen Job gut gemacht hast – und davon gehe ich aus –, sollten sich diese Schwingungen jede Minute verflüchtigen.«

Magdalena trat in den Sonnenstrahl, der durch das Fenster fiel, und ihr Haar leuchtete mit einem Mal golden. In diesem Augenblick sah sie sehr jung aus, obwohl sie mit ihren dreißig Jahren nur zwei Jahre jünger war als ich.

»Na, dann. Auf geht's. Womit willst du starten? Den Lodges?«, fragte sie.

»Bist du denn schon damit fertig?«

»Ja. Die Betten sind bezogen, und alles ist hergerichtet. Du hattest übrigens recht, die Bettwäsche riecht deutlich frischer, wenn man sie erst einen Tag, bevor man sie aufzieht, wäscht …« Sie lief vor mir durch die offene Terrassentür nach draußen. »Die Minibars sind mit alkoholfreien Getränken bestückt, die Handtücher gefaltet und drapiert. Außerdem habe ich die Klimaanlagen eingeschaltet, so dass angenehme vierundzwanzig Grad herrschen. Dreck oder Ungeziefer konnte ich nicht finden, die Putzkolonne gestern hat gute Arbeit geleistet. Und die Räucherstäbchen habe ich angezündet. Bis die Gäste kommen, sollten sie vollständig abgebrannt sein.«

»Prima, dann lass uns das kurz checken, damit ich es von der Liste streichen kann.«

Sie nickte, und wir machten uns auf den Weg. Als wir an der Küche vorbeikamen, hörte ich Thomas irgendwelche Befehle bellen und hoffte inständig, dass uns der Junge nicht schreiend davonlief.

Wir überquerten die hintere Terrasse und folgten dem steinernen Weg bergab zu den Lodges. Diese befanden sich etwa dreihundert Meter abseits des Haupthauses, dem eigentlichen Retreat. Mit ihren dunkelgrünen Holzfassaden und den bodentiefen Fenstern passten sie sich der Umgebung perfekt an und bestachen durch Schlichtheit und Minimalismus.

Magdalena zückte einen Schlüssel sowie Einwegüberschuhe, und ich folgte ihr in die erste der insgesamt fünf Lodges am Rande des Sees.

Wie erwartet, hatte Magdalena einen hervorragenden Job gemacht. Die Zimmer waren eins a, und ich konnte mich den übrigen Punkten meiner To-do-Liste widmen.

Für einige Stunden kehrte beinahe so etwas wie Ruhe ein, doch kurz vor eins vibrierte das Retreat erneut vor Anspannung – oder es kam mir nur so vor, weil ich kurz davor war, endgültig die Nerven zu verlieren. Das Telefon hatte geklingelt.

»Manuel, du bist der Einzige, der die Route kennt. Wenn ich ein Taxiunternehmen anrufe, kann ich denen keine Adresse geben, die sie mit ihren Navis finden können. Und der Weg ist in einem Zustand, dass man keinen Ortsfremden hier raufschicken kann.«

»Ich weiß, aber ich pack's heute nicht. Ich habe vierzig Grad

Fieber und kann mich kaum bewegen. Hatte wirklich gehofft, dass es bis zum Nachmittag besser wird, aber so kann ich niemanden fahren. Am Ende stecke ich noch wen an oder so.«

Bevor ich ihm antworten konnte, klingelte es am Festnetzanschluss erneut.

»Warte mal kurz, da versucht gerade noch jemand anzurufen«, sagte ich. »Glowing Forest Retreat and Lodges. Sie sprechen mit Pierre Karthee. Hallo?«

»Hallo, hier ist Josefine Fiebig. Ich gehöre zur Reisegruppe von Viktoria Kaplan, und mir wurde gesagt, dass ich eine Stunde vor unserer Ankunft bei Ihnen anrufen soll.«

Das darf doch nicht wahr sein.

»Ah, Frau Fiebig, hallo! Ganz genau. Wann kommen Sie denn genau an?«

»Wenn alles planmäßig läuft, um vierzehn Uhr.«

»In Ordnung. Wie viele Personen reisen denn noch mit Ihnen an?«

»Ich bin allein. Viktoria und die anderen kommen aus Innsbruck, insofern …«

»Ich verstehe. Danke für die Auskunft. Dann bis gleich. Damit Sie mich erkennen, ich komme mit einem schwarzen Land Rover.«

»Alles klar, danke. Bis gleich.«

Ich beendete das Gespräch und nahm ein paar tiefe Atemzüge, ehe ich wieder zu Manuel wechselte, ihm gute Besserung wünschte, mich verabschiedete und versuchte, Kontrolle über meine Gedanken zu erlangen.

Alles ist gut.

Es wird alles gut gehen.

Du schaffst das.

Du bist nicht wie dein Vater.

Du bist bereit.

Ich betete diese Affirmationen bereits seit Tagen herunter. Jede meiner Meditationen hatte mit ihnen begonnen und mit ihnen geendet.

Wann immer ein Hindernis mich aus der Fassung zu bringen drohte, hatte ich tief Luft geholt und mich mit diesen Worten beruhigt. Gewissermaßen hatte ich sie mir eingebläut, als wären sie die Zugangsdaten zu einem Tresor voller Glück, und in gewisser Hinsicht war das auch tatsächlich so. Denn es war nicht übertrieben, wenn ich sagte, dass meine gesamte Zukunft von diesem Wochenende abhing. In den nächsten zwei Tagen würde sich alles beweisen müssen, was ich mir erschaffen hatte. Die Vorarbeit der letzten Jahre würde sich entweder auszahlen oder umsonst gewesen sein. Es würde meine Feuertaufe sein, und ich hatte nicht vor, in Flammen aufzugehen.

Dann würde ich eben selbst fahren. Ich schnappte mir die Schlüssel für den Land Rover, gab Magdalena Bescheid und machte mich auf den Weg zum Bahnhof.

Showtime.

36 STUNDEN VOR DER TAT

3 JOSEFINE

Mein Spiegelbild starrte mir ausdruckslos entgegen. Unter meinen Augen waren dunkle Ringe zu erkennen. Die Foundation, die ich heute in aller Herrgottsfrüh sorgsam aufgetragen hatte, hatte sich um Nase und Mundwinkel abgesetzt, und als ich mir in die Hand hauchte und meinen Atem roch, verzog ich mein Gesicht. »Igitt.«

Ich wandte mich der kleinen Handtasche von *Love Moschino* zu, die ich extra für diesen Wochenendtrip gekauft hatte, und zog erst einen Mint-Kaugummi und dann ein Kosmetiktäschchen heraus. Als ich mich zurück zum Spiegel drehte, stieß ich mir den Ellenbogen an der Kabinenwand. Ein stechend scharfer Schmerz schoss mir den Oberarm herauf. »Mist.«

So eine Zugtoilette war kein besonders großer, geschweige denn komfortabler Ort. Ich griff nach meinem Concealer und tupfte mir etwas davon unter die Augen, um die Nase und um den Mund.

Nur noch eine Haltestelle, dann wäre ich endlich da. Die Fahrt von Hamburg bis hierher hatte acht lange Stunden gedauert. Ich sah nicht nur aus wie ein Schlossgespenst, sondern fühlte mich auch so. Trotzdem war meine Vorfreude ungebrochen. Bereits seit Wochen musste ich jedes Mal grinsen, wenn ich an diesen Trip dachte.

Als Max mich gefragt hatte, ob ich nicht Lust hätte, ihn, seine Schwester und einige ihrer gemeinsamen Freunde zu einem Luxus-Retreat in den Bergen zu begleiten, hatte ich erst gedacht, er mache einen Witz. Mein zweiter Gedanke war gewesen, dass ich keinen Schimmer hatte, wie ich das finanzieren sollte. Zwar hatte ich einen gutbezahlten Job, aber um im Glowing Forest Retreat & Lodges Urlaub zu machen, reichte *gut bezahlt* nicht. Immerhin kosteten drei Nächte so viel, wie ich in einem Monat verdiente – brutto.

Doch bevor ich mir deswegen hatte den Kopf zerbrechen können, hatte mir Max über die Wange gestreichelt, und als ob er meine Gedanken lesen könnte, gesagt: »Keine Sorge. Der Trip ist eine Kooperation mit dem Inhaber. Unseren Aufenthalt bezahlen wir mit den Bildern und Videos, die Viktoria dort aufnehmen und posten wird. Also, hast du Lust?«

Statt einer Antwort war ich ihm um den Hals gefallen und

hatte mich später an diesem Tag noch ausgiebig bei ihm dafür bedankt.

Tja, und hier war ich nun. Müde. Glücklich. Und tierisch nervös.

Max und ich waren erst seit rund drei Monaten zusammen, und bisher kannte ich nur seine Schwester Viktoria und ihren Freund Julian – zwei der erfolgreichsten, schönsten und herzlichsten Menschen, die ich je getroffen hatte. Trotz der kurzen Zeit, die ich Teil von Max' Leben war, waren wir nun schon ein paarmal alle zusammen essen gewesen, und ich verstand mich wirklich gut mit ihnen.

Obwohl ich mich sehr freute, heute auch seine übrigen Freunde kennenzulernen, war da dieser Knoten in meinem Bauch. Denn die ganze Sache hatte – wie alle guten Dinge im Leben – einen Haken. Karla.

»Sehr geehrte Fahrgäste, wir erreichen in wenigen Minuten unseren nächsten Halt Garmisch-Partenkirchen.«

Ab jetzt gibt es kein Zurück mehr.

Ich mattierte mein Gesicht rasch mit transparentem Puder, dann warf ich alle Utensilien zurück in das Kosmetiktäschchen und stopfte es in meine Tasche. Anschließend verließ ich die Toilettenkabine und lief zurück in das Abteil, wo mir die letzten Stunden beinahe der Hintern festgewachsen war. Ich steuerte auf die Gepäckablage zu.

Bitte sei noch da. Bitte sei noch da. Bitte sei noch da.

Als mir der pinkfarbene Koffer ins Auge stach, atmete ich erleichtert auf, ehe ich danach griff, ihn herunterhievte und hinter mir her in den Türbereich zog.

Während der Zug sein Tempo drosselte, hielt ich mich an einer der Metallstangen fest und versuchte, nicht wie ein Honigkuchenpferd zu grinsen.

Ach, scheiß drauf!

Es gab keinen Grund, mich zurückzuhalten. Wir Menschen waren viel zu selten glücklich, und an diesem Wochenende würde ich es mir einfach selbst erlauben, jede Sekunde zu genießen. Ich setzte mir den Vierhundert-Euro-Lamé-Hut von Gucci auf – ebenfalls eine Anschaffung, die ich mir vor dem Trip gegönnt hatte, um mich vor den heißen Sonnenstrahlen zu schützen – und lächelte vor mich hin.

Irgendwo neben mir klingelte ein Telefon. Ein Mann – groß, trainiert, mit blonden Haaren, ungefähr in meinem Alter und einem Gesicht, das aussah wie aus einem dieser Modemagazine – zog sein Handy aus der Hosentasche und nahm den Anruf entgegen.

Ich wandte mich diskret von ihm ab und griff nach meinem eigenen. Mein Blick fiel auf die Uhrzeit. Wir würden pünktlich ankommen.

Ob der Fahrer schon da ist?

Eine Stimme riss mich aus meinen Gedanken.

»Nein, das wollte ich mit der Nachricht nicht sagen. Es war wirklich sehr schön. Ich glaube nur nicht, dass das mit uns was Festes werden kann.«

Unwillkürlich huschte mein Blick zurück in Richtung des Magazinmannes, und wie ich ihn mir so ansah, war ich mir sicher, dass das bestimmt nicht die erste Frau war, die er so abfertigte.

Er trug ein weißes Leinenhemd, eine teuer aussehende Uhr und Bootsschuhe. Über seiner Schulter hing ein lederner Weekender. Alles an ihm strotzte förmlich vor Geld, und für meinen Geschmack auch vor Arschloch, wobei Letzteres wohl von dem selbstgefälligen Lächeln auf seinen Lippen herrührte.

Unsere Blicke begegneten sich. Einen Moment hielt ich seinem stand – er konnte ruhig wissen, dass ich mitbekam, wie er mit dieser armen Person am anderen Ende der Leitung umsprang, so als versuchte er, einen Kundenberater von der Sparkasse abzuwimmeln –, dann wandte ich mich wieder meinem eigenen Handydisplay zu. In diesem Augenblick hielt zum Glück der Zug.

Der Magazinmann drückte den Knopf, um die Schiebetüren zu öffnen, und frische, warme Luft strömte herein. Er eilte nach draußen – machte nicht einmal Anstalten, mir den Vortritt zu lassen – und zündete sich sofort eine Zigarette an, obwohl er nicht mal in der Nähe einer Raucherinsel war.

Ich griff nach meinem Koffer, stieg aus dem Zug und zerrte ihn hinter mir her über den Bahnsteig. Der Bahnhof war nicht groß, und es hatte etwas Surreales, wie sich hinter den tristen stahlgrauen Säulen der Regenüberdachung die Berge majestätisch in die Höhe erhoben.

Einen feierlichen Moment lang blieb ich stehen und nahm den Anblick in mich auf, dann lief ich weiter.

Ich hatte keine Ahnung, wohin genau ich gehen musste, also folgte ich einfach dem Magazinmann und der weißen Wolke, die er kontinuierlich in die Luft blies. Seinem Stechschritt nach zu urteilen, war er nicht zum ersten Mal hier.

»Das habe ich dir ganz sicher nicht versprochen. Hör mal«, er senkte die Stimme, als ob er genau wüsste, dass es besser war, wenn seine nächsten Worte von der Öffentlichkeit ungehört blieben. »Es war wirklich schön mit dir. Das meine ich ernst. Aber ich bin nicht auf der Suche nach einer Beziehung, und ich denke, dass du mehr verdienst als das, was ich dir geben kann.« Er begann, ihr zu versichern, wie toll und besonders sie sei und dass es nicht an ihr liege, sondern an ihm.

Ich atmete die Wut aus, die bei seinen Worten in mir aufstieg. Man musste schon ein ziemlicher Mistkerl sein, um jemanden so nebenbei am Telefon abzuservieren.

Ich folgte ihm durch eine Unterführung, in der seine Stimme noch lauter von den Wänden hallte. »Es reicht. Das ist nichts, worüber wir diskutieren müssen. Das mit uns war ein One-Night-Stand. Mehr nicht«, zischte er in den Hörer.

Mit gesenktem Kopf lief ich weiter und versuchte, ein bisschen mehr Abstand zwischen uns zu bringen. Wir erreichten den Treppenaufgang zum Bahnhofsgebäude, und ich atmete erleichtert aus, als wir oben ankamen und die Gesichter anderer Menschen in mein Blickfeld gerieten.

Der Magazinmann bog ab und folgte dem penetranten Geruch von Bratfett Richtung Burger King, während ich meinen Weg nach draußen fortsetzte.

Sobald ich das Bahnhofsgebäude hinter mir gelassen hatte, umfing mich heiße, drückende Luft. Die Sonne knallte vom Himmel, als wären wir hier am Mittelmeer und nicht an einem Ort, wo die Bergkuppen noch von Schnee überzogen waren.

Ich kniff die Augen zusammen und sah mich suchend um, musste jedoch nicht lange nach dem schwarzen Geländewagen Ausschau halten. Er war deutlich größer als die übrigen Autos hier.

Mit schwitzigen Händen und vorfreudig klopfendem Herzen näherte ich mich dem Land Rover, während die Rollen meines Koffers hinter mir über den Boden ratterten. Dreck klebte am Lack und den Felgen des Autos – nicht ganz das, was ich erwartet hatte, wenn man ein Luxus-Retreat besuchte, aber wer war ich, so voreingenommen zu denken?

Als ich nur noch wenige Meter von dem Auto entfernt war, stieg ein großer Mann mit kurzen schwarzen Afrolocken, gestutztem Bart und Haremshose aus. Einen Moment lang hielt ich ihn für eine Fata Morgana. Er sah Mahershala Ali so ähnlich, dass ich mich ernsthaft fragte, ob er als Wayne Hays in *True Detective* mitgewirkt hatte – Max' absolute Lieblingsserie, auch wenn sie schon älter war. Kurz nachdem wir uns kennengelernt hatten, hatte mich Max genötigt, alle Folgen mit ihm zu schauen.

»*Das ist wie Pulp Fiction*«, hatte er gesagt. »*Man muss es einfach gesehen haben.*« Natürlich verkniff ich mir, ihm zu gestehen, dass ich auch Pulp Fiction nicht gesehen hatte.

»Hallo, mein Name ist Pierre Karthee. Sind Sie Josefine Fiebig?«, riss mich seine tiefe, ruhige Stimme aus meinen Erinnerungen.

Meine Brauen schossen in die Höhe. Ich hatte nicht erwartet, dass mich der Inhaber des Retreats höchstpersönlich abholen würde.

»Ja, ganz genau!«

Er reichte mir die Hand, und ich zwang mich, sie zu schütteln.

Hoffentlich ekelt er sich jetzt nicht, weil ich so verschwitzt bin.

»Kommen Sie, den nehme ich Ihnen ab.« Ohne meine Reaktion abzuwarten, griff er nach meinem Koffer und lief um das Auto herum.

Keine Minute später waren wir eingestiegen, und der Motor heulte leise auf, als der Besitzer ihn startete.

Im Wagen roch es intensiv nach Erdbeeren und Minze. Unwillkürlich beugte ich mich vor und ließ meinen Blick über den Beifahrersitz gleiten, in der Erwartung, dort eine Tasche mit Einkäufen zu entdecken. So verschwitzt, wie ich war, hatte ich mich lieber hinten hingesetzt.

Pierre manövrierte das Auto aus der Parklücke und fuhr los. Irgendwie hatte ich mir den großen Pierre Karthee anders vorgestellt. Businessmäßiger, mit Hemd und Chinohosen und einer von diesen rechteckigen Smartwatches, wie Max eine trug.

Die Haremshose und das beigefarbene Leinenhemd ließen ihn dagegen eher wie einen Hippie wirken und gar nicht wie den Mann, über den ich schon so viel gelesen hatte. Die Kristalle, die am Rückspiegel baumelten und leise klimpernd aneinanderschlugen, passten ebenfalls nicht zu meinem Bild von ihm. Andererseits war ein Retreat ein Ort der Erholung und Entspannung. Yoga und Meditation gehörten da selbstverständlich dazu. Und gingen die mit Spiritualität nicht irgendwie Hand in Hand?

»Sind Sie das erste Mal in Garmisch-Partenkirchen?«

Ich begegnete seinem Blick im Rückspiegel und lächelte. »Ja. Ich kann kein Ski fahren oder so was. Normalerweise kommt man wohl deswegen her.« Das war zumindest das, was ich bei Wikipedia über Garmisch-Partenkirchen herausgefunden hatte.

»Oh, ja, definitiv. Im Winter ist hier jede Menge los. Aber das spielt für uns eigentlich gar keine Rolle, denn das Retreat liegt fernab von jeglichem Trubel.« Er schenkte mir ein freundliches Lächeln und lenkte den Wagen auf einen schmalen, asphaltierten Waldweg.

»Wie lange fährt man denn bis zum Retreat?« Zwar hatte ich mir die Website angesehen, bevor ich hergekommen war, doch den genauen Standort erfuhr man, wie es da hieß, nur auf Anfrage. Die Wahrung der Privatsphäre sowie höchste Diskretion schienen Teil der Firmenpolitik zu sein.

»Eine knappe Dreiviertelstunde. Das letzte Stück, wo der Weg nicht mehr asphaltiert ist, ist im Moment etwas beschwerlich zu befahren, weil es in den vergangenen Tagen stark geregnet hat. Das wird da schnell richtig schlammig.«

Ich stieß ein kurzes Lachen aus. »Das hat den Bau sicherlich nicht besonders einfach gemacht.«

Wenn man das Retreat googelte, fand man allerhand Artikel und Blogposts auf Architektenwebsites. So hatte ich erfahren, dass Pierre nicht nur der Inhaber, sondern auch der Architekt des Retreats war. Gemeinsam mit einem befreundeten Ingenieur und Statiker hatte er sich mit dessen Bau einen Traum erfüllt. Das Potenzial seiner Idee, meisterhafte Architektur, Luxus und Exklusivität mit der malerischen Kulisse der Berge zu verbinden, hatte einige Investoren so begeistert, dass sie bereit gewesen waren, das Projekt trotz siebenstelliger Kosten zu finanzieren. Als der Bau abgeschlossen gewesen war, hatte Pierre sogar zwei Architektenpreise dafür abgeräumt.

Ob die Trophäen wohl im Retreat ausgestellt werden?

»Um Himmels willen, erinnern Sie mich nicht daran.« Er machte eine wegwerfende Handbewegung. »Das Retreat liegt zwar noch relativ weit unten am Berg, aber da keine asphaltierten Straßen bis dorthin führen, konnten wir keine normalen Lkws nutzen. Sagen wir so, es war eine Herausforderung, aber es war wert, sie anzunehmen.«

»Wie kamen Sie denn auf diesen Standort?«

»Ich wollte mein Retreat irgendwo bauen, wo die Energie stimmt. Als ich zum ersten Mal hier oben war, habe ich schon nach wenigen Minuten diese wahnsinnige Kraft in mir gespürt, fast so, als hätte der Ort mich aufgeladen. Da habe ich gewusst, dass ich genau hier bauen muss.«

Ich stellte ihm noch ein paar Fragen, die er geduldig beantwortete, ehe sich der Wald lichtete und wir einen traumhaft schönen See erreichten. Gerahmt von Bäumen, spiegelten sich die Strahlen der Sonne darin. Unweit des Sees standen unscheinbare Gebäude, die aus der Ferne beinahe aussahen wie einfache Hütten – klare Linien, kein Schnickschnack. Bei genauerem Hinsehen erkannte ich jedoch große Fensterfronten und hölzerne Terrassen mit gemütlich aussehenden Loungemöbeln.

Wir umrundeten den See, und als ich den Blick wieder nach vorne richtete, blieb mir beinahe der Mund offen stehen.

Auf einer Anhöhe erhob sich ein eindrucksvolles Gebäude. Obwohl es mit den quadratischen Säulen aus Naturstein, den Wänden, die praktisch aus Glas bestanden, und den dunklen Holzelementen mit allen Regeln des Einklangs brach, harmonierte trotzdem alles miteinander. Es wirkte modern und zugleich ursprünglich. Durch seine Farbgebung der Natur angepasst und durch die vielen Glaselemente zugleich darin versteckt.

Ich öffnete die Autotür und rutschte vom Sitz. Eine Hand auf den übergroßen Hut gepresst, sah ich mich staunend um.

»Wow.«

Eine schwebende Treppe aus Granitstein führte durch einen Vorgarten mit penibel geschnittenen Sträuchern, Bonsaibäumen und Buddhaskulpturen zu einer riesigen massiven Holztür, hinter der ich nichts Geringeres als das Paradies vermutete.

Der Geruch von frischgemähtem Gras und klarer Luft kitzelte meine Nase, und ich atmete tief ein. Ich war mir nicht sicher, ob ich jemals so reine Luft geatmet hatte. Es war, als bestünde sie ausschließlich aus Sauerstoff. Ob das die Energie war, von der Pierre vorhin gesprochen hatte? So oder so, dieser Ort war einfach magisch.

Mit großen Augen folgte ich Pierre in einem Nebel des Staunens die Treppe hinauf. Drinnen sorgten dunkle Farben für Eleganz, und saftig grüne Pflanzen vermittelten den Eindruck, die Natur würde sich das Haus zu eigen machen und mit ihm verschmelzen. Ich ließ meinen Blick durch die Lobby wandern und blieb am anderen Ende des Raumes hängen. Dort gab eine gigantische Glasfront die Aussicht über den See und den dahinterliegenden Berg frei.

Als eine rothaarige, freundlich lächelnde Frau mir ein Glas mit grünem Saft in die Hand drückte, war ich mir sicher, an einem Ort der absoluten Erholung gelandet zu sein. Die Nervosität in meinem Bauch verpuffte, und alles, was zurückblieb, war bedingungslose Freude.

Das wird ganz sicher das beste Wochenende meines Lebens.

4 KARLA

Starr vor Schreck stehe ich da und schaue zu der Frau im Spiegel. Betrachte im Licht des hereinbrechenden Morgens die blutigen Kleider an ihrem Leib.

An *meinem* Leib.

Was zur Hölle ist passiert?

Mein Magen rumort heftig, und bevor ich einen weiteren Gedanken fassen kann, höre ich einen dumpfen Knall, als ich mit den Knien auf dem harten Steinboden aufkomme und mich erneut übergebe.

Als mein Magen komplett leer ist und ich nur noch würge, fahre ich mir mit dem Handrücken über den Mund, betätige die Spülung und richte mich stöhnend auf.

Schau hin!, schreit mir eine Stimme ins Ohr, obwohl niemand neben mir steht.

Schau. Genau. Hin.

Durch einen Schleier aus Tränen beobachte ich im Spiegel, wie meine Hände den Saum des Tops hochschieben und die Haut meines Bauchs entblößen.

Ich zwinge mich hinzuschauen und meine Haut zu berühren. Doch bis auf das Blut, das durch das Top gesickert ist, kann ich an mir weder etwas sehen noch spüren.

Sofort drehe ich mich herum, suche im Spiegel hektisch erst den Rücken, dann mit den Händen meinen restlichen Körper ab, als befürchtete ich, mir wäre entgangen, dass mich jemand verletzt hat …

Doch da ist nichts.

Kein geronnenes Blut. Kein Kratzer. Geschweige denn eine

Wunde in der Größe, wie sie nötig wäre, um meine Kleidung derart mit Blut zu durchtränken.

Die Bedeutung dieser Erkenntnis sickert nur langsam zu mir durch. Irgendwann formt sich in meinem Kopf eine Frage:

Wenn es nicht mein Blut ist, von wem ist es dann?

Ich schlucke und trete vom Spiegel zurück. Mit zittrigen Beinen versuche ich, das Gleichgewicht zu halten, während ich langsam die Badezimmertür öffne. Es muss doch irgendeinen Hinweis darauf geben, was passiert ist?

Im Türrahmen bleibe ich stehen und kralle meine Finger in das robuste Holz, um gleichermaßen gegen Schwindel und Schwäche anzukämpfen, die mich mit einer unerwarteten Intensität zum Wanken bringen.

Suchend schaue ich mich im Zimmer um, ohne zu wissen, was ich zu finden hoffe. Dabei bleibt mein Blick am Wohnbereich hängen. Im schwebenden Kamin züngeln Flammen wild in alle Richtungen. Dahinter steht die Terrassentür weit offen, und ein scharfer Wind bläst ins Zimmer. Presst Kälte und Nässe gleichermaßen durch die geschlossenen Holzschiebeläden, an denen das Wasser heruntertropft und sich in kleinen Pfützen sammelt.

Mir stellen sich die Nackenhaare auf, und ich bekomme am ganzen Körper Gänsehaut.

Wie in Trance laufe ich in Richtung Terrasse, wobei mir die Kälte der Holzdielen in die Fußsohlen zwickt und mir die Waden hinaufwandert. Ich greife im Vorbeigehen nach meinem Sommermantel, streife ihn über und binde ihn fest zu, doch die Gänsehaut bleibt.

Ich erreiche das Sofa, lasse mich darauf sinken und starre in Richtung der Flammen. Wirre Gedanken rasen durch meinen Kopf, als ich kleine dunkle Löcher im Boden bemerke. Mit zusammengezogenen Brauen beuge ich mich vor und fahre mit den Fingern über den Holzboden.

Brandlöcher.

Wieso zur Hölle ist der Kamin eigentlich an? Im Juni? Habe ich ihn angemacht?

Doch so angestrengt ich auch darüber nachdenke, was mein betrunkenes Ich bewogen haben mag, mich in eine derart lebensbedrohliche Situation zu bringen –, mein Gedächtnis bleibt mir eine Antwort schuldig. In meinem Schädel ist nichts als dieser pulsierende Schmerz und eine allumfassende Finsternis, die die vergangene Nacht umhüllt wie ein Kokon.

Scheiße, verdammt nochmal. Wie viel habe ich getrunken?

Ich schließe die Augen und suche nach der letzten greifbaren Erinnerung. Ich sehe die anderen vor mir. Wir sitzen in einem Kreis um die Feuerschale herum, die Flammen erhellen unsere Gesichter. Viktorias weiches Lachen hallt durch den Wald. Der Mond steht mit einigen Sternen hoch oben am Himmel. Grillen zirpen in der Nähe des Sees, und die Dunkelheit senkt sich langsam über uns herab. Von da an gibt es nur noch Erinnerungsfetzen. Josefine, die ein schwarzes Jerseykleid trägt, in dem sie so unfassbar gut aussieht, dass mein Herz sich mit jedem Blick, den ich ihr zuwerfe, unwillkürlich verkrampft. Eine Hand mit blutroten Fingernägeln, die mir ein Schnapsglas unter die Nase hält. Danach ist nichts mehr in meinem Hirn außer Finsternis.

Aber ... Kann ich denn nicht ausschließen, dass etwas Schlimmes passiert ist? Die anderen hätten mich doch nicht hier zurückgelassen, wenn einer von uns verletzt oder –

Ein Schrei reißt mich aus meinen Gedanken. Er schrillt grell durch den hereinbrechenden Morgen. Zerreißt das gleichmäßige Prasseln des Regens und trifft mich wie ein Pfeil ins Herz.

Nein.

Binnen eines Wimpernschlags springe ich vom Sofa auf, stoße den Fensterladen zur Seite und stürme nach draußen.

Der Regen ist kalt und hart. Unerbittlich peitscht er auf mich nieder und durchweicht mich innerhalb weniger Sekunden bis auf die Knochen.

Panisch sehe ich mich um, versuche jemanden auszumachen, der geschrien haben könnte. Ich tue mich schwer damit, etwas zu erkennen, die Wolken hängen tief und verbergen viel unter ihrem weißgrauen Schleier. Erst als mein Blick den Strandabschnitt streift, nehme ich etwas wahr, das dort nicht hingehört. Einen schwarzen Schatten.

Sofort rutscht mir das Herz in die Kniekehlen und schlägt dort weiter, während sich mein Körper wie von selbst in Bewegung setzt. Ich merke, wie ich den Atem anhalte.

Dort, im strömenden Regen, steht eine Gestalt. Sie wirkt gekrümmt, scheint sich von etwas abgewendet zu haben.

Von etwas, das auf dem Boden liegt.

Von etwas, das sich nicht bewegt.

Von etwas, das aussieht, als könnte es ein Körper sein.

Nein. Nein. Nein.

Das Blut rauscht in meinen Ohren, während meine nackten Füße in der durchweichten Erde versinken. Mit jedem Schritt, den ich mich dem Strand nähere, mit jedem Schritt, der die Konturen deutlicher werden lässt, scheint mein Geist sich weiter von meinem Körper zu entfernen.

Eine Frau schaut mich aus schreckgeweiteten Augen an. Das Gesicht bleich vor Entsetzen.

»Ich habe sie einfach dort gefunden, ich –«

Ihre Worte verschmelzen mit dem Prasseln des Regens, werden zu einem Dauerrauschen irgendwo weit von mir entfernt.

Ich sacke auf die Knie, spüre, wie sich harte Sandkörner in meine Haut pressen. Reflexartig schiebe ich das Kleid, das den wachsbleichen Körper umhüllt, hoch, bis ein schwarzer BH sichtbar wird, beuge mich vor und presse meine Handballen auf den Brustkorb. Ich verlagere mein Gewicht nach vorn und drücke.

Eins.

Zwei.

Drei.

Ich höre nicht auf, mache weiter, bis meine Arme schmerzen und ich meine, ein sanftes Heben zu spüren. Erst da lasse ich von ihr ab, beuge mich weiter vor und lege Daumen und Zeigefinger um ihre Nase, drücke sie zu und presse meine Lippen auf ihre, atme in sie hinein, als würde ich sie aufblasen wollen wie einen Luftballon.

Eins.

Zwei.

Ich schnelle hoch, platziere meine Hände wieder auf ihrem Brustkorb. Und drücke. Immer und immer wieder.

Wieso atmet sie nicht?

Tränen steigen in mir auf, als ich erneut versuche, meine Luft mit ihr zu teilen, um sie zurück ins Leben zu holen.

Plötzlich werden Stimmen laut, schallen in meinen Ohren. Sie formen Worte, klingen hoch und schrill. Aber ich habe keine Zeit, ihren Sinn zu verstehen.

Ich. Muss. Sie. Retten.

Doch da packen mich bereits Hände an den Armen und zerren mich von ihr weg.

Ich schreie, schlage um mich, weine, doch so sehr ich auch versuche, mich zu wehren, die Hände lockern ihren Griff nicht. Stattdessen spüre ich warmen Atem an meinem Ohr, vernehme geflüsterte Worte, die sich erst nach einer ganzen Weile in meinem Kopf zu einem Sinn zusammensetzen.

»Sie ist tot.«

»Nein«, wimmere ich und versuche, mich ein letztes Mal loszumachen, drücke mich gegen den Arm, der mich festhält.

Etwas reißt, und endlich komme ich aus der Umklammerung frei, winde mich heraus und taumle zu ihr zurück.

»Bitte nicht«, flehe ich. Darum, dass es nicht wahr ist. Darum, dass ich nicht diejenige bin, die es getan hat.

Jemand packt mich an den Handgelenken und zieht mich hoch und von ihr weg. Meine Beine geben nach. Erneut sacke ich in den Sand, spüre jedes einzelne Korn wie Nadelstiche in meiner Haut.

Sie ist tot.

Ich vergrabe die Hände im Sand, um Halt zu finden, wo keiner ist. Schließe die Augen, um nicht zu sehen, was mich von jetzt an bis in den tiefsten Schlaf verfolgen wird.

Nasses Haar. Wirr und glanzlos.

Haut blass wie Kerzenwachs.

Weitaufklaffende, blutleere Schnitte. In ihrer Brust. Ihrem Bauch. Ihrem Hals.

Überall.

36 STUNDEN VOR DER TAT

5 VIKTORIA

VIKTORIAKAPLAN.OFFICAL

Beiträge

Gefällt **pierre_karthee_** und **29.152 weiteren Personen**

viktoriakaplan.offical [Anzeige]

Wenn @julianjaster_photography hinter der Linse ist und versucht, einen zum Lachen zu bringen, kann man nicht anders ... Selbst dann nicht, wenn man seinen Flug verpasst hat. 🙃

Ja, wir sitzen immer noch auf Malta. Aber immerhin schon auf der Startbahn, denn dank @justkarla.rb haben wir Plätze gleich für den nächsten Flug bekommen. In ein paar Minuten heben wir auch schon ab. ✈
Dann heißt es für uns: Bye bye Malta, hello paradise. Dieses Wochenende geht es für uns nämlich hoch hinaus in die Berge, auf unserem Wochenendtrip ins @glowingforestretreatandlodges. Dort erwarten uns Sonne, Spaß, Erholung und eine wilde Party! Denn es fehlen nur noch 1 k, bis wir eine Million sind. 😍

Ich nehme euch natürlich das ganze Wochenende über mit, und falls ihr Wünsche habt und irgendwas Besonderes sehen wollt, schaut in meiner Story vorbei – dort findet ihr einen Fragesticker. 💭 Wenn wir dann wieder festen Boden unter den Füßen haben, werde ich mir eure Wünsche anschauen und sehen, was sich davon umsetzen lässt. 😇
Und was habt ihr so fürs Wochenende geplant?

Swipet einmal nach links, wenn ihr sehen wollt, wie Julian am Gate rumlungert und meine Fotos bearbeitet. 📸 #bestboyfriendintheworld #couplegoals

Julian, mein #bestboyfriendintheworld, saß neben mir auf einem der engen Flugzeugsitze und gab sich alle Mühe, meinen bohrenden Blick zu ignorieren. Der Computerbildschirm spiegelte sich blau in seiner dunkel gerahmten Brille, und die Art, wie sich sein Kiefermuskel anspannte, bewies mir, dass er sehr wohl merkte, dass ich ihn ansah. Doch er gab weiterhin vor, mit der Konzentration eines Bombenentschärfers in seine Arbeit vertieft zu sein.

So war er immer am Tag *danach*. Abweisend.

Kurz spielte ich mit dem Gedanken, meinen Kopf auf seine Schulter zu legen. Ich wollte ihm nah sein, den herben Duft seiner Rasierseife riechen und seine Wärme spüren. *Ihn* spüren.

So war *ich* immer am Tag danach. Bedürftig.

Ein unüberwindbarer Konflikt. Deshalb trafen wir uns meist irgendwo dazwischen. So wie heute. Räumlich nah beieinander, emotional Welten voneinander entfernt. Die Stille schweigsamer Zeuge unserer Übereinkunft, bis er irgendwann etwas sagte und wir wieder zur Normalität zurückkehrten.

Unwillkürlich dachte ich an den Hinflug. Da hatte die Distanz nur zur Erde bestanden. Julians Hand hatte auf meinem nackten Oberschenkel geruht, wo sein Daumen sanft über die empfindliche Haut gestrichen hatte. Ein intensives Kribbeln war mir in den Bauch geschossen, und für einen Moment hatte ich mit dem Gedanken gespielt, ihn in die Toilettenkabine zu locken. Dort wollte ich meine Hände in seinem schwarzen Haar vergraben und mich von ihm nehmen lassen, bis ich kam. Es wäre nicht das erste Mal gewesen. Aber es gab vielerlei Gründe, warum Orte wie diese sich tatsächlich nur in Filmen dazu eigneten, es miteinander zu treiben. Also hatten wir uns geduldet, bis wir im Zimmer angekommen waren, wo Julian sogleich die Vorhänge zugezogen, mich aufs Bett geworfen und von hinten gefickt hatte, bis ich nur noch zitterte.

Gedankenverloren bewegte ich den Kiefer nach links und rechts. Machte den Mund auf und wieder zu. Der Druck auf meinen Ohren wollte sich nicht lösen.

Julian hielt mir eine Packung Kaugummis hin, sah jedoch nicht von seinem Laptop auf. Wie gesagt – nah beieinander und trotzdem Welten entfernt.

Ich nahm mir ein Kaugummi und drückte liebevoll seinen Arm, bevor ich ihm ein zaghaftes Lächeln schenkte. Nun löste er seinen Blick doch noch von dem Computer, auf dem er gerade einige meiner Hautunreinheiten auf einem Foto wegretuschierte.

Hab ich dich.

Ein Lächeln zupfte an seinen Mundwinkeln, aber es erreichte seine Augen nicht. Das tat es in letzter Zeit nie. Julian lächelte eher so, wie Menschen es taten, die sich auf einer Beerdigung trafen. War es das, was mit uns passierte? Starb ich für ihn mit jedem Mal ein bisschen mehr, wenn ich *es* tat?

Er schob die Brille hoch und wandte sich wieder seinem Laptop zu. Ich seufzte und beobachtete, wie er das Foto weiterbearbeitete.

Wenn er das heute noch fertigbekommt, könnte es Karla noch an byaphrodite *rausschicken.*

Ich sah zu Karla hinüber, die gemeinsam mit Max, meinem Bruder und Manager, in derselben Reihe auf der anderen Seite des Ganges saß. Wir kannten uns seit mittlerweile fünfzehn Jahren, und sie war nicht nur meine beste Freundin, sondern auch meine persönliche Assistentin. Sie hatte den Oberkörper nach vorn gebeugt und die Hände um die Lehne des Vordersitzes gekrallt.

Ich formte ein stummes »Oh«, als ich ihrem Blick aus glasig braunen Augen begegnete.

»Was ist los, hast du deine Reisetabletten nicht dabei?« Durch den Druck auf meinen Ohren klangen meine Worte dumpf und unnatürlich leise.

Statt einer Antwort schüttelte sie nur den Kopf und ließ die Stirn wieder gegen den Sitz sinken.

Ich drehte mich zu Julian – er war noch immer mit demselben Pickel beschäftigt – und zog ihm behutsam einen der Kopfhörer aus dem Ohr. Irritiert sah er von seinem Bildschirm auf. Er war es nicht gewöhnt, dass *ich* das Schweigen zwischen uns als Erste brach.

»Hast du Reisetabletten dabei? Karla geht's nicht so gut.« Ich deutete mit dem Kopf in ihre Richtung.

Julian zog die dichten Brauen zusammen und blickte über den Rand seiner Brille zu ihr hinüber. »Puh, ich glaube nicht. Höchstens eine, die hundert Jahre alt ist. Nehme die Dinger ja nur, wenn ich 'nen Kater hab.« Er beugte sich zu seinem Rucksack hinunter.

Wenn das so ist, müsstest du ja eine ganze Packung dabeihaben.

Er trank in letzter Zeit mehr als üblich. Deutlich mehr. Als hätten die Schicksale anderer Menschen nicht eindrucksvoll genug gezeigt, dass Alkoholmissbrauch zu nichts führte außer zu Sucht und Zerfall.

Er kramte in den Fächern des Rucksacks herum, schüttelte nach einer Weile den Kopf.

»Hast du denn keine? Du schleppst doch dieses Medizintäschchen mit dir rum.«

»Ja, aber da sind keine drin, mir wird ja so gut wie nie schlecht.«

»Verstehe. Tja, also, ich habe leider auch keine.« Er nahm mir seinen Kopfhörer wieder aus der Hand.

»Wie sieht's aus, meinst du, Karla kann die Fotos nachher noch zur Freigabe an den Kunden schicken?« Ich legte jetzt doch mein Kinn auf seiner Schulter ab.

Er zoomte aus dem Bild und drehte den Laptop zu mir, wobei er mir seine Schulter entzog.

Das Foto zeigte mich auf einem großen Stein, umgeben von türkisfarbenen, glasklaren Wellen mit weißen Schaumkronen. Ich trug einen quietschgelben Badeanzug, und mein Hals und meine Finger waren voll von hochkarätigem Goldschmuck.

»Was meinst du? Also, was den Filter betrifft? Hier und da muss ich noch ein paar Kleinigkeiten anpassen, du weißt ja, wie anspruchsvoll sie sind. Sobald das erledigt ist, kann's meiner

Meinung nach aber raus.« Er sah weiterhin auf das Bild, was wohl den Eindruck erwecken sollte, er würde nachdenken, aber ich wusste es besser. Er wollte mir nicht in die Augen sehen, weil meine Augen schon immer das waren, was er an mir am schönsten fand. In meine Augen hatte er sich damals zuerst verliebt.

»Es geht nicht um die Farbe, Tori. Es ist der Ausdruck darin. So ehrlich und intensiv. Ich habe mich noch nie so gesehen gefühlt. Es ist, als würdest du direkt in meine Seele blicken. Man will dir sofort alles offenbaren, was man zu bieten hat«, hatte er mir Monate nach unserem Kennenlernen verraten. Damals, als ich ihn fragte, wann er sich in mich verliebt hatte, und als wir uns bis zum Morgengrauen immer und immer wieder geliebt hatten, high vor Endorphinen und Schmetterlingen im Bauch.

»Tori?« Noch immer sah er nicht auf.

Weil er weiß, dass er nicht länger abweisend zu mir sein kann, wenn er mir in die Augen sieht.

»Sorry.« Ich blinzelte die Gedanken fort. »Kannst du die Orangetöne etwas abdunkeln? Ich sehe ein bisschen blass aus. Ansonsten find ich's super.« Unsere Campaign Managerin bei *byaphrodite* war wirklich anspruchsvoll. Da das Unternehmen mich und mein komplettes dreiköpfiges Team für mehrere Tage in eine private Villa mitten am Strand einquartiert und nur so mit Geschenken und Geld überhäuft hatte, durften sie das allerdings auch sein.

Julian drehte den Laptop zu sich herum. »Klar.«

Ich wandte mich wieder Karla zu, begegnete stattdessen jedoch Max' Blick. Er saß neben ihr am Fenster und formte mit seinen Lippen ein stummes »Und?« Offenbar hatte er das Gespräch zwischen mir und Julian beobachtet.

Sein Laptop stand vor ihm auf dem Klapptischchen und warf grelles Licht auf sein Gesicht.

Ich hob den Daumen in die Höhe, und er machte sich direkt daran, die Mail für den Kunden zu tippen. Eigentlich übernahm Karla solche Aufgaben, aber anscheinend hatte er beschlossen, ihr unter die Arme zu greifen.

Ein eingespieltes Team.

Vorsichtig löste ich den Gurt und verließ den Sitz. Es tat gut, die Beine lang machen zu können. Normalerweise flogen wir nicht Economy, sondern Business. Wenn man viel flog, war das das einzig Vernünftige – mehr Platz, mehr Ruhe ... Oder um es mit den Worten meines Bruders zu sagen: Mehr Komfort zum Arbeiten. Doch da wir den ersten Flug verpasst hatten, waren wir froh gewesen, überhaupt alle zusammen mit dem nächsten Flugzeug wegzukommen.

Ich streckte mich kurz, dann bahnte ich mir einen Weg durch den Mittelgang – vorbei an herumzappelnden Kleinkindern und über ausgestreckte Füße hinweg –, um zu den Flugbegleiterinnen zu gelangen.

Als ich das Ende des Flugzeugs erreichte, lächelte mich eine uniformierte Dame mit roten Lippen an.

»Hi, entschuldigen Sie. Haben Sie vielleicht eine Reisetablette? Meiner Freundin ist schlecht.« Mit dem Zeigefinger deutete ich in Karlas Richtung, auch wenn ich mir nicht sicher war, ob die Flugbegleiterin sie hinter den ganzen Köpfen der anderen Passagiere überhaupt ausmachen konnte.

»Natürlich.« Sie zog einige Schubladen an der Wand auf, ehe sie die richtige erwischte, einen Blister mit Tabletten herausnahm und eine rosafarbene Pille in meine Hand drückte.

»Danke.« Lächelnd wandte ich mich um und wankte zurück zu Karla, die noch immer genauso dasaß, wie ich sie zurückgelassen hatte. Behutsam strich ich ihr über den Rücken.

»Hey, schau mal.«

Karlas Blick wanderte erst über mein Gesicht und verharrte

dann auf meiner Handfläche, wo sie die Pille entdeckte. »Du bist ein Schatz. Ich hätte die Landung sonst echt nicht überlebt.«

Ich lächelte gequält, als ich an unseren ersten gemeinsamen Flug zurückdenken musste. Wir waren gerade mal vierzehn gewesen und hatten mit einer Gruppe von Jugendlichen einen geführten Fünf-Tages-Trip nach New York gemacht. Es war ein Geschenk zur Jugendweihe gewesen und unsere erste Reise ohne Eltern. Direkt nachdem das Flugzeug abgehoben hatte, war Karla die Farbe aus dem Gesicht gewichen, und ich erinnerte mich noch daran, wie ich für einen Moment dachte, sie würde draufgehen. Aber als sich ihr Gesicht dann grünlich verfärbte und sie später in eine Papiertüte kotzte, war ich zumindest diese Sorge los. Für ein paar Sekunden bildete ich mir ein, den säuerlichen Geruch von damals wahrzunehmen.

»Nicht der Rede wert.«

Langsam richtete ich mich auf und wollte mich gerade zurück auf meinen Sitz setzen, da spürte ich eine sanfte Berührung am Arm.

Ich drehte mich um und begegnete dem freundlichen Gesicht der Flugbegleiterin, von der ich die Tablette bekommen hatte.

»Da hinten sitzt eine junge Dame, die ähm …«, sie strich sich eine nicht vorhandene Strähne aus der Stirn, »Ihnen auf Social Media folgt und gerne ein Foto mit Ihnen machen würde. Wäre das okay für Sie?«

Das war noch ein Grund, weshalb ich nicht gerne Economy flog. Niemand wollte mit fahlem Gesicht, trockenen Augen und angeklatschten Haaren für Selfies posieren. Natürlich hätte ich ablehnen können, aber ich verdankte diesen Menschen, meinen Fans, alles. Ein Nein kam also nicht in Frage.

»Klar.« Ich lächelte und ließ mich von der Stewardess zu dem kleinen Mädchen bringen. Sie war vielleicht zwölf, und als sie mich sah, begann sie derart heftig nach Luft zu schnappen, dass ich mir sicher war, sie würde jede Sekunde in Tränen ausbrechen. Was sie dann auch tat. Gerade bei jüngeren Mädchen hatte ich das schon sehr oft erlebt. Um sie nicht in Verlegenheit zu bringen, tat ich so, als würde ich es nicht bemerken, und unterhielt mich einfach noch ein paar Minuten mit ihr.

Als ich kurz darauf meinen Platz wieder erreichte, erklang auch schon das Anschnallsignal, gefolgt von einem Knacken der Lautsprecher.

»Sehr geehrte Damen und Herren, wir befinden uns nun im Landeanflug.«

Nach einer holprigen Landung, einem unnötigen Zwischenstopp bei Starbucks, gefolgt von einem verpassten Zug und einer einstündigen Taxifahrt ohne Klimaanlage erreichten wir den Bahnhof von Garmisch-Partenkirchen bei wolkenlosem Himmel und strahlendem Sonnenschein.

»Es ist wirklich wahr … Wenn ihr kommt, geht die Sonne auf«, hörte ich eine mir nur allzu vertraute Stimme sagen, als ich die Tür des Taxis aufstieß und einen Fuß auf den Asphalt setzte.

»Hey, Mann!« Julian war bereits ausgestiegen, um den Wagen gelaufen und begrüßte seinen besten Freund Sebastian. Vor rund neun Jahren war er gemeinsam mit ihm zu unserer Clique dazugestoßen. Während seines praktischen Jahrs hatte er sogar für eine Weile bei uns gewohnt, weil er aus seiner Wohnung geflogen war und wir ja so gut wie nie da waren.

Da er, bevor seine Zeit als Assistenzarzt angefangen hatte, noch für ein paar Wochen durch Australien gereist war, hatten wir ihn jetzt eine ganze Weile nicht mehr gesehen.

Julian ballte die Hand zur Faust. Sebastian stieß mit seiner dagegen, dann vollführten sie eine schnelle Abfolge über Jahre sorgsam einstudierter Bewegungen, bevor sie sich umarmten und einander auf den Rücken klopften.

»Tut gut, dich zu sehen«, sagte Julian.

»Kann ich nur erwidern, Alter.« Sebastians Blick fand meinen. Ich schluckte, dann zwang ich mich zu meinem breitesten Grinsen, als die beiden sich voneinander lösten und Sebastian zu mir herüberkam. Eine blonde Strähne hing ihm kommaförmig in die Stirn, und er strahlte mich mit seinem besten Zahnpastalächeln an. Wie früher hob er mich hoch und wirbelte mich um seine Achse.

»Ich fasse es nicht, dass du hier bist«, sagte ich.

»Ich auch nicht« Er senkte die Stimme. »Aber ich bin froh, dass es so ist.«

Ich versteifte mich, als seine Worte heiß mein Ohr kitzelten und mir sein beißender Geruch nach Zigaretten in die Nase stieg.

Er setzte mich wieder ab, trat etwas zurück und musterte mich. »Wunderschön wie immer.« Er zwinkerte mir zu und hauchte mir im Anschluss einen Kuss auf beide Wangen.

Jetzt ging Max einen Schritt auf Sebastian zu, doch der schüttelte nur grinsend den Kopf und beugte sich stattdessen zu Karla herüber.

Sie sah schon viel besser aus als im Flugzeug, wenn auch noch immer etwas blass und abgekämpft.

»Die Dame zuerst.« Sebastian hauchte auch ihr einen Kuss auf beide Wangen, und zu meiner Überraschung errötete Karla. Nicht stark, es war nur ein flüchtiger Schimmer, der ebenso schnell verflog, wie er gekommen war.

Mein Blick folgte Karla, die sich von uns entfernte und zu einem dunklen Wagen lief. Dort schien sie sich mit jemandem durchs Fenster zu unterhalten. Die Autotür wurde geöffnet, mit einem satten Knall zugeworfen, dann kam sie gemeinsam mit dem Fremden zu uns.

»Herzlich willkommen in Garmisch-Partenkirchen! Ich bin Pierre Karthee. Der Inhaber des Glowing Forest Retreat and Lodges.«

»Ah, wir haben telefoniert. Ich habe Sie gar nicht bemerkt, entschuldigen Sie.« Max streckte ihm die Hand entgegen. »Maximilian Kaplan.«

»Hi. Viktoria.« Ich griff ebenfalls nach Pierres Hand. Sie war warm, sein Händedruck fest. Unwillkürlich musterte ich den Mann mir gegenüber. Ich hatte ihn mir völlig anders vorgestellt. Blond mit schulterlangem Haar, das er zu einem Dutt gebunden trug, und mit einer Energie, wie sie diese Männer ausstrahlten, die mit einer Katze auf dem Rücken durch Bali wanderten. Stattdessen handelte es sich um einen Hünen mit kurzem schwarzem Haar, aufmerksamen tiefbraunen Augen und einem einnehmenden, herzlichen Lachen. Ein herber Duft von Männerschweiß umgab ihn. Nicht von der unangenehmen Sorte, eher von der, die ein bisschen nach Salz und Sex roch.

»Entschuldigen Sie die Verspätung, wir haben den ersten Flug verpasst«, sagte ich.

»Kein Problem, jetzt sind Sie ja da.« Er lächelte, und erst als er seine Hand aus meiner löste, merkte ich, dass ich sie noch immer umschlossen hielt. Er begrüßte Sebastian und Julian, dann rollten wir unsere Koffer zum Heck des Wagens.

»Geile Karre«, hörte ich Sebastian sagen. Pierre fuhr einen Geländewagen mit dicken Rädern und drei Sitzreihen.

»Ja. Braucht man bei den hiesigen Wetterbedingungen«, erwiderte Pierre. Seine Stimme hatte etwas Beruhigendes und erinnerte mich an die von Doktor Denings, einem älteren Mann von gedrungener Statur mit weißgrauem Bart und gütigen Augen, bei dem ich nach meiner Schulzeit in psychologischer

Behandlung gewesen war. Seine Stimme war von ebenjener Sanftheit und Ruhe, die ich auch in Pierres wahrnahm.

»Bitte steigen Sie ein. Ich kümmere mich nur schnell um Ihr Gepäck. Dann kann es auch schon losgehen.«

Ich rutschte neben Karla in die zweite Sitzreihe.

»Brauchen Sie Hilfe?«, fragte ich und sah auffordernd zu Julian hinüber, der gerade hinten einstieg.

»Nein, geht schon. Danke.«

Während Pierre die Koffer einlud, lehnte Sebastian draußen an der offenen Tür und steckte sich lässig eine Zigarette zwischen die Lippen.

»Rauchen kann tödlich sein«, sagte ich.

Sebastian lachte. »So wie alle schönen Dinge im Leben«, erklärte er augenzwinkernd und nahm betont genüsslich einen Zug.

Grinsend lehnte ich mich im Sitz zurück.

»Dann wollen wir mal«, verkündete Pierre, nachdem er sich hinters Steuer gesetzt hatte.

Sebastian warf die Kippe auf den Asphalt, ehe er zu uns in den Wagen stieg und die mir nur allzu vertraute Schwade Zigarettenrauch mit hereinbrachte. Er setzte sich in dieselbe Reihe wie Julian, dann schlossen sich die Türen.

Pierre schaltete das Radio ein, drehte es aber sofort leise.

»Wie geht's? Hattet ihr einen guten Flug?«, hörte ich Sebastian von hinten fragen, während sich das Auto in Bewegung setzte.

»Geht so ... Wir sind Economy geflogen«, sagte ich und drehte mich nach hinten, damit er mich besser verstehen konnte.

»Ach, du meine Güte. Wie furchtbar.« Sebastian zog das letzte Wort in die Länge und lachte.

»Das kannst du laut sagen«, erwiderte ich, konnte mich aber

selbst nicht ernst nehmen. Unsere Blicke trafen sich ein paar Sekunden zu lang, und als ich meinen endlich von seinem losriss, begegnete ich dem von Julian. Sofort senkte ich die Lider und drehte mich wieder nach vorn.

»Seit wann bist du eigentlich hier?«, fragte mein Bruder, der sich wie immer den Beifahrersitz gesichert hatte.

»Ach, ich bin schon vor ein paar Stunden mit dem Zug angekommen. Dachte nur, ich warte hier auf euch. Musste sowieso noch ein paar Telefonate führen.«

»Ah, okay.« Max nickte und rieb sich den Nacken.

»Ist Josefine schon oben?«, rief Julian nach vorn. Karla neben mir versteifte sich.

»Wer ist Josefine?«, hörte ich Sebastian fragen.

Mein Blick huschte zu Karla. Ihr Gesicht wirkte wie eingefroren. Sie schluckte, dann begann sie an ihren Lippen herumzuzupfen. Ich griff nach ihrer Hand und drückte sie.

Max räusperte sich. »Das ist meine Freundin«, erklärte er.

Sebastian klappte buchstäblich die Kinnlade herunter. Offenbar hörte er das zum ersten Mal. Beinahe hätte ich ihn gefragt, ob Julian denn nichts erzählt hatte, aber ich biss mir gerade noch auf die Zunge. Mein Bruder und Karla sollten nicht denken, dass wir hinter ihren Rücken über die Trennung sprachen, so wie Jugendliche sich auf dem Schulhof über den neusten Klatsch und Tratsch ausließen.

Einen Moment herrschte unangenehmes Schweigen zwischen uns, doch dann klingelte zu meiner Erleichterung Max' Telefon und löste die Beklemmung auf, die im Begriff gewesen war, sich auszubreiten.

»Sorry, da muss ich rangehen.«

Während Max telefonierte, richtete sich Sebastian an Karla und mich.

»Das wusste ich ja gar nicht«, murmelte er und sah Karla an.

Sie hatte sich ihm zugewandt und zuckte ein bisschen zu lässig mit den Schultern.

»Wie war es in Australien?«, fragte sie.

Er verstand den Wink und begann zu erzählen.

Ich zückte währenddessen mein Handy und scrollte durch Instagram. Dabei schnappte ich hier und da ein paar Worte und Sätze von Sebastian auf.

»Ich liebe dieses Land.«

»Die Menschen dort sind einfach ganz anders als hier. Keine schlechte Laune, keine Ignoranz.«

»Ich hätte echt nicht gedacht, dass mir das Surfen so liegt.«

»Manch einer muss wochenlang trainieren, um überhaupt auf dem Brett stehen zu können, aber irgendwie habe ich es geschafft, schon am ersten Tag eine Welle zu reiten.«

In dem Moment, als er das sagte, ging eine SMS bei mir ein. Sie kam von einer unbekannten Nummer. Sofort versteifte ich mich.

Ich lösche sie einfach. Ich schaue gar nicht erst rein.

Doch entgegen meinen Gedanken tat ich das nie. Es war, als existierte da dieser masochistische Teil in mir, der es lesen *wollte*.

Also öffnete ich die Nachricht.

> Na, du kleine Fotze, wie geht es dir heute? Ich hoffe, du genießt dein Wochenende und stürzt nicht versehentlich einen Abhang hinunter. Die Berge können sehr steil sein.

Adrenalin jagte durch meine Adern. Ich schloss die Augen, versuchte, ruhig zu atmen.

Er weiß nicht, wo ich bin. Er hat nur die Informationen aus meinem Posting über das Retreat herausgefiltert.

Alles ist gut.

Er will mir nur Angst machen.

»Viktoria, was meinst du?«, fragte Julian.

»Hm?« Mein Blick schreckte vom Handydisplay hoch, und ich drehte mich um.

Julian hatte sich nach vorn gelehnt und sah mich fragend an.

»Sorry, ich habe überhaupt nicht zugehört.«

»Wir sollten mit Sebastian nach Australien, was hältst du davon?«

Bei der Vorstellung breitete sich Unbehagen in mir aus. Dennoch sagte ich: »Klar, wieso nicht?«

Julian nickte begeistert, dann setzten die beiden ihre Unterhaltung fort, und ich wandte mich wieder um.

Dabei bemerkte ich, dass mir der Ausschnitt meines Kleids um einige Zentimeter verrutscht war und den Blick auf meinen roten Spitzen-BH freigab.

Schnell zog ich den feinen Viskosestoff über meiner Brust zurecht. Als ich den Blick hob, ertappte ich Pierre dabei, wie er in den Rückspiegel sah und mich beobachtete.

33 STUNDEN VOR DER TAT

6 PIERRE

Die Nervosität zerrte an meinen Nerven, während ich den Land Rover zwischen den Bäumen hindurch zum Retreat steuerte.

Im Stillen sagte ich Mantras auf, schickte Stoßgebete ans Universum, hoffte, dass Magdalena und Thomas sich um all das gekümmert hatten, was ich vorhin nicht mehr geschafft hatte zu erledigen.

Normalerweise empfing ich die Gäste in dem Wissen, dass alles perfekt vorbereitet war, schließlich hatte ich selbst dafür gesorgt. Doch heute war alles anders. Die Dinge waren zunehmend aus den gewohnten Fugen geraten, als hätte der Regen der vergangenen Tage nicht nur die Fahrspuren auf den Waldwegen aufgeweicht, sondern auch die Abläufe hier im Retreat.

Kaum dass ich mit Josefine Fiebig oben angekommen war, hatte erneut das Telefon geklingelt. Es war Maximilian Kaplan gewesen, der anrief und mich mit leiser, eindringlicher Stimme darüber informierte, dass er und die anderen in Innsbruck angekommen seien und sich nun auf den Weg nach Garmisch-Partenkirchen machten, wo Sebastian Lewenstein – der schmalzlockige Raucher, dessen Gebaren mit seinem Äußeren in etwa so zusammenpasste wie ein Kinderzimmer zu einem pubertären Jugendlichen – bereits auf sie wartete.

Da sie damit zu fünft waren – und nicht wie ursprünglich vereinbart zu viert –, hatte ich noch eine zusätzliche Sitzreihe in den Land Rover einbauen müssen.

Statt also die Ankunft der Gäste weiter vorzubereiten, hatte ich alle noch zu erledigenden Aufgaben an Magdalena delegiert, ehe ich den Wagen umgebaut und mich erneut hinters Steuer geschwungen hatte, um im Eiltempo zur nächsten Tankstelle zu fahren. Dort hatte ich dann gute dreißig Minuten in der Schlange vor der Waschanlage verbracht, bevor ich endlich an der Reihe gewesen war. Mit schweißnassen Achseln hatte ich dabei zugesehen, wie Dreck und Schaum im Abfluss verschwanden, während die imaginären Zeiger der Uhr in meinem Kopf unaufhörlich vorrückten.

Der einzige Lichtblick an diesem bisher eher unglücklich verlaufenen Tag war die Tatsache, dass ich es trotz allem pünktlich zum Bahnhof geschafft hatte.

»Sagen Sie, Pierre, wo genau befindet sich denn der Pool?« Sebastian hatte sich zwischen Karla und Viktoria leicht vorgelehnt und schaute mich durch den Rückspiegel an.

»Die Terrasse ist auf der Südseite des Hauses, so dass man den ganz Tag über in der Sonne baden und den Blick auf den See genießen kann. Es wird Ihnen bestimmt gefallen.«

Ich zeigte zwischen die Bäume, hinter denen das Wasser bereits in unregelmäßigen Abständen aufblitzte.

»Perfekt!« Er sah zu Viktoria hinüber, die ihre Hände in den Schoß gelegt hatte und aus dem Fenster schaute.

»Den werden wir gleich einweihen, oder?«

»Unbedingt.« Sie lehnte den Kopf gegen die Nackenstütze und seufzte.

Guck nach vorne, bordel!

»Mir ist schrecklich heiß, und ich kann es kaum erwarten.«

Wir ließen den schlammigen Waldweg hinter uns und fuhren geradewegs auf das Retreat zu.

»Wow, das ist ja unglaublich!«, hörte ich Karla ausrufen, deren Worte Max, der nach wie vor am Telefon hing, kurz stocken ließen. Er war groß, athletisch gebaut und mit kantigen Wangenknochen, die seinem Gesicht selbst dann noch eine Strenge verliehen, wenn er, wie vorhin zur Begrüßung, lächelte. Darüber hinaus schien er mit seinem Smartphone verwachsen zu sein. Er hatte keine fünf Minuten im Auto gesessen, da hatte es auch schon geklingelt. Seitdem war seine sonore Stimme nicht mehr verstummt, bis sie irgendwann wie das beständige Zirpen der Zikaden zu einem Hintergrundrauschen geworden war.

Kaum dass ich geparkt hatte, öffneten die Gäste auch schon die Türen. Heiße Luft drang in den Wagen und vermischte sich mit dem Geruch von Schweiß, Deodorant und Parfum.

»Na, dann wollen wir mal!«, hörte ich Sebastian sagen.

»Ja, dann wollen wir mal«, murmelte ich, ehe ich ebenfalls

aus dem Wagen stieg und Julian dabei beobachtete, wie er gleich ein Foto von Viktoria vor dem Gebäude machte.

»Perfekt. Danke, Schatz.« Sie nahm ihm das Handy aus der Hand, drückte ihm einen Kuss auf die Wange und lief, ohne den Blick vom Bildschirm zu heben, die schwebende Granittreppe hinauf.

Mir wurde flau im Magen. Sie waren so ganz anders, als sie sich auf Instagram präsentierten. Ich hatte in den letzten Wochen akribisch ihre Beiträge und Storys verfolgt, um sie kennenzulernen und ihnen genau das bieten zu können, was sie meiner Einschätzung nach brauchten. Doch nun standen mir plötzlich Fremde gegenüber. Was, wenn ich mich in meiner Einschätzung geirrt hatte? Was würde das für mich und ihren Aufenthalt hier bedeuten?

Bevor ich weiter darüber nachdenken konnte, wurde ich von Sebastian abgelenkt, der Viktoria hinterherrannte. Kurz war Gekreische und ein lautes Platschen zu hören.

Schnell folgte ich der Gruppe nach drinnen. Dort begegnete ich Magdalena, die mir mit breitem Lächeln an der Tür entgegenkam.

»Hi. Die Aperitifs stehen im Kühlschrank in der Bar. Kümmerst du dich darum? Paul hat die vorhin nach Thomas' Rezept gemacht, weil ich bis gerade eben noch in der Küche war. Eins von den Hauptgerichten ist schiefgegangen, und Thomas musste noch mal ganz von vorn anfangen. Da gab's dicke Luft. Also hab ich ausgeholfen, und der Junge war froh, aus der Küche raus zu sein.« Magdalena pustete. »Aber jetzt ist alles wieder im Lot«, schob sie eilig hinterher. »Ich schlage vor, dass ich die Koffer hole. Die Gäste scheinen recht stürmisch zu sein.« Sie beugte sich näher zu mir. »Vielleicht schadet es nicht, wenn du bei ihnen bleibst, du hast mehr Autorität als ich, von daher …«

Einen Moment starrte ich nur in das mir vertraute Gesicht

mit den geröteten Wangen und den grasgrünen Augen, in denen ein mir unbekanntes Funkeln lag, dann nickte ich.

»So machen wir es.« Normalerweise war ich derjenige, der die Aufgaben verteilte, aber irgendwie gefiel es mir, dass Magdalena es übernahm. Die Aufregung stand ihr gut.

»Kommst du dann mit den Schlüsseln raus, sobald alle Koffer drin sind?«

Sie hob nur einen Daumen, dann verschwand sie nach draußen.

Ich drehte mich um und eilte durch die helle Lobby in die Lounge, wo sich die Bar sowie der Zugang zur Terrasse und zum Pool befand.

Die Fensterfront gab den Blick auf die Gäste frei, und ich kam gerade rechtzeitig, um zu sehen, wie Josefine auf die Terrasse trat und Viktoria Sebastian in den Pool zog. Offenbar hatte er sie vorhin hineingeworfen.

Wasser spritzte, und die hellen Holzdielen der Terrasse färbten sich dunkel. Der leichte Geruch von Chlor zog ins Haus.

Ich behielt die Gäste im Auge und griff dabei, ohne hinzugucken, nach einem metallenen Tablett.

»Oh, entschuldige, Josefine«, hörte ich Viktorias honigweiche Stimme. Ihr langes blondes Haar war klitschnass, und der Stoff ihres geblümten Kleides blähte sich unter Wasser auf.

Ich schaute zu der freundlichen Frau hinüber, die ich bereits vorhin kennengelernt hatte. Sie hatte sich umgezogen und trug nun einen weißen Rock und eine schlichte, ebenfalls weiße Bluse – beides war durchnässt und nun eher transparent als weiß. Ihr blondes Haar versteckte sie noch immer unter dem überdimensional großen Strohhut, der mir schon vorhin aufgefallen war, und ihre blasse Haut glänzte wie frisch eingecremt.

»Kein Problem!« Sie machte eine wegwerfende Handbewegung.

In dieser Sekunde tauchte Sebastian aus dem Wasser auf.

»Komm doch auch zu uns rein!« Er schob eine Hand über die Augen, um sie vor der Sonne abzuschirmen.

»Ja, also, ähm, ich …«

Ich hob den Blick. Da Josefine mir den Rücken zugekehrt hatte, konnte ich ihr Gesicht nicht sehen, aber mir entging nicht, dass sich ihr Körper versteift hatte.

Ich runzelte die Stirn.

Was ist denn hier los?

Sie strich den Stoff ihres Rocks glatt.

»Ist das in Ordnung?«, unterbrach eine Stimme mein unangemessenes Glotzen. Erschrocken riss ich meinen Blick los und entdeckte Max auf einem der teuren Michel-Ducaroy-*Togo*-Loungesessel, die mit cognacfarbenem Leder bezogen waren. Noch immer hatte er sein Telefon am Ohr, hielt nun jedoch eine Hand vor das Mikrophon und deutete mit dem Kopf zum Pool.

»Oh, natürlich. Ich habe nur durchgezählt.« Ich lächelte, während ich mich innerlich ohrfeigte.

Max schien zu abgelenkt von dem, was die Person am anderen Ende der Leitung sagte, denn er ging nicht weiter auf meine absurde Aussage ein.

Durchzählen. Als wäre das einer von diesen Schulausflügen, bei denen man aufpassen musste, dass einem bei der Menge an Kindern keines verlorenging.

Ich schüttelte über mich selbst den Kopf, dann beugte ich mich zum Kühlschrank hinunter und holte die ersten Gläser mit dem Aperitif heraus, wobei ich aus dem Augenwinkel registrierte, wie Max aufstand.

Er lief hinaus zu Josefine, legte eine Hand auf ihren unteren Rücken und zog sie an sich.

»Hi, Schatz.« Er hauchte ihr einen Kuss auf die Wange, ehe er ihr etwas ins Ohr flüsterte, woraufhin sie sogleich errötete. Sie schlug ihm spielerisch gegen die Schulter und drehte sich mit dem Oberkörper zu ihm, um ihn zu küssen.

Unwillkürlich hielt ich nach Karla Ausschau, aber sie war nirgends zu entdecken. Ebenso wenig wie Julian.

Offenbar hätte ich doch durchzählen sollen. Wo waren die beiden?

Ich beugte mich gerade wieder zum Kühlschrank hinunter, um weitere Gläser herauszuholen, wobei ich überlegte, ob ich mich auf die Suche nach den beiden machen sollte, als ich Schritte aus Richtung der Lobby hörte. Wenige Sekunden später liefen sie am Tresen vorbei durch die Lounge auf die Terrasse.

»Wo wart ihr denn so ewig?«, rief Viktoria, als die beiden zu ihnen stießen.

»Auf dem Klo, wenn's erlaubt ist. Und dann hat Julian mir noch schnell die Fotos von dir geairdropped«, erklärte Karla lachend.

Nachdem die Gläser vor mir aufgereiht auf der Theke standen, begann ich damit, sie aufs Tablett zu räumen, wobei ich immer wieder nach draußen sah.

Julian ging gerade auf Josefine zu, die noch immer tuschelnd mit Max am Beckenrand stand.

Eilig nahm ich das Tablett hoch und lief damit hinaus. Normalerweise übernahm Magdalena das Servieren, aber normalerweise versammelten sich die Gäste auch erst mal in der Lobby und sprangen nicht gleich in den Pool.

»Hi, Finchen«, begrüßte Julian Max' Freundin und zog sie in eine Umarmung. »Wie geht's dir?« Er setzte die dunkle Hornbrille ab und warf sie auf das Polster einer Liege.

»Komm endlich ins Wasser, Julian!«, rief Sebastian und spritzte etwas Wasser in seine Richtung.

»Ist ja gut«, rief der, wobei er die Augen verdrehte. »Sorry«, sagte er an Josefine gewandt. Er zog sich das weiße Shirt über den Kopf, um es auf seine Brille und sein Handy zu legen, dann machte er eine Arschbombe. Erneut spritzte Wasser, doch diesmal ging Josefine schnell ein paar Schritte zurück, wobei sie direkt in Karla reinlief.

Josefine wirbelte herum. »Entschuldige.«

»Kein Problem.« Karla lächelte, aber es wirkte steif.

Erneut spürte ich dieses flaue Gefühl im Magen. Ich hatte damit gerechnet, dass gute Freunde das Wochenende hier zusammen verbringen würden, doch –

»Hi. Karla.« Sie streckte ihr die Hand hin, offenbar um sich offiziell vorzustellen.

»Josefine.« Sie lächelte so breit zurück, wie sie auch mich bei ihrer Ankunft angestrahlt hatte. Ich konnte nicht anders, als die beiden miteinander zu vergleichen.

Josefine war blass, blond, blauäugig, sportlich und insgesamt eher zierlich. Karla hingegen sonnengebräunt, brünett, braunäugig, schlank auf diese *Ich-komme-einfach-nie-zum-Essen-Art* und groß.

Ich lief zu ihnen herüber. »Einen Aperitif, die Damen?«

»O ja, ich bin ja vorhin schon in den Genuss gekommen, und was auch immer es ist, es ist absolut köstlich!« Josefine griff sich zwei der Gläser mit Kokosrand und gab eines davon an Max weiter.

»Das ist Gerstengrassaft.«

Karla nahm ebenfalls ein Glas vom Tablett, ehe sie sich seufzend auf eine der Liegen niederließ.

In diesem Moment tauchte Magdalena in der offenen Terrassentür auf und nickte mir zu. Was so viel hieß wie *alles bereit*.

Ich nickte ebenfalls, dann machte ich mit dem Kopf ein Zeichen in Richtung Pool. Sie verstand und verschwand wieder nach drinnen.

Ich lief mit dem Tablett zu Viktoria, Julian und Sebastian, die sich ebenfalls jeweils ein Glas herunternahmen.

Das leere Tablett brachte ich wieder zurück zur Bar und nutzte die Gelegenheit, um ein paarmal tief Luft zu holen.

Zeit für den Rundgang.

Das helle Leinenhemd klebte mir unangenehm am Rücken, und die Hitze brannte mir auf der Stirn, als ich wieder nach draußen trat.

»Dürfte ich um Ihre Aufmerksamkeit bitten?« Sechs Gesichter wandten sich mir zu. Ich lächelte breit – so, wie ich es schon Hunderte Male vor dem Spiegel geübt hatte.

»Zunächst einmal herzlich willkommen im Glowing Forest Retreat and Lodges. Ich freue mich sehr, Sie dieses Wochenende hier begrüßen zu dürfen! Wir haben einander ja bereits vorgestellt, aber jetzt noch mal ganz offiziell, mein Name ist Pierre Karthee – bitte nennen Sie mich Pierre –, ich bin Ihr Gastgeber und werde mich zusammen mit meinem Team um Sie kümmern und all Ihre Wünsche erfüllen. Die reizende Dame hier neben mir –«, ich deutete auf Magdalena, die wie aufs Stichwort mit mehreren Handtüchern im Arm und Thomas im Schlepptau aufgetaucht war, »ist meine Kollegin Magdalena. Und daneben sehen Sie unseren Chefkoch Thomas.« Thomas hatte seine fleckige Schürze durch eine makellos schwarze ersetzt und hielt seine Kochmütze in der Hand. Schweißperlen glänzten auf seiner Stirn, und er gab sich alle Mühe, freundlich in die Runde zu blicken.

»Er ist für all die Köstlichkeiten verantwortlich, die wir Ihnen an diesem Wochenende servieren werden. Sollte jemand besondere Wünsche haben, können Sie diese jederzeit ihm, Magdalena oder mir nennen.« Ich lächelte und machte eine Pause, um den Gästen die Möglichkeit zu geben, etwas zu erwidern.

Als niemand etwas sagte, fuhr ich fort: »Gemeinsam möchten wir hier für Ihr absolutes Wohlbefinden sorgen. Wenn Sie also etwas brauchen, scheuen Sie sich bitte nicht, uns jederzeit anzusprechen.« Erneut sah ich in die Runde und bemerkte, dass Viktoria und Julian aus dem Pool gekommen waren. Tropfend standen sie auf den Terrassendielen und sahen aufmerksam zu mir herüber. Lediglich Sebastian war noch im Wasser und lehnte am Beckenrand, auf dem auch sein Glas stand und in der Sonne glitzerte. Er nahm einen Schluck, dann zündete er sich eine Zigarette an.

Ich erstarrte.

Er wird doch wohl nicht im Pool rauchen!

Anscheinend spürte er, dass ich ihn anschaute, denn er sah auf und grinste. Für eine irrwitzige Sekunde dachte ich, dass er mir auch gleich eine anbieten würde. Typen wie ihn kannte ich. Sie hatten mir in der Privatschule, auf die mich meine Mutter geschickt hatte, die Butterbrote abgeknöpft, um sie an die Enten zu verfüttern.

Viktoria war meinem Blick gefolgt. Sie reagierte schnell. In einer fließenden Bewegung ging sie in die Hocke und nahm Sebastian die Zigarette ab. Noch bevor er protestieren konnte, hatte sie ihre Fingerspitzen im Wasser angefeuchtet und die Zigarette ausgedrückt. Wortlos kam sie hoch und wandte sich mir wieder zu.

»Dürfte ich kurz?«, fragte sie.

»Bitte.«

»Ich möchte diese Gelegenheit nutzen und mich bei euch allen bedanken. Ich freue mich wirklich sehr, dass ihr hier seid und mit mir gemeinsam dieses verrückte Leben feiert. Auf uns!« Viktoria erhob ihr Glas.

»Auf uns!«, erwiderten die anderen im Chor. Alle nippten sie an den Getränken. Ich gab ihnen Zeit, ehe ich wieder das Wort ergriff.

»Dann würde ich Sie gerne einmal über das Gelände führen, damit Sie sehen, wo sich was befindet. In der Zeit bis zum Dinner, das heute um neunzehn Uhr beginnt, können Sie dann alles nach Belieben nutzen. Ihre Koffer wurden in der Zwischenzeit bereits in Ihre Lodges gebracht.« Ich räusperte mich kurz. »Also, das Haupthaus hat für Sie rund um die Uhr geöffnet. Das heißt, Sie können jederzeit einen Drink an der Bar nehmen oder im Spa-Bereich entspannen. Ich bin der Überzeugung, dass Entspannung damit beginnt, nicht durch Regeln oder zeitliche Abläufe eingeschränkt zu sein, sondern seinen Bedürfnissen nachgehen zu können, wann man möchte – ganz gleich, wie viel Uhr es ist. Ab dreiundzwanzig Uhr schaltet sich allerdings aus Sicherheitsgründen die Verrieglung ein.«

Ich trat an das kleine Display mit Tastenfeld neben der Terrassentür. »Um hereinzukommen, geben Sie einfach den Code ein, den Sie auf dem Begrüßungsflyer in Ihren Lodges finden. Mit diesem Code öffnen Sie die Verriegelung der Terrassentür, die der Eingangstür in der Lobby sowie die des Wasserkorridors vom Außenschwimmbecken ins Innenschwimmbecken.«

Ich schaute die Gäste der Reihe nach an, um nach Anzeichen von Überforderung oder Irritation zu suchen, aber sie schienen das Prinzip verstanden zu haben.

»Außerdem können Sie ganz unbesorgt sein, wir sind kein Retreat, das Sie von Ihren Smartphones entfremden oder Ihnen den Konsum von Alkohol verbieten möchte. Unser Ziel ist es, Ihnen die bestmögliche Form von Entspannung zu bieten – und wie die für Sie aussieht, entscheiden Sie selbst.«

Zufriedene Gesichter blickten mir entgegen, und Max nickte. Dass *er* davon begeistert war, wunderte mich nicht.

»Daher gibt es auch keine strikten Tagespläne. Wir machen Ihnen Vorschläge, denen Sie folgen können oder eben auch nicht. Lediglich die Mahlzeiten werden zusammen eingenommen. Mit Herrn Kaplan ist ja bereits ein Tag für Ihre Massagen ausgemacht. Morgen erhalten sie dann noch genauere Informationen dazu, aber auch da sind wir flexibel. Und falls jemand sein Mobiltelefon abgeben möchte, kann er das natürlich gerne machen. Ansonsten obliegt die Nutzung selbstverständlich Ihnen.« Im Kopf ging ich meinen zurechtgelegten Text noch einmal durch, um sicherzugehen, dass ich nichts vergessen hatte. »Haben Sie Fragen?«

Stille. Im Geiste machte ich einen Haken auf meiner To-do-Liste.

»Wunderbar, dann bekommen Sie von Magdalena jetzt die Schlüssel für Ihre Lodges, und anschließend zeige ich Ihnen alles.«

Magdalena war mit einem schmalen Tablett auf die Terrasse getreten, auf dem alle Schlüssel feinsäuberlich aufgereiht lagen. Unter jedem einzelnen steckte ein Kärtchen, auf dem die entsprechenden Namen der Gäste standen. Während Magdalena die Schlüssel verteilte, griff ich nach den Handtüchern, die sie vorhin rausgebracht hatte, und reichte sie Viktoria, Sebastian und Julian.

»Wenn es für Sie in Ordnung ist, würde ich jetzt gleich mit dem Rundgang beginnen?« Lächelnd sah ich zwischen den Dreien hin und her.

»Ja, bitte«, sagte Viktoria. Ihre Haare hatte sie lässig zurückgestrichen, und das geblümte Kleid klebte eng an ihrem Körper, wo es jede Kurve betonte. Eilig riss ich meinen Blick los. Das Letzte, was ich wollte, war, dass sie sich von mir belästigt fühlte. Schlimm genug, dass ich ausgerechnet in dem Moment in den Rückspiegel geschaut hatte, als ihr kirschroter BH unter dem Kleid hervorgelugt hatte.

»Genau, also wir befinden uns hier im Herzstück des Retreats – die Außenterrasse mit direktem Zugang zum Infinity-

Pool.« Ich deutete vage in die Ferne. »Von hier aus hat man eine traumhafte Aussicht auf den See, die Lodges und natürlich die Berge. Außerdem ist das der Bereich mit den meisten Sonnenstunden, weil wir uns hier auf der Südseite befinden. Perfekt also, um ein bisschen Sommerbräune zu bekommen oder Energie zu tanken. Falls Sie morgens meditieren möchten, geben Sie uns Bescheid, damit wir Ihnen Meditationskissen bereitlegen.«

Ich lächelte, dann ging ich vor durch die weitgeöffnete Terrassentür in die angrenzende Lounge. Mit den meterhohen Decken und den gläsernen Außenwänden war das einer der hellsten und zugleich größten Räume. Ich hatte diesen Raum so konzipiert, dass dunkles Parkett, ein Kamin sowie zahlreiche Sitzmöglichkeiten in Erdtönen und große Pflanzen eine besondere Art der Gemütlichkeit erschufen.

»Das hier ist die Lounge. Da wir uns hier nach wie vor auf der Südseite des Hauses befinden, haben wir hier ebenfalls viele Sonnenstunden. Von achtzehn bis zweiundzwanzig Uhr dreißig mixe ich Ihnen gerne leckere – auch alkoholfreie – Drinks. Die können Sie draußen oder hier auf den Sesseln und Sofas genießen.«

Ich führte die Gäste aus der Lounge durch den schmalen offenen Flur vorbei an der Lobby ins Speisezimmer, das sich auf der Südwestseite des Hauses befand. Der Raum wirkte durch die normale Deckenhöhe und die damit auch deutlich kleineren Fenster etwas gedrungener als die Lounge. Ein massiver Esstisch aus edlem Naturstein und lederbezogene Stühle luden zu ausgiebigen Mahlzeiten ein. Da das Speisezimmer direkt an die Küche angrenzte, drang dezent das Klappern von Töpfen durch die Schwingtür, und der frische Duft von Minze lag in der Luft.

»Frühstück, Mittagessen und Abendessen gibt es hier. Da alle

Mahlzeiten zusammen eingenommen werden, gibt es feste Zeiten, die ich im Voraus mit Herrn Kaplan abgestimmt habe, damit auch niemand verhungert.« Ich bat die Gruppe, mir zurück in die Lobby zu folgen, die sich zwischen Esszimmer und Lounge befand.

»Über die Lobby haben Sie Zugang zu den Untergeschossen.« Ich machte eine ausladende Geste in Richtung der Wendeltreppe.

»Wo geht's denn da hin? Zu den Unterkünften der Mitarbeiter?« Karla deutete auf die Treppe, die nach oben führte.

»O nein. Alle Mitarbeiter schlafen außerhalb, auch weil wir Ihnen größtmögliche Privatsphäre bieten möchten. Wie Sie vielleicht gemerkt haben, sind die Decken der Lounge mehrere Meter hoch, während das Esszimmer eine Deckenhöhe von gängigen zweieinhalb Metern hat. Das liegt daran, dass die Westseite des Hauses über eine zweite Etage verfügt. Dort befinden sich ein Krankenzimmer, mein Büro und Vorratsräume. Normalerweise bekommen Sie als Gäste diesen Bereich nicht zu Gesicht, so dass wir diese Etage vom Rundgang ausnehmen, aber wenn Sie möchten –«

»Nein, nein! Ich war bloß neugierig«, erklärte Karla schnell und winkte ab.

Ich lachte. »Alles klar! Dann möchte ich Sie jetzt in den Spa-Bereich führen.« Ich ging die breite Treppe hinunter, die Gruppe folgte mir. Unten umfingen uns heller Sandstein, der schwache Geruch von Salbei und meditative Klänge.

Neben dem Yogastudio und den Massageräumen erwartete meine Gäste dort auch der Spa-Bereich mit Salzwasser-, Whirl- und einem weiteren Outdoorpool, der über eine in Stein gefasste Brücke direkten Zugang zum See bot. Wir sahen uns jeden Raum gemeinsam an, und ich erzählte ein bisschen über die verbauten Materialien, die Energielevel und die Angebote.

Dabei registrierte ich zufrieden, dass Julian eifrig Fotos schoss.

Nachdem ich ihnen alle Räumlichkeiten des Haupthauses gezeigt hatte, gingen wir wieder nach oben und traten auf die Terrasse, um zur Ostseite des Gartens zu gelangen.

»Und hier ein weiteres Highlight. Unsere Feuerterrasse.« Ich deutete auf die im Boden eingelassene, runde Sitznische, in deren Mitte eine Feuerschale thronte.

Die Luxusvariante von Baumstämmen und gestapeltem Feuerholz, wie Magdalena mal gesagt hatte.

»Dort«, ich deutete hinter das Haus, »befindet sich zudem die Sauna mit direktem Blick in den Wald. »Nutzen Sie sie gerne. Saunieren ist auch im Sommer phantastisch für den Körper.« Lächelnd drehte ich mich wieder zu den Gästen. »Rund zweihundertfünfzig Meter in diese Richtung«, mit dem Kopf deutete ich vage zum Wald, »... befindet sich unsere Mitarbeiterunterkunft. Im Notfall finden Sie uns nach dreiundzwanzig Uhr eigentlich immer dort. Dafür folgen Sie einfach den Granitplatten.«

Jetzt leitete ich die Gruppe zum See. Unweit des Haupthauses in Richtung der Lodges befand sich ein künstlich angelegter Sandstrand, der sich bis zu den Lodges erstreckte.

»Was ist das dort hinten?« Sebastian deutete auf das hintere Ufer des Sees.

»Ein kleiner Steg mit Ruderbooten. Übrigens auch perfekt zum Meditieren. Die Aussicht über den See und das Retreat ist von dort aus atemberaubend.« Ich räusperte mich. »Sie können jederzeit mit den Booten rausfahren. Bitte denken Sie daran, die Boote nach der Fahrt wieder anzubinden und umzudrehen, damit das Wasser rauslaufen kann.«

»Selbstverständlich.« Max nickte und wandte sich mir zu, wohl um etwas zu sagen, doch Karla kam ihm zuvor.

»Ist der See sehr kalt?«, wollte sie wissen.

»Knapp zwanzig Grad. Aufgrund der anhaltenden Regenschauer in den letzten Tagen ist die Temperatur merklich gesunken, aber nicht so sehr, dass man es nicht aushalten würde.«

Karla nickte und ließ ihren Blick über die makellose Wasseroberfläche schweifen.

Einen Moment lang herrschte Schweigen, dann ergriff Max das Wort.

»Wollen wir gleich noch mal die Details zum Gewinnspiel durchgehen?«, fragte er.

Karla riss ihren Blick vom See los und trat näher an uns heran. Es folgte ein kurzes Gespräch über die Rahmenbedingungen, und Karla versicherte, mir den Text noch mal zukommen zu lassen, bevor sie ihn postete. Im Anschluss besprachen wir, was alles fotografiert werden konnte, und ich vereinbarte mit Julian, dass er mir sämtliche Aufnahmen zur Freigabe zeigte.

»Wegen Toris anderer Kooperationspartner hatten wir ja schon gesprochen. Wenn ich das richtig verstanden habe, ist es für Sie kein Problem, wenn wir hier in den Postings auch Werbung für andere Brands machen, stimmt's?«, wollte Karla noch einmal wissen, obwohl ich ihr das bereits schriftlich bestätigt hatte.

»Korrekt. Sie haben mir ja bereits eine Liste der Partner zugeschickt, damit ich sie mir anschauen kann. Da war nichts dabei, mit dem ich nicht assoziiert werden möchte.«

»Wunderbar. Max hat, soweit ich weiß, auch mit den Brands alles abgesprochen, oder?«

Er nickte.

»Super.« Viktoria klatschte in die Hände. »Julian, wollen wir gleich ein Foto machen? Vielleicht direkt vor dem See? Das wird super aussehen.«

»Mhm, sicher«, brummte der und lief zu seiner Freundin hinüber. Viktoria strahlte ihn an, doch Julian sah sie gar nicht an.

Sie sprachen kurz über die Konzeption des Bildes, dann zog Julian unvermittelt sein Shirt aus und machte zehn Liegestütze.

Was dann geschah, kam der Inszenierung eines Theaterstücks gleich.

Julian hob Viktoria auf die Arme, und binnen Sekunden veränderte sich der Ausdruck auf seinem Gesicht – die Falten auf seiner Stirn glätteten sich, die Mundwinkel hoben sich –, und an seinem trainierten Körper spannten sich die Muskeln. Die beiden küssten sich leidenschaftlich.

Karla schoss mehrere Fotos, und als sie sagte »Hab's«, ließ Julian Viktoria herunter. Die Leidenschaft und die Muskeln waren in der Sekunde verschwunden, stattdessen trat ein angespannter Ausdruck auf ihre Gesichtszüge.

Und da machte etwas in mir *Klick*.

Die Nervosität, das flaue Gefühl im Magen ... Es hing mit den Gästen zusammen. Mit dieser Aura, die sie wie eine düstere Wolke umgab.

Irgendetwas war merkwürdig an ihnen, einfach nicht richtig – und bisher hatte ich nicht benennen können, was es war.

Seitdem sie in meinen Wagen gestiegen waren, spürte ich dieses Unbehagen. Und jetzt wurde mir mit einem Mal klar, wieso.

Sie verhielten sich nicht wie gute Freunde, sondern vielmehr wie einander überdrüssige Verwandte.

Seitdem sie in den Land Rover gestiegen waren, kam es mir so vor, als würde ich Zeuge von etwas *Gespieltem*. Von etwas, das nicht echt schien, weil es nicht echt war. Meine Gäste spielten ein Theaterstück. Mit der Besonderheit, dass es keine Zuschauer gab. Sie spielten es füreinander.

7 KARLA

Jemand packt mich an den Handgelenken und zerrt mich zurück auf die Beine, hält mich aufrecht, obwohl meine Füße keinen Halt finden.

»Sieh mich an!«

Der Schmerz wütet in mir. Strahlt vom Kopf bis in die Zehenspitzen, pulsiert in meinem Magen und schlingt sich um mein Herz.

Ich zwinge mich, die Lider zu öffnen, und sehe dunkle Ringe unter mir vertrauten grünen Augen. Rote Wangen. Tränen. Schmerz. So viel Schmerz.

»Karla, was hast du getan?« Seine Worte treffen mich wie eine Ohrfeige.

Was meint er?

Unwillkürlich denke ich an das, was ich noch vor wenigen Minuten im Spiegel gesehen habe. Die braunen Flecken. Das viele Blut.

Aber das kann er nicht wissen. Ich trage doch den Mantel.

Sofort senke ich den Blick. Der Mantel ist fort. Ich muss ihn verloren haben. Vorhin. Als ich versucht habe, mich von ihm zu befreien, um zu *ihr* zu gelangen. Um sie zu retten, obwohl sie schon tot war.

Er muss ihn mir vom Körper gerissen haben, er –

Plötzlich stürze ich zu Boden.

Nein. Ich werde zu Boden gerungen. Hände krallen sich in mein Gesicht, scheinen mir die Haut von den Knochen reißen zu wollen, dann graben sie sich in meine Haare und zerren mich daran hoch. Tausend Nadeln bohren sich in meine Kopfhaut.

Ein Schrei gellt. Vielleicht ist es mein eigener. Vielleicht auch nicht. Ich habe keine Ahnung. Bin nicht mehr da. Existiere irgendwo, aber nicht hier. Hier ist nur noch ein irrsinniger Schmerz, der in meinem Körper pulsiert. Dann explodiert etwas in meinem Hirn, als mein Kopf zu Boden geschmettert wird.

Einmal.

Zweimal.

Dreimal.

»Was hast du getan?«, höre ich es vor jedem Aufprall wieder. Als könnte er die Antwort aus meinem Kopf herausholen, indem er mir den Schädel einschlägt.

Blitze zucken vor meinen Augen. Dunkelheit macht sich breit. Ich blinzle dagegen an. Zwinge mich, meinem Angreifer in die Augen zu sehen, in der absurden Hoffnung, er könnte die Wahrheit in meinen lesen.

Nur was ist die Wahrheit?

Röte steigt ihm in den Kopf. Seine Augäpfel treten hervor. Plötzlich lässt er von mir ab. Ein Stöhnen kommt mir über die Lippen, doch bevor ich auch nur atmen kann, schließen sich seine Hände um meinen Hals und drücken zu.

»Wieso, Karla? Sag mir, wieso?« Regen vermischt sich mit Spucke. Liebe mit Hass. Schmerz mit Gewalt.

Meine Lunge fängt Feuer, und ihre Flammen rasen durch meinen Körper wie ein Flächenbrand. Ich hebe die Hände und greife nach seinen Unterarmen, aber er lässt nicht von mir ab. Stattdessen wird sein Griff nur fester.

»Wieso?«

»Ich war es nicht«, forme ich tonlos mit den Lippen. »Ich war es nicht.«

Nur stimmt das überhaupt? War ich es wirklich nicht? Oder kann ich mich nur nicht mehr daran erinnern?

Kurz bilde ich mir ein, den Max in meinem Angreifer wiederzukennen, der mir so vertraut ist, aber mit dem nächsten Blinzeln ist er bereits verschwunden. Zurück bleibt das Monster mit den leeren Augen und den Händen aus Stahl.

Ich winde mich, will mich ihm entziehen, doch es gelingt mir nicht. Stimmen werden laut und dröhnen mir in den Ohren, vermischen sich mit dem Rauschen meines Blutes. Dann verliert die Welt endgültig an Farbe. Der ohnehin schon triste Himmel verdunkelt sich mehr und mehr. Auf Max' Gesicht legt sich ein Vorhang der Finsternis. Das Letzte, was ich sehe, bevor ich von der Dunkelheit verschluckt werde, sind zwei Hände, die sich links und rechts auf Max' Schultern legen.

»Hey!«

Ein scharfes Brennen breitet sich in meiner rechten Wange aus, instinktiv hebe ich die Hand.

War ich ohnmächtig?

Alles an mir fühlt sich an, als stünde es in Flammen, aber als ich die Augen öffne, werde ich sofort überschwemmt. Von Erinnerungen. Schuld. Ungewissheit. Regen.

Ein Gesicht schiebt sich in mein Blickfeld. Dunkelbraune Augen, dichte Brauen und eine schwarze Kapuze, von der mir Regentropfen auf die Wangen fallen. Es dauert einen Moment, bis ich erkenne, dass es Pierre ist.

Ich befühle die brennende Haut. Pierre folgt meinem Blick und verzieht das Gesicht.

»Entschuldigen Sie bitte, Sie wollten einfach nicht mehr zu sich kommen, daher die Ohrfeige. Kommen Sie, setzen Sie sich auf.« Er legt eine Hand in meinen Rücken und hilft mir in eine aufrechte Position.

Ich stöhne, röchle, kann kaum atmen.

Einige Meter von uns entfernt bemerke ich Max. Sebastian und Julian halten ihn an den Armen, während er schluchzt und wütet. »Ich bringe sie um! Lasst mich los, verdammt.«

»Ich war es nicht.« Meine Stimme ist nur ein Krächzen, kaum hörbar vor dem Lärm des herabfallenden Regens.

Pierre erwidert nichts und winkt stattdessen jemanden heran. Es ist die Frau, die ich schon hier gesehen habe. Eine der Angestellten. Magdalena. Sie hat *sie* gefunden. Von ihr kam der Schrei.

Ihre Augen sind schreckgeweitet, die Haut blass.

»Hast du versucht, die Polizei zu rufen?«

Sie nickt. »Ich komme leider nicht durch. Kein Netz.«

Er greift in die Jackentasche und zieht sein Handy heraus, dann reicht er es ihr.

»Falls ich auch keins habe, versuch's mit den Handys der anderen. Irgendeiner wird schon Netz haben.«

Sie nickt wieder, dann wendet sie sich ab und entfernt sich einige Schritte.

»Ich war es nicht.«

Pierre sieht mich nicht an. Stattdessen schaut er hinüber zu Max, der mittlerweile in sich zusammengesunken ist und stumme Tränen weint.

Max, der Mann, den ich liebe. Max, der Mann, der mich gerade eben beinahe umgebracht hätte.

»Hören Sie. Ich will Ihnen ja glauben, okay?« Noch immer weicht Pierre meinem Blick aus. »Aber haben Sie sich mal angesehen? Außer Ihnen ist hier niemand sonst mit Blut beschmiert. Sie müssen mir sagen, was passiert ist. Wenn Sie es nicht waren, sagen Sie mir bitte, woher das Blut auf Ihrer Kleidung stammt.«

Ich schlucke und spüre ein Brennen in meiner Kehle.

»Ich weiß es nicht«, flüstere ich.

Nun endlich schaut Pierre mich an. »Was?«

»Ich weiß es nicht.« Ich führe eine Hand an meine Kehle, um das Feuer aus Schmerz zu ersticken. Vergebens.

»Was meinen Sie damit?«

»Ich kann mich nicht erinnern.«

Die Worte scheinen für einen Moment zwischen uns zu schweben, dann ergießt sich die Erkenntnis mit derselben Heftigkeit wie der Regen an jenem Morgen über uns.

Pierre atmet laut aus. Doch bevor er etwas erwidern kann, tritt Magdalena auf uns zu und schüttelt den Kopf.

Kein Netz.

Pierre winkt sie zu sich heran. Sein Gesicht ist eine starre Maske. »Geh in mein Büro. Da ist das Funkgerät. Darüber können wir die Bergwacht kontaktieren.« Sie nickt und läuft davon. Wir schauen ihr beide nach.

»Bleiben Sie hier sitzen, ich muss mit den anderen sprechen.«

Ich erwidere nichts. Ich fühle nur noch Schmerzen am ganzen Körper und kämpfe gegen den Schwindel an.

Pierre stemmt sich hoch und lässt mich im Regen zurück.

Mit einem Mal ist mir eiskalt.

Sie glauben, dass ich einen Menschen ermordet habe.

Ich schlinge die Arme um meinen Körper, als könnte mich das vor alldem schützen, was nun folgen wird. Doch das kann es nicht. Und vielleicht sollte es das auch gar nicht. Immerhin haben sie allen Grund für ihre Annahme. Mein Blick fällt auf mein dreckiges Hosenbein.

Nein. Nein. Nein.

Niemals wäre ich dazu imstande.

Und was, wenn doch?

Woher soll man schon wissen, zu was man wirklich imstande ist? Ich habe keine Ahnung, was passiert ist. Hat es eine Auseinandersetzung gegeben? Einen Streit? Irgendetwas, das mich hat die Nerven verlieren lassen?

Deshalb bringst du jemanden um? Weil du die Nerven verloren hast?

Nein, natürlich nicht. Es ergibt keinen Sinn. Für mich nicht. Aber für *sie* schon. Für *sie* bin ich jetzt eine Fremde. Was wissen sie schon über mich? Dass ich Kommunikationswissenschaft studiert habe, gern Nachos mit Käse esse und Weißwein liebe. Aber was verrät ihnen das schon über meine Psyche? Sie können nicht wissen, wie es in meinem Inneren aussieht. Nicht wirklich. Und schon gar nicht mit endgültiger Sicherheit.

Der Einzige, der mich wirklich kennt, ist Max. Aber jetzt wird er das mit Sicherheit anzweifeln. Max verlässt sich nicht auf sein Gefühl, er will Beweise. In der Schule war er erst dann überzeugt, dass ein Test gut gelaufen ist, wenn er die Note bekommen hat. Und er hat so lange keinem Gerücht geglaubt, bis es nicht von der Person bestätigt wurde, die es betroffen hat. In all den Jahren hat er keinen Vertragsabschluss gefeiert, bevor nicht beide Parteien unterschrieben hatten. Max glaubt nur an das, was er sieht.

Und in diesem Fall bin ich das. In meinen Sachen von gestern. Über und über mit Blut beschmiert.

Und eine Leiche. Übersät mit Schnittwunden.

Ich kann ihm nicht mal zum Vorwurf machen, dass er an mir zweifelt. Schließlich tue ich es selbst.

Die anderen diskutieren noch immer.

Sie sind abgelenkt, ich sollte einfach abhauen!

Nein!

Die Versuchung ist groß. Ich will zurück in meine Lodge, um nach Hinweisen zu suchen. Doch nach welchen Hinweisen? Für meine Schuld oder meine Unschuld?

Ich kneife die Augen zusammen und massiere mir die Schläfen. Ich kann nicht klar denken. Alles tut weh.

»Karla?«

Ich hebe den Blick.

Pierre hockt vor mir. Sein Kiefer ist angespannt. »Wir müssen aus dem Regen raus. Kommen Sie, wir gehen ins Haupthaus rüber.«

»Kann ich in meine Lodge?«

Er zögert kurz, schüttelt dann langsam den Kopf. »Das geht nicht. Wir sollten jetzt alle zusammenbleiben.«

Ich schaue zu Max. Er kniet bei der Leiche. Streicht ihr sanft über das kerzenwachsartige Gesicht. Ein Schauer kriecht mir die Wirbelsäule herauf.

»Er wird Ihnen nicht weh tun.« Es ist merkwürdig, diese Worte über den Mann zu hören, mit dem ich mal verlobt gewesen bin. Über den Mann, der mir gerade fast das Leben aus dem Körper gewürgt hat.

»Und was, wenn doch?«

Pierre seufzt, und die Art, wie er Luft holt, lässt mich ahnen, dass er jetzt etwas sagen wird, das er lieber für sich behalten hätte.

»Hören Sie, Sie müssen mit uns kommen. Es gibt nur diese eine Möglichkeit. Nach allem, was hier ist, sieht es so aus, als hätten Sie einen Menschen ermordet. Ich sage nicht, dass Sie es waren. Ich sage lediglich, dass es so aussieht. Was tatsächlich passiert ist, muss die Polizei herausfinden. Bis die hier ist, müssen wir allerdings erst mal davon ausgehen, dass Sie diejenige sind, die es getan hat. Also, entweder Sie kommen aus freien Stücken mit oder aber …«

… oder aber sie werden mich an Armen und Beinen packen und dorthin schleifen.

»Okay«, sage ich, meine es jedoch nicht so. Ich will nicht bei ihnen sein. Erneut spiele ich mit dem Gedanken wegzurennen, verwerfe ihn jedoch sofort wieder. Ich hätte keine Chance. Mein Körper ist ein Wrack. Ich habe nicht die Kraft, überhaupt nur aufzustehen. Mir ist übel und schwindelig.

Pierre nickt den anderen zu. Sie setzen sich in Bewegung, und wir folgen ihnen. Noch immer kommt mir all das hier surreal vor. Wie ein Traum, aus dem ich jeden Moment aufwachen kann. Aber egal wie oft ich auch blinzle oder mir in die empfindliche Haut an der Innenseite meiner Handgelenke kneife, es bleibt die Realität.

Im Retreat ist die Luft warm und trocken. Magdalena trägt ihre Jacke nicht mehr. Stattdessen hat sie sich ein weißes Handtuch um die Schultern gelegt, und ihr rotes Haar klebt ihr in nassen Strähnen am Kopf.

»Die Bergwacht kann nicht kommen. Bei so einem Sturm können sie den Heli nicht starten.«

Wir sitzen fest.

»Gehen Sie am besten erst mal in die Lounge. Pierre und ich bringen Ihnen sofort Handtücher, dann können wir alles weitere besprechen.« Die anderen folgen Magdalenas Aufforderung, doch bevor Max ebenfalls hinter ihnen herläuft, dreht er sich noch einmal zu mir und Pierre um.

»Was ist mit ihr?« Er deutet mit dem Zeigefinger auf mich, ohne mich anzuschauen. »Ich will sie nicht hier haben.«

Ich drehe mich von ihm weg, schaue hinüber zu der massiven Holztür, durch die wir am ersten Tag hereingekommen sind. Sie könnte mein Fluchtweg sein.

Mein Fluchtweg – wohin?

»Karla?«

»Hm?«

»Ich bringe Sie in unser Krankenzimmer. Dort können Sie sich erst einmal ausruhen, in Ordnung? Sie sind schwer verletzt und –«

Sie wollen mich einsperren. Wie eine Gefangene.

»Nein. Ich bleibe hier. Sie können mich nicht einfach in irgendeinen Raum sperren.«

Pierre greift sich in die Haare und atmet zittrig aus. Es ist die erste Regung, die mir verrät, dass er mit der Situation genauso überfordert ist wie wir anderen auch. Bisher hat er sich so souverän verhalten, dass ich fast vermutet habe, dass er so was schon mal erlebt hat.

»Karla, bitte. Sie verstehen doch, dass es das Vernünftigste ist, oder? Ich schließe Sie dort ein – ja. Sie kommen nicht raus, aber …« Er schaut zu Max und senkt die Stimme, »es kommt auch niemand rein.«

Ich presse die Lippen aufeinander und kämpfe mit den Tränen. »Ist es Ihnen denn wirklich egal, dass der wahre Täter hier einfach rumläuft? Er ist hier unter uns. Das ist Ihnen klar, oder?«

Pierre senkt den Kopf. »Es tut mir leid. Wirklich. Aber ich muss dafür sorgen, dass Sie sich nicht gegenseitig an die Gurgel gehen.«

»Also sperren Sie mich ein.«

»Es ist ja kein Gefängnis, sondern ein nettes Zimmer mit einem Fenster und einer Pritsche. Ruhen Sie sich aus. Dann wird auch schon bald die Polizei da sein, und wir können das hier hoffentlich alles klären. Okay?«

»Gut.«

Pierre bringt mich in den zweiten Stock. Erst habe ich kein Gefühl dafür, wo ich mich befinde, aber als ich nach draußen blicke, kann ich den Pool und den dahinterliegenden See ausmachen.

»Am besten ziehen Sie die nassen Sachen aus, damit Sie sich nicht erkälten«, murmelt er, doch ich schüttele nur den Kopf, ich habe keine Kraft dazu.

»Schon gut, danke.«

Pierre räuspert sich, bevor er sich mit einer Hand über die schwarzen Haare fährt. Wassertropfen rinnen ihm über die Stirn, er wischt sie mit einer fließenden Bewegung weg.

»Das ist mir jetzt wirklich furchtbar unangenehm, aber ich muss Sie bitten, Ihre Kleidung auszuziehen.«

»Was?« Ich blinzle ihn an. »Aber wieso?«

»Ihre Kleidung ist Beweismaterial, und je länger Sie die tragen ...« Der Satz hängt unvollendet in der Luft, aber ich weiß auch so, wie er weitergeht.

Ich nicke. »Kann ich dann vielleicht einen Bademantel und ein Handtuch bekommen?«

»Natürlich. Ich habe Magdalena schon darum gebeten. Wir können später auch Ihre Kleidung aus der Lodge holen. Ich muss nur erst schauen, wie die Lage unten ist.« Auf dem Gang sind Schritte zu hören. »Ah, da ist sie ja schon.« Er zieht die Tür auf, und Magdalena reicht ein Handtuch und einen Bademantel herein. Pierre nimmt beides entgegen und hält es mir hin, wobei mir nicht entgeht, dass seine Hand genauso zittert wie seine Stimme vorhin.

»Was ist mit meiner Unterwäsche? Brauchen Sie die auch?«, frage ich und merke, dass ich spitzer klinge als beabsichtigt. Pierre kann nichts für all das hier.

Einen Moment betrachtet er mich blinzelnd, dann nickt er langsam. »Das wäre wohl besser. Vielleicht ziehen Sie erst mal den Bademantel an. Ich hole Ihnen einen Badeanzug aus dem Spa-Bereich. Bin gleich wieder da, ich muss nur zuerst –«

Er verstummt abrupt, und ich frage nicht nach. Stattdessen nehme ich Bademantel und Handtuch entgegen, bevor er die Tür schließt.

Eine gefühlte Ewigkeit später klopft es. Pierre kommt herein, in der einen Hand eine Mülltüte, in der anderen einen schwarzen Badeanzug.

»Wem gehört der?«, frage ich unnötigerweise und erschrecke selbst über den rauen Klang meiner Stimme.

»Niemandem. Wir haben unten ein paar Schwimmsachen vorrätig, falls die Gäste ihre vergessen haben. Von hier aus kommt man nicht so schnell in ein Geschäft, also … Ich hoffe, Größe M passt Ihnen?«

»Bestimmt.«

Ich nehme den Badeanzug entgegen und stopfe im Gegenzug meine nassen Klamotten in den Müllbeutel.

»Gut, dann bis später.«

Wie alle anderen Räume verfügt auch dieser über ein großes Fenster, doch das ändert nichts daran, dass ich mich eingesperrt fühle, als sich die Tür schließt und ich höre, wie der Schlüssel zweimal herumgedreht wird.

Da stehe ich nun. Mein Körper ein einziger Schmerz. Ich schlinge mir die Arme um den Oberkörper, halte mich selbst, weil sonst niemand da ist, der es tun könnte.

Mein Blick wandert zur Krankenliege. Für eine Sekunde bin ich tatsächlich bereit, mich einfach hinzulegen, zusammenzurollen und zu schlafen. Vielleicht wache ich ja dann doch aus diesem Albtraum wieder auf.

Nein.

Ich brauche Klarheit, und die werde ich so nicht finden. Also ziehe ich stattdessen den Badeanzug an, ehe ich mich wieder in den Bademantel hülle und mit weichen Knien und wildpochendem Herzen an den metallenen Medizinschrank trete. Dort ziehe ich einige Schubladen auf, bis ich einen Plastikkoffer mit einem roten Kreuz darauf entdecke. Ich öffne ihn und entnehme einen Blister mit Schmerztabletten, dann gehe ich hinüber zum Waschbecken am Fußende der Pritsche und drehe das Wasser an. Erst wasche ich mir damit das Gesicht, dann halte ich meinen Mund unter den Strahl und schlucke eine der Tabletten.

Als ich sie herunterwürge, habe ich das Gefühl, dass meine Kehle auseinanderreißt, aber nichts dergleichen geschieht, stattdessen wird mir schwarz vor Augen.

Ich kralle mich am Keramikwaschbecken fest und atme mehrmals tief durch, um den Schwindel zu vertreiben.

Zum Glück werde ich nicht ohnmächtig.

Ich warte, bis auch der letzte Stern aufhört, in meinem Sichtfeld zu tanzen, ehe ich mir den Blister mit den restlichen Tabletten ins Dekolleté des Badeanzugs schiebe. Das Plastik drückt unangenehm in die weiche Haut, aber ich wüsste nicht, wo ich es sonst verstauen sollte. Auf wackligen Beinen gehe ich ans andere Ende des Raumes zu dem bodentiefen Fenster. Es regnet noch immer, und die Tropfen klatschen laut an die Scheibe. Da es davor einen Balkon gibt, bin ich mir sicher, dass man nach draußen kommen kann. Ich suche den Fensterrahmen nach einem Griff ab.

Doch da ist nichts.

Ich beiße mir auf die Wange.

Ich darf jetzt nicht die Nerven verlieren. Ich muss ruhig bleiben und nachdenken!

In diesem Gebäude ist alles sehr modern. Jedes Smarthome würde gegen die Technik hier verblassen. Wenn ich mich recht erinnere, gibt es in der Lounge auch keinen klassischen Fenstergriff, wie ich es von meiner Hamburger Altbauwohnung kenne. Stattdessen hat Pierre die Fenster mit einem Tablet gesteuert. Aber ich bezweifle, dass dieses Tablet die einzige Möglichkeit ist, um die Fenster zu öffnen. Es muss noch andere Optionen geben – eine Fernbedienung, ein Bedienfeld oder einen versteckten Griff. Das ist nur logisch, denn es könnte ja auch mal der Strom ausfallen.

Ich fahre mit den Fingern den Fensterrahmen entlang, kann jedoch nichts entdecken bis auf eine kleine Kerbe. Wahrscheinlich eine Macke, die beim Einbau passiert ist.

Mist.

Als Nächstes widme ich mich dem Medizinschrank und durchsuche jedes Regalbrett, jede Box und jedes Schubfach. Auch dort finde ich nichts, was den Eindruck erweckt, als könnte man damit ein Fenster öffnen. Ich drehe mich einmal im Kreis.

Tür. Waschbecken. Pritsche. Fenster. Schrank. Klimaanlage –

Oh.

Eilig laufe ich zur Tür. Direkt daneben befindet sich ein schlichter kleiner Holzkasten an der Wand, der ungefähr zehn Zentimeter breit und hoch ist. Ich öffne ihn und blicke auf ein grell leuchtendes Bedienfeld.

Bingo!

Ich drücke alle Knöpfe, doch statt dass sich das Fenster öffnet, bläst erst warme, dann kalte Luft auf mich herab. Es ist die Steuerung der Klimaanlage.

»Fuck!« Ich knalle die Holztür des Kastens zu, als es plötzlich klimpert. Irritiert sehe ich mich um. Vor meinen Füßen liegt ein dünner Metallstab, der aussieht wie ein Schraubenzieher. Sofort gehe ich in die Hocke und hebe ihn auf. Anscheinend ist das Ding vom Holzkasten heruntergefallen.

Was ist das?

Ich mustere es und bemerke, dass der Kopf genau der Form entspricht, die mir vorhin als Macke am Rahmen aufgefallen ist. Schnell gehe ich hinüber, ertaste die Stelle, stecke den Metallstab hinein – er passt perfekt – und drehe ihn. Ich höre ein Klicken, und schon gleitet das Fenster lautlos auf. Sofort dringt der Geruch von Regen ins Zimmer, begleitet von einem gleichmäßigen Rauschen, in dem ich auch gedämpfte Stimmen ausmachen kann.

Ich strecke den Kopf vor, um mich vorsichtig umzuschauen und zu vergewissern, dass keiner hier ist. Ich sehe niemanden. Um weniger aufzufallen und auch weil es immer noch regnet, streife ich den weißen Bademantel ab und trete nur in Badeanzug auf den Balkon, um über das Geländer zu spähen. Unter mir sehe ich den kurzen Ausläufer des L-förmigen Infinity-Pools, was bedeutet, dass ich mich über dem Speisezimmer befinde. Links erkenne ich zwischen den Bäumen den Waldweg, der zur Talstraße führt, und den Parkplatz. Ich laufe einige Schritte in diese Richtung, bis ich die Ecke des Gebäudes erreiche, wo auch der Balkon endet.

Ich gehe zurück zu meinem Ausgangspunkt und schaue nach rechts auf die Terrasse, die an der langen Seite des Pools und vor der Lounge liegt, in der die anderen sich aufhalten.

Plötzlich ertönt ein Summen, dann gleitet die Terrassentür auf, und zwei Gestalten in Regenjacken treten heraus.

Sofort ducke ich mich und rutsche flach auf den Boden.

»Wir müssen doch irgendetwas tun können!«, kann ich Max durch das Prasseln hindurch sagen hören.

»So wie es aussieht, leider nicht. Die Leitungen sind tot. Laut Bergwacht hat der Blitz in einen der Verteilerkästen im Tal eingeschlagen. Dadurch ist das gesamte Telekommunikationsnetz inklusive WLAN und Fernsehen lahmlegt. Um weitere, noch größere Schäden durch die elektromagnetische Strahlung zu vermeiden, haben die Telefonanbieter jetzt erst mal ihre Kästen abgeschaltet«, informiert Pierre ihn.

»Okay, und warum fahren oder laufen wir dann nicht einfach ins Tal? Sie haben doch ein Auto hier.«

»Sind Sie lebensmüde? Nicht einmal die Bergwacht traut sich zu, uns hier rauszuholen. Bei den Wetterverhältnissen ist eine Fahrt ins Tal viel zu riskant. Die kann tödlich enden. Da können sich ganze Schlammlawinen lösen und uns mitreißen. Oder wir bleiben mit dem Auto stecken. Zu Fuß da runterzugehen wäre also wirklich der allerletzte Ausweg.«

»Was wollen Sie mir damit sagen? Dass wir hier festsitzen? Mit einer Mörderin?«

Ich presse mich noch flacher zu Boden.

»Sind Sie sich wirklich sicher, dass es Karla gewesen ist? Denn falls nicht, haben wir noch ein viel größeres Problem. Und wie gesagt, bei diesem Wetter ist es nahezu unmöglich, ins Tal zu gelangen, wenn also –«

»Wir sind uns sicher«, unterbricht ihn Max.

»Wieso?«, fragt Pierre.

»Einer von uns hat sie am frühen Morgen draußen herumschleichen sehen.«

32 STUNDEN VOR DER TAT

8 JOSEFINE

Mein Körper brannte. Jeder Muskel. Jede Sehne. Alles schien in Flammen zu stehen, als ich mit langen Schritten über den unebenen Waldboden rannte. Blut rauschte mir in den Ohren, und mein Herz schlug im Takt meiner Schritte. Die Sonne schien beständig durch das dichte Blätterdach und streifte in regelmäßigen Abständen meine Haut, die noch immer nach Chlor, Sonnencreme und jetzt auch Schweiß roch.

Nachdem Pierre mit seiner Führung durch das Retreat fertig gewesen war, hatten Julian, Viktoria und Karla sich zurückgezogen, um mit der Content-Erstellung zu beginnen. Soweit ich wusste, wollten sie im Yogastudio schon erste Bilder produzieren, da der Lichteinfall dort um die Uhrzeit perfekt für ästhetische Aufnahmen war.

Da Max – wie immer – noch einige Calls zu machen hatte, war ich kurzerhand in meine Laufschuhe geschlüpft und hatte mich bei Pierre nach einer guten Route erkundigt. Er empfahl mir, dem Weg rund um den See zu folgen, und das hatte ich dann auch getan.

Nach der beinahe neunstündigen Fahrt und dem ersten Aufeinandertreffen mit der Ex meines Freundes tat es gut, sich auszupowern und einfach über nichts und niemanden nachzudenken.

Wenn ich lief, war ich in meiner Welt, im Einklang mit meinem Herzschlag und der rhythmischen Bewegung meiner Beine.

Ich warf einen schnellen Blick auf meine Smartwatch. Ich war seit knapp dreißig Minuten unterwegs. In dieser Zeit war ich zweimal um den See gerannt und hatte vier Kilometer zurückgelegt, wobei ich gut 318 Kalorien verbrannt hatte.

Jetzt richtete ich meinen Blick wieder auf die Umgebung. Neben mir ragte nun die gläserne Außenfassade des Retreats auf, das ich noch umrunden wollte. Also folgte ich dem Weg wieder tiefer in den Wald hinein. Bald lag das Haupthaus hinter mir, und ich war von sattgrünen Bäumen umgeben.

Ich wich einigen Wurzeln im Boden aus, schlug dann und wann um mich, um einige Mücken abzuwehren, als plötzlich ein großes, eher schlichtes Haus vor mir aufragte. Vorhin war ich hier definitiv noch nicht vorbeigekommen.

Stirnrunzelnd betrachtete ich das Gebäude. Es erinnerte entfernt an unsere Lodges, war jedoch deutlich größer und hatte mehr richtige Wände statt Glasfronten. Ich verlangsamte das Tempo.

Was ist das?

Mein Atem ging stoßweise, in der Ferne hörte ich einen Buntspecht. Ich lief auf das Haus zu. Es war ein rechteckiger, geradezu kahler Bau. Im Gegensatz zu den Lodges gab es keine Terrasse. Also war es definitiv kein Wohnhaus.

Mir fiel ein, dass Pierre irgendwas davon erzählt hatte, dass er und die Mitarbeiter außerhalb des Haupthauses übernachteten. Dann musste das wohl hier sein.

Privatsphäre ist hier wirklich mehr als nur ein leeres Versprechen.

Ich wandte mich ab und rannte weiter.

Irgendwann kamen schließlich der Strand und die Lodges in Sicht. Als die Entfernung noch etwa zweihundert Meter betrug, beschleunigte ich meinen Schritt und trieb mich zur Hochleistung an. Das tat ich immer. Es hatte etwas Heilsames, eine Joggingrunde mit einem Sprint zu beenden. Das verstärkte das Runner's High.

Einige Sekunden später erreichte ich schweißgebadet und mit bleischweren Beinen das Seeufer. Keuchend stemmte ich die Hände auf die Oberschenkel und schnappte nach Luft. Meine Lunge brannte, und das Herz trommelte mir gegen die Rippen.

Plötzlich vernahm ich ein Klatschen.

»Eigentlich müsstest du jetzt direkt ins Wasser springen«, hörte ich eine tiefe Stimme hinter mir.

Erschrocken fuhr ich herum. Der Magazinmann – Sebastian, wie ich nun wusste – kam den Weg vom Haupthaus zu den Lodges heruntergeschlendert. Ihn umgab eine Wolke aus Zigarettenrauch, und er grinste. Seine Augen verbarg er hinter einer modischen Pilotenbrille, darüber hinaus verbarg er nicht viel.

Er trug eine Badehose, und über seiner Schulter baumelte ein übergroßes Badetuch.

»Ja, vielleicht. Bin nur nicht so der See-Fan, und für den Pool bin ich zu verschwitzt.« Ich lächelte und fuhr mir, wie um das zu unterstreichen, über die Stirn.

»Wohl wahr. Aber so gehört sich das auch für ein gutes Training.« Er blieb vor mir stehen.

»Ja, definitiv. Was für Sport machst du?« Obwohl er sich mir bisher nicht von seiner besten Seite gezeigt hatte, hatte ich beschlossen, ihm gegenüber aufgeschlossen zu bleiben. Als Neue in einer bereits eingespielten Gruppe von Freunden konnte ich es mir einfach nicht leisten, voreilige Schlüsse zu ziehen.

»Kraftsport, und ich gehe mindestens zweimal in der Woche Bouldern, das hat bei mir einen ganz großen Unterschied gemacht. Vorher sah ich auch schon trainiert aus, aber seitdem ...« Unweigerlich streifte mein Blick die definierten Bauchmuskeln und scharfen Linien seines Körpers. Neben seinem Bauchnabel war eine feine, blasse Narbe, die sich hell von seiner sommergebräunten Haut abhob.

»Sollte ich vielleicht auch mal ausprobieren.«

»Ja, unbedingt.« Er schob sich die Brille auf den Kopf und streckte mir die Hand entgegen.

»Ich glaube, wir wurden uns noch gar nicht offiziell vorgestellt. Ich bin Sebastian.« Er grinste selbstgefällig und schaute mir tief in die Augen. Es kostete mich all meine Selbstbeherrschung, nicht wegzuschauen. Doch er war von der Art Mann, die das als Zugeständnis betrachten würde.

»Josefine, hi.«

»Schön, dich kennenzulernen.« Er hielt meine Hand fest umschlossen, während er sie schüttelte. Dabei fiel mir auf, wie weich seine Haut war. Keine Hornhaut an den Ballen, wie es eigentlich für Sportler üblich war. Ob er zur Maniküre ging?

»Gleichfalls«, erwiderte ich, fürchtete jedoch, dass es unaufrichtig klang. Aber wie sollte man sich auch freuen, jemanden wie ihn kennenzulernen?

Keine Vorurteile!, ermahnte ich mich selbst.

Mit einem Ruck entzog ich ihm meine Hand und setzte mich in Bewegung, Sebastian folgte mir. Wir kamen den Lodges näher, und ich erkannte, dass Max draußen auf der Terrasse saß.

Wie immer hatte er den Laptop auf dem Schoß und eine konzentrierte Miene aufgesetzt. Erneut sah ich auf die Uhr.

Fast sechs.

Ich unterdrückte ein Seufzen, dann lächelte ich Sebastian noch einmal an.

»Na gut, ich geh dann mal. Wird sicher bald Essen geben.« Ich deutete auf meinen verschwitzen Körper. »Und so kann ich da wohl kaum auftauchen.«

»Klar, bis später.« Er hob die Hand, dann trennten sich unsere Wege, und ich ging auf die Terrasse zu. Die Lodges waren alle zum See ausgerichtet und verfügten neben einer Fensterfront über eine Außenterrasse, auf der zwei elegante hölzerne Deckchairs standen. Von hier aus waren es, wenn überhaupt, einhundert Meter bis dorthin. Da der andere Stuhl mit der Rückseite zum Wasser gedreht war, erkannte ich erst, als ich näher kam, dass Viktoria darauf saß. Sie hatte die Beine angezogen und war so tief in dem Kissen versunken, dass ich sie glatt übersehen hatte.

»Oh, hi!«, sagte ich. Das Holz der Terrasse knarzte leise unter meinem Gewicht.

Viktoria lächelte, streckte die Hand aus und drückte meine kurz. »Hi, alles klar?«

Wie immer sah sie umwerfend aus. Ihr blondes Haar hatte sie zu einem strengen Zopf gebunden, und die weißen Sportklamotten, die sie jetzt trug, betonten ihre sonnengebräunte Haut. Etwas, wovon ich nur träumen konnte. Dank meines britischen Vaters war meine Haut weiß wie Papier und mindestens genauso empfindlich.

Obwohl Viktoria lächelte, konnte ich eine gewisse Anspannung spüren. Das war nichts Neues für mich. In den letzten drei Monaten war es mehr als einmal vorgekommen, dass Max und Viktoria sich über irgendein Thema uneins gewesen waren.

Wahrscheinlich besprachen sie sich gerade wegen eines möglichen Kooperationspartners und waren mal wieder unterschiedlicher Meinung.

»Alles prima. Lief das Shooting gut?«

»Ja, wir waren schon nach einer Viertelstunde fertig. Ich glaube, Julian bearbeitet die Bilder sogar schon, also alles wunderbar.«

Sie hob beide Daumen in die Höhe. Dennoch kam es mir so vor, als ob ich hier in etwas hineingeplatzt war, das alles andere als wunderbar war.

»Supi, dann will ich euch auch gar nicht weiter stören«, sagte ich daher und beugte mich zu Max hinunter, um ihm einen flüchtigen Kuss auf die Wange zu hauchen.

»War es gut?«, fragt er.

»Ja, war super.« Lächelnd wandte ich mich ab und trat mir die verschlammten Schuhe von den Füßen, wobei ich fast über die Schienen der Fensterläden gestolpert wäre. Sie waren rund fünfzig Zentimeter von der Glasfront entfernt angebracht, da dort der Dachüberstand endete.

Ich stellte meine Schuhe in den Bereich zwischen Fenster und Schiene, damit sie nicht im Weg standen, und huschte dann durch die angelehnte Terrassentür in die Lodge. Um den beiden nicht den Eindruck zu geben, dass ich sie belauschte, schloss ich die Terrassentür hinter mir.

Die Lodges hatten mit der Laube, in der ich aufgewachsen war – flach, kleine Fenster, Trockenbauwände und ein verdreckter Kurzflorteppich –, nicht viel gemein, wenn man von der Holzfassade einmal absah. Wie alles an diesem traumhaft schönen Ort bestachen auch die Lodges durch eine einzigartige Harmonie von kühler Moderne und rustikaler Ursprünglichkeit. Die schlichten Häuschen wirkten durch die hohen Decken mit Blick auf die Dachbalken und die vielen Fenster deutlich größer, als sie eigentlich waren. Das Holz der Wände, der Böden und der Möbel verschmolz mit den anderen überwiegend naturfarbenen Elementen und dem einfallenden Sonnenlicht so, dass man sich wie in einem Baumhaus fühlte. Der dezente Duft von Sandelholz unterstrich dies noch zusätzlich.

Ich widerstand dem Drang, mich auf das dunkelgrüne Nierensofa neben der Fensterfront und dem schwebenden Kamin sinken zu lassen, und lief stattdessen daran vorbei. An dem breiten Boxspringbett blieb ich stehen und griff nach meinem Handy. Normalerweise nahm ich es immer mit zum Laufen, aber hier oben war ohnehin kaum Empfang. Zwei Balken fürs Telefonieren, kein Internet.

Nicht unbedingt die besten Voraussetzungen für uns.

Uns … Damit meinst du dich und die eingeschworene Gruppe. Die, zu der du wohl gern dazugehören würdest.

Ich ignorierte meine fiese innere Stimme und trat an den schmalen schwebenden Schminktisch gegenüber dem Bett. Wie zu erwarten, fand ich dort unter einem Prospekt mit den Massageangeboten das WLAN-Passwort. Eilig tippte ich es ins Handy ein, anschließend lief ich ins Bad und füllte mir ein Glas mit Leitungswasser auf. Als ich wieder herauskam, fiel mein Blick auf unsere Koffer.

Max' stand noch genauso da, wie ihn das Personal vorhin abgestellt hatte, während meiner offen auf dem empfindlichen Holzboden lag.

Ich leerte das Glas in einem Zug, wobei ich überlegte, ob ich erst duschen oder erst die Koffer ausräumen sollte. Ich entschied mich für Letzteres.

Erst die Arbeit, dann das Vergnügen.

»Also?« Max' Stimme klang durch die Scheibe gedämpft zu mir herüber.

»Nein, ich glaube nicht.«

Bei Viktorias Formulierung musste ich schmunzeln. Sie sollte eigentlich wissen, dass ihre *Ich-glaube*-Formulierung für Max eine indirekte Einladung war, seine gesamte Argumentationskette noch einmal vorzubringen.

»Hast du mir denn nicht zugehört? Du bekommst pro Bild dreitausendsechshundert Euro. Für eine Story mit gerade mal drei Videosequenzen kommen noch mal mindestens zweitausend obendrauf. Ich meine, bei einer langfristigen Kooperation wie der, die sie uns anbieten, könnten das sechstausend Euro pro Woche werden. Mindestens. Wenn nicht sogar achttausend. Immerhin reden wir hier über ein nicht verhandeltes Angebot.«

Zu Beginn meines Jobs bei dem Handyhüllenhersteller *Casend* war ich regelrecht in Schockstarre verfallen, als ich gehört hatte, was Viktoria verlangte. Mittlerweile hatte ich mich daran gewöhnt, auch wenn sich mir hin und wieder die Frage aufdrängte, wieso ich vor einigen Jahren nicht schlauer gewesen war und ebenfalls diesen Berufsweg eingeschlagen hatte.

Weil das ja auch so einfach ist.

Vorsichtig griff ich mir einen Stapel Shirts und lief zu dem in der Wand eingelassenen Kleiderschrank.

»Ich habe schon beim ersten Mal verstanden, dass sie verdammt viel zahlen, aber ich habe keine Lust mehr, Werbung für Fast-Fashion-Brands zu machen. Was, wenn einer von meinen Followern dort bestellt und ein Etikett eingenäht ist, auf dem HELP ME steht? Was dann, Max?«

Er seufzte.

»Das wird nicht passieren. So Fast-Fashion ist die Brand überhaupt nicht.«

»Ach nein? Ihre Preise lassen da andere Rückschlüsse zu. Die Leute werden mit Heugabeln auf mich losgehen, Max. Darauf habe ich einfach keinen Bock. Nicht mal für zwanzigtausend pro Bild.«

Er seufzte. »Viktoria, die Leute gehen so oder so mit Heugabeln auf dich los. Spielt doch keine Rolle, ob du deine Dreitausend-Euro-Handtasche aus Krokodilleder in die Kamera hältst oder eine Jeans für zwanzig. Die Leute finden immer was zu meckern.«

Ich ging zurück zum Koffer und holte zwei Kleider heraus.

»Ja, aber ich will kein Aushängeschild für Billigmode sein. Das ist es mir nicht wert.«

»Okay, aber du bist nicht die Einzige, die von dem Geld lebt, dass du verdienst.«

Erneut zuckte mein Blick nach draußen.

Will er jetzt wirklich diese Diskussion führen?

Leise hängte ich die Kleider auf die Bügel.

»Das stimmt. Nur bin ich diejenige, die ihr Gesicht dafür hinhält. Die dafür Hate kassiert und aufs übelste beleidigt wird. Das weißt du doch genau. Gerade unter den derzeitigen Umständen will ich besonders vorsichtig sein.«

»Du willst *ihn* also deine Karriere bestimmen lassen?«

Ich runzelte die Stirn. Von wem sprachen sie da?

»Sieht ganz so aus. Du willst mehr Kohle? Gut, dann handle bessere Verträge aus. Ich arbeite nicht mit denen zusammen. Das ist mein letztes Wort.«

Ich ließ von den Kleiderbügeln ab und drehte mich um. Viktoria und Max standen einander gegenüber. Sie sah ihn herausfordernd an, und die Luft surrte nur so vor Spannung.

Mist.

Kurz überlegte ich, zu ihnen zu gehen und einen Schlichtungsversuch zu unternehmen.

Doch was sollte ich sagen? *Sie meint es nicht so* – oder doch lieber, was ich wirklich dachte, nämlich, dass Viktoria absolut recht hatte? Es war nicht vertretbar, Rabattcodes für Fast-Fashion-Firmen zu posten, deren Angestellte ausgebeutet und unmenschlich behandelt wurden. Aber ich konnte mir bereits vorstellen, wie das enden würde. Drei Monate Beziehung reichten nicht aus, um mich in eine Angelegenheit wie diese einzumischen, es stand mir schlichtweg nicht zu.

Darüber hinaus wusste ich, dass Max nicht von seiner Meinung abweichen würde. Er und Viktoria kamen aus einer wohlhabenden Familie. Sein Leben lang hatte er versucht, den Ansprüchen seines Vaters gerecht zu werden. Und der erwartete nichts Geringeres als Erfolg von seinem Sohn.

Sein Sohn sollte sein wie er.

Also blieb ich nur reglos stehen und beobachtete die beiden.

»Gut, wenn wir dann hier fertig sind.« Viktoria drehte sich um, doch Max packte sie am Arm. Erschrocken sog ich die Luft ein und ging automatisch auf sie zu.

»Spinnst du?« Sie riss sich von ihm los. »Was ist in letzter Zeit bloß los mit dir?«

»Was mit *mir* los ist? Ich arbeite mir buchstäblich die Finger wund, telefoniere den lieben langen Tag. Und du lehnst Deals ab, als wären es Nutten am Straßenrand! Das ist mit mir los!« Er fuhr sich durch die Haare. »Ich fasse es einfach nicht, wie egoistisch du bist. Mein Gott, du bist genau wie unsere Mutter.«

Viktoria blinzelte, öffnete den Mund, schloss ihn jedoch sofort wieder.

Dann, ohne ein weiteres Wort, wandte sie ihm den Rücken zu und ging.

32 STUNDEN VOR DER TAT

9 VIKTORIA

VIKTORIAKAPLAN.OFFICAL

Beiträge

Gefällt **maximilian.kaplan** und **28.531 weiteren Personen**

viktoriakaplan.offical [Anzeige]

WILLKOMMEN IM PARADIES! 🌴
Auch wenn unsere Anreise alles andere als optimal verlaufen ist, sind wir nun endlich im @glowingforestretreatandlodges angekommen. Und lasst mich euch sagen: Dieser Ort ist den weiten Weg definitiv wert! 🤩
Das Glowing Forest Retreat & Loges liegt gut 45 Minuten von der nächsten Ortschaft entfernt, damit sind wir nicht nur von einer atemberaubenden Landschaft, sondern auch von einer erholsamen Stille umgeben. Ihr könnt euch also wahrscheinlich vorstellen, was für eine wahnsinnig intensive Energie hier herrscht ... 🧘
Mehrere Tage hier, und ich komme als neuer Mensch zurück, haha!
Direkt nach unserer Ankunft haben @julianjaster_photography, @dr. s. lewenstein und ich übrigens direkt den Infinity-Pool eingeweiht, bevor wir mit einem leckeren Gerstengrassaft begrüßt wurden. Obwohl ich Smoothies und frische Säfte liebe, habe ich Gerstengrassaft bisher noch nicht probiert, aber will euch unbedingt eine Empfehlung dafür aussprechen – er war einfach köstlich und hat auch allerhand #healthbenefits! Eventuell habe ich sogar direkt zwei getrunken. 🙈

Währenddessen wurden wir übrigens von dem Architekten und Inhaber des Retreats @pierre_karthee_ über das Anwesen geführt. Neben einem Spa-Bereich hat dieser Ort nämlich noch allerhand mehr zu bieten, so z. B. einen künstlich angelegten Strand, einen Steg inklusive kleiner Ruderboote sowie Yoga- und Massageräume.
Mein Highlight ist natürlich der Strand. Jeder, der mich kennt, weiß, dass ich weichen Sand zwischen meinen Zehen liebe.

Danke übrigens auch für eure zahlreichen Fragen in meinem Frage-Sticker. Alle, die sich Fotos vom Anwesen, den Gästehäusern und dem Retreat selbst gewünscht haben, dürfen schon mal nach links swipen. Wie immer war Julian direkt fleißig und hat für euch fotografiert, was das Zeug hält.

Julian legte den Kopf in den Nacken und stöhnte, das tat er nun schon minutenlang. Nur dass sich *da unten* trotz meiner Berührungen und seines – offenbar gespielten – Stöhnens nichts tat. Ich umschloss seinen Schaft fester, hauchte sanfte Küsse auf seinen Hals. Er schmeckte nach Salz, und die herbe Duftnote seiner Rasierseife stieg mir in die Nase.

Aber es passierte nichts.

Er blieb klein und schlaff in meiner Hand. Irritiert löste ich mich von Julian, ließ mein Kinn auf seine Schulter sinken und sah ihn an.

Er hatte die dichten Brauen zusammengezogen, statt Lust verzerrte nur ein angestrengter Ausdruck seine Züge.

»Tut mir leid.« Er zog seine Boxershorts hoch, ignorierte meinen Blick und hob stattdessen die Hände vors Gesicht, um sich die Handballen auf die Augen zu pressen.

»Was ist los?«, fragte ich, obwohl ein Teil von mir bereits zu wissen glaubte, was nun folgen würde. Ich kannte seine stillen Stunden am Tag danach, wusste und akzeptierte, dass er nicht viel sprach und ein wenig Abstand von mir brauchte. Aber so wie heute hatte er sich noch nie verhalten. Er brauchte nicht einfach nur Abstand. Nein, er mied und ignorierte mich regelrecht.

Und das war nicht fair. Immerhin hatte ich nichts falsch gemacht.

Davon, dass er auf meine Annäherungsversuche nicht einging, einmal ganz abgesehen. *Das* hatte es sowieso noch nie gegeben. Normalerweise war Julians Körper wie Wachs in meinen Händen. Es war nicht einmal nötig, ihn zu berühren. Normalerweise reichte es, wenn ich mich – wie auch heute – bis auf die Unterwäsche auszog und ihm einen vielsagenden Blick zuwarf, dass sich eine Beule in seiner Hose abzeichnete.

Wir liebten einander zwar nicht immer und ständig, aber wenn wir es taten, dann voller Hingabe und Leidenschaft. Kein Rein-raus-fertig.

Eben jene Leidenschaft hatte ich vorhin in ihm entfachen wollen, als ich zurückgekommen war und mich neben ihn aufs Bett gelegt hatte. Ich wollte den Streit mit Max vergessen. Wollte das Gefühl loswerden, alles falsch und nichts richtig zu machen. Also fing ich mit Julian an. Er sollte sich von mir geliebt und begehrt fühlen, sollte sehen, was er in mir auslöste und wie stark mein Körper auf ihn reagierte.

Es war mein Ziel gewesen, die Nähe zwischen uns wieder herzustellen, denn seine distanzierte Art mir gegenüber war mindestens so zerstörerisch wie die Worte meines Bruders.

Du bist genau wie unsere Mutter.

Unsere Mutter, die sich nur für sich selbst und ihr eigenes Wohlbefinden interessierte.

»Julian?«

Sein Kiefer spannte sich an, dann öffnete er die Lider, und seine braunen Augen starrten mit einer mir bisher unbekannten Härte an die Decke. »Warum bist du heute so spät ins Hotel gekommen? Wir haben wegen dir unseren Flug verpasst. Wo warst du?«

Hitze schoss mir in den Kopf. Wieso fragte er mich das, wo er die Antwort doch ziemlich sicher nicht hören wollte?

»Bei einem Mann.« Meine Stimme klang ruhig, obwohl mein Herz sich beinahe überschlug.

Julians Kiefer spannte sich erneut an, und ich bildete mir ein, seine Zähne knirschen zu hören.

»Bei diesem Typen von gestern Abend? Dem Koch mit dem charmanten Lächeln und den breiten Schultern? Martinelli?«

Wieso um Himmels willen will er das wissen?

»Ja.«

Stille breitete sich zwischen uns aus, hing zäh in der Luft. Sekunden-, vielleicht sogar minutenlang.

Dann sagte er irgendwann: »Ich kann das nicht mehr.« Er sah mich nicht an. »Ich kann es einfach nicht mehr ertragen.«

»Was meinst du?« Eine überflüssige Frage, denn ich wusste es ganz genau. Nur wollte ich mich irren. Wollte nicht, dass er es ernst meinte, weil die sich daraus ergebenden Konsequenzen unsere beiden Leben auf den Kopf stellen würden. Und unsere beiden Herzen brechen.

Wir führten seit fast einem Jahr eine offene Beziehung. Es war ein letzter Versuch, das mit uns zu retten. Ein letzter Versuch, unserer Liebe noch eine Chance zu geben. Denn die war da. Die Liebe.

Nur dass Liebe eben nicht alles war, was eine Beziehung am Leben erhielt. Julian war mein erster Freund. Der Einzige, mit dem ich mir etwas Festes hatte vorstellen können und auf den ich mich schließlich mehr als nur körperlich eingelassen hatte.

Er wusste von den vielen Männern, kurzen Affären und heißen Abenteuern, die ich gehabt hatte, bevor ich mit ihm zusammengekommen war.

Daher hatte es eine Weile gedauert, ihn davon zu überzeugen, dass mein Wunsch, eine offene Beziehung zu führen, weder damit zusammenhing, dass ich ihn nicht mehr liebte, noch damit, dass er mich nicht befriedigte.

»*Woran liegt es dann?*«, hatte er damals gefragt, die Stimme rau und bleiern vor Schmerz. Wir hatten auf dem Balkon gesessen, dem Regen gelauscht und Wein aus Tetrapaks getrunken.

Für ihn war mein Vorschlag ein Schock gewesen. Julian hatte mich seit Anbeginn unserer Beziehung auf Händen getragen. Er tat alles für mich – wortwörtlich. Er schrieb mir regelmäßig Textnachrichten, schickte mir Blumen mit kleinen Grußkärtchen, überhäufte mich mit Komplimenten, leckte mich so lang, bis ich kam. Er war die Art von Mann, die Schreibende für ihre Bücher erschufen – leidenschaftlich, respektvoll, aufmerksam, romantisch. Wie konnte es also sein, dass ich das Beste hatte und es mir doch nicht genug war?

Die Antwort war einfach. Verliebtheit ist kein konstantes Gefühl. Leidenschaft nichts, was dauerhaft brennt. Auch das Beste vom Besten wird irgendwann langweilig, wenn man es jeden Tag hat.

»Es hat nichts damit zu tun, dass ich dich nicht mehr liebe, Julian. Das tue ich. Sehr sogar. Aber ich fühle mich körperlich nicht befriedigt. Und damit meine ich nicht, weil der Sex zwischen uns nicht leidenschaftlich oder du mir nicht genug bist. Ich brauche einfach Abwechslung. Ich sehne mich nach Nervenkitzel und Adrenalinschüben. Nach sexueller Spannung. Nach Abenteuer. Aber eben nur auf rein körperlicher Ebene. Es geht mir nicht um emotionale Verknüpfungen oder tiefsinnige Gespräche, die habe und führe ich nur mit dir. Es geht mir lediglich um Sex«, hatte ich ihm erklärt und gehofft, dass er verstehen würde, was ich meinte. Es ihm vielleicht sogar genauso ging.

Er hatte lange geschwiegen, aber schließlich genickt und gesagt: »Na schön, lass es uns ausprobieren.«

So einfach war es gegangen. Zu einfach, wie sich nun zeigte.

Ich schüttelte den Kopf, um die Gedanken und Erinnerungen loszuwerden, und kehrte stattdessen ins Hier und Jetzt zurück.

Julian lag noch immer da und starrte an die Decke.

»Was meinst du damit?«, wiederholte ich meine Frage. Offenbar wusste er so gut wie ich, dass seine nächsten Worte über unsere Zukunft entscheiden würden, weshalb er eine Antwort hinauszögerte.

Er seufzte. »Ich habe es wirklich versucht, Tori. Aber …« Er brach ab und fuhr sich mit den Händen übers Gesicht.

Meine Kehle fühlte sich mit einem Mal rau und trocken an, als wäre jemand mit Schmirgelpapier über die empfindliche Haut gefahren.

»Aber ich liebe dich so sehr. Der Gedanke, dich noch länger mit anderen Männern zu teilen, der –« Seine Stimme versagte. »Jedes Mal, wenn du verschwindest, um es zu tun, liege ich die ganze Nacht wach. Glaub mir, ich habe versucht, an etwas anderes zu denken, aber ich kann nur an eins denken: Wie ein fremder Mann dich fickt. Und wie du unter ihm liegst und ihm all die Dinge ins Ohr flüsterst, die du mir normalerweise ins Ohr flüsterst.«

Er raufte sich die schwarzen Haare, dann sah er zu mir, einen flehenden Ausdruck in den Augen.

»Ich kann diese Gedanken einfach nicht mehr ertragen. Diese Eifersucht macht mich verrückt. Treibt mich in den Wahnsinn. Ich erkenne mich selbst kaum noch wieder. Ich bin ständig gereizt, aggressiv und schlecht gelaunt.«

Tränen stiegen mir in die Augen.

Es war mir aufgefallen. Natürlich war es das. Es ließ sich schlecht ignorieren, wenn sich der aufmerksame, romantische Partner plötzlich immer öfter passiv-aggressiv verhielt. Einen ansah, als sei man ein gammliges Stück Fleisch. Doch ich hatte es nicht wahrhaben wollen. Hatte mich damit getröstet, dass es an der Arbeit, dem Stress und dem wenigen Schlaf lag. Eben an den Umständen. Und dann war da noch dieser kleine, aber nicht unbedeutende Teil in mir, der es zugegebenermaßen genoss, wenn der besonnene, stets korrekte Julian eifersüchtig war. Es schürte die Spannung und das Verlangen zwischen uns und damit genau das, woran es unserer Beziehung meiner Meinung nach fehlte.

»Wieso hast du nicht eher was zu mir gesagt?«

»Weil ich es versuchen wollte, Tori. Für dich. Was denn sonst? Ich dachte, es sei normal, so zu fühlen. Am Anfang. Aber je öfter es vorkam, desto schlechter ging es mir.« Seine Stimme bebte.

»Wie oft hast *du* mit einer anderen geschlafen?« Eigentlich sprachen wir nicht darüber. Weder wann noch mit wem. Das war eine der Regeln, die wir für uns festgelegt hatten. Nur manchmal bekam der eine – so, wie Julian gestern – mit, wenn der andere in der Nacht das Bett verließ, um unter die Laken eines Fremden zu schlüpfen.

Zumindest wusste ich, dass Julian es bei mir hin und wieder mitbekommen hatte. Ich hingegen hatte noch nie bewusst bemerkt, dass er verschwunden war.

Julian kniff sich in die Nasenwurzel und lachte. »Tori, ich habe nicht ein einziges Mal mit einer anderen geschlafen.«

Erst dachte ich, ich hätte mich verhört. Doch als ich den Schmerz in seinen Augen sah, wurde mir klar, dass er das ernst meinte.

»Ich hab's versucht, aber ich konnte nicht. Das ist ja das Problem. Ich will niemand anderen außer dir.«

Ich stand auf, hatte das Gefühl, nicht länger sitzen zu können.

»Du hast nie … O Gott, Julian. Wie soll eine offene Beziehung funktionieren, wenn nur ein Partner die Freiheiten nutzt? Ich meine, das führt ja automatisch zu einem Ungleichgewicht. Wie sollst du ertragen können, dass ich mit anderen Männern schlafe, wenn du selbst es nicht auch mit anderen Frauen tust, das ist doch verrückt.«

Julian stand nun ebenfalls auf. »Was willst du damit sagen, Viktoria? Dass ich mich nicht anstrenge, weil ich im Gegensatz zu dir nicht das Bedürfnis habe, mit anderen Frauen zu schlafen?« An seiner Stirn pochte eine dicke Ader, und sein Gesicht lief rot an. »Du willst mir allen Ernstes meine Liebe zu dir vorhalten?«

Tränen kullerten mir über die Wangen, aber ich wischte sie fort. »Nein, Julian, darum geht es doch überhaupt nicht.« Meine Stimme zitterte. »Versteh mich doch, ich weiß nicht, was ich machen soll. Ich liebe dich. Ich liebe dich so unglaublich, aber ich kann …« Ich schluckte den Kloß in meiner Kehle herunter. »Ich kann mir eine andere Art der Beziehung einfach nicht vorstellen. Mich haben die letzten Monate sehr erfüllt, und ich weiß nicht, ob ich dahin zurückkann, wo wir angefangen haben, ohne dass ich das Gefühl hätte, mich selbst zu verleugnen.« Nun flossen die Tränen wie Sturzbäche meine Wangen hinunter, und ich schmeckte das Salz auf den Lippen. »So kann es einfach nicht funktionieren. Eine offene Beziehung klappt nur dann, wenn beide sie auch wollen und beide mit anderen Partnern schlafen. Wie sonst solltest du die Vorzüge erkennen, die so eine Beziehung mit sich bringt?«

»Von was für Vorzügen sprichst du bitte?« Seine Stimme

klang schrill, und sein Kopf war beinahe so rot wie meine Fingernägel. Der Ausdruck auf seinem Gesicht war derart irre, dass ich unwillkürlich ein paar Schritte vor ihm zurückwich.

»Seitdem wir unsere Beziehung so führen, fühle ich mich dir viel näher.«

Julian verzog das Gesicht.

»Ich habe das Gefühl, dass das zwischen uns viel intensiver ist. Ich meine, das macht ja auch Sinn. Um so eine Beziehung zu führen, muss man ehrlich zueinander sein, und man muss dem anderen blind vertrauen. Und dass du mir dieses Vertrauen entgegenbringst, ist ein wahnsinnig schönes Gefühl. Es eröffnet unweigerlich eine neue Ebene von Intimität. Aber du kannst das natürlich nicht nachempfinden, weil du nie mit jemand anderem geschlafen hast. Ich weiß, du siehst nur den Nachteil, dass du mich teilen musst, aber eine offene Beziehung gibt uns auch die Chance, unsere Gefühle füreinander noch zu intensivieren.«

»Du glaubst also, die Lösung für unser Problem wäre, dass ich mit anderen Frauen schlafe? Verstehe ich das richtig?« Er lachte. Es klang wild und wütend und zugleich unendlich verzweifelt.

Plötzlich erfasste mich eine abgrundtiefe Müdigkeit. Es war mir alles zu viel. Der Streit mit Max. Der Streit mit ihm. Mein Herz pochte nur noch träge. Ich wollte ihm nicht weh tun. Das war das Letzte, was ich wollte. Aber was sollte ich tun, wenn die Alternative Selbstverleugnung war?

Ich warf die Hände in die Luft. »Ich weiß es doch auch nicht, Julian.« Ich schrie die Worte regelrecht heraus, schrie, weil ich den Schmerz nicht länger ertragen konnte. »Ich weiß nur, dass ich dich über alles liebe und dass ich dich nicht verlieren will. Aber ich kann einfach nicht zurück. Das wäre nicht mehr ich, und ich bezweifle auch, dass es lange gut gehen würde. Diesen Gefallen kann ich dir einfach nicht tun, weil es bedeuten würde, mich selbst aufzugeben.« Wütend wischte ich die Tränen weg, die mir noch immer über die Wangen liefen. »Tut mir leid.« Ich wandte mich ab und verschwand ohne ein weiteres Wort im Bad. Dort lehnte ich die Stirn gegen das kühle Holz der Tür und schluchzte laut auf. Ich hörte einen dumpfen Schrei aus dem Nebenzimmer, und irgendetwas ging zu Bruch. Dann Stille.

Scheiße nochmal!

Kurz verharrte ich so, lauschte nur dem Rauschen des Blutes in meinen Ohren und dem trägen Schlagen meines Herzens.

Irgendwann waren die Tränen schließlich versiegt, und ich spürte Trotz in mir aufsteigen. Ich war nicht bereit, mich noch länger von den Streits mit ihm und mit Max runterziehen zu lassen. Ich würde mich jetzt fertigmachen und einen schönen Abend mit meinen Freunden verbringen. Also drückte ich mich von der Tür ab und lief durch das helle, lichtdurchflutete Bad mit der großen Regendusche und den marmornen Oberflächen zum Waschbecken.

Dabei schaute ich durch die bodentiefen Fenster nach draußen. Die Äste der umstehenden Kiefern und Laubbäume wiegten sich sanft in der sommerlichen Brise, ansonsten hätte der Anblick ebenso ein Standbild sein können. Absolute Ruhe. Hier oben war man wirklich weit weg von allem und jedem.

Schon ironisch, wie friedlich die Natur vor mir lag, während in meinem Herzen ein Sturm tobte und alles in Schutt und Asche legte.

Ich drehte mich zum Spiegel und begegnete meinem verheulten Gesicht. Das Licht war unerbittlich und gab den Blick auf jede noch so kleine Unebenheit frei. Vorsichtig fuhr ich mir über die geschwollenen Tränensäcke und anschließend durch die Haare, um die Knoten, die sich durch das Salzwasser gebildet hatten, zumindest grob auszukämmen. Dabei musste ich immer wieder in mir aufsteigende Tränen fortblinzeln.

Er wird dich verlassen.

Ich stützte mich einen Moment auf dem Waschbeckenrand ab. Hielt mich fest, damit mich der Schmerz nicht umhaute wie eine mächtige Welle. Als ich den Gedanken erfolgreich verdrängt hatte, drehte ich mich zur Dusche, zog mein Shirt aus und öffnete meinen BH. Ich wollte ihn gerade zu Boden fallen lassen, da spürte ich mit einem Mal dieses merkwürdige Prickeln. Es kam immer, wenn mich jemand beobachtete – und da ich eine Person des öffentlichen Lebens war, kam das häufiger vor, so dass ich das Gefühl mittlerweile gut kannte.

Suchend schaute ich in die Bäume, doch da war niemand. Natürlich nicht.

Wo soll auch jemand sein?

Aber das war wohl das Ding mit fremden, einsamen Orten – man ging davon aus, dass man dort alleine war. Nur konnte man eigentlich nie sicher wissen, ob nicht doch Gefahren auf einen lauerten.

Das Vibrieren meines Handys riss mich aus meinen Gedanken. Erst wollte ich es ignorieren, doch dann dachte ich, dass es vielleicht Karla war. Also zog ich es aus der Tasche meiner Hose, die ich auf den Boden hatte fallen lassen. Statt eines Namens stand dort eine unbekannte Nummer als Absender. Ich überflog die Nachricht und erstarrte.

> Weißt du, was man früher mit Fotzen wie dir gemacht hätte? Man hätte dich an den Füßen aufgehängt und angezündet.

Ein irrwitziger Teil in mir glaubte kurz, dass sich diese Nachricht auf mein Gespräch mit Julian bezog, aber dann schaltete sich mein Verstand ein.

Unmöglich.

Ich sperrte das Handy und legte es auf die Ablage über dem Waschbecken, ehe ich mir den Slip abstreifte und in die Dusche stieg.

Obwohl es draußen vierundreißig Grad waren, duschte ich heiß. Ich brauchte die Hitze, um den Schmerz, den die Diskussion mit Julian in mir hinterlassen hatte, aus mir herauszubrennen.

Plötzlich hörte ich, wie sich die Tür öffnete. Erschrocken fuhr ich herum und entdeckte Julian im Türrahmen. Sein Gesicht war völlig ausdruckslos, die Augen rot und geschwollen, und ich bildete mir ein, dass seine Unterlippe zitterte.

Zum ersten Mal hatte ich Angst vor ihm.

»Julian, was …« Er kam zu mir, ignorierte die Tatsache, dass er T-Shirt und Boxershorts trug, stieg zu mir unter die Dusche und küsste mich. Dabei vergrub er seine Hände in meinem Haar und zog meinen Kopf dermaßen hart zurück, dass mir die Kopfhaut brannte. Ich erwiderte den Kuss, gab mich seinen drängenden Lippen und der unausgesprochenen Aufforderung darin hin.

»Ich will dich, Viktoria. Ich will, dass du mir gehörst. Jetzt und hier.«

»Dann tu es«, hauchte ich und fuhr mit den Händen auffordernd unter sein nasses Shirt, um die Nägel in seinen Rücken zu graben. Er zögerte kaum einen Atemzug, dann schob er zwei Finger in mich. Ich stöhnte, bog mich ihm entgegen, um seine harten, unnachgiebigen Stöße aushalten zu können.

»Fuck«, murmelte ich und legte eine Hand auf seine. »Nicht so fest.«

Doch offenbar hatte er mich nicht verstanden, denn er hörte nicht auf, nahm mich ganz im Gegenteil noch härter. Seine Augen waren dunkel, ja beinahe schwarz, sein Kiefer angespannt.

Plötzlich ließ er von mir ab und presste mich an den Schultern zu Boden. Es gab einen dumpfen Knall, als ich mit den

Knien auf den harten Fliesen aufkam, aber Julian schien das gar nicht wahrzunehmen. Stattdessen holte er seinen Schwanz raus und schob ihn mir in den Mund.

Ich machte mit. Nicht weil ich Spaß daran hatte, sondern weil ich ihm zeigen wollte, dass ich ihn liebte. Ihn begehrte. Er fickte meinen Mund so lange, bis mein Kiefer schmerzte und mein Gesicht sich taub anfühlte, dann erst riss er mich hoch, drehte mich um und presste mich an die Wand.

»Jul-«

Er rammte sich in mich, knurrte in mein Ohr.

Ich stöhnte laut auf, vor Lust und auch ein bisschen vor Schmerz. Julian presste sich von hinten an mich, während er immer tiefer in mich stieß, vergrub seine Hand erneut in meinen Haaren und zog mich daran zurück. Stöhnend streckte ich den Rücken durch und lehnte mich an seine Brust.

»Na, hat dich Martinelli auch so genommen? Wie ein Tier?«

»Julian, um Himmels willen, hör auf, was –« Ich versuchte, ihn fortzuschieben, doch er bewegte sich keinen Zentimeter. Stattdessen legte er mir eine Hand auf den Mund, brachte mich zum Schweigen und nahm mich weiter, flüsterte mir dabei unentwegt ins Ohr. »Ist es das, was du willst? Dass ich mir hole, was mir gehört? Ist es das, worauf du stehst und was ich dir nicht geben kann? War sein Schwanz größer als meiner?«

Da begann ich zu weinen.

Weinte um den Mann, der er einmal gewesen war.

Weinte, weil ich ihn zu dem gemacht hatte, was er jetzt war.

Und auch als er mich zu sich umdrehte, mein Gesicht in seine Hände nahm und leise Entschuldigungen in mein Ohr raunte, konnte ich nicht aufhören zu weinen.

Denn in diesem Moment war mir klargeworden, dass es keine Leidenschaft gewesen war, die ihn zu mir unter die Dusche getrieben hatte. Sondern Hass.

10 KARLA

Einer von uns hat sie am frühen Morgen draußen herumschleichen sehen, hallen Max' Worte in mir nach.

Wahrscheinlich sollte mich das in Panik versetzen, aber nachdem ich ein paar Atemzüge lang darüber nachgedacht habe, wird mir klar, dass es keine neue Information ist. Nicht wirklich. Natürlich bin ich draußen gewesen. Das ist nur logisch, denn irgendwo muss ja das viele Blut und der Sand an meinen Füßen hergekommen sein. Es besteht keinerlei Zweifel daran, dass ich an der Stelle gewesen bin, wo wir vor wenigen Minuten die Leiche gefunden haben.

Tränen steigen mir in die Augen, aber ich schlucke sie herunter.

Du hast keine Zeit für Gefühle, Karla.

Nichtsdestotrotz versetzen mich Max' Wortwahl und die Art, wie er die Worte betont hat, in Sorge. Er hat nicht gesagt, dass mich jemand draußen *gesehen* hat oder dass ich dort *herumgelaufen* bin. Nein, er hat das Wort ›herumschleichen‹ benutzt.

Schulschwänzer schleichen. Eltern, die ihre Kinder nicht wecken wollen, schleichen. Einbrecher, die den Goldschmuck deiner Oma klauen wollen, schleichen. Niemand schleicht, wenn er nicht irgendwas zu verbergen hat oder auf keinen Fall bemerkt werden will.

Klar, die meisten Menschen denken nicht groß über ihre Wortwahl nach. Herumschleichen, herumstreunen, herumgehen – ist doch alles dasselbe. Aber nicht für Max. Er ist jemand, der Sätze und Worte ganz genau abwägt, weil er sie anderen auch viel zu gern im Mund herumdreht. Er kennt die Macht der Worte, und er spielt nicht damit.

Ob er *mich gesehen hat?*

Mit einem Mal spüre ich das Prasseln des Regens wie Hagelkörner auf meinem Körper. Die Wassertropfen bohren sich in mich hinein, und das Rauschen in meinen Ohren wird mit jedem Herzschlag lauter.

Ich schließe die Augen und versuche, gegen den wieder aufbrandenden Schmerz und die sich ausbreitende Schwärze in meinem Kopf anzukämpfen.

Erinnere dich. Komm schon.

Aber es spielt keine Rolle, wie krampfhaft ich versuche, mich daran zu erinnern, was gestern geschehen ist – mich erwartet nur Finsternis dort, wo eigentlich bunte Bilder vor meinem inneren Auge entstehen sollten.

»Wann war das?«, durchbricht Pierres Stimme meinen verzweifelten Versuch, mich an irgendwas zu erinnern.

»Wir wissen es nicht ganz genau. Es war wohl noch dunkel. Könnte also alles zwischen zwei und vier gewesen sein, schätze ich.«

In Gedanken notiere ich mir den Zeitraum. Vielleicht kann ich ein paar der Geschehnisse rekonstruieren, wenn ich halbwegs weiß, wo ich wann war. Außerdem wird der Gerichtsmediziner einen Todeszeitpunkt feststellen, so dass diese Information für mich noch von Bedeutung sein könnte.

Jemand atmet laut aus, und ich vernehme Schritte gleich unter mir.

»Ich tue mich trotzdem schwer mit dem Gedanken, dass sie es getan haben soll«, höre ich Pierre sagen, was mich zugegebenermaßen überrascht.

»Wieso?«

»Weil sie so betrunken war, dass Viktoria und ich sie ins Bett tragen mussten. Es fällt mir einfach schwer, zu glauben, dass sie in diesem Zustand noch mal aufgestanden sein soll, um jemanden umzubringen.«

Ich runzle die Stirn. Mir ist natürlich klar, dass ich betrunken gewesen bin. Aber so betrunken, dass die anderen mich ins Bett *tragen* mussten?

»Sie ist Stunden vor uns ins Bett gegangen. Bis zum frühen Morgen hätte sie sich wieder erholen können.«

»Hm, vielleicht.«

Ich hebe vorsichtig den Kopf und linse zu ihnen hinunter. Pierre steht neben einer der Holzliegen, Max mit verschränkten Armen vor dem Pool. Beide haben mir den Rücken zugewandt. Trotzdem senke ich wieder den Kopf und presse meine Wange an das kühle, nasse Holz.

»Sie wirken nicht überzeugt«, stellt Max fest.

Pierre schweigt einen Moment. »Nein. Ich kann Ihnen selbst nicht sagen, warum, wo schließlich alles dafür spricht, dass sie es gewesen ist. Aber ich trage hier für Sie alle die Verantwortung. Wenn wir etwas übersehen, wenn *ich* etwas übersehe, und sie es tatsächlich nicht gewesen ist …« Ich stelle mir vor, wie er mit den Schultern zuckt. »Dann schweben wir alle in großer Gefahr.«

»Pierre, wir haben eine Leiche am See gefunden. Mit unglaublich vielen Schnittwunden. Und plötzlich taucht Karla auf, die buchstäblich so aussieht, als hätte sie jemanden abgestochen. Wie kann man das anders erklären, als dass sie es gewesen ist?« Max' Stimme wird mit jedem Wort lauter, und den Schmerz, der diesmal mein Herz durchfährt, könnte keine Schmerztablette dieser Welt lindern.

Der Mann, den ich mehr liebe als mich selbst, glaubt, dass ich einen Menschen ermordet habe.

»Was, wenn sie den Mörder gestört hat? Wenn sie aufgewacht ist und sie gefunden hat?«

Tränen brennen hinter meinen Lidern. Der Gedanke, wie sie dort gelegen hat und langsam verblutet ist, bringt mich nahezu um den Verstand. Mein Herz setzt einen Schlag aus.

»Bitte«, presst Max hervor. »Nicht.«

Einige Sekunden lang herrscht Stille, dann höre ich schlurfende Schritte. »Sorgen Sie dafür, dass wir die Polizei erreichen, Pierre. Tun Sie, was immer dafür nötig ist, dass wir Hilfe bekommen.«

Ich drehe vorsichtig den Kopf und sehe, wie Max wieder im Haus verschwindet. Pierre bleibt noch einen Moment draußen im Regen stehen, bis er ihm schließlich folgt. Kaum dass er drinnen ist, schließt sich die große Glastür zur Terrasse.

Stumm zähle ich mit, wie lange es dauert, bis sie vollständig geschlossen ist.

Dreißig Sekunden.

Im Liegen spüre ich das Holz unter und den Regen auf mir. Ich drehe mich auf den Rücken und starre in den taubengrauen Himmel.

Was soll ich tun?

Auf die Polizei warten und hoffen, dass sich die Sache zu meinen Gunsten aufklärt? Mich darauf verlassen, dass sie der Idee, ich könnte unschuldig sein, eine Chance geben?

Unwillkürlich sehe ich mich vor zwei grimmig dreinblickenden Beamten in einem tristen Raum auf einem Metallstuhl sitzen. Neben mir ist eine dieser verspiegelten Glasscheiben, hinter der weitere Beamte und vielleicht auch eine Kriminalpsychologin stehen, die alle versuchen herauszufinden, ob ich ein Monster bin oder nicht.

Ich, Karla. Die Frau, die an manchen Tagen zwei unterschiedliche Socken trägt und heult, wenn sie Filme sieht, in denen Menschen nach langer Zeit der Ablehnung endlich die Wertschätzung erhalten, die sie verdienen.

Einer der Beamten würde sich zu einem Lächeln aufraffen und versuchen, mich einzulullen, während sein Kollege fiese Fragen stellt, deren Antworten ich selbst nicht kenne.

Sie würden die anderen befragen, ob ich ein Motiv gehabt hätte – und klar, das hatte ich, das hatten wir wohl alle.

Nein. So darf es nicht kommen. So darf es nicht enden.

Ich starre auf meine Hände.

Sind das die Hände einer Mörderin?

Nein.

Was auch immer letzte Nacht geschehen ist, weshalb auch immer ich draußen unterwegs gewesen bin – ganz sicher nicht, um jemanden zu ermorden.

Ich kenne mich. Ich weiß, wozu ich fähig bin.

Ein Mord gehört definitiv nicht dazu. Noch dazu ein so brutaler. Über ein Dutzend Messerstiche.

Für eine Tat wie diese muss sich schon vorher ein Orkan des Zorns in einem zusammengebraut haben, und selbst wenn ich sauer gewesen bin, Mordphantasien habe ich keine gehabt.

Vorsichtig richte ich mich auf und stelle fest, dass der Schmerz wieder etwas nachlässt. Einen Moment verharre ich im Regen. Spüre die Tropfen auf meiner Haut, dann nicke ich mir selbst zu.

Ich habe einen Entschluss gefasst. Ich werde nicht hier rumsitzen und auf die Polizei warten. Stattdessen werde ich selbst herausfinden, was letzte Nacht wirklich passiert ist, und vor allem, wer der *wahre* Mörder ist. Denn plötzlich bin ich mir mit einer messerscharfen Gewissheit sicher, dass ich es nicht bin und er noch unter uns ist.

Ich empfinde keine Schuld. Nein. Ich empfinde Angst.

Denn *ihr* Tod war der Anfang, aber ist er auch das Ende?

Ich komme auf die Beine und taste nach den Tabletten. Sie drücken noch immer gegen die empfindliche Haut meiner Brüste.

Gut.

Ich spähe zur Terrasse hinunter. Hinter der langen Fensterfront kann ich drei Silhouetten ausmachen.

Wo wohl die anderen sind?

Ich beuge mich über das Geländer, um den Abstand zum Pool einzuschätzen. Er befindet sich genau unter dem Balkon, so dass ich leicht hineinspringen kann. Er ist allerdings nicht besonders tief, maximal eins siebzig. Also wäre es wahrscheinlich das Sicherste, wenn ich mich auf die Brüstung setze und von dort aus springe. Eine Arschbombe scheint mir eine gute Methode zu sein, dann komme ich weder mit den Beinen noch mit dem Kopf am Boden auf.

Unbemerkt wird das Ganze allerdings nur schwer zu bewerkstelligen sein. Zwar kommt mir der Regen entgegen, doch er wird wohl kaum laut genug sein, um meinen Aufprall vollends zu übertönen.

Das bedeutet, dass ich lediglich die Sekunden an Vorsprung habe, die es braucht, bis die drei hinter dem Fenster realisieren, dass jemand in den Pool gesprungen ist, und Pierre auf die Idee kommt, dass ich es sein könnte, weil das Krankenzimmer über einen Zugang zum Balkon verfügt. Dann dauert es vielleicht noch mal zehn bis fünfzehn Sekunden, bis die Terrassentür sich weit genug geöffnet hat, dass sich der Erste von ihnen hindurchzwängen kann. Macht einen Gesamtvorsprung von bestenfalls einer Minute, wahrscheinlich eher von vierzig Sekunden.

Kein besonders großer Vorsprung.

Aber er könnte ausreichen, um aus dem Wasser herauszukommen und loszurennen.

Nur wohin?

Um ehrlich zu sein, habe ich keine Ahnung, was ich tun soll. Es erscheint mir jedoch eine gute Idee, damit zu beginnen, den gestrigen Abend zu rekonstruieren. Und das könnte mir eventuell mit meinem Handy gelingen. Vielleicht gibt es ja Nachrichten oder ein paar Fotos, die meinen Erinnerungen auf die Sprünge helfen und dort Klarheit schaffen, wo momentan nur Finsternis herrscht.

Mein Blick gleitet hinüber zu den Lodges.

Zu auffällig. Dort werden sie als Erstes nach dir suchen.

Ich atme aus, denke nach. Es wäre deutlich schlauer, eine Flucht vorzutäuschen. Wenn sie glauben, dass ich das Retreat und damit das Gelände verlassen habe, werden sie nicht mehr nach mir suchen, und ich kann – mehr oder minder – in aller Ruhe Nachforschungen anstellen.

Ich lasse meinen Blick erneut über den Pool, von da aus über die saftig grüne Grasfläche und über den Parkplatz weiter zum schlammigen Waldweg schweifen, der hinter den Bäumen stellenweise zu erkennen ist. Wenn ich ihm einige hundert Meter folge und meine Fußabdrücke hinterlasse, werden sie denken, dass ich ins Tal geflüchtet bin und die Suche nach mir einstellen. Sie werden zurück ins Retreat gehen, und ich werde ihnen nach einer Weile folgen.

Könnte funktionieren.

Ich unterdrücke die aufkommende Übelkeit und atme tief ein.

Ich grüble weiter über diesen Plan nach, zweifle. Aber bleibt mir eine Wahl?

Okay, ab jetzt werde ich nicht mehr so viel nachdenken und einfach machen.

Ich schiele zu den Gestalten hinter der großen Glasfront, ehe ich mich auf die Brüstung des Geländers ziehe. Adrenalin peitscht mir durch den Körper, bringt meine Glieder zum Zittern und mein Herz zum Hämmern. Kurz befürchte ich, dass es mir gleich den Brustkorb sprengt.

Alles wird gut.

Alles. Wird. Gut.

Ich schwinge nacheinander beide Beine über das Geländer und richte mich auf. Der Regen prasselt auf mich ein.

Ich schlucke.

Das Metall, um das ich meine Finger klammere, ist rutschig – nicht die besten Ausgangsbedingungen für einen sauberen Sprung, aber es gibt keine Alternative.

Eins.

Zwei.

Drei.

Ich falle. Mit unterdrücktem Schrei durchstoße ich die Wasseroberfläche. Mein Körper geht unter wie ein Stein. Dumpf komme ich mit dem Hintern auf dem Boden auf, doch es tut nicht weh.

Meine Beine finden Halt, und ich stoße mich in die Richtung ab, in der ich den Parkplatz vermute. Als ich wieder auftauche, atme ich gierig ein. Wasser läuft mir in die Augen, und ich blinzle es fort.

Ich bin nicht ganz da, wo ich sein wollte, also schwimme ich, so schnell ich kann, zum Beckenrand und ziehe mich daran hoch. Meine Arme und Beine zittern, doch das Adrenalin treibt mich an wie eine Droge.

»Putain de merde! Was –«, höre ich, und mir wird klar, dass sie schon draußen sind.

Ich renne los. Der Regen peitscht mir ins Gesicht und macht mich fast blind, aber ich renne weiter, hetze über den weichen Rasen und die Granitplatten. Das Blut rauscht mir in den Ohren, mein Herz schlägt bis in meine Kehle.

Irgendwann erreiche ich den verschlammten Waldweg. Obwohl mir klar ist, dass es gewagt ist, renne ich los. Der Schlamm bremst meine Schritte, doch es geht nicht anders.

Plötzlich höre ich sie. Weit entfernt, aber doch nah genug.

»Karla!«

Sie rufen nach mir. Sie alle. Als suchten sie ein vermisstes Kind und keine Frau, die sie für eine Mörderin halten.

Ich renne noch schneller. Nach einer Weile – die alles zwischen ein paar Sekunden und einigen Minuten sein könnte – überwinde ich einen kleinen Hügel und wage es, mich hinter der Kuppe umzudrehen. Keiner zu sehen. Noch nicht.

Mittlerweile brennen meine Beine, und auch meine Füße schmerzen. Ich trage keine Schuhe, und in dem weichen Schlamm verstecken sich einige scharfkantige Steine. Ich schaffe es trotzdem noch gut zweihundert Meter weiter. Noch einmal vergewissere ich mich, dass ich außerhalb ihres Blickfeldes bin, dann bleibe ich stehen.

Ich hüpfe auf den schmalen Grasstreifen zwischen den zwei Schlammspuren, wische meine Füße halbwegs sauber, ehe ich von dort aus in den Wald springe und im Dickicht verschwinde.

Keine Ahnung, wie tief ich hineinrenne, doch ich achte darauf, den Weg nicht aus den Augen zu verlieren. Mich im Wald zu verirren wäre das Letzte, was ich jetzt noch gebrauchen könnte.

Als ich außer Sichtweite bin, ducke ich mich hinter einen Baum. Erst wenn ich mir sicher sein kann, dass sie meinen Köder geschluckt haben, werde ich zurück ins Retreat gehen. Alles andere ist zu gefährlich.

Doch sie schlucken ihn nicht.

»Die Spur endet hier!«, ruft Max den anderen zu.

Zitternd stehe ich da. Weiß nicht, was ich nun tun soll.

»Wahrscheinlich ist sie in den Wald gerannt, damit wir sie nicht sehen können«, sagt Pierre. Zumindest denke ich, dass er es ist, der das sagt. Die große Kapuze und die vom Regen verzerrte Stimme lassen mich das nur vermuten.

»Wir müssen ihr folgen.«

Der Mann mit der Kapuze schüttelt den Kopf. »Ich lasse nicht zu, dass wir uns bei diesem Wetter im Wald verirren oder sich jemand verletzt. Es ist zu gefährlich. Karla könnte sonst wo sein. Außerdem ist das sowieso sinnlos. Selbst wenn sie es bis ins Tal schafft – wohin soll sie gehen? Spätestens in ein paar Tagen wird man sie überall suchen. Wir kriegen sie.« Das hat wieder Pierre gesagt, wird mir klar.

Max will widersprechen, aber eine kleinere Gestalt, ebenfalls in übergroßer Regenjacke, tritt an ihn heran.

Seinem Gesichtsausdruck nach zu urteilen, redet sie auf ihn ein.

Stocksteif beobachte ich die Gruppe. Da ist Julian, der aussieht wie auf Drogen – erschöpft und willenlos. Sebastian, der den Anschein macht, als wäre ihm all das zu viel.

Was auch immer die zierliche Gestalt zu Max sagt, es zeigt Wirkung. Wenige Atemzüge später wenden sie sich von den Fußspuren ab und laufen wieder hoch zum Haus.

Erleichtert atme ich aus.

Sie sind weg.

Ich warte noch ein paar Minuten, länger halte ich es in der Kälte nicht aus, dann setze ich mich langsam in Bewegung. Das Adrenalin hat mittlerweile nachgelassen, und ich spüre ein stechendes Brennen unter den Fußsohlen.

Ich muss in meine Lodge. Brauche warme Kleidung und mein Handy.

Während ich zurückgehe, bleibe ich hinter den Bäumen und halte den Blick fest auf den Waldweg gerichtet.

Äste streifen mein Haar, Dornen reißen an meiner Haut, aber ich bleibe nicht stehen. Ich sehe zwar das Blut, spüre aber den Schmerz nicht. Es fühlt sich an, als wäre ich betäubt. Als wäre ich hier und doch ganz woanders.

Vielleicht ist es der Schock, aber wohl eher die Kälte. Sie lähmt meine Muskeln und mein Hirn.

Als ich das Retreat nach einer gefühlten Ewigkeit erreiche, erhebt es sich leblos in den Himmel. Kein Licht brennt. Keine Bewegung lässt sich hinter den Scheiben ausmachen. Es steht völlig reglos da.

So leise ich kann, husche ich im Schatten der Bäume um das Gebäude herum. Der Glaskasten, der mir bei unserer Ankunft so wunderschön offen und einladend vorgekommen ist, zeigt mir jetzt, wie ausgeliefert ich ihm bin. Jeder Raum gibt mit seinen großen Fenstern den Blick auf den Wald frei – und somit auch auf mich. Und in diesem Haus sind viele Augen, die nach mir Ausschau halten. Vor allem wegen Max mache ich mir Sorgen. Er wird es nicht auf sich beruhen lassen. Dafür kenne ich ihn zu gut.

Also presse ich mich an die kalten, nassen Stämme und schleiche von einem Baum hinter den nächsten, springe, so gut es noch geht.

Die Sauna, die im jetzt tristen Dickicht steht, sieht dennoch einladend aus, aber ich verwerfe den Gedanken, mich dorthin zu flüchten, als mir meine letzte Erinnerung an diesen Ort wieder einfällt: Ich höre einen Schrei durch meinen Schädel hallen.

Vorsichtig setze ich einen Schritt vor den nächsten, sehe zu, dass ich von dort wegkomme. Ich höre keinerlei Geräusche mehr außer dem gleichmäßigen Prasseln des Regens. Als würde der Wald mit all seinen Bewohnern die Luft anhalten.

Plötzlich stehe ich vor einem großen Haus. Irritiert kneife ich die Augen zusammen.

Ich wage mich nicht näher heran, befürchte, dass jemand herauskommen könnte. Doch bis auf mein eigenes Spiegelbild lässt sich in den Scheiben nichts erkennen. Es brennt kein Licht, und es scheint unbewohnt.

Die Unterkunft der Mitarbeiter.

Für einige Sekunden spiele ich mit dem Gedanken, mich dort zu verstecken.

Um hineinzukommen, bräuchte ich allerdings einen Schlüssel – oder ich muss eine Scheibe einschlagen. Aber das wäre zu laut.

Also gehe ich weiter, bis ich die Lodges erreiche. Ich laufe gerade an der von Julian und Viktoria vorbei, als ich aus dem Augenwinkel sehe, wie sich die Terrassentür oben beim Haupthaus öffnet. Ich bilde mir ein, Max zu erkennen, doch ich gebe mir keine Zeit, es genauer herauszufinden. Er darf mich nicht sehen.

Nur wo kann ich mich verstecken?

Scheiße!

Kurz überlege ich, mich in eine der Lodges zu flüchten, doch dann wird mir klar, dass das keine gute Idee ist. Wenn er – aus welchen Gründen auch immer – in die hineinkommt, in der ich mich verstecke, bin ich geliefert. Mal ganz davon abgesehen, dass meine eigene Lodge, von der ich weiß, dass das Fenster offen steht, siebzig Meter entfernt ist. Unwillkürlich muss ich an seine Hände um meinen Hals denken, und sofort fängt meine Kehle wieder Feuer.

Ich renne zurück in den Wald. Suche Schutz zwischen den Bäumen.

Was will er hier? Hat er mich gesehen?

Mein ganzer Körper zittert, und alles in mir ist zum Zerreißen gespannt.

Scheiße. Scheiße. Scheiße. Nur wieder weg von hier.

Ich bewege mich tiefer in den Wald hinein, entferne mich Schritt für Schritt weiter von den Lodges. Jeder Ast, der unter meinen Füßen zerbricht, klingt in meinen Ohren wie die Detonation einer Bombe.

Ich zwinge mich, rational zu bleiben, mir in Erinnerung zu rufen, dass er das nicht hören kann. Dass der Regen meine Schritte verschluckt.

Ungefähr zweihundert Meter von den Lodges entfernt entdecke ich einen Busch. Unendlich langsam schiebe ich die Äste auseinander, um hineinzuschlüpfen und –

Ich erstarre, kann mich keinen Zentimeter bewegen. Dieser Busch ist nicht einfach ein Busch. Er ist ein *Versteck*.

Unwillkürlich zwinkere ich, aber der Anblick bleibt derselbe. Ich werde nicht von Ästen und Blättern umschlossen. Der Busch – oder das, was von ihm übrig ist – ist komplett ausgehöhlt, so, als hätte ihn jemand präpariert.

Langsam schaue ich zu Boden und halte den Atem an. Ich stehe auf einem Paar großer Fußabdrücke.

Was zur Hölle.

Dort, wo meine Augen auf die Hülle – mehr ist es nicht – des Buschs treffen, sind zwei Löcher in das Blattwerk geschnitten. Von außen sind sie mir nicht aufgefallen, aber von hier drin erkenne ich ganz klar ihre Schnittkanten. Ich blinzle und schaue in die Richtung, in die derjenige, der hier stand – wer auch immer das gewesen sein mag – geschaut hat.

Mein Blick fällt auf Viktorias und Julians Lodge. Auf den Teil der Lodge, wo die bodentiefen Fenster der Dusche sind.

Mir wird eiskalt, und mein Herz setzt für mehrere Schläge aus.

Jemand war mit uns an diesem Ort, den wir für abgelegen und sicher gehalten haben, und hat Viktoria beobachtet.

Viktoria, die nun tot ist.

11 @TORIFANDOM4EVA

Ein Ast malträtierte meine Kopfhaut, und vor mir seilte sich eine Spinne ab. Ich verzog das Gesicht, griff nach ihr und zerquetschte sie. Man kann das für radikal halten, aber ich befand mich in der freien Natur, und ich hatte einen guten, nachvollziehbaren Grund: Ich musste mich konzentrieren.

Leicht angewidert öffnete ich die Hand und wischte mir den Spinnenkadaver an der Hose ab, ehe ich nach dem Fernglas griff, dass mir schwer um den Hals baumelte. Langsam und mit Bedacht – weil in meinem Versteck kaum mehr Platz war als in einem Koffer und ich vermeiden wollte, die wenigen verbliebenen Äste zu berühren, damit sie sich nicht bewegten – hob ich es an die Augen.

Da ich einige hundert Meter von der Lodge entfernt war, brauchte ich einen Moment, um mein Ziel auszumachen.

Konzentrier dich.

Ich hielt die Luft an. Jetzt sah ich sie. Klar und deutlich.

Viktoria Kaplan hatte soeben das Bad betreten und lehnte nun – nur in schwarzer Spitzenunterwäsche – mit der Stirn an der Tür. Wie sie da so stand wie ein getretener Hund, konnte man ja beinahe Mitleid bekommen mit dieser armen Sexbombe auf zwei Beinen.

Was für eine Fotze.

Ich lächelte.

Mit langen Schritten ging sie jetzt durch den Raum. Tränen hatten ihr Make-up ruiniert, und der Ausdruck auf ihrem Gesicht verriet mir, dass sie wohl doch Gefühle hatte.

Es geschehen also noch Wunder.

Ein paar Herzschläge lang sah, nein, starrte sie aus dem Fenster, dann drehte sie sich abrupt um und widmete sich ihrem Spiegelbild. Immer wieder fuhr sie mit den Fingern durch ihre lange blonde Mähne. Das ging eine ganze Weile so, bis sie sich irgendwann nach vorn lehnte, um sich am Waschbeckenrand abzustützen. Dabei entging mir nicht, dass ihre Schultern bebten. Weinte sie etwa?

Das ist ja besser, als ich dachte.

Da ging bestimmt noch mehr. Ich griff nach meinem Handy und tippte schnell eine Nachricht.

Weißt du, was man früher mit Fotzen wie dir gemacht hätte?
Man hätte dich an den Füßen aufgehängt und angezündet.

Ja, das erschien mir passend. Ich drückte auf Senden, dann hob ich das Fernglas wieder an und konzentrierte mich auf Viktoria.

Sie stand vor der Dusche und schaute nach draußen.

Wie aufregend.

Spürte sie etwa meinen Blick auf sich? Adrenalin jagte mir durch den Körper. Sie hatte gerade ihren BH geöffnet und hielt ihn mit einer Hand über den Brüsten fest, während sie noch immer genau in meine Richtung glotzte. O ja. Sie fühlte sich beobachtet.

Ich starrte sie ungerührt an, und fast war es, als starre sie zurück, als würden wir einander in die Augen sehen – nur dass sie davon nichts wusste. Ich lächelte erneut.

Viktoria ließ den BH fallen und schlüpfte aus ihrem Höschen.

Langsam fuhr ich mit dem Fernglas ihren Körper wieder hinauf, da zuckte sie zusammen.

Meine Nachricht ist angekommen.

Ich beobachtete, wie sie wieder tiefer in den Raum hineinlief und nach ihrem Smartphone griff. Sie erstarrte, als hätte ihr jemand ins Gesicht geschlagen.

Ein zufriedenes Kribbeln ging durch meinen Körper.

Doch sie erholte sich schneller von meiner Nachricht als gedacht. Bereits wenige Augenblicke später legte sie das Handy wieder weg und stieg in die Regendusche.

Sie duschte, wie man es aus der Werbung für Duschgel kennt – genüsslich und langsam. Wahrscheinlich sah es bei dem, was ich hier tat, so aus, als wäre ich ein Perverser, der jeden Moment seinen kleinen, von kringeligen Sackhaaren umgebenen Schwanz auspacken und bei ihrem Anblick ganze dreißig Sekunden lang masturbieren würde, bevor er ins Blattwerk ejakulierte und abhaute. Aber das war nicht der Fall. Ganz im Gegenteil. Nichts an Viktoria Kaplan wirkte anziehend auf mich. Nicht mehr. Der Grund für *meine* Anwesenheit an diesem abgelegenen Ort für Menschen mit zu viel Geld und zu wenig Selbstlosigkeit, um es in die Krebsforschung statt in ihr eigenes Wohlbefinden zu investieren, war ein anderer.

Nämlich der, dass sie nichts von all dem verdiente. Sie machte an einem Tag mehr Geld mit Selbstbeweihräucherung als manch anderer in einem Monat mit harter Arbeit, und das nur, weil sie es schaffte, Fremden das Gefühl zu geben, dass es sie interessierte zu erfahren, wie diese ihr Wochenende verbrachten oder was sie von der Farbe Dunkelblau hielten oder welche Musik sie hörten.

Doch das war nur Show. Viktoria Kaplan interessierte sich einen Scheiß für ihre Anhänger und deren Wohlbefinden. Sonst würde sie wohl kaum regelmäßig Fotos von ihrem klapperdürren, retuschierten Körper posten und damit zwölfjährige Mädchen anstacheln, ins Bad zu rennen, um die Rinderroulade auszukotzen, die ihre Mütter stundenlang in der Küche zubereitet hatten.

Man könnte meinen, ich wäre neidisch darauf, dass sie geliebt wurde und reich war – darauf, dass ihr Leben so perfekt und einfach war. Aber Neid war nicht das, was mich dazu gebracht hatte, an diesen gottverlassenen Ort zu kommen, einen Busch auszuhöhlen und mich darin zu verstecken wie ein Tierfotograf. Was mich antrieb, war größer als eine so banale Emotion wie Neid.

Es war der brennende Wunsch nach Gerechtigkeit. Und ich würde diesen Ort erst verlassen, wenn ich sichergehen konnte, dass ich sie wiederhergestellt hatte.

32 STUNDEN VOR DER TAT

12 PIERRE

Ich stand am Meer, fühlte den Wind auf meiner Kopfhaut, roch das Salz und spürte die warmen Strahlen der Sonne, die von oben auf mich herabschien und meine Haut zum Glühen brachte. Ich saß im Sand, nahm jedes Sandkorn unter mir wahr. Dabei atmete ich tief in den Bauch und hielt die Spitzen von Zeigefinger und Daumen aneinander. Ich beobachtete die Wellen, ihren gleichmäßigen Rhythmus, lauschte dem Rauschen und sank immer tiefer in den Sand unter mir ein.

Wo zuvor Frustration und Anspannung meine Muskeln verkrampft hatten, löste nun die Ruhe alle Blockaden auf und besänftigte meinen Herzschlag.

In diesem Moment klingelte das Festnetztelefon und riss

mich aus meiner Visualisierung heraus. Ich erhob mich aus der Meditationsposition, durchquerte das Büro und griff nach dem Hörer.

»Pierre Karthee –«

»Du hast angerufen?«, blaffte mein Vater ins Telefon. Ich unterdrückte ein Seufzen. Obwohl es unmöglich war, bildete ich mir ein, die Bierfahne zu riechen, die ihn in letzter Zeit begleitete wie ein Schatten.

Mein Blick zuckte zum Foto von uns beiden auf meinem Schreibtisch. Er hatte mir einen Arm um die Schultern gelegt, und wir strahlten in die Kamera. Hinter uns thronte das *The Bernard Hotel*, das mein Vater noch bis vor wenigen Jahren *sein* Hotel genannt hatte. In seinen Augen lag ein aufgeregtes Funkeln, der Anzug, den er trug, war makellos und seine Haut erstaunlich straff für einen Mann seines Alters.

Es kam mir vor, als sei es eine Ewigkeit her.

»Ja, ich wollte mich nur erkundigen, wie es dir geht und ob du so weit klarkommst. Du bist gestern nicht drangegangen und hast auch auf mein Klingeln nicht reagiert, deshalb habe ich dir die Einkäufe vor die Tür gestellt. Hast du sie gefunden und reingeholt?«, fragte ich und ließ mich in den Bürostuhl sinken. Im Hintergrund hörte ich eine dumpfe Stimme undeutliche Worte sprechen.

Er saß also wieder vor dem Fernseher.

Wo auch sonst?

»Hab ich. Aber da war nichts Hochprozentiges dabei. Du brauchst nicht für mich einkaufen zu gehen, wenn du mir ohnehin nie das mitbringst, was ich will.«

»Du weißt, dass ich dir keinen Alkohol kaufe«, erwiderte ich tonlos. Das war alles, wofür er sich noch interessierte. Alkohol, Alkohol, Alkohol.

»Ja, ja, der heilige Pierre«, sagte er mit abfälliger Stimme.

Der heilige Pierre … Zu dem er mich erzogen hatte, bevor er sich im Wodka verloren hatte.

Wegen ihr.

»So wie du klingst, bist du trotzdem an deine Ration gekommen.« Während ich das sagte, glitt mein Blick nach draußen. Die Sonne ging langsam hinter den Bergen unter und ließ den See noch einmal unter ihren Strahlen funkeln. Es war ein überwältigendes Farbspiel, wie die Sonne den blauen Himmel in Flammen setzte, und ich wünschte, mein Vater – oder eher der Mann, der er einst gewesen war, bis *sie* ihn zerstört hatte – wäre jetzt bei mir und könnte sehen, was ich sah.

Er lachte. »Natürlich, ich bin ja kein kleines Kind mehr, auch wenn du mich gerne wie eins behandelst.«

Ja, weil du dich genau so verhältst.

Mein Vater war nicht in der Lage, in einen Supermarkt zu gehen, um Lebensmittel einzukaufen, seine Wohnung zu putzen, geschweige denn, sein Leben auf die Reihe zu kriegen. Mein Vater war ein Kind mit dem Ausweis eines Erwachsenen und mit gerade genug Standfestigkeit, um an der Kasse nicht so sehr zu schwanken, dass man ihm nichts mehr verkaufte.

»Hast du von deiner Mutter gehört?« Seine Stimme klang noch immer wie die eines elenden Säufers, aber da schwang auch eine Sanftheit mit, die ich zuvor noch nicht wahrgenommen hatte.

»Ja. Sie lässt dir liebe Grüße ausrichten.«

Das war eine Lüge. Meine Mutter ließ meinem Vater schon lange keine Grüße mehr ausrichten. Um genau zu sein, hatte sie das noch nie getan. Nachdem er uns endgültig in den Ruin manövriert hatte, hatte sie ihre Siebensachen gepackt, war in unseren alten Chevrolet gestiegen und davongefahren. Auch wenn ein Sohn so was wohl nicht sagen sollte, war ich froh darüber. Sie hatte die Tatsache, dass er für sie von Frankreich nach

Deutschland gezogen war, viel zu lange als Vorwand genutzt, um sich nicht von ihm zu trennen, ihm auch noch die x-te zweite Chance zu geben.

Seither telefonierte ich hin und wieder mit ihr – wenn auch nicht so oft, wie ich sollte. In all den Telefonaten hatte sie mich nie gefragt, wie es ihm ging oder was er so trieb. Mein Vater interessierte sie nicht. Er gehörte zu dem Teil ihres Lebens, den sie vergessen wollte. Sie hatte mich mit ihm zurückgelassen und war aufgeblüht wie eine Blume, die nach einer langen Dürreperiode endlich Wasser bekam. Während mein Vater umgefallen war wie ein morscher Baum.

»Pah. Sie könnte ja auch mal anrufen.«

»Ich sag's ihr, wenn ich sie das nächste Mal spreche.«

Er brummte, dann hörte ich das Gluckern in der Bierflasche, als er trank. Langsam erhob ich mich von meinem Stuhl und trat mit dem Hörer am Ohr ans Fenster.

Ich drehte das Handgelenk so, dass ich die Zeiger meiner Uhr sehen konnte. Da Magdalena und ich nach dem Rundgang nur noch alles Notwendige für das Abendessen vorbereiten mussten, hatten wir, wie sonst auch, ein bisschen Zeit, in der wir buchstäblich nichts weiter zu tun hatten, als darauf zu warten, dass die Gäste zum Essen eintrafen. Diese nutzten wir dann häufig für private Telefonate, für ein kleines Nickerchen oder um uns noch mal frischzumachen. Je nachdem. Heute hatte ich mich für eine Visualisierungsübung auf dem Balkon entschieden, um den Stress der letzten Stunden abzubauen und mich für den kommenden zu rüsten.

Noch immer starrte ich auf die Zeiger der Uhr. 18.32 Uhr.

Blinzelnd riss ich mich davon los, als ich eine Bewegung im Augenwinkel bemerkte. Ich drehte den Kopf und entdeckte Magdalena, die einen Ast zur Seite schob und dabei war, sich einen Weg aus dem Wald zu bahnen. Sie blieb kurz stehen, strich ihre dunkelgrüne Uniform glatt und steuerte auf die Granitplatten zu, die zum Haupthaus führten. Ich kniff ungläubig die Augen zusammen.

Wo kommt sie denn her?

Ihr Blick war auf den Boden gerichtet, während sie schnellen Schrittes in Richtung Haupthaus lief.

»Na gut, Dad, ich wollte mich nur vergewissern, dass bei dir alles in Ordnung ist. Ich muss dann auch wieder arbeiten.«

»Es ist Freitag.«

»Ja, aber du weißt doch, dass ich in einem Retreat arbeite und wir meist am Wochenende Gäste empfangen.«

»Retreat? Was soll das sein? Und was für Gäste? Hört sich an wie so 'n Ding, in dem nur reiche Spinner verkehren.«

Ich hatte meinem Vater schon mehrere Male erklärt, was ein Retreat war. Aber jedes Mal war er zu betrunken gewesen, um sich am nächsten Tag noch daran zu erinnern. Darum hatte ich ihm die Information, dass es nicht irgendein Retreat, sondern *mein* Retreat war, auch vorenthalten. Denn das hier war nicht nur mein Traum. Es war seiner. Unserer.

Ich lebte das Leben, das er sich für sich selbst gewünscht hatte. Merzte die Fehler aus, die er seinerzeit gemacht hatte, in der Hoffnung, ihn so retten zu können.

Ich wollte ihm seinen Traum zurückgeben und damit einen Grund zu leben. Ohne Alkohol. Doch bevor ich das konnte, musste ich mich erst behaupten.

Viktoria Kaplan würde die letzte Hürde sein. Ihre Posts konnten alles ändern. Zum Guten wie zum Schlechten. Und dass immer beides möglich war, wusste ich nur zu gut. Das hatte ich auf die harte Tour gelernt. Also würde ich meinem Vater erst erzählen, dass ich ein eigenes Retreat besaß, wenn ich mir sicher sein konnte, dass sich die Vergangenheit nicht wiederholen würde.

13 JOSEFINE

»Finden Sie nicht auch, dass das ein bisschen kleinlich ist?«, hörte ich Max sagen, als ich aus dem Badezimmer kam, nachdem ich ausgiebig geduscht hatte.

Er stand mit dem Rücken zu mir vor dem großen Panoramafenster und hatte das Handy ans Ohr gepresst. Leise lief ich zum Kleiderschrank. Die Klimaanlage brummte gleichmäßig. Die Luft war kühl, so dass mir augenblicklich ein Schauer über den Rücken lief.

Max drehte sich kurz um und schenkte mir ein zärtliches Lächeln. Er trug noch immer sein hellblaues Hemd, das ich so an ihm liebte, hatte jetzt aber die beiden oberen Knöpfe geöffnet. Er wirkte deutlich entspannter als noch vor einer Stunde. So war das oft bei ihm.

Seine Wut brach schnell und kurz aus ihm heraus, danach beruhigte er sich aber genauso schnell wieder.

Ich lächelte zurück, dann öffnete ich langsam die hölzernen Lamellentüren des Einbauschranks und blickte auf das perlmuttweiße Kleid aus feinem Seidenstoff, das ich heute Abend anziehen wollte. Vorsichtig – Seide war nicht nur anfällig für Flecken, sondern zog auch schnell Fäden – nahm ich es vom Kleiderbügel, öffnete den Reißverschluss und schlüpfte hinein. Der Stoff schmiegte sich kühl und sanft an meine vom Duschen erhitzte und von der Sonne leicht gerötete Haut.

Während ich den Reißverschluss hochzog, ging ich ins Bad, wo ich nach der Bodylotion mit schimmernden Goldpartikeln griff, die Viktoria vor einigen Wochen auf ihrem Kanal beworben hatte. Damit rieb ich mir Arme und Beine ein, wobei ich peinlich genau darauf achtete, dass die Creme nicht mit dem Stoff in Berührung kam.

»Wow, du siehst toll aus!« Max lehnte im Rahmen der Badezimmertür und betrachtete mich. Ich hatte gar nicht mitbekommen, dass er das Gespräch beendet hatte und mir hinterhergekommen war. Als er sich näherte, bemerkte ich, dass er seinen Blick über meinen Körper wandern ließ.

»Danke. Das Kleid ist neu«, entgegnete ich und zwinkerte ihm zu. Max trat hinter mich, strich sanft über mein Schlüsselbein, ehe er ein paar blonde Strähnen zur Seite schob und mir heiße Küsse auf die Halsbeuge hauchte.

Ich ließ den Kopf gegen seine Brust fallen und atmete seinen herben Duft ein.

»Wunderschön«, murmelte er an meinem Ohrläppchen und hörte nicht auf, mich zu küssen. Stattdessen schob sich seine Hand über den feinen Stoff des Kleides, bis sie den Saum erreichte. Quälend langsam fuhren seine Finger an ihm entlang und jagten mir einen Schauer der Lust über die Schenkel, bevor er den Stoff hochschob.

Ich legte meine Hand auf seine. »Ich hab meine Tage«, murmelte ich.

Max ließ den Kopf auf meine Schulter sinken und seufzte frustriert. »Hattest du die nicht gerade erst?«

Ich lachte. »Nein. Vor knapp vier Wochen.«

Er seufzte wieder und küsste meine Schulter, da ertönte das Geräusch, das ich in letzter Zeit als zunehmend lästig empfand. Das Klingeln seines Telefons.

Er zog die Hand zurück, um das Handy aus der Hosentasche zu ziehen. »Mist. Tut mir leid, da muss ich rangehen. Wird wahrscheinlich auch länger dauern. Geh ruhig schon mal zum Essen. Ich komme, so schnell ich kann, nach, okay?«

Ich nickte nur. Obwohl ich von ihm nichts anderes gewöhnt

war, störte es mich, dass er selbst an diesem Wochenende offenbar vorhatte, unentwegt zu arbeiten.

Er drückte mir einen Kuss auf die Wange, dann ließ er mich im Bad zurück, um das Gespräch entgegenzunehmen.

Ein paar Sekunden verharrte ich noch vor dem Waschbecken und betrachtete zufrieden mein Spiegelbild.

Ein Lächeln huschte mir über die Lippen. Ich verließ das Badezimmer und löschte das Licht.

Während ich in ein paar rosafarbene Stilettos schlüpfte, verfolgte mich sein Blick unentwegt, doch ich schaute nicht auf. Er sollte wissen, dass ich sauer war, damit er so schnell wie möglich nachkam. Immerhin waren wir im Urlaub. Mit seinen Freunden. Die ich mehr schlecht als recht kannte.

Ich trat nach draußen. Sofort schlug mir eine schwüle Hitze entgegen, und der Seidenstoff fühlte sich auf einmal schwer auf meiner Haut an.

Ich lief über die Granitplatten zum Haupthaus hinüber. Grillen zirpten, und es lag der Geruch von angebratenem Gemüse und ätherischen Ölen in der Luft. Himmlisch.

Als ich die Terrasse erreichte, empfingen mich flackernde Windlichter und melodische Jazzklänge. Weiter hinten bei der Feuerschale entdeckte ich Magdalena und Julian. Der machte schon wieder fleißig Fotos, wobei Magdalena ihm half, indem sie einen großen Reflektor hielt. Ich winkte ihnen zu, bevor ich über die Holzdielen zur Lounge ging. Drinnen war die Musik etwas lauter, und kühle Luft schlug mir entgegen.

Pierre stand hinter der Bar und lächelte mich an. Er hatte sein legeres Leinenhemd von vorhin gegen ein elegantes weißes Abendhemd getauscht. Es stand ihm hervorragend, und ein wenig sah er aus wie einer von diesen feinen Herren, die in Hamburg aus den Banken kamen.

»Hallo, Frau Fiebig, kann ich Ihnen schon ein Getränk anbieten? Ich habe hier einen köstlichen Sundowner vorbereitet. Zitronen-Minz-Limonade mit Arak. Alternativ auch ohne Alkohol.« Er lächelte, wobei er eine Reihe strahlend weißer Zähne zeigte.

»Oh, wie wundervoll. Da sage ich natürlich nicht nein. Gerne mit Alkohol. Aber jetzt muss ich doch mal ganz neugierig fragen – was ist denn Arak?« Ich nahm das Kristallglas entgegen.

»Arak ist vom Geschmack her ähnlich wie Ouzo, hat auch diese Anisnote, kommt aber aus Israel. Und er wird nicht aus Zuckerohr, sondern aus weißen Trauben oder Feigen destilliert. Dieser hier ist aus Feigen gemacht. Schon mal probiert?«

Ich schüttelte den Kopf und trank einen angemessen großen Schluck. Der Cocktail schmeckte köstlich. »Aus Israel. Wie aufregend, wie sind Sie denn an den gekommen?«

»Ich habe da vor einiger Zeit als Meditationslehrer in einem Retreat gearbeitet. Bei meinem Abschied haben wir zu meinen Ehren mit Arak angestoßen. Da bin ich auf den Geschmack gekommen. Und jetzt bestelle ich ihn regelmäßig.«

»Wirklich lecker, danke!« Ich hob das Glas wieder an den Mund und wusste sofort, dass ich zu maßlos gewesen war. Etwas von der Flüssigkeit quoll aus meinem Mund und lief mir am Kinn entlang, bevor es auf mein Seidenkleid tropfte.

»Mist!« Ich stellte das Glas ab und warf Pierre einen entschuldigenden Blick zu.

»Wirklich köstlich, aber ich muss kurz den Fleck auswaschen gehen. Seide ist sehr empfindlich.«

Bevor Pierre etwas erwidern konnte, war ich bereits aus der Lounge in die Lobby und dort in Richtung Wendeltreppe geeilt. Meine Absätze klackerten laut, als ich die Stufen nach unten ging, um zu den Waschräumen zu gelangen.

Wie alles im unteren Geschoss waren auch die in hellen Farben gehalten und in warmes, kerzenähnliches Licht getaucht.

Ich trat ans Waschbecken und beugte mich leicht vor, um den Fleck auszuwaschen, bevor ich mich in einer Verrenkung unter den Handföhn schob und wartete, dass die Seide trocknete.

Als das erledigt war, lief ich wieder nach oben. Noch immer schallte Jazzmusik aus den Boxen, aber nun waren fröhliche Stimmen von der Terrasse und aus dem Speisezimmer zu vernehmen. Offenbar waren inzwischen auch die anderen eingetroffen. Ich konnte sehen, dass Karla und Sebastian sich bereits an dem massiven Esstisch eingefunden hatten. Da Max noch nicht da war, entschied ich, mich so lange wie möglich vor der erneuten Begegnung mit Karla zu drücken. Sie war zwar nett, aber sie war nun mal die Ex meines Freunds, und ich musste sowieso schon aufpassen, mich nicht ständig mit ihr zu vergleichen.

Also ging ich zurück in die Lounge und trank den letzten Schluck meines Cocktails in einem Zug.

»Ich nehme noch einen«, sagte ich zu Pierre und lehnte mich an die Bar. Ein wenig Alkohol konnte nicht schaden. Er würde meine Zunge lockern und meine innere Stimme beruhigen.

»Kommt sofort.« Er griff nach dem silbernen Cocktailshaker und begann mit der Zubereitung. Hinter mir wurde ein Lachen laut, und ich drehte mich um.

Magdalena und Julian standen mir zugewandt am Pool, nahmen jedoch keinerlei Notiz von mir, was wohl daran lag, dass ihre Blicke an dem Display seiner Kamera klebten.

»Die Bilder sind wirklich großartig geworden. Normalerweise mache ich die Fotos für unseren Instagram-Kanal, und die sind weit entfernt von professionell.«

Magdalena beugte sich noch etwas vor, und mir entging nicht, dass ihre Finger Julians flüchtig berührten.

Ich warf einen schnellen Blick über die Schulter. Pierre beobachtete die beiden ebenfalls.

»Also ich finde die Bilder auf eurem Kanal super. Klar … sie sind mit einer Handykamera gemacht. Aber die Komposition stimmt. Du hast offenbar ein gutes Auge.« Julian sah von der Kamera auf, und ihre Blicke begegneten sich. Kurz schauten sie einander einfach nur an, dann drehte er den Kopf weg, und ich bildete mir ein, dass er noch kurz an ihren Lippen hängenblieb.

Mich überkam das plötzliche Bedürfnis, woanders hinzugehen. Was auch immer hier abging, ich wollte nicht Zeuge davon sein. Und doch konnte ich mich nicht losreißen.

»Danke, nett, dass du das sagst.« Magdalena ging einige Schritte zurück und hob den Reflektor hoch, während Julian in die Hocke ging und nach der Kameratasche griff.

»Fotografierst du schon lange?«, fragte er.

Hinter mir wurde ein metallisches, beinahe aggressives Klackern laut, als Pierre die Eiswürfel im Shaker schüttelte. Unwillkürlich fragte ich mich, ob er und Magdalena ein Paar waren. Ich stellte mir vor, wie die beiden einander küssten, doch irgendwie war das Bild nicht stimmig. Da war eine Härte in seinen Zügen, die man nur bekam, wenn das Leben einem heftig zusetzte.

»Wie kommst du drauf?«

»Die Bildkomposition verrät eindeutig, dass du dein Handwerk verstehst. Außerdem brauchte ich dir gar nicht zu sagen, wie du den Reflektor halten musst.« Erneut trafen sich ihre Blicke eine Sekunde zu lang.

»Erwischt. Ich fotografiere ungefähr seit zwei Jahren. Ich hab damit angefangen, als ich in den Chalets auf der Zugspitze gearbeitet habe. Ich wollte die Schönheit der Berge einfangen, um sie meinem Sohn zeigen zu können.«

Überrascht zog ich die Brauen hoch. Ich hätte nicht gedacht, dass sie ein Kind hatte.

»Das klingt wunderbar«, erwiderte Julian.

»Wie kamen Sie zum Fotografieren?« Magdalena war neben ihm in die Hocke gegangen und schaute jedes Mal, wenn er es ihr hinhielt, auf das Display seiner Kamera. Dabei berührten sich ihre Schultern.

Ich wandte den Blick ab und beobachtete, wie Pierre die Flüssigkeit in mein Kristallglas goss.

»Du«, verbesserte Julian. »Ich habe drei Schwestern. Und alle drei hatten nicht nur einmal die Idee, Model zu werden. Ich bin der Älteste, und deshalb durfte nur ich die Kamera unseres Vaters benutzen. Ich wurde also zum Fotografieren gezwungen, bis es mir irgendwann einen Riesenspaß gemacht hat. Als ich dann noch Photoshop entdeckt habe, war es endgültig um mich geschehen.« Ich hörte das Lächeln in seiner Stimme.

»Das klingt toll. Photoshop ist leider zu kompliziert für mich …«

»Wenn du magst, kann ich dir die Grundlagen zeigen. Wenn man die einmal verstanden hat, ist es eigentlich ganz simpel.«

»Oh, also … na ja …«

»Schon klar, du bist hier, um zu arbeiten.« Er zuckte mit den Schultern. »Aber wenn du mal eine halbe Stunde Pause hast, kannst du mich jederzeit fragen, okay? Ich mache das wirklich gern.«

Davon bin ich überzeugt.

In diesem Moment stellte Pierre mit einem lauten Knall den Drink auf die Theke.

»Bitte sehr.«

»Vielen Dank.« Lächelnd griff ich nach dem Glas, rutschte vom Barhocker und ließ Pierre, Magdalena und Julian zurück, um stattdessen ins Esszimmer zu fliehen.

Es war mir unangenehm, Zeuge von etwas zu sein, das ich nicht einschätzen konnte. Bisher hatte ich Julian als zurückhaltenden, freundlichen Menschen kennengelernt, doch mit einem Mal hatte sich mein Bild von ihm geändert. Vielleicht hatte er nur höflich Smalltalk betreiben wollen, aber dennoch ging mir nicht aus dem Kopf, wie sich ihre Finger berührt hatten und sein Blick an Magdalenas Lippen hängengeblieben war.

Wo verlief die Grenze zwischen höflichem Geplänkel und einem Flirt?

Ich verscheuchte diese Gedanken und näherte mich den fröhlichen Stimmen, die aus dem Esszimmer drangen.

Die Westseite des Hauses lag in der Abendsonne, die durch die verglasten Außenwände schien und sowohl die Lounge als auch das Speisezimmer mit intensiven Strahlen flutete. Die vielen kleinen Kristallstücke der mondänen Deckenleuchte reflektierten das helle Licht und ließen es auf dem massiven Steintisch und den hellen Wänden tanzen.

»Wow«, hauchte ich beeindruckt und trat zögerlich ein. Mein Blick huschte über den mit Kristallgläsern, goldenem Besteck und orangefarbenen Taglilien dekorierten Tisch, bis er zwei Gesichter wahrnahm. Karla und Sebastian.

Sie saßen nebeneinander und nippten an ihren Sundownern.

Karla trug eine übergroße weiße Bluse, goldene Perlenohrringe und hatte ihre Haare zu einem tiefen Messy-Bun frisiert. Sie hatte die Beine übereinandergeschlagen und sich Sebastian zugewandt, der ein bordeauxrotes Leinenhemd trug und lässig im Stuhl fläzte. Er fuhr sich mit einer flüssigen Bewegung durch die dunkelblonden Haare, wobei ihm eine Strähne in die Stirn fiel.

»Hi, Fiona, wo hast du denn Max gelassen?«, fragte er. Sein Blick wanderte langsam über meinen Körper, bevor er den Kopf schief legte und mich anlächelte.

»Der hat noch ein wichtiges Telefonat. Und nenn mich gerne *Fine*, das ist die Kurzform von Josefine«, erklärte ich mit einem nachsichtigen Lächeln, obwohl ich mir sicher war, dass er mich absichtlich beim falschen Namen genannt hatte.

Egal. Kill them with kindness.

»Ah, entschuldige.«

»Kein Problem.« Ich zog den Stuhl ihm gegenüber unter dem Tisch hervor, setzte mich und schlug ebenfalls die Beine übereinander.

Sebastian trommelte mit den Fingern auf der Tischplatte und schaute kurz Karla an. Es war offensichtlich, dass ich ihr Gespräch gestört hatte, denn keiner der beiden nahm den Faden wieder auf.

Haben sie etwa über mich geredet?

Sebastian räusperte sich. »Wie gefällt es dir hier?«

»Ich finde es wunderbar. Total erholsam. Und so ruhig. Zuhause kann ich von so was nur träumen.« Ich lachte, doch es klang gezwungen.

»Wo wohnst du denn?«, fragte er.

Karla saß neben ihm und betrachtete mich aufmerksam. Ob sie mich mit sich verglich?

Ich hatte das schon etliche Male getan. Schließlich wollte man ja wissen, was man mit seiner Vorgängerin gemeinsam hatte und ob man mit ihr mithalten konnte. Rückblickend wünschte ich, ich hätte es sein gelassen. Gegen Karla konnte man nur verlieren. Sie war schön, ohne viel dafür tun zu müssen. Jemand, der allein durch seine Ausstrahlung aus der Masse herausstach – genau wie Viktoria.

Ich hingegen, da machte ich mir nichts vor, verschwand für gewöhnlich darin. Zwar legte ich viel Wert auf ein gepflegtes Äußeres, allerdings trug ich nur selten auffälligen Nagellack oder besonders modische Klamotten. Normalerweise störte ich mich nicht daran, dass ich eher unscheinbar war. Doch heute Abend wollte ich sichtbar sein und hatte mich deshalb für das

Seidenkleid entschieden. Schließlich wollte ich dem Vergleich mit Karla standhalten.

»Ich wohne direkt an der Reeperbahn«, antwortete ich verspätet, beugte mich vor und nahm einen großen Schluck von meinem Sundowner.

»Oh, da ist natürlich wirklich viel los. Kommst du aus Hamburg?«, fragte Karla.

Ich nickte. »Ja. Geboren und aufgewachsen.«

»Und was machst du beruflich?« Sie schwenkte ihr Glas.

Ich räusperte mich, die viele Fragerei war mir unangenehm.

»Ich arbeite für *casend*. Wir stellen hochwertige Handyhüllen her. Ist ziemlich cool da. Ich bin im Marketing für Business-to-Business-Kooperationen zuständig. Ich führe keine Verhandlungen, suche aber passende Influencer aus und darf die Zusammenarbeit begleiten. Wenn ich richtig geschaut habe, hast du sogar eine Hülle von uns.« Mein Blick huschte zu ihrem Handy, das mit dem Display nach unten auf dem Tisch lag.

»Ja, ich kenne die Firma. Wir machen mittlerweile ja recht regelmäßig Kooperationen mit euch, oder?« Sie sah mich nicht an, und eine Stimme in meinem Inneren raunte mir zu, dass sie die Antwort auf diese Frage bereits kannte. Wieso also stellte sie die mir?

»Ja, genau. Zuletzt haben wir ja die Kollektion mit Viktoria gemacht.«

Sie nickte, trank ihr Glas leer und stand abrupt auf. »Ich geh mir kurz Nachschub holen«, erklärte sie, ehe sie um den Tisch herumlief und in die Lobby verschwand.

Ich warf einen Blick über die Schulter. Julian und Magdalena liefen noch immer auf der Terrasse herum, doch der Abstand zwischen ihnen hatte sich nun deutlich vergrößert.

Ob sie Karla bemerkt hatten?

»Habt ihr euch dort kennengelernt? Du und Max?«

»Was?«, irritiert drehte ich mich zu Sebastian herum.

»Du und Max? Habt ihr euch über deine Firma kennengelernt?« Er lächelte, aber es wirkte tückisch.

Ich räusperte mich. »Ja, haben wir. Eigentlich kümmert sich ja Karla um diese Dinge, aber …«

… als ich Viktoria damals angefragt hatte, waren sie und Max gerade frisch getrennt gewesen.

»Aber?«

»Nichts aber. Karla hatte da gerade eine Auszeit genommen, also habe ich alles mit Max geklärt.« Eilig nahm ich einen Schluck von meinem Cocktail.

»Ah, da waren sie also schon getrennt?«

Meine Augen weiteten sich. »Natürlich! Wir haben uns ja auch nicht direkt beim ersten Geschäftstermin auf *diese* Art und Weise kennengelernt.«

Ich sollte besser still sein, der Typ will mich nur ausfragen. Ich muss mich nicht rechtfertigen.

Ich tat es trotzdem. »Es gab mehrere Termine, bei denen sich unser Team und Max getroffen haben. Da lagen immer Wochen dazwischen.«

»Es war also keine Liebe auf den ersten Blick?«

Sofort schoss mir die Röte in die Wangen, als ich daran zurückdachte, dass ich noch während unseres ersten Meetings meiner Freundin Nina eine SMS geschrieben hatte:

> Ich glaube, ich habe soeben meinen zukünftigen Ehemann getroffen.

Ich schüttelte den Kopf.

»Na ja, da hat der liebe Max jedenfalls nichts anbrennen lassen.« Sebastian grinste, und ich musste den Impuls unterdrücken, ihm eine Ohrfeige zu verpassen. Er war ja wohl der Letzte, der sich solche abschätzigen Urteile erlauben konnte, nach allem, was ich am Bahnhof mitgehört hatte.

Ich muss einfach ruhig bleiben. Er ist nur neugierig.

»Ich habe bisher keine guten Erfahrungen gemacht, was das Daten mit Arbeitskolleginnen betrifft«, sülzte er weiter.

Das wundert mich nicht, so wie du die Frauen abservierst.

»Wie lernst du denn Frauen kennen?«, fragte ich, erleichtert, selbst nicht mehr im Fokus zu stehen.

»Ich versuche, Arbeit und Privatleben zu trennen, und treibe mich daher eher in Klubs oder auf Dating-Apps rum.«

»Echt jetzt?«, hörte ich Karla hinter mir, die gerade mit einem randvollen Glas zurückkam. Doch bevor Sebastian antworten konnte, kamen auch Viktoria und Julian herein.

Viktorias blondes Haar fiel ihr in einer großen Welle über eine Schulter, ihr Make-up war dezent, und das schwarze Kleid schmiegte sich hauteng an ihre Kurven.

»Na, ihr Süßen.« Sie schaute sich im Raum um, und als sie mich und Sebastian wie zwei Fremde beim Elternabend sitzen sah, lachte sie leise.

In der sicheren Erwartung, dass sie sich neben mich setzen würde, richtete ich mich auf und zog die Beine an. Aber Viktoria lief an mir vorbei und ließ sich auf den Platz neben Karla am anderen Ende des Tisches sinken.

Erst da bemerkte ich, dass etwas mit ihr nicht stimmte. Ihre Schultern hingen leicht herab, und obwohl ihr Mund lächelte, blieben ihre Augen ausdruckslos.

Ob sie Julian und Magdalena ebenfalls gesehen hatte? Ihre flüchtigen Berührungen und intensiven Blicke?

»Na, Fine, alles klar?« Julian setzte sich auf meine Seite, ließ aber den Platz zwischen uns für Max frei. Ein Lächeln umspielte seine Lippen, und ich gab mir alle Mühe, es zu erwidern.

»Ja, alles prima.«

Kurz darauf wurde die Vorspeise – Süßkartoffel-Kokos-Suppe – serviert, und die anderen begannen, sich zu unterhalten. Ich wollte mich gerade in ein Gespräch über die unverschämten Preise bei Übergepäck einbringen, als Max ins Speisezimmer kam. Seine Haare standen in alle Richtungen ab, und aus dem Ausschnitt seines schwarzen Hemdes lugten ein paar Brusthaare heraus.

»Entschuldigt bitte, hat etwas länger gedauert.« Er setzte sich neben mich, und sofort erschien Magdalena mit einer weiteren Schale Suppe. Sie stellte sie vor Max ab, ehe sie um den Tisch herumlief, um Julians leere direkt mitzunehmen. Dabei entging mir nicht, wie der sie eingehend musterte, als sie sich vorbeugte, um nach dem Geschirr zu greifen.

Ich drehte mich zu Max, als mich ein plötzlicher Schrei, gefolgt von einem dumpfen Knall, zusammenzucken ließ. Erschrocken fuhr ich herum und bekam gerade noch mit, wie die Suppenschale auf dem makellosen Boden zerschellte. Das Porzellan zerbrach in Hunderte Scherben, die in alle Richtungen durch den Raum flogen.

»O Gott«, hörte ich Julian und Viktoria wie aus einem Mund sagen.

Julian war aufgesprungen und half Magdalena auf die Beine. Sie schien nicht verletzt zu sein, aber ziemlich irritiert.

»Alles in Ordnung?«, fragte Viktoria.

»Ja, ich, ähm, bin nur gestolpert. Auch wenn ich nicht recht weiß, worüber.« Sie rang sich ein Lächeln ab, doch mir entging der Glanz in ihren Augen nicht.

»Entschuldigen Sie.« Magdalena schob sich eine lose Strähne hinters Ohr, wandte sich ab und verschwand in der Küche. Einen Moment herrschte Stille, dann kam ein junger Typ mit einem nervösen Lächeln und einer Kehrschaufel in der Hand heraus, und wir nahmen langsam wieder das Gespräch auf. Nur Viktoria schwieg nach wie vor. Verstohlen beobachtete ich sie einen Moment lang und kam nicht umhin festzustellen, dass sie irgendwie zufriedener aussah als noch vor wenigen Augenblicken.

Unwillkürlich fragte ich mich, ob sie Magdalena ein Bein gestellt hatte.

JETZT

14 KARLA

Gegen jede Vernunft denke ich zuerst, dass der Busch schon immer so gewesen ist. Dass er vor langer Zeit so zurechtgeschnitten wurde oder möglicherweise sogar so gewachsen ist. Aber als ich näher trete, erkenne ich ganz deutlich, dass die Schnittkanten noch frisch sind. Das Innere der Äste ist zwar trocken, aber noch hell und nicht verholzt.

Tränen der Erleichterung steigen mir in die Augen, und ein Schluchzen kommt über meine Lippen. Jemand hat hier auf der Lauer gelegen. Und dieser jemand bin nicht ich.

Ich. Bin. Unschuldig.

Sofort stelle ich mir eine große Gestalt in schwarzem Jogginganzug und Kapuze vor. Ich sehe bildlich vor mir, wie sie mit einem Fernglas in diesem Busch kauert, eine Dose Coke Zero trinkt und Viktoria dabei beobachtet, wie sie ihren Körper in der Dusche einseift.

Gott, ich habe echt zu viele Serien geschaut.

Ich blinzle die filmartige Sequenz fort und beiße mir auf die

Innenseite meiner Wange. Mein Blick wandert zurück zu Max. Er geht zu seiner Lodge hinüber, wobei er sich aufmerksam umschaut.

Offenbar kann er mich noch immer ziemlich gut einschätzen.

Er weiß, dass ich nichts Richtiges anhabe und nicht wahnwitzig genug bin, zu glauben, dass ich es halb nackt und bei diesem Wetter ins Tal schaffe. Aber er scheint mich nicht zu suchen – eher auf alles vorbereitet zu sein –, denn er verschwindet in seiner Lodge. Ich will nichts lieber, als zu ihm hinüberlaufen und ihm zeigen, was ich gefunden habe, ihm von dem hier erzählen. Doch mein Überlebensinstinkt ist stärker.

Der Mann dort drüben ist nicht mehr der Max, den ich früher gekannt habe. Dieser Max ist blind vor Schmerz und Wut.

Er wird mir nicht glauben. Ich brauche Beweise.

Fieberhaft überlege ich, zu wem diese Fußabdrücke gehören könnten. Die Anzahl an Möglichkeiten ist endlos. Es könnte einer von uns gewesen sein. Oder ein völlig Fremder. Bei diesem Gedanken denke ich unwillkürlich an Viktorias Fans.

Früher hat sie ihre Follower-Meilensteine immer gemeinsam mit uns und einigen ihrer Hardcore-Fans in der Villa ihrer Eltern in Hamburg Harvestehude gefeiert. In diesem Jahr ist sie zum ersten Mal von dieser Routine abgewichen, und es gab einige, die darüber sehr wütend waren. Zu den üblichen Hate-Kommentaren, die ohnehin tagtäglich ihr Postfach fluten, waren noch richtig fiese Nachrichten dazugekommen.

Könnte Viktoria einen Stalker unter den Fans haben? Aber woher soll der wissen, wo sich das Retreat befindet?

Es ist nicht unmöglich, dass so eine Person aus dem Ort kommt, jemanden von dort kennt oder einfach so lang durch das Ammergebirge marschiert ist, bis sie das Retreat schließlich gefunden hat. Ein eisiger Schauer läuft mir über den Rücken.

Was, wenn ihr Mörder ebenso vom Wetter überrascht worden ist wie wir? Was, wenn er noch hier ist? Ganz in unserer Nähe? War es das, was Pierre vorhin sagen wollte, als Max ihn unterbrochen hat?

Ich schüttele den Gedanken ab, doch ein weiterer schießt mir durch den Kopf.

Was, wenn er noch einmal zuschlägt?

Mit einem Mal wird mir die Tragweite meiner Entdeckung bewusst.

Ich muss es den anderen sagen!

Ich sehe Max' Schatten in der Lodge.

Was, wenn der wahre Mörder unter ihnen ist?

Schlagartig wird mir klar, wie einfach es für einen der Angestellten gewesen wäre, den Busch im Voraus zu präparieren. Die Leute, die hier arbeiten, haben natürlich gewusst, dass wir kommen, und hätten sicherlich leicht herausfinden können, wer in welcher Lodge untergebracht sein würde.

Ein Teil von mir will sofort losrennen und die anderen warnen. Doch etwas hält mich zurück. Was, wenn es der Mörder nur auf Viktoria abgesehen hatte? Dann sind die anderen nicht in Gefahr. Wenn ich nun aber losgehe und ihnen meine Entdeckung mitteile, könnte es sein, dass er sich bedroht fühlt und was weiß ich was tun wird. Mit einem Mal stehe ich vor der Frage, ob die Wahrheit den anderen helfen oder eher schaden würde.

So oder so – ab dem Moment, wo ich die Büchse der Pandora öffne, wird keiner mehr dem anderen trauen. Pierre wird seine Autorität verlieren, und die Stimmung im Retreat wird kippen.

Pierre ... Er weiß über alles hier Bescheid. Kennt die besten Verstecke.

Ein kalter Schauer kriecht mir die Wirbelsäule hinauf. Allerdings will ich Pierre nicht vorschnell verurteilen. Vor allem nicht, weil er offenbar der Einzige ist, der nicht glaubt, dass *ich* die Mörderin bin.

Ich zwinge mich, eine Entscheidung zu treffen. Wenn ich die anderen in meine Entdeckung einweihe, laufe ich nicht nur Gefahr, dass der wahre Mörder sich von mir bedroht fühlt, sondern büße auch meinen Vorsprung ein. Unbeobachtetes Herumschnüffeln wird dann kaum noch möglich sein.

Es sei denn, er ist bereits fort.

Nein. Das Risiko ist zu hoch.

Denn wenn er noch da ist, wird er nicht zögern. Der Mord an Viktoria wirkt angesichts des präparierten Busches alles andere als ungeplant. Hier war niemand am Werk, der von seinen Gefühlen überwältigt worden ist und im Affekt gehandelt hat – auch wenn derjenige alles gegeben hat, damit es so aussieht, indem er unzählige Male auf sie eingestochen hat. Aber dieser Busch ist ein Indiz dafür, dass hier jemand ein echt dreckiges Spiel spielt. Etwas inszeniert hat, um in die Irre zu führen.

Der Mord war von langer Hand geplant, und jemand, der so kaltblütig einen Menschen tötet, würde das auch wieder tun. Daran besteht kein Zweifel.

Also werde ich ihm besser keinen Grund dazu geben und vorerst die Klappe halten. Vielleicht gelingt es mir ja so, im Geheimen weitere Hinweise zu finden.

Nur wann war es jemals eine gute Idee, sich als Märtyrerin aufzuspielen?

Plötzlich tritt Max aus der Lodge. In seiner Hand hält er mehrere Kleidungsstücke – wahrscheinlich Wechselsachen für sich und Josefine. Einen Moment hält er inne, dann geht er los.

Bevor ich weiter über Max' Auftritt nachdenken kann, registriere ich eine Bewegung aus dem Augenwinkel. Nur wenige Zentimeter vor mir seilt sich eine bierdeckelgroße Spinne ab.

Erschrocken schreie ich auf, nur um mir sofort eine Hand vor den Mund zu pressen. Doch es ist zu spät.

Max hat es gehört. Der Wind weht genau in seine Richtung, hat den Laut zu ihm hinübergetragen.

Ich will unbedingt, dass er denkt, ein Fuchs habe gebellt oder ein Vogel gekreischt, aber er kneift die Augen zusammen und schaut erst in meine Richtung, dann auf den Boden.

Shit. Die Fußabdrücke.

Als ich von der Lodge hergerannt bin, habe ich Spuren im Schlamm hinterlassen.

Völlig reglos bleibe ich stehen, bewege mich weder vor noch zurück – auch, um die Fußabdrücke des Täters nicht weiter zu zerstören. Dabei kostet es mich meine gesamte Selbstbeherrschung, mich nicht ganz klein zusammenzukauern. Mit angehaltenem Atem stehe ich da.

Er wird mich finden. Meine Fußabdrücke führen genau hierher!

Ich schließe die Augen und kämpfe gegen das Schluchzen an, das in mir aufzusteigen droht. Dieser Trip ist ein einziger Albtraum. Meine beste Freundin ist tot, und mein Ex-Verlobter macht Jagd auf mich, während ich mich in einem *ausgehöhlten* Busch verstecke.

Max ist in die Hocke gegangen, schiebt Blätter und Gräser beiseite und folgt meinen Spuren.

Das war's.

Krampfhaft suche ich nach einer Lösung. Die einzige Option ist, zu fliehen. Er ist allein. Wenn er nur für einen Moment abgelenkt ist, kann ich mich vielleicht schnell woanders verstecken.

Nur wo? Vielleicht doch in einer der Lodges? Ich könnte die Türen verrammeln und die Fenster schließen. Aber es wäre nur eine Frage der Zeit, bis er einen Weg hineinfinden würde. Wieder denke ich an Max' Hände, die sich um meine Kehle legen. An den Schmerz. Die Angst.

Mir bleibt nichts anderes übrig.

Als Max nur noch wenige Schritte entfernt ist, denke ich

nicht weiter nach. Stattdessen komme ich aus meinem Versteck und renne los.

»Fuck! Bleib stehen.«

Ich bin zu langsam. Bin kaum drei Schritte gelaufen, da packt er mich am Arm und zerrt mich zurück. Aber ich bin nicht bereit aufzugeben. Ich darf mich nicht aufhalten lassen, denn ich muss den wahren Mörder finden.

Also fahre ich herum und schlage ihm ins Gesicht.

Max lässt mich sofort los und geht stöhnend zu Boden. »Scheiße, Karla, was –«

Strauchelnd renne ich weiter zur nächstgelegenen Lodge – zu der von Max und Josefine. Meine nackten Füße schmerzen, als ich über die Terrasse laufe. Doch die Türen sind verriegelt, die Fenster geschlossen. Bei den anderen Lodges wird es genauso sein.

Scheiße. Scheiße. Scheiße.

Ich schaue zum Retreat, dann über den See. Mein Blick bleibt an den Ruderbooten hängen.

Hastig sehe ich mich nach etwas um, das schwer genug ist, damit es ordentlich Lärm macht, wenn ich es irgendwohin werfe.

Ein Ablenkungsmanöver.

Ich entdecke einen Turnschuh. Ohne zu zögern, greife ich danach und schmeiße ihn in den Wald, bevor ich losrenne und über die scharfkantigen Granitplatten zum See jage.

Der Schmerz in meinen Fußsohlen wird mit jedem Schritt heftiger, doch ich beiße die Zähne zusammen. Halte ihn aus.

Kaum dass ich den Steg erreiche, lasse ich mich auf den Bauch fallen, robbe vor bis zum Rand, atme noch einmal tief ein und tauche mit dem Kopf voran in das dunkle Gewässer.

Das kalte Wasser presst mir die Luft aus den Lungen, aber für meine Füße ist es ein Segen. Schilf und Algen streifen meine Haut.

Irgendwo am Ufer tauche ich wieder auf. Vorsichtig schaue ich mich um, kann jedoch niemanden entdecken.

Also wage ich es, zu einem der Ruderboote zu schwimmen. Sie liegen verkehrt herum auf dem Wasser, wodurch sie mir guten Schutz bieten. Langsam lasse ich mich absinken, dann tauche ich unter dem Boot wieder auf.

Hier wird er mich nicht finden. Zumindest hoffe ich das.

Ich hebe das Boot minimal an, so dass sich ein dünner Spalt zwischen dem Rand des Bootes und der Wasseroberfläche auftut und es mir möglich macht, die Umgebung im Blick zu behalten.

Die Kälte des Wassers ist kaum auszuhalten, ebenso wie die Anstrengung, die es mich kostet, nicht unterzugehen. Aber ich muss hier nur so lange ausharren, bis Max aufgibt. Er kann schließlich nicht ewig nach mir suchen. Und wenn er dann wieder im Haupthaus bei den anderen ist, werde ich zu meiner Lodge rennen, mir warme Sachen anziehen und endlich mein Handy checken.

Gott, hoffentlich ist dort überhaupt irgendwas zu finden, sonst war das alles hier umsonst.

Während ich im Wasser treibe, wird mir plötzlich bewusst, wie absurd diese gesamte Situation ist. Vor nicht einmal achtundvierzig Stunden sind wir mit diesen Booten auf dem See herumgefahren, haben eine Flasche überteuerten Champagner herumgereicht wie eine Drei-Euro-Pulle Wodka und haben alle zusammen rumgealbert. Und jetzt?

Mit einem Mal fällt mir wieder ein, wie merkwürdig der Abend geendet hat. Julians Stimme, die immer und immer wieder Viktorias Namen ruft, hallt durch meinen Kopf. Ich höre Max, der in die Rufe einstimmt, und ich sehe meine beste Freundin, die einfach nicht reagiert, obwohl ihr klar sein muss, dass wir uns Sorgen um sie machen.

Ich denke an die alles umfassende Dunkelheit, die erstickende Angst, die um sich gegriffen hat wie eine Seuche.

Plötzlich wird mir klar, dass Viktoria etwas vor uns verheimlicht hat. Und wie es Geheimnisse an sich haben, holen sie einen früher oder später ein.

Ehe ich diesen Gedanken zu Ende denken kann, wird plötzlich das Boot angehoben.

Er hat mich gefunden.

31 STUNDEN VOR DER TAT

15 VIKTORIA

VIKTORIAKAPLAN.OFFICAL

Beiträge

Gefällt **glowingforestretreatandlodges** und **50.006 weiteren Personen**

viktoriakaplan.offical [Anzeige]

! VERLOSUNG !

Liebe geht durch den Magen, deswegen füttert mich @julianjaster_photography mit einem Löffel von seiner Süßkartoffel-Kokos-Suppe.

Wer uns kennt, weiß, dass Julian und ich viel Wert auf eine ausgewogene Ernährung legen.

Dabei achten wir sehr darauf, dass wir #nachhaltigezutaten aus #regionalemanbau kaufen. Bei unserem eher stressigen Lifestyle müssen wir leider viel zu oft auf Convenience-Produkte ausweichen.

Umso mehr freue ich mich, dass es zur Philosophie des Glowing Forest Retreat & Lodges gehört, alle Zutaten von hier ansässigen Bauern zu beziehen. Egal ob Milch, Obst, Gemüse oder Fleisch – jedes Produkt ist 100 % #Bio und kommt aus der #Region.
Da macht essen gleich noch viel mehr Spaß – und den will ich mit euch teilen. Deswegen verlose ich unter all meinen Followern einen dreitägigen Trip ins Glowing Forest Retreat & Lodges. 😍
Dich und deine Begleitperson erwarten Massagen, leckeres Essen und Spa-Komfort auf höchstem Niveau. 🧘🙌

So kannst du teilnehmen:
👉 Like diesen Beitrag
👉 Folge mir @viktoriakaplan.official und @glowingforestretreatand lodges auf Instagram
👉 Kommentiere unter diesen Beitrag, wen du mitnehmen möchtest
👉 Wer seine Gewinnchancen erhöhen möchte: Diesen Beitrag auf Glowing Forest Retreat & Lodges liken und kommentieren.

Hinweis:
Ihr müsst mindestens 18 Jahre alt sein, um am Gewinnspiel teilzunehmen. Der / Die Gewinner / in muss uns seine / ihre Adresse schicken, damit er / sie den Gewinn erhalten kann. Die Daten des Gewinners / der Gewinnerin (Adresse) werden nur zum Zweck der Gewinnmitteilung erhoben und im Chat gespeichert. Auf Anfrage werden diese Daten gelöscht. Teilnahme aus Deutschland. Dieses Gewinnspiel wird nicht von Instagram gesponsert. Instagram ist nicht verantwortlich für dieses Gewinnspiel. Der Gewinn kann nicht ausgezahlt werden. Das Gewinnspiel endet am Sonntag, 16. Juni, um 23.59 Uhr.

Er verhielt sich völlig normal. Schoss Fotos. Legte seine Hand auf meinen nackten Oberschenkel, um mich zu liebkosen. Hauchte mir sanfte Küsse auf den Mundwinkel.

Alles wie immer.

Nur, dass sich dieses *Wie-immer,* nach dem, was vorhin passiert war, mit einem Mal falsch und unecht anfühlte.

Aber was ist denn passiert? Was genau ist da überhaupt vorgefallen?

Ich hob eine Hand an die Wange, berührte mit den Fingerspitzen die weiche Haut, die er vorhin gegen die kühlen Fliesen gepresst hatte.

»Sorry, Mann, ich kann das einfach nicht trinken«, sagte er. Er hatte sich umgesetzt, saß jetzt an der Stirnseite des Tisches zwischen Sebastian und Josefine und hatte seinen Blick starr nach unten gerichtet, wo Sebastians Hand auf seinem Oberschenkel ruhte und ihm einen Flachmann hinhielt.

»Was soll das heißen? Das ist nicht irgendein Fusel, sondern richtig guter Kräuterlikör.« Wie um seinen Worten Nachdruck zu verleihen, trank Sebastian selbst einen Schluck.

Karla hob belustigt eine Braue. Ich wusste genau, was sie dachte, das war der Segen und der Fluch, beste Freundinnen zu sein.

Wieso, um Himmels willen, bringt Sebastian in ein Luxus-Retreat seinen Flachmann mit?

Es gehörte sich nicht. Nur änderte das trotzdem nichts daran, dass ich mich schon darauf freute, wenn das kleine Metallfläschchen bei mir ankäme. Ich konnte etwas Stärkeres als den Sundowner von vorhin und den Wein, den ich seither in mich reinkippte, definitiv gebrauchen.

Je mehr Alkohol, desto besser. Vielleicht würde mir das helfen zu vergessen, was vorhin zwischen mir und Julian vorgefallen war.

»Egal ob Fusel oder nicht, das Zeug ist mein Endgegner.«

»Erinnerst du dich nicht mehr daran, wie beschissen es Julian gegangen ist, als wir das letzte Mal Kräuterlikör getrunken haben?«, mischte ich mich ins Gespräch ein. Meine Stimme klang ungewohnt tonlos.

Reiß dich zusammen. Sonst bemerkt noch jemand was.

Ich nahm Sebastian den Flachmann aus der Hand und prostete ihm zu, wobei sich unsere Blicke kurz begegneten.

Ja, er erinnert sich.

Grinsend lehnte ich mich im Lederstuhl zurück und blickte in die Runde.

Karla schlug die Hände vors Gesicht. »Gott, ich will es nicht noch mal hören.«

»O doch. Josefine, kennst du die Geschichte schon?«, fragte Sebastian und sah sie an. Schweiß glänzte auf seiner Stirn, und die roten Flecken, die seinen Hals hinaufkrochen, waren ein sicheres Anzeichen dafür, dass er bereits genug auf dem Kessel hatte.

Josefine sah fragend zu Max hinüber, der mit verschränkten Armen am Tisch saß und wie immer genau darauf achtete, nicht mehr als zwei Gläser Alkohol zu trinken.

Ganz der disziplinierte und kontrollierte Bruder, zu dem sie ihn erzogen haben.

Zwischen Josefine und Max entspann sich eine stumme Unterhaltung, die sie aber ebenso gut laut hätten führen können.

»Hast du mir die schon erzählt?«

»Nein. Die Geschichte ist peinlich und ziemlich primitiv.«

Sie lächelte mich an, dann nahm sie das kleine Fläschchen entgegen. Im Gegensatz zu meinem Bruder ließ sie nichts anbrennen. Es war das erste Mal, dass ich eine Ähnlichkeit zwischen ihr und Karla erkannte.

»Nein, die kenne ich wohl noch nicht«, sagte Fine.

»Okay, also das Ganze ist gut sechs Jahre her. Ich hatte gerade mein Physikum bestanden, und zur Feier des Tages hatte ich alle in meine damalige WG eingeladen. Es sollte eine riesige Party werden, aber am Ende kamen dann gar nicht so viele. Deshalb hatten wir viel zu viel zu trinken.« Sebastian käute die Story zum zigsten Mal wieder, erzählte davon, dass Julian so betrunken gewesen war, dass er auf der Heimfahrt die Hintertür des Taxis aufstoßen und auf den Jungfernstieg kotzen musste. Auch am nächsten Tag hatte das Gekotze kein Ende genommen. Allerdings kannte ich Julian lange genug, um davon auszugehen, dass das nicht vom Alkohol kam. Wahrscheinlicher war eher, dass Sebastian einen Joint besorgt und er ihn zusammen mit Julian wie kleine Schuljungen auf der Toilette geraucht hatten. Wie hieß es doch gleich? Gras und Alk verträgt nur Hulk.

Während die anderen noch in die Unterhaltung vertieft waren und jeder seine Version der Story zum Besten gab, kam ein junger, gertenschlanker Typ herein. Er hatte eine große, krumme Nase, pickelige Haut und eine tiefe, angenehme Stimme, die er aber kaum benutzte und wenn, dann nur im Flüsterton. Er hielt den Kopf gesenkt und beugte sich jetzt über den Tisch, um unser Geschirr abzuräumen.

»Entschuldigen Sie?« Ich legte meine Hand auf seinen Unterarm, um ihn auf mich aufmerksam zu machen.

Sofort versteifte er sich und sah mich an. Als unsere Blicke sich begegneten, entdeckte ich ein erwartungsvolles Funkeln in seinen Augen. Röte schoss ihm in die Wangen, und ein schiefes Lächeln umspielte seine Strichlippen. Unwillkürlich erinnerte ich mich an mein erstes Mal zurück. Daniel Birken, ein schmächtiger Typ mit Pickeln auf dem Rücken, aber beachtlich großem Ständer, hatte mich damals genauso angesehen, als ich in seine Hose gelangt hatte.

Ich räusperte mich. »Wären Sie so gut, ein Foto von uns zu

machen? Muss nicht schön sein, ist nur für mein privates Fotoalbum.«

»Selbstverständlich, Frau Kaplan.« Er wischte sich die langgliedrigen Finger an seiner Schürze ab und nahm mein Smartphone entgegen.

Wie alt er wohl war? Sechzehn? Siebzehn?

» Okay, Leute, alle mal zusammenrutschen!« Ich schlang den Arm um meine allerliebste Karla und strahlte in die Kamera.

»Cheese!«, hörte ich Julian.

»Cheese!«, sagten die anderen im Chor.

Der Kellner ging ein wenig in die Hocke, dann machte er – wie es aussah – direkt mehrere Fotos, bevor er nickte und mir lächelnd das Handy zurückgab.

Routiniert schaute ich die Bilder durch. In Anbetracht seiner Zitterhand waren die Aufnahmen erstaunlich gut geworden.

»Perfekt, vielen Dank«, sagte ich und lehnte mich im Stuhl zurück. Slender Man nickte lächelnd, ehe er mit raschen Bewegungen die Desserttellerchen abräumte.

»Hey, wollen wir nicht noch irgendwas machen?«, fragte ich in die Runde.

»Was schlägst du vor?«, entgegnete Sebastian.

Ich schaute aus dem Fenster, wo sanfte Lichter das Wasser des makellosen Pools einladend beleuchteten.

Doch mir schwebte etwas anderes vor.

»Wir könnten mit den Booten rausfahren. Pierre gibt uns bestimmt liebend gern eine oder zwei große Flaschen Moët mit.«

»Finde ich eine wirklich großartige Idee!« Josefine schien sich ebenfalls nach etwas Abwechslung zu sehnen.

»Ja, da müssen wir nur aufpassen, dass niemand reinfällt.« Julian legte seine Hände auf meine Schultern und ruckelte leicht an mir, als wolle er das Wackeln eines Boots nachahmen.

»Schon gut!« Lachend schob ich seine Hände weg, stand auf und machte mich auf die Suche nach Pierre.

»Ich muss Sie aber wirklich bitten, in den Booten zu bleiben. Nachts verliert man beim Schwimmen zu schnell die Orientierung. Bitte tun Sie mir den Gefallen und lassen Sie es bleiben, ja?«, sagte der einige Minuten später. Er war mir so nah, dass ich seinen Minzkaugummi riechen konnte.

»Machen Sie sich keine Gedanken.« Ich zwinkerte ihm zu.

Pierre winkte die Mitarbeiterin mit dem kupferroten Haar herbei und bat sie, uns zu begleiten, ehe ich zurück zu den anderen ging. »Wollen wir?«

Draußen wehte mir eine frische Brise entgegen. Die Luft war klamm, aber warm. Der Geruch von gemähtem Gras vermischte sich mit dem des Sees, und ich nahm mehrere tiefe Atemzüge. Nach dem reichhaltigen Dinner und dem Alkohol tat es gut, aus dem überhitzten Zimmer rauszukommen und ein bisschen Sauerstoff zu tanken.

Die Rothaarige schien sich von ihrem Sturz vorhin erholt zu haben und lief wie eine Reiseführerin vorweg, während sie sich mit Julian unterhielt. Dabei fiel mir auf, dass sie ziemlich dicht beieinander liefen.

Schon als ich zum Essen gekommen war, hatte ich die beiden auf der Terrasse zusammen gesehen. Sie hatte den Reflektor gehalten, während Julian Fotos schoss. Eine grundsätzlich unschuldige Sache, wenn Julian sie dabei nicht angesehen hätte wie ein pubertärer Teenager, der endlich seine Chance witterte, entjungfert zu werden.

Aber das ist doch das, was du wolltest, Viktoria. Das, worum du ihn gebeten hast.

Mit aller Macht unterdrückte ich den Drang, mich an Sebastian und Karla vorbeizudrängeln, um zu belauschen, worüber sie sprachen.

Stattdessen ließ ich mich weiter zurückfallen, bis ich neben meinem Bruder und Josefine herlief.

Nur unsere Schritte und einzelne Gesprächsfetzen waren zu hören, ansonsten war es ganz still. Eine Stille, die ich von Hamburg nicht kannte und die mir irgendwie unheimlich vorkam. Es war so ruhig, dass jeder Schrei einfach im Nichts verhallen würde.

»Das ist so aufregend. Wie auf Klassenfahrt!«, schwärmte Josefine, die wie ein kleines Mädchen mit den Armen vor- und zurückschwang und sich verschwörerisch zu mir herübergebeugt hatte, kaum dass ich neben ihr lief.

Ich lachte. »Ja, nur dass Klassenfahrten mit Ende zwanzig einfach viel mehr Spaß machen, weil alle schon erwachsen sind und es Alkohol gibt.«

»O ja!« Ihr Grinsen wurde breiter. Max hingegen ging nicht auf meine Aussage ein. Ich hakte mich bei meinem Bruder unter. Wie unser Vater schmollte er immer dann, wenn ihm etwas nicht passte. Normalerweise ließ ich ihm das durchgehen, weil ich wusste, dass er sich spätestens am nächsten Tag wieder beruhigt hatte. Aber heute wollte ich nicht, dass irgendwas unseren Ausflug verdarb.

»Max, was ist los? Bist du immer noch sauer auf mich?«

Er warf mir einen Blick zu, in dem all die Wut loderte, die er offenbar so mühsam unterdrückte.

Josefine sah zwischen uns hin und her und machte Anstalten, sich von uns zu entfernen. »Ich lass euch dann mal –«

»Musst du nicht, du gehörst ja praktisch zur Familie.« Ich zuckte mit den Schultern und lächelte in ihre Richtung. Kaum, dass ich das gesagt hatte, öffnete sich Josefines Mund, nur um sich kurz darauf wieder wortlos zu schließen. Ein Strahlen breitete sich auf ihrem Gesicht aus.

»Okay.«

Ich fing Max' Blick auf und wusste, dass er mein Friedensangebot angenommen hatte.

»Na schön, Schwesterherz. Ich muss dir sowieso noch was erzählen. Herr Brauer hat vorhin angerufen.«

Ich zog die Brauen hoch. »Oh.«

Max' Blick wanderte fragend zu Josefine, dann wieder zu mir.

Ich nickte. Es war okay, wenn sie zuhörte.

»Was gibt's?« Meine Stimme war leise, und ich fragte mich, ob das daran lag, dass ich eigentlich keine Antwort auf die Fragen haben wollte, die mir seit Wochen im Kopf herumspukten.

Max seufzte. »Wer auch immer dich mit diesen Nachrichten belästigt, ist nicht dumm und vor allem kein Anfänger. Laut Brauer haben wir es nicht mit einem verrückten Teenie zu tun, der zu viel Langeweile hat, sondern mit einem Profi. Er glaubt, dass dich da wirklich jemand fertigmachen will.«

Als ich Josefines Blick begegnete, erkannte ich stummes Entsetzen darin.

»Ich werde von jemandem gestalkt«, erklärte ich. Meine Stimme klang kalt und distanziert, so wie immer, wenn ich dar über sprach. Nicht, weil es mich nicht beunruhigte, sondern eher, weil ich sämtliche Emotionen, die damit einhergingen, zu unterdrücken versuchte. Normalerweise funktionierte das auch recht gut – zumindest solange ich wach und die Welt in Bewegung war. Nachts, wenn alles schlief, lag ich hingegen oft wach und erstickte beinahe vor Angst.

»Verfolgt dich die Person?«

Ich zuckte mit den Schultern. Das war eine der Fragen, die die Detektei beantworten sollte. »Es sieht so aus, als würde ich vor allem digital gestalkt. Irgendjemand schreibt mir ziemlich fiese Direct Messages auf Instagram und unzählige SMS von immer wechselnden Nummern. Wie nannte Brauer das gleich noch?«

»Manipulation der Absendernummer. Geht ziemlich einfach

und problemlos über Websites wie *fakemysms.com*. Total absurd. Er geht davon aus, dass der Stalker dafür ein Prepaidhandy nutzt, so dass wir, selbst wenn wir die tatsächliche Nummer rausfinden würden, nichts gewonnen hätten«, erklärte Max.

Josefine hatte die Stirn in Falten gelegt und schüttelte immer wieder den Kopf. »Ich hätte niemals gedacht, dass es so …«, sie zögerte, »… einfach sein könnte, jemanden zu belästigen. Das ist ja furchtbar.«

»Ja.«

»Und die Nummer zu wechseln ist keine Option?«

»Nope. Ich habe sie einmal gewechselt, aber ich habe keinen Job, wo man das so einfach machen kann. Ich habe kurz überlegt, mir ein zweites Handy mit einer anderen Nummer zu besorgen, damit könnte ich Arbeit und Privates besser voneinander trennen, und wenn ich Glück habe, landen die fiesen Nachrichten auf dem Zweithandy. Aber ich habe einfach keine Lust, ständig zwei Telefone mit mir herumzutragen. Außerdem bin ich mir mittlerweile sicher, dass es auch nichts bringen würde. Die Person hat ja auch meine neue Nummer rausgefunden. Wahrscheinlich würde ich also nur auf beiden Telefonen belästigt werden … Tja, und weil es immer schlimmer wird und die Polizei nichts wegen ein paar Drohnachrichten unternehmen kann, haben wir einen Privatdetektiv engagiert.«

»Das war das Telefonat, wegen dem ich zu spät zum Essen gekommen bin«, erklärte Max Josefine, die sich nun noch enger an ihn schmiegte als vorher.

»Es tut mir wirklich leid, dass du so was erleben musst.« Sie griff nach meiner Hand und drückte sie.

Ich lächelte. »Was haben sie rausgefunden?«

»Nicht viel. Um nicht zu sagen, so gut wie gar nichts. Wer auch immer dich stalkt, ist sehr schlau, denn er hinterlässt keine Spuren. Offenbar verfügt er über ziemlich gute IT-Kenntnisse und weiß, wie Hacking funktioniert. Aber die gute Nachricht ist, er schleicht nicht vor eurer Wohnung rum, stellt dir nicht nach oder taucht da auf, wo du gerade gewesen bist. Er agiert ausschließlich online und übers Handy. Leider erschwert das aber seine Identifizierung. Sie sind natürlich trotzdem dran und hoffen auf baldige Resultate – was auch immer das bedeutet.«

Ich nickte. Nicht ganz das, was ich gehofft hatte zu hören. Aber es war trotzdem eine Erleichterung, dass es da draußen jemanden gab, der nach diesem Arschloch suchte.

»Okay. Immerhin. Dann wollen wir uns den Abend mal nicht weiter von diesem Thema vermiesen lassen.« Ich hob die Flasche Moët an die Lippen. Für heute würde ich einfach sämtlichen Verstand aus meinem Hirn spülen, um zu vergessen.

»Da seid ihr ja«, rief Julian, als wir kurz darauf wieder zu den anderen aufschlossen. Sie hatten bereits zwei Boote abfahrbereit gemacht, und mein Freund war gerade dabei einzusteigen. Sebastian und Karla standen noch am Steg und rauchten.

»Karla, was sehe ich da?« Früher – als wir noch studiert hatten – hatte Karla mehr geraucht als Sebastian. Sie war praktisch ständig von Qualm umgeben gewesen und hatte gerochen wie ein Räucherstäbchen. Die Kippe war Teil ihres Charakters gewesen – ohne Kippe keine Karla. Doch dann hatte sie versucht, schwanger zu werden, und von einem auf den anderen Tag aufgehört.

Es war das erste Mal seit bestimmt drei Jahren, dass ich sie wieder rauchen sah.

Sie schaute mich an und zuckte mit den Schultern. »Ich hab ganz vergessen, wie gut das tut.«

»Oje.« Ich musste dem Drang widerstehen, ebenfalls um einen Zug zu bitten, und schüttelte stattdessen nur lachend den Kopf.

»Los geht's!« Ich sprang in den Bug, wo Julian mich schwankend auffing, und streckte anschließend die Hand aus, um Karla hineinzuhelfen.

»Okay, perfekt. Wenn Sie wieder zurückkommen, binden Sie die Boote bitte unbedingt wieder an, ja?«, sagte die Rothaarige mit Nachdruck, während sie uns zwei Laternen reichte. Um ihre Augen zeigte sich ein besorgter Zug, aber sie gab sich alle Mühe, trotzdem zu lächeln.

Sie hatte ein schönes Lächeln. Herzlich und offen.

»Keine Sorge, Magdalena«, hörte ich Julian neben mir.

»Genau, keine Sorge! Uns wird schon nichts passieren.« Ich winkte mit der Hand, in der ich auch die Flasche hielt, während wir uns vom Steg entfernten und in die Finsternis davontrieben.

»Die Kleine braucht, glaub ich, 'nen Schluck Kräuterlikör«, sagte Sebastian, kaum dass wir außer Hörweite waren.

»Sie ist angespannt. Wäre ich an ihrer Stelle auch«, erklärte Julian, bevor er den Arm ausstreckte und eine ausladende Bewegung machte. »Ich meine, schau dir den Haufen doch mal an.« Er grinste.

Wir ließen die Boote einfach auf dem Wasser treiben.

»Wie geht es euch da drüben? Vermisst ihr uns schon?« Ich reichte Karla die Flasche und winkte Sebastian, Josefine und Max auf dem anderen Boot zu, das sich ein paar Meter von unserem entfernt hatte, jetzt aber wieder auf uns zukam.

Die nächste halbe Stunde verging wie im Fluge. Wir spielten *Ich hab noch nie*, wobei wir eine Champagnerflasche in jedem Boot herumgehen ließen. Es war eine gefühlte Ewigkeit her, dass wir es zuletzt gespielt hatten, und wie immer erfuhr man spannende Dinge.

Josefine hatte noch nie einen Mann geküsst, der zehn Jahre älter war als sie. Max hatte noch nie einen Dreier gehabt. Sebastian hatte noch nie eine Beziehung gehabt, die länger als vier Wochen gehalten hatte.

»Ich war noch nie nackt in einem See baden«, sagte Julian.

Meine Füße baumelten im Wasser, kühle Abendluft umspielte mein Gesicht. Ich griff nach der Flasche und nahm einen großen Schluck, ehe ich sie Karla hinhielt, die jedoch den Kopf schüttelte.

»Warte mal. Ist das dein Ernst? Du warst noch nie nackt in einem See baden?«, fragte ich sie und setzte mich auf. Auch in dem anderen Boot machte niemand Anstalten, nach der Moët-Flasche zu greifen. »Moment mal, ihr wollt mich verarschen, oder?« Ungläubig starrte ich meine Freunde an.

Max lachte. Karla zuckte nur mit den Schultern.

»Nein, Leute, also ... Das holen wir nach. Sofort«, sagte ich.

»Was, jetzt?« Karla sah auf den tiefschwarzen See unter uns.

»Na klar, eine bessere Gelegenheit gibt es doch nicht.« Ich stand auf, wobei das Boot leicht ins Wanken geriet.

»Tori, ich weiß nicht, ob das so eine gute Idee ist. Es ist ziemlich dunkel. Was, wenn –«

»Ein Hai kommt und uns auffrisst?«

Julian verdrehte die Augen. »Nein, das natürlich nicht.«

Ich zog mir das Kleid über den Kopf und grinste ihn an. »Na siehst du, kein Grund zur Panik.«

Ich zog meine zitronengelbe Unterwäsche aus, schwang BH und Slip wie ein Lasso über meinem Kopf und warf sie schließlich zu Julian. Als ich einen Blick über die Schulter warf, stellte ich allerdings fest, dass ich ihn verfehlt und stattdessen Sebastian getroffen hatte. Grinsend hob der meinen BH in die Höhe.

»Ich glaube, der war nicht für mich bestimmt.« Er warf ihn Karla zu, die ihn lachend auffing.

Ich verdrehte nur kurz die Augen und sprang in den See.

Das Wasser war kälter als erwartet, und ich konnte einen leisen Aufschrei nicht unterdrücken. Der Geruch von Fisch und

Algen stieg mir in die Nase, aber das Gefühl, bei völliger Dunkelheit im See zu sein, war unglaublich.

»Kommt ihr, oder was? Es ist herrlich.«

Sebastian war der Erste. Er nahm noch einen großen Schluck aus seinem Flachmann, dann zog er sich das dunkelrote Leinenhemd aus und entblößte seinen durchtrainierten Körper. Aus dem Augenwinkel registrierte ich, wie Julian ihn mit mahlendem Kiefer musterte.

Ich schluckte.

»Nun komm schon, Julian«, rief ich, bevor ich mich durch das Wasser gleiten ließ.

Er zögerte kurz, ehe er sich seufzend erhob und damit begann, sich auszuziehen.

Max und Josefine diskutierten noch. Offenbar war Max nicht wohl bei dem Gedanken, wir könnten seine neue Flamme nackt sehen. Doch Josefine machte sich bereits am Reißverschluss ihres Kleides zu schaffen, wobei sie meinen Bruder herausfordernd anschaute, bis auch er schließlich nachgab und sich das schwarze Hemd aufknöpfte.

Mein Blick wanderte zu Karla. Sie betrachtete die beiden, und ich bildete mir ein, Tränen in ihren Augen glitzern zu sehen. Karla und Max waren lange zusammen gewesen. So lange, dass sie ihn zu nichts mehr hatte überreden können. Josefine hingegen schon. Sie brachte diesen Elan und Schwung mit, den Karla verloren hatte.

»O Gott, ist das kalt!«, hörte ich Julian von irgendwoher.

Ich grinste. »Wird gleich wärmer, versprochen!«

Nach rund zehn Minuten trieben wir alle nackt im Wasser, das Gefühl der Freiheit, der unsichtbare Faden, der uns verband.

»Ist das nicht ein ganz unglaubliches Gefühl?«, murmelte ich, war jedoch schon zu weit von den anderen weggetrieben. Sie konnten mich nicht mehr hören.

Ich drehte mich auf den Rücken, trieb schwerelos durch die Finsternis und sah in die Sterne. An diesem Abend kam es mir so vor, als strahlten sie heller als sonst.

»Das ist es«, sagte eine raue Stimme hinter mir, dann packte mich etwas am Fußgelenk und zog mich unter Wasser.

29 STUNDEN VOR DER TAT

16 JOSEFINE

Das Wasser war eiskalt. Unangenehm und beißend. Es zwickte auf jedem Zentimeter meiner Haut, bis ich das Gefühl hatte, mich kaum noch bewegen zu können.

»Fuck, ist das kalt«, sagte Julian gepresst.

»Ja, Mann. Arschkalt. Also ich wäre bereit für einen Absacker. Was meint ihr?« Sebastians Stimme hallte über den See, doch ich konnte unmöglich ausmachen, von wo aus er sprach.

Ich sah mich nach ihm um, aber das Licht der Laternen reichte gerade mal, um gesichtslose Köpfe auszumachen.

»Ich glaube, für mich war's das hier. Ich geh nur noch unter die heiße Dusche und ins Bett«, erwiderte Julian irgendwo rechts von mir.

»Ich auch. Das kalte Wasser hat sämtlichen Alkohol aus meinem Blut gespült, und ich habe keine Lust, um diese Uhrzeit noch mal von vorne anzufangen. Außerdem steht morgen früh Yoga auf dem Programm – nicht vergessen, Leute«, sagte Karla. »Kannst du kurz das Boot festhalten, damit ich aus dem Wasser kann?«, fragte sie dann.

Ich erkannte Julian, der das Boot packte, bevor das gebohnerte Holz quietschte und dumpf polterte, als Karla wieder hineinkletterte.

Angeleuchtet vom schwachen Licht der Laternen hob sich die Silhouette ihres Körpers darin ab. Runde, große Brüste, ein flacher Bauch, eine schmale Taille. Sie hob die Hände, um sich zu bedecken, ehe sie sich vorbeugte und nach ihrer Unterwäsche griff. Dabei drückten sich die Knochen ihrer Wirbelsäule durch die dünne Haut wie bei einem abgemagerten Tier.

Sofort riss ich den Blick los. Bereute, hingesehen zu haben. Selbst die Dunkelheit konnte Karlas Schönheit nicht verschleiern. Es kam mir unfair vor, dass sie trotz ihrer schlanken Figur mit so großen Brüsten gesegnet war. Ich hatte meinen flachen Bauch und die muskulösen Waden mit kleinen, harten Brüsten bezahlen müssen, die der Sport definiert und minimiert hatte.

Irgendjemand pfiff, und Karla lachte.

»Perversling«, rief sie und griff nach ihrer restlichen Kleidung. Ob sie überhaupt wusste, wer gepfiffen hatte? Kurz kam mir der absurde Gedanke, Max könnte es gewesen sein, doch ich verwarf ihn sofort.

Sei nicht albern, Josefine.

»Was hältst du davon, wenn wir uns noch ein bisschen vor den Kamin setzen?«, fragte er mich jetzt. Sein Atem heiß und feucht an meinem Ohr.

»Im Sommer?« Ich drehte mich zu ihm um, wobei ich mit den Beinen im Wasser strampelte und unsere Füße einander immer wieder berührten.

»Warum nicht?«

»Tori?« Julians Stimme hallte an uns vorüber. Er zog sich gerade aus dem Wasser und plumpste mit einem dumpfen Laut ins Boot.

»Hm, ich weiß nicht. Aber wir könnten die Feuerschale auf der Terrasse einweihen«, schlug ich stattdessen vor. Wir waren einander mittlerweile so nah, dass ich trotz der Dunkelheit jede noch so kleine Regung in seinem Gesicht erkennen konnte. Er lächelte, wobei seine Zähne aufblitzten. Schon merkwürdig, wie in der Finsternis selbst die freundlichste Geste unheimlich wirkte. Wie ein freundliches Lächeln zu einem *Joker-Lächeln* wurde.

»Viktoria?« Julian ragte auf dem Boot in die Höhe. Ich sah zu ihm hinüber. Ein breiter Körper, dessen Kontur von definierten Muskeln geprägt war. Er schlüpfte in sein Hemd und starrte in die Ferne, wohl, um nach ihr Ausschau zu halten.

Ich riss meinen Blick von ihm los und ließ ihn über das Wasser gleiten, suchte nach einem weiteren gesichtslosen Kopf. Bis auf die makellose Wasseroberfläche und das hohe Schilf, das die Ränder des Sees säumte wie ein Zaun, konnte ich jedoch nichts erkennen.

»Viktoria? Es ist nicht mehr komisch, okay?« Seine Stimme vibrierte vor Anspannung.

Die Stille, die sich nach seinen Worten über uns legte, war ohrenbetäubend.

Auch Max sah sich nun nach seiner Schwester um.

»Scheiße, was –« Julian ließ die Hände sinken und reckte den Kopf vor, als ob er so besser sehen könnte. Panik schwang in seiner Stimme mit und ging mir durch Mark und Bein.

Viktoria wird doch nichts passiert sein?

»Ganz ruhig, wahrscheinlich ist sie gerade untergetaucht und kann dich nicht hören«, sagte Karla gelassen, wobei sie sich das Wasser aus den schulterlangen Haaren presste. Plätschernd fiel es zurück in den See.

»Viktoria?«, rief Julian noch einmal. Diesmal so laut, dass ich mir sicher war, dass man es auch im Tal noch hören konnte.

»Viktoria, hör auf mit dem Scheiß«, rief nun auch Max. Er hielt sich an unserem Boot fest und scannte die Wasseroberfläche. Doch da war nichts. Das wusste ich, weil ich seinem Blick folgte.

Aber wenn sie nicht hier ist, wo ist sie dann?

Der See war groß. Die Nacht finster. Zu finster, als dass man jemanden hätte ausmachen können, der sich in zwanzig Metern Entfernung befand. Doch wieso sollte Viktoria überhaupt so weit fortgeschwommen sein?

Unweigerlich tauchte das Bild eines leblosen Körpers vor meinem inneren Auge auf. Ich sah ihre sonnengebräunte Haut. Das blonde Haar, das sich um ihren Kopf ausgebreitet hatte und im Wasser trieb. Blaue Lippen –

Nein.

Blinzelnd drehte ich mich einmal um die eigene Achse und rief nun ebenfalls ihren Namen. Aber auch meine Rufe verhallten in der Dunkelheit der Nacht.

»Scheiße!« Julian riss sich das Hemd vom Leib und sprang wieder ins Wasser. Seine Rufe wurden nun mit jedem Mal lauter. Aggressiver. Er rotierte immer und immer wieder um die eigene Achse, durchpflügte das Wasser mit schnellen, kraftvollen Bewegungen.

Aus dem Augenwinkel bemerkte ich einen einzelnen, grellen Lichtstrahl. Er kam vom Retreat her auf uns zu und hüpfte unruhig hin und her, während er mit jeder verstreichenden Sekunde größer und heller wurde.

»Viktoria, verdammt nochmal! Wo bist du?« Die Verzweiflung in Julians Stimme schnitt mir ins Herz, und die Panik darin steckte mich an.

Mit einem Mal riefen alle durcheinander. Immer wieder hallte ihr Name durch die Stille der Nacht, wobei sich die Stimmen, die ihn riefen, überschlugen.

Plötzlich berührte mich eine Hand am Arm. »Komm hoch und zieh dich an«, forderte Max mich auf. Ich hatte nicht bemerkt, wie oder dass er überhaupt zurück ins Boot geklettert war, dass er sich der Panik entzog, während all die anderen sich darin aufzulösen schienen. Mit schnellen, sicheren Griffen half er mir aus dem Wasser.

Eilig bedeckte ich meine Blöße – als ob irgendwer gerade auf mich achten würde – und lächelte dankbar, als Max mir die weiße Spitzenunterwäsche hinhielt. Auf einmal war ich überfordert von der ganzen Nacktheit und Panik. Gefangen zwischen Scham und Angst. Mein Freund hingegen war der Situation nicht nur gewachsen, sondern schien ihr überlegen. Als passierte ihm so was ständig.

»Was ist los?«, hallte plötzlich Pierres Stimme über den See. Er stand am Steg. In seiner Hand die gleißend helle Taschenlampe.

»Viktoria ist weg«, rief Max, ehe er nach seiner Hose griff und sein Handy herauszog. Er schaltete die integrierte Taschenlampe ein, wobei er mich kurz blendete, sich im nächsten Moment aber auch schon abwendete, um sich über den Rand des Bootes zu beugen und die makellos glänzende Oberfläche des Sees zu beleuchten. Da stiegen plötzlich Blasen auf, gefolgt von einem blonden Kopf, der die Wasseroberfläche durchbrach.

»Buh!«

Erschrocken schrie ich auf und wich zurück. Das Boot schwankte gefährlich, und ich ruderte mit den Armen. Max' Hand schoss vor und packte mich am Oberarm, damit ich nicht ins Wasser fiel oder gar das Boot zum Kentern brachte.

Ein glockenhelles Lachen schallte über den See. Verschluckte die Angst, die wenige Sekunden zuvor noch wie ein Virus durch die Luft geschwebt und alles und jeden infiziert hatte.

Irgendwo rechts von mir hörte ich ein »Sie ist hier«. Kurz darauf streifte der grelle Strahl von Pierres Taschenlampe erst mein Gesicht und wanderte dann weiter, bis er Viktorias Kopf fand.

»O Mann, ihr solltet mal eure Gesichter sehen.« Das blonde Haar klebte ihr nass am Schädel, und ihre blauen Augen sahen unter zusammengeklebten Wimpern spitzbübisch zu uns hinauf. Sie lachte noch immer, aber es klang abgehackt und außer Atem.

»Scheiße, Viktoria.« Julians Stimme bebte vor Zorn, als er zu uns herüberschwamm. Er sah blass und mit einem Mal um Jahre gealtert aus. Die Kälte hatte sich in seine Züge gefressen und färbte seine Lippen bläulich. »Was sollte das? Wir dachten, dir ist was passiert, Herrgott nochmal.«

Viktoria verstummte, ehe sie jeden von uns der Reihe nach ansah. Erst jetzt schien sie zu begreifen, dass wir uns wirklich Sorgen um sie gemacht hatten. Ein einzelner Wassertropfen rann ihr die Schläfe entlang, und ihre großen Augen wirkten unter den nassen Wimpern noch größer.

»O Gott, tut mir leid. Das sollte bloß ein Scherz sein. Karla, weißt du noch dieser eine Horrorfilm, den wir immer zu Halloween geschaut haben? Freitag, der Dreizehnte? Wo dieser Typ aus dem See kommt? Irgendwie musste ich dran denken und, na ja …« Sie zuckte unbeholfen mit den Schultern und lächelte entschuldigend.

Aus dem Augenwinkel registrierte ich, wie Julian den Kopf schüttelte und zurück zum Boot schwamm.

»Du meinst Jason Voorhees?« Schmunzelnd sah Karla zu ihrer besten Freundin.

»Ja, kann sein, dass der so hieß. So genau weiß ich es dann auch nicht mehr.« Sie lachte. »Tut mir leid, Leute. Bitte seid nicht sauer.«

»Ach, Blödsinn. Los, komm hoch. Du holst dir sonst noch den Tod.« Karla half ihrer besten Freundin zurück ins Boot, wobei mir nicht entging, dass Julian sich von den beiden Frauen abgewandt hatte. Die sehnigen Muskeln seines Rückens zeichneten sich hart und scharf unter der Haut ab, während er nach seinem Hemd griff, dass er sich vor wenigen Minuten wie die Karikatur eines Superhelden vom Körper gerissen hatte.

Plötzlich schwankte auch unser Boot.

Ich drehte mich um und erblickte Sebastian, der sich schwer atmend in den Bug sinken ließ.

»Gott, ist das kalt.« Er rieb sich demonstrativ die Arme und grinste. Es hatte etwas Linkisches, das ich nicht ganz einordnen konnte, also nickte ich bloß.

»Das ist ein gutes Stichwort. Lasst uns zurück an Land fahren, oder?« Eine große Hand legte sich behutsam auf mein Knie, und als ich aufsah, begegnete ich Max' warmen Blick.

»Unbedingt. Ich glaube, ich brauch eine heiße Dusche«, sagte Karla.

»Nicht nur du«, erwiderte Sebastian.

»Na dann, Abfahrt.« Max griff nach den Rudern, und das Boot setzte sich langsam in Bewegung.

Ich schaute zurück zu den anderen. Julian schien noch immer mit den Knöpfen seines Hemdes beschäftigt – wahrscheinlich, weil seine Hände steif von dem kalten Wasser waren –, als Viktoria von hinten die Arme um ihn legte und ihm etwas ins Ohr flüsterte. Einen Moment versteifte er sich, doch dann entspannte er zusehends. Er wandte sich Viktoria zu und hob eine Hand, um ihr eine Strähne aus dem Gesicht zu streichen, wobei er ihr etwas zuzuraunen schien.

Mit dem unbestimmten Gefühl, etwas gesehen zu haben, was nicht für meine Augen bestimmt gewesen war, wandte ich mich ab und richtete meine Aufmerksamkeit auf den Steg.

Pierre stand noch immer dort. Ein dunkler Schatten hinter grellem Licht. Doch neben ihm erkannte ich noch einen zweiten, kleineren Schatten.

Magdalena?

Mit einem Mal sah ich sie und Julian wieder vor mir. Hörte ihre Worte in meinen Ohren, konnte ihre vertrauten Berührungen sehen. Plötzlich erschien mir alles glasklar.

Viktoria und ihr Verschwinden. Julian, der vor Sorge wie von Sinnen geschrien hatte.

Vielleicht hatte Viktoria uns gar nicht erschrecken wollen.

Vielleicht war das nur die Verzweiflungstat einer Frau gewesen, die spürte, dass ihr die Liebe ihres Lebens entglitt.

Vielleicht war es nur der Versuch gewesen, ihm zu zeigen, wie es sich anfühlte, Viktoria Kaplan zu verlieren.

JETZT

17 KARLA

Die Angst steigt in meiner Kehle auf wie Magensäure.

»Bitte.« Meine Stimme klingt rau und fremd, so als gehöre sie einer anderen.

Max schaut mit wildem Blick auf mich hinab. Blut rinnt seine Schläfe entlang, vermischt sich mit dem Regen und fließt ihm ins linke Auge. Er hebt den Arm und wischt sich mit dem Jackenärmel über das vor Zorn entstellte Gesicht, wobei er mich weiterhin fixiert.

Es ist, als würde ein Fremder auf mich herabschauen. Ein Irrer.

»Bitte, Max«, flüstere ich und hebe die Hände mit den Handflächen nach oben. Als Zeichen der Unschuld. Als Zeichen des Sich-Ergebens.

Doch da ist er am Rand des Stegs bereits auf die Knie gesunken, hat sich mit einer schnellen Bewegung nach vorn gebeugt und versucht, mich zu packen.

Ich will ausweichen und in die Tiefen des Sees flüchten, aber ich bin zu langsam.

Er packt mich an den Haaren und zieht mich zu sich.

Ich schreie. Es fühlt sich an, als ob sich Nadeln in meine Kopfhaut bohren und mir das Gehirn durchstechen. Tränen schießen mir in die Augen, und ich beuge den Kopf in seine Richtung, um den Schmerz zu lindern.

»Was denkst du, was du hier tust, verdammt nochmal?«

»Bitte«, flehe ich und versuche, die Arme zu heben, um seine Finger aus meinen Haaren zu lösen. Aber meine Glieder sind gelähmt vor Kälte. Ich bemerke, wie Dunkelheit vor meine Augen kriecht und sich dort verdichtet – das ist der Moment, in dem ich aufgebe und es einfach geschehen lasse.

Nur wenige Wimpernschläge später spüre ich das scharfkantige Holz des Stegs an meinen Schultern. Verzweifelt suche ich nach Halt unter Wasser, doch meine Füße sind taub, spüren weder den Grund noch die Pfähle unter dem Steg.

Er lässt mich los, nur um mir im selben Atemzug seine Arme unter die Achseln zu schieben und mich aus dem Wasser zu ziehen.

Der Schmerz, der mir in die Glieder schießt, raubt mir erneut die Sicht. Aber nach einigen flachen Atemzügen kann ich wieder klar sehen. Ich liege auf dem Steg, der Regen prasselt auf meinen Körper, und ich kann nur eines denken:

Er wird mich umbringen. Ich muss hier weg.

Doch bevor ich reagieren kann, packt er mich auch schon am Fußgelenk und zieht mich zu sich ran.

Ich wimmere erneut, als meine Haut über das raue Holz scheuert. Mit letzter Kraft blinzle ich gegen den Regen zu ihm auf. Er soll mir wenigstens in die Augen schauen, wenn er mich umbringt.

Max steht über mir. Noch immer ist da dieser wilde Ausdruck in seinem Gesicht. Ein Fremder in der Gestalt des Mannes, den ich geliebt habe. Es ist mein persönlicher Albtraum.

Das hier ist die Hölle.

»Bitte«, flehe ich und halte schützend die Hände vor mein Gesicht.

»Hör auf zu betteln, verdammte Scheiße.« Er richtet den Finger auf mich. »Warum, Karla?«

Ein Schluchzen entfährt mir. »Was meinst du?«

Er schüttelt ungläubig den Kopf und beginnt zu lachen. Ein irres, verzweifeltes Lachen, das so klingt, wie er aussieht.

»Sag mir, warum du es getan hast. Warum hast du sie umgebracht?« Sein Gesicht ist rot, und die Augen sind so dunkel, dass ich befürchte, der Hass könnte jeden Moment wie Tränen herausströmen.

Ich schluchze. »Das war ich nicht, bitte, du –«

Er beugt sich zu mir herunter, will mich wieder packen, aber diesmal lasse ich ihn nicht gewähren. Mit der letzten mir verbliebenen Kraft trete ich ihm zwischen die Beine.

Max stöhnt auf und sackt auf die Knie.

Ich rappele mich auf und renne los. Schaue nicht zurück, sondern nur nach vorn.

Der Wald umfängt mich wie ein alter Bekannter. Äste peitschen meine Haut, Steine bohren sich in meine Fußsohlen, Schlamm spritzt an mir hoch.

Wohin?

Mein Blick irrt umher, aber da sind nur Bäume, Nadeln und Blätter, so weit das Auge reicht. In meinem Kopf kreisen die Gedanken, ohne eine Antwort auf die einzig wichtige Frage zu finden: *Wohin?*

Also renne ich einfach weiter. Weiter in den Wald hinein. Weg von ihm. Weg von den Menschen, die ich geliebt, und von dem Leben, das ich bisher gekannt habe.

Doch je weiter ich renne, desto klarer wird mir, dass ich niemals irgendwo ankommen werde. Egal, wohin ich laufe. Entweder wird er mich finden, oder die Polizei wird es tun. Es war von Anfang an zum Scheitern verurteilt.

Ich sehe die Wurzel zu spät und falle.

Noch bevor ich mich umdrehen kann, höre ich sein Keuchen. Spüre seine Anwesenheit.

Er stürzt sich auf mich, packt mich an der rechten Schulter und dreht mich herum, dann presst er mich an den Handgelenken zu Boden und kniet sich auf meine Oberarme. Zerquetscht die dünnen Muskelstränge mit seinem Körpergewicht.

Ich schreie, stöhne, strample, kämpfe um mein Leben und das, was davon noch übrig ist, aber es hat keinen Sinn. Ich bin zu schwach. Die Schlacht ist geschlagen.

»Sag mir, wieso«, schreit er mich an. Spucketropfen fliegen mir entgegen, und ich wende den Kopf ab. Da fällt mein Blick auf den Busch. Auf *den* Busch.

»Ich war es nicht, Max, bitte, ich kann es beweisen«, antworte ich, so laut ich kann, doch ich bringe nur ein heiseres Krächzen hervor. Nicht mehr als ein Flüstern, das in seiner rasenden Wut untergeht. Aber es spielt ohnehin keine Rolle, denn ich könnte ebenso gut gegen eine Wand reden. Er schaut auf mich herab, und doch ist es, als ob er durch mich hindurchschaut. Er sieht nicht mich. Er sieht eine Mörderin.

»Wieso?« Erst jetzt erkenne ich, dass er weint. In seinem Gesicht vermischt sich alles zu einem reißenden Strom. Blut, Tränen, Spucke, Rotze, Regen – alles fließt ihm übers Gesicht und tropft auf mich herab.

»Max«, schreie ich nun. »Hörst du mich? Ich habe gesagt,

dass ich unschuldig bin. Ich kann es dir beweisen. Dort drüben –« Meine Stimme versagt, und ich schlucke verzweifelt gegen die stärker werdenden Schmerzen an. »Da drüben ist ein Busch. Jemand hat sich da versteckt. Da sind Fußabdrücke. Bitte, du musst mir glauben!«

»Wie soll ich dir glauben, Karla?« Als unsere Blicke sich begegnen, ist es, als sehe ich in die Augen *meines* Max'. Statt des Wahnsinns und der irrsinnigen Wut ist dort jetzt nur Schmerz. Nackter, roher Schmerz, den ich bis in mein Innerstes mit ihm teile.

»Weil du mich kennst. Weil du mich geliebt hast. Ich könnte niemals einen anderen Menschen ermorden.« Heiße Tränen vermischen sich mit kaltem Regen.

Das ist meine Chance, zu ihm durchzudringen. Wenn er sich wieder verschließt, war es das.

»Du bist draußen herumgeschlichen, Karla. Julian hat dich gesehen, du –« Er kneift die Augen zu, als gäbe es da etwas, was er nicht sehen will.

»Ja sicher, aber das macht mich noch lange nicht zu einer Mörderin. Was, wenn ich sie gefunden habe, als sie schon tot war? Vielleicht habe ich Panik gekriegt und bin weggerannt. Es gibt Erklärungen dafür, Max. Es sei denn, du *willst* glauben, dass ich es war.«

Der Zorn fällt von seinem Gesicht wie eine Maske, also rede ich weiter, bevor er die Gelegenheit hat, sie sich wieder aufzusetzen.

»Max, bitte, sieh mich an. Sieh mich an und sage mir, dass ich eine Mörderin bin.« Mein Körper schmerzt von der beißenden Kälte des Regens, der rauen Härte des Waldbodens und unter seinem Gewicht, doch ich versuche, all das auszublenden, konzentriere mich nur auf ihn.

Er soll mir in die Augen schauen und mir ins Gesicht sagen,

dass er mich – die Frau, die beinahe die Mutter seiner Kinder geworden wäre – für eine brutale Mörderin hält.

»Sieh mich an«, verlange ich noch einmal.

Er tut es.

»Ich bin es, Karla. *Deine* Karla.«

Kraftlos sacken seine Schultern herab.

»Karla, ich –« Er senkt den Blick, schüttelt den Kopf, als ob er die Schwäche abschütteln will, die ihn jetzt so offensichtlich zu überwältigen droht.

»Ich war es nicht. Du musst mir das glauben«, sage ich noch einmal. Meine Unterlippe zittert vor Kälte, und es kostet mich alle Kraft, Max' Blick nicht auszuweichen. Dem Schmerz und der Verzweiflung darin standzuhalten.

Ich erkenne ein Zögern. Ob er an das denkt, was einmal war? Acht gemeinsame Jahre, in denen wir einander alles und noch mehr bedeutet haben?

Er rauft sich die Haare, dann lässt er von mir ab und schreit. Brüllt seinen Schmerz heraus wie ein verletztes Tier. Ich schließe einen Moment die Augen und bleibe einfach dort liegen, zu schwach, um auch nur aufzustehen, geschweige denn, um davonzurennen. Doch das brauche ich wohl ohnehin nicht zu tun, denn als ich mich schließlich aufrappele, sitzt Max auf dem Boden. Er hat die Beine angezogen, den Kopf zwischen den Knien verborgen und wiegt sich vor und zurück.

Ich knie mich vor ihn.

»Es tut mir so leid«, flüstere ich und ziehe ihn an mich. Er lässt es geschehen, schlingt die Arme um mich und krallt sich in mein nacktes Fleisch.

»Es tut mir so leid«, sage ich erneut. Wiederhole die Worte immer wieder.

So sitzen wir da. Sekunden-, wahrscheinlich minutenlang, während er in meinen Armen weint, so wie ich damals in seinen, den negativen Test – den Beweis meiner Unfruchtbarkeit – in der Hand. Das Band der Hoffnung zwischen uns nur noch ein dünner, spröder Faden.

Ich schaue zu dem Busch hinüber. Vorhin war es mir so vorgekommen, als hätte ich Hunderte Meter zurückgelegt, tatsächlich bin ich nicht weit gekommen.

Als ob Max meine Gedanken lesen kann, verstummt er.

»Was meintest du damit, dass du einen Busch gefunden hast?« Erst jetzt scheinen meine Worte von vorhin zu ihm durchzudringen.

»Ich habe etwas entdeckt. Eine Art präparierten Busch.« Ich male Anführungszeichen in die Luft.

»Was meinst du mit ›präpariert‹?« Er zieht die Brauen zusammen, sieht mit einem Mal wieder skeptisch aus.

»Ich weiß, es klingt total verrückt, aber der Busch ist komplett ausgehöhlt, so dass man sich darin verstecken kann. Als du vorhin zu den Lodges gegangen bist, habe ich nach einem Versteck gesucht und bin zufällig dort hineingeraten.« Ich merke selbst, wie unpassend das Wort »zufällig« in diesem Zusammenhang klingt, also spreche ich schnell weiter. »Man hat von da aus den perfekten Blick auf Viktorias Lodge, deshalb glaube ich, dass …«

»Ihr jemand nachgestellt hat«, beendet er den Satz für mich und streicht sich fahrig über die raspelkurzen Haare.

Überrascht schaue ich zu ihm herüber und erstarre, als ich die Erkenntnis in seinen Augen sehe.

Er weiß etwas.

Plötzlich höre ich, wie jemand seinen Namen ruft. Allerdings kann ich nicht ausmachen, wer. Das Prasseln des Regens und das Rauschen des Windes verzerren den Klang der Stimme bis zur Unkenntlichkeit.

Max richtet sich auf und hält mir die Hand hin. »Los. Komm mit. Wir müssen es den anderen sagen.«

Ich schüttele den Kopf. »Nein.«

Er hebt eine Braue. »Wieso nicht?«

Ich hole tief Luft. »Es ist möglich, dass derjenige, der sich dort versteckt hat, noch hier ist. Das da könnte jeder präpariert haben. Allen voran die Mitarbeiter. Wenn wir die anderen also einweihen, und die Person, die dafür verantwortlich ist, hört mit, könnte das womöglich etwas Verheerendes auslösen. Bisher musste nur eine Person –« Ich stocke, bringe es nicht fertig, dass Wort auszusprechen. *Sterben.* »Was wissen wir schon, was passiert, wenn sich der wahre Mörder in die Enge getrieben fühlt?«

Max betrachtet mich stumm, und wieder ist da dieser Gedanke.

Er weiß etwas.

»Okay, dann sagen wir ihnen vorerst nichts. Aber die Betonung liegt auf *vorerst.*«

Ich muss mir ein Grinsen verkneifen. Gerade noch geweint wie ein Baby, und schon ist er wieder der Bestimmer.

»Max? Alles klar?« Die Stimme klingt nun deutlich näher, und ich erkenne, dass es Julian ist.

»Versteck dich.«

Ich gehe hinter einem der massiven Baumstämme in Deckung und beobachte, wie Max durch das Dickicht des Waldes in die Richtung läuft, aus der Julians Stimme gekommen ist.

»Ich bin hier. Sorry, ich fang offenbar schon an zu halluzinieren, was ist los?« Während ich die beiden beobachte, wird mir klar, wie einfach es gewesen wäre, uns nachzuspionieren. Die vielen Bäume, das dichte Laub. Der Wald bietet Schutz und seine Stille die Möglichkeit, auch leise Gespräche belauschen zu können. So, wie ich es nun tue. Die beiden unterhalten sich kurz, und Max behauptet, dass er etwas Zeit für sich bräuchte.

»Okay, ich will ihn sehen«, sagt Max, nachdem Julian wieder im Retreat verschwunden ist.

Ich nicke nur, ehe ich vorweggehe.

»Da ist er.« Mit zittriger Hand deute ich auf den Busch.

Max schaut mich noch einen Moment skeptisch an, dann spüre ich plötzlich etwas Schweres auf den Schultern.

»Zieh die an.«

Stirnrunzelnd blicke ich an mir herunter und erkenne Max übergroße Jacke.

»Danke.« Während ich die steifen Glieder in die Ärmel schiebe, beobachte ich, wie Max zu dem Busch hinübergeht.

»Pass auf! Im Boden sind Fußabdrücke, die könnten ein Hinweis auf den wahren Mörder geben.«

»Alles klar.« Er schiebt die Äste des Buschs auseinander, und einen Herzschlag später ist er darin verschwunden. Ich kneife die Augen zusammen, neige den Kopf, doch es ändert nichts. Obwohl ich weiß, dass Max sich darin befindet, kann ich ihn nicht einmal erahnen. Wer auch immer diesen Busch präpariert hat, hat hervorragende Arbeit geleistet. Es ist, als wäre Max nie dagewesen.

Das Einzige, was vielleicht auffallen könnte, sind die sich bewegenden Blätter. Aber selbst wenn man die bemerkt, geht man höchstwahrscheinlich davon aus, dass ein Eichhörnchen darin zugange ist, aber bestimmt nicht ein Mensch.

Verdammt clever.

»Heilige Scheiße«, Max taumelt heraus. Sein Gesicht ist blass, und als ich seinem Blick begegne, spiegelt sich Reue darin.

»Fuck.« Er starrt mich an, schaut aber eigentlich durch mich hindurch. »Du hast recht. Jemand war hier«, sagt er in merkwürdig distanziertem Tonfall. »Sie hat es mir gesagt …« Sein Kopf fällt nach vorn und hängt schlaff herunter. »Sie hat es mir gesagt«, wiederholt er, wobei er die Finger schmerzhaft um meine Oberarme schließt, sich an mir festhält, als ob er sonst vollends zusammenbrechen würde.

Ich blinzle, weil ich keine Ahnung habe, wovon er spricht.

»Was hat sie dir gesagt?« Meine Stimme zittert. Gleichermaßen aus Angst vor seiner unberechenbaren Wut und vor der Wahrheit.

Er atmet stockend ein, dann schaut er mich mit tränenverhangenen Augen an.

»Sie wusste, dass die Person, die ihr all das antut, hier ist. Sie wusste es und hat es mir gesagt. Aber ich habe es ihr ausgeredet. Habe ihr nicht geglaubt.«

»Die Person, die ihr all das antut?«

Er lacht. Ein verzweifeltes, hohes Lachen, das mehr nach Schmerz als nach Freude klingt. »Wenn ich ihr richtig zugehört oder ihr zumindest geglaubt hätte … dann hätte ich es vielleicht verhindern und sie retten können. Ich habe versagt, Karla. Als ihr großer Bruder wäre es meine Aufgabe gewesen, sie zu beschützen, aber das habe ich nicht getan. Und jetzt ist sie tot«, redet er unbeirrt weiter, ohne auf meine Frage einzugehen. »Scheiße nochmal.«

»Wovon redest du?« Ich versuche, seinen verzweifelten Blick aufzufangen, aber Max ist mir längst entglitten, verweilt gedanklich irgendwo in der Vergangenheit.

Er schließt die Augen, greift sich an die Nasenwurzel. »Es gibt da etwas, von dem du nichts weißt.«

Ich schlucke. »Was denn?«

»Viktoria wurde gestalkt. Ich rede hier nicht von ein paar Hassnachrichten, sondern von SMS, Anrufen … von solchen Dingen. Jemand wollte sie in den Wahnsinn treiben. Demnach liegt es nahe, dass das dieselbe Person ist, die auch dafür verantwortlich ist.« Er deutet auf den Busch.

Ich starre ihn an. »Seit wann?«

Er schüttelt leicht den Kopf. »Bewusst aufgefallen ist es ihr vor ein paar Monaten, glaube ich.«

Die Welt um mich herum beginnt, sich zu drehen.

Meine Beine drohen nachzugeben. Viktoria ist – nein, *war* – meine beste Freundin. *Wie konnte sie so etwas vor mir verheimlichen?*

»Ich weiß es nicht. Vielleicht wollte sie dich nicht damit belasten?«

Irritiert schaue ich ihn an, bis mir klarwird, dass ich meinen Gedanken wohl laut ausgesprochen habe.

»Hast du eine Vermutung, wer dahinterstecken könnte?«, frage ich.

»Nein. Nicht die geringste. Wir haben einen Privatdetektiv eingeschaltet, aber bisher hat er noch nichts rausgefunden.«

So hat es also um mich und meine vermeintlich beste Freundin gestanden. Nach all den Jahren. Und es wird keine Chance mehr geben, mit ihr über all das zu reden, was uns entzweit hatte, denn sie ist tot.

Ich hole tief Luft. Der Schmerz über die Erkenntnis, dass wir nie wieder werden retten können, was zwischen uns so offensichtlich kaputtgegangen ist, zerreißt mir beinahe das Herz. Aber es ist der falsche Moment, um mich dem hinzugeben. Später werde ich noch genügend Zeit dafür haben. Jetzt muss ich meine gesamte Konzentration darauf verwenden, herauszufinden, was geschehen ist und wer ihr all das angetan hat.

»Soweit ich weiß – also aus Serienkillerdokumentationen und Podcasts – kennen Stalker ihre Opfer meistens, oder nicht?«

»Das meinte der Detektiv auch. Aber Viktoria ist niemand eingefallen, der in Frage kommen würde.« Max stützt sich mit einem Arm an einem Baumstamm ab und starrt noch immer zu dem Busch. Ich kann regelrecht hören, wie die Gedanken in seinem Kopf Amok laufen.

»Ist ihr niemand eingefallen, oder gibt es zu viele Optionen?«, frage ich, wobei ich gedankenverloren über die Ärmel der Jacke reibe, um mich warmzuhalten.

Max zuckt mit den Schultern. »Sie meinte nur, ihr fiele niemand ein.«

»Es könnte ein Fan sein oder einer ihrer One-Night-Stands.« Als ich es laut ausspreche, glaube ich es schon selbst nicht mehr. Und ich glaube auch nicht, dass ihr niemand eingefallen ist, vielmehr glaube ich, dass sie einen Verdacht hatte. Was, wenn nur niemand wissen sollte, *wen* sie im Verdacht hatte?

Ein Gedanke beginnt in mir zu keimen.

»Hat sie mit dir über Julian gesprochen?«

Er runzelt die Stirn. »Über Julian?«

»Ist dir nicht aufgefallen, wie sie sich in den letzten Monaten voneinander distanziert haben?«

»Doch, natürlich. Aber ich dachte, es liegt daran, dass er mit der offenen Beziehung nicht klarkommt«, gesteht Max.

Ich nicke. »Ja, sicher. Aber wenn wir die Veränderung schon bemerkt haben, was meinst du, wie es sich erst für sie angefühlt hat?«

»Worauf willst du hinaus, Karla?«

»Was, wenn Viktoria es nicht ertragen hat, wie Julian zu ihr war? Was, wenn sie sich in einen ihrer One-Night-Stands verliebt hat? Sie ist bildschön, schlau und genießt das Leben in vollen Zügen. Was will ein Mann mehr? Da ist es doch klar, dass sich ständig einer in sie verliebt hat. Und Tori ... Na ja, der einzige Grund, warum sie und Julian überhaupt zusammen funktioniert haben, ist doch, dass er sie behandelt hat wie eine Königin. Nur hat er das in letzter Zeit nicht mehr getan. Vielleicht ...«, die Worte fühlen sich wie ein Verrat an ihr und unserer Freundschaft an, aber es bringt nichts, Rücksicht auf die Gefühle einer Toten zu nehmen, »hat sie das nicht ertragen und sich stattdessen in jemanden verliebt, der ihr all das geben konnte, was Julian nicht mehr bereit war, ihr zu geben. Was, wenn sie eine Affäre hatte?«

28 STUNDEN VOR DER TAT

18 VIKTORIA

VIKTORIAKAPLAN.OFFICAL

Beiträge

Gefällt **justkarla.rb** und **33.221 weiteren Personen**

viktoriakaplan.offical [Anzeige]

MAGIE DES ABENDS ✨
Ich kann noch immer nicht glauben, dass ich endlich im @glowing-forestretreatandlodges bin. Es tut so gut, all meine Liebsten um mich zu haben! 🥰🖤
Nach dem köstlichen Essen ging es für uns noch mit den Booten raus. 🛶 Denn obwohl das Retreat sehr abgelegen ist, bedeutet das keinesfalls, dass man hier nichts unternehmen kann. Das Angebot reicht von Yoga über Meditationen und Massagen bis hin zu geführten Wanderungen. Außerdem befindet sich das Retreat an einem idyllischen See, in dem sich bei Tag die Berge und bei Nacht die Sterne spiegeln (Ich habe sogar eine Sternschnuppe gesehen und mir gewünscht, dass @julianjaster_photography mich küsst, sobald wir die 1 Million geknackt haben, quasi wie ein Silvesterkuss, aber psst 🤫). Am hauseigenen Steg kann man sich rund um

die Uhr die Ruderboote schnappen und rausfahren. Natürlich haben wir das heute direkt gemacht, und weil der Abend besonders mild ist, sind wir direkt noch in den kalten Bergsee gesprungen. 🏊

Würdet ihr euch trauen, im Dunkeln baden zu gehen, oder fürchtet ihr euch vor dem Seeungeheuer? 👻

Mit gleichmäßigen, stoischen Bewegungen verrieb ich die Creme auf meinen Schenkeln und massierte sie in die gerötete Haut ein. Der Duft von japanischen Kirschblüten hing in der Luft und vermischte sich mit dem Wasserdampf, der sich in dem kleinen Raum noch immer staute.

Erneut griff ich nach dem Topf mit der Bodycream und grub zwei Finger in die kühle Creme. Ich lauschte dem schmatzenden Geräusch, das dabei entstand. Das tat ich nun schon seit einigen Minuten.

Ich wollte das Badezimmer nicht verlassen. Fühlte mich sicherer in diesem Raum, vor dessen großer Fensterfront alles Mögliche in der Dunkelheit lauern konnte, als nebenan in einem Raum zusammen mit dem Mann, den ich liebte.

Als ich nach unserer spontanen See-Aktion ins Bad gegangen war, um mir den Geruch von Algen und Seetang abzuwaschen, hatte ich definitiv zu lange darüber nachgedacht, abzuschließen. Schlussendlich hatte ich es nicht getan, und es war auch nicht nötig gewesen, denn er war mir nicht gefolgt. Trotzdem war er bei mir. Mit den Blutergüssen auf meinem Körper und in meinem Herzen. Ich war nur froh, dass vorhin beim Schwimmen niemand etwas gesehen und Fragen gestellt hatte. Für morgen musste ich mir definitiv eine plausible Erklärung einfallen lassen.

Es klopfte.

»Ja?«

Die Tür schwang auf. Sofort drängte ein kühler Luftstrom herein, gefolgt von Julian, der sich an den Türrahmen lehnte. Mit ihm waberte auch der Seegeruch ins Zimmer. Sein dunkles Haar war mittlerweile beinahe trocken, doch das Hemd klebte ihm noch immer feucht am Körper.

»Was machst du denn so lange hier drin?« Er beobachtete mich aufmerksam und wanderte mit seinem Blick meinen Körper, der jetzt wieder in der feinen zitronengelben Spitzenunterwäsche steckte, rauf und runter.

Ich erkannte die Lust in seinen Augen. Das Verlangen. Wir hatten die Rollen getauscht. Vorhin. Als er zu mir in die Dusche gekommen war. Nachdem wir einander nackt gemacht hatten – erst psychisch, dann physisch. Wie ein brennender Baum, dessen Funken auf den Rasen fallen, hatte er mich da ebenfalls in Brand gesteckt, während er versucht hatte, sein eigenes Feuer zu löschen.

Und hier waren wir nun. Einander so fern wie noch nie, obwohl wir uns zum Greifen nah waren.

»Ich creme mich nur ein.« Ich wandte mich von ihm ab und fuhr mit den Händen hoch zu meinem Hals, um die übrige Creme dort zu verteilen. »Bin gleich fertig.«

»Ein Testprodukt?« Im Spiegel erkannte ich, wie er zu der Bodycream hinübersah, die auf der Ablage stand.

»Ja.«

»Du scheinst sie ja ziemlich zu mögen.« Er verschränkte die Arme vor der Brust und musterte mich weiter.

Ich zuckte mit den Schultern, ehe ich nach dem Deckel griff. »Ist nicht schlecht.«

Er stieß sich vom Türrahmen ab und kam zu mir herüber. Er roch nach See und Schweiß und nach dem Julian, den ich so sehr liebte. Dennoch musste ich mich zusammenreißen, um nicht zusammenzuzucken, als seine Finger über meinen Nacken strichen.

»Riecht gut.«

»Mhm.«

Sanft zeichnete er mit dem Zeigefinger die Träger meines BHs nach, beobachtete uns beide im Spiegel. An einem anderen Tag hätte ich mich jetzt an ihn gelehnt. Ihm zu verstehen gegeben, dass er weitermachen sollte. Doch nicht an diesem, also entzog ich mich ihm und widmete mich weiter der Creme.

»Tori ... Was ist denn los mit dir?«

»Was soll los sein?« Endlich drehte ich mich zu ihm um.

»Seit unserem Streit bist du merkwürdig. Schon beim Essen warst du nicht richtig anwesend. Und dann diese Sache im See.« Er trat einige Schritte zurück, als brauche er mehr Raum zum Atmen. Als wäre ich diejenige, die ihm den Sauerstoff raubte, obwohl er es gewesen war, der mir vorhin den Mund zugehalten hatte.

»Das im See war nur ein dummer Scherz«, wiegelte ich ab. Unsere Blicke trafen sich. Für den Bruchteil einer Sekunde schoss mir durch den Kopf, dass er etwas gesehen oder gehört haben könnte. Dass er der Wahrheit näher war als der dummen Lüge, die mir so leichtfertig über die Lippen gekommen war, nachdem ich die anderen erschreckt hatte.

Niemals. Ich werde paranoid.

Ich wagte es nicht, noch einmal aufzuschauen, aus Angst, er könnte die Wahrheit in meinen Augen ablesen. Also ließ ich ihn im Bad zurück und ging zu unseren Koffern hinüber, wo ich eilig ein lockeres schwarzes Kleid herausnahm.

Julian folgte mir.

»Ich verstehe bloß nicht, warum du so lange nicht reagiert hast. Wir haben minutenlang nach dir gerufen. Unmöglich, dass du nicht gehört hast, dass wir uns Sorgen um dich gemacht haben. Wie kann man eine Situation nur derart falsch einschätzen?«

Ich zog mir den weichen Stoff über den Kopf und fluchte innerlich, als er sofort an meinem Körper klebte und die Creme Flecken darauf hinterließ.

»Es tut mir leid, okay? Ich weiß auch nicht, was das vorhin war«, wich ich aus und ließ mich aufs Bett sinken.

Julian lehnte wieder im Türrahmen, musterte mich. Einen Moment verharrten wir so und hingen wohl beide unseren eigenen Gedanken nach, bis Julian sich mit einem Seufzen vom Türrahmen abstieß und zu mir herüberkam.

»Geht es um Aufmerksamkeit?« Er fragte das nicht mit einem bösartigen Unterton. Eher klang es müde. Erschöpft.

Nun sah ich doch auf.

»Vielleicht«, gab ich schließlich zu. »Nach dem, was in der Dusche passiert ist, bin ich irgendwie ein bisschen durch den Wind.« Kaum dass die Worte über meine Lippen gekommen waren, wusste ich bereits, dass ich einen Fehler begangen hatte. Es war falsch, das, was Julian vorhin getan hatte, als Ausrede zu missbrauchen für das, was mich im See wirklich davon abgehalten hatte, auf ihre Rufe zu reagieren. Doch nun war es zu spät. Der bittere Geschmack eines schlechten Gewissens stieg mir wie Galle die Kehle hinauf.

»Wegen dem, was … Ich hab doch schon gesagt, dass mir das furchtbar leidtut. Ich weiß nicht, was da vorhin in mich gefahren ist.« Er überwand den Abstand zwischen uns und ging vor mir auf die Knie. Groß und warm legten sich seine Hände auf meine nackten Schenkel, und ein Schauer lief mir die Wirbelsäule entlang.

»Ich dachte irgendwie, dass dir das gefallen würde. Dass das der Grund ist, weshalb ich dir nicht ausreiche – weil ich zu nett bin. Immerhin bin ich nicht blöd. Ich merke, dass Eifersucht dich anturnt.«

»Eifersucht? Ja, die turnt mich an. Aber wie kommst du darauf, dass es mir gefallen könnte, wenn du mit mir sprichst, als wäre ich eine Hure, und mich zu Dingen zwingst, die ich offensichtlich nicht tun will?«

Julian zuckte zurück, als hätte ich ihm eine Ohrfeige gegeben, und eine intensive Röte schoss ihm ins Gesicht. Vor Scham oder vor Wut?

»Tori, ich ... So, wie du es sagst, klingt es beinahe, als hätte ich dich –« Seine Hände ballten sich zu Fäusten.

Ich schluckte. »Julian, du bist zu mir unter die Dusche gekommen und –«

»Nein.« Julian war mit einem Satz auf den Füßen und brüllte die Worte heraus. Spucketröpfchen trafen mich im Gesicht. »Nein. Nein. Nein. Ich würde niemals –« Er richtete den Zeigefinger auf mich. »Niemals würde ich dich zu irgendwelchen sexuellen Handlungen zwingen, die du nicht willst. Ich bin kein Vergewaltiger, Tori. Nein.« Er schüttelte immer wieder den Kopf, wie um sich selbst davon zu überzeugen, dass es so war, wie er sagte.

Tränen liefen seine Wangen herunter, und ich stand auf und hob beschwichtigend die Hände.

»Julian, das habe ich auch überhaupt nicht gesagt. Es ist nur ... Ich habe dich gebeten, damit aufzuhören, als du anfingst, von diesem anderen Mann zu sprechen. Erst dachte ich, du hättest mich nicht gehört. Aber dann hast du mir deine Hand auf den Mund gelegt. So als würdest du mich zum Schweigen bringen wollen. So als würde ich da gerade einen Moment zerstören.«

Julian raufte sich die Haare und zerrte dabei so hart an den dunklen Strähnen, dass ich befürchtete, er könnte sie sich ausreißen.

»Es tut mir so leid, Tori.« Er kam wieder auf mich zu und nahm mein Gesicht in seine Hände, als wäre ich das Kostbarste auf der Welt. Sein Kopf war noch immer tiefrot. Seine sonst so vertrauten Züge waren verzerrt vor Schmerz. Aus geröteten Augen sah er mich an. »Ich weiß nicht, wieso ich das getan habe. Ich –« Seine Unterlippe zitterte. Rotz lief ihm aus der Nase. »Ich habe keine Ahnung, es ist nur ... Ich habe das Gefühl, dich zu verlieren. Jeden Tag ein bisschen mehr. Es ist wie mit einem geliebten Menschen, der an einer Krankheit dahinsiecht. Man kann nur dastehen und zuschauen. Völlig machtlos.« Er löste eine Hand und fuhr damit behutsam über meine tränennasse Wange. Ich hatte gar nicht bemerkt, dass ich ebenfalls weinte.

»Als ich zu dir unter die Dusche gekommen bin, wollte ich nur einmal das Gefühl haben, nicht machtlos zu sein, wollte nur einmal die Kontrolle über die Situation haben.«

Ich ließ meinen Kopf in seine Hände sinken. Schluchzte leise.

»Scheiße, Julian, das geht so nicht. Du kannst nicht, nein, also das –«

»Ich weiß, ich weiß. Es tut mir so unendlich leid. Bitte, glaub mir.« Er griff nach meinen Händen, übersäte sie mit heißen, nassen Küssen, ehe er seine Arme um mich schlang und an meinem Körper hinunter auf die Knie sank, wo er mich schluchzend anflehte, ihm zu verzeihen.

»Ich verspreche dir, dass so was nie wieder vorkommen wird. Ich werde deiner Bitte nachkommen. Ich werde alles tun, damit wir noch eine Chance haben, ja?«

Er sah zu mir auf.

»Julian, komm schon. Steh auf.«

Ich ertrug es nicht, ihn so zu sehen.

»Es ist okay. Ich vergebe dir, okay? Ich muss nur ... Ich kann heute nur nicht hier schlafen. Ich werde zu Karla gehen. Ein bisschen Abstand wird uns guttun. Morgen ist ein neuer Tag. Lass uns einfach vergessen, was passiert ist, und morgen von vorne anfangen, okay?«

Er nickte. »Okay.«

Ich beugte mich zu ihm hinunter und gab ihm einen sanften Kuss, wobei ich seine Tränen schmecken konnte.

Als wir uns schließlich voneinander lösten, hatten wir uns beide etwas beruhigt, wenngleich ich mir nicht sicher war, ob wir wirklich an dem Punkt weitermachen konnten, wo wir vor dieser Reise gewesen waren.

»Dann bis morgen, ja?«

Er nickte. Ich wandte mich von ihm ab und vermied es, ihm noch mal in die Augen zu schauen. Ich hatte Angst vor dem Ausdruck, dem ich darin begegnen konnte. Also zog ich in Windeseile meinen Morgenmantel an, schlüpfte in ein paar Badelatschen und stolperte aus der Lodge, wo ich das ganze Elend und meinen #bestboyfriendintheworld zurückließ und erst einmal so tief Luft holte, dass ich mich unwillkürlich fragte, ob ich in den vergangenen Minuten überhaupt geatmet hatte.

Draußen war es merklich abgekühlt, und in der Ferne zirpten ein paar Grillen. Ich blieb vor der Tür stehen, spürte das kühle Holz im Rücken und lehnte mich langsam dagegen.

Scheiße.

Ich schloss die Lider und atmete ein und aus. Sog den Sauerstoff in meine Lungen wie ein Narkotikum gegen den Schmerz.

Fuck, ich brauche jetzt dringend einen Drink. Oder besser gleich zwei.

Als ich die Augen wieder öffnete, schaute ich hinüber zum Retreat. Strahlend hell wie ein Leuchtturm in finsterer Nacht schien es eine stumme Einladung auszusprechen – und ich würde ihr folgen. Doch zuerst würde ich zu Karla gehen.

Ihre Lodge war am weitesten vom Retreat entfernt, und während ich die der anderen passierte, konnte ich es mir nicht verkneifen, hineinzuschauen. Bei Max und Josefine brannte bereits kein Licht mehr, Sebastians Lodge hingegen war hell erleuchtet.

Meine Schritte wurden langsamer, als ich Karlas Terrasse betrat. Zu meiner Erleichterung fiel ein dünner Lichtstrahl durch die Lamellen der Fensterläden. Ich schob einen der Läden auf und schaute durch die Fenster. Wie nicht anders zu erwarten, hatte Karla die Vorhänge nicht zugezogen. Sie war einer dieser Menschen, die einfach immer davon ausgingen, dass entweder niemand sie sah oder niemand sich für sie interessierte. Sie hielt von Vorhängen genauso wenig wie von Rollos und benutzte sie deshalb auch nicht, was sie meiner Meinung nach zur nackten Nachbarin machte.

Sie lungerte im Bett und starrte auf ihren Laptop. Der Bildschirm spiegelte sich in der bläulichen PC-Brille, und sie biss konzentriert von einem Schokoriegel ab, den sie in ihrer rechten Hand hielt.

Immer am Arbeiten.

Kurz spielte ich mit dem Gedanken, einfach ans Fenster zu klopfen, aber ich hatte heute bereits genug Leute erschreckt, also lief ich zur Eingangstür und klopfte.

»Wer ist da?«, drang ihre Stimme gedämpft zu mir heraus.

»Deine Mutter.«

Es ertönten Schritte, dann öffnete sich die Tür, und warmes Licht strömte mir entgegen.

»Du bist echt unmögl-«, sie verstummte, als ihr Blick über mein Gesicht und anschließend über die Sachen in meinen Händen wanderte. Offensichtlich waren das genug Antworten auf ihre unausgesprochenen Fragen, denn sie trat stumm einen Schritt beiseite.

»Ist es okay, wenn ich heute bei dir schlafe?« Ich war selbst erschrocken, wie brüchig meine Stimme klang.

»Klar. Willst du darüber reden?« Es war lange her, dass sie mich das zuletzt gefragt hatte. Seit ihrer Trennung von Max war es schweigsam zwischen uns geworden. Karla war immerzu in Gedanken. Ich immerzu bemüht, sie von ihnen zu befreien.

Doch sie hatte mich nicht an sich herangelassen, hatte sich hinter einer Mauer aus emotionaler Kälte verschanzt. Und ich hatte irgendwann dasselbe getan.

Die Tür fiel ins Schloss, und ich wurde von dem mir so vertrauten Karla-Chaos umfangen. Die Möbelstücke waren bereits mit ihren Klamotten belegt, der Boden von ihren Schuhen übersät, und hier und da musste man achtgeben, nicht auf den USB-C-Anschluss eines Ladekabels zu treten und sich die Fußsohle aufzureißen.

Alles wie immer.

»Schläfst du immer noch auf der linken Betthälfte?«, fragte ich ausweichend, bekam die Antwort jedoch wortlos, als ich dort gebrauchte Taschentücher und ihren Laptop liegen sah.

Es war lange her, dass Karla und ich beieinander übernachtet hatten. Früher hatten wir das ständig gemacht. Sie immer links, ich immer rechts im Bett. Zwischen uns die Geheimnisse, die wir uns kichernd anvertraut hatten.

»Jap. Alte Angewohnheit.« Sie grinste, räumte das Zeug vom Bett und warf es aufs Sofa. Ich folgte ihr und ließ mich stöhnend in die Polster fallen.

»Oh, Vorsicht! Die darf nicht zerknittern.« Sie zog eine helle Bluse unter meinem Hintern hervor und warf sie auf den Hocker am Schminktisch.

Ich grinste.

»Willst du drüber reden?«, fragte Karla wieder. Sie lehnte an der gegenüberliegenden Wand und sah zu mir herüber. Ihr Blick aufmerksam und forschend.

Ich seufzte. Wollte ich aufgefangen werden oder mich lieber eine Weile im freien Fall befinden? Von ihr ein Pflaster aufgeklebt bekommen oder im Stillen leiden und mich ihr erst anvertrauen, wenn ich meine Wunden geleckt hatte? Kurz spielte ich wirklich mit dem Gedanken, ihr alles zu erzählen, entschied mich aber dann doch dagegen. Ich war mir sicher, dass sie genug mit ihren eigenen Problemen zu kämpfen hatte. Es konnte unmöglich leicht sein, Max und Josefine die ganze Zeit zu ertragen. Und was auch immer zwischen Julian und mir vorgefallen war, es würde sich wieder einrenken. So war das bisher immer gewesen.

»Weiß nicht. Vor allem will ich erst mal was trinken, und damit meine ich kein Wasser. Kommst du noch mal mit in die Lounge?«

Karla verzog das Gesicht. »Um ehrlich zu sein, bin ich wahnsinnig müde. Diese Reisetablette hat mich total ausgeknockt, und wir müssen morgen früh um acht Uhr beim Yoga sein, also … Ich meine, ich kann mitkommen, nur meinst du wirklich, dass Alkohol eine Lösung ist?«

»Musst du denn immer so vernünftig sein?«, stöhnte ich und rutschte tiefer ins Sofa.

Sie lachte. »Irgendeiner muss es ja sein.«

»Na schön. Ich will sowieso nicht reden«, murmelte ich, ehe ich mich vom Sofa aufrappelte und zum Bett hinüberging.

»Das solltest du aber vielleicht.« Ihr Blick brannte in meinem Nacken, aber ich drehte mich nicht um. Stattdessen schlug ich die Bettdecke zurück und kroch unter die duftenden Daunen.

Ja, sollte ich wahrscheinlich. Nur dass ich mir schon früher gern eingebildet hatte, dass Dinge immer erst dann real wurden, wenn man sie aussprach. Von daher war es manchmal doch die bessere Wahl, nicht darüber zu sprechen.

Karla akzeptierte mein Schweigen und bedrängte mich nicht weiter. Stattdessen kroch sie neben mich unter die Bettdecke und löschte das Licht. Zusammen mit der Dunkelheit hüllte uns auch die Stille wie ein Kokon ein, und obwohl keine von uns beiden etwas sagte, wusste ich, dass auch sie nicht schlief.

»Geht es dir gut?«, fragte ich nach einer Weile.

»Klar, mach dir um mich keine Sorgen«, antwortete sie etwas zu schnell und klang nicht nur hellwach, sondern auch wie eine Lügnerin. Ich kannte Karla lange genug, um zu wissen, dass ich die Wahrheit heute nicht mehr aus ihr herausbekommen würde. Sie zeigte ihre Emotionen eben nur dann, wenn sie auch bereit dazu war. Das war ihre größte Stärke und zugleich ihre größte Schwäche. Manchmal glaubte ich sogar, dass das der Grund war, warum Max sie verlassen hatte. Weil sie ihm nicht mehr gezeigt hatte, dass sie ihn liebte, obwohl sie es immer noch tat.

»Tori?«

»Hm?«

»Du weißt, dass du mit mir über alles reden kannst, oder?« Die Daunendecke raschelte, als sie sich zu mir drehte. Trotz der Dunkelheit trafen sich unsere Blicke, und kurz keimte in mir der Gedanke auf, dass sie etwas wissen könnte. Dass sie meinem bestgehüteten Geheimnis auf die Schliche gekommen war.

Aber das war unmöglich. Es gab nur zwei Menschen, die davon wussten, und einer davon war ich.

Und ich würde dafür sorgen, dass es auch so blieb. Denn es gab Geheimnisse, die zu offenbaren keine Freundschaft überlebte.

27 STUNDEN VOR DER TAT

19 PIERRE

Die Nacht war sternenklar und still. Lediglich die sanften Klänge von Son Lux schallten leise aus den Boxen. Für gewöhnlich nahmen die vagen dramatischen Melodien mich ganz ein.

Heute jedoch waren die Stimmen und Bilder in meinem Kopf hartnäckiger als sonst, widersetzten sich der Musik und nagten an meinem Urvertrauen.

Seufzend griff ich nach dem Glas Rotwein – einem Cabernet –, den ich mir aus Frust eingeschenkt hatte, und trank einen großen Schluck. Ich war mir bewusst, dass ich mich irrational verhielt. Gedanken bestimmten uns nicht, und Gefühle waren nur temporär. Weder das eine noch das andere war ein Abbild der Realität. Es waren rein subjektive Interpretationen einer Situation. Dennoch war da dieses lauernde Gefühl des Unbehagens in mir. Ein dunkler Schatten, der meine Energie und meinen Geist infiltrierte. Wie wenn man eine Achterbahn hinauffuhr und am höchsten Punkt kurz stoppte.

Es lag an den Gästen. So viel war klar.

Sie hatten diese negative Energie mitgebracht und diesen Ort damit infiziert. Angefangen bei Max, der seine neue Partnerin zu einem Ausflug mitnahm, bei dem auch seine Ex-Freundin dabei war. Über Julian, der nicht aufhören konnte, meine Mitarbeiterin anzuglotzen, obwohl seine Freundin direkt neben ihm war. Bis hin zu Viktoria, die es offenbar lustig gefunden hatte, ihre Freunde glauben zu lassen, sie wäre ertrunken. Immer wieder musste ich daran denken, wie ich vorhin zum See gerannt war, angetrieben von Adrenalin und Panik. Der grelle Strahl der Taschenlampe, das Licht der Hoffnung, das mich durch die Finsternis geführt hatte.

Ich war gerade im Büro gewesen, um meine Mails zu checken, als ich Julians Rufe durch die offene Balkontür gehört hatte. Mir war augenblicklich klar gewesen, dass etwas passiert sein musste. Seine Stimme hatte diesen ganz speziellen Klang. Eine Mischung aus Gereiztheit, Wut und Sorge. In diesen wenigen Minuten der Ungewissheit hatte ich mich gefühlt wie ein kleines Kind, das seinen Luftballon losgelassen hatte und verzweifelt versuchte, die Schnur wieder zu fassen zu kriegen. Ich hatte die Aufmacher der Tageszeitungen und Nachrichtensender förmlich gesehen und gehört:

Instagram-Star Viktoria Kaplan stirbt während Aufenthalt in Luxus-Retreat.

Influencerin Viktoria Kaplan ertrinkt in einem See bei Wochenend-Trip in vermeintlichem Luxus-Retreat.

Horror-Retreat: Influencerin Viktoria Kaplan ertrinkt beim nächtlichen Schwimmen im See.

Und dann dieses »Buh!«, gefolgt von dem honigweichen Lachen, das noch jetzt in meinem Gehörgang widerhallte. Ich würde es wohl nie vergessen, denn selten hatte ein Lachen derart widersprüchliche Gefühle in mir ausgelöst.

Während ich einerseits vor Erleichterung beinahe in die Knie gegangen wäre, war ich andererseits von der Intensität überrascht, mit der mir der Zorn durch die Venen pumpte. Einen halben Atemzug lang war ich so unglaublich wütend gewesen, dass ich wohl zu allem fähig gewesen wäre.

Ich hatte sie extra gebeten, *nicht* ins Wasser zu gehen. Und sie? Hatte meine Bitte nicht einfach nur ignoriert, sondern auch noch so getan, als wäre sie untergegangen.

Was für eine Farce. Was für schlechtes Karma. Magdalena hatte mich zu beruhigen versucht, meinte, es wäre nur ein blöder Scherz gewesen.

Nur dass ich daran absolut nichts Lustiges finden konnte.

»Ich kann deine Wut und Sorge selbst im Speisezimmer noch spüren«, erklang plötzlich ihre Stimme hinter mir.

Erschrocken fuhr ich herum. Magdalena trat gerade durch die Terrassentür nach draußen. Ihr langes kupferrotes Haar, das sie bis vorhin noch in einem strengen Dutt getragen hatte, fiel ihr in widerspenstigen Locken über die Schultern. In ihrer Hand hielt sie mehrere Schnapsgläser.

Ertappt lächelte ich.

»Zeit für unseren Absacker.« Sie schwenkte die Flasche selbstgebrannten Hollerlikör, mit der sie an den Pool kam und sich neben mich auf den Beckenrand sinken ließ. Eine Woge ihres süßlichen Parfums wehte zu mir herüber, und für einen Sekundenbruchteil schloss ich die Augen und atmete tief ein.

»Thomas kommt auch gleich.«

»Und Paul? Der kann aber nicht mittrinken, sein Vater zieht mir die Ohren lang.«

»Keine Sorge, den hat Thomas schon vor fünf Minuten in die Mitarbeiterunterkunft geschickt. Ab zweiundzwanzig Uhr greift das Jugendarbeitsschutzgesetz.« Sie zwinkerte mir zu, bevor sie den Korken aus der Flasche zog.

»Ach du meine Güte, stimmt. Danke. Nach der Sache am See vorhin hat sich mein Gehirn irgendwie verabschiedet.« Ich rieb mir die Stirn und beobachtete, wie Magdalena die Gläser füllte. Eine Art Tradition, der wir seit unserer Zeit in den Zugspitz-Chalets treu geblieben waren. Angefangen hatte alles mit einer Reisegruppe reicher Medizinstudierender, die es derart hatten krachen lassen, dass man ihren Aufenthalt irgendwann nur noch mit Alkohol ertragen konnte.

»Wie geht es Samuel?«

Samuel war Magdalenas fünfjähriger Sohn. Der kleine Rotschopf war mit seinen grünen Augen und der ruhigen, besonnenen Art ganz das Abbild seiner Mutter. Da Magdalena ihn allein aufzog, hatte sie ihn ein paarmal mitgebracht, wenn wir außerhalb unserer üblichen Wochenendschichten irgendwelche Besprechungen abhielten, und in dieser Zeit hatte ich den Kleinen kennengelernt und ins Herz geschlossen.

»Ihm geht's prima. Hab vorhin mit ihm telefoniert. Er war heute mit meiner Mutter im Zoo und hat mir ganz stolz davon berichtet, dass er Elefanten gesehen hat.« Magdalenas

Züge wurden weich, und ein verklärter Ausdruck trat in ihre Augen.

»Ach, wie schön, da hat der kleine Mann ja heute ein richtiges Abenteuer erlebt. Ich hab gar nicht mitbekommen, dass ihr gesprochen habt.« Normalerweise telefonierte Magdalena immer über das Festnetztelefon im Büro, da ihr Mobilfunkanbieter in dieser Gegend eine ziemlich schlechte Netzabdeckung hatte.

»Ich habe so eine Stelle im Wald gefunden, wo ich richtig guten Empfang habe. Also bin ich da hingegangen, um mit ihm zu sprechen, weil ich ja wusste, dass du meditierst. Da wollte ich dich nicht stören.«

Erst jetzt erinnerte ich mich wieder, wie ich sie hatte aus dem Wald kommen sehen.

»Ah, stimmt. Da habe ich dich sogar gesehen. Hab mich schon gewundert, was du da gemacht hast.«

»Unsere Gäste beobachtet«, scherzte sie und lachte.

»Da gäbe es mit Sicherheit viel zu sehen«, murmelte ich.

»Hm.« Magdalena griff nach einem der randvollen Schnapsgläser und reichte es mir. »So, wenn das deine Sorgen nicht wegspült, weiß ich auch nicht mehr.«

»Was für Sorgen?« Thomas kam mit polternden Schritten auf die Terrasse. »Ich krieg dahinten ja gar nix mit. Machen sie Stress?« Er ließ sich neben Magdalena auf den Boden sinken und griff in die kleine Tasche an seiner Schürze, um seine Zigaretten rauszuholen. Die Packung war verbeult, und als er sie öffnete, rieselte etwas Tabak auf die Schürze.

»Nicht wirklich. Aber die Dynamik zwischen ihnen gefällt mir nicht.«

Thomas zündete seine Kippe an, bevor er mich fragend ansah. »Was willst'n damit sagen? Die Dynamik?«

»Das ist keine wirklich harmonische Gruppe von Freunden,

wenn ihr mich fragt. Ich habe einfach Sorge, dass ihre Konflikte untereinander sich negativ auf ihren Aufenthalt hier auswirken könnten.«

Thomas zog kräftig an der Zigarette und nickte. »Na ja … Aber daran kannst du ja jetzt nix ändern. Mach dich nicht verrückt. Die sind vielleicht nur abgespannt von der Anreise.«

Das war der Grund, weshalb ich Thomas mochte. Er war pragmatisch und hielt sich nicht mit Dingen auf, die er nicht ändern konnte. Eine Eigenschaft, um die ich ihn beneidete.

»Und jetzt –« Thomas griff nach einem der Schnapsgläser. »Kippen wir die erst mal. Danach sieht die Welt sowieso ganz anders aus.«

»Santé!«

»Prost!«

Klirrend stießen wir die Gläser aneinander, ehe wir sie in einem Zug leerten. Ich wollte meins gerade abstellen, als ich hörte, wie bei den Lodges eine Tür ins Schloss fiel.

Ich sah auf.

»Zehn Euro, dass da jetzt noch wer 'n Drink will.« Thomas lachte, wobei die Zigarette in seinem Mundwinkel wackelte und Asche auf seine Schürze rieselte.

»Bleib ruhig sitzen.« Magdalena drückte meine Schulter, dann erhob sie sich, griff nach den leeren Gläsern und der Flasche und lief damit wieder nach drinnen.

Thomas richtete sich nun ebenfalls auf. »Ich geh schon mal ins Bett. Muss morgen früh raus.«

»Na klar, bis morgen. Danke dir. Ich weiß, der Zeitplan war heute ein bisschen eng gesteckt, und ich möchte, dass du weißt, dass ich es nicht als selbstverständlich ansehe, dass du trotzdem so hervorragende Arbeit leistest.«

Kurz bildete ich mir ein, dass Thomas' Wangen sich rot färbten, aber im nächsten Moment hatte er sich bereits abgewandt und lachte kehlig. Wie häufiger in letzter Zeit ging sein Lachen in ein Husten über.

»Ja, ja, bis morgen, Boss.«

Mit einem Bein im Wasser blieb ich sitzen und blickte dem Schatten entgegen, aus dem sich langsam eine männliche Gestalt formte. Es dauerte nicht lange, bis ich erkannte, dass es sich um Julian Jaster handelte. Er hatte eine Hand in die Hosentasche gesteckt, in der anderen hielt er seinen Laptop. Er sah alles andere als fit aus. Seine Züge waren verkrampft. Die Augen gerötet.

»Moin«, sagte er.

Ich zog das Bein aus dem Wasser und stand auf. »So spät noch am Arbeiten?«

Ein Schulterzucken. »Wenn man so viel unterwegs ist wie wir, gehört es zur Berufskrankheit, dass man Dinge wie Bildbearbeitung dann macht, wenn man gerade mal etwas Ruhe hat. Außerdem will ich noch einen Drink.« Er verzog den Mund zu einem Lächeln, das aber seine Augen nicht erreichte.

»Natürlich. Machen Sie es sich bequem. Wir sind hier noch ein wenig beim Aufräumen und Vorbereiten für morgen. Ich hoffe, das stört sie nicht.« Ich bedeutete ihm, voranzugehen.

»Nein, ganz und gar nicht.« Zielstrebig lief er an mir vorbei in die Lounge und steuerte auf die Bar zu.

Einen Moment sah ich ihm hinterher, kämpfte gegen das wachsende Unbehagen in meiner Magengegend an. Irgendetwas war passiert. Und was auch immer es war, es war nichts Gutes, wenn er der Meinung war, es wäre eine gute Idee, es in Arbeit und Alkohol zu ertränken.

Unwillkürlich musste ich an meinen Vater denken. An das, was *sie* aus ihm gemacht hatte.

Einen Alkoholiker. Einen Säufer. Ein Wrack.

Ich schüttelte den Kopf, um die Gedanken loszuwerden, dann folgte ich ihm nach drinnen.

Julian legte gerade seinen Laptop auf die hölzerne Theke und ließ sich auf einen der Barhocker sinken, als Magdalena zu uns stieß. Auf ihren Armen balancierte sie mehrere Packungen Crushed Ice, und sie lächelte Julian freundlich an.

»Hallo, Herr Jaster.«

»Julian, bitte.« Er sah auf und erwiderte ihr Lächeln. Diesmal erreichte es seine Augen.

Ich räusperte mich und trat hinter die Bar. »Auf was haben Sie denn Lust?«

»Einen Whiskey Sour.«

»Hervorragende Wahl. Ich habe einen Single Malt aus den schottischen Highlands da. Gereift im Holzfass, mit schokoladigen Röstaromen. Der wird Ihnen gefallen«, sagte ich und wandte mich zum Regal um.

»Perfekt«, erwiderte Julian.

Während ich nach dem Whiskey suchte, hörte ich, wie Magdalena den Tiefkühler öffnete und das Eis hineinkippte.

Mit den Fingern fuhr ich die Flaschen entlang. Hendricks, Absolut, Don Papa ... Kein Whiskey.

Das kann nicht sein.

Ich konnte mich noch genau daran erinnern, wie ich vor einigen Tagen die Holzkiste unserer Whiskeybrennerei mit einem Brecheisen geöffnet hatte, um eine der Flaschen herauszunehmen.

»Hast du dich vorhin eigentlich verletzt?«, fragte Julian.

»Nein, nein. Mein Knie ist ein wenig geschwollen, sonst nichts. Das war auch wirklich sehr ungeschickt von mir.« Magdalena riss einen weiteren Beutel Crushed Ice auf. Es klimperte leise, als sie etwas davon in den Cocktailshaker warf.

»Danke«, murmelte ich abwesend, während ich noch immer nach dem Whiskey suchte.

»Ach überhaupt nicht. So was passiert. Hauptsache, du hast

dich nicht verletzt.« Ich sah sein Lächeln nicht, aber ich konnte es hören. Seine Stimme triefte regelrecht vor Charme und Fürsorge. Bereits während ihrer gemeinsamen Fotosession war mir nicht entgangen, dass er meiner Mitarbeiterin nähergekommen war, als es angemessen gewesen wäre. Nur hatte ich da noch nicht einschätzen können, wie viel Hemmungslosigkeit er tatsächlich besaß. Immerhin waren die beiden jetzt nicht allein.

Mal ganz davon abgesehen, dass seine Freundin keine dreihundert Meter entfernt ist.

»Mist.«

»Was ist los?« Ich spürte die Wärme von Magdalenas Körper hinter mir, als sie sich mir zuwandte.

»Ich finde den Glenmorangie nicht.«

Sie schmunzelte, dann öffnete sie die Tiefkühltruhe, wo ich den Whiskey sofort ausmachen konnte.

»Was wäre ich nur ohne dich.« Grinsend griff ich nach der Flasche, deren massives Glas von der Kälte beschlagen war, und löste vorsichtig den metallenen Verschluss.

Magdalena räumte unterdessen unsere Schnapsgläser in die Spülmaschine.

»Das ist übrigens eins der Fotos von vorhin.« Julian drehte den Laptop so, dass wir beide einen Blick darauf werfen konnten.

»Das sieht großartig aus«, sagte ich, während ich mir ein Santokumesser und eine Zitrone schnappte.

Magdalena beugte sich weiter vor. »Das ist echt unglaublich. Du hast mir ja die Bilder vorhin auf der Kamera schon gezeigt, aber es ist immer wieder faszinierend zu sehen, was Bildbearbeitung ausmacht.«

Das Foto spiegelte sich in ihren großen grünen Augen, und mir entging nicht die Faszination in ihrer Stimme.

»Ja, und es ist wirklich nicht schwer. Wenn du möchtest,

kann ich dir gern zeigen, wie ich es gemacht habe. Schau mir doch ein bisschen zu. Ich sitz' hier sowieso noch eine Weile rum.«

Magdalena stieß ein kurzes Lachen aus und schob sich die Haare hinter die Ohren.

»Ich weiß nicht.« Sie sah fragend zu mir, allerdings war mir nicht ganz klar, ob sie es wollte oder nicht.

Aus dem Augenwinkel bemerkte ich, wie Julian beschwichtigend die Hände hob. »Ich will dich natürlich nicht von der Arbeit abhalten.«

Mein Blick sprang zu Julian, dann sah ich wieder zu Magdalena, die von einem Fuß auf den anderen trat und mich noch immer ansah.

Vorsichtig goss ich den Zitronensaft in den Shaker, bevor ich nach dem Whiskey griff.

Was sollte ich dazu sagen? Ich wusste, dass Magdalena das Fotografieren liebte. Wenn man jahrelang beinahe jedes Wochenende gemeinsam Fremde bewirtete, erfuhr man eine ganze Menge voneinander. Wenn ich also eins mit Sicherheit wusste, dann, dass dieser Job hier nicht ihr Traumjob war. Sie verdiente damit ihr Geld, aber ihr Herz gehörte der Fotografie. Wer also war ich, mich ihr in den Weg zu stellen? Doch es gefiel mir einfach nicht, wie Julian sie ansah.

Ich kannte diesen Ausdruck in seinen Augen. Das Verlangen darin.

Aber Magdalena war keine Frau, die sich auf Gäste einließ. Dafür kannte ich sie und ihre moralischen Vorstellungen lange genug.

Ich klopfte auf den Cocktailshaker, ehe ich ihn anhob und kräftig schüttelte.

»Ich schlage vor, ich mache Ihren Drink fertig, und dann gehen wir«, ich sah zu Magdalena, »noch einmal kurz durch, ob wir für morgen alles erledigt haben. Wenn dem so ist, kannst du in den Feierabend gehen.«

Ich wusste ganz genau, dass wir alles für morgen vorbereitet hatten, aber ich wollte sichergehen, dass ich Magdalenas Blicke richtig gedeutet hatte. Nicht dass ich sie in eine Situation brachte, in der sie nicht sein wollte.

Nachdem ich die Flüssigkeit in ein Kristallglas umgefüllt und die obligatorische Kirsche am Stiel drapiert hatte, stellte ich das Getränk vor Julian ab, trocknete meine Hände an einem Spültuch und nickte Magdalena zu.

Sie verstand sofort, und wir zogen uns in die Küche zurück. Die Edelstahloberflächen blitzten, und es roch intensiv nach Desinfektionsmittel. Ich warf einen kurzen Blick auf mein Handy, ehe ich mich Magdalena zuwandte.

Sie stütze sich mit den Händen auf der Arbeitsplatte ab, wobei sie schweißnasse Abdrücke auf dem glänzenden Metall hinterließ.

»Tut mir leid, ich habe ihm eigentlich schon gesagt, dass das nicht geht. Immerhin bin ich bei der Arbeit.«

Ich verschränkte die Arme vor der Brust und musterte sie. »Möchtest du es denn?«

Sie blinzelte. »Möchte ich was?«

»Dass er dir etwas erklärt?«

Sie senkte den Blick, als müsste sie darüber kurz nachdenken, dann sah sie auf und nickte.

»Ja, das wäre großartig. Er ist sehr talentiert.«

»Okay.«

»Okay?«

Ich lächelte. »Ich weiß, dass du gerne fotografierst, und du bist zwar zum Arbeiten hier, aber erstens hätte ich dich jetzt sowieso in den Feierabend geschickt, und zweitens würden unsere Social-Media-Kanäle durchaus davon profitieren, wenn du dich weiterbildest. Ich habe dich nur in die Küche gebeten, um sicherzugehen, dass du es auch wirklich möchtest. Nicht dass ich ja sage, und du willst es eigentlich gar nicht. Falls du dich also in seiner Nähe unwohl fühlen solltest, kann ich gerne die Rolle des Spielverderbers übernehmen. Kein Problem«, sagte ich und hoffte fast schon, dass sie mich darum bat. Aber das tat sie nicht. Stattdessen wurden ihre Züge weich, und das Lächeln, das sie mir daraufhin schenkte, zeigte mir, dass ich die richtige Entscheidung getroffen hatte.

Ich konnte Magdalena vertrauen. Sie war loyal. Niemals würde sie den guten Ruf des Retreats aufs Spiel setzen. Sie wusste, dass es an diesem Wochenende um alles ging. Um die Zukunft des Retreats. Um meine Zukunft und meinen Traum. Und so, wie ich ihren respektierte, respektierte sie auch meinen.

Sie würde all das nicht riskieren, um mit einem Mann zu schlafen, den sie kaum kannte. Dessen war ich mir absolut sicher – und selbst wenn ich es nicht gewesen wäre, empfand ich es als meine Pflicht, meinen Mitarbeitenden ein Mindestmaß an Vertrauen entgegenzubringen.

»Danke. Ich verspreche, dass ich das Wissen gut nutzen werde.«

»Da bin ich mir sicher.« Wir verließen die Küche, und ich steuerte direkt auf die Treppe zu.

»Ich habe noch ein paar Kleinigkeiten im Büro zu erledigen.«

»Alles klar. Schönen Abend noch, Pierre. Und danke noch mal.« Magdalena lächelte mir zu, ehe sie in der Lounge verschwand.

Einen Moment sah ich ihrem kupferroten Haar noch nach, dann ging ich in mein Büro, wo ich mich mit unbezahlten Rechnungen rumschlug, bis ich bemerkte, dass mein Handy nicht da war.

»Mist.« Ich ging noch mal nach unten, hielt jedoch auf der

Mitte der Treppe inne. Geflüster drang aus der Lounge zu mir herauf.

»Mhm, ziemlich großartig.«

Leise ging ich weiter, wobei mein Blick die meterlange Fensterfront entlangglitt, bis er an der Reflektion von Magdalena und Julian hängen blieb. Sie saßen so nah beieinander, dass ihre Schultern sich berührten. Das fluoreszierende Licht des Bildschirms fiel auf ihre Gesichter, während Julian ihr irgendwas erklärte, woraufhin sie den Kopf in den Nacken warf und lachte.

Ein Lachen, das ich schon lange nicht mehr bei ihr wahrgenommen hatte. Laut und hemmungslos.

Da wurde ich mir meines Fehlers bewusst. Es war nie darum gegangen, wie Julian Magdalena ansah.

Es ging darum, wie *sie* ihn ansah. Hätte ich mich mehr darauf fokussiert, wäre mir vielleicht aufgefallen, dass die Anziehung zwischen ihnen nicht auf Einseitigkeit beruhte.

Eilig ging ich in die Küche, wo ich mein Handy auf einer der Arbeitsplatten fand. Ich steckte es in meine Hosentasche, dann lief ich zurück die Wendeltreppe hinauf, immer zwei Stufen auf einmal nehmend.

Du kannst ihr vertrauen. Du kannst ihr vertrauen. Du kannst ihr vertrauen.

Ich schloss die Tür meines Büros hinter mir, versuchte das Bild der beiden aus meinem Kopf zu verdrängen, aber ich wusste, dass es ohnehin keine Rolle spielte, solange die Stimme in meinem Kopf mir beständig zuflüsterte:

Kannst du ihr wirklich vertrauen?

20 KARLA

»Eine Affäre?« Max starrt mich an, als hätte ich ihm ins Gesicht gespuckt.

»Fuck.« Er fährt sich über die Haare und atmet gepresst aus. Ich kenne ihn gut genug, um zu wissen, dass er kurz davor ist, wieder durchzudrehen. Sich der Wut hinzugeben, weil Zorn leichter auszuhalten ist als Schmerz. Aber ich sehe auch, wie er dagegen ankämpft, wie er versucht, mir zuzuhören und meinen Argumenten zu folgen. Mehr kann ich nicht erwarten. Dieses Gespräch ist nicht einfach für ihn. Für keinen von uns.

»Okay, und was soll das jetzt mit dem Stalker zu tun haben?« Seine Stimme vibriert vor unterdrücktem Zorn.

Ich schlinge die Arme um meinen Oberkörper und ziehe die Schultern hoch in dem erbärmlichen Versuch, Regen und Kälte abzuwehren.

»Warum stalkt man jemanden? Entweder weil man sein möchte wie diese Person und haben will, was sie hat, oder weil man dieser Person nahe sein möchte. Sie liebt. Man hört doch ständig davon, dass irgendein Verrückter durchdreht und seine Ex abschlachtet, weil sie die Beziehung beendet hat. Liebe bringt in den Menschen das Schlechteste zum Vorschein.«

Dafür ist Julian der beste Beweis.

»Denkst du nicht, sie hätte dem Privatdetektiv davon erzählt? Ich meine, sie wurde belästigt und hat von ihm erwartet, dass er ihr hilft.«

Ich lächele traurig. »Du hast Jura studiert, Max. Du müsstest wissen, dass Leute lügen und trotzdem erwarten, dass man ihnen hilft.«

Er seufzt. »Touché.«

Ich wende mich von ihm ab und lasse meinen Blick Richtung Retreat schweifen. Betrachte die Glasflächen, in denen sich all die Bäume spiegeln, die uns Deckung geben. Unweigerlich kommt mir der Gedanke, dass jeder dort hinter den gläsernen Wänden stehen und uns beobachten könnte. Bei Nacht ist das Retreat wie eine Theaterbühne, bei Tag kommt es einem Hochsitz gleich – es bietet Deckung und eine gute Aussicht über die umliegende Natur.

Die Härchen auf meinen Unterarmen stellen sich auf.

»Vielleicht hatte sie Angst, dass es rauskommt und sie Julian verliert. Du weißt doch, wie das mit Geheimnissen ist, je mehr davon wissen ... Und am Ende handelt es sich bei ihrem Stalker um einen Fan, und sie hätte ihre Beziehung umsonst riskiert.«

Max hebt einen Finger. »Vorausgesetzt, es gibt eine Affäre.«

»Ja, das ist natürlich die Voraussetzung.« Doch sosehr ich auch hoffe, dass ich mich irre, erscheint es mir nicht nur am plausibelsten, sondern auch am wahrscheinlichsten. Eine Affäre ist genau die Art von Scheiße, die Viktoria bauen würde.

»Okay, spielen wir das einmal durch. Sie hatte eine Affäre mit wem auch immer, und was dann? Hat sie diesen Typen verlassen? Einfach so? Oder hat Julian davon Wind bekommen?« Max' Kiefer ist angespannt, während er konzentriert in den Wald starrt, als lägen alle Antworten dort verborgen und er müsse nur lange genug hinschauen, um sie zu entdecken.

Eine Weile denke ich darüber nach. Überlege, ob Julians distanzierte Art vielleicht gar nicht mit der offenen Beziehung zusammenhing, sondern eher damit, dass er vermutete, dass Viktoria fremdging. Doch die Distanz zwischen den beiden hatte sich nur in kurzen, seltenen Augenblicken gezeigt, die von deutlich längeren Knutschereien, Umarmungen und lebhaften Gesprächen überspielt wurden.

»Nein, das glaube ich nicht. Ich denke, eine Affäre hätte eine deutlich intensivere Reaktion bei ihm ausgelöst.«

»Okay, was denkst du also?«

»Ich denke, dass Julian auf lange Sicht immer ihre erste Wahl gewesen wäre, und ich denke, dass ihr das nach ein paar heißen Nächten klargeworden ist.«

Bin ich mir da wirklich sicher?

Bis vor einigen Wochen wäre ich das auf jeden Fall gewesen, doch mittlerweile ... Was von dem, was ich über sie und ihre Beziehung zu Julian zu wissen glaube, entspricht überhaupt noch der Realität? Ich muss daran zurückdenken, wie sie zu mir kam und fragte, ob sie bei mir übernachten könne. Was, wenn ich mich irre? Plötzlich überkommt mich das unerträgliche Gefühl, dass ich sie kaum noch kenne.

Ein Schluchzen brennt mir in der Kehle, aber ich würge es herunter, kann und will mir nicht erlauben, jetzt in Tränen auszubrechen. Dafür bleibt genug Zeit, wenn ich zu Hause bin.

Oder in einer Gefängniszelle wegen eines Mordes, den ich nicht begangen habe.

»Okay, sie beendet also die Affäre, und der ominöse Fremde verkraftet es nicht.«

Ich nicke. »Wäre möglich, oder?«

»Wäre möglich.«

»Tja, und dann dreht dieser Typ durch. Er beginnt ihr nachzustellen, belästigt sie, bombardiert sie mit Nachrichten und dem unendlichen Hass, den er im Herzen trägt, und schließlich folgt er ihr hierher.«

»Meinst du, er hat ihr Handy verwanzt?«

Ich hebe die Schultern. »Wäre auch möglich, oder?«

»Wir hätten das checken lassen sollen«, murmelt Max und presst die Lippen zusammen.

Ich strecke eine Hand aus und lege sie auf seinen Arm. Bekomme nassen Stoff und sehnige Muskeln zu fassen. »Gib dir nicht die Schuld. Ihr habt einen Profi engagiert. *Er* hätte das checken lassen sollen.«

Max holt tief Luft, dann schaut er mich entschlossen an. »Mit wem könnte sie eine Affäre gehabt haben? Hast du sie mal mit jemandem gesehen?«

Schweigen breitet sich zwischen uns aus, während wir wohl beide in Gedanken potenzielle Liebhaber durchgehen. Aber mir fällt niemand ein. Als Influencerin mit einer Million Followern hätte sie natürlich penibel darauf geachtet, nicht erwischt zu werden, und wie sich herausgestellt hat, ist sie in den letzten Monaten nicht gerade aufrichtig mir gegenüber gewesen.

»Ich glaube, dass Spekulationen uns nur aufhalten. Wir brauchen konkrete Informationen, und die finden wir auf ihrem Handy«, sage ich also.

Max reibt sich über das Kinn, wobei die Stoppeln seines Bartes leise knistern. Unwillkürlich muss ich an all die Morgen denken, in denen ich mit ihm im Bett gelegen und meinen Finger über die harten Härchen hatte gleiten lassen.

»Wissen wir, wo ihr Handy ist?«, reißt er mich aus meinen Erinnerungen. »Normalerweise würde ich sagen, dass sie es mit Sicherheit bei sich hat, aber ich kann mich nicht daran erinnern, ein Handy bei ihr gesehen zu haben. Du?«

Bei seinen Worten muss ich schlucken. Ich will mich nicht an das zurückerinnern, was ich gesehen habe.

»Ich, ähm …« Die Bilder rollen über mich hinweg wie eine Welle. »Nein, ich glaube, ich habe es auch nicht gesehen«, krächze ich.

»Okay, dann schauen wir, ob es in der Lodge ist.« Wieder breitet sich Schweigen zwischen uns aus, und ich bin mir sicher, dass wir beide denselben Gedanken haben: *Falls der Täter es nicht mitgenommen hat.*

»Aber bevor wir uns darum kümmern, gehen wir erst mal zu dir. Du musst dir was anziehen«, unterbricht Max die Stille.

Ich schaue an mir herab. Die Gänsehaut ist derart heftig, dass es bereits widerlich aussieht. Doch das ist nicht das Schlimmste. Überall sind kleine Schnitte, klebt wässriges Blut und zähflüssiger Schlamm. Kaum dass ich mir der Verletzungen bewusst werde, spüre ich auch die Schmerzen wieder, die durch meinen Körper jagen.

»Okay«, murmle ich, dann gehen wir los.

Als wir nur noch wenige Meter von meiner Lodge entfernt sind, weichen die Schmerzen der Angst, die mich erfasst, als mir klarwird, was Max in meiner Lodge finden wird.

Getrocknetes Blut.

Viktorias Blut.

»Warte mal kurz. Was machen wir hier eigentlich? Ich kann mir doch ein paar von Viktorias Sachen leihen, wir haben keine Zeit für so was«, sage ich und verkneife mir hinzuzufügen, dass sie die Sachen ja auch nicht mehr brauchen wird.

Max mustert mich. »Aber jetzt sind wir doch schon hier.«

»Ja, aber …«

»Nichts aber. Los, komm.« Er packt mich behutsam am Arm und zieht mich zur Tür, für die ich – Gott sei Dank – keinen Schlüssel habe.

»Ist eines der Fenster offen?«

»Nein«, lüge ich und gebe mir alle Mühe, seinem Blick nicht auszuweichen.

»Sicher?«

»Ja, ganz sicher.«

Einen ewig langen Moment starren wir einander nur an, bis er schließlich seufzt, und ich weiß, dass ich diesen Kampf gewonnen habe.

»Na schön, dann lass uns in Toris Lodge gehen«, sagt er, ehe wir uns in Bewegung setzen. Während wir laufen, gleitet mein Blick immer wieder die Anhöhe hinauf, als könnte ich mit genug Anstrengung durch die Fenster hindurchschauen und herausfinden, ob dort jemand steht und uns beobachtet.

Unsere Deckung haben wir mit Verlassen des Waldes aufgegeben, und ich werde den Gedanken nicht los, dass uns die anderen die ganze Zeit beobachten könnten. Aber ich weiß, dass ich paranoid bin. Meine Lodge ist am weitesten von der von Julian und Viktoria und somit auch vom Haupthaus entfernt. Außerdem bietet uns der bindfädenartige Regen Sichtschutz.

Wir kommen gerade an Sebastians Lodge vorbei, als ich aus dem Augenwinkel bemerke, wie sich die Terrassentür zur Lounge des Retreats öffnet.

Ohne zu zögern, dränge ich Max in Richtung der Lodge. »Da kommt jemand!«

Er folgt meinem Blick und flucht leise. Mit dem Kopf deutet er zur Seite.

Wir stürzen auf die Terrasse der Lodge, und Max schiebt die Fensterläden vorsichtig auf.

»Los, stell dich dahinter.«

Irritiert blinzle ich. »Was?«

»Zwischen Laden und Fenster, los!«

Ungläubig starre ich ihn an. »Ich weiß nicht, ob –«

Ungeduldig schiebt er mich in den Zwischenraum, bevor er sich neben mich stellt und mit einer schnellen Bewegung die Läden wieder zuschiebt.

Instinktiv lehne ich mich mit meinem gesamten Körpergewicht gegen die gläserne Terrassentür. Zunächst merke ich noch einen Widerstand, doch bereits im nächsten Moment spüre ich, wie etwas hinter mir nachgibt, und ich falle.

In letzter Sekunde packt Max mich mit einer Hand am Arm

und presst die andere auf meinen Mund, um den Schrei zu dämpfen, der mir vor Schreck über die Lippen kommt.

Als er seine Hand wieder fortnimmt, lecke ich mir über die Lippen und schmecke das Salz seines Schweißes.

Leise betreten wir Sebastians Lodge, wo Max sofort vorsichtig das Fenster hinter uns zudrückt.

»Hast du erkannt, wer es war?«, frage ich und weiche tiefer in den Raum hinein.

»Nein. Die Kapuze hat das Gesicht verdeckt, aber es war ein Mann.« Max späht noch nach draußen.

»Meinst du, er hat uns gesehen?«, frage ich, wobei ich mich umschaue und die Nase rümpfe. Sebastians Lodge ist sauber und ordentlich, aber als ich auf dem Nachttisch eine offene Kondomverpackung entdecke, wird mir klar, wonach es hier riecht.

»Nein, glaube nicht. Er hatte den Kopf gesenkt ... Mist, wo ist er hin?«

Plötzlich vernehme ich das Geräusch eines Schlüssels, der ins Schloss gesteckt wird.

Wir schauen uns bloß an, dann ist Max plötzlich bei mir, packt mich erneut am Arm und zieht mich in den Kleiderschrank, der bis auf eine Anzughose und ein beigefarbenes Sakko leer ist.

Zwei Kleiderbügel klappern gegeneinander, und ich atme erleichtert aus, als Max sie zu fassen bekommt. Genau in dieser Sekunde geht die Tür auf, und schwere Schritte nähern sich. Ich spüre, wie Max sich hinter mir versteift. Bilde mir ein, dass sein Herz gegen mein Schulterblatt pocht.

Sebastian wirft die Tür hinter sich zu und läuft zum Bett. Durch die Schlitze zwischen den Holzlamellen der Kleiderschranktüren kann ich sehen, dass seine Schultern herabhängen und er sich träge bewegt. Als er die Mitte des Raumes erreicht, bleibt er sekundenlang einfach nur stehen, geht weder vor noch zurück. Erschrocken stelle ich fest, dass wir Fußabdrücke von Schlamm und Blut auf dem Boden hinterlassen haben. Sie glänzen verräterisch im einfallenden Licht.

Ich schlucke und bete, dass er zu sehr in Gedanken ist, um sie zu bemerken.

»Fuck«, brüllt er plötzlich, und ich presse mich instinktiv enger an Max. Mit einem Mal kann ich seinen flachen, heißen Atem im Nacken spüren und seine Anspannung riechen.

Er schluckt, und mein Herz schlägt so schnell, dass ich befürchte, Sebastian könnte es selbst dort draußen hören.

Doch er lässt sich nur aufs Bett sinken und bedeckt das Gesicht mit seinen Händen.

Ich schließe die Augen.

Sebastian stand Max und mir noch nie besonders nahe, und ich weiß, dass er nicht wollen würde, dass wir ihn so sehen. So wie ich ihn einschätze, soll ihn niemand so sehen. Nicht mal seine Mutter.

Irgendwann nimmt er die Hände vom Gesicht, breitet seine Arme aus und lässt sie über den weichen Stoff gleiten, beinahe sieht es so aus, als suche er nach etwas.

Und tatsächlich – er zieht einen Slip unter einem der Kopfkissen hervor und legt ihn sich auf die Nase. Riecht daran, als wäre es ein Lavendelsäckchen.

Max hinter mir versteift sich erneut.

Wem gehört dieser Slip?

Mir fällt Magdalena mit den langen Beinen und dem herzlichen Lächeln ein. Ja, es muss ihrer sein. Sie ist schön und ein bisschen naiv. Mit ihrem sonnigen Gemüt ist sie vielleicht nicht wirklich sein Typ, aber da er nicht vorhat, sie zu heiraten, ist ihm das wohl ohnehin egal.

Fast schon habe ich ein schlechtes Gewissen, dass ich noch

immer so über ihn denke. Aber in meinem Kopf wird er wohl immer der 21-Jährige bleiben, der behauptete, dass er alles vögeln würde, was sich ihm anböte, weil es ja Kissen gäbe, die man aufs Gesicht legen könne.

Er seufzt, dann zieht er den Slip weg, wirft ihn zurück aufs Bett und steht auf. Ich bemerke, dass seine Lippe aufgeplatzt ist, und kurz bilde ich mir ein, so was wie eine Träne auf seiner Wange zu sehen.

Unmöglich.

Ich kneife die Augen zusammen, doch da hat er mir bereits den Rücken zugekehrt und wühlt in den Laken. Irgendwann bemerke ich etwas Silbernes, das auf dem Stoff schimmert – einen Tablettenblister. Sebastian sieht ihn ebenfalls und greift danach, bevor er einen Pullover aus seinem Weekender zieht und die Lodge wieder verlässt.

Ich bilde mir ein, dass der Boden unter dem lauten Knall der zuschlagenden Tür vibriert. Dann herrscht Stille.

Erleichtert atme ich aus. Als Max' Atem erneut meinen Hals kitzelt, wird mir klar, dass wir immer noch reglos hier stehen, obwohl Sebastian längst fort ist. Eilig drücke ich die Schranktür auf und taumle nach draußen.

Max schnellt an mir vorbei und hebt mit dem Zeigefinger den Slip hoch.

»Du und Sebastian?« Er grinst, wobei mir nicht das Zucken seiner Mundwinkel entgeht, beinahe so, als würde sein Körper sich dagegen wehren.

Ich reiße ihm das Ding aus der Hand, um zu widersprechen und meinen Verdacht mit Magdalena zu äußern, doch da erkenne ich zu meinem Entsetzen die zitronengelbe Spitze wieder.

»Das ist nicht meiner«, sage ich und wünschte, ich würde nicht wissen, wem er gehört.

24 STUNDEN VOR DER TAT

21 VIKTORIA

Mein Handy vibrierte in der Stille viel zu laut. »Scheiße.«

Erschrocken legte ich eine Hand auf meine Brust, ehe ich mich langsam aufrichtete und mir die Handballen in die Augenhöhlen presste, bis ich Sterne sah. Irgendwo schlug eine Tür zu, dann wieder Stille. Zumindest im Außen, denn in dieser Nacht hörte ich die Worte ganz besonders laut in meinem Kopf widerhallen, spürte ihre Bösartigkeit bis tief in die Knochen.

> Na, du kleine Fotze, wie geht es dir heute? Ich hoffe, du genießt dein Wochenende und stürzt nicht versehentlich einen Abhang hinunter. Die Berge können sehr steil sein.

> Weißt du, was man früher mit Fotzen wie dir gemacht hätte? Man hätte dich an den Füßen aufgehängt und angezündet.

Es wurde von Tag zu Tag schlimmer. Als vor einigen Monaten alles angefangen hatte, hatte ich den Nachrichten und ihrem Absender kaum mehr Beachtung geschenkt als all den anderen Trolls, die in meine Direct Messages slideten, um mich zu beleidigen und mir den Tag zu versauen. Ich war schon einige Jahre im Business. Was mich zu Beginn noch getroffen hätte, perlte jetzt an mir ab. Aus einem zarten Pflänzchen war schnell eine robuste Lotuspflanze geworden. Man legte sich ein dickes Fell zu, wie es so schön hieß.

Doch die Wahrheit war, dass alles irgendwann kaputtging, wenn man nur lange genug darauf einschlug. Und wenn es so weit war, brauchte man jemanden, der einen zusammenhielt, wenn man es selbst nicht mehr konnte.

Normalerweise war dieser Jemand Julian. Er hielt mich dann ganz fest, streichelte mir beruhigend über den Scheitel und küsste meine Tränen weg. Doch sosehr ich mich auch daran festklammerte, dass es immer noch so wäre, sosehr drängte sich mir auch die Frage auf, ob es diese Art der Intimität zwischen uns überhaupt noch geben würde, wenn wir wieder zu Hause waren.

In den letzten paar Stunden war so viel passiert. So viel kaputtgegangen, was wir so lange mit aller Kraft zusammenzuhalten versucht hatten. Egal, was er sagte, egal, was er glaubte, und egal, was ich mir selbst einzureden versuchte, ein Teil von mir war sich sicher, dass es keine Zukunft mehr für uns gab.

Ich schlug die Bettdecke zurück und setzte mich auf. Feuchter Schweiß schimmerte im Lichteinfall des Mondes auf meinen nackten Beinen, und eine Gänsehaut kroch mir die Wirbelsäule hinauf, als der kalte Luftstrom der Klimaanlage auf meine erhitzte Haut traf. Einen Moment verharrte ich auf der Bettkante, dann griff ich nach meinem Handy.

01:42 Uhr.

Als ich das SMS-Symbol entdeckte, beschleunigte sich mein Herzschlag. Mit angehaltenem Atem und klopfendem Herzen entsperrte ich das Handy.

Erleichtert stieß ich den Atem aus. Gott sei Dank gab es noch einen Menschen in meinem Leben, mit dem ich nur über SMS kommunizierte.

Bist du noch wach? Falls ja, Lust auf einen Drink?

Ich biss mir auf die Unterlippe und drehte mich zu Karla um, deren Brustkorb sich gleichmäßig hob und senkte. Einen Augenblick betrachtete ich sie und hoffte, dass sie von meinem brennenden Blick aufwachen und mich davon abhalten würde, etwas Dummes zu tun. Aber das tat sie nicht.

Also wandte ich mich wieder meinem Handy zu und ging einen weiteren Schritt in die Sackgasse, aus der es keinen Weg mehr zurückgeben würde. Ja, ich brauchte einen Drink. Ganz unbedingt sogar.

Vorsichtig erhob ich mich von der Matratze und lief hinüber zum Schminktisch, wo ich den Begrüßungsflyer mit dem Sicherheitscode für die Generalverriegelung des Retreats fand. Ich prägte ihn mir schnell ein, ehe ich mir den Schlüssel für Karlas Lodge schnappte, mir den dünnen Morgenmantel überstreifte und in die Nacht hinaustrat.

Draußen war es noch immer mild. Der Mond stand hell und klar am Himmel und warf silbriges Licht über den Berg. Nebelschwaden hatten sich wie eine Decke über dem See ausgebreitet, und in der Ferne vernahm ich den Ruf einer Eule.

Leise zog ich die Tür ins Schloss, dann lief ich los, wobei taunasse Grashalme meine Knöchel kitzelten.

Ich rieb mir die Arme, um die Gänsehaut zu vertreiben, die sich immer stärker auf meiner Haut ausbreitete. Normalerweise fürchtete ich mich nicht vor der Dunkelheit, doch irgendetwas an diesem Ort bereitete mir Unbehagen. Wahrscheinlich waren es die vielen Möglichkeiten, die er bot, sich zu verstecken.

Als ich an meiner eigenen Lodge vorbeikam, bemerkte ich, dass auch dort noch Licht brannte. Ein dünner Lichtstrahl fiel durch den schmalen Schlitz des Vorhangs.

Ein paar Sekunden lang spielte ich mit dem Gedanken, hinüberzugehen und zu klopfen. Das wäre wohl das Richtige. Die Zweifel und Ängste mit Liebe und Zärtlichkeit aus dem Weg schaffen. Nur hatten wir das schon so oft versucht. Und wohin hatte es uns gebracht?

Also zog ich nur den Mantel fester um meinen Körper und folgte den anthrazitfarbenen Platten hinauf zum Retreat. Als ich die Terrasse erreichte, fühlte ich mich wie eine Einbrecherin. Zwar begleiteten mich die Bewegungsmelder auf meinem Weg und ließen die Bodenlampen aufleuchten, doch im Inneren des Retreats war es dunkel.

Lediglich in der zweiten Etage brannte noch Licht. Ob dort Pierres Büro war?

Ich riss den Blick davon los und ging zu dem modernen Tastenfeld neben der Terrassentür. Dort gab ich den Code ein, den ich auf den Weg hierher gedanklich mehrfach wiederholt hatte. Das kleine Kontrolllämpchen blinkte grün, dann ertönte ein gleichmäßiges Summen, bevor sich das Terrassenfenster aufschob und sich die Lichter in der Lounge automatisch einschalteten.

Ich ging hinein.

Der schale Geruch von Whiskey lag in der Luft, vermischte sich mit dem undefinierbar strengen Duft eines Räucherstäbchens. Ich kräuselte die Nase und lief zur Bar.

Die meterhohen Regale waren voller Flaschen. Whiskey, Wodka, Gin, Wein ... Es gab nichts, was es nicht gab, und ich wusste nicht recht, für was ich mich entscheiden sollte. Schließlich griff ich nach einer Flasche Cabernet Sauvignon und machte mir gar nicht erst die Mühe, zwei Gläser mitzunehmen. Wir würden sie ohnehin nicht brauchen.

Bin im Spa.

Ich schickte die Nachricht ab, dann entkorkte ich die Flasche, verließ die Lounge und schlenderte die Wendeltreppe in den Spa-Bereich hinunter. Mit der Hand fuhr ich das Holz des Geländers entlang, während ich den Kopf in den Nacken legte und einen großen Schluck nahm. Der fruchtige Geschmack entfaltete sich auf meiner Zunge. Ich trank zu schnell zu viel, und etwas quoll mir aus dem Mund und floss mir übers Kinn.

Eilig ließ ich die Flasche sinken und wischte den Wein mit dem Handrücken fort. Sobald ich unten angekommen war, schaltete sich mit jedem Schritt ein weiterer Bodenstrahler mit warmweißem Licht ein und wies mir den Weg zum Becken.

Der Wellnessbereich war mit seinen Wänden aus Sandstein und seinem höhlenartigen Bau wunderschön und einzigartig. Im Gegensatz zur oberen Etage, wo eindeutig die Moderne dominierte, herrschte hier unten eine atemberaubende Ursprünglichkeit. Hätte ich es nicht besser gewusst, hätte ich angenommen, dieser Bereich wäre in den Stein des Berges geschlagen worden. Hier unten gab es keine geraden Wände, keine Linien oder Ecken, geschweige denn Symmetrien. Alles wirkte willkürlicher, zufälliger. Die Arrangements unterschiedlich großer Findlinge an den Wänden jenseits des Beckens und der hölzernen Liegen unterstrichen diesen Eindruck noch. Als hätten Wind und Wetter diese Höhle geschliffen und der Mensch sie nur mit einem Sinn gefüllt. Ihr eine Bedeutung gegeben.

Ich lief über den unebenen Boden und erreichte das große Schwimmbecken hinter dem gigantischen Panoramafenster. Tagsüber musste diese Aussicht einfach unglaublich sein.

Doch jetzt, wo es draußen stockdunkel war, fühlte ich mich wie auf einer Bühne. Sichtbar für alle und jeden. Neugierigen Blicken völlig ausgeliefert.

Mir war natürlich klar, dass das Blödsinn war, immerhin waren wir hier an einem Ort, wo uns niemand finden konnte.

Während ich zu einer der hölzernen Liegen hinüberging, streifte ich mir den seidenen Mantel von den Schultern und ließ ihn achtlos zu Boden fallen. Meine Schuhe zog ich einen nach dem anderen ebenfalls aus und genoss das Gefühl von rauem Stein unter nackten Fußsohlen.

Einer der Poolfilter gurgelte, dann wurde es wieder still. Ich ließ mich auf die Liege sinken und trank einen weiteren Schluck Wein, doch schon nach wenigen Sekunden wurde die Stille unangenehm und die Stimme wieder zu laut.

Weißt du, was man früher mit Fotzen wie dir gemacht hätte? Man hätte dich an den Füßen aufgehängt und angezündet.

Ich blinzelte die Worte fort, ehe ich mich erhob, mir das schwarze Kleid abstreifte und mit der Weinflasche in der Hand zum Beckenrand hinüberging. Langsam lief ich die breiten Stufen hinab und sah dabei zu, wie mich das warme Wasser Schritt für Schritt weiter umschloss.

Plötzlich hörte ich ein Geräusch.

Das musste er sein.

»Hey, ich bin hier unten«, rief ich und drehte mich zum Beckenrand in der sicheren Erwartung, dass er gleich am Fuß der Wendeltreppe erscheinen würde.

Ich vernahm Schritte. Dumpf und schwer. Irgendwo über oder neben mir. Aber keine Antwort. Langsam schaute ich zur Decke. Lauschte.

Mit einem Mal beschlich mich der Gedanke, dass es sich um jemand ganz anderes handeln könnte, als ich dachte. Um Pierre, der aus seinem Büro kam. Oder den Küchenchef, dessen Blick ich vorhin so unangenehm auf meinem Dekolleté gespürt hatte.

Ich stellte den Wein auf die Fliesen am Beckenrand ab, verschränkte die Arme vor der Brust und wich ein paar Schritte zurück.

»Hallo? Wer ist denn da?« Meine Stimme hallte von den formlosen Wänden wider, verlor sich.

Kann man mich oben überhaupt hören?

Ich ließ mich tiefer ins Wasser gleiten, bis es mir fast an die Nase reichte. Lauschte in die vermeintliche Leere hinein. Es waren keine Schritte mehr zu hören.

Wie konnte das sein? Es hatte sich nicht angehört, als ob jemand aus dem Haus gegangen wäre. Eher, als wäre jemand darin umhergelaufen, doch wenn dem so war, musste derjenige mitten in der Bewegung innegehalten haben.

So als wäre er bei etwas ertappt worden.

Mein Blick schweifte zurück zum gewölbeartigen Gang, der zur Treppe führte. Beinahe erwartete ich, dass dort eine finstere Gestalt auf mich lauerte, sich gesichtslos vor den hellen Bodenstrahlern zeigte. Wie in diesen Horrorfilmen. In schwarzer Robe. Auf dem Kopf eine Maske. In der Hand ein langes Messer, das sie mir in den Bauch rammen würde, so lange, bis ich in meinem eigenen Blut durch den Pool trieb, wo man mich am nächsten Morgen finden würde.

Ich muss echt aufhören, so viele Filme zu gucken.

Erneut vernahm ich Schritte.

»Hallo? Das ist nicht lustig.« Sofort musste ich wieder an den See denken. Daran, wie er mich am Fußgelenk gepackt und unter Wasser gezogen hatte. Noch jetzt spürte ich seinen festen Griff und die Schlinge der Angst, die sich um meine Kehle zusammengezogen hatte.

»Wenn du mich noch mal erschreckst, reiße ich dir die Eier ab«, verkündete ich. Keine Antwort. Was sollte man dazu auch sagen?

Erneut lauschte ich. Strengte mich so sehr an, dass ich sogar das Rauschen meines eigenen Blutes wahrnehmen konnte. Doch da waren keine Schritte mehr.

Ich seufzte. Hatte ich mir all das womöglich nur eingebildet? Wurde ich tatsächlich paranoid?

In diesem Moment hörte ich das leise Plätschern von Wasser, spürte einen heißen Hauch an der Schulter.

»Du schaust in die falsche Richtung.«

Ich schrie.

24 STUNDEN VOR DER TAT

22 @TORIFANDOM4EVA

Ihr Schrei war wie Musik in meinen Ohren. Laut und durchdringend. Eine Melodie des Schreckens und der Furcht.

Gänsehaut breitete sich auf meinen Armen aus, kroch mir die Wirbelsäule hinauf und hinterließ einen wohligen Schauer in meinem Nacken.

Plötzlich ging ihr greller Schrei in ein blubberndes Geräusch über.

Ich legte den Kopf schief, beobachtete, wie er sie unter Wasser drückte. Dabei traten die Sehnen an seinen Armen hervor, Kraft und Muskeln, die sie, mit ihrer zierlichen Gestalt, gewaltsam züchtigten.

Eine Sekunde.

Zwei Sekunden.

Drei Sekunden.

Die Gänsehaut verstärkte sich. Jagte mir über den Körper. Es war berauschend, sie so zu sehen – so hilflos. Ihm völlig ausgeliefert.

Das Einzige, was das hier noch toppen könnte, wäre, wenn *meine* statt seiner Hände auf ihrem Körper lägen.

Unwillkürlich musste ich mir vorstellen, wie ich die Finger in ihren blonden Strähnen vergrub. So fest an ihnen zog, dass sich ihre Gesichtszüge zu einer starren Maske strafften und ihr die Kopfhaut vor Schmerz brannte. So sehr, dass es sich anfühlte, als würde sie jeden Augenblick in Flammen aufgehen. Doch sie würde nicht verbrennen, sie würde ertrinken.

Allein bei der Vorstellung, wie ich ihren Kopf unter Wasser drücken, wie sie strampeln und sich wehren würde, spürte ich eine schier unendliche Macht in meinen Adern. Es musste ein absolut überwältigendes Gefühl sein, über Leben und Tod zu entscheiden. Es buchstäblich in der Hand zu haben.

Immerhin war es schon überwältigend, nur dabei zuzusehen. Zu wissen, dass man eingreifen könnte, es aber nicht tat.

Allerdings würde es hier und heute nicht zu einem Mord kommen. Es wäre wohl auch zu schön gewesen, wäre ich Zeuge eines Verbrechens geworden. Aber wie so oft in meinem Leben war mir das Schöne nicht vergönnt.

Stattdessen ließ er von ihr ab und zog sie lachend hoch.

Sie schnappte nach Luft, halb lebendig, halb tot. Ihre Brust hob und senkte sich heftig. Die Luft stank regelrecht nach Adrenalin.

Der köstliche Geruch von Angst. Ich atmete tief ein.

Sie entfernte sich von ihm. Schnell und fluchtartig. Wie ein Fisch, den man zurück ins Wasser warf, nachdem er zu lang an Land gelegen hatte.

»Hey, ich bin's. Beruhig dich.« Er hob beide Hände in die Luft und ging langsam ein paar Schritte auf sie zu.

Sie erkannte seine Stimme sofort. Statt sich weiter von ihm zu entfernen, fuhr sie herum und spritzte Wasser in seine Richtung, bevor sie eine Hand zu ihrer Brust führte und auf ihr Herz presste.

»Scheiße nochmal, Sebastian! Was soll das? Hat es vorhin nicht schon gereicht?«

Ich kniff die Augen zusammen und linste an dem großen Findling vorbei, der mir Deckung gab.

Was meint sie mit vorhin*?*

»Wie bist du überhaupt hier reingekommen?« Sichtlich um Fassung bemüht, wandte sie sich ab, und da erst bemerkte ich, dass es nicht nur Wasser war, das ihre Wangen hinunterlief. Da waren auch Tränen.

Gott, dass arme Mädchen ist ganz schön angespannt, wenn sie wirklich gedacht hat, man würde sie ertränken. Woran das bloß liegt.

Ich verstärkte den Griff um das Handy in meiner Hand. Spürte die vertraute eckige Kontur, die sich beinahe schmerzhaft in meine Finger grub.

»Das Innenbecken ist doch mit dem Außenbecken durch einen Wasserkorridor verbunden. Sobald das Haupthaus mit dem Code geöffnet wird, entriegelt der sich ebenfalls. Ich bin also einfach von draußen reingeschwommen.« Er grinste spitzbübisch, schien die jämmerlichen Tränen dann aber ebenfalls zu bemerken, denn er verstummte abrupt.

»Weinst du etwa? Scheiße, ich –«

»Schon gut.« Sie wischte sich mit der Hand übers Gesicht. »Du hast mich bloß so furchtbar erschreckt, das ist alles.« Sie wandte sich ab und schwamm zum Beckenrand, wo sie nach der Weinflasche griff. Sie nahm einen großen Schluck, wobei etwas von der roten Flüssigkeit aus ihrem Mund quoll und in das glasklare Wasser tropfte. Es sah aus wie Blut.

»Tut mir leid. Ich kann es einfach nicht lassen.« Sebastian nahm ihr die Flasche ab, um ebenfalls davon zu trinken. »Aber zugegebenermaßen hatte ich vorhin auch den Eindruck, dass es dir gefallen hat.«

Nun grinste sie. »Das war ja wohl etwas anderes.« Ihre Blicke trafen sich, und mit einem Mal waren Angst und Panik wie weggeblasen. Was übrig blieb, war nicht minder animalisch – sexuelle Anziehung.

Ich lächelte und öffnete mit einer routinierten Bewegung schon mal die Kamera-App. Mir war nicht ganz klar, was sich hier gleich abspielen würde, aber in Anbetracht der Tatsache, wie diese Schmalzlocke auf zwei Beinen sich den Schritt massierte, war ich mir sicher, dass es nicht bei einem netten Plausch und einem gemeinsamen Absacker bleiben würde.

Was wohl der #bestboyfriendintheworld dazu sagen wird?

»Wieso?« Er ging noch einen Schritt weiter auf sie zu. Alles, was sie nun noch voneinander trennte, waren ein paar Zentimeter Luftlinie und der #bestboyfriendintheworld, der – wenn wenigstens einer von den beiden Prinzipien gehabt hätte – eigentlich zwischen ihnen hätte stehen sollen wie eine Mauer. Sinnbildlich gesprochen, natürlich.

»Weil du mich da nicht nur unter Wasser gezogen, sondern auch geküsst hast. Das war noch einmal eine ganz andere Art von Gefahr.«

Er grinste. »Nur geküsst?«

Eine leichte Röte breitete sich auf Viktorias Wangen aus. »Hör auf damit.« Sie boxte ihm spielerisch gegen die Brust, aber die Schmalzlocke nahm das nur zum Anlass, sie am Handgelenk zu packen und näher zu sich heranzuziehen.

Ihr Körper versteifte sich.

»Nicht. Das vorhin hätte nicht passieren dürfen.«

Oh, der Anflug eines moralischen Gewissens! Viktoria Kaplan war immer wieder für eine Überraschung gut.

Sebastian ließ von ihr ab und trat einen Schritt zurück. »Gab's Ärger?«

Wenn du wüsstest. Ein hämisches Grinsen breitete sich in meinem Gesicht aus, fraß sich Zentimeter für Zentimeter tiefer in mein Gesicht.

»Das spielt keine Rolle. Wir waren uns doch damals einig, dass wir ihn nicht auf diese Weise hintergehen wollen. Nicht mehr.«

Menschen waren wirklich faszinierend. Da glaubte man, jemanden zu kennen. Alles über ihn zu wissen. Und dann so was. Viktoria Kaplan war tatsächlich noch schlimmer als gedacht. Sie betrog selbst den Menschen, den sie uns als #bestboyfriend intheworld verkaufte.

»Aber er verdient dich nicht. Das weißt du, sonst hättest du meinen Kuss vorhin nicht erwidert.«

Sie senkte den Blick. »Doch, er ist ein guter Mensch. Und du bist sein bester Freund. Du solltest so was wirklich nicht über ihn sagen.«

Er nahm einen weiteren Schluck aus der Flasche und ging dann wieder ein paar Schritte auf sie zu. Sanft strich er ihr eine Strähne aus dem Gesicht und packte sie dann am Kinn, zwang sie, ihn anzusehen.

»Denkst du, ich hätte die blauen Flecken nicht bemerkt? Selbst wenn er der Papst wäre. Er verdient dich nicht, wenn er sie dir zugefügt hat.«

Ich kniff die Augen zusammen. Schmalzlocke besaß mehr Feinsinn, als ich zuerst gedacht hatte. Wenn er all das hier nicht nur sagen würde, weil er sie ficken wollte, könnte man beinahe annehmen, er sei doch nicht so ein Arschloch, wie es schien.

Viktoria erwiderte nichts. Sah nur auf seine glatte Brust.

»Du verdienst jemanden, der dich auf Händen trägt.«

»Das tut er.«

»Nein, das tut er nicht mehr, seitdem ihr eine offene Beziehung führt. Verkauf mich nicht für dumm. Ich kenne Julian seit dem Kindergarten. Er ist nicht wie du und ich. Sex hat für ihn etwas mit Gefühlen zu tun. Emotionen. Er kann nicht einfach wahllos mit jemanden in die Kiste steigen. Dass du es kannst, macht dich für ihn zu einer Nutte.«

»Hör auf. Das stimmt nicht.«

»Du kannst es nicht leugnen, auch wenn du es unbedingt willst, Baby.«

Wie lange das zwischen den beiden wohl schon lief?

»Bitte, hör auf.«

Sie heulte schon wieder.

Sebastian stellte die Flasche neben ihr auf den Beckenrand und nahm ihr Gesicht in seine Hände.

»Du verdienst jemanden, der erkennt, dass du nicht weniger wert bist, nur weil du Bedürfnisse hast, die ein einzelner Mann nicht befriedigen kann. Du verdienst jemanden, der alles an dir liebt.«

Und dieser Jemand bin ich, beendete ich seine Rede in meinem Kopf, wobei ich ein Augenrollen unterdrücken musste. Fuhren Frauen echt auf so was ab?

Schmalzlocke lehnte sich zurück und wischte mit dem Daumen über ihre Wangen – wahrscheinlich, weil er keinen Bock hatte, sie zu vögeln, wenn sie weinte.

Plötzlich küsste sie ihn mit einer Heftigkeit, die ihn zum Stolpern brachte. Eilig positionierte ich das Handy und drückte auf den Aufnahmeknopf.

Sebastian wankte einige Schritte zurück, konnte sich jedoch fangen. Sofort schloss er beide Arme um ihren Körper und erwiderte den Kuss. Stürmisch. Ungehalten.

Im nächsten Moment schon schob er einen Arm zwischen ihre Beine und drang, ihrem Stöhnen nach zu urteilen, mit den Fingern in sie ein.

Ihr Oberkörper bog sich zurück, vergessen waren der #bestboyfriendintheworld und die Tränen.

Nachdem er es ihr mehr oder minder mit den Fingern besorgt hatte, schob sie ihn auf die steinernen Stufen, die ins Becken führten. Sebastian ließ es geschehen. Präsentierte ihr seine Bauchmuskeln wie ein Pfau, der seinen Fächer öffnete und um Bewunderung buhlte.

Mein Gott.

Irgendwie hatte ich angenommen, die Menschheit sei über Oberflächlichkeiten wie diese längst hinweg. Doch Schmalzlocke belehrte mich nicht nur eines Besseren, sondern bewies sogar, dass es funktionierte. Dass er so bekam, was er wollte.

Mit den Ellenbogen stütze er sich auf einer Stufe ab – die Bauchmuskeln noch immer lächerlich angespannt –, während sie ihm die Badehose vom Leib riss. Zum Vorschein kam ein steifes Glied. Groß und leicht gebogen. Der perfekte Porno-Schwanz.

Viktoria biss sich auf die Lippe, dann kniete sie sich zwischen seine Beine, ihr Hintern der höchste Punkt, und nahm ihn in den Mund.

Ich unterdrückte ein Aufstöhnen und konzentrierte mich stattdessen auf das weitere Treiben.

Sebastian stöhnte nun ebenfalls, und kurz dachte ich, er würde ihr in den Mund spritzen, aber bevor es dazu kommen konnte, hatte er seine Hand in ihren Haaren vergraben und sie daran zurückgezogen.

»Ich will dich.«

»Wir haben kein Kondom.«

»Egal, ich zieh' ihn raus, bevor ich komme.«

Sie widersprach nicht, was er zum Anlass nahm, sie umzudrehen und mit den Knien auf die Stufe zu drücken. Ihr Rücken ein perfektes Hohlkreuz.

In meinen Augen hatte diese Stellung etwas Entwürdigendes, aber wer war ich schon, um das zu beurteilen?

Während das Handy weiter filmte, was zwischen ihnen passierte, wandte ich angewidert den Blick ab. Ich kam mir vor wie einer von diesen Perverslingen, die kleine Kameras in Airbnbs versteckten, um sich später auf die heimlich gefilmten Videos einen runterzuholen. Doch das Video, das ich hier aufnahm, diente nicht meinem Vergnügen. Vielmehr war es meine Waffe. Es war eine Bombe, und wann immer ich das Gefühl hätte, es wäre der richtige Zeitpunkt, würde ich sie zünden.

Als Sebastian aufhörte, sie von hinten zu rammeln und sie stattdessen auf seinen Schoß zog, hatte ich genug. Das Video musste nicht länger sein als unbedingt nötig. Es gab einen klaren Zweck, den es zu erfüllen hatte, wozu also noch hierbleiben und riskieren, dass man mich entdeckte?

Ich stoppte die Aufnahme, schob das Smartphone in meine Hosentasche und huschte hinter den Steinarrangements in Richtung Ausgang. Dabei konnte ich einfach nicht aufhören zu grinsen. Ich war auf dem richtigen Weg. Unbestreitbar und eindeutig. Wieso sonst lief für mich alles wie geschmiert?

Eilig und eng an die Wand gepresst, schlich ich mich zur Treppe. Ich hatte fast die Wendeltreppe erreicht, als ich plötzlich über einen der Bodenstrahler stolperte.

Ich biss mir auf die Zunge, um nicht laut zu fluchen, und presste mich so flach wie möglich an die Wand.

»Was war das?«, hallte Viktorias Stimme zu mir herüber.

»Hm? Was meinst du?«

Ich schloss die Augen, betete, dass sie das Wasser nicht verlassen würden, um nachzusehen.

»Da war ein Geräusch. Hast du es nicht gehört?«

»Nein, Baby, ich hör' nur dich.«

Erneut hallten Schmatzgeräusche herüber. Unweigerlich musste ich mir vorstellen, wie er ihren Hals liebkoste. Dieser Trottel rettete mir mit seiner Notgeilheit tatsächlich den Arsch. Ironie des Schicksals.

»Doch, ganz sicher.«

»Hey, alles ist gut. Es ist mitten in der Nacht, niemand ist hier.«

Einen Moment lang herrschte Schweigen, und ich hielt den Atem an.

»Okay, vielleicht sollten wir trotzdem in deine Lodge gehen. Nur um auf Nummer sicher zu gehen.«

»Von mir aus, aber zuerst ...« Ich bekam nicht mit, was er tat, doch es führte dazu, dass sie hingebungsvoll aufstöhnte, also schlich ich zur Treppe und verschwand.

24 STUNDEN VOR DER TAT

23 PIERRE

Der abgestandene Geschmack vom Cabernet und dem Hollerlikör lag mir pelzig auf der Zunge.

Ich blinzelte ein paarmal und rieb mir mit der Hand übers Gesicht. Offenbar war ich eingeschlafen. Einen Moment lang saß ich einfach nur da und versuchte, mich zu orientieren, dann schüttelte ich die Müdigkeit, so gut es ging, ab und ließ den Blick über den Schreibtisch schweifen. Lose Papiere, Rechnungen und Mahnungen lagen darauf verteilt. Manche versehen mit dem hingekritzelten Wort ›Erledigt‹, andere unbeschriftet und leicht zerknittert. Auf der Zahlungsaufforderung eines Unternehmens für Schwimmbadtechnik stand ein halbleeres Glas Leitungswasser. Ich griff danach und trank es in einem Zug aus, wobei ich mit der freien Hand auf mein Handy tippte.

02:15 Uhr.

Merde!

Ich beugte mich vor, um den Computer auszuschalten, als mir ein gelbes Post-it am unteren Rand des Bildschirms auffiel.

Bin schon rübergegangen. Wollte dich nicht wecken,
du hast so friedlich geschlafen.
Bis morgen!
-M

Die Wörter wirkten hektisch hingeschmiert.

Geistesabwesend starrte ich auf den Zettel, während sich vor meinem inneren Auge wieder die Bilder zusammensetzten, die ich ganz und gar nicht sehen wollte. Magdalena und Julian. Nebeneinander.

Ich riss das Post-it ab, zerknüllte es und warf es in den Mülleimer, bevor ich alle Lichter löschte und mein Büro verließ. Als ich den Flur betrat, umfing mich tiefste Dunkelheit und ohrenbetäubende Stille. Das Gebäude schien ebenso im Schlaf versunken wie das Leben außerhalb dieser Mauern.

Ich wedelte mit dem Arm, bis der Bewegungsmelder das Licht aktivierte, dann ging ich die Treppe hinunter und stellte überrascht fest, dass unten noch Licht brannte.

In der Lounge verlangsamte ich meine Schritte. Der Geruch von Whiskey und Salbei hing intensiv in der Luft. An der Bar deutete allerdings nichts mehr auf Julians oder Magdalenas Anwesenheit hin.

Nicht mal der Abdruck eines Glases war noch zu sehen. Doch obwohl die beiden fort waren, sah ich sie vor meinem inneren Auge noch immer dort sitzen.

Schulter an Schulter.

Zu nah. Zu intim. Zu vertraut.

Unwillkürlich ballte ich die Hände zu Fäusten, während ich

den Raum verließ und zum Haupteingang hinüberlief. Als ich die Tür öffnete, schlug mir kühle Sommerluft entgegen. Ich nahm einen tiefen Atemzug, dann zog ich die massive Tür hinter mir zu, als –

Ein Stöhnen. Unverkennbar. Laut. Leidenschaftlich.

Es hallte von unten zu mir herauf.

Ich blinzelte.

Träume ich?

Unwillkürlich ging ich zurück ins Haus und machte ein paar Schritte in Richtung der Treppe. Kurz spielte ich mit dem Gedanken, nachzusehen, bis mir klarwurde, dass ich das unmöglich tun konnte.

Was wenn Viktoria und Julian sich dort miteinander amüsierten?

Oder Magdalena und Julian?

Nein. Nichts, wirklich gar nichts deutete darauf hin, dass die beiden nach unten gegangen waren.

Aber es deutet auch nichts darauf hin, dass sie es nicht getan hatten.

Doch. Sie haben aufgeräumt. Magdalena hat mir einen Zettel geschrieben.

Ich musste hier weg. Sofort. Bevor ich noch den Verstand verlor. Es war schlimm genug, dass ich an der Loyalität meiner Mitarbeiterin zweifelte. Aber aufgrund meiner eigenen Paranoia die Privatsphäre meiner Gäste zu verletzen war absolut inakzeptabel.

So leise es mir möglich war, zog ich die schwere Eingangstür hinter mir zu und machte mich auf den Weg zur Mitarbeiterunterkunft. Das Licht der Taschenlampe wippte hin und her, als ich versuchte, nicht darüber nachzudenken, wer dort unten zugange war.

Das geht dich nichts an.

Es sei denn …

Ich erlaubte mir nicht, den Gedanken zu Ende zu denken. Stattdessen flüchtete ich mich in meine Wohnung – die sich im obersten Stock des Mitarbeitergebäudes befand –, wo ich mir die Kleider vom Leib riss und mich im Bad einschloss. Dort ließ ich kaltes Wasser ins Waschbecken laufen. Während ich darauf wartete, dass das Becken vollllief, betrachtete ich mich selbst im Spiegel. Mein müdes Gesicht mit der dunklen Haut unter den Augen, der tiefen Falte auf der Stirn und dem verkniffenen Zug um die Mundwinkel. Ich sah aus wie meine Mutter früher, wenn sie von einer ihrer Nachtschichten gekommen war.

Ich musste mich dringend entspannen. Vergessen, was heute alles passiert war, und mich auf das konzentrieren, was noch vor mir lag, sonst war es unvermeidbar, dass ich genau die Dinge anzog, vor denen ich mich so sehr fürchtete. Außerdem würde es mir ohnehin nichts bringen, meine Gedanken mit Fragen zu verseuchen, auf die ich keine Antworten hatte. Es würde mich nur Zeit und Nerven kosten. Zwei Ressourcen, die eindeutig anderweitig besser investiert wären.

Plötzlich breitete sich etwas Kühles zwischen meinen Zehen aus. Erschrocken zuckte ich zurück. Das Wasser war über den Rand des Waschbeckens gelaufen. Ein kleiner Bach, der beständig über den Rand trat und entlang des dunklen Walnussholzes des Unterschranks zu Boden floss, wo er sich als Pfütze um meine Füße sammelte.

Eilig drehte ich den Hahn zu, öffnete den Abfluss und ließ ein bisschen Wasser ab. Die Fliesen tupfte ich mit einem Handtuch trocken, ehe ich mich vor dem Waschbecken in Position brachte, die Augen schloss und meinen Kopf in die eiskalte Flüssigkeit tauchte.

Sofort umschloss mich die eisige Kälte. Sie stach und zwickte mich in die Poren, doch ich genoss das Gefühl, dass sie sämtliche Sorgen, Ängste und Gedanken aus meinem Gehirn herausbrannte.

Als ich es nicht mehr länger aushielt, kam ich hoch und holte tief Luft. Das Wasser rann mir den Hals hinunter, tropfte auf meine Brust und auf den Boden. Ich zog mit dem Fuß das Handtuch zu mir heran, wischte das Wasser vom Boden und putzte mir anschließend die Zähne.

Nachdem ich fertig war, knipste ich das Licht aus und ging ins dunkle Schlafzimmer.

Der Mond warf helles, silbriges Licht ins Zimmer. Ich ging zum Fenster hinüber, um die schweren dunkelbraunen Vorhänge zuzuziehen, als mein Blick plötzlich an einer Gestalt hängenblieb, die sich von den Bäumen abhob.

Ich verengte die Augen.

Que diable? Was zur Hölle.

Mit schnellen Schritten und gesenktem Kopf kam eine zierliche Person auf das Gebäude zugelaufen. Das Licht des Mondes verfing sich in kupferrotem Haar, und während ich völlig starr dastand, musste ich an das laute Stöhnen denken.

Sie hatte es tatsächlich getan.

Sie hatte mit Julian Jaster geschlafen. Mit dem Mann, dessen Frau meine Zukunft in ihren Händen hielt.

Ich wollte schreien. Brüllen. Etwas zertrümmern. Etwas erwürgen.

Zum zweiten Mal an diesem Tag spürte ich diesen irrsinnigen Zorn in mir.

Einen Zorn, der mich von innen heraus auffraß. Der durch meine Venen und Arterien pumpte und mir die Hitze in den Leib trieb.

Ein Zorn, der mich zu einem Menschen machte, den ich nicht kannte. Zu einem Fremden.

Zum ersten Mal in meinem Leben hatte ich Angst vor mir

selbst. Angst vor dem, wozu ich fähig wäre, wenn jemand mir wegzunehmen versuchte, worauf ich mein ganzes Leben lang hingearbeitet hatte.

JETZT

24 KARLA

»Was hast du getan?«, frage ich *sie*, obwohl sie mir keine Antwort mehr geben kann. Mit einer schnellen Bewegung reiße ich Max den zitronengelben Slip aus der Hand und befühle die weiche Spitze.

Sein Blick brennt mir auf der Haut, doch ich schaffe es nicht, ihn anzusehen. Stattdessen schaue ich auf das Etikett. Nur um sicherzugehen.

Victoria's Secret

Wie passend, denke ich zynisch. Ich habe mich also nicht geirrt. Langsam taste ich nach dem Bett und lasse mich auf die Matratze sinken, den wenigen Stoff noch immer in den Händen.

Erinnerungen fallen über mich her, drängen sich mir auf, ohne dass ich eine Chance habe, mich ihnen zu entziehen.

»Karla? Was ist los?« Max geht vor mir in die Hocke und schaut zu mir auf. Am liebsten würde ich mein Wissen für mich behalten, damit er seine Schwester so in seiner Erinnerung bewahren kann, wie er sie gestern noch gesehen hat. Doch ich weiß, dass manche Wahrheiten nicht verheimlicht werden können und nicht verheimlicht werden dürfen. Sie müssen ausgesprochen werden, denn früher oder später drängen sie sowieso ans Licht.

Langsam hebe ich die Lider und begegne Max' durchdringendem Blick.

Ich schlucke. »Das ist nicht meiner. Das ist Viktorias«, meine Stimme versagt, will die Worte ebenso für sich behalten wie mein Herz.

Max schaut mich einen Moment nur an – das Gesicht starr und ausdruckslos vor Entsetzen –, dann zeigt sich Wut in seinen markanten Zügen. Nicht auf mich, sondern auf sie. Auch er kennt seine Schwester. Auch er weiß, dass es genau die Art von Scheiße ist, die sie bauen würde.

Er lässt sich auf den Hintern fallen, schlägt die Hände vors Gesicht und lacht unkontrolliert. Schnelle, abgehackte Laute, die ebenso ein Schluchzen sein könnten.

»Bist du dir ganz sicher?«, fragt er nach einer Weile. Das Lachen ist ihm vergangen, stattdessen starrt er nur mit geröteten Augen und müdem Blick auf den Boden. Er sieht geschlagen aus. Wie ein Mann, der alles verloren hat und nicht recht weiß, wieso er überhaupt noch kämpft.

»Ja. Wir haben ihn zusammen im Flagstore von *Victoria's Secret* in New York gekauft. Außerdem erinnere ich mich, dass sie ihn am Freitag getragen hat. Ich hab's gesehen, als wir gemeinsam im See waren und sie sich ausgezogen hat. Es ist definitiv ihrer.«

Max erhebt sich, dann setzt er sich neben mich auf die Matratze. Unsere Schultern berühren sich, und die Hitze, die von ihm ausgeht, kommt mir vor wie Schmerz, der aus ihm herausquillt und auf mich überschwappt.

Eine Weile schweigen wir, wahrscheinlich weil jeder für sich diese neue Information verarbeiten muss.

Viktoria und Sebastian.

Sebastian und Viktoria.

Mit einem Mal sehe ich all die kleinen Berührungen und Blicke zwischen ihnen mit anderen Augen. Es waren weder wenige, noch waren sie wirklich subtil gewesen. Hätte es sich um jemand anderen gehandelt, hätte ich sicher sofort mehr hineininterpretiert – aber bei Sebastian und Viktoria? Ihre freundschaftlichen Zärtlichkeiten waren für mich normal gewesen. Genauso wie die Vorstellung von den beiden *zusammen* absurd war.

Ich schlucke den dicken Kloß in meinem Hals hinunter und kämpfe gegen den plötzlichen Schmerz des Verrats an.

Wieso hat sie mir auch *davon* nichts erzählt? Doch ich kenne die Antwort darauf. Sie hatte keine Predigt über Moral und Anstand von mir hören wollen.

»Nein.« Max schüttelt den Kopf und kommt auf die Beine, beginnt auf- und abzugehen. »Wann und wie soll das passiert sein?«

Nachdenklich zupfe ich an der trockenen Haut meiner Lippen. Schäle sie ab, als wäre ich eine Schlange.

»Keine Ahnung wie, aber sie hat dieses Höschen am Freitag getragen«, beharre ich, werde jedoch das Gefühl nicht los, dass ich irgendetwas vergesse. Da drückt eine Erinnerung gegen meinen Schädel, aber noch kann ich sie nicht ganz greifen.

»Und da ich nicht annehme, dass sie es zweimal anhatte, muss es wohl Freitagnacht passiert sein.« Dann ist es so weit – die Erinnerung wird deutlich, die Erkenntnisse in meinem Kopf überschlagen sich, und der bittere Geschmack von Galle steigt mir die Kehle hoch. »Das würde ziemlich gut passen. Da hat sie nämlich auch bei mir übernachtet«, bringe ich irgendwie heraus, obwohl meine Zunge sich schwer und taub anfühlt.

Alles Berechnung.

Max bleibt stehen. »Was?«

Ich nicke. »Sie und Julian haben sich gestritten, und sie hat gefragt, ob sie bei mir schlafen darf. Natürlich habe ich gefragt, was los ist, aber sie wollte nicht darüber reden.«

Ich zucke mit den Schultern, die sich mit einem Mal bleischwer anfühlen, weil das schlechte Gewissen auf ihnen lastet. Wenn ich gewusst hätte, wobei ich sie decke, hätte ich sie niemals bei mir übernachten lassen.

Max fährt sich über den Bart. »Macht Sinn. Da Julian glaubte, sie wäre bei dir, konnte sie sich mit Sebastian treffen, ohne ...« Bei seinen Worten rückt etwas an die richtige Stelle, werden Bilder klar, die vorher verschwommen waren. Ich bekomme einen Faden zu fassen, doch mir gefällt nicht, was daran hängt.

»Dann war das der wahre Grund, weshalb sie zu dir gekommen ist«, redet Max weiter.

Ich hebe abwehrend eine Hand, stehe auf und bin mit einem Mal wie elektrisiert.

Etwas passt nicht zusammen. Etwas Bedeutendes. Etwas Großes.

»Warte mal.«

»Was denn?«

Ich verenge die Augen, während ich im Kopf zurück zu der Nacht gehe. Mit einem Mal liegen sämtliche Erinnerungen glasklar vor mir.

»Ich bin später in dieser Nacht noch mal aufgewacht, weil ich einen Albtraum hatte. Viktoria war weg. Ich bin davon ausgegangen, dass sie hoch ins Haupthaus ist, um noch was zu trinken oder so. Also habe ich mich angezogen, um nach ihr zu sehen. Als ich –« Ich stocke, suche nach den richtigen Worten. »Als ich an ihrer Lodge vorbeigelaufen bin, habe ich ziemlichen Lärm gehört. Ich fand's merkwürdig, weil es klang, als ob dort eine Schlägerei im Gange wäre, aber dann habe ich ein Stöhnen gehört. Ein sehr eindeutiges Stöhnen.« Ich zucke mit den Schultern. »Natürlich bin ich davon ausgegangen, dass es Viktoria war, also bin ich wieder umgekehrt und zurück ins Bett gegangen.«

Max schaut mich ausdruckslos an. »Du bist sicher, dass es aus ihrer Lodge kam?«

»Hundert Prozent. Sebastians Lodge ist ja direkt neben meiner, und als ich dort vorbeigelaufen bin, war es mucksmäuschenstill.«

Gedanklich kehre ich noch einmal zu dem Moment zurück. Spüre das weiche Gras unter den Schuhsohlen und das heiße Prickeln von Erregung zwischen meinen Schenkeln, als ich das Stöhnen höre. Ihres. Seines.

»Okay, du denkst also, dass Viktoria bei Julian war? Und wann –«

»Nein, du verstehst mich nicht.« Nun laufe ich ebenfalls hin und her, halte das Kribbeln in meinen Adern kaum noch aus.

»Bis gerade eben, dachte ich das, ja … Aber am nächsten Morgen lag sie neben mir im Bett. So, als wäre sie nie weg gewesen.«

»Das fandest du nicht merkwürdig?«

»Nein, wieso auch? Ich dachte, dass sie sich nach dem Versöhnungssex erneut gestritten hätten.« Ich zucke mit den Schultern. »Ich wollte sie danach fragen, aber sie kam nicht mit zum Yoga, und dann hat es sich nicht mehr ergeben.« Ich lecke mir über die Lippen. »Na ja, ist auch völlig egal, jedenfalls glaube ich, dass sie gar nicht bei Julian war. Sie hat eine Show inszeniert, und diesen Aufwand betreibt man nicht, um mit dem eigenen Freund zu schlafen.«

Nun halte ich das Höschen hoch. »Sie war bei Sebastian. Ich war ihr Alibi für die Nacht.« Die Worte schmecken nach faulen Eiern.

»Deshalb waren sie auch beide nicht da.«

Irritiert schaue ich Max an. »Wer war nicht da?«

»Sebastian und Viktoria. Sie waren beide nicht beim Yoga, erinnerst du dich?«

Plötzlich fällt es mir wieder ein und damit noch etwas anderes. Josefine.

»Es war die Nacht. Eine andere kommt nicht in Frage, Max«, sage ich dann, die Zunge schon wieder schwer und taub von einer wesentlich gewichtigeren Erinnerung. Noch bevor ich Max einweihen kann, fragt er:

»Aber wenn Viktoria bei Sebastian war, wen hast du dann in ihrer und Julians Lodge gehört?«

21 STUNDEN VOR DER TAT

25 PIERRE

Die Sonne schob sich gerade über den Horizont, als ich an diesem Morgen meine Meditation beendete, mich auszog und in den See sprang.

Mich mit der Kraft der Natur zu verbinden war mein Garant, die Müdigkeit loszuwerden, die mir in den Knochen steckte. Das Wasser war eiskalt, und auch die ersten Strahlen der Sonne vermochten diese Kälte nicht zu mindern. Aber Kälte war gut. Sie war beißend und energetisierend. Genau das, was ich nach dieser Nacht brauchte.

Nachdem ich gestern Zeuge geworden war, wie Magdalena sich in ihr Zimmer geschlichen hatte, war für mich an Schlaf nicht mehr zu denken gewesen. Ich hatte versucht, meine Gedanken zum Verstummen zu bringen, doch mein Geist war zu aufgewühlt gewesen, um sich beruhigen zu lassen.

Statt also in einen erholsamen Schlaf zu gleiten, hatte ich mich hin- und hergewälzt, bis ich in unruhiges Dösen abgedriftet war, wo mich fiese Träume und schlechte Omen heimgesucht hatten. Kurz vor fünf hatte ich dann beschlossen, die feuchte Wärme meines Bettes zu verlassen.

Es brachte nichts, den Tagesbeginn länger hinauszuzögern. Lieber würde ich mich mental auf das, was kam, vorbereiten, als Zeit im Bett zu verschwenden, die nur dazu führte, dass ich noch schlechtere Laune bekam.

Mit routinierten Bewegungen pflügte ich nun also durchs Wasser, während ich dem Erwachen des Waldes lauschte.

Plötzlich durchbrach noch etwas anderes die Stille des Morgens. Schritte auf Holz. Dumpf und leise, so als ob jemand auf Zehenspitzen lief.

Ich glitt bis zur Nase ins Wasser und ließ den Blick zu den Lodges hinübergleiten.

Ça ne peut pas être vrai! Das darf nicht wahr sein.

Viktoria Kaplan – in nichts als einen dünnen Morgenmantel aus Satin gehüllt – huschte über die Terrasse von Sebastian Lewensteins Lodge. Dieser stand halbnackt und mit wildem Haar im Türrahmen und sah ihr verschmitzt lächelnd nach. Nach nur zwei Schritten hielt sie inne, drehte sich noch mal zu ihm um und sagte etwas, das ich nicht verstand.

Langsam glitt ich zum Ufer, um im Schilf Deckung zu suchen. Mir war durchaus klar, dass ich mich wegdrehen, ja, mich abwenden sollte. Das Letzte, was ich jetzt gebrauchen konnte, war in die verwirrenden Beziehungsgeflechte von Viktoria und Julian hineingezogen zu werden – mehr, als es ohnehin schon geschehen war. Doch ich konnte auch nicht einfach die Augen verschließen. In den letzten Stunden waren hier viele Dinge vor sich gegangen, die mich ratlos machten, aber die Ratlosigkeit hatte zumindest eine Erkenntnis mit sich gebracht: Ich konnte es mir nicht leisten, nicht zu wissen, was hier vor sich ging. Je mehr ich wusste, desto besser konnte ich mich auf alle Eventualitäten vorbereiten und vielleicht sogar Einfluss nehmen. Wenn ich wollte, dass die Gäste nach diesen drei Tagen nach Hause fuhren und im Internet und überall sonst von ihrem Aufenthalt hier schwärmten, dann würde ich exakt das tun müssen. Das setzte jedoch voraus, dass ich ganz genau hinsah.

Viktoria zog den Gürtel ihres Mantels fester zu und trat von einem Bein aufs andere, wobei sie sich fortwährend nach allen Seiten umsah. Ihre Vorsicht erschien mir lächerlich, in Anbetracht der Tatsache, wie unvorsichtig sie tatsächlich war.

Zwar waren die Läden der umliegenden Lodges geschlossen, aber es war nicht auszuschließen, dass irgendjemand bei offenem Fenster schlief und von ihrem leisen Geflüster wach wurde.

Je näher ich dem Rand des Sees kam, desto deutlicher konnte ich Viktorias Worte hören, auch wenn es noch immer nur Fetzen waren.

Später.

Hoffentlich.

Fand ich auch.

Viktoria wandte sich wieder zum Gehen, da packte Sebastian sie am Handgelenk und zog sie zu sich zurück. Die Zärtlichkeit, mit der er ihr Gesicht daraufhin in seine Hände nahm, und die Art, wie sie dabei die Augen schloss und sich hineinschmiegte, gab mir Grund zur Annahme, dass das hier nicht zum ersten Mal geschah.

Was für ein krankes Spiel wird hier gespielt?

Sebastian küsste sie. Viktoria erwiderte den Kuss, und ein Stöhnen kam ihr über die Lippen. Es war nur leise, und mit dem nächsten Blinzeln hatte Sebastian es mit seinen Lippen erstickt, doch ich hatte es gehört, und mein Körper reagierte prompt.

Ich erstarrte. Schluckte hart.

Wie paralysiert beobachtete ich, wie Viktoria sich von ihm losriss und davoneilte. Mit gesenktem Kopf und vor dem Körper verschränkten Armen jagte sie über die Granitplatten. Der Morgenmantel blähte sich hinter ihr auf, und für einen irrwitzigen Moment erschien es mir, als würde sie schweben.

Mein Blick folgte ihr, wobei mir beinahe entging, dass sie in die falsche Richtung lief. Irritiert blinzelte ich. Ihre Lodge lag in Strandnähe, aber sie lief in Richtung Bootssteg, wo nur eine Lodge war – die von Karla. Hatten sie getauscht, ohne dass ich etwas davon mitbekommen hatte?

Qu'est-ce qui se passe? Was soll das?

Sie zog einen Schlüssel aus der Manteltasche, schob ihn langsam ins Schloss und huschte hinein. All das passierte innerhalb weniger Sekunden, und kein Laut – weder das Klirren des Schlüssels noch das Schließen der Tür – war zu hören gewesen.

Wie ein Geist war sie hingeschlichen, darum bemüht, von niemanden gesehen oder gehört zu werden. Was auch immer also zwischen ihr und Sebastian gelaufen war – und man musste nicht Hercule Poirot sein, um sich denken zu können, was das gewesen war –, es war nichts, wovon irgendwer wusste. Nicht einmal ihre beste Freundin. Und das sollte offenbar auch so bleiben.

Ich hingegen wurde nicht zum ersten Mal Zeuge ihres Betrugs. Ich hatte Julian und Magdalena beschuldigt, aber nach allem, was ich soeben gesehen und *gehört* hatte, waren diese beiden nicht länger die Verräter in meiner Geschichte.

Denn das Stöhnen, das ich gestern Nacht vernommen hatte, war nicht über Magdalenas Lippen gekommen. Sondern über die von Viktoria. Wenn ich nun so darüber nachdachte, hätte ich es wohl sofort heraushören müssen. Niemandes Stimme war so honigweich wie ihre. Egal, ob sie sprach, lachte oder stöhnte.

Erleichterung und Irritation wallten gleichermaßen in mir auf. Denn auch wenn ich froh war, dass ich mich nicht in Magdalena getäuscht hatte, so blieben da doch noch einige Fragen offen:

Wenn es nicht Magdalena gewesen war, die ich gestern gehört hatte, wo war sie dann hergekommen?

Und was hatten sie so spät noch draußen gemacht?

18 STUNDEN VOR DER TAT

26 JOSEFINE

»Wieso müssen wir immer zu spät kommen?« Ich schob die Terrassentür auf und trat in den frühen Sommermorgen. Die Lodges lagen noch im Schatten des Berges, und eine feuchte Kälte kroch unter den butterweichen Stoff meiner Yoga-Pants.

Mit einem Mal war ich wieder vierzehn Jahre alt – laut dem Jungen, den ich mochte, zu dick, mit einer Zahnspange und den nach Rauch stinkenden, viel zu kleinen Klamotten, die meine Großmutter bei Ebay ersteigert oder selbst gestrickt hatte – und trat mit meiner Großmutter aus einer dieser primitiven Waldhütten, die eigentlich den Spinnen statt den Menschen gehörten. Sie hatte mich jedes Jahr in den Sommerferien auf irgendeine Wandertour geschleppt, um den *Kopf freizubekommen* – zumindest solange ihre Raucherlunge noch mitgemacht hatte. In dieser Zeit lernte ich die Sommer in den Bergen kennen – kühl, solange man unter den Blätterdächern des Waldes lief, und brennend heiß, sobald man über offene Wiesen spazierte. Heute dachte ich mit einem Lächeln an die anstrengenden Wanderungen, fetten Blasen und üppigen Jausen in den Almhütten zurück. Doch damals hasste ich sie dafür, dass sie mich irgendwelche Berge hinaufzerrte, während meine Klassenkameraden in Jugendcamps an der Ostsee fuhren, wo sie erste Küsse bekamen und Stockbrot überm Lagerfeuer backten.

Ich beugte mich zu meinen Turnschuhen hinunter und schlug sie mit den Sohlen kraftvoll aneinander, um den getrockneten Schlamm meines gestrigen Laufs loszuwerden. So wie sie aussahen, konnte ich damit unmöglich über die piekfeinen Böden des Retreats gehen. Zumindest nicht, ohne dass nach mir geputzt werden musste.

Gott, wie peinlich.

»Was heißt hier *immer*?« Max' Stimme war noch rau vom Schlaf.

»Hm?« Aus dem Augenwinkel bemerkte ich, wie er im Türrahmen erschien. Ich warf ihm einen schnellen Blick zu. Er hatte die Arme vor der Brust verschränkt und grinste wie damals, als ich ihn gefragt hatte, ob es bei seiner Einladung zum Essen um ein Business Meeting oder ein Date ginge.

»Was heißt hier, wir kommen *immer* zu spät?«

»Ich kann an einer Hand abzählen, wann wir mal irgendwo pünktlich waren. Und wenn du weiter so rumtrödelst, kommen wir auch diesmal zu spät.«

»Wer hätte gedacht, dass du es mal so eilig hast, zum Yoga zu kommen?«

Tatsächlich war Yoga eigentlich nicht die Art von Sport, die mich reizte. Ich mochte es, wenn der Schweiß einem den Rücken hinabfloss, wenn das Herz in der Brust trommelte und die Muskeln brannten … wenn man *merkte*, dass man sich körperlich betätigte. Das war beim Yoga nicht der Fall, weshalb ich dem nie viel hatte abgewinnen können. Doch der Sport an sich war auch nicht der Grund, warum ich es so eilig hatte. Max mochte es egal sein, welchen Eindruck die anderen von ihm hatten. Aber mir war es das nicht.

Wenn ich also an einem Samstagmorgen schon um sechs Uhr aufstand, um mich im No-Make-up-Look zu schminken und mir die Haare aufwendig zu flechten, damit ich halbwegs vorzeigbar aussah, dann wollte ich es sicher nicht riskieren, Minuspunkte zu kassieren, weil ich zu spät kam.

»Hast du noch nicht bemerkt, dass in dieser Gruppe alle zu spät kommen? Dadurch, dass wir ständig unterwegs sind, Flüge verpassen, im Stau stehen oder in irgendwelchen Meetings festhängen, ist das für uns normal geworden.«

Seine Bemerkung schmerzte mehr, als sie sollte. Immerhin hatte er sie nicht gezielt gemacht, um mich zu verletzen. Trotzdem hätte er mir nicht deutlicher zu verstehen geben können, dass ich kein Teil der Gruppe war. Jedes soziale Gefüge besaß unausgesprochene Wahrheiten und unsichtbare Regeln. Man wusste, wer niveaulose Witze riss, wer die Organisation von Treffen oder Events übernahm, wer empfindlich auf Kritik reagierte. Gewisse Dinge waren einfach allen klar, die Teil des Gefüges waren, und wurden gar nicht in Frage gestellt, sondern einfach akzeptiert. Das war einer der Gründe, warum es beinahe unmöglich war, sich nahtlos einzufügen – man kannte diese Wahrheiten nicht. Und da sie für alle anderen normal waren, erklärte sie einem auch niemand.

»Das ist mir egal. Aus Respekt Pierre gegenüber sollten wir pünktlich sein.« Eine Strähne hatte sich aus meinem geflochtenen Zopf gelöst und fiel mir lästig in die Stirn. Ich pustete sie weg und schlug die Schuhe härter aneinander.

»Hey, hey. Wenn du so weitermachst, fallen die Dinger gleich auseinander.«

Das Holz der Terrasse ächzte unter Max' Gewicht, als er zu mir herüberkam.

Wie jemand, der ein wildes Tier zu bändigen versuchte, legte er behutsam seine Hände auf meine und nahm mir die Schuhe weg. Er stellte sie neben sich auf den Boden, dann zog er mich in eine Umarmung.

»Was ist los?«, fragte er.

Einen Moment verharrte ich in seinen Armen, ehe ich mich zurücklehnte und ihn ansah. Er strich mir die lose Strähne aus dem Gesicht, die sich schon wieder dorthin verirrt hatte, und unsere Blicke trafen sich.

Die Belustigung war aus seinen Augen gewichen, und ein Anflug von Sorge spiegelte sich nun darin.

»Hm?«

Ich wand mich in seinen Armen. »Ach nichts. Es ist albern«, stammelte ich, machte mich von ihm los und drängte mich an ihm vorbei zurück in die Lodge.

Dort fiel mein Blick sofort auf die zerwühlten Laken, und ich spürte ein Kribbeln in den Fingerspitzen. Angestrengt unterdrückte ich den Impuls, die Betten zu machen. Aufzuräumen war meine Art, mit Stress umzugehen – egal, ob mit äußerem oder innerem. Es gab nichts Beruhigenderes, als verkalkte Armaturen zu schrubben, Staub zu wischen oder dem Dreck den Kampf anzusagen. Allerdings wusste ich, dass es hier Leute gab, die dafür zuständig waren, und ich wollte niemandem die Arbeit wegnehmen.

Also ging ich stattdessen ins Bad, wo ich nach der Packung mit den Abschminktüchern griff. Als ich mich herumdrehte, begegnete ich Max' Blick. Noch immer machte er keine Anstalten, sich anzuziehen, und seine Körpersprache – die Arme vor der Brust verschränkt, die Brauen auffordernd in die Höhe gezogen –, machte mir klar, dass er das auch nicht tun würde, solange ich nicht mit ihm sprach.

Ich seufzte und warf die Hände frustriert in die Luft.

»Es ist nur ... Ich möchte von deinen Freunden natürlich akzeptiert werden. Je weniger Grund ich ihnen gebe, mich nicht zu mögen, desto besser. Deswegen will ich pünktlich sein. Sie warten wahrscheinlich nur darauf, dass ich etwas falsch mache. Vor allem Karla.«

Max' Stirn legte sich in Falten. »Hat sie etwas zu dir gesagt? War sie komisch zu dir?«

»Nein, gar nicht. Aber das muss sie auch nicht. Ist doch klar, dass sie mich nicht ausstehen kann. Immerhin bin ich mit ihrem Ex zusammen.«

Und je näher ich sie kennenlernte, desto mehr fragte ich mich, wieso es zwischen ihr und Max nicht geklappt hatte. Im direkten Vergleich zu ihr zog ich den Kürzeren, so viel stand fest.

Nun war es an Max, zu seufzen. »Was ist dann das Problem?«

Eigentlich hatte ich mir fest vorgenommen, über den Dingen zu stehen. Über meine unverarbeiteten Minderwertigkeitskomplexe hinauszuwachsen, aber ich schaffte es nicht.

»Es ist nur ... Die Leute vergleichen uns. *Ich* vergleiche uns. Und da du mir nicht erzählt hast, wieso das mit euch in die Brüche gegangen ist, ist es sehr schwer für mich. Alles, was ich sehe, ist diese bildschöne, schlaue Frau, die deine Freunde lieben und –« Nun seufzte ich wieder. »Wie soll ich da mithalten, Max?«

Er atmete schwer aus. »Ich verstehe nicht, was der Grund für unsere Trennung damit zu tun hat«, sagte er dann.

»Keine Ahnung, ich rede mir ein, dass es mir helfen würde, wenn ich wüsste, dass ihr euch getrennt habt, weil ihr unterschiedliche Auffassungen vom Leben hattet oder so. Dann wüsste ich, dass sich das auch nicht ändern wird, und müsste mir keine Sorgen machen, verstehst du?«

Seine Schultern sackten ab, und er nickte. »Na schön. Eigentlich hätte ich dir das gerne mal in Ruhe erklärt, aber ich will, dass es dir gut geht und du dich wohl fühlst also ...« Er fuhr sich über die kurzen, stoppeligen Haare. »Du musst dir wegen Karla keine Sorgen machen. Wirklich nicht. Nur musst du dir darüber im Klaren sein, dass sie niemals deine Freundin sein wird. Ich weiß, dass du dir insgeheim wünschst, von ihnen allen – auch von ihr – angenommen zu werden. Aber Karla wird dich nie mögen. Egal, wie sehr du dich anstrengst. Du hast etwas, das Karla nicht vergönnt war und ihr niemals vergönnt sein wird.«

Er schluckte, und ich beobachtete, wie sein Adamsapfel dabei hüpfte.

»Damit meine ich nicht mich, sondern die Möglichkeit, schwanger zu werden. Sie ist unfruchtbar, zumindest ist es das, was die Ärzte diagnostiziert haben. Trotzdem wollte sie mit allen Mitteln schwanger werden, sprach immer davon, dass wir an Wunder glauben müssten. Es gab nichts anderes mehr als diesen Wunsch. Daran ist unsere Beziehung zerbrochen. Deshalb hasst Karla dich. Und deshalb wird es auch immer so bleiben.«

Starr stand ich da. Ich hatte mir schon viele mögliche Trennungsgründe überlegt, aber diesen? Ein Teil von mir war schockiert, denn offenbar hatten sie sich nicht wegen mangelnder Gefühle getrennt. Doch der rationalere Teil von mir wusste, dass es in Beziehungen nicht immer nur um Liebe ging. Liebe allein reichte nur selten.

»Das tut mir leid«, brachte ich hervor und fühlte mich schmutzig. So ein Geständnis hatte ich nicht erwartet. Mit einem Mal hatte ich ein furchtbar schlechtes Gewissen, es Max noch vor dem ersten Kaffee zwischen Tür und Angel abgerungen zu haben.

Max erhob sich und kam zu mir. Er lächelte traurig, dann hauchte er mir einen sanften Kuss auf die Wange, ehe er zum Kleiderschrank ging und seine Sportsachen herausfischte, die ich gestern so sorgfältig zusammengelegt und einsortiert hatte.

Ein paar Sekunden beobachtete ich ihn noch, bevor ich ein

Abschminktuch aus der Verpackung zog und wieder auf die Terrasse ging, um die Schuhe weiter zu putzen.

Keine zehn Minuten später eilte ich über die dunklen Platten vorweg in Richtung Haupthaus, während Max einige Schritte hinter mir herging.

Die Sonne spiegelte sich mittlerweile in den gläsernen Wänden des Gebäudes und ließ es regelrecht erstrahlen.

»Einen wunderschönen guten Morgen«, sagte Magdalena, als wir kurz darauf die lichtdurchflutete Lobby erreichten. Wie schon gestern begrüßte sie uns in dunkelgrüner Kleidung, mit strengem Dutt und einem gutmütigen Lächeln. Sie kam gerade aus dem Speisezimmer und brachte eine Woge herben Kaffeedufts mit. Hinter ihr klapperte und klirrte Geschirr und vermischte sich mit dem Vogelgezwitscher, das von draußen durch die geöffneten Fenster drang.

»Guten Morgen«, erwiderte ich und schmiegte mich an Max, der mir einen Arm um die Schultern legte.

»Pierre erwartet Sie bereits unten. Wissen Sie noch, wo sich das Yogastudio befindet?« Geduldig sah sie zwischen uns hin und her, wobei sie fortwährend an dem Anhänger ihrer goldenen Kette herumspielte. In der anderen Hand hielt sie ein Tablett, auf dem transparente Trinkbecher mit gläsernen Strohhalmen und Deckeln standen. Große Eiswürfel schwammen neben Gurken, Limettenscheiben und saftig grüner Minze in einer glasklaren Flüssigkeit.

»Ja. Die Treppe runter und dann rechts«, sagte Max.

»Ganz genau.« Magdalena ließ die Kette los und packte das Tablett nun mit beiden Händen.

»Bevor Sie gehen, nehmen Sie sich unbedingt einen Drink. Bei der Hitze ist es wichtig, dass Sie genügend trinken. Außerdem regt Wasser am Morgen den Stoffwechsel und die Verdauung an«, erklärte sie, wobei ihr Blick an mir vorbei zu der weitläufigen Fensterfront zuckte. In der Erwartung, dass jemand die Lounge betrat, drehte ich mich um, wurde jedoch enttäuscht.

»Fine?«

Ich wandte mich Max zu, der mir auffordernd eines der Gläser hinhielt.

»Danke.« Lächelnd nahm ich ihm ein Glas ab, dann nickten wir Magdalena zu und gingen gemeinsam die Wendeltreppe hinunter.

Auf halbem Wege sah ich noch einmal zu ihr hinauf. Sie stand noch immer dort, den Blick auf irgendeinen Punkt in der Ferne gerichtet, das Tablett so fest umschlossen, dass es fast den Anschein machte, als würde sie sich daran festhalten. Doch bevor ich weiter darüber nachdenken konnte, war sie auch schon aus meinem Blickfeld verschwunden, und die weitgeöffneten Flügeltüren des Yogastudios hießen uns willkommen.

An einem der Türflügel bat ein schlichtes Schild darum, den Raum nur barfuß zu betreten. »Was habe ich gesagt?« Überrascht sah ich zu Max, der leise lachend auf den Boden zu seinen Füßen blickte. »Wir sind die Ersten. Es stehen nämlich noch keine anderen Schuhe hier.«

Ich folgte seinem Blick und schmunzelte. »Weil ich dich so gehetzt habe, nur deshalb.«

Max grinste.

Wir schlüpften aus unseren Schuhen, dann betraten wir das Yogastudio. Sonnengelbes Licht fiel durch die kreisrunden Dachfenster und erhellte den Raum.

Ich sah nach oben, wo wolkenloser Himmel sichtbar war, und lauschte den Klängen von fröhlichem Vogelgezwitscher, während ich mich von Max tiefer in den Raum ziehen ließ. Es roch nach gebohnertem Holz mit einer süßen, orientalischen Note.

»Ah, Herr Kaplan und Frau Fiebig. Einen wunderschönen guten Morgen«, begrüßte uns Pierre mit seiner tiefen, ruhigen

Stimme. Er stand barfuß, in einem ärmellosen Shirt und mit Haremshose am anderen Ende des Raumes und kam zu uns herüber. Obwohl er aufrecht ging und breit lächelte, entgingen mir weder die dunkeln Ringe unter seinen Augen noch der angespannte Zug um seine Mundwinkel. Doch im nächsten Augenblick wich dieser schon einem breiten Lächeln.

»Gut geschlafen?«

»O ja, hervorragend«, erwiderte Max. »Wie viel Zeit war doch gleich für die Session angesetzt?«

Pierre lächelte. »Steht schon der nächste Telefontermin an?«

Max lachte auf, und sein Lachen hallte in dem leeren Raum von den Wänden wider.

»Ausnahmsweise nicht. Was nicht heißt, dass niemand anrufen wird. Ich frage nur wegen des Frühstücks. Ich habe ziemlichen Hunger.«

Pierre lachte jetzt ebenfalls. »Ah, ich verstehe. Unsere Session dauert fünfundvierzig Minuten. In aller Regel wollen die Gäste danach aber gerne noch einmal in ihre Lodge, um sich frischzumachen. Wenn sie möchten, kann ich Ihnen einen Snack besorgen? Haben Sie einen Wunsch?«

Max schüttelte den Kopf. »Um Gottes willen, nein, machen Sie sich bitte keine Umstände. Es war bloß eine Frage.«

»Wie Sie möchten. Ansonsten empfehle ich einen großen Schluck Wasser. Es gibt wissenschaftliche Studien, die belegen, dass fünfhundert Milliliter Flüssigkeitszufuhr direkt nach dem Aufstehen das Hungergefühl reduzieren und den Stoffwechsel als auch die Verdauung anregen.«

Ich konnte mir ein Schmunzeln nicht verkneifen. Ob Magdalena und Pierre diesen Text gemeinsam einstudiert hatten?

»Ah, danke. Das mache ich doch glatt.« Max prostete Pierre zu und nahm einen großen Schluck, wobei er mich spitzbübisch anfunkelte.

Pierre lächelte, dann glitt sein Blick hinter uns, und er machte eine ausladende Geste. »Guten Morgen!«

»Guten Morgen«, erwiderte eine raue Stimme hinter uns.

Ich fuhr herum und erkannte Julian. Er war unrasiert und schien – seinem ungekämmten Haaren nach zu urteilen – gerade erst aus dem Bett gefallen zu sein. Ich sah an ihm vorbei, in der Erwartung, dass Viktoria ihm folgte, aber von ihr war weit und breit nichts zu sehen.

Julian kam zu uns herüber, und ich musste mich beherrschen, nicht den Mund zu verziehen, als der saure Geruch von Whiskey und abgestandenem Atem mir in die Nase stieg. Offenbar hatte er sich die Zähne nicht geputzt.

»Puh, Julian, du stinkst«, sagte Max und hielt sich eine Hand vor den Mund. »Wann hast du denn gestern noch so viel getrunken, dass du eine derartige Fahne hast?«

Mein Blick huschte zu Pierre, als könnte ich die Antwort in seinem Gesicht ablesen, doch der hatte sich von uns abgewandt und spielte stattdessen an der Stereoanlage herum, woraufhin das Vogelgezwitscher erst lauter und dann deutlich leiser wurde.

»Ach.« Julian machte eine wegwerfende Handbewegung. »Ich habe gestern noch ein bisschen gearbeitet, bevor ich ins Bett bin. Dabei gab's noch ein, vielleicht auch zwei Gläschen Whiskey. Hätte nicht sein müssen«, murmelte er und massierte sich demonstrativ die Schläfen.

Max schüttelte nur grinsend den Kopf.

»Wo hast du Tori gelassen?«

»Die war nicht aus dem Bett zu kriegen. Vielleicht kommt sie ja noch. Geweckt habe ich sie.« Noch während er sprach, zog er sein Handy aus der Hosentasche und tippte eilig drauf herum.

»Guten Morgen zusammen.« Karla kam mit großen Schritten, hochgebundenem Pferdeschwanz und knallengen Yoga-Pants herein. Neben Julian, der irgendwie recht verknittert aussah, wirkte sie mit ihrem makellosen Teint und den aufmerksamen Augen wie das blühende Leben.

»Guten Morgen, Frau Raabe«, sagte Pierre. Er wandte sich von der Anlage ab und kam wieder zu uns herüber.

»Wissen Sie, was mit Herrn Lewenstein und Frau Kaplan ist? Es ist jetzt zehn Minuten nach acht.« In seinen Worten schwang weder Verärgerung noch Vorwurf mit, nur ehrliches Interesse.

Karla zog ihr Handy aus der Hosentasche, dann schaute sie zu Julian und schüttelte kaum merklich den Kopf.

Ich runzelte die Stirn.

»Keine Ahnung, was mit Sebastian ist«, erklärte sie und hob die Schultern.

»Viktoria möchte gerne ausschlafen und daher auf die Yogastunde verzichten«, sagte Julian mit Blick aufs Handy.

Nun verrutschte Pierres Lächeln, und ich bildete mir ein, so etwas wie Verärgerung in seinen Augen aufblitzen zu sehen, doch mit dem nächsten Blinzeln war es bereits wieder verschwunden.

»Was bedeutet das konkret? Soweit ich mich erinnere, ist vertraglich festgehalten, dass Frau Kaplan auch Werbung für die hier angebotenen Aktivitäten macht. Unsere Yoga- und Meditationspraxis gehört da definitiv dazu, um nicht zu sagen, dass sie eines unserer Highlights hier ist.«

Julian nickte langsam, wusste aber offenbar nichts darauf zu erwidern. Karla hingegen tauschte einen schnellen Blick mit Max.

»Wir lassen uns etwas einfallen, okay? Fotos haben wir ja glücklicherweise gestern schon geschossen, und um den Text kümmere ja ohnehin ich mich. Demnach sollte Viktorias Anwesenheit gar nicht zwangsläufig notwendig sein.«

Pierre sah zwischen Karla und Max hin und her. Mit einem Mal vibrierte die Luft vor Anspannung, und als ich den Kopf senkte, bemerkte ich, wie Pierre die Zehen in den Boden krallte.

»Na gut. Was ist mit den Story-Slides?«, fragte er.

»Das werde ich ebenfalls übernehmen. Viktoria wird darauf entsprechend nicht zu sehen sein, in diesen sauren Apfel müssen wir wohl beißen, aber wir können es so verkaufen, als würde sie filmen«, schlichtete Karla weiter.

Pierre nickte langsam. »Schön, aber ich muss Ihnen ehrlich sagen, dass ich das nicht in Ordnung finde. Wir haben einen Vertrag abgeschlossen, und ich bezweifle, dass Müdigkeit davon entbindet.« Er sagte das noch immer ruhig und freundlich, aber irgendwie machte es mir in dem Moment mehr Angst, als wenn er geschrien hätte. Diese kontrollierte Ruhe, die von ihm ausging, war mir unangenehm, weil sie nicht natürlich war.

Langsam sah ich zu Max. Die Entspannung war aus seiner Miene gewichen, und sein Kiefermuskel zuckte.

Oh, oh.

Er trat einen Schritt nach vorn und räusperte sich.

Natürlich muss er sie retten.

»Sie haben recht, wir haben einen Vertrag geschlossen. Aber da Sie es vergessen zu haben scheinen, erinnere ich Sie noch mal daran, dass dieser nur eine gewisse Anzahl an Postings und Story-Slides enthält. Wir erhalten von Ihnen keine Bezahlung, sondern einen kostenlosen Aufenthalt, was – keine Frage – großzügig ist, den Wert mehrerer Postings oder Story-Slides auf einem reichweitenstarken Profil wie dem von Viktoria aber keinesfalls aufwiegt. In Fällen wie diesem enthält der Vertrag eine Klausel, in der wir uns absichern, dass wir über die Art und den Inhalt der Postings selbst entscheiden, da es keine Bezahlung gibt und es sich demnach um eine Kooperation und nicht um bezahlte Werbung handelt.«

Pierres Kiefer mahlte, und obwohl ihm die Reue ins Gesicht geschrieben stand, hielt er Max' Blick tapfer stand.

»Ich verstehe. Entschuldigen Sie, ich wollte Sie nicht verärgern. Dann muss ich da wohl etwas missverstanden haben«, lenkte er ein.

Max nickte, und ich spürte, wie merklich etwas Anspannung aus seinem Gesicht wich. »Ich kann mich nur für meine Schwester entschuldigen und verspreche, dass wir Ihnen anderweitig entgegenkommen werden«, erklärte er mit einer solchen Bestimmtheit, dass wohl allen klar war, dass die Diskussion damit beendet war.

Ein unangenehmes Schweigen entstand, und mich überkam das Bedürfnis, ein Fenster aufzureißen. Die Luft war zum Schneiden. Doch Pierre bemerkte es entweder nicht oder hatte sich dafür entschieden, es zu ignorieren, denn er klatschte nur in die Hände und sagte:

»Wunderbar. Da wir das nun geklärt hätten – wollen oder sollen wir noch auf Herrn Lewenstein warten? Sofern denn überhaupt die Möglichkeit besteht, dass er kommt?«

»Ich schlage vor, wir beginnen. Sollte er noch kommen, kann er ja einfach einsteigen«, sagte Max.

Pierres Gesichtsausdruck zeigte deutlich, dass er nicht der Meinung war, dass das so einfach möglich wäre, doch offenbar hatte er beschlossen, das nicht zu seinem Problem zu machen. »In Ordnung.«

Er trat vor die Matten und atmete tief ein und wieder aus.

»Nun, dann möchte ich sie in die Welt des Vinyasa-Yoga-Flows einführen.« Seine sonore Stimme trug durch den weitläufigen Raum. »Bitte suchen Sie sich dazu jeder einen Platz im Raum.«

Er wartete, bis jeder von uns seiner Aufforderung nachgekommen war und auf einer der Matten stand, dann sprach er weiter.

»Heute möchte ich Ihnen die grundlegenden Yoga-Übungen – auch Asanas – genannt, nahebringen. In der ersten Asana sind Sie gerade schon, nämlich in Tadasana, der sogenannten Berghaltung.«

In der nächsten halben Stunde zeigte Pierre uns Übungen wie den Stuhl, die stehende Vorbeuge, den herabschauenden Hund und die Kobra, bevor wir einen kompletten Yoga-Flow durchmachten und im Anschluss im Schneidersitz auf den Matten Platz nahmen. Zu meiner eigenen Überraschung war ich tatsächlich außer Atem.

»In der Meditation liegt der Schlüssel zu uns selbst. Sie hilft uns, den Fokus auf das wirklich Wichtige zu lenken – auf das Hier und Jetzt. Und wenn man regelmäßig meditiert, wird man nachgewiesen gelassener und ruhiger. Vor allem für Sie – die Sie viel arbeiten und ständig unter Anspannung stehen – kann die Meditation also ein hilfreiches Werkzeug sein, um immer wieder zur Ruhe zu kommen und sich seiner Bedürfnisse bewusst zu werden. Hören Sie nun genau auf meine Stimme und folgen Sie meinen Anweisungen. Atmen Sie tief durch die Nase ein und auch durch die Nase wieder aus. Tief durch die Nase ein und durch die Nase aus. Und das jetzt noch für zwei lange Atemzüge.« Bis auf Pierres Stimme und unser gleichmäßiges Atmen war es im Raum ganz still. Nicht einmal der hölzerne Boden knarzte.

»Stellen Sie sich nun vor, ein unsichtbarer Faden zieht vom höchsten Punkt ihres Kopfes nach oben und sorgt dafür, dass sie ganz aufrecht sitzen. Ziehen Sie die Schultern dabei etwas nach hinten, weg von den Ohren. Folgen Sie nun ihrem natürlichen Atemrhythmus, schließen Sie die Augen und lenken Sie Ihren inneren Fokus auf Ihre Nasenspitze. Spüren Sie, wie kalte Luft durch Ihre Nase hereinströmt und warme Luft wieder ausströmt.«

Nach der Meditation fühlte ich mich wie neu geboren.

Ich sollte das wirklich öfter tun.

Ich erhob mich von der Matte und ging zu den anderen hinüber.

»Wie fandet –« Max' Telefon klingelte.

»Sorry.« Er hauchte mir einen Kuss auf die Wange, dann nahm er den Anruf entgegen und verließ den Raum.

Karla wandte sich ebenfalls ab und schien voll und ganz in ihr Handy vertieft, wo sie offenbar ein Posting erstellte, während Pierre die Matten aufrollte und Julian völlig in Gedanken versunken einfach nur dastand und ihm dabei zusah.

»Wie fandest du es?«, fragte ich.

Julian drehte mir sein Gesicht zu und blinzelte. »Was?«

»Wie fandest du es?«

»Ja, toll. Ich mag Yoga. Viktoria und ich hatten mal so eine Kooperation mit … ach, mir fällt der Name gerade nicht ein. Ist ja auch egal. Aber daher kenne ich schon einige Übungen.« Das jungenhafte Lächeln war zurück, auch wenn es mir so vorkam, als hätte es an Aufrichtigkeit verloren.

»Verstehe.« Ein peinliches Schweigen entstand, und ich sah sehnsüchtig zur Tür, hinter der Max bestimmt noch immer irgendwo telefonierte. Mit aller Macht kämpfte ich den Impuls nieder, vorzugeben, dass ich auf die Toilette müsste.

»Was war denn gestern bei euch kaputt?«, fragte ich stattdessen in Ermangelung eines besseren Gesprächsthemas.

»Kaputt?« Julian runzelte die Stirn und sah mich aus seinen braunen Augen irritiert an.

»Ja, ich hab gesehen, dass Magdalena irgendwann nach unserem Bootsausflug bei euch war«, erklärte ich.

Julian blinzelte, dann lachte er schrill auf. »Oh, das …« Er fuhr sich mit der Hand durch die schwarzen Haare, die ihm sogleich in die Stirn fielen. »Ach, das war nichts.« Er winkte ab.

Aus dem Augenwinkel bemerkte ich, wie Pierre zu uns herüberschielte, und auch Karla sah nun von ihrem Handy auf und warf Julian einen kurzen Blick zu. Dabei wirkte es, als wäre sie mit den Gedanken halb bei den Nachrichten auf ihrem Handy und halb bei unserem Gespräch.

»Der Abfluss im Waschbecken ließ sich irgendwie nicht mehr öffnen. Hab alles probiert, aber keine Chance. Also hab ich Magdalena gebeten, es sich mal anzusehen. Sie war noch da, weil ich ihr oben in der Lounge ein bisschen was über Fotobearbeitung erzählt habe. Na ja, und als ich runter in die Lodge gehen wollte, ist mir die Sache mit dem Abfluss wieder eingefallen ... Also ist sie kurz mitgekommen und hat es sich angesehen.«

Er lächelte wieder, was genauso unaufrichtig wirkte wie schon gerade eben.

Für einen kurzen Moment fragte ich mich, ob er mich anlog. Ob Magdalena wohl aus einem anderen Grund bei ihm gewesen war.

Doch dann wurde mir bewusst, wie absurd dieser Gedanke war. Schließlich teilten sich Viktoria und Julian ja die Lodge.

18 STUNDEN VOR DER TAT

27 VIKTORIA

VIKTORIAKAPLAN.OFFICAL

Beiträge

Gefällt **justkarla.rb** und **28.258 weiteren Personen**

viktoriakaplan.offical [Anzeige]

Guten Morgen ihr Lieben, für uns hat der Tag mit einer erdenden Yogasequenz angefangen.

In 45 achtsamen und belebenden Minuten hat @pierre_karthee_, der nicht nur Inhaber des @glowingforestretreatandlodges ist, sondern auch ausgebildeter Yoga- und Meditationscoach, uns die #Magie des Yogas nähergebracht. ✨
Mit viel Feingefühl und Geduld hat er uns die grundlegenden #Asanas gelehrt. @julianjaster_photography und ich haben zwar nicht zum ersten Mal #Yoga praktiziert, aber in den letzten Monaten sind wir kaum dazu gekommen, unsere Matten auszurollen …
Umso schöner war es, die Grundlagen und Techniken noch mal aufzufrischen. 🙌
Gemeinsam haben wir gedehnt, mobilisiert, unseren Core gekräftigt, geatmet und auch geschwitzt! Denn nach den Grundlagen haben wir noch gemeinsam einen #Yoga-Flow ausgeführt, bevor wir die Session mit einer geführten #Meditation beendet haben – was für ein bewusster Start in den Tag! 🤩

Ab sofort will ich unbedingt wieder mehr Yoga praktizieren. Mit der passenden Kleidung von @fitnity.oga bin ich ja schon ausgestattet! 😌 Mit dem Code »Viktoria20« erhaltet ihr 20 % Rabatt auf das gesamte Sortiment, wenn ihr innerhalb der nächsten 24 Stunden bestellt!

Mögt ihr Yoga auch so gern? 💭

Ich runzelte die Stirn.

Seit wann postete Karla irgendwelche Beiträge, ohne vorher noch mal mit mir Rücksprache zu halten? Ich swipte durch die Bilderauswahl, dann bemerkte ich den pinken Kreis, der sich um mein Profilbild zog.

Jemand hatte eine Story hochgeladen. Und dieser *Jemand* war nicht ich. Obwohl ich wusste, dass nur Karla Zugang zu meinem Account hatte, fröstelte mir bei diesem Gedanken. Ich tippte auf mein Profilbild, und es erschienen mehrere Story-Slides der anderen beim Yoga.

Dunkel begann ich mich daran zu erinnern, wie Karla mich geweckt hatte. Allerdings hatte ich ihr unmissverständlich zu verstehen gegeben, dass ich nicht gut geschlafen hatte und daher die Yogastunde skippen würde.

Sie hatte nicht einmal versucht, mich zu überzeugen, aber Karla kannte mich eben und wusste, dass es keinen Sinn gehabt hätte. Dennoch gab ihr das nicht das Recht, einfach in meinem Namen Story-Slides zu posten, die ich noch nie zuvor gesehen hatte.

Noch während ich darüber nachdachte, wie ich das Thema am besten ansprechen sollte, ploppte plötzlich eine Nachricht am Bildschirmrand auf. In einem antrainierten Automatismus tippte ich die Push-Benachrichtigung an, wusste jedoch sofort, dass es ein Fehler gewesen war. Denn dem Absender war weder eine bekannte Nummer noch ein Name zugeordnet.

> Hi, Darling, kurze Nacht gehabt? Wenn ich dir einen nett gemeinten Rat geben darf … Du solltest lieber beten, anstatt zu meditieren. Vielleicht kannst du dann noch gerettet werden, andernfalls kommt der Teufel dich holen. ;)

Die Buchstaben verschwammen vor meinen Augen. Einen Moment lang starrte ich noch auf das grell leuchtende Display, auf dem sie sich als undeutliche Linien schwarz vom unschuldsweißen Hintergrund abhoben, dann sperrte ich es und blieb reglos sitzen.

Kurze Nacht gehabt?

Unwillkürlich sah ich Bilder der Nacht vor mir. Der Nacht, die mir nicht wie sonst als Finsternis erschienen war, sondern als filmreifes Lächeln mit meerblauen Augen. Die mir sanfte Küsse auf die Lippen und später auch zwischen meine Beine gehaucht hatte. Der Nacht, die nach Schweiß, Sex und Reue gerochen hatte.

Ich las die Textnachricht noch mal, ließ die Worte und die Bedeutung, die sich aus ihnen ergab, auf mich wirken.

Kurze Nacht gehabt?

Woher konnte diese Person das wissen? Hatte sie erkannt, dass das Posting nicht von mir hochgeladen worden war? Oder ...

Nein. Das musste es sein. Vielleicht lag es auch an den Story-Slides, die Karla für mich aufgenommen hatte und auf denen ich logischerweise nicht zu sehen gewesen war. Es war untypisch für mich, nur zu filmen, ohne mich selbst zu präsentieren.

Meine Follower bekamen nicht einfach nur die Welt aus meinem Point of View, sondern mich. Ich *war* der Point of View. Darüber hinaus hatte Brauer, der Privatdetektiv, uns erklärt, dass es für Stalker üblich war, dass sie versuchten, ihr Opfer einzuschüchtern. Dafür mussten sie ihm gar nicht unbedingt körperlich nahe sein. Es reichte, wenn die Nachrichten des Stalkers so vage und allgemeingültig formuliert waren, dass das Opfer sie im entfernten Sinne immer irgendwie auf sich selbst beziehen konnte. Er nannte das den Barnum-Effekt, den sich auch Horoskopschreiber zunutze machten.

Und genau das war es, was diese Person hier tat. Nichts sonst.

Sicher?

Ich blinzelte die Frage fort und machte stattdessen einen Screenshot. Anschließend blockierte ich die Nummer, so wie Julian es mir geraten hatte. Zwar hielt das meinen Stalker nicht davon ab, mich zu kontaktieren, aber Julian hielt es für eine gute

Idee, da es mir, seiner Meinung nach, wenigstens das Gefühl gab, die Kontrolle zu haben.

Anschließend verließ ich das warme Bett, hob den dünnen Morgenmantel auf, der zu meinen Füßen lag wie eine abgestreifte Hülle, und machte mich auf den Weg zu meiner eigenen Lodge.

Der Morgen war überraschend kühl, und als ich mich umsah, kam ich nicht umhin, zu bemerken, wie einsam dieser Ort war. Das Haupthaus des Retreats ragte auf der Kuppe des Hügels majestätisch in die Höhe, die Oberfläche des Sees war glatt wie die eines Spiegels, und die Lodges lagen dunkel und still da. Es wirkte irgendwie alles unbelebt, so, als wäre ich in ein Gemälde gestolpert.

Ich ließ den Blick über die große Fensterfront des Haupthauses gleiten, als ich mir plötzlich einbildete, dort jemanden zu erkennen.

Ja. Da war jemand und sah zu mir herunter. Die Person machte keine Anstalten, sich zu bewegen, und eine Gänsehaut breitete sich auf meiner Haut aus. Kurz überlegte ich zu winken, verkniff es mir aber. Stattdessen zog ich nur die Tür hinter mir ins Schloss und lief los.

Noch immer schien die Person dort oben völlig starr. Bildete ich mir den Schatten vielleicht nur ein? War es eine Vase oder etwas anderes in der Art?

Oder ... war es möglich, dass es sich bei der Person um meinen Stalker handelte?

Kurze Nacht gehabt?, schoss es mir wieder durch den Kopf.

Ich sah zu Boden und beschleunigte meine Schritte. Als ich wieder hinaufblickte, erhaschte ich nur noch einen roten Hauch, schon war der Schatten verschwunden.

Gepresst atmete ich ein und aus.

Konzentrier' dich auf was anderes.

Ich tat, was meine innere Stimme mir riet und dachte an das, was vor mir lag – Julian. Allerdings wurde mir bei diesem Gedanken nicht gerade wohler. Ganz im Gegenteil, meinen Freund wiederzusehen bereitete mir regelrechte Bauchschmerzen.

Plötzlich spürte ich einen stechenden Schmerz im Fuß.

»Scheiße, was –« Erst da realisierte ich, dass ich gar keine Schuhe trug. Das Gras unter meinen Füßen war so weich gewesen, dass ich es schlichtweg nicht bemerkt hatte. Ungelenk hob ich den linken Fuß an und entdeckte ein spitzes Steinchen, das sich in die empfindliche Haut bohrte. Ich schnipste es fort, dann ging ich weiter.

Mit nackten Füßen und stockendem Herzen lief ich zur Tür unserer Lodge, wobei eine Erinnerung in mir immer deutlicher wurde. Das Rascheln, das ich gestern Abend gehört hatte. Sebastian hatte gemeint, es sei nur Einbildung oder eine Maus gewesen – immerhin seien wir mitten im Wald. Aber je mehr ich darüber nachdachte, desto sicherer war ich, dass es weder das eine noch das andere gewesen war. Jemand war da gewesen.

Konnte es sein, dass …

Niemals.

Ich schüttelte den Kopf, um die Sorgen loszuwerden, ehe ich zweimal an die Tür klopfte. Nichts regte sich.

»Julian?«

Bitte mach auf.

Ich musste an gestern Abend zurückdenken. An den Schmerz in seinen Augen, die Tränen auf seinem Gesicht.

Was hatte ich nur getan?

Als sich auch nach dem dritten Klopfen nichts tat, dämmerte mir, dass er wahrscheinlich ebenfalls beim Yoga war. Zwar konnte ich mich nicht erinnern, ihn in der Story gesehen zu haben, aber das konnte auch daran liegen, dass er nicht die beste Figur gemacht hatte.

Oder er hat beobachtet, wie du seinen besten Freund gefickt hast, und will dir deshalb nicht aufmachen.

Um mich nicht weiter selbst zu quälen, zückte ich mein Handy und entdeckte eine Nachricht, die er mir vor einer halben Stunde geschrieben hatte.

Ich habe dir die Terrassentür offen gelassen.

Offenbar hatte ich sie im Halbschlaf schon gelesen, allerdings konnte ich mich nicht mehr daran erinnern. Bei der Emotionslosigkeit seiner Worte verstärkten sich die Bauchschmerzen. Mit trommelndem Herzen wandte ich mich ab, umrundete die Lodge und ging über die Terrasse hinein.

Drinnen war es ganz still. Nicht einmal die Klimaanlage brummte. Einen Moment lang sah ich mich schweigend um, suchte nach Julian oder irgendeinem Anzeichen dafür, dass er schon wieder da war, doch nichts.

Erleichtert atmete ich aus, ehe ich den Wohnbereich durchquerte und mich aufs Bett sinken ließ. Ich vergrub das Gesicht in den zerwühlten Laken. Sie rochen nach Schweiß und noch etwas anderem, fremden. Nach einer süßlichen Note, die ich nicht ganz zuordnen konnte. Wahrscheinlich von der Bodycream mit der ich mich gestern so fanatisch eingecremt hatte.

Bei der Erinnerung daran musste ich an all die Dinge denken, die dem vorausgegangen waren.

Wir zwei in diesem Bett. Sein Schwanz in meiner Hand. Sein angestrengtes Stöhnen. Der Fick unter der Dusche.

Ich stand auf und schob mir den Morgenmantel von den Schultern, bis er zu Boden glitt. Dort ließ ich ihn liegen und lief zum Bad hinüber.

Dabei spürte ich mit jedem Schritt die feuchte, nasse Erde

unter meinen Fußsohlen. Spürte den Dreck, den ich von draußen hereingebracht hatte und der sinnbildlich für das stand, was ich war: der letzte Dreck. Darin waren mein anonymer Stalker und ich uns wohl einig.

Im Bad roch es nach Julian. Nach seinem Haargel und der herben Rasierseife, die ich so liebte. Ich griff danach. Sie war trocken, also feuchtete ich sie ein bisschen an, um ihn noch intensiver zu riechen, und hielt sie mir unter die Nase.

Das war er. Der Duft von Liebe und Zuhause.

Tränen brannten hinter meinen Lidern, doch ich schluckte sie herunter. Ich hatte kein Recht zu weinen. Nicht nach dem, was ich ihm angetan hatte.

Zittrig atmete ich aus, dann legte ich die Seife zurück in den Reisebehälter und ging zur Dusche hinüber. Gedankenverloren legte ich die Hand auf die Armatur und blickte nach draußen. Mich fröstelte. Dieser Ort hier, mit all seiner Abgeschiedenheit und Einsamkeit, machte mich langsam, aber sicher verrückt. Die dicken Baumstämme und dichtgrünen Baumkronen boten das perfekte Versteck für jeden, der nicht entdeckt werden wollte. Nie hätte ich gedacht, dass Einsamkeit sich so bedrängend anfühlen konnte.

Ich drehte das Wasser voll auf, während ich immerzu in den Wald starrte. Fast war es, als wartete ich nur darauf, dass jemand hinter einem der massiven Stämme hervortrat und zu mir herüberlinste. Aber natürlich geschah nichts dergleichen.

Trotzdem zog ich mich erst aus, als die Scheiben beschlagen waren und das Glas vom Wasserdampf blind geworden war.

Das Wasser brannte mir auf der Haut. Ließ mich leise wimmern. Aber ich hielt es aus. Musste den Dreck abschrubben.

Das letzte Nacht hätte niemals geschehen dürfen.

Wie hatte ich Julian das bloß antun können?

Schon wieder?

Meine eigene Schwäche kotzte mich an. Julian versuchte immer, mir alles recht zu machen. Er ließ sich auf eine offene Beziehung ein, ohne es selbst wirklich zu wollen. Und obwohl er das alles für mich tat, wollte ich trotzdem ausgerechnet diesen einen Mann, der tabu war. Diesen einen Mann, den ich nicht haben konnte.

Aber genau da war das Problem – ich konnte es eben doch.

Die Hitze stieg mir zu Kopf, pochte dumpf zwischen meinen Augen. Mir wurde schwindelig, und mit einem Mal fühlte ich mich schwach. Halt suchend stützte ich mich mit einer Hand an den Fliesen ab, während ich zu Boden rutschte, wo ich die Beine anzog, meine Wange auf die Knie legte und die Augen schloss.

Das gleichmäßige Prasseln des Wasserstrahls wurde zu einer hypnotischen Melodie, die mich zu einer konservierten Erinnerung führte, von der ich wünschte, es hätte sie niemals gegeben.

»Kannst du nicht schlafen?« Erschrocken wich ich vom Kühlschrank zurück und legte eine Hand auf meine Brust. Sebastian lehnte am Küchentresen, verborgen im Schatten, jetzt lediglich beleuchtet vom kalten Licht des Kühlschranks.

»Nein. Jetlag, nehme ich an.« Mir fiel auf, dass meine Nippel steif vom kalten Luftstrom aus dem Kühlschrank waren. Sie pressten sich durch den dünnen weißen Stoff des Nachthemdes, das mir gerade so über den Hintern reichte. Ich wünschte, ich hätte einen Bademantel übergezogen.

»Du auch nicht?«, fragte ich und griff nach einer Flasche Mineralwasser, ehe ich die Kühlschranktür schloss und mich zu einem der Barhocker tastete. In der Küche war es nun wieder dunkel, und nur von den Straßenlaternen drang schwaches Licht herein.

»Nein. Seitdem ich bei euch wohne …« Sebastian kam zur Kücheninsel herüber und lehnte sich dagegen. »Fällt mir erst richtig auf, wie sehr ich euch vermisst habe.«

Stirnrunzelnd betrachtete ich seinen breiten, muskulösen Rücken. Irgendetwas an ihm war anders, seitdem er hier eingezogen war. Ihn umgab immer und ständig diese Anspannung, die ich beinahe schon als bedrohlich wahrnahm.

Ich schaute zum Schlafzimmer, bis ich mich daran erinnerte, dass Julian nicht dort war. Er war für ein Shooting eines großen Modemagazins direkt von New York nach L.A. geflogen.

»Wie meinst du das?« Mein Blick schweifte zur leuchtenden Anzeige des Backofens hinüber.

03:34 Uhr.

»Unsere Freundschaft hat sich verändert, seitdem ihr zusammen seid.« Die Plastikflasche knisterte, als er einen Schluck trank. Ich senkte den Kopf, wusste nicht, was ich darauf erwidern sollte.

Sebastian und Julian kannten sich bereits seit dem Kindergarten. Sie waren zusammen durch dick und dünn gegangen, und soweit ich wusste, hatte Julian Sebastian das ein oder andere Mal aus der Scheiße gezogen. Er war immer für ihn da gewesen. Hatte ihn vor seinem viel zu strengen Vater verteidigt und dafür gesorgt, dass er durch die Prüfungen gekommen war, obwohl er nicht gelernt hatte.

Seitdem wir zusammen waren, war das nicht mehr so. Zu Beginn hatten wir noch viel mit Sebastian unternommen, doch je länger wir ein Paar waren, desto seltener wurden die Treffen mit seinem besten Freund. Und obwohl wir nie darüber gesprochen hatten, wusste ich, woran es lag.

»Hat sie das?« Ich pflückte eine Weintraube aus der Obstschale und schob sie mir in den Mund, weil ich das Bedürfnis hatte, meine Hände irgendwie beschäftigt zu halten.

»Ja. Ich frage mich, woran das liegt, Viktoria.« Er stellte die Flasche auf der Kücheninsel ab und lief um sie herum, bis er vor mir zum Stehen kam.

Ich lehnte mich etwas zurück, aber machte den Rücken gerade. Ich würde sicher nicht vor Sebastian Lewenstein den Kopf einziehen.

»Ich bin mir nicht sicher, ob ich dir bei dieser Frage helfen kann«, sagte ich achselzuckend, wobei ich ihm fest in die Augen blickte.

Sebastian senkte den Kopf und beugte sich näher zu mir herunter.

»Es liegt doch nicht etwa an dir, oder? Magst du mich nicht? Aber wir haben uns doch eigentlich immer gut verstanden?«

Unsere Blicke begegneten sich, und mit einem Mal schien die Luft zu brennen. Meine Kehle war staubtrocken, und ich hatte Mühe, die Weintraube hinunterzuwürgen.

»Dich nicht mögen? Sebastian, ich bitte dich ... Wir sind doch schon immer gut miteinander ausgekommen.« Zu gut. Das war das Problem.

»Ja, sicher, nur ... Kann es sein, dass du irgendein Problem mit mir hast? Warum sonst distanziert sich Julian von mir, seitdem ihr zusammen seid? Denkst du, ich habe einen schlechten Einfluss auf ihn, oder so?«

Ich rutschte vom Barhocker, um die Küche zu verlassen. Was sollte das? Das war kein Gespräch, das wir hier und jetzt führen sollten. Das war generell ein Gespräch, das wir lieber ganz vergessen sollten.

Doch kaum, dass meine Füße die kalten Fliesen berührten, wurde mir klar, dass ich einen Fehler gemacht hatte. Denn mit einem Mal war ich Sebastian viel zu nahe. Ich konnte seinen Geruch nach kaltem Zigarettenrauch und Minze wahrnehmen, spürte seinen warmen Zahnpasta-Atem an meinem Hals.

»Hör mal, das Ganze tut mir wirklich leid, aber Julian steht nicht unter meiner Fuchtel. Ich beanspruche ihn nicht komplett für mich und erwarte auch nicht, dass er seine Freunde für mich vernachlässigt. Und ich glaube auch nicht, dass du einen schlechten Einfluss auf ihn hast. Ich nehme an, er ist einfach überarbeitet ...«

»Überarbeitet, so, so ...«

Ich machte Anstalten, mich an ihm vorbeizuschieben, doch er packte mich am Oberarm. Nicht so, dass es weh tat, aber fest genug, dass ich nicht weiterlief.

»Sag mir die Wahrheit.«

Als ich diesmal zu ihm aufsah, wusste ich, dass er mich nicht gehen lassen würde, bis ich genau das getan hatte. Krampfhaft suchte ich nach einer Ausrede, aber mir fiel keine ein, die die Sache besser gemacht hätte.

»Ich denke, er hat Angst«, sagte ich also.

»Wovor?«

»Davor, dass du mich willst. Er traut dir nicht, weil er dich kennt.«

Stille, dann sagte er: »Julian kannte mich schon immer besser, als gut für ihn war.«

Stumm starrten wir einander an, dann überschlugen sich die Ereignisse. Ich weiß nicht, wer sich wem entgegenbeugte, doch plötzlich küssten wir uns. Küssten uns, als ob wir seit Jahren nur darauf gewartet hatten, dann zerriss er mir das Nachthemd und fickte mich auf dem Küchentresen, auf dem Julian Tage später unser Abendessen zubereiten würde.

Die Dusche ging aus. Ich blinzelte, bevor ich die Hände hob, um mir das Wasser aus dem Gesicht zu wischen.

Julian stand vor mir und lächelte. Wieder ein Lächeln, das seine Augen nicht erreichte. Stattdessen war seine Stirn in Falten gezogen, und er blickte merkwürdig distanziert. Aber immerhin ein Lächeln.

»Alles okay?«, fragte er.

Ich räusperte mich. »Ja, alles bestens.«

Er mustert mich einen Augenblick, dann nickte er und verließ das Bad. Kurz sah ich ihm nach, ehe ich mich aufrappelte, mir ein weißes Frotteehandtuch um den Körper schlang und ihm folgte, wobei ich nasse Fußabdrücke auf dem dunklen Holz hinterließ.

»Wie war es beim Yoga?«

»Gut.«

»Weißt du zufällig, wieso Karla ein Posting und mehrere Story-Slides hochgeladen hat, ohne mir Bescheid zu geben?«

»Pierre war ziemlich angepisst, dass du nicht da warst. Kam damit, dass Müdigkeit sicher nicht von eurem Vertrag entbindet …« Er zog das enganliegende weiße Shirt über den Kopf aus und drehte sich zu mir. »Also haben Karla und Max die Wogen geglättet, indem sie deine Story mit Aufnahmen unterfüttert haben.«

»Oh.«

»Jap.« Er hob die Schultern und lief an mir vorbei, ohne mich eines weiteren Blickes zu würdigen. Noch bevor ich etwas sagen konnte, fiel die Badezimmertür mit einem lauten Knall zu, und ich zuckte erschrocken zusammen.

Kurz überlegte ich, ihm zu folgen, doch stattdessen blieb ich reglos stehen. Lauschte seinen dumpfen Schritten und dem gleich darauf einsetzenden Rauschen des Wassers in den Rohren.

Irgendwas stimmte nicht, aber es konnte unmöglich damit zusammenhängen, dass er etwas wusste. Denn dann würde er niemals so ruhig bleiben. Da war ich mir sicher.

Aber … Wir kannten uns mittlerweile seit sieben Jahren. Dennoch hatte ich in diesem Jahr eine Seite an ihm kennengelernt, die mir zuvor verborgen geblieben war. Woher sollte ich also wissen, ob da nicht noch mehr dunkle Seiten in ihm lauerten? Seiten, die er mir bisher nur nicht gezeigt hatte?

Als wir eine halbe Stunde später zum Frühstück im Speisezimmer auftauchten, war mir speiübel. Es gelang mir nicht, einem von den anderen in die Augen zu sehen. Zu groß war die Furcht, darin etwas zu erkennen, was ich nicht sehen wollte.

Immer wieder sah ich die Bilder der vergangenen Nacht vor mir, hörte dieses unmissverständliche Geräusch. Es dröhnte so laut in meinem Kopf, dass es Josefines fröhliches Geplauder und Sebastians dumme Sprüche übertönte.

Und eins war klar – wer auch immer dort unten gewesen war, die Chancen standen gut, dass diese Person mit mir am Tisch saß.

Es sei denn, wir sind nicht allein hier.

Ich wusste nicht recht, welcher Gedanke mich mehr beunruhigte.

»Alles okay? Du bist so still.«

Ich sah zu Karla, die gerade an ihrem Orangensaft nippte und mich aufmerksam musterte. Die Sonne fiel durch das bodentiefe Fenster und verfing sich in ihren braunen Haaren. Ließ sie regelrecht erstrahlen.

»Nein, alles gut. Ich bin nur noch ein bisschen müde«, log ich.

Karla zog eine Braue hoch, sagte jedoch nichts mehr. Sie wusste, dass mir nichts unangenehmer war, als über mein persönliches Befinden zu sprechen, wenn noch andere Leute mit am Tisch saßen. Ich war Viktoria Kaplan. Eine Stimmungsmacherin. Es kam nicht in Frage, dass jemand meine Schwäche sah. Nicht einmal die Menschen, die mir am Herzen lagen. Außerdem wollte ich vermeiden, dass irgendwer Fragen stellte.

»Wann ist unser Massageslot?«, fragte ich also, um das Gespräch in eine andere Richtung zu lenken.

Karla griff nach dem kleinen Kärtchen, das bei unserer Ankunft auf den Tellern gelegen hatte. »Wir sind von vierzehn bis fünfzehn Uhr dran.«

»Okay, wunderbar. Ist bis dahin was geplant, oder können wir an den Pool? Josefine, was meinst du?« Ich sah zu ihr hinüber, und ihr freundliches Gesicht hellte sich sofort auf.

Dafür, dass es gerade mal kurz nach halb zehn war, sah sie viel zu perfekt aus. Sie hatte das blonde Haar in einer Flechtfrisur arrangiert, dezentes Make-up aufgetragen und ihren trainierten Körper in ein gelbes Sommerkleid gesteckt.

»Gerne. Max und ich sind …«, sie griff nach ihrem Kärtchen, »genau vor euch dran.«

»Wunderbar. Dann haben wir ja noch ein bisschen Zeit.«

Mein Blick huschte zu den Männern, die gerade über irgendein Fußballspiel sprachen, das sie gestern Abend verpasst hatten, als Magdalena hereinkam.

Aus dem Augenwinkel bemerkte ich, wie Julian sich anspannte.

Ich sah zu ihm, dann wieder zu ihr.

Sie überprüfte, ob sie etwas abräumen könnte. Dabei spielten ihre Finger mit dem Anhänger an der Kette um ihren Hals, und je länger sie dort stand, desto intensiver wurde die Röte auf ihrem Dekolleté.

Sie ist nervös.

Ich schaute zurück zu Julian, der mittlerweile seine Position auf dem Stuhl verlagert hatte und etwas zu interessiert Max' Worten lauschte. Wieso wirkte er so angespannt? Er sah aus, als versuche er, der Herleitung einer mathematischen Formel zu folgen und nicht einem banalen Gespräch über Fußball.

Plötzlich kam mir eine Erkenntnis. Unbeobachtet schob ich meine Tasse in die Mitte des Tischs, ehe ich den Finger hob.

»Entschuldigen Sie?«

Magdalena lächelte mich freundlich an. »Ja?« Sie kam um den Tisch herum und beugte sich zu mir herunter. Ich drehte mich zu ihr und schaute ihr fest in die Augen.

»Könnte ich noch einen Kaffee bekommen?«

Sie nickte und beugte sich so über mich, dass sie die leere Tasse erreichen konnte. Dabei stieg mir ihr süßlicher Duft in die Nase.

»Natürlich. Ich bringe ihn sofort.« Die Tasse in ihrer Hand

klapperte auf dem Unterteller, als sie sich entfernte, und ich sah ihr noch einen Moment nach. Fast kam es mir so vor, als würde sie davonrennen.

Ich verengte die Augen zu Schlitzen und sah zu Julian hinüber. Unsere Blicke begegneten sich, und ich erkannte einen Anflug von Panik in seinem.

Ich atmete noch einmal tief ein. Es gab keinen Zweifel.

JETZT

28 KARLA

»Magdalena und Julian«, murmelt Max, ehe er stehen bleibt und sich über das stoppelige Kinn reibt. »Das macht für mich einfach keinen Sinn, ich meine –« Er unterbricht sich selbst, wobei er die Augen zu Schlitzen verengt und auf den Boden starrt.

»Was ist –« Plötzlich kniet er vor mir, und seine kurzen Haare streifen sanft mein Schienbein.

»Scheiße, du blutest.« Er lehnt sich zurück, und da sehe ich es selbst. Zu meinen Füßen hat sich eine Lache gebildet. Zähflüssig und dunkelrot quillt sie mir unter den Fußsohlen hervor.

Mein Bauch zieht sich zusammen, als ich an die unzähligen Male denke, in denen ich an mir herabgesehen habe und Blut mir die Schenkel hinabgelaufen ist. Aber diesmal ist es anders. Das Blut kommt von meinen Füßen. Nur leider scheint das für mein Gehirn keinen Unterschied zu machen. Mein Magen krampft, und ich muss würgen.

Max steht auf und greift nach der Bettdecke, um damit das

Blut aufzusaugen. »Stell deine Füße erst mal da drauf. Wir müssen das verbinden.«

Ich tue, was er sagt, während ich den Blick an die Decke hefte und die Tränen wegblinzle. Wie jedes Mal in Situationen wie dieser ist es ein stummer Kampf. Ein Kampf, den ich allein führe. Nur dass der Gegner diesmal meine Erinnerung und nicht mein Körper ist.

»Vielleicht solltest du duschen gehen. Du bist voller Dreck und hast überall diese fiesen Schürfwunden. Ich will nicht, dass du in wenigen Tagen an einer Blutvergiftung stirbst, also ...« Noch immer mit der halben Gehirnhälfte in Erinnerungen versunken, lasse ich mich von ihm ins Bad schieben.

Sebastians Badezimmer sieht genauso aus wie meins, nur dass dort weniger Fläschchen, Cremes oder Make-up herumstehen.

Ich betätige den Lichtschalter, aber es bleibt dunkel.

»Hier gibt's keinen Strom. Nur drüben im Haupthaus wegen des Notstromaggregats«, informiert mich Max, der offenbar das leise Klacken gehört hat.

»Okay«, seufzend schließe ich die Tür hinter mir, ehe ich mich aus Max' Jacke und schließlich dem Badeanzug schäle. Dabei fallen die Schmerzmittel heraus. Ich werfe sie auf die marmorne Ablagefläche, dann gehe ich unter die Dusche, wo ich darauf warte, dass das Wasser endlich warm wird. Erst nach einer gefühlten Ewigkeit wird mir klar, dass es ohne Strom auch kein heißes Wasser gibt.

Ich unterdrücke ein Stöhnen und stelle mich unter den kalten Strahl. Während das Wasser an meinem Körper hinabrinnt, beobachte ich, wie Blut und Dreck im Abfluss verschwinden.

Als nur noch klares Wasser um meine Füße fließt, drehe ich den Hahn zu, trockne mich ab und schlüpfe wieder in den Badeanzug, ehe ich mir unnötigerweise das Handtuch um den Körper schlinge, um Max die Sicht auf das zu nehmen, was er vorhin ohnehin gesehen hat.

Als ich wieder aus dem Badezimmer herauskomme, trommelt der Regen gleichmäßig gegen die Fensterläden. Max' große Gestalt wirft dunkle Schatten ins Innere der Lodge. Er läuft entlang der Fensterfront auf und ab, wobei er sich über die kurzen Haare fährt. So handhabt er jedes Problem – mit Bewegung. Egal ob Vertragsverhandlungen, Krisenkommunikation, Beziehungsdiskussionen oder Trennungen – so als könnte er sich die Probleme des Lebens von der Seele laufen wie Gummi von den Schuhsohlen.

Ich tapse über das dunkle Holz und knie mich vor Sebastians Weekender, um ein Paar Socken und Kleidung zu entwenden.

»Wir müssen deine Füße verbinden, du blutest immer noch.«

Ich drehe mich um und bemerke die wässrig roten Flecken auf dem Boden.

Shit.

»Setz dich mal hin, ich schaue im Bad, ob es einen Erste-Hilfe-Koffer gibt.« Er verschwindet und kehrt kurz darauf mit einer Rolle Verband, einer Packung Taschentücher und einem Minifläschchen Desinfektionsmittel zurück.

»Kein Erste-Hilfe-Koffer, aber wie es sich für einen angehenden Arzt gehört, habe ich in Sebastians Kulturbeutel Verband gefunden. Der sollte es wohl auch tun. Hast du sie ordentlich ausgespült?«, fragt er, als er vor mir auf die Knie geht.

»Glaub schon.«

»Okay, gut. Leg am besten den Fuß auf meinen Oberschenkel.«

Ich tue, was er sagt, auch wenn mir nicht wohl dabei ist. Das hier ist zu intim.

Er verzieht keine Miene, während er meinen Fuß betrachtet, dann greift er nach der Packung mit den Taschentüchern.

»Ich hab noch mal drüber nachgedacht, und es ergibt noch immer keinen Sinn für mich. Julian ist nicht der Typ für einen One-Night-Stand«, sagt er, ehe er das Desinfektionsmittel öffnet und seine Hände damit einreibt. »Ich verstehe auch nicht, wieso Josefine mir nichts von Magdalena erzählt hat.«

»Wenn du mich fragst, hat sie sich wahrscheinlich nichts dabei gedacht. Sie ist ja davon ausgegangen, dass Viktoria ebenfalls in der Lodge ist. Wenn du Magdalena gesehen hättest, hättest du dir wahrscheinlich auch nichts dabei gedacht, oder?«, sage ich, verstumme aber sofort, als er meine Füße zu desinfizieren beginnt. Kalter Schweiß bricht mir aus, und ich kralle die Finger in die Laken, um nicht zu schreien.

»'tschuldige«, murmelt er, und ich beobachte fiebrig, wie er die Flasche wegstellt und nach einem weiteren Taschentuch greift.

»Fandest *du* es nicht komisch, als Josefine Julian auf Magdalena angesprochen hat? Immerhin wusstest du doch, dass er alleine in der Lodge war?«, redet er weiter, wohl um mich abzulenken.

»Schon, aber einerseits war Viktoria ja nicht die ganze Zeit bei mir, und andererseits wäre ich nicht auf die Idee gekommen, dass Julian es mit einer anderen außer Viktoria treibt«, krächze ich, während ich beobachte, wie Max mir behutsam noch ein zweites Taschentuch auf den Fuß legt, ehe er nach dem Verbandszeug greift.

»Zumal Magdalena auch hier arbeitet. Ich hätte sie nicht so eingeschätzt, dass sie ihren Job für einen One-Night-Stand riskiert«, sage ich und muss unwillkürlich an die freundliche Frau denken, die uns am Freitag hier begrüßt hat. Sie war höflich, aber distanziert gewesen. Ein bisschen schüchtern vielleicht. Eher die Art Mensch, die fragt, ob sie ihren Müll in deine Tonne werfen darf, anstatt es einfach zu tun, wenn die eigene voll ist.

Wie sich nun zeigt, hatte ich mich von diesem ersten Eindruck schnell und nachhaltig täuschen lassen. Denn Magdalena entsorgt nicht nur den Müll in deiner Tonne, ohne zu fragen, sondern vögelt auch deinen Freund und serviert dir danach den Morgenkaffee, als sei nichts geschehen.

»Ich auch nicht«, stimmt Max mir zu.

Schweigen breitet sich zwischen uns aus, und mit einem Mal fühle ich mich unendlich müde.

»Ich frage mich, wie es dazu gekommen ist«, murmelt Max, wobei er beginnt, mir den Fuß straff zu verbinden.

Ich ziehe scharf die Luft ein und kralle mich fester in die Laken.

»Vielleicht war es eine Kurzschlussreaktion«, presse ich hervor.

Max hält inne und schaut auf. »Wegen Sebastian? Denkst du, Julian hat es rausgefunden und wollte sich rächen?«

Ich schüttele den Kopf. »Ich glaube nicht, dass er davon gewusst hat. Eine schnelle Nummer mit einer Fremden, obwohl sie eine offene Beziehung führen, wäre keine angemessene Reaktion, wenn man herausfindet, dass die eigene Freundin mit dem besten Freund geschlafen hat.«

»Was ist schon eine angemessene Reaktion?«, fragt er.

Die Antwort hängt unausgesprochen in der Luft: *ein Mord*.

»Aber wieso dann? Und wieso ausgerechnet hier?« Er widmet sich meinem anderen Fuß.

»Ich denke, der liebe Julian ist einfach ausgetickt. Ich meine, der war ja schon den ganzen Tag komisch drauf. Er hat sie schon auf dem Flug keines Blickes gewürdigt.«

»Ja, er war angepisst, weil Tori zu spät gekommen ist.« Aus Max' Mund klingt es, als wäre das keine große Sache, doch das war es. Julian und Tori trugen ihre Streitereien selten öffentlich aus.

Ich seufze. »Hast du dich mal gefragt, warum?« Es war eine rhetorische Frage, denn als wir am Abend vor dem Flug auf der Steinterrasse in diesem traumhaften Restaurant am Meer gegessen hatten, waren mir die Blicke zwischen dem italienischen Koch mit dem charmanten Grinsen und meiner besten Freundin nicht entgangen. Die Luft hatte regelrecht geknistert – was nicht nur ich bemerkt hatte, wie mir Max' Gesichtsausdruck bewiesen hatte.

Als wir dann gegangen waren, hatte sich Tori bei mir untergehakt und mir ins Ohr geflüstert, dass sie diesen Typen reiten würde, bis sie nur noch Sterne sah.

Ich hatte gelacht, obwohl mir nicht danach war, denn seitdem das mit Max und mir vorbei war, konnte ich nicht verstehen, wieso sie ihre Beziehung so leichtfertig für andere Typen aufs Spiel setzte. Wofür etwas mit Beständigkeit für etwas Flüchtiges riskieren?

Max scheint ein Licht aufzugehen. »Sie hat die Nacht bei einem anderen verbracht und ist deshalb zu spät gekommen.«

Ich nicke. »Ja. Und Julian … na ja, der ist ja schon lange nicht mehr er selbst. Wir verpassen also den Flug, alles kommt zusammen, und er ist angepisst. Am Abend kommt es dann zum Knall zwischen den beiden, und Tori lässt ihn allein in der Lodge sitzen. So wie er in letzter Zeit drauf ist, ist er da aber nicht geblieben. Er trinkt ja ziemlich viel, also ist er wahrscheinlich ins Haupthaus rüber, wo Magdalena mit Alkohol und sehnsüchtigen Blicken schon auf ihn gewartet hat.«

»Sehnsüchtigen Blicken?« Max' Brauen schießen in die Höhe.

»Hast du nicht mitbekommen, wie sie zusammen Fotos gemacht haben? Oder wie sie immer rot geworden ist, sobald er den Raum betreten hat? Vielleicht folgt sie ihm sogar auf Social Media. Ist ein heimlicher Fan.«

»Also ergreift er die Chance«, beendet Max meine Theorie,

ehe er nach dem Paar Socken greift, das neben mir auf dem Bett liegt, und es behutsam über meine Füße zieht.

Ich nicke. »So könnte es gewesen sein.«

»Glaubst du, Tori wusste es?«

»Hm«, überlege ich laut. »Sie war komisch drauf am Samstag. Außerdem hat sie getrunken wie ein Loch.«

»Was aber auch daran liegen könnte, dass sie ihr schlechtes Gewissen wegen Sebastian betäuben wollte. Offene Beziehung hin oder her, selbst Tori muss gewusst haben, dass sie da etwas Unverzeihliches tut.«

Nun, das ließ sich nicht wegdiskutieren.

»Glaubst du, sie hat Julian und Magdalena gesehen und wollte sich *revanchieren*?« Bei dem letzten Wort male ich Anführungszeichen in die Luft.

»Wofür? Schließlich haben sie eine offene Beziehung geführt«, sagt Max.

Ich runzele die Stirn. »Dein Ernst? In einer offenen Beziehung gibt es Regeln. Und ich weiß, dass sie auch welche hatten. So was wie nicht zweimal mit derselben Person, niemals im eigenen Bett, mit niemandem, den beide kennen.«

Max lässt sich zurück auf den Hintern sinken.

»Ja, aber wegen so einem verhältnismäßig kleinen Regelbruch würde Tori Julian niemals so dermaßen betrügen. Immerhin war sie es ja, die die offene Beziehung wollte«, sagt er.

Ich nicke. »Stimmt. Außerdem würde das bedeuten, dass es zum ersten Mal passiert ist, und dafür war das hier nicht der richtige Rahmen. Tori und Sebastian waren am Freitag nicht so betrunken, dass sie aus Versehen zusammen in der Kiste gelandet wären. Erst recht nicht, wenn einer von uns sie jeden Moment hätte erwischen können«, überlege ich laut. »Also ist das mit Sebastian keine einmalige Sache gewesen. Sie hatten eine Affäre, und als sie die beendet hat, da –«

Max hebt die Hand, um mich zu unterbrechen. »Wer sagt, dass sie die Affäre beendet hat?«

Ich hole tief Luft. »Ich. Weil ich dabei war. Ich habe es nur zu dem Zeitpunkt nicht gewusst.«

15 STUNDEN VOR DER TAT

29 JOSEFINE

Mit kreisenden Bewegungen verrieb ich die Creme auf meiner blassen Haut. Die Sonne brannte vom Himmel, die Hitze war nahezu unerträglich. Selbst in einem Zustand völliger Bewegungslosigkeit trieb es mir die Schweißperlen auf die Stirn.

»Ich liebe den Sommer.« Viktoria lag auf einer Luftmatratze – keiner hässlichen bunten mit kleinen Vertiefungen, sondern einer ausnahmslos transparenten, so dass es aussah, als ob sie übers Wasser schwebte – und rekelte sich in der Mittagssonne.

Obwohl sie sich ausgiebig abgeduscht hatte, bevor sie ins Wasser gegangen war, glänzte ihr Körper noch immer wie der einer Ölsardine. Sie hatte sich vor gut einer Stunde mit Olivenöl eingerieben – etwas, was ich zuletzt bei meiner Großmutter gesehen hatte, die bis zu ihrem Todestag darauf beharrt hatte, dass Olivenöl und Solarium das Einzige waren, das wirklich half, britischer Haut ein bisschen Bräune zu geben. Allerdings war sie auch der Meinung gewesen, Zigaretten würden zu mehr Jugendlichkeit verhelfen und Sport sei überbewertet, weil er nur die Knochen ramponierte, insofern hatte ich mein Vertrauen in ihr Urteilsvermögen schon vor langer Zeit verloren.

Eine Schweißperle löste sich aus meiner Kniekehle und rann mir die Wade hinab.

»Für alle, die ihn am Strand oder im Pool verbringen können, ist der Sommer mit Sicherheit toll.« Max, der mit halb aufgeknöpftem Leinenhemd und Badeshorts unter dem großen Sonnenschirm auf einer Liege saß und Mails beantwortete, sah über den Rand seiner Sonnenbrille zu seiner Schwester hinüber und grinste.

Diese zeigte ihm den Mittelfinger, ehe sie sich an den Rand des Pools zog, um sich einen Schluck vom Aperol Spritz zu genehmigen, der dort in der knallheißen Sonne stand. Es war bereits ihr dritter, und das, obwohl es noch nicht mal zwölf Uhr war.

»Jeder hat sein Leben selbst in der Hand, nicht wahr?« Dabei klang ihre Stimme merkwürdig verbittert. Sie hob das Getränk in unsere Richtung. Kleine Tröpfchen Kondenswasser liefen über das bauchige Glas und tropften in den Pool.

»Wohl wahr. Und es ist immer wieder erstaunlich, was die Leute damit so anstellen«, murmelte Karla. Sie lag zwei Liegen weiter und tippte auf ihrem Mobiltelefon herum.

Neben ihr stand ebenfalls ein Glas Aperol Spritz, doch im Gegensatz zu dem von Viktoria, das schon halb leer war, war ihres noch randvoll. Wieso bestellte man sich einen Aperol, wenn man dann nur dem Eis beim Schmelzen zusah?

»Bist du wieder in meinen Kommentaren unterwegs?« Viktoria fuhr mit der Hand durchs Wasser, während sie sich einen weiteren Schluck genehmigte. Das Eis klirrte gegen das Glas.

»Ach, ich mach' grad alles – Kommentare, Nachrichten, Markierungen. Ganz ehrlich? Ihr habt keine Vorstellung davon, was es für Verrückte gibt. Ich habe das Gefühl, fünfzig Prozent der Leute auf Social Media haben sie nicht mehr alle. Es ist einfach alles dabei. Absurd dreiste Anfragen, Hass-Nachrichten, fanatische Fans. Immer wenn man denkt, man hat alles gesehen, slidet irgendwer in die Nachrichten und belehrt einen eines Besseren.« Kopfschüttelnd griff sie nach ihrem Glas. Etwas der orangefarbenen Flüssigkeit schwappte über und tropfte auf ihren flachen Bauch. Ich beobachtete, wie einer der Tropfen zu ihrem Bauchnabel rann, als ich aus dem Augenwinkel einen Blickwechsel zwischen Max und Viktoria registrierte.

Ich sah zu Viktoria hinüber und begegnete ihren getönten Brillengläsern. Sie lächelte und hob verschwörerisch einen Finger an die Lippen.

Psst.

Unwillkürlich erinnerte ich mich an das, was sie mir gestern anvertraut hatten. Kurz keimte in mir der Gedanke auf, dass Karla von Viktorias Stalker nichts wissen könnte, doch ich verwarf ihn wieder. Sie waren immerhin beste Freundinnen. Und beste Freundinnen erzählten sich schließlich alles, oder?

»Darf ich Ihnen noch was bringen?« Erschrocken fuhr ich herum. Magdalena stand hinter mir und griff nach meinem leeren Glas.

»Ja, ich nehme noch ein Gurkenwasser, danke.« Im Gegensatz zu den anderen war mir nach gestern die Lust auf Alkohol erst mal vergangen. Ich trank zu selten, und in der irrsinnigen Hitze spürte ich den Champagner noch immer unangenehm im Magen.

Sie nickte lächelnd, dann huschte sie auf leisen Sohlen in das klimatisierte Gebäude und ließ uns in der Hitze zurück.

Ich wandte mich wieder Viktoria zu. Ihre blauen Augen waren zwar hinter einer großen Gucci-Brille verborgen, aber mir entging nicht, wie ihr Kopf Magdalenas Bewegungen folgte.

»Okay, wo waren wir?«, fragte sie.

»Bei deinen Nachrichten ... Was kommt denn da so? Ich hab ja keine Ahnung von so was«, gestand ich neugierig.

Karla schaute kurz von ihrem Handy auf, und es kostete mich alle Mühe, ihrem bohrenden Blick nicht auszuweichen. Stattdessen lächelte ich freundlich, doch noch während ich die Mundwinkel in die Höhe zog, kam ich mir vor, als trüge ich eine Maske. Eine nicht besonders gute.

»Bist du auf Social Media überhaupt nicht aktiv?«, klang es vom Pool her.

Ich rutschte auf der Liege herum. »Nicht wirklich. Ich nutze die Apps nur für den Job, also für die Rekrutierung von Influencern. Das war's. Privat verzichte ich komplett drauf.«

»Wieso?«, fragte Karla.

Ich hob eine Hand an die Stirn und rieb mir mit dem Zeigefinger über die von der Sonnencreme ölige Haut.

Am liebsten hätte ich ihr gesagt, dass sie das nichts anging, aber wenn ich wollte, dass meine Beziehung mit Max funktionierte, musste ich irgendwie mit ihr klarkommen.

»Social Media gibt mir einfach nicht so viel.«

Karla hob eine Braue. »Wie meinst du das?«

Ich lachte nervös. »Na ja, das ist meiner Meinung nach nur eine Scheinwelt.« Während ich die Worte aussprach, wurde mir bewusst, mit wem ich hier eigentlich gerade sprach. Das hier war kein Gespräch unter Freundinnen. Wie kam ich bloß dazu, zuzugeben, dass ich eben jene Scheinwelt ablehnte? Bei Leuten, die diese Scheinwelt kreierten? Die selbst Teil dieser Scheinwelt *waren*?

In diesem Augenblick kam Magdalena zurück und stellte mir mein Getränk hin. Angesichts meines Fauxpas wünschte ich mir nun allerdings doch etwas Stärkeres als Gurkenwasser.

»Danke«, sagte ich dennoch und merkte selbst, dass ich klang wie ein vierzehnjähriger Junge im Stimmbruch.

»Wenn du mich fragst, ist das doch gerade das Tolle! Man kann sein, wer und wie immer man mag. Wenn man sich so inszeniert, wie man gerne wäre, werden die Leute einem glauben, dass man so ist, und mit ein bisschen Glück glaubt man es sich irgendwann auch selbst.« Noch bevor ich irgendwas darauf erwidern konnte, wandte sich Tori bereits wieder an Karla. »Ja, und über was bist du nun gestolpert?« Sie rutschte von der Luftmatratze, nahm sie quer und legte nur ihre Arme darauf, um den Rest ihres Körpers im Wasser treiben zu lassen.

»Nichts Konkretes, es ist nur wirklich erstaunlich, wie viele Leute es gibt, deren einziger Lebenssinn darin zu bestehen scheint, irgendwelche Edits von dir zu erstellen oder irgendwelche Uraltbilder hervorzukramen. Ich meine ... dafür müssen Stunden draufgehen.«

Viktoria lachte. »Könnt ihr euch das vorstellen? Wie langweilig muss dein eigenes Leben sein, damit du es dir zur Lebensaufgabe machst, das eines anderen zu romantisieren?«

»Ich versteh' auch nicht, woher sie diese Zeit nehmen! Ich meine, das können doch keine normalen Leute mit einem funktionierenden Sozialleben und einem Job sein«, meldete sich nun auch Max zu Wort.

»Mit Sicherheit nicht«, stimmte Karla ihm zu.

»Sind es nicht meistens Teenager? Junge Mädchen?«, mischte ich mich nun ein, während ich nach meinem Glas griff und einen großen Schluck von dem kalten Getränk nahm. Sofort stieg mir die Kälte der Flüssigkeit zu Kopf und schmerzte mich hinter der Stirn.

»Ja, auch. Aber du wärst überrascht, wie viele deutlich älter sind. Wenn man auf die Nachrichten reagiert, erfährt man so einiges. Man schreibt ein höfliches ›Danke für deine Mühe, ich liebe es‹«, ihre Stimme klang bei den letzten Worten hoch und aufgesetzt, »und erhält als Antwort einen Lebenslauf. Die meisten sind dermaßen alleine, dass ihr ganzer Lebensinhalt darin besteht, sich deinen Content anzuschauen, und dabei verlieren sie völlig die Distanz zu dir. Du bist so was wie ihre beste Freundin, obwohl du sie nicht einmal kennst.«

»Gott …« Viktoria drehte sich auf den Rücken und starrte gen Himmel. »Was für arme Würstchen.«

Ich räusperte mich. »Mir tut so was leid. Ich stelle es mir furchtbar vor, so allein zu sein.«

»Wir sollten es nicht aufs Alleinsein schieben. Ich bin auch allein, und trotzdem benehme ich mich nicht wie ein Freak«, sagte Karla. »Ich meine, schaut mal hier …« Sie hielt Max und mir ihr Handy hin. Darauf zu sehen war das Foto eines bestimmt A3-großen Plakats, auf dem unzählige Bilder von Viktoria klebten. Manche waren zusätzlich noch beschriftet, andere mit Stickern beklebt.

»So viel Mühe habe ich mir nicht mal für die Plakate in der Schule gegeben«, witzelte Max.

»Ich will es auch sehen!« Viktoria schwamm zum Beckenrand.

»Gott …« Sie lachte. »Sag, Karla, erinnerst du dich noch an diese Verrückte, die mir einen selbstgebastelten Adventskalender geschickt hat?«

»O Gott, ja!« Karla schlug sich eine Hand vor die Stirn und griff nach ihrem Aperol. »Das war absolut irre.«

Viktoria legte ihre Arme auf den Poolrand und sah mich verschwörerisch an. »Du musst dir vorstellen, ich bekomme in der Vorweihnachtszeit immer haufenweise Geschenke und Adventskalender. Meist natürlich von Brands, entweder als Dank für die Zusammenarbeit oder weil ich sie bewerben soll.« Sie nahm einen schnellen Schluck vom Aperol.

»Eines Tages komme ich nach Hause, und da ist dieses riesige Paket. Mary, meine Nachbarin von oben, hat's kaum durch ihre Tür gekriegt, als sie es angenommen hat. Egal … Ich packe es aus, und da ist ein selbstgemachter Adventskalender drin mit vierundzwanzig sorgsam eingepackten Geschenken in allen Größen.« Ungläubig schüttelte sie den Kopf.

»Ach herrjeh …« Ich nuckelte an meinem Strohhalm.

»Es war auch total drüber. Ich meine, ich kannte sie nicht. Es war irgendeine Fremde. Ehrlich gesagt, war es auch ein bisschen gruselig. Wie auch immer, ich habe die Geschenke jedenfalls alle noch am selben Tag ausgepackt, und jedes, wirklich jedes hat mir gefallen. Da waren Dinge dabei, von denen ich Jahre zuvor mal geschwärmt hatte.«

»Stimmt, die Koala-Kekse«, erinnerte sich Karla.

»Genau. Und nicht nur das, einige der Sachen waren auch echt teuer. In der Vierundzwanzig war ein Dyson Luftbefeuchter, weil ich zwei Wochen zuvor gesagt hatte, dass ich gern noch einen zweiten fürs Schlafzimmer hätte.« Wieder schüttelte sie den Kopf.

»Was hast du dann damit gemacht?« Ich stellte mein Glas auf dem Boden ab und strich mit den Handflächen über das Handtuch. Noch immer spürte ich die Sonnencreme darauf, und ich konnte das eklige Gefühl klebriger Hände kaum ertragen.

»Ich habe ihr eine nette Weihnachtskarte geschrieben und alles zurückgeschickt. Es war einfach zu viel. Und absolut unangemessen. Ich hoffe, sie hat das Zeug zurückgegeben und ihr Geld wiederbekommen.« Viktoria griff nach ihrem Glas und leerte es.

»Sie war sicher enttäuscht«, murmelte ich.

»Ach, Fine, du bist echt zu gut für diese Welt! Es hat mir ja auch leidgetan, aber manchmal muss man die Leute einfach vor sich selbst schützen. Ich glaube, der Kalender hatte einen Gesamtwert von fast tausend Euro. Fanliebe in allen Ehren, aber so was geht einfach nicht.«

»Ja, da hast du natürlich absolut recht.«

»Herr und Frau Kaplan? Ich wollte Sie nur daran erinnern,

dass in einer Dreiviertelstunde Ihre Massagen beginnen. Falls Sie also noch mal in den Pool oder den See wollen, ist jetzt der richtige Augenblick dafür.«

Magdalena stand lächelnd im Türrahmen zur Lounge.

Ich runzelte die Stirn. Eigentlich war geplant, dass Max und ich zusammen zur Massage gingen.

»Oh, aber ich gehe doch mit Karla?« Viktoria schien ebenso verwirrt wie ich.

Magdalena wurde blass, und mir dämmerte, was sie tatsächlich gemeint hatte. Mit einem Mal brannte die Sonne in meinem Nacken noch intensiver.

»Ja, natürlich. Ich ähm –« Sie räusperte sich.

Mir blieb das Herz stehen. Es war ohnehin schon offenkundig, dass Karla mich nicht mochte. Und so was machte die Sache bestimmt nicht besser. Am liebsten hätte ich Magdalena geohrfeigt.

»Ich meine, Herr Kaplan und Frau Fiebig. Entschuldigen Sie, ich ähm, ich dachte …«

Max grinste mich verschmitzt an, doch das Zucken seiner Mundwinkel verriet, dass ihm die ganze Sache mindestens so unangenehm war wie mir.

»Na gut, Frau Kaplan.« Er zwinkerte mir zu. »Haben Sie Lust, noch eine Runde im See schwimmen zu gehen?« Er hielt mir einen Arm hin.

Ich lächelte, ehe ich mich aus den Handtüchern schälte und den Lamé-Hut auf die Liege warf.

»Unbedingt.«

»Wollt ihr auch mitkommen?« Ich sah zu Viktoria hinüber und bemerkte, wie sie einen schnellen Blick mit Karla wechselte, bevor sie die Hand hob, um ihre Augen von der Sonne abzuschirmen.

»Ist mir persönlich zu kalt. Aber geht ihr nur«, sagte sie.

Ich nickte und griff nach Max' Hand, ehe wir Richtung See schlenderten. Nach ein paar Schritten drehte ich mich noch einmal um und erhaschte einen Blick auf Karlas verbissene Miene. Sosehr sie sich auch bemühte, der Schmerz hinter ihren angestrengt kontrollierten Zügen war nicht zu übersehen, und mit ihm wurde mir ein für alle Mal klar, dass Max recht gehabt hatte.

Ich würde nie so Teil dieser Gruppe sein, wie ich es mir erhofft hatte.

Ich würde immer die *Plus-Eins* auf den Einladungen sein, die Max von ihnen bekam.

15 STUNDEN VOR DER TAT

30 PIERRE

Unwetterwarnung

Laut Wetterprognosen des Deutschen Wetterdienstes kommt es in der Nacht vom 15. auf den 16. Juni zu einer Verlagerung des Tiefdruckgebiets in Richtung Norden, genauer in Richtung Skandinavien. Unseren Meteorologen zufolge kann das einige Turbulenzen zur Folge haben, die vor allem den südlichsten Teil Deutschlands, den nördlichsten Teil Österreichs sowie den nordöstlichen Teil der Schweiz betreffen. Am 16. Juni werden schwere unwetterartige Schauer und Gewitter im Zeitraum von 02.00 Uhr bis 15.00 Uhr erwartet. In weiten Teilen Bayerns und Baden-Württembergs ist mit langanhaltendem Starkregen sowie schweren Sturmböen mit Höchstgeschwindigkeiten von bis zu 90 km/h zu rechnen. In exponierten Lagen muss mit orkanartigen Sturmböen von bis zu 110 km/h gerechnet werden. Weiterhin wird in einigen Lagen ein Temperatursturz von bis zu 20 Grad erwartet.

Der schale Geruch abgestandenen Zigarettenrauchs hing in der Luft und brannte mir in der Nase. Ich schlug die Augen auf und begegnete Thomas' gelangweiltem Blick. Er hatte die Arme vor der Brust verschränkt und wartete. Auf eine Entscheidung. Auf eine Anweisung. Auf irgendwas.

Ich senkte die Lider und sah auf den Bergkristall, der schwer und kalt in meiner Hand lag und dachte nach. Darüber, was ich tun sollte. Welche Konsequenzen eine falsche Entscheidung nach sich ziehen könnte. Was mir für Alternativen blieben.

Mein Blick schweifte zu Magdalena. Sie saß mit übereinandergeschlagenen Beinen auf einem der Besucherstühle und spielte gedankenverloren an dem goldenen Anhänger ihrer Kette.

Wir hatten seit gestern Abend kaum miteinander gesprochen. Schon den ganzen Tag wirkte sie abwesend und fahrig, was mir ganz und gar nicht gefiel, aber nach ihrem Fauxpas von heute Morgen war es meine oberste Priorität gewesen, dafür zu sorgen, dass alles absolut reibungslos verlief. Und da uns die Gäste in den letzten Stunden gut auf Trab gehalten hatten, hatte ich einfach keine Möglichkeit gesehen, sie darauf anzusprechen.

»Wie schätzt ihr denn die Situation ein? Ich finde, das ist keine Entscheidung, die ich alleine treffen sollte. Es betrifft euch immerhin genauso.«

»Wenn du mich fragst, ist das alles Humbug. Dann gewittert es eben ein bisschen. Die übertreiben doch sowieso total. Scheiß drauf. Das hier ist ein Retreat und kein Skigebiet oder so. Wir sind nicht auf gutes Wetter angewiesen. Wenn's regnet, haben wir einen riesigen Spa-Bereich, wo sie sich aufhalten können. Und sollte es wirklich schlimm werden, haben wir genügend Vorräte.«

Ich nickte. Grundsätzlich hatte Thomas ja recht, allerdings hatte er nicht ganz begriffen, worum es mir ging. Bei starken Regenfällen konnte es nämlich vorkommen, dass der Weg ins Tal nicht länger befahrbar war. Und wenn das so wäre, würden wir zum einen nicht in der Lage sein, externe Mitarbeitende kommen zu lassen, zum anderen würde die Abreise der Gäste unmöglich sein.

»Magdalena?«

Sie erwachte aus ihrer Lethargie und lächelte schmallippig.

»Ich glaube nicht, dass wir Probleme kriegen werden. Die Unwetterwarnung betrifft die heutige Nacht. Die Abreise der Gäste ist aber erst für Montagmittag geplant. Ich denke, dass wir sie entspannt am Montag ins Tal shutteln können. Es ist ja nicht das erste Mal, dass es Unwetter gibt, während wir hier Gäste haben. Und bisher hat immer alles reibungslos funktioniert. Sollten alle Stricke reißen, gibt es ja auch immer noch die Möglichkeit, die Bergwacht zu rufen.«

Ich nickte. Das deckte sich in etwa mit meiner Einschätzung.

»In Ordnung, danke. Ich sehe es ähnlich. Wir können sicher ohne Bedenken den weiteren Aufenthalt hier empfehlen. Allerdings finde ich, dass wir unsere Gäste, zumindest einen von ihnen, einbeziehen sollten. Denn wir haben es hier mit ganz speziellen Gästen zu tun. Der Terminkalender von Viktoria Kaplan und ihrem Team scheint mir sehr voll zu sein. Daher wäre es wohl ratsam, Maximilian Kaplan, der alles managt, einzuweihen. Mir ist es lieber, wenn er seine eigene Risikoeinschätzung macht und selbst entscheidet, ob sie bleiben oder lieber frühzeitig abreisen wollen. So müssen wir keine Schadensersatzklage fürchten, falls doch nicht alles glattläuft und sie nicht pünktlich hier wegkommen, um irgendeinen Anschlusstermin wahrzunehmen.«

»Meinst du, dieser Kerl kann das einschätzen? Der kennt sich doch gar nicht aus.« Thomas schüttelte unwillig den Kopf.

»Wahrscheinlich nicht, aber das ist auch nicht relevant. Am Ende des Tages muss er nur Bescheid wissen und das Gefühl haben, einbezogen worden zu sein. Vor allem, falls eine Abreise am Montag doch nicht oder erst verspätet möglich ist.«

»Halte ich auch für eine gute Idee«, stimmte Magdalena mir zu.

»Okay, wunderbar. Danke, dann könnt ihr wieder zurück an eure Arbeit gehen, und ich bespreche alles weitere mit Herrn Kaplan. Sobald der eine Entscheidung getroffen hat, gebe ich euch Bescheid.«

»Geht klar, Chef.« Thomas zog eine Packung Marlboro aus der Brusttasche seiner schwarzen Schürze und zog eine Zigarette heraus, die er sich sogleich hinters Ohr klemmte.

»Gehen wir?«

»Magdalena bleibt noch kurz«, erklärte ich.

Thomas murmelte irgendwas Unverständliches und verließ das Büro. Seine Schritte hallten dumpf den Korridor entlang, bis sie nicht mehr zu hören waren. Ich sah hinüber zu Magdalena, die noch immer auf die Tür blickte, hinter der Thomas gerade verschwunden war. Als sie sich herumdrehte, lächelte sie.

»Was gibt's?« Bildete ich mir das nur ein, oder war da ein Zittern in ihrer Stimme zu hören?

»Wer hat den nächsten Massageslot?«

Erst als sich ihre Züge glätteten, bemerkte ich, dass ihre Stirn vorher in Falten gelegen hatte.

»Maximilian Kaplan und seine Freundin. Ich habe ihnen schon Bescheid gegeben. Sie wollen noch mal schwimmen gehen, bevor es losgeht. Maria und Roberto bereiten schon alles vor.«

Ich nickte. »Wir sollten die Masseure unabhängig von der Entscheidung, die Maximilian Kaplan treffen wird, heute wieder nach Hause schicken.« Normalerweise war es üblich, dass sie bis zum Abend blieben und dann nach getaner Arbeit von uns verköstigt wurden. Das war eine der wenigen Gepflogenheiten, die sich in den letzten Monaten etabliert hatten. Doch ein Abendessen würde sie wohl kaum darüber hinwegtrösten, wenn sie unter Umständen bleiben und ihren Sonntag in den schlichten Zimmern der Mitarbeiterunterkunft statt bei ihren Familien verbringen mussten.

»Ja, soll ich sie darüber in Kenntnis setzen?«

»Oui, das wäre super. Und am besten sagst du auch gleich dem Jungen Bescheid. Er soll lieber auch nach Hause gehen.«

Sie nickte und erhob sich.

Ich sah ihr nach, wie sie zur Tür ging, als ich einem Impuls folgend einen Entschluss fasste. »Ach, Magdalena?«

Sie blieb stehen.

»Ja?«

»Was war das für ein Schaden gestern in der Lodge von Herrn Jaster? Irgendwas Problematisches?« Eigentlich hatte ich sie nicht darauf ansprechen wollen. Wozu auch? Es gab genug andere Probleme, seitdem Viktoria Kaplan und ihre Horde hier eingefallen war. Eine Auseinandersetzung mit meiner besten Mitarbeiterin war das Letzte, was ich gebrauchen konnte. Aber ich wollte sichergehen, dass ihre Aussage mit der von Julian übereinstimmte.

So viel zum Thema Vertrauen.

Magdalena ließ die Türklinke los und kam zurück.

»Das war gar nichts. Er hatte ein Problem mit dem Abfluss am Waschbecken. Er hat geklemmt, und das Wasser hat sich gestaut. Ich konnte den Schaden ganz einfach beheben, also …« Lächelnd zuckte sie mit den Schultern.

Ich suchte nach einem Anzeichen der Lüge in ihren Worten. Nach einem Zucken in den Mundwinkeln, einem schweren Schlucken oder einem ausweichenden Blick.

Aber Magdalena sah mir aufrichtig in die Augen. Ich unterdrückte ein erleichtertes Seufzen.

»Okay, danke. Hast du die Lodges schon geputzt?«

»Nein.«

»Okay. Dann gehe ich mal davon aus, dass du das in den nächsten Minuten in Angriff nimmst, richtig? Sei so gut und schau dir den Abfluss bei der Gelegenheit noch mal an. Mir ist nicht wohl bei dem Gedanken, dass du so spät wegen so einer Kleinigkeit noch dort vorbeigehen musstest. Es –« Ich stockte. »Man könnte auf … falsche Gedanken kommen.«

Unsere Blicke begegneten sich, und sie nickte langsam. »Natürlich.«

Kurz darauf verließ sie mein Büro, und ich blieb mit dem Eindruck zurück, ein bisschen von der Kontrolle zurückgewonnen zu haben, die mir in den letzten Stunden irgendwie entglitten war.

Alles ist gut.

Es wird alles gut gehen.

Du schaffst das.

Du bist nicht wie dein Vater.

Du bist bereit.

Ich wiederholte meine Affirmationen mit dem sicheren Bauchgefühl, dass der Tag besser enden würde, als er begonnen hatte.

31 @TORIFANDOM4EVA

Manche Menschen behaupten, Hass sei eine Form von Liebe. Von unerwiderter Liebe. Ich glaube, Menschen, die das sagen, haben noch nie gehasst. Wenn sie es hätten, wüssten sie, dass nichts weiter von Liebe entfernt ist als Hass. Ich spreche hier nicht von dem Hass, den man empfindet, wenn man von seiner ersten großen Liebe zurückgewiesen wird.

Nein, ich spreche von diesem alles verzehrenden, unstillbaren Verlangen, das einen nachts davon träumen lässt, jemanden bei lebendigem Leibe zu häuten. Das einem unter der Haut brennt, als stünde man in Flammen. Das einem gleichermaßen die Luft zum Atmen und die Vernunft raubt. Das einen dazu bringt, sich selbst zu vergessen.

Ich spreche von rohem, brutalem *Hass.*

Während ich mich im Schatten verbarg, spürte ich eben jenen Hass, der mit jedem Herzschlag durch meinen Körper pumpte. In Wahrheit war ich jedoch schon seit einigen Monaten nichts mehr als eine blutleere Hülle. Denn Blut hätte bedeutet, dass noch irgendetwas Menschliches an mir gewesen wäre. Doch mich machte schon lange nichts mehr menschlich.

Ich war ein Monster.

Ich ballte die Hände zu Fäusten. Wollte schreien. Mir die Haare ausreißen. *Ihr* die Haare ausreißen. Die Frustration wegen ihr hatte mich in ihren Klauen, und ich war mir nicht sicher, wie lange ich mich noch würde beherrschen können. Das Zucken in meinen Fingern wurde bereits zu einem Tick. Das Verlangen, ihr die Hände um den Hals zu legen und sie zu erwürgen, zunehmend stärker.

Karla sagte irgendwas, woraufhin Viktoria den Kopf in den Nacken warf und lachte. Laut und glockenhell wie immer. Ein Lachen, das einem durch Mark und Bein ging.

»Ich hab Lust auf Sauna. Kommst du mit?« Sie schwamm zur Pooltreppe und machte Anstalten, aus dem Wasser zu gehen. »Ah warte! Kannst du ein Video davon machen?«

»Wovon?« Karla stand auf und trat an den Beckenrand.

»Von mir, wie ich aus dem Pool komme.«

»Ach so, klar.« Viktorias Schoßhündchen ging in die Hocke und brachte das Handy in Position.

»Drei, zwei, los.«

Viktoria lief langsam die Treppen hinauf. Ihre Hüfte schwang lasziv von links nach rechts, und auch wenn ich ihre Augen nicht sah, war ich mir sicher, dass sie die Kamera buchstäblich mit ihrem Blick fickte.

Ich verzog den Mund.

Billige kleine Fotze.

Auf der mittleren Stufe hob sie einen Arm, um ihre Haare von hinten über eine Schulter zu legen. Sie waren klitschnass, und Wasser floss über ihre Brüste, den flachen Bauch. Hätte ich es nicht besser gewusst, hätte ich angenommen, dass hier die Auftaktszene eines Pornos gedreht wurde.

Fehlt nur noch die Schmalzlocke.

Ich grinste.

»Wow, du siehst Hammer aus.«

»Zeig mal her.« Sie nahm Karla das Handy aus der Hand und betrachtete die Aufnahme.

»Ja, sollte passen. Lade ich nachher gleich noch hoch.« Viktoria berührte Karla am Oberarm. »Danke.«

Die nickte und ließ sich zurück auf die Liege plumpsen, während Viktoria sich von ihr entfernte, um sich unter die Außendusche zu stellen. Ihre Brüste hingen groß und schwer in dem schmucklosen, schwarzen Bikinioberteil, und es kostete mich enorme Kraft, den Blick von ihrer Schönheit abzuwenden. Sie verdiente sie nicht. Wieso waren immer die schönsten Menschen im Inneren so hässlich?

Nachdem sie fertig geduscht hatte, wrang sie sich die Haare aus, wobei das Wasser auf die Akazienholzdielen der Terrasse platschte und dort dunkle Flecken hinterließ.

»Sauna?«

Karla rieb sich die Stirn. »Bei der Hitze? Ich weiß nicht.«

»Doch, komm. Ist gut für den Körper und den Stoffwechsel, wie du weißt.« Viktoria zwinkerte ihr zu.

»Ich glaub', ich bleib' noch ein bisschen hier, vielleicht komm' ich noch nach, aber gerade habe ich keine Lust.«

»Spielverderberin. Dann halt bis später. Machst du das Posting fertig?«

»Mach' ich. Soll ich's auch schon hochladen?« Karla griff nach ihrem Handy.

»Ja, hau raus.« Viktoria hüllte sich in ein weißes Frotteehandtuch und folgte dem ausgewiesenen Pfad in Richtung Sauna. Mit ausreichend Abstand und vorsichtig gesetzten Schritten schlich ich ihr im Schatten und Schutz der Bäume hinterher.

Es wäre so einfach, mich jetzt an sie heranzupirschen und ihr den Schädel einzuschlagen, so –

Neben ihren Schritten waren jetzt noch weitere zu hören. Erschrocken fuhr ich in Richtung Haupthaus herum und ging hinter einem Baumstamm in Deckung. Ich wagte nicht rüberzuschauen, presste mich so nah wie möglich an die Baumrinde. Sie war rau und feucht an meiner Haut, während die Schritte beständig näher kamen.

Scheiße.

Ich tastete nach einem Stein, fand jedoch nur einen Ast.

Na ja, der wird es zur Not auch tun.

Ich umschloss meine Waffe, dann beugte ich mich langsam am Stamm vorbei, um zu schauen, wer dort kam und ob die Person mich gesehen hatte. Aber niemand lief auf mich zu. Stattdessen schlenderte die Schmalzlocke hinter Viktoria her.

Er hatte ein Handtuch um die Hüfte gebunden und war ansonsten nackt. Sein Körper glänzte – wahrscheinlich vom Massageöl –, und dass er sich immer wieder zu allen Seiten umsah, war ein erster Hinweis darauf, dass er im Begriff war, etwas Verbotenes zu tun. Etwas Schmutziges. So wie das, was ich gestern mitbekommen hatte.

Ein Lächeln breitete sich auf meinem Gesicht aus.

Ich vergewisserte mich, dass nicht noch jemand hinterherkam, ehe ich meine Verfolgung im Schutze der Bäume fortsetzte.

Die Sauna war ein freistehender Glaskasten unweit des Haupthauses. Man sollte annehmen, dass man Spiegelglas verwendet hatte, um die Blöße der Gäste vor fremden Blicken zu schützen, doch das war nicht der Fall. Je nach Lichteinfall war es mal leichter, mal schwieriger, durch die Scheiben ins Innere zu schauen, aber wenn man sich im richtigen Winkel positionierte, war es möglich. Die Ruhe und Einsamkeit des Waldes hatten offenkundig zu einer falschen Nachlässigkeit geführt.

Oder es ist beabsichtigt.

Wahrscheinlicher war jedoch, dass man entschieden hatte zu sparen, wo es nur ging, um sich ein paar Kröten von der gigantischen Investitionssumme in die eigene Tasche zu stecken. Doch egal, wie, musste man dem Bauherrn zugutehalten, dass zumindest die Holzbänke an der hinteren Seite der Sauna weitestgehend vor neugierigen Spannern geschützt waren.

Aber ich hatte nicht vor, dort zu bleiben. Ich *musste* sie sehen. Das, was sie *taten,* war das, was mich interessierte.

Also schlich ich mich von schräg hinten heran. Hinter einem dicken Baumstamm gut zehn Meter von der Sauna entfernt ging ich in Deckung. Allerdings spiegelte sich die Sonne so im Glas, dass ich nur schemenhafte Körper sehen konnte. Mehr war aber auch nicht nötig.

Was ich sah, reichte mir vollkommen.

Viktoria lag splitterfasernackt auf ihrem Handtuch. Als sie hörte, wie jemand hereinkam, sprang sie erschrocken auf und schlang sich das Tuch um den Leib.

»Spinnst du?«, zischte sie.

Ihre Stimme klang gedämpft, aber ich konnte sie dennoch verstehen. Ich presste mich noch näher an den Baumstamm und hielt den Atem an, verschmolz mit der Natur.

»Wieso? Nichts, was ich nicht schon gesehen hätte.« Ich konnte sein Lächeln regelrecht hören, und als ich meinen Blick an ihm hinuntergleiten ließ, bemerkte ich die Beule in seinem Handtuch.

»Was machst du hier? Und wo ist Julian?« Sie sah sich um, als befürchtete sie, er würde gleich irgendwo aus dem Wald gerannt kommen.

Was für ein amüsanter Gedanke.

»Entspann dich. Wir waren bis gerade eben noch bei der Massage, und soweit ich weiß, wollte er in die Lodge gehen und ein Schläfchen machen. Also kein Grund zur Sorge.«

Sie seufzte. »Es ist mitten am Tag. Karla ist keine hundert Meter entfernt. Ich mache mir sehr wohl Sorgen, und –« Sie hob eine Hand an die Stirn. »Das mit uns … Das gestern, meine ich.«

»Ja? Was ist damit?« Er trat auf sie zu und streckte die Hand nach ihr aus. Doch sie wich zurück und umklammerte das Handtuch nur noch fester.

»Das war ein Fehler. Wir hätten niemals zulassen dürfen, dass es noch mal passiert. Das mit mir und Julian hängt eh schon an einem seidenen Faden und –«

»Wieso nicht? Weil es dir gefallen hat? Weil du nicht länger leugnen kannst, dass das mit uns von Anfang an mehr war als eine schnelle Nummer?«, fiel er ihr ins Wort und ging einen weiteren Schritt auf sie zu. Bevor er sie berühren konnte, streckte sie eine Hand aus und drückte ihn zurück.

»Das hätte es aber nie sein dürfen. Diese Nacht war ein großer Fehler, so wie alles, was danach passiert ist.« Sie sprach so leise, dass ich mich am Stamm vorbei weit vorlehnen musste.

»Es war kein Fehler, wenn es sich richtig angefühlt hat, Vicky.«

Vicky. Das war ja kaum zu glauben. Die Schmalzlocke hatte Gefühle.

»Du weißt, dass wir beide viel besser zusammenpassen. Du und ich, wir sind gleich. Wir haben dieselben Vorstellungen vom Leben, aber du und Julian, ihr ... Er ist nicht wie wir.«

Viktoria hob den Zeigefinger. »Hör auf zu reden. Und hör auf, mich Vicky zu nennen. Hör zu ... Das war's. Ein für alle Mal. Es war schön, und ich habe es genossen, das weißt du, aber –«

»Das kannst du nicht einfach entscheiden.«

»O doch, das kann ich.« Sie lachte.

»Nein, weil es mich genauso betrifft, und ich –«

In diesem Moment öffnete sich die Tür, worüber ich mindestens so sehr erschrak wie Sebastian und Viktoria. Ich hatte niemanden kommen hören, und doch stand da plötzlich Karla im Türrahmen.

Unwillkürlich fragte ich mich, ob sie mich wohl entdeckt hatte, verwarf den Gedanken aber sofort wieder. Wenn dem so gewesen wäre, wäre sie jetzt nicht dort, sondern hier.

Bei mir.

So oder so, das konnte wohl unter ›Ziemlich knapp‹ verbucht werden. Ich ging in die Hocke und presste meinen Körper an den Baumstamm – eine Perspektive, die mir nun auch einen Blick in ihre Gesichter ermöglichte.

»Hey, ihr zwei.« Karla sah erst Viktoria, dann Sebastian an, wobei sich eine steile Falte zwischen ihren Brauen bildete. »Stör ich?«

»Was? Wieso solltest du stören?« Viktoria lachte ein unnatürliches Lachen.

Noch mehr Lügen. Man konnte sich wirklich fragen, ob das alles war, was Viktoria Kaplan zustande brachte.

Lügen. Lügen. Und noch mehr Lügen.

Meine Hände schmerzten. Ich schüttelte sie. Lockerte die Finger, die ich gerade eben schon wieder zu Fäusten geballt hatte.

Etwas Warmes floss mir über die Haut, tropfte in das saftig grüne Gras.

Ich hob die Hand, sah die dunkelrote Flüssigkeit.

Blut.

Sieh einer an, an mir war also doch noch etwas Menschliches.

JETZT

32 KARLA

»Was für ein beschissenes Timing, um jemanden abzuservieren.« Max' Stimme klingt bitter, aber nicht überrascht.

»Kann man wohl sagen, ja«, murmle ich.

Draußen pfeift der Wind um die Lodge, und der Regen peitscht gegen die bebenden Fensterläden.

»Wieso ausgerechnet hier? Und wieso an diesem Tag? Ich

meine, am Abend stand die Party an, und es war klar, dass sie Sebastian noch stundenlang sehen würde.« Ich stehe auf. Meine Füße schmerzen, aber der Verband und die Socken helfen. Langsam nehme ich die Kleidung vom Bett, die ich vorhin dort abgelegt habe.

»Spielt das eine Rolle?«

Ich zucke mit den Schultern. »Das müssen wir erst herausfinden. In jedem Fall war es nicht geplant, denn sie wollte ja erst, dass ich mit ihr in die Sauna gehe. Es muss also eine Kurzschlussreaktion gewesen sein.«

Ich entferne mich einige Schritte von Max, um mich anzuziehen, spüre jedoch noch immer seinen Blick im Nacken.

»Könntest du dich umdrehen? Ich will nicht ins Bad gehen, weil der Verband sonst gleich wieder nass wird.«

»Stell dich nicht so an. Wir hätten beinahe geheiratet.« Er lacht leise, während ich hart schlucke und plötzlich den Tränen nahe bin.

»Mag sein. Allerdings glaube ich, dass Josefine es nicht so gerne hat, wenn du deiner Ex beim Umziehen zuschaust«, rutscht es mir raus.

Max starrt mich einen Moment lang an, als hätte ich ihm eine Ohrfeige verpasst, ehe er sich wortlos umdreht.

»Du glaubst also, dass es einen Auslöser gab?«, fragt er sichtlich bemüht, die unangenehme Stille zu füllen, die unser Schlagabtausch hinterlassen hat.

»Ja.«

»Hat Julian vielleicht doch was mitbekommen und sie vor die Entscheidung gestellt?«, fragt er.

»Hm, glaube ich nicht. Wir hätten es doch bemerkt, wenn Julian was davon gewusst hätte. Zumal er und Sebastian vorher noch zusammen bei der Massage waren.«

»Stimmt«, brummt Max.

Ich lasse das Handtuch sinken und ziehe mir eins von Sebastians Shirts über den Kopf.

»Ich glaube eher, dass das Beenden der Affäre die Annahme stützt, dass Julian eben *nichts* davon wusste«, sage ich, während ich – so schnell es mit meinen geschundenen Füßen möglich ist – in Sebastians hellgraue Jogginghose schlüpfe.

»Und dass Viktoria irgendwie das zwischen ihm und Magdalena rausgefunden hat. Denn das ist die einzig neue Komponente«, sage ich, klaube das Handtuch vom Boden und werfe es aufs Bett, ehe ich auf Max zugehe, der mich skeptisch ansieht.

»Was hat denn Magdalena damit zu tun?«

»Ich bin mir ziemlich sicher, dass Julian bisher eher passiv gewesen ist. Er hat Viktorias Verhalten geduldet und die offene Beziehung akzeptiert, weil er sie liebt. Aber glaubst du, dass er mit anderen geschlafen hat?«

Max schüttelt den Kopf.

»Eben. Aber plötzlich tut er genau das. Er verändert sich, und das gibt Viktoria Anlass zur Sorge. Magdalena war die große Unbekannte. Und was tut man, wenn man unsicher, ja vielleicht sogar verzweifelt ist? Man versucht zu retten, was geht. Sebastian war ein Risiko. Also beendet sie –«

»Julian hätte sie niemals verlassen.«

»Nicht einmal, wenn er herausfindet, dass sie mit seinem besten Freund geschlafen hat?«

Wir starren uns einen Moment an, dann schüttelt Max bedächtig den Kopf.

»Wenn du mich fragst, nein. Zumindest nicht für immer. Früher oder später wäre er zu ihr zurückgekehrt.«

»Vielleicht, vielleicht auch nicht. Am Ende ist es egal, weil Tori sich nicht hundert Prozent sicher sein konnte.«

Maximilian erwidert nichts, aber als sich unsere Blicke treffen, weiß ich, dass ich ihn überzeugt habe.

Ich trete an die Fensterfront heran, wende ihm den Rücken zu, während ich überlege, wie ich meine nächsten Worte am besten formulieren soll. Dabei spielt die Formulierung eigentlich keine Rolle. Die Worte liegen in meinem Mund bereit, wollen hinaus. Es ist mein loyales Herz, dass sie lieber zurückhalten würde. Weil man Worte nicht mehr zurücknehmen kann, wenn man sie einmal ausgesprochen hat.

Nur kann ich sie nicht herunterschlucken, denn dann würde ich an ihnen ersticken. Also sage ich: »Weißt du noch, was ich über Stalker gesagt habe? Dass sie entweder sein wollen wie ihr Opfer, oder dass sie ihr Opfer für sich haben wollen, was sie aber nicht können?«

»Ja.« Max' Stimme lässt keinerlei Rückschlüsse zu, ob er mir folgen kann oder mich für verrückt hält. Bisher war Viktorias Stalker eine unbekannte Größe. Ein gesichtsloser Fremder, der jeder hätte sein können. Doch nun gebe ich ihm erstmals ein Gesicht. Und es ist nicht das eines Unbekannten.

»Sebastian ist die besagte Affäre. Er konnte sie nicht haben. Niemals. Das muss er gewusst haben. Aber was, wenn ihn das nur umso mehr angestachelt hat, es zu versuchen? Ich meine, du kennst ihn doch. Er lebt in seiner eigenen Welt. In der es nur ihn und seine Bedürfnisse gibt.«

Nun drehe ich mich herum, weiche jedoch sofort zurück.

Ich habe nicht bemerkt, dass Max zu mir herübergekommen ist. Er steht nur wenige Meter von mir entfernt, und ich kann die Hitze spüren, die von seinem Körper ausgeht.

»Glaubst du wirklich, dass er zu so was imstande wäre?«

»Ja.« Es ist mir peinlich, wie schnell mir die Antwort über die Lippen kommt, und ich senke den Blick, als würde das den Betrug an meinem langjährigen Freund schmälern.

»Du dachtest ja sogar, dass ich dazu imstande wäre …«, schiebe ich nach, um mich ein wenig besser zu fühlen.

Max schweigt. Was soll er dazu auch sagen? Die Wahrheit lässt sich nun mal schwer leugnen.

»Denkst du nur, dass er sie umgebracht hat, oder auch, dass er sie gestalkt hat?«

Ich öffne den Mund. Klappe ihn wieder zu. Bisher waren für mich Viktorias Stalker und ihr Mörder ein und dieselbe Person, doch erst jetzt wird mir klar, dass Max' Frage nicht unberechtigt ist. Es könnten tatsächlich zwei völlig unabhängig voneinander agierende Personen sein.

»Was glaubst du?«

»Ich glaube, dass wir die Möglichkeit in Betracht ziehen sollten, dass der Stalker nicht zwangsläufig ihr Mörder sein muss. Allerdings bin ich mir nicht sicher, ob wir bei Sebastian richtigliegen.«

Ich hebe eine Braue. »Wieso nicht?«

Max reibt sich übers Kinn. »Weil er sie dafür wirklich geliebt haben müsste, und ich bin mir nicht sicher, ob jemand wie Sebastian dazu imstande ist. Wie du sagst, er ist sich selbst am nächsten.«

Ich lächle traurig. »Du glaubst, Menschen morden aus Liebe?«

Er zieht die Brauen zusammen, doch bevor er etwas erwidern kann, rede ich schon weiter.

»Es ist nie die Liebe. Es ist immer das verletzte Ego. Nicht einmal Porzellan ist so fragil wie das menschliche Ego. Lässt man sich davon kontrollieren – so wie Sebastian es tut –, ist man davon abhängig, dass die Umgebung einen anhimmelt. Für Sebastian ist es unvorstellbar, dass jemand anderes ihn nicht lieben könnte. Immerhin hält er sich für den Größten. Und plötzlich kommt Viktoria daher und zieht ihm seinen besten Freund vor. Was meinst du, was das in ihm ausgelöst hat?«

Er schweigt.

»Ich glaube, dass er nicht damit umgehen konnte. Zumal sich die Freundschaft mit Julian durch Viktoria auch schon verändert hatte. Früher war Sebastian immer und ständig dabei, aber in letzter Zeit habe ich ihn kaum noch gesehen. Womöglich hat in seinem Verständnis Viktoria ihm den besten Freund ausgespannt, und nun lässt sie ihn auch noch abblitzen, und –«

»... dann hat er sie drangsaliert und schließlich ermordet, während wir alle gedacht haben, dass sie den Verstand verliert«, vervollständigt Max meinen Satz, und mir bleibt nur übrig zu nicken.

»Ganz genau.«

14 STUNDEN VOR DER TAT

33 VIKTORIA

VIKTORIAKAPLAN.OFFICAL

Beiträge

Gefällt **oceanicattire** und **33.001 weiteren Personen**

viktoriakaplan.offical [Anzeige]

SOMMER, SONNE, SONNENCREME.

Bevor es für @justkarla.rb und mich zu unserer wohlverdienten Prana Healing Massage geht, relaxen wir noch ein bisschen am Infinity-Pool des @glowingforestretreatandloges mit traumhaftem Blick über den angrenzenden See und die Berge.

Auch heute bin ich wieder absolut begeistert vom Team des Glowing Forest Retreat & Lodges, das sich bereits den ganzen Morgen mit rührender Hingabe um uns kümmert. Hier wird einem wirklich jeder Wunsch von den Augen abgelesen. 🥰
Gerade genieße ich ein leckeres Gurkenwasser. 🥒 Bei der Hitze ist das übrigens eine absolute Empfehlung, da Gurkenwasser der absolute Booster gegen trockene Haut ist. ☝️ Überhaupt müsst ihr besonders an heißen Tagen wie heute gut auf euch aufpassen, euch regelmäßig eincremen und viel trinken. Wie ihr wisst, bin ich schon seit Jahren Fan der Sonnencreme von @shine.lotion, weil sie parfümfrei, tierversuchsfrei und vegan produziert wird. 🧴🙌

Mein Bikini ist übrigens von @oceanicattire, mein Schmuck von @byaphrodite. 📿 Wer mir schon länger folgt, weiß, dass ich meinen Schmuck auch beim Baden, Duschen und Sport trage – und das hält er locker aus.

Wie viel Grad sind heute bei euch? 📿 Lasst es mich im Frage-Sticker in meiner Story wissen!

Ich starrte Sebastian an. Er starrte mich an. Karla – eine unerwünscht Dritte.

Hat sie etwas gehört?

»Stör ich?«

»Was? Wieso solltest du stören?« Jemand lachte, und ich brauchte einen kurzen Moment, um zu begreifen, dass ich es war, so fremd hatte es geklungen.

»Keine Ahnung ...«, behauptete sie, doch als ihr Blick den meinen traf, schien sie mir sagen zu wollen: *Sag du es mir.*

Ich räusperte mich, weil mein Hals sich mit einem Mal rau und trocken anfühlte.

»Wir haben bloß über Julians Geburtstag gesprochen«, erklärte Sebastian lässig und trat hinter meine beste Freundin.

Echt jetzt?

Überrascht hob sie eine Braue. »Über Julians Geburtstag? Der ist doch erst in vier Monaten.«

Sebastian lachte und legte Karla die Hände auf die Schultern. »Schon, aber er wird dreißig, schon vergessen?« Er begann sie zu massieren.

»Da es schwer ist, Viktoria ohne Julian zu erwischen, habe ich die Gelegenheit genutzt und bin ihr gefolgt, um herauszufinden, ob es schon Pläne gibt.«

In diesem Moment hätte ich ihn – trotz allem – am liebsten geküsst.

»Mhm, verstehe.« Karla ließ den Kopf unter seinen Berührungen nach vorn fallen, und ich formte ein lautloses »Danke« mit den Lippen.

Sebastian nickte knapp, dann ließ er von Karla ab. »Wie auch immer, mir wird's hier drin zu heiß. Bis später.«

»Bis dann«, murmelte ich, ehe ich mich eilig von meiner besten Freundin abwandte. Gespielt gelangweilt warf ich das Handtuch zurück auf die Bank und ließ mich drauf nieder.

Schweißperlen kullerten mir die Wirbelsäule hinab, und ich war mir nicht sicher, ob sie von der Hitze kamen oder dem Unwohlsein, das Karlas plötzliches Auftauchen in mir ausgelöst hatte.

Karla setzte sich neben mich und sagte kein Wort. Auch wenn die Stille mir schwer und drückend vorkam, nahm ich an, dass das immer noch besser war, als die falschen Worte aus ihrem Mund zu hören.

Unwillkürlich dachte ich an das Gespräch mit Sebastian zurück. Ging es Satz für Satz noch mal durch, in der Hoffnung, dass das Gesagte nicht so eindeutig gewesen war, wie es mir vorgekommen war.

»Hör zu ... Das war's. Ein für alle Mal. Es war schön, und ich habe es genossen, das weißt du, aber –«

»Das kannst du nicht einfach entscheiden.«

»O doch, das kann ich.«

»Nein, weil es mich genauso betrifft, und ich –«

Wieder sah ich Sebastians Gesicht vor mir – den mühsam kontrollierten Schmerz, die Wut. Ich hatte es ihm nicht *so* sagen wollen. Er verdiente mehr als ein paar hingespuckte Worte. Denn er liebte mich. Dessen war ich mir sicher. Wenn auch auf seine Art, aber ja. Mindestens so sehr wie Julian, vielleicht sogar noch mehr.

Julian sah in mir die Illusion des Menschen, den er gerne in mir sehen wollte, Sebastian hingegen sah mich so, wie ich wirklich war. Es stimmte, was er gesagt hatte. Julian war anders als er und ich. Julian war wie Karla. Brav, anständig und treu. Jemand, der noch nie unter dem Drehkreuz an einer Autobahnraststätte durchgeklettert war, um kostenlos zu pinkeln. Jemand, der noch nie eine Packung Kaugummi im Supermarkt hatte mitgehen lassen. Jemand, der noch nie fremdgegangen war.

Julian war ein Musterknabe und ich die freche Göre. Er brachte das Beste in mir und ich das Schlechteste in ihm zum Vorschein. Das hatte sich in den letzten Monaten eindrucksvoll bewiesen. In unserer Beziehung hatte es einen Turning-Point gegeben, ab dem alles anders geworden war. An einem Tag war Julian noch der brave, anständige, treue Musterknabe gewesen, am nächsten Tag war er es nicht mehr.

Alles hatte mit dem Abend begonnen, an dem ich ihn um eine offene Beziehung gebeten hatte. Da hatte er nicht länger die Illusion gesehen, sondern *mich*. Und sosehr er auch versuchte, diese Version von mir in Einklang mit der Person zu bringen, für die er mich immer gehalten hatte und die er liebte, er scheiterte. Jeden Tag ein bisschen mehr.

Auch wenn er mich nicht verließ, hatte sich der Blick, mit dem er mich ansah, verändert. Wahrscheinlich war das auch der Grund gewesen, weshalb ich das zwischen mir und Sebastian überhaupt erst zugelassen hatte. Er sah mich, wie ich wirklich war, und auch nachdem ich mit ihm Sex gehabt und seinen besten Freund betrogen hatte, änderte sich der Ausdruck in seinen Augen nicht. Er und ich waren aus demselben Holz geschnitzt, das ließ sich nicht leugnen.

Allerdings hatte er in einer Sache unrecht – wir passten deshalb nicht besser zusammen, als Julian und ich es taten. Wir waren einander zu ähnlich. In einer Beziehung musste es immer einen geben, der bereit war, mehr zu investieren als der andere. So wie Julian es getan hatte, als er sich auf eine offene Beziehung einließ, obwohl er es nicht wollte. So wie er es heute Nacht getan hatte, als er Magdalena gevögelt hatte, um unsere Beziehung zu retten. Er war bereit, alles für mich zu tun, und das war der Grund, weshalb wir es in der Vergangenheit geschafft hatten und es auch in Zukunft schaffen würden. Es war das, was Sebastian niemals würde für mich tun können – aber jede Bombe brauchte jemanden, der sie entschärfen konnte, damit sie nicht explodierte. Sebastian und ich waren zwei Bomben. Wir würden einander nur zerstören.

»Du willst mir also wirklich nicht sagen, was das gerade war?«

Obwohl zweiundachtzig Grad herrschten, bekam ich eine Gänsehaut. Karla griff nach dem großen, hölzernen Löffel und machte einen Aufguss. Das Wasser zischte wie eine Schlange, als es auf die Steine im Saunaofen traf.

»Was meinst du?«

Sie lachte. »Du weißt genau, was ich meine.«

Ich kräuselte die Lippen. Sie musste schon genauer werden, wenn sie wirklich eine Antwort von mir erwartete. Solange ich mir nicht absolut sicher war, dass sie wusste, was zwischen mir und Sebastian gewesen war, würde ich nichts in dieser Richtung andeuten. Ich würde es nicht ertragen, wenn auch sie mich noch mit anderen Augen betrachtete.

»Nicht wirklich. Sebastian hat doch schon gesagt, dass wir über Julians Geburtstag gesprochen haben.«

»Wieso war er dann so aufgebracht?«

Nun sah ich sie an, hielt ihrem bohrenden Blick mit gelangweilter Miene stand, obwohl ich am liebsten weggeschaut hätte. Meine Gedanken rasten, während ich tief Luft holte und nach einer plausiblen Ausrede suchte.

»Er war aufgebracht, weil wir gestritten haben«, sagte ich, um Zeit zu schinden und weil es dumm gewesen wäre, das Offensichtliche abzustreiten.

Karla hob eine Braue. »Worüber?«

Blufft sie, oder hat sie wirklich nichts gehört?

»Na, wie gesagt über Julians Geburtstag.« Die Lüge schmeckte wie Galle, wobei das eventuell auch daran lag, dass mir auf einmal speiübel war.

»Was gibt es denn da bitte zu streiten?« Noch immer wirkte sie skeptisch, aber ich erkannte auch Unsicherheit in ihrem Blick.

»Das kannst du nicht einfach entscheiden.«

»O doch, das kann ich.«

»Nein, weil es mich genauso betrifft, und ich –«

Ich lachte heiser. »Na ja … Sebastian will für Julian irgendeine fette Party schmeißen. Er will sich besaufen und all diese ganze Kindergartenkacke – du weißt schon.«

Karla nickte.

»Aber ich will Julian eigentlich auf eine Reise entführen. Vielleicht in die Dominikanische Republik oder nach Südafrika, ich weiß noch nicht genau. Auf jeden Fall irgendwas Romantisches. Das geht Sebastian allerdings gegen den Strich, weil er ihn eh schon kaum sieht.« Keine Ahnung, woher die Worte kamen, doch die Lüge perlte mir wie Öl von den Lippen. Es war, als spräche da eine andere aus mir. Eine, die mich vor mir selbst und den Konsequenzen meiner dummen Handlungen schützen wollte.

»Davon hast du mir noch gar nichts erzählt.« Karla wirkte gekränkt, und ich musste ein erleichtertes Seufzen unterdrücken.

Sie glaubt mir.

Ich legte eine Hand auf ihre und drückte sie sanft, wobei ich mich einmal mehr wie das letzte Stück Dreck fühlte. Aber ich konnte schlicht nicht riskieren, dass irgendjemand von der Affäre mit Sebastian erfuhr. Nicht einmal sie.

»Das habe ich noch niemanden erzählt. Ist auch noch überhaupt nicht spruchreif. Die Diskussion mit Sebastian ist nur entstanden, weil er danach gefragt hat.« Ich zuckte mit den Schultern.

Als Karla nun aufsah, war die Skepsis aus ihrem Gesicht gewichen, und ein zaghaftes Lächeln bog ihre Mundwinkel nach oben.

»Okay.« Sie drückte meine Hand ebenfalls, dann wechselten wir zu meiner Erleichterung das Thema, und ich ließ mir von ihr noch mal erzählen, was heute Morgen mit Pierre los gewesen war. Nachdem sie damit fertig war, stöhnte sie leise.

»Hast du auf die Uhr geschaut, wann du rein bist? Wir sollten mal eine Pause machen. Das ist ja unerträglich hier drin. Vor allem steigt mir der Alkohol zu Kopf.«

Ich lachte. »Mir auch. Pool? Wir können ja danach noch einen Gang machen.«

»›Ja‹ zu Pool, ›vielleicht‹ zu einem zweiten Gang.«

Auf wackeligen Beinen – mein Körper hatte sich noch immer nicht von dem Schock erholt, beinahe ertappt worden zu sein – stand ich auf und schlüpfte zurück in meinen schwarzen Bikini.

Dann griff ich nach meinem Handy, das ich ins Handtuch eingeschlagen hatte, und ging damit zur Tür.

»Du hast dein Handy mit in die Sauna genommen?«, fragte Karla ungläubig, doch ich blieb ihr eine Antwort schuldig. War gedanklich schon weit entfernt.

Immer schön trinken bei der Hitze :-)

Ich zog die Stirn zusammen. Mein Stalker schrieb für gewöhnlich nichts Nettes. Karla schob sich an mir vorbei.

»Okay, dann los.« Sie drückte gegen die Tür, und ein dumpfer Knall ertönte, als sie mit dem Kopf dagegen stieß.

»Scheiße, was …«

Ich lachte, während ich einen Arm nach ihr ausstreckte. »Tut mir leid, geht es dir gut?« Die Worte kamen nur abgehackt zwischen den Lachern hervor.

Karla lachte nun ebenfalls, wobei sie die Hand hob und sie mit der Innenfläche auf die Stelle drückte, mit der sie gegen das Glas gelaufen war. »Ach, du kannst mich mal.«

Sie rieb sich die Stirn und lehnte sich mit der Schulter gegen das Glas, um die Tür aufzudrücken, doch auch diesmal gab sie nicht nach.

»Sag mal, wie geht denn die Tür auf?«

Ich japste nach Luft. »Was meinst du?«

»Die Tür, wie geht sie auf?« Karlas Stimme klang verwirrt und zugleich etwas zu hoch. »Muss man irgendwas anderes tun außer drücken?«

»Was? Wie soll sie schon aufgehen?« Jetzt schob ich mich an ihr vorbei und drückte ebenfalls dagegen, aber sie öffnete sich nur einen winzigen Spalt. Kaum genug, um auch nur einen Fingernagel hindurchzuschieben.

»Scheiße, was –« Ich fuhr mit dem Blick den Holzgriff entlang, in der Erwartung einen Knopf oder Hebel zu entdecken – nichts.

Karla versuchte, an mir vorbeizuschauen, wobei ihre Haare meine Schulter kitzelten.

»Fuck, da liegt mein Handtuch.«

»Was?« Meine Stimme klang schrill, und die Hitze in der Sauna schien plötzlich noch mal um zehn Grad angestiegen zu sein.

»Draußen sind so Haken, und weil es vom Baden noch nass war, habe ich es dort hingehängt. Offenbar ist es runtergefallen und –« Karla sprach schnell, während sie sich noch immer die Stirn hielt.

»Runtergefallen?« In meinem Kopf dröhnte es mit einem Mal, und Karlas letzte Worte verschwammen zu einem undeutlichen Rauschen.

Immer schön trinken, bei der Hitze.

Nein.

Das Handtuch war nicht runtergefallen.

Jemand hatte es dorthin gelegt.

14 STUNDEN VOR DER TAT

34 JOSEFINE

Das schmatzende Geräusch von Öl auf bloßer Haut hatte nie zuvor so gut in meinen Ohren geklungen. Ein Wirbel knackte und entlockte mir ein Stöhnen.

»Gott, das ist wirklich traumhaft.«

Ich lag auf einer breiten Liege, während Maria, eine kleine, schlanke Masseurin, die nach Lavendel roch, mir den Rücken knetete. Ihre Hände waren nicht größer als die eines Kindes, aber die Kraft in ihren Fingern war wie die eines Riesen.

Max neben mir lachte leise, und der sonore Klang vermischte sich mit den meditativen Klängen, die aus den Lautsprechern drangen.

»Ich glaube, ich könnte für immer hier liegen bleiben«, nuschelte ich, während Maria warmes Öl auf meinen Rücken träufelte.

»Ich auch«, erwiderte Max, der auf der Liege neben mir lag und schon wieder schläfrig klang. Unser Abenteuer am See war nur von kurzer Dauer gewesen. Nachdem uns das kühle Bergwasser die Luft zum Atmen abgedrückt hatte, hatten wir uns bereits nach fünf Minuten auf eines der beiden Daybeds geflüchtet, die am Strand standen. Max war keine zwei Minuten später weggedöst, sein Arm schwer und warm auf meiner Taille, die Sonne heiß auf unserer Haut.

»So entspannt wie gerade war ich seit einer Ewigkeit nicht mehr«, brummte er.

»Hmmm.«

Plötzlich bildete ich mir ein, gedämpftes Gebrüll wahrzunehmen. Ich hob den Kopf und begegnete Marias lächelndem Gesicht.

»Müssen Sie auf die Toilette?«

»Nein, nein, aber … Haben Sie das nicht gehört?« Ich setzte mich auf und lauschte.

»Was gehört?« Sie machte große Augen, das Öl rann von ihren Fingern über die Handfläche und dann ihre Arme entlang, bevor es zu Boden tropfte.

Wieder nahm ich das Gebrüll wahr. »Da, hören Sie doch!«

Ich stand auf und lief zu der hölzernen Bank hinüber, um mir den Bademantel anzuziehen, den ich vorhin dort abgelegt hatte. Dabei wich die Entspannung mit jedem Schritt ein bisschen mehr aus meinem Körper.

»Was meinen Sie? Den Jubel?«

Max richtete sich nun ebenfalls auf. »Vielleicht hat Viktoria die eine Million Follower erreicht?« Er griff nach seinem Handy.

Aber noch während er sprach, ging ich zum Notausgang hinüber und drückte kurzerhand die Klinke herunter. Die Schreie klangen nun schriller. Eindringlicher. Das waren bestimmt keine Freudenschreie.

Denn wenn man sich freute, rief man nicht um Hilfe.

Ich rannte los.

Der Notausgang führte direkt zu einer eisernen, pflanzenumrankten Wendeltreppe. Meine Schritte hallten laut auf den Treppenstufen und übertönten Max' Worte.

Als ich oben ankam, sah ich mich einen Moment um, bis ich begriff, dass ich mich auf der Rückseite des Haupthauses befand. Ich drehte mich um die eigene Achse, versuchte auszumachen, woher die Schreie kamen. Dann setzte ich mich in Bewegung und rannte über das Gras. Hinter mir vernahm ich weitere Schritte, doch ich wandte mich nicht um, wurde nicht langsamer, hielt nicht an.

Stattdessen folgte ich den panischen Rufen, die mich zur Sauna führten. Ich erkannte Karla und Viktoria, die wie besessen gegen das Glas trommelten. Ihre sonst so schönen, makellosen Gesichter waren hässliche Fratzen des Schreckens und der Furcht.

»Fine, o Gott sei Dank«, schluchzte Viktoria.

Das wird das erste und letzte Mal sein, dass sie so erleichtert sind, dich zu sehen.

Was für ein absurder Gedanke in einer Situation wie dieser.

Ich schob ihn beiseite und riss am Holzgriff der Tür. Sie bewegte sich keinen Zentimeter, vibrierte nur leicht im Rahmen.

»Das Handtuch, Josefine, das Handtuch!« Karlas Stimme war laut und hektisch, aber im Gegensatz zu der von Viktoria gefasst. Mein Blick fiel auf den Boden, wo ein Handtuch vor der Tür lag.

Ich ging in die Hocke und griff danach, doch es ließ sich kaum bewegen. Ich fuhr mit dem Finger am Türspalt entlang, um den Stoff zu lockern. Als mir das nicht gelang, zerrte ich einfach daran und hörte auch nicht auf, als ich einen pulsierenden Schmerz in den Fingern spürte.

»Pierre, o mein Gott, lassen Sie uns hier raus!«

Jemand packte den anderen Zipfel des Handtuchs, und ich hörte gleich neben mir hektisches Atmen.

»Wir müssen ein paar Schritte zurückgehen«, wies Pierre mich an. Wie in Trance tat ich, was er sagte, und gemeinsam zogen wir.

Es war mir unmöglich, zu sagen, wie lange es dauerte – Sekunden, Minuten? –, doch irgendwann gab das Handtuch nach. Unter dem fehlenden Widerstand taumelte ich zurück und schaffte es gerade noch, mich außer Reichweite zu bringen, bevor die Tür unter Viktorias und Karlas Gewicht aufschwang. Die beiden wankten heraus.

Viktoria fiel mir in die Arme, ihre Haut rot und schweißnass.

»Danke«, schluchzte sie, und ihr Körper bebte, während sie weinte. Behutsam strich ich ihr über den Rücken.

»Was zur Hölle ist hier los?«, rief Max, der gerade angejoggt kam. Sein Gesicht war bleich, die Augen weit aufgerissen.

»Was hier los ist?«, fuhr Viktoria ihn an, wobei sie sich in meine Arme krallte, als sei ich alles, was sie noch aufrecht hielt. Ihr Halt gab.

»Jemand hat uns dort drin eingesperrt, das ist hier los!« Sie schluchzte erneut.

»Wie meinen Sie das?« Pierres Stimme war tief und ruhig. Selbst in einer Situation wie dieser strahlte er mit jeder Sehne seines Körpers verlässliche Kompetenz aus.

Viktoria machte sich von mir los.

»So, wie ich es sage. Jemand. Hat. Uns. Dort. Drin. Eingesperrt.«

Mein Blick glitt zu Karla. Sie lehnte an der Glaswand und rang nach Luft. Auch ihre Haut war gerötet, doch im Gegensatz zu Viktoria schien sie deutlich gefasster. Kein Anzeichen von Panik.

Ob Viktoria Platzangst hat?

Bisher war mir nie der Gedanke gekommen, dass Viktoria Kaplan vor irgendetwas Angst haben könnte. Mit ihrer lauten, extrovertierten Art, dem breiten Grinsen und den frechen Sprüchen war sie schlicht nicht der Typ für so was. Doch es verlieh ihr etwas ungewohnt Menschliches. Es war ein Riss in der sonst so einnehmenden Perfektion, die von ihr ausging.

Plötzlich kam Karla auf uns zu. »Hey … Sieh mich an.« Sie umfasste Viktorias Gesicht und wischte ihr die Tränen mit dem Daumen weg.

Ich wandte den Blick ab, fühlte mich wie jemand, der etwas viel zu Intimes beobachtete. Etwas, das nicht für fremde Augen bestimmt war. Das war Schwäche nur selten. Nicht umsonst war es das, was jeder stets zu verbergen versuchte.

»Du reagierst über. Ich bin mir sicher, dass das mit dem Handtuch nur ein blödes Missgeschick war. Siehst du den Haken hier.« Sie deutete auf einen von drei Holzhaken, die neben der Tür auf dem Glas angebracht waren. »Genau da habe ich mein Handtuch hingehängt. Es geht ein leichter Wind. Wahrscheinlich ist es runtergefallen und dabei vor die Tür geweht worden.«

Viktoria schüttelte den Kopf. »Was weißt du schon?« Ihre Stimme klang schneidend. Scharf genug, um Karlas Herz in Stücke zu schneiden.

»Was meinst du damit?«

Viktoria sagte nichts.

Karla starrte ihre beste Freundin noch einen Moment lang an, dann entfuhr ihr ein bitteres Lachen, ehe sie kopfschüttelnd vor ihr zurückwich, sich umdrehte und davonging.

»Wo gehst du hin?«, rief Max ihr nach.

»Ich brauche einen Drink«, sagte sie, ohne stehen zu bleiben. Im Rande meines Sichtfeldes bemerkte ich, wie Pierre Magdalena leicht mit dem Ellenbogen anstupste.

Ich hatte gar nicht mitbekommen, dass sie gekommen war, doch mehr als diese kurze Berührung war nicht nötig, damit sie wieder verschwand.

Viktoria hingegen reagierte nicht. Sie fuhr sich nur immer und immer wieder durch die strähnigen Haare, während sie den Kopf in den Nacken legte und stoßweise atmete. Sie war zwar hier, aber innerlich meilenweit entfernt. Die Hülle eines Menschen, der in seinen eigenen Gedanken verloren war.

»Scheiße.« Viktoria presste sich die Handballen auf die Augen. »Ich glaube, ich werde verrückt.« Dann zog sie ihre Hände wieder weg und ließ sie kraftlos sinken. »Tut mir leid, ich … Ich habe überreagiert.«

Ihr Blick streifte meinen. Die blauen Augen rot geädert, das schöne Gesicht völlig entstellt von Schweiß, Tränen und Rotz.

Erneut fuhr sie sich mit den Händen durch die Haare, ehe sie immer wieder nickte und sich mit den Handrücken die Tränen wegwischte.

»Seid so gut und sagt Julian nichts. Er soll sich keine Sorgen machen.«

Apropos Julian. Wo war der überhaupt? Ich schaute mich

nach ihm um, als erwartete ich, ihn nur übersehen zu haben, aber er war nicht da.

»Tori, bist du sicher, dass –«, unterbrach Max meine Gedanken.

»Ja, alles gut. Das Handtuch ist sicher bloß runtergefallen. Ihr habt recht. Es gibt keinen Grund, weshalb jemand … Na ja, weshalb es jemand da drunterschieben sollte.« Sie lachte, aber es hatte keinerlei Ähnlichkeit mit ihrem normalen Lachen. Taugte nicht mal zur billigen Kopie.

»Warum glaubst du, dass jemand euch eingesperrt hat?«, hörte ich Max fragen.

Sie gab ihr sein Handy. Als er las, schluckte er hart, und sein Kehlkopf trat hervor.

»Tori, das ist unmöglich. Ein dummer Zufall. Es sind vierunddreißig Grad. Die Nachricht könnte sich auch darauf beziehen.«

»Trotzdem ein ziemlich dummer Zufall, meinst du nicht?«

Max holte tief Luft. »Ich glaube, dass er genau das schafft, was er schaffen will.« Er tippte ihr an die Schläfe. »Er kommt in deinen Kopf.«

Viktoria schluckte, ehe eine einzelne Träne ihre Wange herunterkullerte.

»Wahrscheinlich hast du recht. Ich ähm … ich gehe in meine Lodge und ruhe mich etwas aus. Sortiere meine Gedanken.« Sie lief davon, und keiner von uns machte Anstalten, sie aufzuhalten.

Was hätten wir auch sagen sollen?

»Gibt es hier Überwachungskameras?«, fragte Max nach einer Weile sprachloser Stille.

»Nein. Wir –« Pierres Stimme versagte, und er räusperte sich. »Wir wollen natürlich die Privatsphäre unserer Gäste wahren, und unter Berücksichtigung der exklusiven Lage habe ich das nie in Betracht gezogen. Glauben Sie denn, dass wirklich jemand das Handtuch unter die Tür geschoben hat?«

Pierres Miene war finster, sein Mund eine dünne Linie.

»Nein. Ich glaube das nicht. Aber es wäre hilfreich, einen Beweis dafür zu haben, damit sie es auch nicht tut.« Er sah seiner Schwester hinterher, die sich den Hügel hinauf in Richtung der Lodges schleppte und nur noch eine kleine Gestalt in der Landschaft war.

»Ich weiß nicht, was Sie da gerade besprochen haben, aber bei allem Respekt, Herr Kaplan, wer sollte Ihrer Schwester denn schaden wollen? Hier draußen? Die Adresse des Retreats ist nicht öffentlich, demnach hätte es ja einer von uns gewesen sein müssen, und das ist völlig absurd.«

Max biss die Zähne aufeinander, bis sein Kiefermuskel hervortrat.

»Oder jemand hat uns aufgespürt.«

Pierre runzelte die Stirn, sagte jedoch nichts mehr. Die unausgesprochenen Fragen schwirrten noch eine Weile durch die Luft, dann ging auch er und ließ Max und mich zurück.

Ich rieb mir die Finger, die noch immer von dem Ziehen am Handtuch schmerzten. Ich hatte mir einen Nagel eingerissen und ein paar Kratzer abgekriegt.

Plötzlich legte sich eine Hand auf meinen Unterarm.

»Du blutest ja.« Ich spürte Max' warmen Atem auf meiner Haut, als er sich zu mir herunterbeugte und behutsam mit dem Stoffgürtel des Bademantels die purpurroten Tropfen auf meinen Fingern wegtupfte.

»Glaubst du, dass ihr Stalker hier ist?«, wisperte ich.

Max ließ den Gürtel sinken und sah mich an. Er zögerte kurz, dann schüttelte er den Kopf.

»Nein. Es war ziemlich sicher ein Unfall. Wer wäre denn so blöd, ein Handtuch in den Spalt unter einer Glastür zu klemmen? Das Risiko, dabei entdeckt zu werden, ist viel zu hoch. Ich schätze, es gibt wesentlich effektivere Methoden, jemanden umzubringen, also …« Er zuckte mit den Schultern.

Aber nur wenige, die schmerzhafter sind, dachte ich bei mir.

»Außerdem ist seine Anwesenheit gar nicht nötig. Er ist drauf und dran, sie fertigzumachen. Manche Tode erfordern keine Waffe. Zerstör die Psyche, und du zerstörst den Menschen.«

JETZT

35 KARLA

»Du meinst, das mit dem Handtuch war kein Unfall, sondern Sebastian hat es dort platziert?« Max sitzt da und starrt ausdruckslos in den schwarzen Schlund des Kamins.

Ich hole tief Luft. »Wäre möglich. Er muss ja nicht gleich vorgehabt haben, uns umzubringen. Vielleicht war er einfach wütend und wusste nicht wohin mit seiner ganzen Aggression, also –«

»Also sperrt er euch in einer Sauna ein? Wenn man euch nicht gehört hätte und ihr ohnmächtig geworden wärt, hättet ihr sterben können«, erwidert Max ungläubig.

»Denkst du, ich weiß nicht, wie das klingt? Aber Viktoria ist tot. Sie wurde ermordet«, sage ich etwas zu laut, weil es mir so vorkommt, als würde Max glauben, dass ich Spaß daran hätte, einen unserer Freunde zu verdächtigen.

»Das mit der Sauna kann immer noch ein unglücklicher Zufall gewesen sein.«

Ich seufze resigniert. »Glaubst du das wirklich? Nach allem, was passiert ist?«

Er schweigt, was in meinen Ohren Antwort genug ist.

Dachte ich's mir.

Das Schweigen dehnt sich aus. Mit einem Mal kommt es mir so vor, als wären wir noch immer keinen Schritt weitergekommen. Wir fischen im Trüben. Alles, was wir haben, sind Theorien. Glaubhafte Theorien, aber eben Theorien. Was nicht reichen wird, um mich freizusprechen. Wir brauchen Beweise.

»Wir müssen endlich ihr Handy suchen. Darauf sind sämtliche Chats mit Julian, Sebastian und dem Stalker.«

Und wer weiß, mit wem noch.

»Ich denke, das ist unsere einzige Chance herauszufinden, was in ihrem Leben wirklich los war.«

»Ja, du hast recht.«

Unsere Blicke treffen sich, und ich frage mich, ob ihn dieselben Sorgen quälen wie mich. Ihr Handy könnte weg sein. Irgendwo auf dem Grund des Sees liegen oder vergraben im Wald.

Doch keiner von uns spricht es aus. Wahrscheinlich der Hoffnung wegen. Unserer *letzten* Hoffnung.

»Dann los«, murmelt Max und steht auf.

Draußen schüttet es noch immer wie aus Eimern, während der Wind an unserer Kleidung zerrt. Schützend verschränke ich die Arme vorm Körper und folge Max. Wir pressen uns nah an die Außenwände der Lodges und eilen geduckt über die feuchten Wiesen, wobei unsere Schuhe schmatzend Abdrücke hinterlassen und ich Mühe habe, überhaupt vorwärtszukommen, weil mir Sebastians Sneaker viel zu groß sind.

Als wir die Lodge von Viktoria und Julian erreichen, zieht Max sein Portemonnaie aus der Hosentasche.

Ich runzle die Stirn. »Was machst du da?«

»Als Julian vorhin hier war, hat er sich warme Klamotten

geholt, und ich habe gesehen, dass er nicht abgeschlossen hat. Mit der hier –«, er hält eine Starbucks-Kundenkarte hoch, »sollten wir reinkommen.«

Ich lache, bis ich begreife, dass er das ernst meint. »In welchem Streifen hast du das denn gesehen?«

Er schiebt mich wortlos aus dem Weg und beginnt, an der Tür herumzufummeln. Es vergehen erst Sekunden, dann Minuten, irgendwann bricht die Karte in der Mitte durch.

»Was hältst du davon, wenn wir eins von den Seitenfenstern einschlagen?«

»Das ist doch viel zu laut.«

»Der Regen wird das Geräusch verschlucken. Aber wenn du eine bessere Idee hast …?«

Er schweigt.

»Dann los.«

Wir finden keinen Stein, dafür aber einen schweren Ast. Um den Laut des Aufpralls zu dämpfen, wickeln wir Max' Jacke um das eine Ende, ehe wir es mit voller Wucht gegen die Scheibe donnern. Aber ein Fenster kaputtzumachen ist deutlich schwerer, als es in Filmen und Serien aussieht. Wir brauchen ganze drei Versuche, bis das Glas endlich einen Riss bekommt und weitere zwei, bis es zerspringt.

Allerdings hat Max recht, es ist laut. So laut, dass wir einfach nur dastehen und einander anstarren können, als die Scherben am Boden liegen. Darauf wartend, dass jeden Moment jemand kommen wird. Aber es tut sich nichts.

Irgendwann nickt Max mir zu. Vorsichtig steige ich durch den Fensterrahmen, während das Glas unter Sebastians Turnschuhen leise knackt.

Im Inneren riecht es nach abgestandener Luft, Whiskey und Toris süßem Parfum.

»Hier stinkt's«, murmelt Max, ehe er sich umsieht.

»Ach du Scheiße, wie sollen wir denn hier ihr Handy finden?«, fragt er dann mit Blick auf das Chaos um uns herum.

Mehrere Koffer liegen offen herum, überall verteilt Klamotten, Unterwäsche und Handtücher. Es herrscht ein heilloses Durcheinander.

»Du schaust auf dem Boden, ich kümmere mich um die Ablagen, Schränke und Schubladen«, sagt Max, ehe er auch schon mit der Suche beginnt.

Ich tue es ihm gleich, muss jedoch nach einer gefühlten Ewigkeit resigniert feststellen, dass es keinen Sinn hat – ihr Handy ist nicht hier.

»Vielleicht hat sie es bei sich gehabt«, murmele ich, lasse den Blick aber noch immer über den Boden schweifen.

Max sitzt mit hängenden Schultern auf dem Bett und schüttelt den Kopf. Er sieht niedergeschlagen aus. Am Ende seiner Kräfte.

»Vielleicht. Aber dann müssten wir zu ihr. Wie soll das gehen? Wir können nicht einfach ins Haupthaus marschieren und dort danach suchen. Und –« Er stockt, aber ich weiß auch so, was er sagen will.

Und außerdem könnte es gut sein, dass es auch dort nicht ist. Dass ihr Mörder es mitgenommen hat.

»Ich weiß«, komme ich ihm zuvor. »Aber das Handy ist unsere einzige Chance. Ohne das Ding kommen wir nicht weiter, also sollten wir wenigstens nichts unversucht lassen. Wenn sie es nicht bei sich hat, dann … Dann müssen wir eben noch mal neu überlegen.«

»Haben wir überhaupt ihre PIN?«

Ich lache. »Willst du mich verarschen? Weißt du, wie oft ich für sie ein Foto machen sollte? Natürlich habe ich ihre PIN.«

Max massiert sich die Nasenwurzel. »Okay, dann gehe ich rüber und suche das Handy. Das ist am unauffälligsten. Wenn, dann muss es bei *ihr* sein.«

Womit er wohl ihren leblosen Körper meinte.

»Könnte es nicht sein, dass Pierre ...« Ich muss daran zurückdenken, wie ich mich ausziehen musste.

»Das glaube ich nicht. Er war sehr darum bemüht, keine Beweise zu vernichten und sie nur dort anzufassen, wo es unbedingt notwendig war, um sie reinzutragen.«

»Okay, dann könnten wir tatsächlich Glück haben. Allerdings denke ich nicht, dass du allein rübergehen solltest. Du wirst doch nur erwischt. Es wäre besser, wenn wir die anderen ablenken.«

»Ablenken?«

»Ja, wir gehen zusammen. Du bewachst sie und lenkst sie mit irgendwas ab. Ich schleiche mich rein und hole das Handy. Weder die anderen noch der Stalker können an zwei Orten gleichzeitig sein. Und wenn du die Aufmerksamkeit auf dich ziehst, kann ich ungestört das Handy holen, und wir können sicher sein, dass niemand was merkt.«

Max mustert mich angestrengt. »Das ist ein ziemlich hohes Risiko, zumal du nicht richtig laufen kannst.«

Ich schaue auf meine Füße, die in den viel zu großen Sneakers von Sebastian stecken. »Das geht schon. Außerdem haben wir ja wohl keine andere Wahl. Also, was ist?« Noch während ich das sage, stehe ich auf und tausche Sebastians gegen ein Paar von Toris Sneakers, die mir deutlich besser passen.

Max drückt sich vom Bett hoch und mustert mich mit verschränkten Armen. »Wir haben Tori in den Spa-Bereich gebracht. Sie liegt auf einer der Liegen im Massageraum, das heißt, du musst irgendwie dort runterkommen. Mal davon abgesehen, dass du erst mal reinkommen musst. Ich weiß nicht, wie wir das –«

»Über das Außenbecken. Es gibt doch den Wasserkorridor, über den man vom Außenbecken ins Innenbecken kommt.«

Max denkt kurz darüber nach, dann nickt er.

»Okay. Dann machen wir es so. Gib mir fünf Minuten Vorsprung, damit ich alle zusammentrommeln kann. Ich glaube zwar eh, dass die meisten schlafen, aber wir sollten auf Nummer sicher gehen. Tu mir einen Gefallen und bleib nicht länger als nötig. Sobald du das Handy hast, verlässt du das Gebäude und gehst in meine Lodge, okay?«

Er hält mir seinen Schlüssel hin, und nach kurzem Zögern stecke ich ihn ein.

»Ich komme nach, so schnell ich kann.«

»Warte! Was, wenn ich das Handy nicht finde?«

Er nimmt seine Uhr ab und reicht sie mir. »Mein Handy hat zwar kein Netz, aber noch genügend Akku. Es ist jetzt kurz vor elf. Ich gebe dir zwanzig Minuten, wenn sie um sind, werde ich mich langsam auf den Rückweg machen. Alles klar?«

»Das ist keine Antwort auf meine Frage. Was, wenn wir das Handy nicht haben?«

»Dann finden wir eine andere Lösung. Komm trotzdem wieder her, okay?« Er schaut mich eindringlich an. »Wir dürfen kein Risiko eingehen, Karla. Du hast recht, es sollte niemand wissen, dass wir versuchen herauszufinden, was passiert ist.«

Fast muss ich lächeln.

»Okay.«

Keine zehn Minuten später finde ich mich tief gebückt am Außenschwimmbecken wieder. Das Haupthaus des Retreats ragt groß und beängstigend über mir in die Höhe, und der Regen brennt mir in den Augen, während ich langsam in das kalte Wasser eintauche. Sebastians Sachen und die Schuhe habe ich ausgezogen und halte sie über den Kopf.

Mit jedem Schritt, den ich tiefer ins Becken wate, brennt mein Körper mehr – erst setzt das Salzwasser meine Füße in Brand, dann all die anderen oberflächlichen Schnitte, die ich mir auf meiner Flucht zugezogen habe. Dennoch bleibe ich nicht stehen. Wie ein Krokodil auf der Jagd treibe ich leise auf den Tunnel zu. Weißer Dampf schlägt mir entgegen, und ich kneife die Augen zusammen, als ich hindurchgehe.

Drinnen umfängt mich warme, feuchte Luft.

Obwohl es nur ein kleiner Sieg ist, prickelt die Euphorie durch meinen Körper und nimmt mir den Schmerz zumindest für einen flüchtigen Moment.

Als ich mich umdrehe, um sicherzugehen, dass ich nicht verfolgt werde, erkenne ich kleine Blutschlieren im Wasser und verziehe angewidert den Mund.

Egal, weiter.

So leise ich kann, lasse ich mich durch den Pool gleiten, ehe ich die breiten Stufen hinaufgehe und mich hinter einen der massiven Steine ducke – sicher ist sicher. Dort schlüpfe ich wieder in die Klamotten, ehe ich in Richtung der Massageräume husche. Die Schuhe behalte ich dabei in der Hand. Der Weg hierher war feucht und schlammig, und ich will keine Spuren auf dem hellen Steinboden hinterlassen.

Dabei spüre ich die Härte des Untergrunds bei jedem Schritt. Meine Füße schmerzen, aber ich beiße die Zähne zusammen, während ich mich eng an die Wand gepresst dem Massageraum nähere.

Von oben dringen die Geräusche von Schritten und leises Gemurmel zu mir herunter. Ich lausche. Es sind zwei, maximal drei Stimmen. Wenn ich Glück habe, schlafen die anderen tatsächlich.

Dennoch halte ich inne, als ich das Gewölbe, das zur Wendeltreppe führt, erreiche. Warmes Licht fällt zu mir herunter, und die Stimmen sind nun deutlicher zu hören.

Ich atme flach und schließe kurz die Augen, sammle mich.

Schließlich erreiche ich die Tür. Ohne mich noch einmal umzudrehen, öffne ich sie behutsam und husche hinein. Der Raum ist groß, dunkel und menschenleer. Die einzelnen Massageliegen sind mit dünnen weißen Vorhängen voneinander abgetrennt, und obwohl ich weiß, dass ich allein bin, habe ich das Gefühl, Gesellschaft zu haben.

Wahrscheinlich liegt das an *ihr.*

Sie liegt direkt vor mir. Sie haben zwei weiße Handtücher über ihren Körper ausgebreitet, doch einer ihrer Arme ist darunter hervorgerutscht und baumelt wachsweiß und leblos herab.

Tränen steigen in mir auf. Wie in Trance gehe ich zu ihr hinüber, schiebe mit der freien Hand das Handtuch zurück und betrachte ihr Gesicht. Dunkle Flecken bedecken ihre Haut. Flecken, die vorhin noch nicht da waren.

Leichenflecken.

Ich weiche zurück, lasse das Handtuch los. Mit einem Mal ist mir furchtbar schlecht. Eilig wende ich mich ab und stütze mich an der danebenstehenden Liege ab.

Fuck, ich muss mich zusammenreißen!

Ich schließe die Augen, atme mehrmals tief ein und wieder aus, dann drehe ich mich erneut herum und richte den Blick an die Decke, bevor ich vorsichtig eine Hand unter die Handtücher schiebe, um nach den versteckten Taschen an ihrem Kleid zu tasten.

Tränen fließen mir über die Wangen, und ich presse die Lippen zusammen, um nicht laut zu schluchzen.

Langsam taste ich sie ab. Als ich die vertraute Kontur ihres Smartphones spüre, seufze ich erleichtert auf.

Es ist tatsächlich da! Gott sei Dank.

Mit einer schnellen Bewegung ziehe ich das Handy hervor, doch –

»Scheiße …« Das Display ist komplett zerstört, fast so, als

hätte man mit einem Stein draufgeschlagen. Einzelne Glassplitter sind herausgebrochen, und obwohl das Gerät noch vibriert, wenn man versucht es einzuschalten, bleibt der Bildschirm schwarz.

Plötzlich vernehme ich Schritte und Stimmen.

»Shit, shit, shit«, fluche ich und renne tiefer in den Raum hinein. Hinter dem letzten Vorhang bleibe ich stehen und halte die Luft an.

Die Tür schwingt auf.

»Ich weiß nicht, ob das so eine gute Idee ist«, höre ich Max sagen. Seine Stimme bebt, und mir wird klar, dass ihm die Situation entglitten ist. Ich linse mit einem Auge an dem Vorhang vorbei und entdecke Julian, der gerade den Raum betritt. Mein Magen verkrampft, und ich halte die Luft an.

»Ja, aber sie war meine Freundin, und ich habe sie als Einziger nicht mehr gesehen«, murmelt Julian. Schritte bringen den Boden zum Vibrieren, als er eintritt. »Gibst du mir einen Moment? Ich verspreche auch, sie nicht zu berühren. Ich will sie nur noch mal sehen.«

Max zögert unangemessen lange, dann sagt er schließlich: »Natürlich«, ehe er die Tür hinter sich zuzieht und mich mit Julian zurücklässt.

Ich will in die Hocke gehen, mich ducken, doch mit einem Mal habe ich Angst, dass einer meiner Knochen knacken könnte, also bleibe ich einfach nur stehen, schließe die Augen und versuche, so flach wie möglich zu atmen. Der Herzschlag donnert mir in den Ohren, und ich bin mir sicher, dass Julian es auch hören muss, doch da zerreißt ein Schluchzen die Stille. Tränen laufen über meine Wange. Ich will zu ihm gehen, ihn in den Arm nehmen, aber ich bleibe, wo ich bin.

Wieder ein Schluchzen. Vorsichtig luge ich an dem Vorhang vorbei.

Julian steht bei ihr und streckt die Hand nach ihr aus, doch bevor er sie berührt, besinnt er sich eines Besseren. Tränen strömen ihm über die Wangen, und als ich die vielen Gefühlsregungen in seiner Mimik erkenne, wird mir kotzübel. Denn neben Trauer ist da auch Hass.

»Ich liebe dich, Tori. Aber weißt du, wofür ich dich hasse? Dafür, dass ich nicht mal sauer auf dich sein kann, dass du meinen besten Freund gefickt hast. Weil du jetzt tot bist und ich trauern muss.«

Ich hebe eine Hand vor den Mund, aber es ist zu spät, ich würge. Und obwohl meine Hand den Laut dämpft, wird mir schnell klar, dass Julian mich gehört hat.

Denn die darauffolgende Stille ist ohrenbetäubend. Irgendwo wird ein Rascheln laut, dann höre ich leise Julians Schritte.

»Wer ist da?«

14 STUNDEN VOR DER TAT

36 VIKTORIA

VIKTORIAKAPLAN.OFFICAL

Beiträge

Gefällt **massage.maria.gp** und **29.112 weiteren Personen**

viktoriakaplan.offical [Anzeige]

Der heutige Tag steht ganz unter dem Motto #Entschleunigung und #Entspannung. 🐌 Nach unserer fantastischen Yoga-Sequenz

🧘 und einem ausgedehnten Frühstück ging es für uns in den Spa-Bereich des @glowingforestretreatandlodges. 🤩

Im hauseigenen Massageraum haben @justkarla.rb und ich unsere erste ✨Prana Healing Massage✨ erhalten. Das klingt nicht nur fancy, sondern ist es auch.
Bei #Prana handelt es sich um unsere körpereigene Lebensenergie. 🪷 Diese zirkuliert in Energiekanälen und wirkt über unsere sieben #Chakren. Sind diese Kanäle nicht in #Harmonie und die Zirkulation des Energieflusses außer Balance, mangelt es uns an Energie, was oft zu Motivationslosigkeit, Antriebslosigkeit etc. führt.
Die #Massage unterstützt, ebenjene #Balance wieder herzustellen. Die gezielte Massage der Energiezentren- und Kanäle harmonisiert, so dass der ganze Körper wieder gleichmäßig versorgt werden kann. 🙌 Mit warmen, ätherischen Ölen hat @massage.maria.gp mich eine Stunde lang massiert, und gleich fühle ich mich viel ausgeglichener, entspannter und wohler in meinem Körper! 🧖
Ich bin neugierig – hat schon mal jemand von euch eine Prana Massage ausprobiert? 💭 Und wenn ja, wie hat es euch gefallen im Vergleich zu einer herkömmlichen Massage?

Lasst es mich in den Kommentaren wissen! 👇

Ich hämmerte so heftig gegen das massive Holz der Tür, dass meine Knöchel schmerzten und mir die Haut aufplatzte. Doch ich nahm den Schmerz kaum wahr. Die Welt um mich herum lag hinter einem Nebelschleier aus blindem Zorn. Alles, was ich klar sehen konnte, war diese Tür und das, von dem ich wusste, dass es sich dahinter verbarg.

Klamotten über einer Sofalehne, eine leere Flasche Müller-Thurgau, zerwühlte Laken, eine Packung Kondome auf dem Nachtschrank, *er*.

Der schönste und schlimmste Verrat, den ich jemals begangen hatte.

Die Tür öffnete sich, und mit einem Mal war da nichts mehr. Kein Gedanke. Kein Geräusch. Ich konnte sehen, wie sich seine Lippen bewegten, und hörte doch kein Wort. Da war nur eins – Zorn.

»Was willst du?«, fragte er, wobei er mich ausdruckslos ansah.

Es kostete mich alles an Selbstbeherrschung, ihm nicht schon auf der Türschwelle mit der flachen Hand ins Gesicht zu schlagen. Stattdessen drängte ich mich an ihm vorbei nach drinnen, wo mir sofort der Geruch der vergangenen Nacht entgegenschlug.

Sebastian schloss die Tür, ehe er sich zu mir umdrehte. Er verschränkte die Arme vor der Brust und sah mich abwartend an. »Also?«

Ich verengte die Augen zu Schlitzen.

»Bist *du* etwa sauer auf mich?«

Er lachte. »Nein. Aber nachdem du mir mehr als deutlich zu verstehen gegeben hast, dass ich dich in Ruhe lassen soll, verstehe ich jetzt nicht ganz, was du von mir willst.« Er fuhr mit der Zunge über seine Schneidezähne.

Ich schloss die Augen und atmete mehrmals tief ein und aus. Kämpfte gegen die Wut in meinem Bauch an.

»Ich fasse es nicht.« Ein Lachen schwappte aus mir heraus. »Wie kann man nur so ein verdammtes Arschloch sein. Du …« Als ich die Augen wieder öffnete, begegnete ich seinem Lächeln.

»Dieses Arschloch hat dich ziemlich angemacht.« Mit langsamen Schritten kam er auf mich zu. »Oder etwa nicht?«

Ich presste die Lippen aufeinander. »Hör auf. Deswegen bin ich nicht hier.«

»Weswegen dann?« Er trat zurück, lehnte sich an die Wand und grinste selbstgefällig.

Ich ballte die Hände zu Fäusten. »Weswegen?« Meine Stimme klang unnatürlich hoch und schrill. Fast wäre ich vor mir selbst zurückgeschreckt.

Sebastian stieß sich von der Wand ab und kam jetzt wieder langsam auf mich zu. Das Grinsen war ihm aus dem Gesicht gewichen.

»Scheiße, nicht so laut. Willst du, dass Julian uns hört?«

»Tut mir leid, aber der könnte mich grad nicht weniger interessieren.«

Sebastian zog die Brauen zusammen. »Was ist passiert?«

Meine Unterlippe zitterte. »Du bist passiert.«

»Was meinst du damit?«

»Das gestern im See, okay. Das gestern im Spa, auch okay. Aber das heute. Das –« Ich überwand den Abstand zwischen uns und bohrte ihm meinen Zeigefinger in die Brust.

»Das geht zu weit, Sebastian. Wir hätten da drin draufgehen können, ist dir das klar?«

Er wurde blass, lachte wieder, doch es klang gezwungen und steif. Wie das Lachen eines schlechten Schauspielers. »Was redest du da? Ich habe keine Ahnung –«

»Hör auf, mich anzulügen!«, schrie ich. Plötzlich lag Sebastians Hand auf meinem Mund, und er war mir so nah, dass ich Zigaretten und Minz-Kaugummi in seinem Atem riechen konnte.

Tränen liefen meine Wange hinunter, und ich packte ihn wütend am Unterarm, um ihn wegzustoßen. Doch er rührte sich keinen Zentimeter.

»Du musst dich jetzt ganz schnell beruhigen. Julian ist nur

ein paar Lodges entfernt, verstehst du? Ich habe keine Lust, meinen besten Freund zu verlieren, weil du durchdrehst und hier hysterisch rumbrüllst.«

Dieser elende Muschilecker.

»Hör zu, ich schwöre, ich habe keine Ahnung, wovon du sprichst, okay? Ich nehme jetzt meine Hand weg, und dann erklärst du mir erst mal, was in dich gefahren ist, okay?«

Wir sahen einander ein paar Sekunden lang wutentbrannt in die Augen, dann nickte ich schließlich.

»Ich spreche von der Sauna«, spuckte ich ihm die Worte entgegen, kaum dass er von mir abgelassen hatte.

Die Falten auf seiner Stirn wurden tiefer. »Von der Sauna? Was ist mit der Sauna? Weil ich dir gefolgt bin und Karla unser Gespräch beinahe mitbekommen hätte? Das war dumm und leichtsinnig, tut mir –«

»Das meine ich nicht.« Ich spürte, wie es in einer Ader an meiner Schläfe pulsierte. »Ich meine, dass du Karlas Handtuch unter den Türschlitz geschoben hast, als du gegangen bist, damit wir nicht mehr rauskommen. Was für ein kranker Scherz sollte das bitte sein?«

Seine Augen weiteten sich. »Was? Ich verstehe kein Wort. Welches Handtuch? Ich habe gar nichts getan. Ich bin aus der Sauna raus, habe mir in der Lounge ein Bier geholt und bin dann hierher gegangen. Wieso sollte ich euch in einer Sauna einsperren? Das hätte ja tödlich –« Er unterbrach sich selbst, als ihm klarwurde, worauf ich die ganze Zeit schon hinauswollte. Er hob einen Finger, fuhr sich mit der Zunge über die Lippen. »Warte kurz. Du denkst, dass ich euch *umbringen* wollte? Weil du mich abserviert hast?«

»Keine Ahnung. Du hast mich gestern im See unter Wasser gezogen. Hast mich im Pool unter Wasser gedrückt … Alles nichts, was einen umbringt, aber das tut eine Sauna ja auch nicht zwangsläufig. Nur eben, wenn man wegen der Hitze in Ohnmacht fällt und nicht rauskommt.« Ich zuckte mit den Schultern. »Weißt du, ich verstehe das. Ich habe dich verletzt, und du wolltest –«

»Mich verletzt?« Er zog beide Brauen hoch. »Nimm es mir nicht übel, Vicky, aber du hast mich nicht verletzt. Das mit uns war schön, keine Frage –«

»Du hast gesagt, dass ich Julian verlassen soll. Dass wir besser zusammenpassen würden. Wieso solltest du das tun, wenn du nichts für mich empfindest?«, unterbrach ich ihn, weil ich keine Zeit für seine Spielchen hatte.

Sebastian strich mir eine Strähne aus dem Gesicht. »Ja, das stimmt auch. Du und Julian tut einander nicht gut. Er wird dich nicht glücklich machen, aber wenn du das selbst nicht erkennst, ist das nicht mein Problem. Ich habe die Nummern unzähliger Frauen in meinem Handy. Wenn du nicht die Frau an meiner Seite sein willst, wird es eine andere sein. Tut mir leid, ma chérie, du kannst mich nicht verletzen. Ich bin nicht wie Julian.«

Er lügt.

Aber tat er das wirklich? Oder redete ich mir all das nur ein, weil ich die *Eine* sein wollte, die Sebastian veränderte? Die *Eine,* die ihn derart den Verstand verlieren ließ, dass er sie fickte, obwohl sie mit seinem besten Freund zusammen war?

Ich schluckte den Schmerz und die Scham herunter, die seine Worte in mir auslösten, und konzentrierte mich wieder auf das Einzige, was jetzt zählte.

»Nur du wusstest, dass Karla und ich in der Sauna sind.«

In diesem Moment fiel mir die SMS wieder ein.

Nur er wusste, dass wir in der Sauna sind …

Auf einmal ergriff eine merkwürdige Ruhe Besitz von mir.

Ich wich zurück.

Sebastian kam einen Schritt auf mich zu. Die Augen zusammengekniffen und wachsam.

»Du bist es, habe ich recht? Du warst es die ganze Zeit.« Meine Worte klangen hohl und dumpf wie die einer anderen.

Ich erwartete, dass sich seine Lippen zu einem diabolischen Lächeln verzogen, so wie es in den Psychofilmen im Fernsehen immer war. Aber nichts dergleichen geschah. Stattdessen legte er den Kopf schief und musterte mein Gesicht. Er sah mich mit demselben Ausdruck in den Augen an, wie es Max vorhin getan hatte. So als würde ich meinen Verstand verlieren.

»Vicky, ich habe wirklich keine Ahnung, wovon du sprichst.«

Vicky. Wie ich diesen Spitznamen hasse.

»Du bist es, der mir all die Nachrichten schreibt«, murmelte ich und entfernte mich einige Schritte von ihm. Er folgte mir. Schlich mir hinterher wie ein Raubtier auf Beutefang.

»Klar schreibe ich dir Nachrichten, das weißt du doch.« Er grinste jungenhaft und fuhr sich mit einer Hand durch das blonde Haar. Es wirkte aufgesetzt. *Er* wirkte aufgesetzt.

Wieso ist mir das nicht schon eher aufgefallen?

»Hör auf mich anzulügen, Sebastian.« Ich streckte eine Hand aus, um ihn davon abzuhalten, noch näher zu kommen.

»Der Privatdetektiv hat mich gefragt, weißt du. Er meinte: ›Frau Kaplan, ganz unter uns … Haben Sie eine Affäre? Gibt es einen Mann in Ihrem Leben, der nicht damit klarkommt, dass Sie in einer Beziehung sind? Der Sie bestrafen will, weil er Sie nicht haben kann?‹« Nun lachte ich auf. »Und ich sagte: ›Nein, Herr Brauer, das habe ich nicht. Ich würde Julian niemals betrügen. Ich bin eine gute, liebevolle Freundin.‹« Ich musste wieder lachen, weil all das hier so furchtbar absurd war. Wie hatte es nur so weit kommen können?

»Privatdetektiv?«

»Ich weiß noch, dass er mir kein Wort geglaubt hat. Die Skepsis stand ihm derart sichtbar ins Gesicht geschrieben, dass ich gedachte habe, dass er definitiv der Richtige für den Job ist. Er erkennt eine Lüge, wenn man sie ihm auftischt, was eine gute Eigenschaft für einen Privatdetektiv ist, nehme ich an. Wie auch immer. Ich habe seine Frage damals nicht weiter wichtig genommen, aber jetzt ... Jetzt beginne ich, mich zu fragen, ob er nicht recht hatte mit seiner Vermutung.«

Ich merkte selbst, wie lächerlich all das klang.

»Hör mal, ich verstehe absolut kein Wort. Was für Nachrichten? Was für ein Privatdetektiv?«

Ich schluckte. Meine Kehle war staubtrocken, meine Zunge schwer und pelzig.

»Du bist es. Mein Stalker. Du hast meine Nummer, immer und ständig. Du weißt, wo wir sind und was wir machen, entweder von mir oder von Julian. Du warst es die ganze Zeit. Denn kurz nachdem wir unsere Affäre beendet haben, hat alles angefangen.«

Jetzt lachte er.

»Willst du mich verarschen? Ich soll was?« Er schüttelte den Kopf. »Du glaubst, dass ich dich *stalke*?« Beim letzten Wort schoss seine Stimme in die Höhe, bevor er erneut in Gelächter ausbrach. »Erst glaubst du, ich bin so eifersüchtig auf Julian, dass ich dich und Karla in einer Sauna einsperre, und jetzt unterstellst du mir, dich zu stalken? Sag mal, geht's dir noch gut? Du solltest mich echt besser kennen.«

Ich starrte ihn an, unfähig etwas zu erwidern. All die letzten Monate hatte ich geglaubt, ihn zu kennen. Hatte wirklich geglaubt zu wissen, wer er war. Besser als jeder andere. Doch die Wahrheit war: Sebastian war für mich, was ich für Julian war.

Es hatte diese Illusion von ihm in meinem Kopf gegeben, und

wann immer wir zusammen gewesen waren, war er für mich dieser Mann aus meinem Kopf gewesen. Natürlich wusste ich, dass er ein Arschloch war. Aber er war es eben nie zu mir. Bis jetzt.

»Ich bin nicht dein Stalker.« Er betonte das Wort Stalker, als könnte er nicht recht glauben, dass ich es benutzt hatte. Als wäre das Wort selbst etwas Schmutziges.

»Aber du bist der Einzige, der wusste, dass wir in der Sauna sind.« Ich hielt ihm mein Handy hin.

Er nahm es mir ab, las die Nachricht und schüttelte ungläubig den Kopf, ehe er das Gerät aufs Bett warf, als würde es jeden Moment in Flammen aufgehen.

»Die ist nicht von mir. Das gestern im See und im Spa sollte ein Scherz sein. Klar, ich erschrecke dich eben gern, aber ich würde niemals ernsthaft das Risiko eingehen, dir weh zu tun. Ich bin ein Arschloch, kein Psychopath.«

»Das soll ich dir glauben?«

»Nimm es mir nicht übel, aber das ist mir ehrlich gesagt scheißegal. Was spielt es für eine Rolle, ob du mir glaubst? Wir sind fertig miteinander. Das wolltest du doch.« Sein Kiefermuskel zuckte.

»Unsere Freundschaft ist also gar nichts mehr wert?«, krächzte ich.

Er lächelte, und zum ersten Mal, seitdem ich durch die Tür gekommen war, wirkte es aufrichtig. Traurig zwar, aber aufrichtig.

»Das war sie, bevor du durch diese Tür gekommen bist und mir unterstellt hast, ich sei ein Psychopath. Freunde tun so was nicht, Viktoria.«

»Freunde ficken auch nicht die Freundin ihres besten Freundes.«

Wir starrten einander an.

»Touché!« Er ließ die Schultern sinken, dann trat er auf mich zu und strich mir eine Strähne aus der Stirn.

»Wieso musstest du es nur so kaputt machen, Vicky? Es hätte so schön sein können.«

Tränen flossen aus mir heraus wie Blut aus einer offenen Wunde.

Glaub mir, das frage ich mich selbst jeden Tag.

Mein Blick wanderte zum Fenster, hin zum See und hinauf zum Retreat. Hin zu Julian, der gerade von der Lodge in Richtung Pool lief. Er trug eine Badehose und hielt die Kamera in der rechten Hand. Mein Herzschlag verlangsamte sich.

»Meinst du, dass Julian das mit uns mitbekommen hat?«

»Nein. Sonst würde mit ziemlicher Sicherheit keiner von uns beiden noch hier stehen.«

»Wie meinst du das?« Ich sah ihn an.

Sebastian hob eine Braue. »Wenn er das mit uns jemals herausfindet, wird er einen von uns umbringen. Dieser Mann tut alles für dich. Er hat ja selbst mit dieser Tussi gebumst, nur weil du es wolltest.« Ich bildete mir ein, Verachtung aus seiner Stimme herauszuhören.

»Er hat dir davon erzählt?«

»Ja. Natürlich. Er hasst sich dafür, fühlt sich schmutzig. Was denkst du, wieso er sich den ganzen Tag schon so komisch benimmt? Wie gesagt … Du und er, das passt einfach nicht. Ich verstehe nicht, wieso weder du noch er es einsehen wollt, aber so oder so, nach allem, was er für dich getan hat, bin ich mir sicher, er würde einen von uns umbringen, wenn er dahinterkäme.«

»Du meinst, er würde *dich* umbringen?«

Er lächelte matt. »Nein, Viktoria. Ich glaube, er würde *dich* umbringen.«

Sein Lächeln verblasste, und als er mich ansah, erkannte ich in seinen Augen dieselbe Erkenntnis, die bei seinen Worten auch in meinem Kopf Form angenommen hatte.

Jemand *hatte* bereits versucht, mich umzubringen.

JETZT

37 KARLA

Für gewöhnlich bin ich nicht gläubig. Trotzdem ertappe ich mich dabei, wie ich zu einem Gott bete, an den ich nicht glaube.

In einem ersten Impuls habe ich mir eine der Buddhaskulpturen genommen, die dekorativ in Steinbeeten entlang der Wände drapiert sind, aber nun komme ich mir albern vor. Was will ich damit? Julian niederschlagen?

»Wer ist da?«, fragt er noch einmal, während er langsam in meine Richtung läuft. Die Luft scheint vor Anspannung zu surren, und einmal mehr trommelt mir das Herz so laut in der Brust, dass ich mir sicher bin, dass er es hören kann.

Plötzlich geht die Tür auf.

»Was ist los? Mit wem redest du?«, will Max wissen.

»Gott, du hast mich erschreckt!«

Einen kurzen Moment ist es still auf der anderen Seite des Vorhangs.

»Also?« Ungeduld schwingt in Max' Stimme mit.

»Ich hab was gehört«, sagt Julian dann. »Klang wie ein Würgen oder so was.«

»Das war ich«, behauptet Max. »Ich, ähm, habe etwas Magenprobleme, wegen –«

Offenbar versteht Julian auch so.

»Es … klang wirklich, als käme es von hier drin.«

Plötzlich höre ich schnelle, entschlossene Schritte, und keine fünf Sekunden später steht mir Max gegenüber, der mich ausdruckslos ansieht. So als wäre ich Luft.

Ein Teil von mir will ihm das entgegenschreien, was ich gehört habe, doch natürlich tue ich es nicht. Dafür ist später noch genug Zeit. Jetzt muss ich erst mal hier rauskommen.

»Niemand da«, sagt er. »Tut mir leid, wollte dich nicht erschrecken.« Er lässt mich mit wildklopfendem Herzen hinter dem Vorhang zurück, und die beiden Männer durchqueren den Raum.

»Brauchst du noch einen Moment?«

Offenbar schüttelt Julian den Kopf, denn kurz darauf verlassen sie den Raum und lassen mich allein mit ihr zurück.

Einen Moment verharre ich noch so, lausche den sich entfernenden Schritten. Als ich sicher sein kann, dass sie fort sind, gehe ich zum Notausgang und verlasse das Gebäude.

Als ich die Fensterläden meiner Lodge aufschiebe, schaue ich mich lauernd um. Da Viktorias Handy kaputt ist und ich noch Zeit habe, bevor ich mich mit Max in seiner Lodge treffe, habe ich beschlossen, zuerst hier vorbeizugehen, um meins zu holen. Zwar habe ich keinen Zugang zu ihren SMS- oder WhatsApp-Chatverläufen, aber immerhin zu ihrem Instagram-Account, was mir besser erscheint als nichts.

Als ich eintrete, züngeln die Flammen des Feuers noch immer im Kamin. Wie ein wildes Tier, das aus seinem Käfig auszubrechen droht. Seine Schatten tanzen bedrohlich über die Wände, und trotz der drückenden Hitze, gegen die das offene Fenster scheinbar auch nichts ausrichten kann, bleibt die Gänsehaut in meinem Nacken. Verstärkt sich sogar, sowie ich tiefer in den Raum hineingehe. Mit einem Mal erscheint mir dieser Ort unheilvoll. So als lauere die Wahrheit irgendwo zwischen den hohen Decken und den hölzernen Dachbalken. Aber dieses Haus kann nicht mit mir sprechen.

Ich muss sie selbst finden.

Ich entdecke mein Handy schließlich unter dem Bett. Auch das Glas meines Displays ist gesprungen, aber nicht so, dass es nicht mehr funktionieren würde, denn als ich versuche, es einzuschalten, sehe ich ein rotes Batteriesymbol. Der Akku ist leer.

»Mist.«

Ich schließe das Handy ans Ladegerät an und gehe dann ins Bad. Mein Körper brennt noch immer vom Salzwasser, doch am schlimmsten sind meine Fußsohlen. Der Schmerz ist kaum auszuhalten. Vorsichtig wickle ich den Verband ab, ehe ich ihn ins Waschbecken werfe, die Taschentücher behutsam abziehe und in die Dusche humple.

Als ich dort ankomme, bemerke ich helle Flecken auf den Fliesen.

Ich verenge die Augen.

Was zur –

Ich beuge mich leicht vor und mustere die wässrigen Flecken. Es ist verdünntes Blut.

Offenkundig war ich gestern duschen. Habe mir ihr Blut vom Körper gewaschen. *Merkwürdig.*

Wenn ich duschen war, wieso war dann Sand im Bett? So, als wäre er mir von den Füßen gerieselt?

Ein Gedanke beginnt in mir zu keimen.

Ich muss mich beeilen.

Nachdem ich mir das Salz abgespült, frische Taschentücher aufgelegt, die Verbände – mehr schlecht als recht – ausgewrungen und meine Füße wieder verbunden habe, eile ich zurück in den Wohnbereich, wo ich mein Handy vom Nachttisch nehme.

Wieder ist nur die leere Akkuanzeige zu sehen.

Natürlich. Es gibt keinen Strom, erinnere ich mich.

»Scheiße.« Ich schiebe mir das Gerät dennoch in die Hosentasche. Vielleicht hat Max ja eine Powerbank.

Durch den Regen eile ich zurück zu Max' Lodge.

Als ich eintrete, riecht es nach ihm und all unseren vergangenen gemeinsamen Jahren. Aber es riecht auch nach etwas anderem, Fremdem mit einer fruchtig-blumigen Note. Am liebsten würde ich mich abwenden und fortgehen. Mich all dem entziehen, denn auch wenn ich bis vor einigen Monaten noch nirgends mehr hingehört habe als hierher – *an Max' Seite* –, so bin ich mittlerweile nichts weiter als ein Eindringling. Gedanklich gefangen in der Vergangenheit, körperlich gefangen in der Gegenwart.

Ich schüttele den Kummer ab und gehe tiefer in den Raum hinein.

Drinnen ist es genauso dunkel wie in Sebastians Lodge. Durch die Fensterläden dringt nur wenig Licht, was dem Ganzen etwas Unheimliches verleiht.

Mein Blick fällt auf das Bett. Die Laken sind zerwühlt, aber das ist auch das Einzige, was darauf hinweist, dass sich hier wirklich jemand aufgehalten hat. Ansonsten sieht die Lodge nahezu unbewohnt aus.

Die Ablageflächen der Nachtschränke sind leer, die Koffer stehen aufgereiht neben der Garderobe, und auf dem Hocker am Schminktisch liegt ein Stapel zusammengelegter Klamotten. Ich greife danach und halte plötzlich Josefines Kleid von gestern Abend in den Händen. Schwarzer, weicher Stoff. Gedankenverloren führe ich ihn an die Nase, atme ihr intensiv süßes Parfum sowie einen leichten Hauch von saurem Schweiß ein.

Ich lege das Kleid wieder zusammen, ehe ich einen verstohlenen Blick ins Bad werfe. Zwei Kulturbeutel liegen am Waschbecken, die Zahnbürsten stehen in den dafür vorgesehenen Gläsern, neben der Toilette eine säuberlich geschlossene Packung Tampons. Statt verschieden großer bunter Flaschen stehen kleine einheitliche Plastikfläschchen in der Dusche. Sie sind mit Edding beschriftet, und darauf stehen Wörter wie: *Conditioner, Shampoo, Duschgel Max, Duschgel Fine.*

Erneut schaue ich zum Schminktisch in der Erwartung, dort ihr Make-up zu finden, aber nichts. Dort liegen weder Lippenstifte noch Puder oder Pinsel herum, wie es wäre, wenn ich hier wohnen würde. Stattdessen sehe ich dort nur eine volle Flasche Whiskey und Max' Laptop – zugeklappt, das Kabel feinsäuberlich aufgerollt in der Schublade darunter.

Neben anderen Ladekabeln finde ich dort auch eine Powerbank. Ich nehme sie heraus und schließe mein Handy an, ehe ich beides in die Bauchtasche von Sebastians Hoodie schiebe.

Ein leises Klopfen.

Eilig gehe ich zur Tür und öffne sie.

Max drängt sich an mir vorbei. Mit ihm dringen auch kalte Luft und der Geruch von Regen herein.

»Sorry, es war nicht so ganz einfach, mich loszueisen. Wir haben auch nicht viel Zeit. Ich habe den anderen nämlich gesagt, dass ich noch ein bisschen mit meiner Schwester allein sein möchte. Ich dachte, du bist noch unten, aber da warst du schon weg. Wie auch immer, es wird nicht ewig dauern, bis jemand nachgucken und sich wundern wird.«

Unwillkürlich muss ich mir vorstellen, wie er in dem dunklen Raum sitzt und Viktorias leichenblasse Hand hält. Sofort sind die Bilder wieder da. Die dunklen Flecken auf der wächsernen Haut. Die bläulich verfärbten Lippen. Die steifen, eiskalten Finger.

»Sag mir bitte, dass du das Handy hast«, sagt er und schält sich aus seiner Regenjacke. Wasser tropft auf den Holzboden und hinterlässt dunkle Flecken.

Ich nicke. »Ja, aber –«

»Gott sei Dank. Dann hat es sich ja gelohnt. Tut mir übrigens leid wegen Julian, ich hab versucht, ihn aufzuhalten, aber irgendwann wäre es zu auffällig geworden, also musste ich –«

»Es ist kaputt«, unterbreche ich ihn, weil es keine Rolle spielt, dass Julian mich beinahe entdeckt hätte.

»Was?« Max' Miene verfinstert sich. »Wie, kaputt?«

Ich greife in die Hosentasche und hole Viktorias Smartphone hervor.

Max reißt es mir aus der Hand. Seine kurzen Haare sind klitschnass, ein Tropfen kullert ihm über die Stirn – er wischt ihn weg, bevor er aufs Handy fallen kann.

»Fuck«, brüllt er.

Kurz glaube ich, dass er das Handy auf den Boden schmeißen will, doch das tut er nicht. Stattdessen atmet er mehrmals tief ein und aus, ehe er es näher ans Gesicht hebt und die Augen zusammenkneift.

»Jemand hat es zerstört.«

Ich schlucke. »Ja, glaube ich auch.«

Max nickt langsam und betrachtet das Handy weiter, ehe er versucht, es einzuschalten. Wie auch schon bei mir, vibriert das Gerät.

»Meinst du, man könnte es über ein Back-up retten?«, frage ich.

»Glaub schon. Aber was machen wir dann damit? Wir können es ja jetzt nicht nutzen. Außerdem dürfte es bei der Zahl an Videos und Bildern ewig dauern«, erwidert er genervt.

Ich runzle die Stirn. »Wenn wir ein Back-up haben, können wir es auf eins von unseren Handys überspielen. Und die Fotos liegen alle auf der externen Cloud, die dürften kein Problem sein.«

Er schaut mich einen Moment an. »Okay, dann müsste aber

einer von uns sein eigenes Handy auf die Werkseinstellung zurücksetzen, damit wir das Back-up überspielen können.«

Ich zucke mit den Schultern. »Wir machen erst von deinem oder meinem Handy ein Back-up und dann von ihrem. Sofern du genügend Speicherplatz auf dem Laptop hast, kann das Programm von verschiedenen Handys die Back-ups speichern.«

Er grinst. »Habe ich. Ein ganzes Terabyte.« Er sagt das mit so viel Stolz in der Stimme, als hätte er den Speicherplatz höchstpersönlich geschaffen.

»Okay, dann los.«

Er nickt und läuft zu seinem Laptop, das Handy in der Hand wie ein rohes Ei. Ich überlege, mich aufs Bett zu setzen, weil meine Füße schmerzen, doch als mir klarwird, was er dort alles mit Josefine getrieben hat, bleibe ich lieber stehen.

»Max?«

»Hm?« Er klappt den Laptop auf und gibt mit einer geübten Bewegung sein Passwort ein. »Was denn?«, fragt er, als ich nicht sofort antworte.

Ich beobachte, wie er ein Kabel aus der Schublade zieht und Viktorias Handy am PC anschließt.

»Da ist noch etwas.«

»Ja?«, fragt er, ehe er das Back-up startet. Als der Ladevorgang beginnt, dreht er sich endlich zu mir um.

Ich atme tief ein. »Er weiß es.«

Max' Kiefer spannt sich an. »Wer weiß was?«

»Julian weiß das mit Viktoria und Sebastian.«

Seine Augen weiten sich.

»Als er vorhin allein mit ihr war, sagte er so was wie ›Ich liebe dich, Tori. Aber weißt du, wofür ich dich hasse? Dafür, dass ich nicht mal sauer auf dich sein kann, dass du mit meinem besten Freund geschlafen hast. Weil du jetzt tot bist und ich trauern muss.‹« Ich schlucke und schiebe mir eine Strähne hinters Ohr.

Als ich wieder aufschaue, starrt Max mit offenem Mund zu mir herüber. Ich kann förmlich sehen, wie sich die Gedanken hinter seiner Stirn überschlagen.

»Das ändert alles«, sagt er dann. »Einfach alles.« Seine Stimme klingt rau und heiser. »Nehmen wir mal an, dass Julian – trotz Toris Versuchen, es zu verhindern – irgendwie herausgefunden hat, dass die beiden miteinander geschlafen haben ... Wie würde er wohl darauf reagieren?« Max hebt eine Hand und fährt sich damit über den Bart. Mit einem Mal ist er wieder auf den Beinen und tigert vor mir auf und ab.

Mir entschlüpft ein ungläubiges Lachen. »Er würde sie auf jeden Fall nicht umbringen.«

Max lässt die Hand sinken und schaut mir tief in die Augen. »Hast du nicht vorhin selbst gesagt, dass es genug Irre gibt, die jemanden ermorden, wenn sie ihn nicht haben können?«

Obwohl ich das Gefühl habe, sowieso schon kaum noch Luft zu bekommen, atme ich langsam aus.

»Ja, aber Julian ist unser Freund, und er liebt Viktoria. Er würde ihr niemals weh tun.«

»Ach, und Sebastian ist nicht unser Freund?«

Ich schweige.

»Vielleicht hat er sie auch einfach zu sehr geliebt. Findest du nicht, dass er sich manchmal schon fast obsessiv verhalten hat? Als sie damals frisch zusammen waren, hat er gar keine eigene Persönlichkeit mehr gehabt. Er hat nur für sie existiert, hat alles so gemacht, wie sie es wollte.«

Das stimmt. Julian hat schon immer gut ausgesehen, aber als wir ihn kennengelernt haben, ist er ein absoluter Nerd gewesen und weit entfernt von dem stylischen Fotografen, der er heute ist. Nie werde ich vergessen, wie überrascht ich gewesen bin, als Viktoria mir gesagt hat, dass sie auf ihn steht. Er war schlicht nicht ihr Typ.

Statt braungebrannten Muskeln, knappen eins neunzig und einer schweren Lederjacke von Yves Saint Laurent hatte Julian nur eine Körpergröße von eins achtzig, eine schwarz gerahmte Hornbrille, H&M-Jeans und ein immer offenes Ohr zu bieten. Alles Dinge, auf die Viktoria bis dahin keinen Wert gelegt hatte. Doch je mehr sie von ihm geschwärmt hatte, desto klarer war mir geworden, dass es ihr genau darum gegangen war – sie wollte jemanden, der anders war. Schließlich hatte sie nicht die besten Erfahrungen mit ihren bisherigen Auserwählten gemacht.

Julian war anders. Er war einer von den Guten und hatte das Potenzial, zu einem – in ihren Augen – attraktiven Mann zu werden, wenn man ihn in die Welt der Mode einführte und ihm verbot, zum Friseur zu gehen. Oder, wie Viktoria es nannte, wenn man ihn ein bisschen formte.

Und das hatte sie getan. Je länger wir mit ihm abhingen, desto mehr veränderte er sich.

Es war ein schleichender Prozess. Erst waren sie gemeinsam zum Sport gegangen, dann schickte er ihr Bilder oder Links von Klamotten, bevor er sie kaufte, und irgendwann hatte sie ihm ihren Lieblingsfriseur empfohlen, mit dem Hinweis, dass er Rabatt bekäme, wenn er sagen würde, dass er mit ihr befreundet sei. Aus dem unscheinbaren Nerd wurde der sexy Fotograf mit den schwarzen, gewellten Haaren und dem steinharten Sixpack. Sie hatte – zumindest oberflächlich betrachtet – das Beste aus ihm herausgeholt, und er ist der glücklichste Mensch auf der Welt gewesen, weil Viktoria Kaplan – die Frau, die jeder wollte – ihm gehört hatte.

»Er hätte alles für sie getan. Und wir haben beide festgestellt, dass er sich in den letzten Wochen verändert hat«, spricht Max weiter, ehe er behutsam nach meiner Hand greift und sie von meinem Mund fortzieht. Das hat er früher schon immer getan, wenn ich in einem Anflug von nervöser Unruhe an meinen Lippen zupfe.

Ich entferne mich etwas von ihm, um mir und meinen Gedanken mehr Raum zu geben.

»Aber das allein macht einen Menschen noch lange nicht zum Mörder«, sage ich, frage mich allerdings im selben Moment, ob das überhaupt stimmt. Natürlich gibt es Menschen, die aufgrund ihrer persönlichen Veranlagung eher dazu neigen, jemanden zu ermorden, Psychopathen zum Beispiel. In der Tiefe meines Herzens glaube ich jedoch, dass jeder zum Mörder werden kann, wenn er nur der richtigen Person begegnet oder die Umstände es erfordern.

Und es stimmt. Julian hat sich zurückgezogen, ist launisch und abwesend geworden. Seine zunehmende Passivität Viktoria gegenüber und die gleichzeitig steigende Aggressivität sind ein klares Symptom ihrer krank gewordenen Beziehung gewesen.

»Glaubst du, ich will, dass Julian es getan hat?«, sagt Max erst nach einer Weile, offenbar ebenfalls in Gedanken vertieft. Dann schüttelt er den Kopf. »Nein, das will ich nicht. Aber ich glaube, dass wir nicht länger ignorieren können, was so offensichtlich vor uns liegt. Mir fällt ehrlich gesagt niemand ein, der ein so starkes Motiv hätte wie Julian.«

»Doch, natürlich. Sebastian.« Ich beginne erneut an der trocknen Haut meiner Lippen zu zupfen. Mittlerweile ist sie an mehreren Stellen eingerissen, und ich kann den kupfrigen Geschmack von Blut schmecken.

Max schüttelt den Kopf. »Ich bleibe dabei. Ihm wäre keine Frau der Welt einen Mord wert.«

»Aber er muss es gewesen sein. Julian hat sie geliebt«, beharre ich. »Das mit Sebastian hat seine Gefühle für sie nicht verändert. Es hat ihn zerstört, aber seine Liebe nicht. Da bin ich mir sicher.«

Julian ist so ein Mensch. Es würde mich nicht einmal wundern, wenn er ihr die Sache verziehen hat. Zumindest, wenn es nur einmal passiert ist. Ein *Ausrutscher.*

»Wenn ich mich selbst für einen anderen Menschen aufgebe und dieser Mensch mit meinem besten Freund fremdgeht ... Wenn du mich fragst, kann aus Liebe ziemlich schnell Hass werden. Aber das weißt du eh alles, habe ich recht? Warum hast du mir sonst überhaupt erzählt, was du gehört hast? Sei ehrlich, du weißt, dass er dazu imstande wäre. Du willst es nicht glauben, aber insgeheim tust du es doch.« Max steht nun vor mir, und ich spüre die Hitze, die von seinem Körper ausgeht.

Ich schweige.

Er nickt wissend.

»Es muss ja nicht geplant gewesen sein. Die Anzahl der Stiche deutet sowieso eher darauf hin, dass –« Er unterbricht sich selbst. »Es war ein Mord aus Leidenschaft. Vielleicht sogar im Affekt.«

Am liebsten würde ich mir die Ohren zuhalten, will seine Worte nicht hören, aber was habe ich vorhin über Wahrheiten gesagt? Sie müssen ausgesprochen werden. Und manchmal muss man sie sich anhören. Egal, ob man will oder nicht.

In diesem Moment zieht Max' Laptop meine Aufmerksamkeit auf sich.

»Das Back-up ist fertig«, sage ich und trete an den Schminktisch. Mit einer routinierten Bewegung ziehe ich Toris Handy vom Kabel und nehme die SIM-Karte heraus, um sie stattdessen in Max' Handy zu schieben. Anschließend werfe ich Toris Handy samt Max' SIM-Karte in die Schublade des Schminktischs, bevor ich Max' Handy an den Rechner anschließe, um ebenfalls ein Back-up davon zu machen und im Anschluss das von Tori auf sein Gerät zu überspielen. Wir schweigen, während wir fieberhaft beobachten, wie der farbige Balken den Fortschritt des Vorgangs anzeigt.

»Fertig«, sage ich nach einer Weile in die angespannte Stille hinein, dann ziehe ich Max' Handy vom Kabel. Dabei bekomme ich aus dem Augenwinkel mit, wie Max eine Visitenkarte aus seinem Portemonnaie hervorholt.

»Was machst du da?«

»Da stehen die PINs für die SIM-Karten drauf«, erklärt er.

»Du hast Viktorias PIN auf einer Visitenkarte?«

Er lacht. »Natürlich. Nachdem ich schon dreimal bei Vodafone anrufen musste, um nach dem PUK zu fragen, habe ich mir die PIN ihrer aktuellen SIM-Karte aufgeschrieben. Falls sie ihn mal wieder vergessen hat.«

Er zuckt mit den Schultern, ehe er die PIN eingibt. Dann reicht er mir das Handy, damit ich ihren Code eingebe, und schon liegen Viktorias Geheimnisse offen vor uns.

Das grelle blaue Licht des Handydisplays brennt mir in den Augen, und Max regelt die Helligkeit herunter, bevor er zum Sofa geht und mir bedeutet, ihm zu folgen.

Wir setzen uns nebeneinander, dann starren wir sekundenlang das Handy an, überfordert von all den Möglichkeiten.

»Womit fangen wir an?«

Max antwortet nicht, sondern tippt stattdessen das kleine grüne Symbol mit der Sprechblase an. Sofort öffnen sich Viktorias SMS.

Und da sind sie. Nachrichten über Nachrichten von unbekannten Nummern. Mir klappt der Mund auf, als er runterscrollt. Es müssen Hunderte sein.

»Ach du Scheiße«, murmle ich.

»Jap. Ich schlage vor, wir gehen zur ersten Nachricht seit unserer Ankunft zurück und arbeiten uns dann von unten nach oben vor.«

Ich nicke nur und beobachte, wie er sich durch all die fiesen Worte scrollt, bis wir irgendwann das Datum unserer Ankunft im Retreat erreichen.

> Na, du kleine Fotze, wie geht es dir heute? Ich hoffe, du genießt dein Wochenende und stürzt nicht versehentlich einen Abhang hinunter. Die Berge können sehr steil sein.

> Weißt du, was man früher mit Fotzen wie dir gemacht hätte? Man hätte dich an den Füßen aufgehängt und angezündet.

> Bist du noch wach? Falls ja, Lust auf einen Drink?

Ich packe Max am Ärmel und deute auf die SMS.

»Da, die ist von Sebastian. Wir hatten also recht. Sie haben sich wirklich in der Nacht von Freitag auf Samstag gesehen.«

Max nickt nur geistesabwesend, als wäre das völlig irrelevant, und öffnet die nächste Nachricht.

> Hi, Darling, kurze Nacht gehabt? Wenn ich dir einen nett gemeinten Rat geben darf ... Du solltest lieber beten, anstatt zu meditieren. Vielleicht kannst du dann noch gerettet werden, andernfalls kommt der Teufel dich holen. ;)

> Immer schön trinken bei der Hitze :-)

Als ich die SMS finde, von der Max erzählt hatte, wird mir übel. All die Zeit ist das der Grund für ihr absurdes Verhalten gewesen. Für die Panik und Angst, die mir an jenem Tag so völlig übertrieben vorgekommen ist. Ihre ständige Paranoia.

All das hatte sie seit Monaten beschäftigt, und ich hatte keine Ahnung.

Aber wieso hat sie nicht mit mir darüber gesprochen?

Die Erkenntnis, dass ich darauf niemals eine Antwort erhalten werde, brennt in meinem Magen, macht mich taub vor Kummer.

Ich schiebe eine Hand auf meinen Bauch, um den lodernden Schmerz wegzumassieren, muss mich konzentrieren. Irgendwas … kommt mir bekannt vor. Ich lese sie noch einmal. Und noch einmal.

»Können wir mal kurz zu Instagram? Irgendwie erinnern mich die Nachrichten im Ton an einen Account, von dem eine Zeit lang ziemlich üble Kommentare und Direct Messages gekommen sind.«

»Klar. Funktioniert das ohne Internet?« Max reicht mir das Handy, und ich nehme es entgegen.

»Ach so, hm, ich bin mir nicht sicher. Lass es uns probieren.« Wir gehen in die letzten Chatverläufe, doch besonders viel geben sie nicht her. Im *Allgemeines*-Ordner sind Hunderte von unbeantworteten Nachrichten, wahrscheinlich von Fans und Followern, die zum Erreichen des Follower-Meilensteins gratulieren. Der Hauptordner hingegen ist recht aufgeräumt. Lediglich von Josefine ist eine ungelesene Nachricht eingegangen.

Josefine Fiebig: Kann ich mir deinen roten Nagellack …

Ich wage es nicht, das Chatfenster anzuklicken und die Nachricht komplett zu lesen. Also gehe ich zurück in den *Allgemeines*-

Ordner und suche nach dem Troll, dessen Tonalität mich an die des Stalkers erinnert. Leider hat Max recht, und es funktioniert nicht, weil wir nur die Chats sehen können, die aktuell sind. Alles, was zu weit in der Vergangenheit liegt, lädt nicht ohne Internet.

»Mist«, murmle ich also und gebe ihm das Handy zurück. Er nimmt es entgegen und geht zurück zu den SMS.

Als er zur nächsten Nachricht scrollt, fällt mir sofort der Nachrichtenanhang auf.

Ich kneife die Augen zusammen und lege meine Hand auf seine. »Max?«

»Hm?«

»Was ist das für ein Video?«, frage ich.

»Welches Video?«

Ich öffne den Chatverlauf, dann drücke ich den Play-Button.

NEUN STUNDEN VOR DER TAT

38 VIKTORIA

VIKTORIAKAPLAN.OFFICAL

Beiträge

Gefällt **styleare.hair** und **31.258 weiteren Personen**

viktoriakaplan.offical [Anzeige]

Ich liebe ja die natürlichen Wellen, die ich immer dann bekomme, wenn ich in Salzwasser bade. 🌊

Hier im @glowingforestretreatandlodges sind alle Pools mit Salzwasser gefüllt, da das einen positiven Effekt auf die Haut hat. Mein Highlight ist das Solebecken im Spa-Bereich, in dem man sich dank einer 18-prozentigen Salzlösung schwerelos treiben lassen kann. ✨
Allerdings ist es wichtig, sich nach dem Bad gut abzuduschen, damit die Haut nicht austrocknet. ☝️ Dabei verlieren – zumindest meine – Haare aber auch den wavy Beachlook wieder.
Aber es gibt einen nagelneuen Lockenstab von @styleare.hair, mit dem man sehr kleine Locken stylen kann. Ich finde den neuen Styler perfekt für den Sommer und kann ihn euch besten Gewissens ans Herz legen! 🥰

Lasst mich in den Kommentaren wissen, wie euch meine Lockenmähne gefällt! Ich schaue mir dann alles morgen an, denn jetzt steht mir ein leckeres Abendessen und eine Party bevor. See ya 💃

Ich lauschte dem gleichmäßigen Rauschen der Dusche, während ich am Schminktisch saß und konzentriert eine Haarsträhne um den Lockenstab wickelte. Das Schweigen zwischen Julian und mir war in den letzten Stunden beharrlich gewachsen, und sosehr ich es auch brechen wollte – mir fiel einfach nichts ein, was ich ihm hätte sagen können. Nichts, was nicht absolut verrückt und paranoid geklungen hätte.

So langsam hatte ich selbst den Eindruck, den Verstand zu verlieren. Wie hatte ich nur Sebastian beschuldigen können? Er hatte recht. Ich kannte ihn. Besser als jeden anderen von uns – Julian einmal ausgenommen. Wie war ich also auf den Gedanken gekommen, er könnte derart eifersüchtig werden, dass er so was tat?

Weil du gerne die Eine *sein willst, die Männer ihren Verstand verlieren lässt.*

Es war absurd. Dass Julian so etwas tun würde, war schon eher denkbar. Er liebte mich, keine Frage. Aber er hatte sich in den letzten Monaten verändert. War zu einem Menschen geworden, den ich manchmal kaum wiedererkannte.

Was wusste ich schon, wozu dieser Fremde fähig war?

Hör auf. Es ist immer noch Julian. Dein Julian.

Das Wasser in der Dusche wurde abgedreht.

Mein Blick verharrte auf meinem Spiegelbild, und ich beobachtete resigniert, wie heller Qualm aufstieg. Langsam löste ich die Strähne vom Lockenstab, als ich im Augenwinkel bemerkte, dass eine Pushnachricht auf meinem Handy eingegangen war. Mit der freien Hand griff ich danach. Erstarrte.

> Letzte Nacht hast du ja noch mal völlig neue Maßstäbe
> gesetzt. Viktoria, Viktoria ... Du kleines Luder.
> Was uns wohl diese Nacht erwartet?

Der Nachricht war ein Video beigefügt. Mein Herzschlag verlangsamte sich. Mein Magen krampfte sich zusammen. Instinktiv huschte mein Blick zur Badezimmertür, während mein Daumen über dem dreieckigen Button schwebte. Ich drückte drauf.

Meine Stimme. *Seine* Stimme. Gemurmelte Worte, dann wurde nicht mehr gesprochen. Ich musste nicht hinsehen, um zu wissen, welcher Film sich da abspielte. Er. Ich. Nah. Viel zu nah.

Fuck. Fuck. Fuck.

Die Luft um mich herum wurde mit einem Mal unsagbar heiß und trocken. Adrenalin flutete meine Adern und brachte meinen Körper zum Zittern.

Unmöglich. Das kann einfach nicht sein, ich –

Das Handy fühlte sich an, als ob es glühen würde. Mit bebenden Händen versuchte ich, das Video zu stoppen, bevor Julian etwas mitbekam, doch es lief weiter. Meine Hand zu fahrig und kraftlos, um irgendeinen Knopf zu treffen.

Scheiße!

Immer wieder blickte ich zum Bad. Er würde jeden Moment herauskommen. Jede Sekunde könnte es so weit sein – endlich erwischte ich doch noch den richtigen Knopf, und der Bildschirm wurde schwarz.

Wie paralysiert starrte ich auf das Display, von dem ich mir nun selbst entgegenblickte.

Es konnte nicht sein. Es durfte nicht sein. Trotzdem war es so.

Schwarze Buchstaben auf weißem Grund. Die Bedeutung der Worte unausgesprochen zwischen den Zeilen und doch so glasklar, als sähe ich sie vor mir: *Ich weiß Bescheid. Ich weiß alles. Und ich habe es aufgenommen, damit jeder andere es ebenfalls wissen kann.*

Dieses Video würde mich zerstören. Es würde Julian zerstören.

Es würde alles zerstören, was uns gerade noch so irgendwie zusammenhielt.

Plötzlich klopfte es an der Tür.

Erschrocken zuckte ich zusammen.

»Scheiße!« Hastig öffnete ich die Schublade des Schminktischs und legte das Handy hinein. Mit einem Mal kam es mir vor wie eine Bombe, die jeden Moment hochgehen konnte.

Es klopfte erneut.

»Willst du nicht aufmachen?«, rief Julian prompt aus dem Bad.

Ich stand auf und setzte mich in Bewegung.

Einen Fuß vor den anderen.

Einen Fuß vor den anderen.

Eigentlich nicht so schwer, aber in Anbetracht der Tatsache, dass meine Gedanken rasten, war ich mir nicht einmal sicher, ob mein Herz noch wusste, wie es richtig zu schlagen hatte, denn es wirkte ziemlich aus dem Rhythmus gekommen. Vielleicht war es aber auch nur damit überfordert, all mein Blut in meinen Schädel zu pumpen, wo ein Gedanke den Nächsten jagte, wobei nur einer von Bedeutung war: Dieses Video war der Beweis für das, was ich die ganze Zeit schon befürchtet hatte – mein Stalker war hier. Mit uns. Oder unter uns.

Ich riss die Tür auf.

»Hi, Schwesterherz.« Max stand mit Josefine da, und beide strahlten mich an. Doch das Strahlen verschwand schnell, als sie den Ausdruck in meinem Gesicht bemerkten.

»Alles okay? Du siehst aus, als hättest du einen Geist gesehen.« Max berührte mich an der Schulter, doch ich entzog sie ihm und trat nur einen Schritt beiseite, damit sie eintreten konnten.

»Alles gut. Ich bin nur etwas erschöpft. Kommt rein.« Ich wollte, dass sie gingen. Wollte nicht, dass jetzt irgendjemand hier war. Allerdings würde es, wenn ich sie bat, mich allein zu lassen, mehr Fragen aufwerfen als alles andere.

Also traten die beiden ein und liefen in Richtung Sofa. Max legte Josefine in einer für ihn ungewöhnlich liebevollen Geste den Arm um die Schulter und gab ihr einen Kuss.

Plötzlich sehnte ich mich nach jemandem, der mich in die Arme nahm. Mir sagte, dass alles gut werden würde. Die Sehnsucht nach meinem Bruder oder meiner besten Freundin wurde so übermächtig, dass sie mir beinahe körperlichen Schmerz bereitete. Doch es kam nicht in Frage, sie einzuweihen. Diesen Kampf musste ich alleine durchstehen.

»Nehmt euch ruhig was aus der Minibar«, hörte ich mich sagen, während ich auf wackeligen Beinen zurück zum Schminktisch wankte, wo der Lockenstab auf mich wartete. Ich ließ mich auf den Hocker sinken und griff danach. Mimte Normalität, wo schon lange nichts mehr normal war.

»Konntet ihr die Massage vorhin noch genießen?« Meine Zunge fühlte sich wie ein Fremdkörper an.

»Na ja. Mehr oder weniger. Wie geht es dir? Wieder ein bisschen besser?«, fragte Fine.

»Ein bisschen besser?« Die Tür ging auf, und Julian kam heraus. Er trug lediglich Calvin-Klein-Boxershorts, und in seinen Händen hielt er ein Knäuel getragener Klamotten, den er in seinen Koffer warf.

Ich schluckte, spürte die Anwesenheit des Handys in der Schublade überdeutlich. Ein irrwitziger Teil von mir wollte plötzlich laut sein. Reden. Lachen. Alles, bloß keine Stille. Denn was, wenn das Handy das Video einfach abspielte? Solche Dinge kamen doch vor, oder?

Ich muss dieses Video vernichten.

»Wieso besser?«, wiederholte Julian und riss mich damit aus meinen Gedanken.

»Ach, ich hatte vorhin ein bisschen mit der Hitze zu kämpfen. Eine Art Kreislaufzusammenbruch, aber es geht mir schon wieder besser.« Was nicht ganz gelogen war. Denn obwohl die Umstände grauenhafter nicht hätten sein können, wusste ich eins nun mit Sicherheit – ich wurde nicht verrückt. All die Nachrichten, das Geräusch gestern im Spa, der Vorfall in der Sauna. Jemand war hier gewesen. Die ganze Zeit.

Unwillkürlich musste ich an die Mitarbeiter denken. Magdalena, die mit meinem Freund gefickt hatte. Pierre, wegen dessen Einladung wir überhaupt erst hier waren. Der griesgrämige Küchenchef. Slender Man mit seinen zittrigen Händen. Sie alle waren hier gewesen, und obwohl wir sie nahezu den ganzen Tag sahen, waren sie für uns unsichtbar. Wer auch immer dieses Video aufgenommen hatte, kannte das Retreat und wusste, wo er sich verstecken konnte. Oder aber er war Teil der Belegschaft und musste sich gar nicht erst verstecken.

Beharrlich griff ich nach der nächsten Strähne.

Es ist einer der Mitarbeiter. Es muss so sein.

»Gott, mir ist so heiß«, murmelte ich. »Ist euch auch so heiß?« Schweiß rann meinen Rücken hinab, und ich spürte einen verräterischen Druck hinter den Augenlidern.

Reiß dich zusammen, Viktoria!

»Ihr könnt auch schon vorgehen, wenn ihr wollt. Ich brauche noch ein bisschen«, murmelte ich und versuchte, betont gleichgültig zu klingen.

»Hast du mein Parfüm gesehen?«, fragte Julian. Er trug mittlerweile ein dunkelblaues, weites Leinenhemd und weiße Jeansshorts, während er sich suchend umsah. Als sich unsere Blicke begegneten, wurde mir speiübel.

Ich hatte es gesehen.

In der Schublade.

Da, wo auch mein Handy lag.

Auf dem sich das Video befand.

Das Video, das jemand von Sebastian und mir aufgenommen hatte. Jemand, den ich vernichten würde, sobald ich dahinterkam, wer er war.

»Nein, tut mir leid«, log ich und griff nach der nächsten Strähne.

Leider erinnerte sich Julian nach einigen erfolglosen Versuchen ebenfalls daran, es zuletzt am Schminktisch gesehen zu haben, denn er kam zu mir. »Darf ich mal kurz?«

Ich zwang mich zu einem Lächeln. »Klar.«

Bleib ruhig. Du musst ruhig bleiben.

Julian zog die Schublade auf. »Ist das dein Handy?« Er griff danach und reichte es mir. Die Übelkeit wurde schlimmer.

»Ja. Ich brauchte ein bisschen Social-Media-freie Zeit«, stammelte ich, wobei ich es neben mich legte. So vorsichtig, als könnte eine falsche Bewegung dazu führen, dass das Video erneut abgespielt wurde.

»Okay.« Er nahm den Parfümflakon heraus und sprühte sich ein, ehe er ihn wieder hineintat und mir von hinten die Arme um den Körper legte.

»Alles okay zwischen uns?«, fragte er, seine Stimme nur ein Flüstern.

Nicht mehr. Aber bald wieder. Versprochen.

»Ja, sicher.« Erneut zwang ich mich zu einem Lächeln. Unsere Blicke begegneten sich im Spiegel, bevor er sich vorbeugte und mir einen Kuss auf die Schläfe hauchte.

»Okay.« Er machte sich von mir los und zog sich sein Sakko über. »Wollen wir?«

»Klar. Was ist mit dir, Schwesterherz?« Max durchquerte den Wohnbereich und ging zur Tür hinüber.

»Ich komme nach.«

Sobald ich herausgefunden habe, wer dieses Video aufgenommen hat.

»Okay, aber beeil dich. Nicht dass du das eigentliche Event noch verpasst.«

Ich brauchte kurz, um zu begreifen, wovon er sprach. Die eine Million Follower. Es war schon erstaunlich, wie lange ich auf diesen Moment hingefiebert hatte, nur damit ich mich jetzt, wo es endlich so weit war, nicht weniger dafür hätte interessieren können.

»Ja, mach ich.«

Sie gingen zur Tür, als mir ein Gedanke kam.

»Max?«

»Ja?«

»Ist eure Lodge offen? Ich will noch schnell den Vertrag von Dior unterschreiben.«

Stille.

Ich drehte mich um und sah die Irritation auf seinem Gesicht. »Ähm. Nein, aber ich kann die Terrassentür offen lassen, wenn du willst. Wieso willst du das unbedingt jetzt noch machen?«

»Damit wir es nicht vergessen. Geht ja schnell …« Ich schenkte ihm mein schönstes Lächeln. »Außerdem weißt du doch, wie sehr ich mich auf die Kooperation freue.«

»Na schön.« Er zuckte mit den Schultern, dann zog er die Tür hinter sich zu und überließ mich mir selbst.

Sofort warf ich den Lockenstab fort, riss die Schublade auf und suchte das Handy. Erst dachte ich, jemand hätte es mitgenommen, geriet mehr und mehr in Panik. Doch da entdeckte ich es direkt vor mir.

Stimmt, Julian hatte es mir ja gegeben.

Julian.

Ich griff danach und betrachtete die Spiegelung meines Gesichts in dem schwarzen Glas, bevor ich es entsperrte und erneut auf *Play* drückte.

Angst und Panik schnürten mir die Kehle zu, pressten alles Leben aus mir heraus.

Ich hielt eine Hand vor den Mund, sprang vom Hocker auf und stolperte ins Bad, wo ich vor der Toilette auf die Knie fiel und mich schnell und heftig übergab.

Zitternd tastete ich nach der Spülung, ehe ich mich zurück auf die Füße kämpfte und ans Waschbecken schleppte, um mir kaltes Wasser ins Gesicht und in den Mund laufen zu lassen. Es prickelte beruhigend auf meiner erhitzten Haut, und ich schloss für ein paar Atemzüge die Augen. Ich hob eine Hand, um sie mir an die Stirn zu pressen. Ich glühte noch immer.

Als ich die Augen wieder öffnete, schrak ich beinahe zurück. Das Gesicht, das mir im Spiegel entgegenblickte, war meins und zugleich das einer Fremden. Meine Haut war gerötet, die Ringe unter meinen Augen dunkel und geschwollen. Der Schmerz in meinen Zügen war nicht zu übersehen.

»Fuck.« Ich drehte den Wasserhahn ab, musste hier raus. Sofort.

Doch wohin soll ich gehen? Es gibt kein Entkommen.

Ich gab mir selbst eine Ohrfeige. Einmal. Zweimal.

So heftig, dass es brannte. Es musste sein. Ich musste wieder zu Verstand kommen. Klar denken. Jetzt war nicht der richtige Moment für überstürzte Handlungen oder lähmende Panik.

Ich musste überlegt vorgehen.

Eilig verließ ich die Lodge und ging zu der von Max und Josefine. Wie versprochen hatte er die Terrassentür nur angelehnt. Als ich eintrat, umfing mich ein schwerer, süßer Duft, der sich mit einer maskulinen Note vermischte und mir in der Nase kitzelte.

Max' Laptop stand auf dem Schminktisch. Ich zog den Hocker zurück und ließ mich darauf nieder, während ich das Passwort eingab.

Unwillkürlich fragte ich mich, ob Josefine wusste, dass es noch immer der Name des Kindes war, das Karla und er niemals bekommen sollten.

Ich öffnete den Internetbrowser und gab den Namen des Retreats ein. Die Website war genauso hochwertig wie der Laden selbst. Nach einigen Klicks gelangte ich auf eine Mitarbeiterübersicht.

Zuerst war da ein Bild von den dreien. Sie standen vor dem Hauptgebäude und strahlten in die Kamera. Darunter befanden sich einzelne Fotos von ihnen mit einer jeweiligen Kurzbiographie.

Ich scrollte zu Magdalena. Sie war die Einzige von ihnen, die, meiner Meinung nach, ein Motiv hatte. Schließlich hatte sie mit meinem Freund gevögelt. Und vielleicht hatte sie ja noch mehr im Sinn. Julian war, seit er mit mir zusammen war, immerhin genauso bekannt wie ich. Und auch wenn er offiziell mit mir liiert war, hielt das einige Frauen nicht davon ab, ihm aufdringliche und teils verzweifelte Nachrichten zu schreiben. Was also, wenn sie mich aus dem Weg räumen wollte, um ihn für sich zu haben?

Ich kopierte ihren Namen und googelte ihn. Ich stieß erst auf einige andere Frauen mit demselben Namen, ehe ich anhand eines Bildes *meine* Magdalena erkannte. Von Magdalena Hansen gab es jedoch nicht viel außer einem Facebook-Profil, wo sie Bilder von ihrem fünfjährigen Sohn teilte, einem alten Blog, bei dem ihr Name im Impressum geführt wurde und mittelmäßige Fotografien mit langweiligen Texten die Seiten füllten – und natürlich die Website des Retreats.

Aus einem Bauchgefühl heraus kopierte ich Pierres Namen in die Suchleiste. Wie zu erwarten, fand man über ihn deutlich mehr. Instagram, Facebook. Darüber hinaus hatten einige Architekturwebsites Interviews mit ihm geführt. Es gab allerhand regionale Zeitungsbeiträge über die Eröffnung des Retreats. Ich öffnete einen und überflog den Artikel rasch, als –

Ich erstarrte. Kniff die Augen zusammen. Sah genauer hin. Mein Puls beschleunigte sich, als ich einen weiteren Tab öffnete und den Namen ins Suchfeld eingab. Das konnte unmöglich wahr sein. Vor mir erschienen Links zu unzähligen Artikeln. Einige davon kannte ich bereits. Andere waren mir neu.

Nein, nein, nein.

Ich tippte den Namen ins Suchfeld bei den von Max' archivierten Mails ein. Wollte Unrecht haben. Mich irren. Trotz allem.

Doch da waren sie. All die vergessenen Worte zwischen *ihm* und uns. All die Worte, die sein Leben zerstört hatten.

Pierre Karthee war keineswegs ein Fremder, unser Besuch hier kein Zufall.

All das hier war von langer Hand geplant, und plötzlich wurde ich mir mit letzter Gewissheit klar, dass er nur ein Ziel verfolgte: Rache.

Pierre Karthee würde mich vernichten. Es sei denn, ich kam ihm zuvor.

JETZT

39 KARLA

Es wackelt. Unklare Bilder, gedämpfte Stimmen. Dann wird das Handy in Position gebracht.

Zunächst ist da nur Wasser, Muskeln und Haut. Ich sehe nackte Körper und bebende Schulterblätter. Dann eine Hand, die sich zwischen die zwei Körper schiebt.

Ihr Kopf fällt nach hinten, und ich erkenne *sie*. Die markanten Züge, das lange, blonde Haar.

»Was zur –« Max neben mir versteift sich.

»O mein Gott«, flüstere ich, als ich begreife, was wir da anschauen. Er saugt an ihren Nippeln, das Gesicht noch immer verborgen, aber ich muss es nicht sehen, um zu wissen, dass das nicht Julian ist. Die Haare sind zu blond, die Arme zu gebräunt, die Muskeln zu definiert.

Er nimmt sie mit den Fingern, und ihr Körper reagiert darauf. Sie schiebt ihm die Hüfte entgegen. Wasser spritzt bei jedem Stoß.

Ein Stöhnen dringt durch die Lodge, hallt zwischen den Deckenbalken wider.

Ihr Stöhnen. Leidenschaftlich und sinnlich.

Max stoppt das Video und wirft das Handy ans andere Ende des Sofas, ehe er sich die Hände vors Gesicht schlägt.

»Das darf nicht wahr sein«, murmelt er immer und immer wieder. »Das darf einfach nicht wahr sein.«

Ich senke den Blick und schlucke.

Einen deutlicheren Beweis für unsere Theorie hätte es kaum geben können. Einen Moment sitze ich nur so da, bin nicht sicher, was ich nun tun soll.

»Gibst du mir das Handy noch mal?«

Er lässt die Hände sinken und schaut mich an, als ob er jeden Moment aufspringen und mir den Kopf abreißen will.

»Wieso? Was willst du denn noch? Es dir besorgen?«

Ich starre ihn an. Hitze brennt mir in den Wangen – aber nicht vor Scham, sondern vor Wut.

»Einer von uns muss das Video bis zum Ende ansehen. Was, wenn dort noch mehr zu sehen ist? Hinweise auf die Person, die gefilmt hat? Ein Zehennagel, ein Schuh, ja auch ein Finger könnte uns Aufschluss darüber geben, wer es aufgenommen hat. Eine solche Chance können wir nicht einfach ignorieren. Außerdem müssen wir schauen, wann Viktoria das Video bekommen hat«, erkläre ich ruhig und langsam, als wäre Max ein dummes Kind.

Bei meinen Worten entspannt sich seine Miene etwas. »Tut mir leid.«

Er zögert noch einen Moment, dann greift er nach dem Handy und reicht es mir.

Ich nehme es entgegen, ehe ich damit in Richtung Bad gehe. Tori würde nicht wollen, dass ihr Bruder diese Aufnahme sieht. Videos wie diese sind nicht für Brüder gedacht.

»Nein. Bleib hier. Vier Augen sehen mehr als zwei.« Ich wende mich zu Max um. Er beißt die Zähne aufeinander und bedeutet mir, mich wieder neben ihn zu setzen.

»Max, ich –«

»Das war keine Frage, Karla.«

Einen Moment starre ich ihn noch an, bevor ich nachgebe und mich wieder neben ihn setze. Sein Körper glüht förmlich vor Wut.

»Bereit?«, frage ich, wobei ich das Handy entsperre.

»Ja.«

Ich drücke wieder auf Play. Das Video geht weiter.

Gut dreißig Sekunden später wendet Max sich ab.

»Ich kann mir das nicht anschauen, das ist ... Nein.« Er steht auf und läuft zur Fensterfront, als würde er so viel Abstand zwischen sich und die Aufnahme bringen wollen wie nur irgend möglich.

»Schon gut.« Ich laufe zum Bad. »Bleib hier, ich schau es mir alleine an«, murmle ich, bevor ich die Tür hinter mir schließe und mich langsam dagegen sinken lasse. Ich schließe die Augen und atme mehrmals tief ein und wieder aus.

Als ich sie wieder öffne und meinem Spiegelbild begegne, wird mir bewusst, dass ich noch schlimmer aussehe, als ich mich fühle. Die Haare kleben mir strähnig und nass am Kopf, die Ringe unter meinen Augen sind dunkel und meine Lippen an mehreren Stellen blutig.

Es kommt mir vor, als würde ich eine alte Aufnahme aus der Zeit betrachten, als ich jeden Tag so ausgesehen habe. Von der Zeit, als ich mit rasendem Herzen auf dem Badewannenrand gesessen und auf den Teststreifen gestarrt habe.

Schnell wende ich mich ab und lasse mich auf den Klodeckel sinken, um mir das restliche Video anzuschauen.

Doch wer auch immer es aufgenommen hat, war peinlichst

genau darum bemüht, wirklich nur das aufzunehmen, worum es ging. Denn obwohl ich es mir zweimal ansehe, sind da nur zwei Personen eindeutig zu erkennen – Sebastian und Viktoria.

Dafür fällt mir etwas anderes auf. Die Berührungen zwischen ihnen sind viel zu routiniert. Zu abgestimmt. Da ist keinerlei Unbeholfenheit. Kein nervöses Gekicher oder eine unkoordinierte Bewegung. Nichts, was da wäre, wenn es sich bei dem hier um einen *Ausrutscher* handeln würde. Die Art, wie er ihren Körper liebkost und wie sie darauf reagiert, lassen mich schlussfolgern, dass das hier definitiv nicht zum ersten Mal passiert ist und wahrscheinlich auch nicht zum zweiten Mal. Die beiden sind wie beim Paarlauf – perfekt aufeinander abgestimmt.

Ich stoße die Tür auf und gehe wieder nach draußen. »Wer auch immer gefilmt hat, hat darauf geachtet, selbst nicht im Video aufzutauchen. Gesendet wurde es am Samstag um siebzehn Uhr zweiundfünfzig.«

Max hebt nachdenklich eine Hand an die Lippen. »Das war kurz bevor wir zum Essen gegangen sind. Deswegen war sie also so merkwürdig drauf«, schlussfolgert er, scheint jedoch eher die Ereignisse dieses Tages noch mal in Gedanken durchzugehen, als mit *mir* zu reden.

»Wir sollten versuchen, die Metadaten auszulesen, darüber können wir eventuell herausfinden, mit welcher Art von Handy das Video aufgenommen worden ist … und wann. Vielleicht können wir so schon jemanden ausschließen.«

Max nickt bedächtig, dann nimmt er mir das Handy aus der Hand und geht zu seinem Laptop. »Ich kenn' mich nicht mit Metadaten aus, aber so schwer wird es nicht sein. Sebastian können wir in jedem Fall schon einmal ausschließen. Zwar nicht zwangsläufig als Mörder, wohl aber als Stalker, denn der kann sich ja nicht zweiteilen.«

»Ja, das stimmt wohl. Also ist er es entweder nicht gewesen, oder der Stalker ist nicht der Mörder«, murmle ich.

»Hm.« Max klickt auf den Internetbrowser, und sofort öffnen sich unzählige Tabs, die er offenbar bei der letzten Sitzung nicht geschlossen hatte.

Ich runzle die Stirn. Max ist niemand, der Tabs geöffnet lässt. Dafür ist er zu organisiert. Er achtet immer darauf, dass alle Programme und Tabs geschlossen sind, wenn er seinen Laptop runterfährt. Ich bin immer diejenige in unserer Beziehung gewesen, die mehrere Browserfenster mit bis zu fünfundzwanzig Tabs geöffnet gelassen und den Rechner nie runtergefahren hat, aus Sorge, dass mir irgendwas verlorengehen könnte.

»Was machst du da?«

»Googeln, wie man die Metadaten ausliest.«

»Es gibt kein Internet.«

»Ach, stimmt.« Er fährt mit der Maus über das rote Kreuz, um die Seite zu schließen, doch ich packe ihn am Handgelenk.

»Warte. Was ist das?«

Ich beuge mich noch weiter vor, bin Max so nahe, dass ich seinen Atem an der Wange spüre.

»Das muss von Viktoria sein. Sie war gestern noch mal an meinem Rechner, um was zu unterschreiben, und hat scheinbar –«

»Siehst du, was ich sehe?«, unterbreche ich ihn.

Vor uns ist ein Zeitungsartikel geöffnet. Er trägt die Headline: *Pierre Karthee eröffnet Luxus-Retreat in den Bergen.*

Langsam scrolle ich runter.

Pierre Karthee, Sohn des ehemaligen Hoteliers Jaques Bernard, tritt in die Fußstapfen seines Vaters und eröffnet ein Luxus-Retreat im Ammergebirge.

Ich überfliege einige Zeilen, bis ich zum Ende des Artikels gelange.

Bleibt zu hoffen, dass Pierre mehr Erfolg hat als sein Vater Jaques Bernard, dessen Hotel nach dem Besuch der Influencerin Viktoria Kaplan seine Pforten wieder schließen musste.

Bevor Max mich daran hindern kann, klicke ich die übrigen Tabs durch. Sie alle führen zu weiteren Artikeln. Einige davon sind nur mit einem Abo der entsprechenden Zeitung ganz zu lesen, andere sind komplett kostenlos verfügbar. Aber der Inhalt spielt nur bedingt eine Rolle, denn die Headlines verraten genug: *The Bernard Hotel schließt nach Shitstorm. Influencerin Viktoria Kaplan war der letzte Gast des The Bernard Hotels. Shitstorm, Hass-Nachrichten und Hygienekontrolle – Influencerin vernichtet Hotelinhaber Jaques Bernard.*

Jaques Bernard.

»O mein Gott«, murmle ich.

Max hat sich nun ebenfalls vorgebeugt, scheint aber immer noch nicht zu begreifen. »Was ist los?«

Ich fahre mit der Maus zu dem Icon des Mail-Postfachs. Es öffnet sich, und ich sehe, dass Viktoria bereits den Namen ins Suchfeld eingegeben hat, den auch ich gerade eingeben wollte.

»Jaques Bernard«, murmle ich geistesabwesend.

»Was hat der denn jetzt mit Pierre zu tun?«, fragt Max verwirrt, denn natürlich kennt er Jaques. Das tun wir alle.

»Jaques Bernard ist Pierres Vater.«

Max starrt mich ungläubig an, und ich sehe förmlich, wie es hinter seiner Stirn zu arbeiten beginnt. »Ich verstehe nicht ganz, aber wieso heißt Pierre dann nicht Bernard?«

Ich zucke mit den Schultern. »Vielleicht trägt er den Namen seiner Mutter, oder er ist verheiratet. Was wissen wir denn schon über ihn?«

Max schweigt. Scheint die Tragweite dieser Entdeckung erst mal sacken lassen zu müssen.

»Offenbar hat Viktoria geglaubt, dass er derjenige ist, der ihr all das angetan hat.«

Was nur Sinn ergibt. Denn den Zeitungsartikeln nach zu urteilen, hatte Tori Pierres Vater vernichtet. Es wäre also durchaus vorstellbar, dass er dasselbe jetzt mit ihr gemacht hat.

Ich fahre herum und greife nach ihrem Handy. Ein Chat ist noch offen.

UNBEKANNTE NUMMER: Keine Sorge, es gibt keinen Grund zu weinen. Das hier ist erst der Anfang.

VIKTORIA: Das glaube ich nicht. Das hier ist das Ende.

VIKTORIA: Ich weiß, wer du bist.

UNBEKANNTE NUMMER: Pass auf, dass du nicht ins Wasser fällst. Wobei, eigentlich ist es egal, denn du hast recht. Das ist das Ende.

Ich schlucke hart, lese die Nachrichten noch mal. Doch es gibt keinen Zweifel – ihr Stalker ist definitiv auch ihr Mörder. Aber wo vorher ein gesichtsloser Schatten die Leere ausfüllte, blickt mir nun ein Gesicht entgegen.

Viktoria wusste, wer er war.

Und wir wissen es jetzt auch.

40 PIERRE

»*Oder jemand hat uns aufgespürt*«, schallte es mir ein ums andere Mal durch den Kopf. Wie ein Lied in Endlosschleife. Ein Ohrwurm, der meine Gedanken infiltrierte.

Mein Blick wanderte zum Festnetztelefon, das neben meinem Computerbildschirm und dem Foto von mir und meinem Vater stand. Unschlüssig trommelte ich mit den Fingern auf die Tischplatte, ehe ich den Arm ausstreckte und nach dem Hörer griff.

Ich hatte noch ein paar Minuten, bis die Gäste zum Abendessen kommen würden, und obwohl ich eigentlich unten sein sollte, gab es da eine Sache, um die ich mich erst noch kümmern musste. Wie schon vor wenigen Minuten hörte ich die Mailbox ab, lauschte seinen Worten noch einmal.

»Wie kannst du es wagen, mir so was anzutun? Mein eigener Sohn? Ma chair et mon sang?« *Mein eigen Fleisch und Blut?* Es knisterte, dann war die Leitung tot, bis sich eine computergenerierte Stimme meldete, die fragte, ob ich die Nachricht löschen wollte.

Ich unterbrach die Verbindung und ließ den Hörer in den Schoß sinken, ehe ich mich zum Fenster umdrehte, als könnte ich außerhalb dieses Zimmers irgendwelche Antworten finden, die ich in meinem Kopf so vergeblich suchte. Denn der war wie leergefegt. Kein klarer Gedanke ließ sich noch fassen, bis auf einen:

»*Oder jemand hat uns aufgespürt.*«

Ich schloss die Augen, atmete tief ein und aus. Irgendetwas hatte er herausgefunden. Die Frage war nur, was. Unwillkürlich musste ich an das Handtuch zurückdenken. War es wirklich möglich, dass jemand es so gezielt dort platziert hatte? Das jemand hier war, der hier nicht sein durfte? Dass *er* hier war?

Ich dachte an all die Male zurück, die er mit mir wandern gegangen war. Eine Zeitlang waren wir fast jedes Wochenende in die Berge gefahren, hatten irgendwo unser Zelt aufgestellt und in einem See geangelt. Er wusste, wie man hier zurechtkam. Wo es das beste Feuerholz gab und wie man an Wasser kam, wenn der eigene Vorrat sich dem Ende neigte. Er kannte die Wälder des Ammergebirges in- und auswendig.

Nur war das in einer Zeit gewesen, in der er noch nüchtern gewesen war und nicht jeden Tag mehr Alkohol als weiße Blutkörperchen durch seine Adern pumpten.

»Oder jemand hat uns aufgespürt.«

Nein. Es war unmöglich, dass *er* etwas damit zu tun hatte. Weder wusste er, wo sich das Retreat befand, noch konnte er wissen, dass *sie* hier war. Er war schließlich nicht auf Social Media unterwegs.

Was auch immer er damit meinte, es hatte nichts mit den Gästen zu tun. Sondern mit mir. Mit diesem Ort hier. Mit all dem, was er verloren hatte und was ich nun besaß.

Trotzdem wollte das flaue Gefühl in meinem Bauch nicht weichen, hatte sich wie zu einem kantigen Stein verdichtet, der sich bei jeder Bewegung schmerzhaft bemerkbar machte.

Josefine und Max verließen ihre Lodge, und ich beobachtete, wie er an der seiner Schwester klopfte.

Mir war klar, dass mir nur noch ein paar Minuten blieben. Also holte ich tief Luft und hob den Hörer erneut an. Nicht um noch mal die Mailbox abzuhören, sondern um mich dem Unvermeidlichen zu stellen. Meine Finger tippten in einer einstudierten Abfolge über das Tastenfeld, dann erklang das Freizeichen.

Ich schloss die Augen, betete im Stillen, dass er zu besoffen war, um ranzugehen. Immerhin war es schon fast achtzehn Uhr. Normalerweise hatte er um diese Uhrzeit mindestens fünf Bier intus.

Ich wollte gerade auf die Taste mit dem roten Hörer drücken, da hörte ich seine Stimme.

»Na, hast du endlich meine Nachricht abgehört?« Er klang harsch und zu meiner Überraschung völlig klar. Da war nicht einmal der Anflug eines Lallens. Stattdessen sprach er die Worte mit einer Schärfe aus, als wolle er mir damit die Kehle aufschneiden.

»Ja, das habe ich«, antwortete ich langsam. Auf der Hut. »Du bist nüchtern.« Es war keine Frage, obwohl es wie eine klang.

»Oui, das bin ich wohl«, erwiderte er mit harter Stimme. Er hatte noch nie in diesem Ton mit mir gesprochen. Nicht einmal, wenn er betrunken gewesen war. Dieser Ton war meiner Mutter vorbehalten gewesen, und ich erinnerte mich an lange Nächte, in denen ich ihn mit genau dieser Stimme zu ihr sprechen hörte, während ich eigentlich schlafen sollte.

»Wie kommt's?« Mir war klar, dass ich das Unvermeidliche nur hinauszögerte. Doch ich war nicht bereit. Nicht jetzt. Nicht, wo ohnehin alles aus dem Ruder lief. Nicht, wo eine Katastrophe die nächste jagte.

»Weil ich einen klaren Verstand brauche.«

Mir stellten sich alle Nackenhaare auf.

»Wofür?«

»Das wüsstest du gerne, hm? Aber weißt du, das spielt keine Rolle.« O doch, das tat es. Immerhin hatte mein Vater seit Jahren an keinem einzigen Tag die Notwendigkeit gesehen, einen klaren Verstand zu brauchen.

Zweige knackten, und Wind rauschte durch den Hörer.

Der Stein lag immer schwerer in meinem Magen.

»Wo bist du gerade?«

»Wo ich bin? Ce ne sont pas tes affaires de merde!«, erwiderte er. *Das geht dich einen Scheißdreck an.*

Ich presste den Hörer an mein Ohr. Waren da Autos im Hintergrund?

Nein. Nur sein keuchender Atem, seine wütenden Schritte und der peitschende Wind.

Ich fuhr mir mit der Hand übers Haar.

»Was wolltest du mir mit deiner Nachricht sagen? Denn, pardon, ich habe keine Ahnung, was ich dir angetan haben soll.«

Er lachte spöttisch. »Keine Ahnung, ja? Il n'y a rien à faire. Da kann ich dir nicht helfen. Ich weiß jedenfalls alles.«

Ich ließ meinen Blick über die Bäume schweifen, auf der Suche nach etwas, das ich eigentlich nicht finden wollte. Auf der Suche nach *ihm*.

Doch stattdessen fand ich nur Max und Josefine, die jetzt gemeinsam mit Julian die Lodge verließen.

»Alles?« Mein Herzschlag beschleunigte sich. Ich schob eine Hand in die Hosentasche, umschloss den Bergkristall darin.

Bitte Universum, tu mir das nicht an. Das habe ich nicht verdient.

»Ja. Alles. Das Retreat mit den reichen Spinnern. Es ist deins. Du hast es eröffnet. Und das …«, ich hörte, wie er ausspuckte, »ohne mir etwas davon zu erzählen. Mir, deinem Vater! Wie fühlt es sich an, dem eigenen Vater alles wegzunehmen, wovon er jemals geträumt hat? Ihn am Boden liegen zu sehen und noch einmal nachzutreten?«

Ich erstarrte, fasste das Plastikgehäuse des Hörers so fest, dass es knackte.

Plötzlich war ich wieder acht Jahre alt. Ein dummer kleiner Junge, der bereit war, seinem Vater alles zu glauben, was er ihm erzählte. Aber diesmal … war er im Unrecht.

»Du verstehst nicht. Ich habe das für dich getan. Für uns. Es war *unser* Traum, ein Hotel zu eröffnen. Gemeinsam. Erinnerst du dich? Nur hat dir mein Studium zu lang gedauert, also hast du nicht gewartet und eins eröffnet. Ohne mich.«

»Weshalb so vorwurfsvoll, mon fils, wenn du doch jetzt genau das Gleiche tust?«

»Ich habe dir nichts davon erzählt, weil ich erst sehen wollte, ob ich es hinkriege. Du und ich, wir wissen beide, dass sich erst nach einigen Monaten zeigt, ob man mit einem Hotel Erfolg haben wird. Bei einem Retreat ist das nicht anders. Alles, was ich hier geschaffen habe, ist auch für dich.«

Das war die Wahrheit. Ich hätte ihn geholt. Eines Tages. Immerhin sollte das Retreat seine Heilung sein. Vom Verlust seines Hotels. Vom Verlust meiner Mutter. Vom Verlust seiner Würde.

Während ich ihn nun so sprechen hörte, fragte ich mich allerdings, ob mein Vater jemals wieder der Alte würde sein können, ob es diesen Menschen, der er einst gewesen war, überhaupt noch gab oder ob er nicht längst tot war, gestorben, als man seinen Traum zerstört und meine Mutter ihn verlassen hatte.

»Arrête ça! Ich will deine Lügen nicht hören. Das Retreat ist schon seit einer ganzen Weile geöffnet. Ich bin hier, du dort. Hör auf mir zu erzählen, du hättest irgendwas für mich getan. Du hättest es mir nie gesagt. Ein Teil von mir hasst dich dafür, und ein anderer versteht es sogar. Ich bin Alkoholiker, was willst du auch mit mir in so einem Luxusding? Und dennoch … Dass du mich hier so elendig verrecken lässt, während du dir dort oben eine goldene Nase verdienst, ist erbärmlich. Selbst für dich.« Er spuckte erneut.

»Woher weißt du davon?«, fragte ich resigniert.

»Aus den Nachrichten.«

Ich horchte auf. »Wie bitte?«

»Oui. Ich saß gestern da und habe das Bier gesoffen, das du mir nicht holen wolltest. Wie immer lief die Glotze – irgendwas mit Stars und Sternchen –, und dann sehe ich da plötzlich dieses Miststück, das mein ganzes Leben ruiniert hat. Wie heißt sie doch gleich? Du müsstest es besser wissen als ich, immerhin ist sie ja bei dir.«

Ich schluckte, »Viktoria.«

»Ah, exactement. Viktoria. Kaplan.« Er lachte höhnisch. »Vielleicht muss ich dir noch mal auf die Sprünge helfen. *Sie* ist die Frau, die mein Leben und meine Karriere zerstört hat. Sie hat für meinen Untergang gesorgt und mir ihre Follower und die Hygienekontrolleure auf den Hals gehetzt.« Er lachte, und das Geräusch brachte das Blut in mir zum Kochen. »Nur falls du es vergessen haben solltest.«

Das habe ich nicht vergessen und würde ich nie vergessen, denn damit hatte sie mir meinen Vater, meine Mutter, meine Familie genommen.

Mit einem Mal saß ich wieder in dem stickigen Vorlesungssaal. Es war Sommer, und die Luft war heiß und trocken. In der Uni roch es nach Schweiß und Sonnencreme, und bevor man sich auf einen der Holzstühle setzen wollte, war es ratsam zu überprüfen, ob er nicht schweißnass oder vor Creme ganz klebrig war.

Ich saß gerade in der Vorlesung »Bauen im Bestand/Denkmal« bei Professorin Kowalski. Wie immer in ihrer Vorlesung wollte ich die neunzig Minuten Frontalbeschallung nutzen, um ein paar Facebook-Nachrichten zu beantworten, die auf der Unternehmensseite meines Vaters eingegangen waren.

Er selbst war, was die neuen Medien betraf, nicht wirklich fit – was vor allem auch daran lag, dass er der Meinung war, Handystrahlung sei ungesund – und hatte mich gebeten, die Seite zu verwalten. Als ich mich an diesem Tag einloggte, stockte mir der Atem. Statt wie gewöhnlich einer Handvoll Nachrichten waren plötzlich Tausende im Postfach. Zunächst hielt ich es für einen Scam oder einen Hackerangriff, aber bald begriff ich, dass das Hotel seinen ersten Shitstorm erlebte. Nicht eine der Nachrichten war wohlwollend. Es waren fiese Nachrichten mit hämischen Bemerkungen, geschrieben von jungen Müttern, pubertären Mädchen, die auf ihren eigenen Accounts über Schminke und Schulbasare berichteten, auch von Kerlen, die Gewichte stemmten, und von gesichtslosen Anonymen, deren Profilnamen aus willkürlichen Buchstaben und Zahlen bestanden.

Trotz der Menge redete ich mir ein, das Ganze irgendwie händeln zu können, ihm gewachsen zu sein. Ich redete mir ein, diese Leute irgendwo da draußen würden damit aufhören, wenn sie sich nur *gesehen* und *gehört* fühlten. Also begann ich damit, Antworten zu verfassen. Doch dann fingen sie im Gegenzug an, negative Google-Bewertungen zu schreiben. Ich brauchte nicht lange, um herauszufinden, dass Viktoria in ihrer Instagram-Story genau dazu aufrief. Sie spielte sich auf wie eine Märtyrerin.

»Es geht mir nur darum, dass ihr euer Geld nicht in so einem Hotel wie diesem ausgebt. Ich muss euch davor schützen!«, trällerte sie munter in die Kamera, als ob sie keine Ahnung hätte, dass sie damit die Lebensgrundlage eines Mannes und seiner Angestellten zerstörte.

Wie eine Flutwelle waren ihre Follower über meinen Vater hereingebrochen und hatten ihn unter Wasser gezogen, bis er mit seinem Hotel untergegangen war.

»Stell dir bloß vor, wie überrascht ich war, als ich plötzlich gehört habe, dass sie jetzt gerade im Luxus-Retreat des Architekten Pierre Karthee ist und fröhlich im Netz darüber berichtet«, riss er mich aus meinen Gedanken. Er lachte erneut, und es klang so hart und bitter, dass sich mir alle Nackenhaare aufstellten.

»Ich bin wortwörtlich fast vom Stuhl gefallen. Ich kann dir sagen, mon fils, da war ich mit einem Schlag nüchtern.«

»Wie gesagt, es ist anders, als du denkst.« Ich merkte selbst, dass meine Worte lahm klangen, aber ich konnte ihm schlecht die Wahrheit sagen, nämlich, dass ich keine andere Wahl gehabt hatte. Ich hatte Viktoria einladen müssen. Eine andere Influencerin war nicht in Frage gekommen.

»Das bezweifle ich, Pierre. Du denkst, ich bin ein bisschen blöd in der Birne, weil ich Alkoholiker bin und damals alles in den Sand gesetzt habe, aber da irrst du dich gewaltig. Du willst dir beweisen, dass du besser bist als ich, deshalb hast du sie eingeladen. N'est-ce pas? Stimmt's? Es geht dir nur darum. Um nichts anderes.«

»Nein.« Das war nur halb gelogen. Es ging mir nicht nur darum. Er vergaß einen entscheidenden Punkt.

»Dann beantworte mir nur diese eine Frage: Wieso ausgerechnet sie, mon fils? Bei all den arroganten Spinnern, die das Internet so zu bieten hat, wieso ausgerechnet sie?«

»Ich bin dir keine Rechenschaft schuldig, Vater.«

»Das werde ich dir nie verzeihen –«

Es klopfte an der Tür.

»Ich muss auflegen.«

»Ach, musst du das?«

Ich antwortete nicht, sondern beendete das Gespräch. Für einen Moment blieb ich noch sitzen, unsicher, ob meine Beine mich tragen würden, wenn ich jetzt aufstand. Aber dann erhob ich mich doch und schluckte das Gefühl, soeben meinen Vater ganz verloren zu haben, einfach herunter wie einen Erdbeersamen, der zwischen den Zähnen gesteckt hatte.

»Herein.«

»Hallo, Pierre. Magdalena meinte, Sie wollten mich sprechen?« Max stand im Türrahmen und sah über den Rand seiner Sonnenbrille zu mir herüber.

Ich lächelte. »Ja, kommen Sie herein.«

Er trat ein und ließ sich auf demselben Besucherstuhl nieder, auf dem auch Magdalena vorhin gesessen hatte. Er roch nach Duschgel und teurem Parfüm.

»Wie geht es Viktoria?« Ich legte den Kopf schief und musterte ihn aufmerksam.

Er erwiderte meinen Blick, aber verzog keine Miene. »Ich habe nicht noch mal mit ihr gesprochen. Ist es das, weswegen Sie mich sprechen wollen? Wegen dem, was vorhin passiert ist?«

Ich schüttelte den Kopf. »Nein, eigentlich nicht. Konnten Sie den Rest Ihrer Massage noch ein bisschen genießen?«

»Ich habe es zumindest versucht.« Mehr konnte man wohl in Anbetracht der Umstände nicht erwarten.

Max lehnte sich zurück und wartete. Offenbar war er nicht der Typ für Smalltalk.

»Weswegen ich mit Ihnen sprechen wollte ... Es gibt eine Unwetterwarnung.«

Max beugte sich vor. »Eine Unwetterwarnung?«

»Ja. In den frühen Morgenstunden – ab zwei Uhr nachts – soll es heftige Gewitter und Sturm geben.«

»Okay?« Er zog eine Braue hoch.

»Solche Regenfälle können dazu führen, dass die Straße ins Tal unbefahrbar wird und man das Retreat nicht mehr verlassen kann. Auch wenn Ihre Abreise erst für Montag geplant ist, möchte ich dennoch, dass Sie informiert sind.«

»Kommt so was denn häufiger vor?«

»Nun, starke Unwetter sind im Sommer nicht selten. Wir hatten auch in den Tagen vor Ihrer Ankunft bereits starke Regenfälle, und die Straße war weiterhin befahrbar. Es hängt immer davon ab, wie viel und lange es regnet. Bei richtigem Unwetter ist natürlich etwas mehr Niederschlag zu erwarten. Aber laut der mir vorliegenden Warnung soll die Kaltfront am Nachmittag bereits vorübergezogen sein.«

»Okay, und weshalb genau sagen Sie es mir dann?«

»Ich möchte und muss Sie auf die Eventualität hinweisen, dass Sie unter Umständen nicht wie geplant abreisen können, damit Sie die Möglichkeit haben, selbst zu entscheiden, ob Sie dieses Risiko eingehen wollen oder nicht. Je nachdem, wie Ihr Terminkalender aussieht und welche Anschlusstermine Sie haben.«

Max lehnte sich wieder zurück und verschränkte die Arme vor der Brust. In seinem Kiefer zuckte ein Muskel.

»Was wäre denn die Alternative?«

»Eine vorzeitige Abreise.«

Max hob die Hand und massierte sich die Nasenwurzel. »Also verstehe ich das richtig ... Sie fragen mich *jetzt,* wo sich die Ersten bereits unten zum Abendessen eingefunden haben, ob wir noch heute abreisen wollen? Wann haben Sie diese Unwetterwarnung erhalten?«

Ich hielt seinem wütenden Blick stand. »Dass es regnen wird, war klar. Die Unwetterwarnung ist allerdings erst heute rausgeschickt worden. Und ich habe Sie leider erst vor ein paar Minuten gesehen, weil ich nur selten hier hochkomme, wenn Gäste da sind. Glauben Sie mir, wenn ich früher davon gewusst hätte, hätte ich Sie auch früher informiert.«

Max musterte mich, und ich fragte mich, ob mir die Wahrheit ins Gesicht geschrieben stand. Ob er mir ansah, dass ich es absichtlich hinausgezögert hatte, sie zu informieren, weil die Wahrscheinlichkeit, dass sie jetzt noch abreisten, geringer war als noch vor ein paar Stunden.

»Wie hoch ist denn Ihrer Meinung nach die Wahrscheinlichkeit, dass eine Fahrt ins Tal nicht mehr möglich ist?«

»Gering«, log ich, denn in Wahrheit war es unmöglich, das zum jetzigen Zeitpunkt zu sagen. Aber nach allem, was der Aufenthalt von Viktoria Kaplan und ihren Freunden mich bereits gekostet hatte, war ich nicht bereit, sie nach ein paar Postings und ein paar lieblos aufgenommenen Storys einfach so abreisen zu lassen. Sie schuldeten mir mehr als das. Und für schlechtes Wetter konnten sie mir ja unmöglich die Schuld oder eine schlechte Bewertung geben. Alles, was ich tat, war, noch ein bisschen Zeit zu erkaufen, um ihnen ein unvergessliches Wochenende und mir und meinem Retreat eine glänzende Zukunft zu verschaffen. Daran war ja wohl kaum etwas auszusetzen, oder?

»Zur Not gibt es auch immer die Möglichkeit, die Bergwacht zu kontaktieren.« Das immerhin entsprach der Wahrheit.

Max seufzte. »Schön. Wenn Sie das sagen. Ich vertraue Ihnen.«

ACHT STUNDEN VOR DER TAT

41 JOSEFINE

»Ist das denn eine Option?«

Nachdem Max aus Pierres Büro gekommen war, hatte er mich sanft am Ellenbogen gepackt und gebeten, eine Runde mit ihm um den See zu spazieren. Während sich der Abend ganz allmählich über den Berg senkte, liefen wir nun am Wasser entlang.

»Eigentlich nicht. Ich mache mir nur Sorgen, dass wir hier festsitzen. Vielleicht sollte ich doch noch mal mit Viktoria sprechen. Bei einem Covershooting sind so viele Personen involviert, das kann man nicht einfach verschieben.« Er rieb sich über den Bartschatten.

»Aber meintest du nicht, dass man sonst auch die Bergwacht rufen kann? Ich weiß nicht, vielleicht machst du dir zu viele Sorgen.« Ich ließ meinen Blick über den malerischen See vor uns schweifen und blieb an einem Wasserläufer hängen, um dessen kleinen Füße sich das Wasser bei jedem Sprung zu feinen konzentrischen Kreisen formte.

Max schmunzelte. »Du willst nur nicht nach Hause.«

Das stimmte, aber zu meiner Verteidigung ... Wie oft bekam man auch die Chance, an so einem Ort zu sein? Auch wenn ich es Max gegenüber nicht zugeben würde, wäre ich enttäuscht, wenn wir vorzeitig abreisen müssten.

»Auch ... Aber ich glaube, dass es für Viktoria gut ist, hier zu sein, oder? Immerhin sind wir ja nicht einfach nur hier, um zu entspannen, es geht ja vor allem um ihren Follower-Meilenstein. Das ist eine riesige Sache, und ich glaube, das sollte unbedingt gefeiert werden. Wir leben sowieso schon in einer Gesellschaft, in der es immer nur darum geht, immer schneller immer weiter zu kommen. Ein achtsamer Moment, in dem man stolz auf sich sein kann und auf das, was man geleistet hat, erscheint mir wichtig.«

Max blieb stehen, um sich nach einem Stein zu bücken. »Vielleicht hast du recht.« Er schenkte mir ein liebevolles Lächeln, dann ließ er den Stein über die Wasseroberfläche hüpfen.

Als wir kurze Zeit später wieder die Terrasse erreichten, war von Tori und Karla nach wie vor nichts zu sehen, dafür trat Magdalena gerade mit einem Tablett heraus, auf dem sich unsere Drinks befanden. Ob sie extra auf unsere Rückkehr gewartet hatte?

»Beziehungskrise überwunden?«, fragte Sebastian, doch die Tatsache, dass er nicht weiter von der Wahrheit entfernt sein könnte, stimmte mich milde. Ich schenkte ihm ein strahlendes Lächeln.

Wir ließen uns am Tisch nieder, und kaum dass wir saßen, reichte Magdalena uns auch schon unsere Getränke.

Weißer Rauch quoll über den Rand von Max' Cocktailglas, waberte über das dunkle Holz des Tisches und löste sich auf.

»Wenn ich gewusst hätte, dass der Old Fashioned smoked serviert wird, hätte ich den auch geordert«, sagte Sebastian mit Blick auf den schnöden Gin Tonic, der vor ihm stand.

Max lachte. »Ich hatte eben schon immer den besten Geschmack von uns dreien.« Er sah mich an, dann hob er das Kristallglas an die Lippen und nahm einen großen Schluck. Die untergehende Sonne spiegelte sich darin, und ich kniff die Augen leicht zusammen.

»Mhmm. Willst du mal probieren? Ist einfach köstlich.« Max verlagerte das Gewicht in meine Richtung und hielt mir das Getränk hin.

Mein Blick fiel auf die kunstvoll drapierten Orangenschalen und die einsame Cocktailkirsche, die zwischen einem golfballgroßen Eiswürfel im Whiskey schwammen. Eigentlich hatte ich heute nichts trinken wollen. Allerdings schien ich damit die Einzige zu sein, nicht einer der Anwesenden hatte auch nur anstandshalber ein Glas Wasser dazubestellt.

»Nur einen kleinen Schluck«, sagte ich schließlich und nahm ihm das Glas aus der Hand. Etwas Kondenswasser rann die geschliffenen Kanten entlang, ehe es mir auf die nackten Oberschenkel tropfte.

Ich nippte daran. Sofort brannte sich der Whiskey meine Kehle hinunter. Eine süße Note nahm dem Drink etwas an Schärfe, aber nicht an Intensität.

»Mhm. Wirklich sehr lecker.«

Max legte einen Arm um meine Schultern. »Du musst nicht lügen. Ich sehe in deinen Augen, dass er dir nicht schmeckt.«

Erleichtert verzog ich das Gesicht, was ihn herzhaft lachen ließ.

»Ach, da ist sie ja! So schön und strahlend, dass es einen beinahe blendet.« Sebastian setzte demonstrativ seine Sonnenbrille auf, als Karla die Stufen zur Terrasse emporstieg. Bei ihrem Anblick verkrampfte ich mich unwillkürlich.

Sie trug eine perlmuttweiße Anzughose, dazu ein weißes Seidentop mit Spitze am Dekolleté und Spaghettiträgern. Obwohl ihr Ausschnitt eigentlich alles verdeckte, zeigte er dennoch so viel, dass unwillkürlich die Phantasie angeregt wurde, was meiner Ansicht nach deutlich freizügiger war als ein tiefer Ausschnitt – wenn man alles sah, gab's immerhin nichts mehr zu erahnen.

Die Haare trug sie zur Abwechslung nicht wie sonst in einem lockeren Dutt, sondern offen, und der Pony fiel ihr fransig in die Stirn.

Sie war wunderschön und sexy – mit einer Eleganz, die sich weder mit Schmuck noch Kleidung kaufen ließ. Daneben fühlte ich mich mit dem schwarzen, enganliegenden Kleid, das mir gerade so über den Hintern reichte und das mehr freigab, als es versteckte, einfältig und billig.

Eine Teenie-Göre neben einer gestandenen Frau. Es war peinlich.

Ich schluckte den Kloß der Scham herunter und nahm noch einen Schluck von Max' Old Fashioned.

»Hi. Was ist denn hier los?«, fragte Karla, als sie an den großen Tisch trat. Im Gegensatz zu gestern aßen wir heute nicht im Speisezimmer, sondern auf der Terrasse in den letzten warmen Strahlen der untergehenden Sonne.

»Morgen soll es regnen, daher dachte ich, es ist Ihnen angenehm, den heutigen Abend noch einmal draußen zu verbringen.« Pierre kam mit einem silbernen Tablett aus der Lounge und reichte Karla einen Aperitif.

Lächelnd nahm sie ihn entgegen, ehe sie einen Schluck davon trank und sich neben Sebastian setzte.

»Wow, sieht wieder toll aus.« Sie streckte ihre Hand aus und berührte die Blätter der Eukalyptuspflanze, die kunstvoll auf einem schmalen Läufer aus braunem Leinenstoff in der Mitte des Tisches drapiert waren. Dazwischen standen cremefarbene Kerzen in unterschiedlichen Größen. Von den frühabendlichen Sonnenstrahlen war ihr Wachs leicht angeschmolzen, obwohl der Docht noch unberührt war.

»Wo ist Viktoria?« Karla zupfte eines der Blätter ab und begann es zwischen den Fingern zu rollen.

»Die war noch nicht fertig«, erklärte Julian, der sich bisher in ungewohntes Schweigen gehüllt hatte.

Obwohl alle bemüht waren, so zu tun, als sei alles in bester Ordnung, war eine unangenehme Spannung zu spüren. Wie die von elektrisch aufgeladener Luft, bevor das erste Donnergrollen die Stille zerriss und ein Gewitter ankündigte.

»Oh.« Die Falten auf ihrer Stirn wurden tiefer. Sie hob den Aperitif an die Lippen und nippte erneut daran. »Aber ihr geht's wieder gut?« Im darauffolgenden Schweigen hörte sich das Zirpen der Grillen, das sich unter die melodischen Jazzklänge mischte, die leise aus der Lounge zu uns heraushallten, viel zu laut an.

»Wieder gut?« Julian schob das Besteck von links nach rechts und sah Karla fragend an.

»Wegen ihrer Kreislaufprobleme vorhin«, fiel ich Karla ins Wort, bevor sie sich verplappern konnte. Soweit ich mich erinnerte, war sie schon weg gewesen, als Viktoria uns gebeten hatte, Julian nichts von der Sache mit dem Handtuch zu erzählen.

Kaum dass die Worte meine Lippen verlassen hatten, brannte sich Karlas Blick unter meine Haut.

Ich zwang mich, ihn zu erwidern und sie anzulächeln.

»Vorhin, als ihr in der Sauna wart«, half ich ihr auf die

Sprünge, weil sie mich ansah wie damals meine Klassenkameradin Melanie die Mathehausaufgaben.

Mein Lächeln wurde breiter, was zu meiner Schande jedoch weniger aus Höflichkeit, denn aus Genugtuung passierte. Es fühlte sich an wie ein kleiner Sieg, etwas über Viktoria zu wissen, das Karla nicht wusste. Es war intim und gab mir das Gefühl, nicht nur Max', sondern auch Viktorias Freundin zu sein.

Julian hob eine Braue. »Ihr seid alle ganz schön besorgt wegen ein paar Kreislaufproblemen«, murmelte er in sein Glas hinein.

»Wenn man vom Teufel spricht«, hörte ich da plötzlich Sebastian nuscheln, der sich gerade eine Kippe zwischen die Lippen gesteckt hatte.

Ich folgte seinem Blick, und als ich Viktoria sah, verschlug es selbst mir den Atem. Sie trug ein enges, fuchsiafarbenes Kleid aus Satin, das sich in weichen Wellen an jede Kurve ihres perfekt proportionierten Körpers schmiegte. Obwohl es ihr bis zu den Fesseln reichte, gab ein langer Beinschlitz den Blick auf ihre gebräunten Oberschenkel frei. Die Haare fielen ihr in voluminösen Locken über die Schultern, und ihr kokettes Grinsen erinnerte mich unwillkürlich an Marilyn Monroe. Überhaupt sah sie aus wie eine Hollywooddiva aus den fünfziger Jahren.

»Hi, Leute.« Sie lächelte, während sie in ihren Zwölfzentimeter-Absätzen über den Akazienboden schwebte, als liefe sie barfuß.

»Frau Kaplan.« Pierre trug gerade eine Karaffe Wasser sowie einen Aperitif für sie heraus und nickte ihr lächelnd zu. Die Art, wie er ihr dabei das Tablett hinhielt, weckte in mir kurz die Erwartung, er würde gleich einen Knicks vor ihr machen, so ehrfürchtig war seine ganze Haltung.

Natürlich geschah nichts dergleichen. Stattdessen sah Viktoria ihm – für mein Empfinden etwas zu lang – in die Augen, ehe sie sich ein Glas Campari Soda vom Tablett nahm.

»Danke, Pierre.« Sie lächelte, aber nichts daran wirkte freundlich oder gar herzlich.

Sie lief an ihm vorbei, ohne ihn eines weiteren Blickes zu würdigen, und ließ sich seufzend auf den freien Stuhl zwischen Julian und Karla sinken.

»Gott, hab ich einen Durst.« Sie legte den Kopf in den Nacken und leerte das Glas in einem Zug.

Irgendwas ist passiert.

Sofort musste ich an ihren Gesichtsausdruck zurückdenken, mit dem sie uns die Tür zur Lodge geöffnet hatte. Da hatte sie keineswegs so gestrahlt wie jetzt. Vielmehr hatte sie ausgesehen wie ein Gespenst. Blass mit geweiteten Augen.

Wie es schien, hatte sie jedoch nicht vor, sich davon den Abend verderben zu lassen. Stattdessen hatte sie ihr schönstes Kleid angezogen und war in das Kostüm der Fröhlichkeit geschlüpft, als wären Emotionen wie Outfits, die man aus- und anziehen konnte, wie man mochte.

»Du solltest deinen Durst lieber mit Wasser statt mit Campari Soda stillen, Schwesterherz.«

»Du kannst mich mal.« Grinsend schloss sie die Augen und reckte ihre Stupsnase den milden Sonnenstrahlen entgegen.

Julian räusperte sich. »Ich denke, wir bräuchten noch was zu trinken«, sagte er zu Pierre, der gerade die Wasserkaraffe abstellte.

»Natürlich. Was darf ich Ihnen bringen?«

Viktoria lehnte sich auf dem Stuhl zurück und legte fast schon provokant ihre Arme auf den Stuhllehnen von Karla und Julian ab. Dabei sah sie merkwürdig entblößt aus, mit der vorgereckten Brust, als lege sie ihr Herz offen. Fast wie eine Opfergabe. »Ich hätte gerne einen Rotwein. Und zwar einen ganz speziellen. Ich weiß gar nicht, ob ihr den habt, aber vielleicht habe ich ja Glück. Ich habe ihn vor ein paar Jahren schon mal in einem Hotel hier in der Nähe getrunken. Und zwar handelt es sich um einen im Whiskeyfass gereiften Rotwein.«

Pierre räusperte sich. »Ich schau' gerne für Sie nach«, erklärte er, die Stimme ungewohnt brüchig.

Viktoria lehnte sich vor und grinste. »Gut.«

Einen Moment sahen die beiden einander in die Augen, dann bewegte sie ihren Kopf langsam in Julians Richtung.

»Und für dich, Schatz?«

Ich rutschte auf dem Stuhl vor, während ich mit der freien Hand begann, an der dunkelgrünen Serviette herumzuzupfen, die neben meinem Teller lag.

»Ich nehme so einen Old Fashioned«, sagte Julian zu Pierre.

»Für mich auch«, ergänzte Sebastian, der sogleich seinen Gin Tonic leerte, als handele es sich um ein Glas von dem Gurkenwasser, das Magdalena uns heute Vormittag so bereitwillig hinterhergetragen hatte.

»Gin Fizz. Mehr Soda, weniger Gin, bitte«, sagte Karla.

Als Pierre uns ansah, schüttelten Max und ich synchron die Köpfe, und er eilte wieder nach drinnen. Leider blieb die unangenehme Anspannung bei uns zurück.

Ich räusperte mich. »Ich geh' mal kurz ums Eck.«

Als ich durch die Terrassentür trat, empfing mich angenehm kühle Luft, und ich atmete tief ein.

»Frau Fiebig.« Pierre lächelte.

»Hi, könnten Sie mir vielleicht doch ein Getränk mixen?« Ich legte meine Unterarme auf den Bartresen und genoss, wie die Kühle des Holzes auf meinen Körper überging, ihn durchströmte und meinen Herzschlag verlangsamte.

»Natürlich. Was darf's denn sein?« Er sah mich aufmerksam aus seinen braunen Augen an.

»Gerne das Gleiche wie gestern. Mit dem ... Arak hieß der, glaube ich.«

»Ja, Arak! Sehr gerne.«

Als ich kurz darauf von der Toilette kam, brachte Pierre bereits den ersten Schwung Getränke nach draußen. Ich nahm die übrigen zwei Gläser, die auf dem Tresen bereitstanden, und folgte ihm.

»Willst du auch Trinkgeld?«, war Sebastians Kommentar, den ich geflissentlich ignorierte. Wenn ich sowieso schon nie dazugehören würde, brauchte ich mir auch keine Mühe mehr geben – vor allem nicht, was diesen Arsch betraf.

Kurz darauf erschien Magdalena mit der Vorspeise – Rindertartar vom fränkischen Vieh, handgeschnitten.

Während wir das hervorragende Menü von Pierres Koch genossen, verschwand die Sonne hinter dem Horizont, bis irgendwann die Dämmerung einsetzte und alles in rosafarbenes Licht tauchte. Pierre mixte unentwegt Cocktails, und mit jedem geleerten Glas wurde die Anspannung weniger und wich immer fröhlicherem Geplapper.

Nachdem wir bis auf den letzten Bissen aufgegessen hatten, zogen wir schließlich an die in den Boden eingelassene Feuerstelle um. Dicke Polster lagen auf der aus Beton gegossenen, runden Sitzbank, in deren Mitte eine imposante Feuerschale thronte, die Pierre irgendwann zwischen dem Abräumen der Teller und dem Mixen weiterer Getränke für uns vorbereitet hatte.

Zudem hatte er einen Beamer aufgestellt, der Viktorias Instagram-Profil auf eine mobile Leinwand projizierte, so dass uns nicht entgehen würde, wenn sie die eine Million Follower erreichte.

Das Feuer erhellte unsere Gesichter, während der Himmel seine Farbe von Rosa über Lila veränderte, das Zirpen der Grillen irgendwann verstummte und der einsamen Stille der Nacht Platz machte. Wobei Stille eigentlich nicht das richtige Wort war, da Pierre auf Wunsch von Viktoria eine der Lautsprecherboxen nach draußen gestellt hatte. Die schnellen Beats irgendeines mittelmäßigen Popsongs hallten von den Wänden des Retreats wider.

»Wenn wir die Follower nicht bald vollmachen, klappt es mit der Million heute nicht mehr«, murmelte sie, und obwohl sie definitiv mehr getrunken hatte, als gut für irgendwen sein konnte, klang sie erstaunlich nüchtern.

»Jetzt seei do ned so negativ«, lallte Karla, die neben ihr saß und mit geschlossenen Augen – mehr oder weniger im Takt – zum Song hin und her schwankte.

»Mach dich nicht verrückt, Tori«, sagte Max zu laut an meinem Ohr und zog mich fester an sich. Er roch nach Whiskey und Qualm, und ich lehnte mich etwas von ihm fort. »Wir haben ja noch eine Stunde.«

»Na, ich weiß ja nicht …« Viktoria setzte die Flasche erneut an und trank einen weiteren Schluck. Plötzlich wurde ich von Karla abgelenkt. Sie war aufgesprungen und streifte sich die Schuhe ab, ehe sie zu Sebastian ging und ihm die Kippe abnahm.

»Darf ich?« Sie klemmte sie sich in den Mundwinkel und griff nach Viktorias Hand, bevor sie auf die Sitzfläche kletterte und zu tanzen begann – sofern man die unrhythmischen Bewegungen so nennen konnte. Ihr Top war mittlerweile so weit heruntergerutscht, dass es keine Phantasie mehr zuließ.

Sie versuchte, ihre beste Freundin zu sich hochzuziehen, doch die blieb beharrlich auf den Polstern sitzen und sah zu ihr hoch.

»Was machst du da?«

Asche rieselte an Karla herunter.

»Ich tanze«, lallte sie.

Viktoria setzte die Flasche ab und lachte. »Du tanzt?«

»Mhm.« Karla hatte die Augen geschlossen und wiegte sich in einer merkwürdigen Art zur Musik, ehe sie ihr Glas anhob und in einem Zug leerte.

Dabei quoll die Hälfte des Getränks aus ihrem Mund und tropfte halb auf ihr Top und halb auf Viktorias Kopf.

»O mein Gott!« Viktoria sprang auf und fuhr sich durch die Haare. »Scheiße, Karla!«, fluchte sie, wobei sie sich so weit wie möglich von ihrer besten Freundin entfernte.

»Der Traum meiner schlaflosen Nächte«, sagte Sebastian grinsend und sah zu Karla hoch, deren BH sich unter dem nassen Stoff abzeichnete. Die Kippe klemmte ihr noch immer im Mund, obwohl sie nicht nur bis zum Filter heruntergebrannt, sondern auch nass war.

»Sie ist total voll«, murmelte ich Max zu, der nur nickte und sie mit zusammengepressten Lippen musterte.

Karla lallte irgendwas Unverständliches, während sie weiter zu Musik schwankte und dabei neben ihre Sitzfläche trat.

In letzte Sekunde sprang Max auf und bekam sie zu fassen. »Scheiße. Wie voll bist du eigentlich?«

Karla kicherte. »Ich seh den Sternenhimmel, Sternenhimmel, Sternenhimmel, oh, oh.«

»Ach du meine Güte, sie singt Hubert Kah«, erkannte Sebastian und rieb sich lachend über sein feuerrotes Gesicht. Er war offenbar einer von den Menschen, denen Alkohol buchstäblich zu Kopf stieg.

»Los, komm da runter. Du brauchst ein Glas Wasser und –«

Sie riss sich von Max los. »Fass mich nicht an.« Ihr Blick traf seinen, und ich bildete mir ein, ein Schielen zu sehen, als sie versuchte, dem seinen standzuhalten.

»Fass *sie* an. Du kannst deine Finger doch eh nicht von ihr lassen.« Sie deutete auf mich und lachte.

Ich schluckte und senkte den Kopf.

»Ist das dein Ernst?«

»Was denn?« Karla blinzelte, ehe sie unter sichtlicher Anspannung hervorbrachte: »Ist es dir jetzt etwa peinlich, dass ihr euch benehmt wie zwei notgeile Schulkinder?«

Eilig sprang ich von meinem Platz auf und ging zu ihm. Sein Gesicht war dunkelrot, und das heftige Pulsieren seiner Halsschlagader signalisierte mir, dass er kurz davor war, die Geduld zu verlieren.

»Hey, komm. Wir setzen uns wieder, sie ist –«

»Och, hast du etwa Angst, dass er mich schlägt? Keine Sorge, Finchen, das macht er nur, wenn er dich nimmt.« Der Geruch ihres Alkohol- und Zigarettenatems stieg mir in die Nase. Angewidert wandte ich mich ab.

Sebastian lachte laut, während Max' Hände sich zu Fäusten ballten. Ein Teil von mir wollte, dass er zuschlug. Der Teil, der so unbedingt hatte dazugehören und eine von ihnen sein wollen. Der andere, weit vernünftigere Teil hoffte, dass er es nicht tun würde. Denn dann würde diese Gruppe so, wie sie jetzt war, nicht länger bestehen bleiben. Es würde Lager geben, und ich war mir nicht sicher, wer auf unserer Seite stehen würde.

»Spinnst du jetzt komplett?«, fuhr Max sie an.

Viktoria beobachtete mit offenem Mund das Geschehen, ehe sie den Kopf schüttelte und sich zwischen die beiden stellte.

»Du – beruhig' dich. Und du – du siehst doch, dass sie besoffener ist als Opa Gustav an Weihnachten.« Sie packte Karla am Oberarm. »Los, komm mit.« Sie zog sie fort, aber Karla sträubte sich, obwohl sie kaum noch aufrecht stehen konnte.

»Ich will nicht, wieso …«

»Wir gehen jetzt aufs Klo, bis du dich wieder beruhigt hast. Los!«

Karla riss sich von ihrer besten Freundin los. Sie schwankte wie ein Boot auf hoher See, wobei sie mit der Hand auf mich zeigte. »Warum denn? Du kannst sie doch auch nicht leiden. Das kann doch niemand hier. Ich bin bloß die Einzige, die es laut ausspricht.«

Ich blinzelte. Senkte den Kopf und wandte mich ab. Wollte weder, dass Max noch einer der anderen sah, was diese Worte mit mir machten.

»Autsch«, hörte ich Sebastian und konnte mir das Grinsen in seinem schmierigen Gesicht regelrecht vorstellen.

Tränen brannten hinter meinen Lidern. Stur atmete ich ein und aus, nicht bereit, mir Karlas Worte zu Herzen zu nehmen. Nicht bereit, wegen ihr zu weinen.

Karla hatte mich mit diesen Worten härter getroffen, als jede Ohrfeige und jeder Schlag es hätte tun können. Alles, was ich je gewollt hatte, war Teil dieser Gruppe zu werden. Dazuzugehören. Und mit nur wenigen Worten hatte sie es mir zunichtegemacht.

DREI STUNDEN VOR DER TAT

42 VIKTORIA

VIKTORIAKAPLAN.OFFICAL

Beiträge

Gefällt **byaphrodite** und **36.963 weiteren Personen**

viktoriakaplan.offical [Anzeige]

PARTYTIME! 🥂🥳

Mir fehlen nur noch wenige Follower, bis ich die eine Million knacke! 😱 Auch wenn es noch nicht so weit ist, lassen wir hier schon die Korken knallen! 🍾

Außerdem habe ich den Anlass genutzt, um mich mal wieder richtig rauszuputzen. 💃 Das fuchsiafarbene Kleid stammt aus der letzten Sommerkollektion meines liebsten Designerlabels @Dior. Schmuck trage ich wie immer von @byaphrodite.

Tagge eine:n deiner Freund:innen, die / der mir noch nicht folgt. Die / Der Follower:in, der / die mir als Einmillionste angezeigt wird, und die Person, die sie getaggt hat, erhalten jeweils ein von mir individuell zusammengestelltes #Paket meiner liebsten #Produkte, die ich seit Gründung dieses Accounts entdecken und lieben lernen durfte! 🙌

Hinweis:
Ihr müsst mindestens 18 Jahre alt sein, um am Gewinnspiel teilzunehmen. Der / Die Gewinner:in muss uns seine / ihre Adresse schicken, damit er / sie den Gewinn erhalten kann. Die Daten des Gewinners / der Gewinnerin (Adresse) werden nur zum Zweck des Gewinnversands erhoben und im Chat gespeichert. Auf Anfrage werden diese Daten gelöscht. Teilnahme aus Deutschland. Dieses Gewinnspiel wird nicht von Instagram gesponsert. Instagram ist nicht verantwortlich für dieses Gewinnspiel. Der Gewinn kann nicht ausgezahlt werden. Das Gewinnspiel endet mit dem Erreichen der 1 Million Follower.

Mit einem Mal waren wir wieder einundzwanzig Jahre alt. Betrunken. Dumm. Halbnackt auf irgendeiner Clubtoilette. Nur dass wir nicht in einem Klub waren, sondern in den Luxuswaschräumen im Untergeschoss des Retreats.

Karla saß auf dem Boden und hatte den Kopf an die hellen Marmorfliesen gelehnt. Ihr Top war so weit runtergerutscht, dass ihr BH rausguckte, und ihr Make-up war verschmiert.

Mit zittrigen Händen – ich war selbst nicht wirklich nüchtern – hielt ich ein leeres Glas unter den Wasserhahn und wartete, dass es vollief. So voll wie meine beste Freundin. Blödes Wortspiel. Ich musste trotzdem schmunzeln.

»Ich bin so fertig«, lallte Karla hinter mir. Mein Blick wanderte zum Spiegel, in dem ich sie sehen konnte, und ich bemerkte, wie sie mich unter halbgeschlossenen Lidern anschaute. Der Pony klebte ihr strähnig in der Stirn, und sie schaffte es kaum, mich zu fixieren.

Ich stellte den Wasserhahn ab und drehte mich zu ihr um, wobei ich selbst leicht ins Wanken geriet.

»Hoppla.« Mit einer Hand stützte ich mich an der Wand ab, bis die Welt aufhörte, sich zu drehen, und ich das Gefühl hatte, wieder geradeaus gehen zu können, ohne über meine eigenen Füße zu stolpern.

Ich ging vor Karla in die Hocke und hielt ihr das Glas hin, das ich auf unserem Weg hier runter an der Bar hatte mitgehen lassen.

Ihr Körper wirkte schlaff und kraftlos, und die Energie, die sie normalerweise hatte, schien völlig aus ihr gewichen zu sein.

»Hier, trink das.«

Sie nahm mir das Glas aus der Hand, wobei etwas von dem Wasser über den Rand schwappte und ihre weiße Hose durchnässte. Mit einundzwanzig hätten wir noch darüber gelacht. Hätten gesagt, dass es aussieht, als ob sie sich in die Hose gepinkelt hätte. Aber wir waren nicht mehr einundzwanzig.

Karla betrachtete das Glas, machte jedoch keine Anstalten zu trinken. Stattdessen hatte sie es auf ihrem Oberschenkel abgestellt, wo sie es gefährlich schief mit ihrer schlaffen Hand hielt.

»Komm schon, du musst was trinken.« Ich hob ihr Kinn an und griff nach dem Glas, doch sie drehte den Kopf weg. Erneut schwappte Wasser über.

»Lass mich«, lallte sie und klang dabei wie ein trotziges Kind. Mir kamen all die Situationen in den Kopf, in denen ich so vor ihr gekniet hatte, und zum ersten Mal begriff ich, wie anstrengend Betrunkene wirklich sein konnten. Als jemand, der normalerweise betrunkener war als der Rest, war ich nie in den Genuss dieser Erkenntnis gekommen.

»Was ist denn los mit dir, verdammt nochmal?«

Sie hob den Kopf und sah mich an. Ihre Augen klein und trüb. »Was los ist?« Nun lachte sie. »Fick dich.«

Ihr Kopf sackte wieder nach vorn. »Du –« Sie wollte wohl mit dem Finger auf mich zeigen, konnte ihn jedoch kaum anheben.

»Wegen dir ist sie hier.«

»Wegen mir?«

Karla ließ etwas Atem entweichen, und obwohl ich selbst angetrunken war, musste ich mich abwenden, als der Geruch von saurem Gin und feuchtem, warmem Zigarettenqualm mir in die Nase stieg.

»Mir wird schlecht«, murmelte ich.

»Stell dich nicht so an.« Sie malte mit dem Finger Kreise in die Luft. »So dumm.«

»Ich soll mich nicht so dumm stellen?«, versuchte ich, ihr unzusammenhängendes Geschwafel zu deuten.

»Mhm.«

Sie nickte – oder versuchte es zumindest –, und ich nahm ihr das Glas ab.

»Los jetzt, du musst was trinken.« Ich führte es ihr an den Mund, doch sie schlug meine Hand weg.

Es gab einen lauten Knall, als das Glas auf dem Marmorboden aufkam und in tausend Splitter zersprang. Erschrocken hob ich die Hände vors Gesicht und kniff die Augen zusammen. Als ich sie wieder öffnete, glitzerten die Scherben im grellen Licht der Deckenleuchten.

In meinem Kopf begann es, sich wieder zu drehen. »Scheiße nochmal! Warum hast du das getan?«

»Nicht für mich.«

Irritiert sah ich sie an, verstand kein Wort.

Sie schüttelte immer wieder den Kopf. Plötzlich kullerten Tränen über ihre Wangen. »Hör auf so zu tun, als wäre ich dir wichtig. Nein, nein.«

»Karla, was …«

»Ich will dein Wasser nicht. Du weißt, dass ich ihn noch liebe. Dass ich nie damit aufgehört habe. Und trotzdem –« Ein Schluchzen brach aus ihr heraus, und sie wischte sich mit dem Handrücken über die Augen, woraufhin sich dunkle Mascaraspuren über ihr Gesicht zogen.

»Trotzdem –« Sie würgte und drehte sich weg von mir. Ich bemerkte, wie sie die Hände auf das Glas stützte, sah Blut.

»Scheiße, los, komm.« Ich wollte sie auf die Beine zerren, um mit ihr zum Klo zu gehen, doch sie bewegte sich keinen Zentimeter. Wie ein nasser Sack saß sie da und schüttelte erneut den Kopf, schien die Kotze einfach hinunterzuschlucken.

Nicht einmal die Glassplitter in ihren Händen bemerkte sie.

Ich torkelte allein zum Waschbecken, wo ich nach einem der Handtücher griff, es mit warmem Wasser befeuchtete und wieder vor Karla in die Knie ging. Sanft griff ich nach einem ihrer Handgelenke.

»Trotzdem hast du zugelassen, dass sie mit herkommt. Hierher. Hier, wo wir sind.«

»Karla, was sollte ich denn machen? Er ist mein Bruder, und er hat mich nun mal darum gebeten, sie mitbringen zu dürfen. Ich hätte nicht –« Ein Schluckauf unterbrach mich.

»Doch hättest du. Für mich. Weil ich deine Freundin bin.« Rotz lief ihr aus der Nase, und sie zog sie hoch. »Deine angeblich *beste* Freundin.«

»Karla …« Ich hob eine Hand, um mir an die Nasenwurzel zu fassen. »Ich kann ihm nicht verbieten, sie mitzubringen. Das steht mir nicht zu.«

Vorsichtig fuhr ich mit dem feuchten Handtuch über ihre Handinnenfläche. Karla zuckte nicht einmal zusammen, fast so, als ob sie gar keinen Schmerz spürte.

»Dieses eine Mal hättest du es tun können. Die eine Million Follower sind schließlich nicht nur dein Verdienst. Sondern auch meiner.«

Ich holte tief Luft. »Und auch seiner. Du bist eine erwachsene Frau, und ihr seid seit zehn Monaten getrennt. Woher hätte ich wissen sollen, dass –«

»Du hättest mich fragen können.« Erneut würgte sie, doch statt sich zu übergeben, hustete sie nur. »Aber du hast dich entschieden, es nicht zu tun.«

Sie ließ ihren Kopf über den Nacken kreisen, dann fiel er nach vorn, und ihr träger, volltrunkener Blick traf den meinen.

»Dafür hasse ich dich.«

Ich presste die Lippen aufeinander. Sie hatte recht – ich hatte sie nicht gefragt. Aber ihre Trennung war schon eine ganze Weile her. Und um ehrlich zu sein, hatte ich ihre erdrückende Trauer weniger mit dem Verlust von Max in Verbindung gebracht, sondern eher damit, dass sie unfruchtbar war. In all den Monaten hatte sie nie wegen meines Bruders geweint. Nie wegen dem, was zwischen *ihnen* zerbrochen war.

Sie hatte nur geweint, weil sie ihre Tage bekam. Weil er keinen Sex mehr mit ihr wollte, da er sich nur noch wie ein Samenspender vorkam. Weil sie mehr von ihm erwartet hatte – mehr Verständnis, mehr Geduld. Sie wollte, dass er akzeptierte, dass sie ihn erst wieder lieben konnte, wenn er ihr ein Kind geschenkt hatte. Dass er sie nur ficken durfte, wenn sie laut App gerade besonders fruchtbar war. Dass er dann mehrmals am Tag ranmusste, als wäre er ein Zuchtbulle. Dass ihr Sex nichts mehr mit Liebe, sondern nur noch mit Fortpflanzung zu tun hatte. Und sie wollte, dass er akzeptierte, dass sie weinte, wenn er in ihr war, weil sie sowieso schon wusste, dass sie wieder nicht schwanger werden würde.

Das waren die Dinge, die sie zum Weinen gebracht hatten. Nie, dass er sie nicht mehr liebte. Nie, dass sie zwar miteinander telefonierten, sich aber gegenseitig nicht mehr wirklich zuhörten. Nie, dass sie einander zwar berührten, aber keine Zärtlichkeit mehr austauschten.

Das waren die Gründe, weshalb ich sie nicht gefragt hatte, ob es okay wäre, wenn Josefine mitkäme, sondern es ihr mitgeteilt hatte. Ich hatte es für ihn getan. Denn er hatte genug unter dem gelitten, was sie ihm angetan hatte. Im Gegensatz zu ihr hatte er nämlich wegen dem geweint, was *zwischen ihnen* zerbrochen war. Er hatte verloren, was ihm heilig war – sie. Auch wenn ich meine beste Freundin liebte, liebte ich eben auch meinen Bruder. Und er verdiente mehr als das. Insofern war es okay für mich, wenn der Preis für diese Entscheidung war, dass sie mich hier und heute hasste. Denn es war eine der wenigen Entscheidungen der letzten Monate, hinter denen ich stand.

Es klopfte.

»Ja?«

»Hier ist Pierre, ist alles in Ordnung bei Ihnen? Darf ich reinkommen?«

Ich wandte mich Karla zu, die mittlerweile gar nichts mehr von sich gab. »Ja, bitte, ich könnte Hilfe gebrauchen.«

Er wirkte gehetzt, und als er die Scherben, das Blut und die halb bewusstlose Karla sah, hatte ich für einen Sekundenbruchteil das Gefühl, er könnte die Fassung verlieren. Es war nur eine Millisekunde, aber mir entging nicht, dass seine Maske verrutschte und so was wie Panik in seinen Augen aufflackerte. Doch statt sich dieser wie ein normaler Mensch hinzugeben, schloss er nur die Augen, atmete zweimal tief ein und aus und ging anschließend mit der Zielstrebigkeit eines Gewinners auf Karla zu.

»Was ist los mit ihr? So viel hat sie doch gar nicht getrunken, oder?«

»Keine Ahnung. Ich hab nicht mitgezählt.«

»Ich schon. Schließlich hab ich die Drinks gemacht.« Er ging neben Karla in die Hocke und umfasste ihr Handgelenk.

»Was machen Sie da?«

»Ihren Puls fühlen, Frau Kaplan. Es mag Ihnen eventuell entgangen sein, aber Ihre Freundin sieht gar nicht gut aus.«

Mein Mund schloss sich, und ich beobachtete stumm, wie er zwei Finger auf ihre Haut presste. Das war er. Der Mann, der mir mein Leben zur Hölle machen wollte.

Nach einigen Sekunden, die ebenso Minuten hätten sein können, hob er dieselben zwei Finger an ihre Nase.

»Hat sie irgendwelche Drogen genommen? Oder Beruhigungsmittel?« Unwillkürlich musste ich mir Pierre im Sanitäteroutfit vorstellen. Er wirkte so ruhig, so konzentriert. Es fiel mir schwer, in diesem Mann hier denjenigen zu sehen, der mir nachstellte und mir all diese hasserfüllten Nachrichten schrieb – denn man musste schon extrem viel Wut im Bauch haben, um so etwas zu tun.

Er schnipste vor meinem Gesicht. »Frau Kaplan, bitte konzentrieren Sie sich.«

»Hm?«

»Ob sie Drogen genommen hat«, wiederholte er seine Frage diesmal lauter. Der unterwürfige Dienstleister war verschwunden, und der Chef des Retreats hatte übernommen.

»Nein.«

»Nein?«

Ich schüttelte den Kopf. »Nein. Sie ist zu brav für so was.«

Pierre runzelte die Stirn. »Na schön. Können Sie versuchen, sie zu wecken?«

Ich ging vor meiner besten Freundin in die Knie. »Karla?« Behutsam tätschelte ich ihr ein paar Mal die Wange.

»Hm?« Sie hob den Kopf leicht an, doch sie schaffte es kaum, ihn oben zu halten. »Pierre und ich bringen dich jetzt in deine Lodge, aber du musst uns helfen, okay? Kannst du aufstehen?«

»Hmm.«

Sie sah mich an, wobei es eher wirkte, als sähe sie an mir vorbei oder durch mich hindurch. Langsam beugte ich mich zu ihr hinunter und griff einen ihrer Arme, um ihn mir um die Schulter zu legen. Pierre tat dasselbe auf der anderen Seite.

»Okay, kannst du stehen?«

Sie ignorierte meine Frage und setzte unkontrolliert einen Schritt vor den Nächsten. Wie ein Rehkitz, das zum ersten Mal zu laufen versuchte. Wir mussten uns anstrengen, sie aufrecht zu halten.

Irgendwie schafften wir es schließlich die Treppe hoch, wo Magdalena uns vom Bartresen aus mit geweiteten Augen und offenem Mund anstarrte.

Mein Gott, hatte die noch nie eine Betrunkene gesehen?

»Alles okay mit ihr?« Magdalenas Stimme klang schrill.

»Ja. Nur betrunken. Kannst du einen Eimer holen und ihn Frau Kaplan geben?«

»Natürlich!« Sie eilte aus der Lounge.

»Ich schlage vor, dass ich sie trage. Sie kann kaum stehen, geschweige denn geradeaus gucken. Der Weg draußen ist uneben, und ich möchte nicht, dass sie stürzt.«

»Okay.«

Magdalena tauchte mit einem blauen Eimer auf und reichte

ihn mir. Ich nahm ihn entgegen, dann hob Pierre Karla hoch und trug sie nach draußen.

Dort schallte noch immer die Popmusik aus den Boxen, und ein Lachen hallte von der Feuerstelle zu uns herüber.

Mittlerweile war die frische Brise zu einem rauen Wind geworden, der durch die Bäume peitschte, dass die Blätter nur so raschelten.

Gerade als ich mich abwenden wollte, begegnete ich dem Blick meines Bruders. Er stand auf und sah mich an. Ich hob einen Daumen in die Höhe, um ihm zu signalisieren, dass alles im grünen Bereich war.

»Wissen Sie, wo Frau Raabe den Schlüssel zu ihrer Lodge hat?«, keuchte Pierre, als wir nur noch wenige Meter von der Eingangstür entfernt waren.

»Puh, keine Ahnung. Haben Sie keinen Generalschlüssel?«

»Doch, aber da komme ich jetzt nicht ran. Also, wenn Sie so gut wären ...«

Er blieb stehen, und ich tastete Karlas schlafenden Körper ab. Ich fand den Schlüssel in einer ihrer Hosentaschen, zog ihn heraus und öffnete ihm die Tür.

In Karlas Lodge empfing uns ein gleichförmiges Brummen. Die Klimaanlage lief auf Hochtouren, und eisig kalte Luft schlug uns entgegen, als wir hineingingen.

»Mein Gott, ist das kalt«, murmelte ich. »Legen Sie sie aufs Bett.«

Die Muskelstränge seiner Oberarme spannten sich unter ihrem Gewicht, und ich sah förmlich die Erleichterung, als er sie auf die Matratze gebettet hatte.

»Wir sollten Sie in die stabile Seitenlage bringen«, sagte er.

»Ja.« Ich ging zu ihm hinüber, und wir zerrten an Karlas schlaffem Körper herum. Sie war schwerer, als sie aussah. Mit einem Mal waren Pierre und ich uns unangemessen nah, und ich fragte mich, ob er die Anspielung mit dem Wein vorhin verstanden hatte. Ob ihm klar war, dass ich es wusste.

Wenn ja – was dachte er jetzt wohl? War es ihm unangenehm, mit mir hier zu sein? Zu wissen, dass ich es wusste?

»Ich lasse Sie dann allein, um …« Er wartete meine Reaktion nicht ab, sondern lief bereits zur Tür.

»Pierre?«

Er blieb stehen, drehte sich jedoch nicht zu mir um.

Er weiß es.

»Könnten Sie auf mich warten? Es ist ziemlich dunkel draußen, und ich fürchte mich im Dunkeln, wissen Sie?«

Zögernd legte er seine Hand auf die Türklinke. »Natürlich, Frau Kaplan.«

Keine Sekunde später war ich mit Karla alleine.

Ich blickte noch einen Moment auf die Tür, hinter der er soeben verschwunden war, dann sah ich mich nach einem Heizkörper um. Da ich keinen fand, entfachte ich schließlich ein Feuer im Kamin, bevor ich zu ihr hinüberlief und sie bis auf die Unterwäsche entkleidete. Sie trug einen Slip und einen BH aus puderweißer Spitze.

Ich deckte sie zu, ehe ich das Licht ausknipste und nach draußen trat. Pierre lehnte an einem Baumstamm, und sein Blick zuckte zu mir.

»Alles in Ordnung?«

Langsam zog ich die Tür hinter mir ins Schloss, wobei ich ihn nicht aus den Augen ließ.

»Pierre, kann ich Sie was fragen?«

»Natürlich.« Er lächelte, allerdings wirkte nichts daran aufrichtig. Seine Freundlichkeit war verflogen, und zurück blieb eine starre Maske.

Oder bilde ich mir das bloß ein?

Ich blinzelte.

»Wann wollten Sie mir eigentlich sagen, dass Jaques Bernard Ihr Vater ist?«

Pierres Brauen schossen in die Höhe, und er räusperte sich. »Mir war nicht klar, dass das für Sie eine Rolle spielt, Frau Kaplan.«

Er trat von einem Fuß auf den anderen und begann seine Hände zu kneten.

Ich legte den Kopf schief und betrachtete sein Gesicht. Wollte jede Regung, jedes Zucken und jede Schweißperle sehen.

»Für mich eine Rolle? Na ja, wissen Sie ... Wenn Sie das zum Anlass nehmen, mir nachzustellen, mir Drohnachrichten zu schreiben und mich hier heimlich zu filmen, tja, dann –« Ich schob mir eine Strähne hinters Ohr. »Ich weiß nicht recht, wie ich es sagen soll, aber dann stört es mich doch sehr.«

Ihm fiel alles aus dem Gesicht. Mit offenem Mund starrte er mich an.

»Ich soll was?« Er schüttelte den Kopf und kam auf mich zu. »Bitte hören Sie auf, so was zu behaupten. Nichts läge mir ferner, als Sie hier zu filmen. Es stimmt, dass Jaques Bernard mein Vater ist, aber Sie sind nicht hier, weil ich mich an Ihnen für das rächen will, was mit ihm passiert ist.«

Er hob abwehrend die Hände, und der Ausdruck in seinen Augen wirkte aufrichtig. Dennoch konnte ich ihm nicht recht glauben. Motiv, Möglichkeit, Gelegenheit – er hatte alles. Pierre war der Chef hier. Auf seine Einladung hin waren wir überhaupt hergekommen.

»Sie waren am Freitagabend noch bis spät in die Nacht in Ihrem Büro.« Keine Frage. Lediglich eine Feststellung.

Der Wind fuhr mir unters Kleid, und Gänsehaut breitete sich auf meiner nackten Haut aus.

»In meinem Büro?« Er schien irritiert, nickte dann aber. »Ich bin eingeschlafen. Deswegen war ich noch dort.«

Ich leckte mir über die Lippen.

Was, wenn er blufft?

In diesem Moment bemerkte ich aus dem Augenwinkel eine Gestalt am Horizont. Ich schaute an Pierre vorbei und entdeckte Max, der geradewegs auf uns zukam.

Verdammt nochmal.

Ich ging mehrere Schritte auf Pierre zu und sah zu ihm hoch. Fassungslosigkeit, Sorge und Angst lagen in seinem Blick, doch ich traute ihm nicht. Was, wenn er einfach nur ein verdammt guter Schauspieler war? Es wäre nicht das erste Mal, dass ich einem solchen Mann begegnete – einem Mann, der es beherrschte, andere zu manipulieren.

»Hören Sie mir gut zu, Pierre. Wenn Sie derjenige sind, der das Video aufgenommen hat, rate ich Ihnen nur eins: Löschen Sie es. Löschen Sie es, und denken Sie nicht einmal darüber nach, es irgendwem zu zeigen. Falls Sie es doch tun, werde ich höchstpersönlich dafür sorgen, dass mit Ihnen dasselbe passiert wie mit Ihrem Vater. Haben Sie mich verstanden?«

JETZT

43 KARLA

»Es ist Pierre. Er war es die ganze Zeit«, murmelt Max tonlos. »Er hat uns buchstäblich in eine Falle gelockt, er …« Max springt von dem flachen Hocker auf und packt mich bei den Schultern. »Wir haben ihn, Karla!« Unsere Blicke treffen sich einen Moment, dann lässt er von mir ab und beginnt, auf und ab zu gehen.

Ich sinke aufs Bett, denke über das nach, was er gesagt hat – *Wir haben ihn, Karla!*

Ich will ihm zustimmen. Will seinen Worten glauben. Doch stattdessen beginnt in mir der Gedanke heranzureifen, dass hier etwas ganz und gar nicht zusammenpasst, dass wir etwas übersehen haben. Dass *ich* etwas übersehen habe.

»Okay, rekonstruieren wir das. Sie bekommt das Video, und ihr wird klar, dass ihr Stalker hier ist. Weil sie keinem von uns zutraut, so was zu machen – wieso sollten wir sie auch stalken? –, beginnt sie die Mitarbeiter des Retreats zu durchleuchten und stößt auf Pierres Geheimnis.« Max' Stimme überschlägt sich beinahe.

»Aber wieso musste sie dann sterben?«, frage ich.

Max bleibt stehen. »Wäre es denkbar, dass sie Pierre damit konfrontiert hat? Vielleicht hat er Angst gehabt, dass sie die Sache öffentlich macht, oder so was?«, überlegt er laut.

Kopfschüttelnd gehe ich zum Fenster hinüber. Draußen tobt noch immer der Sturm. Zerrt an Blättern und Gräsern.

»Wir übersehen etwas«, sage ich, das Handy schwer in meiner Hand. »Etwas Entscheidendes. Ich weiß nur noch nicht, was.«

»Wie kommst du darauf?«

Ich drehe mich zu Max um, der nur wenige Schritte von mir entfernt steht. Er hat die Arme vor der Brust verschränkt und betrachtet mich.

»Ich kann mir einfach nicht vorstellen, dass Pierre so einen Aufwand betreiben würde, um sich an Viktoria für seinen Vater zu rächen. Es hätte ja wohl einfachere Wege gegeben.«

»Wie meinst du das? Was für einen Aufwand denn?«

Ich mache eine ausladende Geste. »All das hier. Das Retreat, die Lodges. Pierre hat es gebaut und dafür Preise bekommen. Jahre seines Lebens sind dafür draufgegangen, und all das nur, um Viktoria Kaplan in einem unbeobachteten Moment umzubringen?«

»Wer sagt, dass er all das nur gemacht hat, um Viktoria umzubringen?«

Ich richte den Zeigefinger auf ihn. »Du. Denn hätte er all das hier für sich gemacht, dann würde er es doch niemals selbst zerstören, indem er jemanden ermordet.«

»Wer sagt, dass jemals aufgedeckt worden wäre, dass er sie ermordet hat?«

»Niemand. Aber würdest du in einem Retreat oder Hotel übernachten wollen, in dem jemand ermordet wurde? Außerdem – wenn wir dahintergekommen sind, was Viktoria und Pierre verbindet, wird die Polizei auch dahinterkommen. Verstehst du? Er hätte sein gesamtes Leben darauf ausgerichtet, sie umzubringen. Das ergibt für mich keinen Sinn.«

Max nickt. »Du glaubst also, dass sein Motiv nicht stark genug ist?«

Ich seufze. »Jedenfalls nicht stark genug, um sich selbst aufzugeben. Vielleicht hat er das Video aufgenommen, vielleicht war er derjenige, der sie mit diesen Nachrichten gequält hat … Er hätte das Video veröffentlichen oder an Julian schicken können, und schon wäre Viktorias Leben, wie sie es bis dahin kannte, vorbei gewesen. Aber ein Mord? Nein. Der hätte ihm eher geschadet. Hinzu kommt noch die Art des Mordes.«

Ich lehne mich an das kühle Glas und fahre mir durch die Haare.

»Pierre wäre schlauer als das«, erkennt nun auch Max.

»Ja. Jemanden zu erstechen ist ein unnötiges Risiko – es gibt eine Tatwaffe, einen Einstichwinkel … Ein Mord mit Gift wäre viel sicherer und viel schwerer nachzuweisen«, sage ich.

Max nickt langsam. »Stimmt schon, aber vielleicht hatte er

gar nicht geplant, sie umzubringen, sondern hat die Kontrolle verloren. Eine Kurzschlussreaktion.«

Genau da ist der Punkt, an dem ich den roten Faden verliere. An dem Pierre für mich als Täter verblasst. Denn wenn er wirklich sein halbes Leben darauf hingearbeitet hat, seine Vision vom Retreat zu verwirklichen, dann scheint er mir einfach nicht der Typ zu sein, der alles zerstört, weil er plötzlich die Kontrolle verliert.

Der Mord an Viktoria ist nicht zufällig passiert. Er war genauso geplant wie alles andere, doch ich kann Max nicht sagen, wieso ich mir dessen so sicher bin. Denn dann müsste ich ihm auch sagen, was ich vorhin in meinem Bad entdeckt habe – wässrige Blutflecken, überall auf den Fliesen in meiner Dusche. Und Sand, überall in meinem Bett, der nicht so recht dazu passen will.

»Okay, das heißt, wir suchen jemanden, der die gleichen Mittel wie Pierre hat, aber ein stärkeres Motiv, so wie Sebastian?«, unterbricht Max meine Gedanken.

Ich schaue auf und stoße mich von der Scheibe ab, um zu ihm hinüberzugehen. »Ja. Wir suchen jemanden wie Magdalena.«

»Magdalena?«

Ich nicke. »Bisher sind wir immer davon ausgegangen, dass der Stalker es auf Viktoria abgesehen hat, aber was, wenn es ihm in Wahrheit um Julian geht? Ich meine, er ist attraktiv, präsentiert sich auf Social Media als perfekter Boyfriend. Was, wenn Magdalena nicht nur einen One-Night-Stand mit ihm wollte? Das würde auch erklären, wieso sie ihren Job riskiert hat. Es kann doch gut sein, dass sie von ihm besessen ist und bereit, alles zu tun, was eben nötig ist, damit er ihr gehört.«

Max nickt bedächtig, scheint jedoch nicht gänzlich überzeugt.

»Aber wäre ihr das Risiko nicht zu groß gewesen, dass man

Julian wegen des Mordes ins Gefängnis steckt? Der Partner wird ja immer zuerst verdächtigt, zumal Julian auch ein verdammt starkes Motiv hat.«

Da macht es *Klick.*

Das wässrige Blut überall auf den Fliesen. Der Sand in meinem Bett.

Wenn ich duschen war, wieso ist dann Sand in meinem Bett gewesen? Die Frage lässt mich nicht los, denn genau da ist der Haken.

Es ergibt keinen Sinn, es sei denn, der wahre Mörder hat einen Fehler gemacht, weil er –

Und da wird mir plötzlich alles klar. Jemand hat in diesem Bad Viktorias Blut von sich abgewaschen, und dieser jemand bin nicht ich. Auch wenn es so aussehen soll.

DREI STUNDEN VOR DER TAT

44 PIERRE

Ich glaubte nicht an Rache. Rache war etwas für bornierte Menschen mit zu wenig Selbstreflexion, um zu erkennen, dass sich nicht die ganze Welt um sie drehte. Menschen, die von ihrem Ego geleitet wurden. Menschen wie mein Vater. Menschen wie Viktoria Kaplan.

Ich glaubte an Karma. Trotzdem ertappte ich mich dabei, dass ich mir nichts sehnlicher wünschte, als die Dinge zu beschleunigen.

Nur zu gern hätte ich meine Hände um ihren Hals gelegt und zugedrückt. In Momenten wie diesen war es wichtig, nicht die

Kontrolle zu verlieren und ruhig zu bleiben. Also lockerte ich die zu Fäusten geballten Hände und atmete tief durch.

Viktoria Kaplan zerstörte sich selbst. Allerdings hatte sie wie alle Bomben einen gewissen Zerstörungsradius, und ich sollte dringend zusehen, nicht in ihrer Nähe zu sein, wenn sie explodierte.

»Frau Kaplan, ich habe keine Ahnung, wovon Sie sprechen. Alles, was ich mir von ihrem Aufenthalt erhoffe, ist eine Weiterempfehlung des Retreats. Wieso um alles in der Welt sollte ich meinen Ruf aufs Spiel setzen wegen einer Sache, die hundert Jahre her ist? Wieso sollte ich Sie filmen und meine Existenz riskieren? Ich kann Sie wirklich nur bitten, vernünftig zu sein.«

Ihre Unterlippe zitterte. »Hören Sie auf, mit mir zu sprechen, als wäre ich ein dummes Kind. Ich bin nicht verrückt. Ganz im Gegenteil. Ich habe lange nicht mehr so klar gesehen. Wieso Sie Ihre Existenz riskieren sollten? Aus Liebe. Menschen haben schon weit Schlimmeres für weniger getan.«

Sie klang wie einer von diesen Filmcharakteren aus mittelmäßigen Hollywoodfilmen. Ich atmete tief durch. »Hören Sie, ich verstehe, warum Sie glauben, dass ich ein Interesse daran hätte, Ihnen zu schaden. Aber ich habe schon seit einer geraumen Zeit kein gutes Verhältnis mehr zu meinem Vater.«

»Haben Sie deshalb Ihren Namen geändert? Oder vielleicht damit Sie ein leichteres Spiel haben?«

Das konnte sie unmöglich ernst meinen.

»Karthee ist der Name meiner Mutter. Meine Eltern haben nie geheiratet, und ich trage diesen Namen schon immer. Also bitte glauben Sie mir, wenn ich Ihnen sage, dass ich nichts mit all dem zu tun habe, was Sie mir hier unterstellen«, erklärte ich um Fassung bemüht.

Viktoria schnalzte mit der Zunge. »Wie auch immer. Wieso sollte ich Ihnen das glauben, wo die Fakten definitiv etwas andres sagen? Immerhin bin ich hier. Da muss ich mich doch ernsthaft fragen, wieso Sie von all den Influencern, die Sie hätten fragen können, ausgerechnet mich ausgewählt haben, diejenige, die Ihren Vater in den Bankrott getrieben hat.«

Da war sie wieder. Die Frage, die auch er mir gestellt hatte.

Wieso. Ausgerechnet. Sie?

Die Antwort war ebenso simpel wie moralisch verwerflich. Auch wenn er es mir unterstellte, war *er* derjenige, der sich für etwas Besseres hielt. Er hatte mich und meine Bedenken damals nicht ernst genommen, hatte behauptet, er schaffe die Eröffnung auch ohne mich. Für ihn blieb ich immer ein kleiner Junge. Er respektierte mich nicht. Und selbst wenn es mir gelungen wäre, erfolgreich ein Hotel zu eröffnen, wäre ich für ihn immer der Junge geblieben, der einfach nur Glück gehabt hatte, während er derjenige war, der wusste, wie man es machte, aber zum Opfer der Umstände geworden war. Er hätte mir nie den Respekt gezollt, der mir zustand, wenn wir nicht die gleichen Voraussetzungen gehabt hätten.

Also hatte ich keine Wahl. Ich musste sie einladen. Nicht um mich an *ihr* zu rächen. Sondern an ihm. Dafür, dass er mich ausgeschlossen, *unseren* Traum an sich gerissen und zu seinem gemacht hatte.

Da war sie. Die ekelhafte Wahrheit, die ich mir selbst die letzten Jahre nicht eingestanden hatte und die mich als Egoisten entlarvte: Rache und Genugtuung. Das war es, worum es hier wirklich ging.

Vielleicht ist es nur fair, dass er hergekommen ist, um es uns beiden heimzuzahlen.

»Es ist ganz einfach. Der einzige Grund, weshalb Sie hier sind, ist, dass ich seinen Respekt haben will.«

»Seinen Respekt?«

»Er hat mich immer unterschätzt. Wenn Sie mein Retreat

empfehlen, anders als damals sein Hotel, wird er das nicht länger tun, sondern endlich den Hut vor mir ziehen.«

Sie starrte mich an.

»Aber die Drohnachrichten, der Vorfall in der Sauna. Das Video. Es passt alles zusammen.«

Ich wusste weder, welche Nachrichten sie meinte, noch von welchem Video sie sprach, was allerdings auch nicht nötig war, um zu begreifen, worauf sie hinauswollte. Nur musste es ein Zufall sein, oder aber … Mein Blick schweifte an ihr vorbei auf die Bäume. Dorthin, wo kein Mondlicht die Finsternis erhellte, wo alles und jeder lauern konnte, wo ich gestern Magdalena aus dem Dickicht hatte kommen sehen, wo einfach *jeder* hinter den mächtigen Stämmen und unter den dichten Blätterdächern Deckung hätte finden können. Auch mein Vater.

»Es tut mir leid, ich wünschte, ich könnte Ihnen helfen, Frau Kaplan. Aber alles, was ich Ihnen sicher sagen kann, ist, dass ich nicht der bin, zu dem Sie mich machen wollen.«

»Hey, alles klar?« Max trat neben seine Schwester und schaute zwischen uns hin und her. Er sah fertig aus und stank nach Alkohol und Schweiß.

»Ja, alles prima. Was willst du hier?«

Viktorias Bruder sah an ihr vorbei, als hoffe er, dass Karlas Tür noch immer offen stand. »Verdammt nochmal, Viktoria. Du meintest, dass es okay für sie ist, wenn ich Josefine mitbringe.«

»Ist es doch auch«, erwiderte sie.

Er lachte und taumelte ein paar Schritte zurück. »Ach ja? So sieht also *okay* für dich aus?« Er deutete mit dem Finger auf Karlas Lodge.

Ich trat von einem Bein aufs andere, ehe ich mich räusperte. »Ich lasse sie –«

»Ja, bitte«, fuhr Maximilian Kaplan mich an, und ich wandte mich ab.

»Ich hätte nicht ahnen können, dass so was passiert«, hörte ich Viktoria in meinem Rücken sagen.

»Nein, aber wenn du mir gesagt hättest, dass sie –«

»Max, hör auf. Ihr müsst endlich nach vorn schauen. Ihr beide. Weiß Josefine, dass du hier unten bist? Dass du nach ihr sehen willst? Denn deswegen bist du doch hier, oder? Und das, obwohl Karla deine Freundin dermaßen bloßgestellt hat.«

»Josefine ist vernünftig. Sie weiß, dass Karla es nicht so gemeint hat.«

Ich konnte hören, wie Viktoria scharf die Luft einsog. »Denkst du das wirklich? Ich habe Josefines Gesicht gesehen, und ich bin mir sicher, dass Karlas Worte sie kein bisschen kaltgelassen haben. Also sei bitte nicht naiv, Bruderherz. Ich habe schon viele beschissene Entscheidungen in meinem Leben getroffen. Mach es nicht genauso, okay? Geh wieder hoch und bleib da. *Josefine* braucht dich jetzt. Mehr als Karla. Die kommt ohne dich zurecht, und das schon seit einer ganzen Weile.«

Den Rest der Unterhaltung bekam ich nicht mehr mit, dafür hatte ich mich schon zu weit von ihnen entfernt. Da Max mir nicht folgte, schien ihr Gespräch doch länger zu dauern.

Als ich kurz darauf hinter der Bar stand, rasten meine Gedanken. Immer wieder ging ich im Kopf die neuen Informationen durch und versuchte, sie zu einem Bild zusammenzusetzen.

Max hatte nach dem Vorfall in der Sauna schon eine Andeutung gemacht, dass Viktoria von jemandem gestalkt würde. Doch dann hatte er schnell so getan, als ob Viktoria nur paranoid sei und es gar nicht stimme. Aber offenbar stimmte es doch. Dieser jemand war hier und hatte Viktoria ein Video geschickt, auf dem zu sehen war, wie sie dabei war … ja – wobei war sie zu sehen? Das war wohl die alles entscheidende Frage.

Ich dachte daran zurück, wie ich sie aus Sebastians Lodge hatte schleichen sehen. Vielleicht war ich nicht der Einzige gewesen, der sie dabei beobachtet hatte. Erneut musste ich an meinen Vater denken. An den Hass, der in ihm wütete, seit meine Mutter ihn verlassen hatte. War es wirklich möglich, dass er hier war? Dass *er* all das Viktoria angetan hatte? Dass er all das *mir* angetan hatte?

Ein Teil von mir wollte es glauben. Doch ein anderer Teil von mir war sich nicht sicher. Etwas von dem, was Viktoria gesagt hatte, passte nicht, ließ kein stimmiges Bild entstehen. Nur kam ich nicht dahinter, was genau. Es war wie ein dumpfer Schmerz, dessen Ursprung sich nicht eindeutig erkennen ließ.

Mein Blick wanderte nach draußen, wo ihn niemand erwiderte.

Wie auch? Wir befanden uns buchstäblich in einem hell erleuchteten Glaskasten – wir waren die, die gesehen wurden. Nicht die, die irgendetwas sahen.

Plötzlich sehnte ich mich danach, die Lichter zu löschen. Ich wollte wissen, was in der Dunkelheit dort draußen lauerte. Wer uns beobachtete.

Doch stattdessen stellte ich die zwei Moscow Mules, die Sebastian für sich und Julian geordert hatte, auf ein silbernes Tablett und trat damit nach draußen.

Sofort fuhr mir der Wind unter die Kleidung. Ich umschloss das Tablett mit beiden Händen und setzte meinen Weg zur Feuerstelle fort.

Schon von weitem erkannte ich, dass es keinen Sinn mehr hatte, das Feuer zu schüren. Der Wind war zu heftig, und auch wenn es noch nicht regnete, sah es alles andere als gemütlich aus. Die Flammen züngelten wild, während der Wind beinahe sekündlich die Richtung änderte und den Qualm aufwirbelte.

»Vielleicht sollten Sie lieber reingehen«, schlug ich also vor, als ich ankam.

Josefine, die gedankenverloren auf ihrem Handy scrollte, ließ es sinken und versuchte ein Lächeln.

»Ja, vielleicht wäre das wirklich besser.« Fragend wandte sie sich Julian und Sebastian zu, doch die beiden starrten nur schweigend auf ihre Smartphones, so dass sie mir nur ein entschuldigendes Lächeln schenkte und dann ebenfalls wieder begann, auf ihrem herumzutippen.

Obwohl noch immer schnelle Popbeats aus dem Lautsprecher schallten, war von Partystimmung nicht mehr viel zu spüren. Einmal mehr bestätigte sich mir der Eindruck, dass Viktoria der Klebstoff war, der diese Gruppe zusammenhielt. Kaum war sie für ein paar Minuten nicht da, hatten sich die anderen nichts mehr zu sagen.

Mein Blick schweifte umher auf der Suche nach Viktoria und Maximilian, aber es war beinahe unmöglich, weiter als zwanzig Meter zu schauen. Es war stockdunkel.

»Stellen Sie die Getränke einfach ab«, bat Julian, als ich auch nach mehreren Sekunden noch immer dastand wie ein Fremdkörper. Ich nahm die übervollen Cocktails vom Tablett und stellte sie auf einen der Beistelltische, als ein aggressives Piepsen den Eingang einer Nachricht verkündete.

Alle drei schauten von ihren Handys auf.

»Kann jemand mal den Ton von Max' Handy ausstellen? Ich kann's nicht mehr hören«, sagte Julian und griff nach seinem Glas.

»Das ist nicht Max' Handy. Er hat seins dabei«, sagte Josefine, die am Strohhalm ihres Getränks nuckelte, als wäre es ein Schnuller.

»Hä?« Julian setzte sich auf. »Ah, *ich* hab 'ne SMS gekriegt.« Er fuhr sich durch die dunklen Haare. »Keine Ahnung, wann ich das letzte Mal eine bekommen habe.«

»Wahrscheinlich eine Werbe-SMS von deinem Teleanbieter, der dir einen Vertragswechsel vorschlägt, oder bekomm nur ich so 'nen Scheiß?« Sebastian sah fragend in die Runde und dann zu Josefine, die ihr Handy mittlerweile beiseitegelegt hatte und nun abwesend ins Feuer starrte.

Sie tat mir leid. Als ich sie gestern am Bahnhof abgeholt hatte, hatte sie so glücklich gewirkt. Doch seitdem sie hier war – umgeben von dieser Gruppe vermeintlicher Freunde, die weder einander noch sich selbst wirklich zu mögen schienen –, war ihr Strahlen immer mehr verblasst.

Just in diesem Moment kehrte Viktoria zurück.

»Wo hast du Max gelassen?«, fragte Sebastian.

»Der musste noch mal aufs Klo«, sagte sie achselzuckend. Unsere Blicke begegneten sich kurz, und noch bevor ich mich fragen konnte, ob das stimmte oder ob er bei Karla war, hörte ich es wieder.

Dasselbe Geräusch, das ich bereits gestern Abend wahrgenommen hatte.

Ein Stöhnen. *Ihr* Stöhnen.

Das Video, dämmerte mir. *Es ist ein Sextape.*

Von ihr und Sebastian – Julians bestem Freund.

Mein Blick zuckte zu Viktoria, die sich mit einer Hand an Sebastians Schulter festhielt und die andere auf ihr Herz presste.

»Was hast du denn da für ’nen Porno bekommen?« Sebastian beugte sich zu Julian hinüber – entweder, um sich dumm zu stellen oder weil er Viktorias Stimme tatsächlich nicht erkannte –, doch er bekam das Video nicht mehr zu sehen.

Julian sprang auf und warf das Handy mit einer Wucht zu Boden, dass es in mehrere Teile zersprang. Innerhalb von Sekunden war sein Gesicht dunkelrot, und seine Augen traten hervor. Er holte aus und schlug seinem besten Freund ins Gesicht. Dessen Lippe platzte auf, und Blut quoll heraus.

Von irgendwoher erklang ein gellender Schrei.

Ich stürzte mich auf Julian und umschloss seinen Brustkorb, um ihn von Sebastian fortzuzerren.

»Fuck!«, brüllte Julian so laut, dass ich das Gefühl hatte, alles würde vibrieren. Er riss sich von mir los und taumelte zurück. »Fassen Sie mich nicht an.« Ein langer Spuckefaden hing ihm am Kinn, und sein Blick voll wilder Wut ließ mich instinktiv zurückweichen.

»Fuck!« Er fuhr sich durch die Haare, ehe er mehrfach gegen die Betonbegrenzung der Feuerstelle trat. Tränen strömten aus seinen Augen, und sein Kopf war so purpurrot, dass ich ernsthaft befürchtete, er könnte jeden Moment platzen.

»Julian, bitte …« Viktorias Stimme zitterte, und als sie seinen Namen aussprach, kam es mir so vor, als veränderte sich die Zusammensetzung der Luft, denn plötzlich hatte ich das Gefühl, nicht mehr atmen zu können.

Weiter hinten bemerkte ich Magdalena, die mit langen schnellen Schritten über die Terrasse zu uns herübergeeilt kam, in der linken Hand ein Tablett, auf dem sie fünf volle Sektflöten balancierte. Ich guckte zur Leinwand, die vor den Fenstern stand und auf die noch immer Viktorias Instagram-Profil projiziert wurde – *1 Mio.* stand dort über dem Wort ›*Follower*‹.

Merde! Çe n'est pas possible.

»Das war das letzte Mal, dass du meinen Namen in den Mund genommen hast.«

Julian spuckte Viktoria vor die Füße, dann wandte er sich ab und ging in Richtung Lounge davon.

Mein Blick fiel auf das zerstörte Smartphone, das am Boden lag, und da wusste ich, was nicht ins Bild passte.

Mein Vater war nicht derjenige, der Viktoria all das antat. Denn sie hatte von Drohnachrichten gesprochen. Aber mein Vater besaß weder das technische Knowhow noch den klaren Verstand, den es bedurft hätte, um jemandem über einen längeren Zeitraum so zuzusetzen, wie es hier offensichtlich der Fall war.

Wer auch immer Viktoria all das antat – er war es nicht.

Allerdings war ich mir nicht sicher, ob mich das eher beruhigen oder beunruhigen sollte.

Denn wenn er es nicht war, wer dann?

»Herzlichen Glückwunsch zu einer Million Followern!«, rief da plötzlich Magdalena. Sie hatte ein Strahlen aufgesetzt und überwand die letzten Meter, wobei ihr Blick immer wieder zu den überschwappenden Sektflöten zuckte. Im Vorbeilaufen nahm Julian sich zwei Gläser vom Tablett.

»Auf eine Million Follower, Tori, und darauf, dass du an deinem Erfolg erstickst.« Er prostete ihr zu, leerte beide Gläser in einem Zug, dann holte er aus und warf sie zu Boden, wo sie zersplitterten.

Magdalena sah mich mit hochgezogenen Brauen an, und als ich sie da so stehen sah, halb im Licht und halb in der nächtlichen Finsternis verborgen, musste ich unwillkürlich an gestern denken. Daran, wie sie aus dem Wald gekommen war, das erste Mal am frühen Abend und dann viel später, als sie schon längst hätte im Bett sein sollen.

Hatte ich mich so in ihr getäuscht? Mit einem Mal schien mir klar zu sein, was sie wirklich gestern Abend gemacht hatte.

JETZT

45 KARLA

»Ich bin der Meinung, dass wir jetzt die anderen konfrontieren sollten.« Max' Stimme klingt hart und fordernd, aber da ist noch immer etwas in meinem Kopf, das mir sagt, dass wir etwas übersehen. Dass etwas nicht zusammenpasst.

»Wir übersehen etwas«, wiederhole ich daher.

»Was denn?«

»Das weiß ich nicht. Es ist mehr ein Gefühl. Können wir noch mal zurückgehen? Gedanklich, meine ich.«

Max nickt nur. »Bis zu welchem Punkt?«

Ich laufe ins Bad und trinke einen Schluck aus dem Hahn. Meine Kehle ist trocken vom vielen Spekulieren. »Bis dahin, wo jemand das Video aufnimmt. Freitagnacht. Lass uns noch mal durchgehen, was passiert ist.«

»Viktoria hat bei dir geschlafen, um sich kurz darauf mit Sebastian im Spa zu treffen. Dort wartet jemand auf sie – Magdalena, wie wir heute wissen – und filmt die beiden –«

Ich hebe eine Hand an die Stirn. »Das passt nicht«, stöhne ich.

»Wieso?«

»Als ich aufgewacht bin, war Viktoria weg. Im Retreat drüben brannte Licht, bei Sebastian in der Lodge war alles dunkel. Sie waren also noch dort, aber –«

»Du hast Julian und Magdalena gehört.«

Ich nicke. »Genau. Vorher kann sie die beiden nicht gefilmt haben, weil sie niemals so schnell in Julians Bett gelandet wäre. Bliebe nur nach dem Sex, aber ich bin vorhin im Spa gewesen. Die Steine stehen am äußeren Randbereich. Wie soll sie – während die beiden im Wasser sind – dorthin schleichen, ohne erwischt zu werden? Und vor allem, wozu? Sie hätte ganz bequem auch von woanders aus filmen können, es wäre nicht nötig gewesen, ausgerechnet dort in Position zu gehen.«

Ich lasse mich aufs Sofa fallen, als ein Donnergrollen das gleichmäßige Rauschen des Regens übertönt.

»Mein Gott, hört das denn niemals auf?«, flucht Max, doch ich höre ihn kaum noch, gehe laut die Fakten durch.

»Ich habe in meiner Lodge geschlafen. Sebastian ist auf dem Video und kann es somit nicht aufgenommen haben. Magdalena und Julian haben miteinander geschlafen, auch wenn wir nicht sicher wissen, wann und wie lange genau.«

»Ich und Josefine haben ebenfalls geschlafen«, ergänzt Max.

Da ist er, der Haken, nach dem ich gesucht habe. Der Raum um mich zieht sich zusammen, als die Erkenntnis mich durchfährt. Erneut sehe ich das Blut auf meinen Klamotten. Den Sand auf den Laken. Die wässrigen Flecken in der Dusche.

Bevor ich aus dem anwachsenden Gefühl der Gewissheit ein stichfestes Argument formen kann, erklingt das metallische Geräusch eines Schlüssels im Schloss.

Mein Blick fliegt zu Max, der mich ebenfalls mit großen Augen ansieht.

»Josefine?«, forme ich mit den Lippen.

Er zuckt die Schultern. »Könnte jeder sein, der einen Schlüssel für die Lodges hat. Also auch Pierre oder Magdalena. Los, unters Bett.« Obwohl er flüstert, kommt es mir so vor, als würde er mich anschreien.

Ich zögere keine Sekunde. Stattdessen schnappe ich mir Max' Handy vom Sofa und krabble unter das Bett.

Es knarrt leise, als Max in den Kleiderschrank schlüpft und von Unmengen Klamotten verschluckt wird, dann herrscht die unnatürliche Stille, die nur entsteht, wenn Lebewesen mit aller Macht versuchen, keinen Mucks von sich zu geben.

Der kalte Holzboden presst sich gegen meinen Körper, und ich atme flach und leise. Von oben drücken die Holzstreben des Lattenrosts auf meinen Rücken, und mit einem Mal fühle ich mich furchtbar gefangen. Wie ein Tier im Käfig.

Ich schließe die Augen.

Bleib ruhig.

Die Tür springt auf.

Kühle, feuchte Luft dringt ein. Das Rauschen des Regens schwillt auf die doppelte Lautstärke an.

Eine Person verharrt auf der Türschwelle. Ich kann weder erkennen, wer es ist, noch was diese Person tut, doch was ich erkennen kann, sind zwei große Schuhe – mindestens Größe zweiundvierzig oder dreiundvierzig. Mein Puls beschleunigt sich, als vor meinem inneren Auge die Fußabdrücke im Busch erscheinen. Ob sie zu diesen Schuhen passen?

Ich presse mein Gesicht an das Parkett, um mehr von der Person erkennen zu können, doch alles, was ich ausmachen kann, ist ein dunkelgrüner Hosensaum.

Die Mitarbeiteruniform.

Die Härchen in meinem Nacken stellen sich auf, und das Herz hämmert mir so sehr in der Brust, dass ich fürchte, es könnte jeden Moment den Brustkorb und das Parkett unter mir zersprengen.

Die Tür fällt ins Schloss, sperrt sowohl das Rauschen des Regens als auch die Helligkeit aus.

Mein Blick fliegt hinüber zum Kleiderschrank, in dem sich Max versteckt hält. Ob er erkennen kann, wer mit uns hier ist?

Plötzlich habe ich eine Idee.

Ganz langsam und – wie ich hoffe – lautlos führe ich meine Hand zur Bauchtasche meines Hoodies. Sie zittert, und es gelingt mir gerade so, eins der Handys zu greifen.

Es ist mein eigenes, dass mittlerweile wieder gute zwanzig Prozent Akku hat. Ich lege es vor mir ab, regle die Helligkeit aufs Minimum runter und tippe mit zittrigen Fingern den Code ein. Wie nicht anders zu erwarten, erhalte ich erst mal zahlreiche Push-Benachrichtigungen von Instagram. Da ich Toris Kanal verwalte, habe ich das so eingestellt, um keinen Kommentar und keine Nachricht zu verpassen.

Ich will gerade die Kamera-App öffnen, um mir einen besseren Überblick über die Situation zu verschaffen, als ich eine Push-Benachrichtigung von Instagram sehe, die mich stutzen lässt.

@fine.fiebig: Pass auf, dass du nicht ins Wasser fällst. Wobei, eigentlich ist es egal, denn du hast recht. Das ist das Ende.

Ich erstarre. Lese die mir nur allzu vertrauten Worte immer und immer wieder und versuche zu begreifen.

Mit einem Mal zittert meine Hand noch heftiger, als die Erkenntnis sich langsam einen Weg durch meine Gehirnwindungen bahnt.

Endlich verstehe ich, was die ganze Zeit nicht gepasst hat. Das wässrige Blut im Bad. Der Sand in meinem Bett.

Jemand will, dass es so aussieht, als hätte *ich* Viktoria getötet. Es wäre so einfach, es Julian anzuhängen, aber der Mörder hat sich für mich entschieden. Das hier ist persönlich.

Darum auch das Abschlachten mit dem Messer. Es musste eine Tötungsart sein, die man nachweisen kann. Denn nur, wenn die Tote eindeutig durch Fremdeinwirkung zu Tode gekommen und nicht *zufällig* an einer Überdosis krepiert ist, kann man jemanden als Täter in Szene setzen. Nur dann kann man jemandem die Tat *anhängen*.

Und es gibt nur eine Person, die einen Grund hätte, mir einen Mord anzuhängen.

Wie in Trance fummle ich Max' Handy heraus und gebe seinen Code ein. Das Handy vibriert, doch es geschieht nichts. Ich brauche einen Moment, bis ich realisiere, dass ich Toris Code eingeben muss, da wir ja ihr Back-up auf sein Gerät geladen haben.

Ich öffne Viktorias Nachrichten-App und klicke den letzten Chat-Verlauf zwischen ihr und ihrem Stalker an – nur, um noch einmal sicherzugehen.

UNBEKANNTE NUMMER: Keine Sorge, es gibt keinen Grund zu weinen. Das hier ist erst der Anfang.

VIKTORIA: Das glaube ich nicht. Das hier ist das Ende.

VIKTORIA: Ich weiß, wer du bist.

UNBEKANNTE NUMMER: Pass auf, dass du nicht ins Wasser fallst. Wobei, eigentlich ist es egal, denn du hast recht. Das ist das Ende.

Mein Blick zuckt zu der Person im Bad – die ich noch immer nicht erkennen kann –, dann zu dem Kleiderschrank, hinter dessen Türen Max sich versteckt.

Ein Teil von mir will ihn warnen, ein anderer Teil wird von leisen Zweifeln heimgesucht.

Jemand muss Josefines Nachricht aus dem Chat gelöscht haben, denn als Max und ich die Nachrichten checkten, die Tori in den letzten Stunden auf Instagram erhalten hat, ist uns diese hier nicht angezeigt worden. Oder haben wir sie bloß übersehen?

Eilig öffne ich die App auf seinem Gerät.

Ich habe recht, dort fragt Josefine nur nach dem Nagellack. Auch davor ist in keiner Nachricht die Rede von Wasser.

Einen Moment frage ich mich, ob Max in die Sache verwickelt sein könnte, aber noch bevor ich den Gedanken zu Ende denken kann, schäme ich mich bereits dafür. Max hätte seiner Schwester niemals weh getan, dafür liebt er sie viel zu sehr. Außerdem gibt es eine deutlich naheliegendere Erklärung.

Josefine hat die Nachricht selbst zurückgezogen.

Instagram ist eine der wenigen Plattformen, die Usern die Möglichkeit gibt, bereits versendete Nachrichten *zurückzuziehen* oder – um es einfacher auszudrücken – sie zu löschen. Die Message verschwindet dann aus dem Chat, und wenn der Empfänger ihn öffnet, gibt es keinerlei Hinweis darauf, dass es sie jemals gegeben hat. Allerdings funktioniert das logischerweise nur, wenn das Handy mit dem Internet verbunden ist.

Während Toris Handy anscheinend noch im Internet eingewählt war, als die Nachricht gelöscht wurde, war mein Handy schon offline. Daher wird mir die Nachricht jetzt noch angezeigt, während sie auf Toris Handy bereits verschwunden ist. Doch wieso hat Josefine sie überhaupt als Direct Message geschickt?

Egal, darauf kommt es nun wirklich nicht an. Viel wichtiger ist es, diesen Beweis zu sichern, denn es ist der einzige, den wir haben.

Eilig schalte ich den Flugmodus ein, denn sobald mein Handy sich wieder mit dem Internet verbindet, wird auch bei mir die Nachricht verschwinden.

Da man nie vorsichtig genug sein kann, mache ich noch mehrere Screenshots, die ich in unsere gemeinsame Cloud hochlade. Sollte man mir das Handy wegnehmen und es mit dem Internet verbinden, wird die Nachricht zwar verschwinden, aber so kann ich sicher sein, dass die Screenshots bei Julian und Max landen.

Plötzlich verstummen die Schritte.

Ich blicke auf. Die Person ist mittlerweile im Bad und scheint dort in einem der Kulturbeutel herumzukramen.

Sie ist es.

Mit einem Mal bin ich mir ganz sicher. Erneut schaue ich zum Kleiderschrank.

Wir müssen hier weg. Sofort.

Während ich panisch nach einem Ausweg suche, sehe ich Tori vor mir. Ihre Leiche am Strand. Die wächserne Haut. Die blutleeren Schnitte.

Sie hat sie bestialisch ermordet, was wird sie –

Ein Knarzen reißt mich aus meinen Gedanken. Die Tür des Kleiderschranks schwenkt auf.

Fuck.

Eilig sperre ich das Handy und schiebe es zurück in die Bauchtasche, ehe ich eine Hand unterm Bett hervorstrecke und damit herumwedle, um Max zu signalisieren, im Schrank zu bleiben, aber es ist bereits zu spät. Er steht halb drin, halb draußen, und bevor er begreift, was ich ihm sagen will, fährt die Person im Bad herum und kommt mit schnellen Schritten zurück ins Schlafzimmer.

Es entfährt ihr ein Schrei, und zwei Dinge fallen zu Boden. Das eine ist ein kleines Fläschchen, das geradewegs zu mir rollt.

Eilig greife ich danach.

Lösungsmittel für Sekundenkleber, 99,9 % Gamma-Hydroxybuttersäure

»Was hast du da?«, fragt Max. Er klingt verwirrt, doch ich höre ihn nur wie aus der Ferne.

Ich blinzle. Lese noch einmal.

Aber die Buchstaben bleiben gleich.

Lösungsmittel für Sekundenkleber, 99,9 % Gamma-Hydroxybuttersäure.

Nichts Besonderes. Wenn ich nicht aus einer Kooperation mit der Hamburger Polizei wüsste, dass Gamma-Hydroxybuttersäure keinesfalls ein Lösungsmittel für Sekundenkleber ist. Sie ist besser bekannt als GBL oder auch als K.-o.-Tropfen.

Mit einem Mal ist mir klar, weshalb ich mich an nichts erinnern kann, weshalb ich derart *besoffen* war, obwohl ich kaum etwas getrunken hatte. Dieses Miststück hatte mir K.-o.-Tropfen in den Drink gemixt.

Mein Blick gleitet zu dem zweiten Gegenstand, den sie hat fallen lassen, doch bevor ich erkennen kann, was es ist, höre ich einen dumpfen Knall. Erschrocken zucke ich zusammen, schaue mich um, versuche zu begreifen, was geschehen ist. Einem Impuls folgend schließe ich die Augen.

Ich höre ein komisches Geräusch, das ich nicht zuordnen kann, gefolgt von einem weiteren dumpfen Knall. Erst als die Stille beginnt, mir in den Ohren zu dröhnen, öffne ich die Augen wieder.

Ich muss einen Schrei unterdrücken.

Neben mir liegt Max.

Er ist nur eine halbe Armlänge von mir entfernt, seine Augen sind geschlossen. Beinahe sieht es so aus, als würde er schlafen, aber es stimmt nicht, auch wenn ich es gern glauben möchte.

Purpurrot strömt das Blut aus ihm heraus.

Fließt um seinen Kopf wie Wasser um einen Stein.

Sickert in das Holz unter ihm, wo es für immer eine Erinnerung an das sein wird, was hier geschehen ist. An das, was hier geschieht.

Er stirbt.

46 VIKTORIA

VIKTORIAKAPLAN.OFFICAL

Beiträge

Gefällt **viktoria.kaplan.fanclub1** und **60.202 weiteren Personen**

viktoriakaplan.offical [Anzeige]

1 MILLION 🎉

Ich kann gar nicht glauben, dass wir wirklich schon so viele hier sind. Ich #DANKE euch aus tiefstem Herzen für die #Liebe und den #Support, den ihr mir in euren Nachrichten und Kommentaren unermüdlich entgegenbringt. Ihr seid by far die beste #Community. 🕺
Dank euch darf ich einen #Traum leben, von dem ich vor einigen Jahren nicht einmal wusste, dass es einer sein könnte. Ohne euch wäre mein Leben definitiv nicht dasselbe, und ich freue mich auf alles, was uns in den nächsten Tagen, Monaten und Jahren erwartet. ✨

I LOVE U GUYS

Ein riesiges Dankeschön geht auch an mein #TEAM @justkarla.rb, @julianjaster_photography und @maximilian.kaplan. ✨🖤

Sein Blut tropfte auf den hellgrauen Betonboden.

Platsch.

Platsch.

Platsch.

Pierres Lippen bewegten sich, doch kein Wort drang mehr zu mir durch. Da war nur dieses gleichmäßige Fiepen.

Mein Blick glitt zu Sebastian. Er saß da und hielt die Hände wie eine kleine Schale unter seine Nase. Das Blut bahnte sich seinen Weg durch die winzigen Spalten zwischen seinen Fingern und tropfte beständig auf den Boden, wo sich bereits eine dunkle Lache bildete.

Jemand drängte an mir vorbei. Ich hörte aufgeregte Stimmen. Doch vor meinem inneren Auge sah ich nur ihn. Sein Lachen. Die Zärtlichkeit, mit der er mir eine Strähne aus der Stirn strich, bevor er sich vorlehnte und mich küsste. Seinen lustverhangenen Blick, ehe er in mich eindrang. Tausende Erinnerungen, die plötzlich zum Leben erwachten. Die zuvor gefangen gewesen waren, irgendwo versteckt in den Tiefen meines Verstandes.

»Tori?« Ein vertrautes Gesicht schob sich vor mich. Blaue Augen. Blasse Haut. *Josefine.*

Nur meine Freunde nennen mich Tori.

»Hm?«

»Alles okay mit dir?« Sie beugte sich vor und sah mich an. Auf ihrer Stirn hatten sich Falten gebildet, die mit jeder Sekunde tiefer zu werden schienen. Aber da war nichts Verurteilendes in ihren Blick. Nur Sorge.

»Komm, setz dich mal.« Sie packte mich bei den Schultern und schob mich neben Sebastian auf die Bank.

Sie griff nach einem Glas und hielt es mir hin.

»Hier trink was, das wird dir helfen.«

Wie ein Roboter tat ich, was sie mir sagte, und nahm das Getränk entgegen.

»Wir müssen seine Nase verarzten.« Ich wollte ihr schon zustimmen, doch da merkte ich, dass sie gar nicht mit mir sprach, sondern mit Pierre. Sie unterhielt sich kurz mit ihm, bevor sie in Richtung Lounge davonlief. Einen Moment sah ich ihr noch nach, dann hob ich das Glas an die Lippen.

Der Alkohol brannte mir in der Kehle, doch ich genoss den Schmerz und trank es bis auf den letzten Tropfen leer.

Aber statt der mir so vertrauten Watte im Kopf gruben sich klare, scharfkantige Gedanken in jeden Millimeter meines Hirns.

Jemand hat Julian das Video geschickt.

Jemand hat mein Leben zerstört.

Aus dem Augenwinkel bemerkte ich eine Gestalt hinter der Fensterfront der Lounge. Ich ließ das Glas sinken und sah hinüber. Doch da war niemand zu sehen. Mit einem Mal spürte ich Panik wie den zu festen Griff einer Hand um die Kehle. Ich krallte die Finger in die Polster und schloss die Augen. Gab mir Mühe, ruhig zu atmen. Ich durfte jetzt nicht die Fassung verlieren.

»Dein Handy hat vibriert«, riss mich Sebastian aus meinen Gedanken. Seine Stimme klang nasal und rau.

Noch bevor ich es in die Hand nahm, wusste ich, von wem die Nachricht war.

Keine Sorge, es gibt keinen Grund zu weinen. Das hier ist erst der Anfang.

Ich schluckte und sah zu Pierre, der nur wenige Zentimeter neben mir mit einer Küchenrolle hantierte, um Sebastians Blut aufzuwischen. Erneut fiel mein Blick auf das Handy in meiner Hand, dann wieder auf ihn.

Es war möglich, Nachrichten zu timen. Mit einem Programm oder einer App war heutzutage nahezu alles möglich.

Für einen halben Herzschlag lang wollte ich weiter glauben, dass Pierre es war, wollte ihm sagen, dass er sehr wohl der war, für den ich ihn hielt. Doch nachdem ich die Nachricht noch ein zweites Mal gelesen hatte, musste ich mir eingestehen, dass er es nicht war, nicht sein konnte. Zwar gab es Apps und Programme, dank derer es möglich war, SMS zu verfassen, sie aber erst später automatisch versenden zu lassen ... allerdings gab es keine Apps oder Programme, die einem die Möglichkeit gaben, in die Zukunft zu schauen.

Wenn die Nachricht also schon vor Stunden geschrieben und getimed worden war, wie hätte diese Person da wissen können, dass ich jetzt weinen würde?

Langsam hob ich eine Hand und fuhr mir damit über die Wange. Als ich sie von mir weghielt und auf die tränennassen Fingerspitzen blickte, hatte ich das Gefühl zu stürzen. Ein Sturz wie im Traum.

Plötzlich war ich hellwach.

Mein Stalker war hier. Ganz nah.

Ich musste ihn nur erkennen.

Ich bemerkte Magdalena, die hinter der Bar mit irgendwas beschäftigt war. Auf einmal erinnerte ich mich an ihr übertriebenes Strahlen, als sie mit den Sektflöten auf uns zugekommen war. Erinnerte mich an die Flirterei von ihr und Julian, und mir wurde klar, dass sie, ebenso wie Pierre, Möglichkeiten gehabt hätte.

Nur was konnte ihr Motiv sein? *Wieso* hätte sie mir all das antun sollen?

»Alles in Ordnung?«, fragte Pierre mit einer Ruhe in der Stimme, die mir unpassend vorkam.

»Kommen Schlägereien hier öfter vor?«, fragte ich daher, selbst erstaunt über meinen Galgenhumor.

Pierre zog die Brauen zusammen. »Wie kommen Sie darauf?«

»Ach nur so.« Ich wandte mich von ihm ab und griff nach meinem Smartphone.

Was ist ihr Motiv?, fragte ich mich stumm, während ich auf die SMS starrte. Doch ich fand keine Antwort … Also beschloss ich, sie zu fragen.

Statt wie sonst die Nachricht zu ignorieren und die Nummer zu blockieren, entschied ich mich dafür, zu antworten. Ich hatte lang genug geschwiegen. Und es hatte keinen Frieden gebracht. Jetzt würde ich handeln.

Das glaube ich nicht. Das hier ist das Ende.

Vage Worte, die alles und nichts bedeuten konnten, waren ihre Waffe – und ich richtete sie gegen sie. Jetzt würden sie im Gegenzug für Klarheit sorgen und offenbaren, ob Magdalena diejenige war, die mir all das angetan hatte. Alles, was ich von nun an tun musste, war, mich bereitzuhalten und zu warten.

Der Gedanke, dass all das hier bald vorbei sein würde, erfüllte mich mit einer unglaublichen Ruhe.

Ich hatte keine Angst mehr. Vor nichts und niemandem. Denn eine Sache hatte mein Stalker nicht bedacht – in dem Moment, in dem ich Julian verloren hatte, war das Spiel vorbei gewesen. Es gab auf dieser Welt nichts, was für mich von größerer Bedeutung war als er. Und obwohl er mir physisch nah war, wusste ich, dass es nie wieder sein würde, wie es einmal gewesen war. Vielleicht war es das, wozu wir verdammt waren: räumlich nah beieinander, emotional Welten voneinander entfernt.

Von nun an hatte ich nichts mehr zu verlieren. Und wer nichts zu verlieren hatte, musste sich auch vor nichts fürchten.

Josefine kam die Treppe heruntergeeilt, und der Bewegungsmelder in der Lounge ließ die Beleuchtung angehen. In der

Hand hielt sie einen großen roten Koffer mit einem weißen Kreuz darauf.

»Sind Sie sicher, dass wir Sie nicht im Krankenzimmer verarzten sollen?«, hörte ich Pierre.

»Ach, Bullshit. Ich hab früher Fußball gespielt und kenn mich aus. Die Nase ist nicht gebrochen. Alles gut, geben Sie mir nur ein Tuch und ein paar Eiswürfel für die Lippe.«

Ich wandte mich ab und blickte hinüber zum Beamer. Noch immer projizierte er mein Instagram-Profil auf die Leinwand und mit ihm die Zahl, der ich die letzten Monate so entgegengefiebert hatte.

1 Mio.

All das fühlte sich plötzlich so furchtbar irrelevant an. Ich lief hinüber und schaltete das Gerät ab.

»Okay, ich geh' dann mal ins Bett«, erklärte Sebastian, der ein Fläschchen Desinfektionsmittel sowie ein Pflaster aus dem Erste-Hilfe-Koffer und zwei Kühlpacks von Magdalena entgegennahm, ehe er sich noch mal zu mir umdrehte. Mein Magen zog sich zusammen. Da war so viel Schmerz, aber auch Wut in seinen Augen. Schlagartig wurde mir klar, dass ich nicht die Einzige war, die heute jemanden verloren hatte.

Sebastian hatte seinen besten Freund verloren. Seinen Bruder.

Da erst begriff ich, dass nicht nur das mit Julian vorbei war, sondern auch das mit ihm. Ich hatte sie beide verloren, und was wusste ich schon, wen ich noch verlieren würde, wenn das Video erst öffentlich gemacht wurde?

Wie gesagt, das hier war das Ende. Meins auf jeden Fall. Aber ich würde nicht alleine untergehen. Dafür würde ich sorgen.

»Gute Nacht«, murmelte ich, ehe ich mich abwandte und das Handy entsperrte.

Ich weiß, wer du bist.

Ich drückte auf Senden, dann atmete ich tief durch. Ich würde nicht ins Bett gehen. Nicht jetzt und nicht später.

Ich würde hierbleiben. Sichtbar, wie auf dem Präsentierteller.

Ich würde auf meinen Stalker warten. Und er würde kommen.

All das hier würde enden. Ein für alle Mal.

EINE STUNDE VOR DER TAT

47 JOSEFINE

Ich fand ihn bei ihr. Er saß an ihrem Bett, lag mit dem Oberkörper auf ihrer Matratze.

Ein Teil von mir wollte es auf den Alkohol schieben. Wollte sich einreden, dass es nichts damit zu tun hatte, dass er mich nicht liebte, sondern nur damit, dass er sich nach all den Jahren noch immer um sie sorgte. Sie ihm nicht egal war.

Dennoch war ich eifersüchtig. Ihn so nah bei ihr zu sehen bereitete mir körperlichen Schmerz. Und ich war mir nicht sicher, ob ich ihm jemals würde verzeihen können, dass er mich nach allem, was sie zu mir gesagt hatte, zurückgelassen hatte, um zu sehen, ob es *ihr* gut ging.

Dass er sie mir vorzog, obwohl ich es doch schwer genug hatte.

Ich fasste an seine Schulter. Träge blinzelnd öffnete er die Augen und schaute verwirrt zu mir auf.

»Was ist los?«

»Es ist Zeit, ins Bett zu gehen«, sagte ich kühler als beabsichtigt.

Es registrierte schnell, in welche Lage er sich gebracht hatte.

»O Gott, ich … Ich wollte nur schauen, ob alles okay mit ihr ist. Sie war vorhin überhaupt nicht sie selbst, und irgendwie muss ich eingeschlafen sein. Scheiße, ich –«

Ich hob eine Hand, wie um den Schwall unüberlegter Worte zu stoppen, der im Begriff war, seinen Mund zu verlassen. »Schon gut.«

»Wie … Wie bist du hier reingekommen?«

Ich hob eine Braue. »Ist das wirklich die Frage, die du mir jetzt stellen willst?«

Seine Augen waren rot vor Müdigkeit und Alkohol, und als er aufstand, schwankte er gefährlich.

Offenbar war Karla nicht die Einzige, die zu tief ins Glas geguckt hatte. Ich ließ zu, dass er sich auf mich stützte, als wir ihre Lodge verließen.

Als wir kurz darauf unsere betraten, ließ er mich los und torkelte zum Bett, wo er sich die Schuhe von den Füßen trat.

Er zog sich weder aus, noch entschuldigte er sich. Er fiel einfach ins Bett und schlief binnen weniger Sekunden ein.

Kurz betrachtete ich ihn, kämpfte die Wut nieder, die in meinem Inneren aufloderte, dann wandte ich mich ab und lief zurück zum Retreat, wo Tori an der Bar saß und auf ihn wartete.

Sie war am Ende. Man musste nicht Psychologie studiert haben, um das erkennen zu können. Sie saß gekrümmt, ihr Blick war leer.

Sie tat mir leid. Trotz allem.

Ich kannte das Bedürfnis, unbedingt die Fassade aufrechterhalten zu wollen. Stark zu sein, obwohl man so offensichtlich innerlich zerbrach.

»Hey …«, murmelte ich, als ich eintrat.

Viktoria nippte an dem Gin Tonic, den Pierre ihr gemixt hatte, bevor er und Magdalena ins Mitarbeitergebäude verschwunden waren.

»Tut mir leid, Max schläft schon«, sagte ich und ging zu ihr hinüber.

Tori schüttelte nur den Kopf, dann klopfte sie auf den Hocker neben sich. »Okay. Hast du Lust, noch was mit mir zu trinken?«

Eigentlich wollte ich ebenfalls ins Bett, aber das war meine Chance, eine Verbindung zu ihr aufzubauen. Etwas Echtes zwischen uns zu erschaffen, das über Smalltalk hinausging. Aus Krisen entstanden bekanntlich die besten Freundschaften. Nach allem, was heute passiert war, war ich mir sicher, dass Viktoria eine Freundin an ihrer Seite gebrauchen konnte.

»Klar, wieso nicht.« Ich lächelte und rutschte neben ihr auf den Barhocker. Der Wind pfiff leise, und mit einem Mal fühlte sich die Einsamkeit erdrückend an – und das, obwohl wir hier zusammen waren.

»Gin Tonic?«, fragte Tori. Sie stand mittlerweile hinter dem Tresen und inspizierte den Inhalt des Kühlschranks.

Ich nickte. »Gern. Ich gehe noch mal kurz ums Eck.«

»Na klar, mach du nur.«

Eigentlich musste ich gar nicht auf die Toilette, aber ich musste mich sammeln. Als ich vorm Spiegel stand, betrachtete ich mein Gesicht. Das Make-up hatte sich mittlerweile in den Fältchen um Augen und Nase abgesetzt, auf meinem Dekolleté hatten sich rote Flecken gebildet, die ich immer bekam, wenn ich nervös war. Ich öffnete den Hahn und hielt die Handgelenke unter kaltes Wasser, um meinen Herzschlag etwas zu beruhigen.

Auf diesen Moment hatte ich so lange gewartet. Auf die Gelegenheit, mit Viktoria allein zu sein. Ich musste sie nutzen. Es war *die* Chance, ihr näherzukommen.

Als ich wieder oben ankam, war Viktoria auf den Togo-Loungesessel umgezogen und hielt ihr Glas in der Hand.

Ich ließ mich in den Sessel daneben sinken und griff seufzend nach dem Getränk, das vor mir auf dem Beistelltisch stand. Bisher hatte ich auf Alkohol verzichtet, jetzt war ich allerdings froh über einen kleinen Munter- und Mutigmacher.

»Alles okay mit dir?«, wagte ich einen ersten Vorstoß.

Sie lächelte traurig. »Nicht wirklich. Aber es wird bald wieder alles okay sein«, sagte sie, und ich war mir nicht ganz sicher, wen von uns beiden sie davon überzeugen wollte – mich oder sich selbst.

Viktoria rutschte tiefer in ihren Sessel und schlürfte ihr Getränk. Das Geräusch war so unangenehm, dass es sich anfühlte, als kitzle jemand mein Gehirn mit einer Feder.

Kurz spielte ich mit dem Gedanken, sie zu fragen, was eigentlich geschehen war, aber dann ließ ich es lieber bleiben. Zum einen war ich mir sicher, dass sie es mir ohnehin nicht erzählen würde, zum anderen war es auch nicht nötig.

Wieder sah ich Julian vor mir.

Wie er auf das Handy starrte. Erst ungläubig, dann wütend und schließlich voller Schmerz. Es war keine besonders schwere Rechnung gewesen.

»Hey, es tut mir übrigens leid, was Karla vorhin gesagt hat.« Sie legte eine Hand auf meine, und als ich ihrem Blick begegnete, erkannte ich nichts als Aufrichtigkeit darin. »Ich hoffe, du weißt, dass es nicht stimmt. Mir ist natürlich klar, wie das wirken muss –« Sie stellte das Getränk ab und legte jetzt auch die andere Hand auf meine. Sie war kalt und nass. »Immerhin ist sie ja meine beste Freundin und so. Trotzdem hoffe ich, dass du mir glaubst, wenn ich dir sage, dass ich dich mag. Dass sie glaubt, es sei nicht so, liegt einfach daran, dass sie nicht über die Trennung von Max hinwegkommt. Und ich will dich nicht anlügen … Hin und wieder habe ich ihr gegenüber so getan, als würde ich dich nicht mögen. Aber nicht, weil es so ist, sondern damit sie sich verstanden fühlt. Es ist meine Art, für sie da zu sein.«

Ich verstand, worauf sie hinauswollte, aber da lügen offenbar etwas war, das sie häufiger tat, ermahnte ich mich, nicht zu viel auf ihre Worte zu geben.

»Schon gut«, erwiderte ich. »Ich verstehe das.« Das tat ich nicht. In meiner Welt waren Lügen etwas Schlechtes, egal, weshalb man sie hervorbrachte, denn früher oder später kam die Wahrheit ja doch immer ans Licht. Aber ich hatte keine Lust, eine Grundsatzdiskussion vom Zaun zu brechen.

Schließlich wechselten wir das Thema und sprachen über Gott und die Welt. Tori erzählte mir von ihrer Schulzeit, ersten Kooperationsanfragen und den vielen Reisen, die sie früher mit ihren Eltern und Max unternommen hatte.

Erst als das Thema auf Julian kam, verlor die Stimmung wieder an Leichtigkeit.

»Ich wünschte, ich könnte für immer hier sitzen bleiben und mich vor meinem Schicksal drücken. Ich will nicht, dass morgen wird. Dass ich mich dem stellen muss. Meinst du, das geht?«

Ich lächelte traurig. »Wir können das Morgen sicher hinauszögern, aber früher oder später –« Sie verstand, ohne dass ich meinen Satz beendete.

Sie seufzte, dann griff sie wieder nach meiner Hand. »Du hast recht, vielleicht ist es besser, dieses Pflaster mit einem Ruck abzuziehen.«

»Vielleicht.«

Kurz darauf erreichten wir unsere Lodges. Ich wollte ihr gerade eine gute Nacht wünschen, als sie mich noch einmal an der Schulter berührte.

»Wollen wir was Verrücktes tun?«

»Was Verrücktes?«, flüsterte ich, als ob uns jemand belauschen könnte.

»Ja, lass uns baden gehen.«

Ich zog die Brauen hoch. »Jetzt?« Es war stockfinster, und der Wind riss ungemütlich an unserer Kleidung.

»Ja, warum nicht! Hast du es gestern nicht auch genossen? Außerdem soll es morgen regnen. Also, was ist, hast du Lust? Lass uns das Morgen noch ein bisschen hinauszögern.«

Sie strahlte mich an, aber mir entging nicht die Verzweiflung in ihren Augen.

»Na schön, weil du's bist!«

Sie grinste zufrieden und lief los.

»Warte, ich geh mir noch kurz Badesachen holen.«

»Was? Lass uns doch in Unterwäsche reingehen.«

Ich biss mir auf die Lippe. »Ich weiß nicht. Ehrlich gesagt, will ich mir meine gute Unterwäsche nicht in diesem Tümpel ruinieren.«

Viktoria lachte. »Was trägst du denn für Unterwäsche? Ist die aus Gold gemacht?«

Ich schmunzelte. »Nein. Aber es ist sehr schöne Spitzenunterwäsche.«

»Okay. Ich warte am Strand auf dich. Aber beeil dich.«

»Ja, mach ich«, sagte ich und steckte den Schlüssel ins Schloss.

»Du kannst dir ja mit dem Handy Licht machen, dann finde ich dich gleich leichter.«

Sie grinste und schaltete die Taschenlampe ein. »Besser ist es. Nicht dass mich noch jemand wegfängt.« Ihr Lachen klang verkrampft, aber ich stimmte mit ein. Diesmal tatsächlich amüsiert. Denn die Wahrheit war – es gab nichts, wovor ich mich fürchten musste.

»Keine Sorge, bis auf uns ist ja niemand hier.«

48 KARLA

Max sieht aus wie sie – eine leblose, blutleere Hülle.

Schmerz brennt in meiner Brust, doch ich schweige. Schreie im Inneren, bleibe reglos im Äußeren. Nur die Tränen sind Zeugnis meiner Trauer.

»Tja, shit«, sagt plötzlich jemand. Die Stimme klingt verändert. Weniger freundlich, mehr gleichgültig. Wie die von jemandem, der alles gesehen und alles erlebt hat. Wie die von jemandem, der zu allem fähig ist. Aber es lässt sich dennoch nicht leugnen. Sie ist es.

Josefine.

Sie atmet tief ein, dann tritt sie näher an Max heran. Ihre Füße sind nun nur noch eine Armlänge von mir entfernt. Berühren beinahe den Bettpfosten.

Ich halte die Luft an und kämpfe sogleich gegen das Bedürfnis an, unter dem Bett hervorzukriechen und sie niederzuschlagen. Normalerweise bin ich kein gewalttätiger Mensch, aber offenbar habe ich recht mit meiner These: Jeder kann, wenn er der richtigen Person begegnet, zum Mörder werden.

Josefine geht in die Hocke und hält zwei Finger unter Max' Nasenlöcher. Mit einem Mal ist sie mir so nah, dass ich fröstle. Wenn sie jetzt den Kopf drehen würde, könnte sie mich sehen. Doch das tut sie nicht.

»Hm.« Sie richtet sich wieder auf und steigt über ihn hinweg, ehe sie ihn an den Beinen packt. Ächzend hievt sie seine Füße an ihre Schultern, bevor sie sich mit ihrem ganzen Körpergewicht nach vorn stemmt, wohl um ihn vom Bett fortzuschieben.

Unwillkürlich muss ich mir vorstellen, wie er zu sich kommt

und ihr mit voller Wucht ins Gesicht tritt. Aber nichts dergleichen geschieht. Er bleibt genauso reglos wie noch vor wenigen Sekunden.

Seine Kleidung raschelt, und ein schmatzendes Geräusch hallt durch die Lodge, als sie ihn durch sein eigenes Blut schiebt.

Aus der Lache wird eine Spur, und ich muss mich abwenden, um mich nicht zu übergeben.

Dann ist plötzlich ein dumpfer Knall zu hören. Erschrocken zucke ich zusammen und öffne die Augen. Sie hat seine Füße wieder fallen gelassen.

Das Lattenrost biegt sich unter ihrem Gewicht, als sie aufs Bett sinkt und leise seufzt.

Statt noch mal zu Max zu schauen, starre ich auf das Holz, das mir nun noch näher ist. Mich noch mehr einengt als sowieso schon.

Sie bleibt eine Weile dort sitzen, und ich frage mich, ob sie lächelt.

Würde auf jeden Fall zu ihr passen.

Plötzlich steht sie auf und geht in Richtung Garderobe, wo sie ihren Koffer auf den Boden legt und in die Hocke geht. Während sie ihn öffnet, rutsche ich näher an den Rand des Bettes, um besser erkennen zu können, was sie macht, doch sie hat mir ihren Rücken zugewendet und versperrt mir die Sicht auf das, was vor ihr ist. Allerdings entgeht mir nicht, dass sie tatsächlich eine Mitarbeiteruniform trägt. Nur wieso?

Da fällt mir wieder ein, dass Max vorhin Kleidung für sie holen wollte, die er ihr nie gebracht hat.

Ich höre das unverkennbare Geräusch eines sich öffnenden Reißverschlusses.

Was zur –

Sie beginnt leise zu summen, und mir dämmert, dass dieses Miststück verrückter ist, als ich dachte.

»Da seid ihr ja.« Sie zieht ein paar Lederhandschuhe über, ehe sie die Hartschale des Koffers abzutasten beginnt.

Es knistert leise, dann zieht sie einen Gefrierbeutel heraus, in dem ich ein blutiges Messer und ein kleines Handy erkennen kann. Die Klinge glänzt im düsteren Schein des einfallenden Lichts.

Die Mordwaffe.

Scheiße, was hat sie damit vor?

Sie lässt den Koffer liegen, richtet sich wieder auf und wirft den Beutel aufs Bett, dann bückt sie sich noch einmal nach dem Ding, das sie vorhin hat fallen lassen. Erst jetzt bemerke ich, dass es aussieht wie ein totes Tier. Liebevoll streichelt sie darüber, fährt mit den Fingern hindurch, als wären es –

Gepresst atme ich aus, während ich beobachte, wie sie damit ins Bad zurückgeht.

Ich schaue zu Max. Wenn ich jetzt unter dem Bett hervorkrieche, könnte ich nach draußen rennen und nach Hilfe rufen.

Allerdings wird mir schnell klar, dass eine Flucht kaum möglich ist, weil der Regen, der mir vorhin noch Schutz geboten hat, nun zum Verhängnis werden wird.

Selbst wenn ich unbemerkt bis zur Tür komme, wird sie mich hören. Und dann? Bleiben mir vielleicht drei Sekunden Vorsprung, um davonzulaufen.

Aber Josefine ist Läuferin. Ich habe sie gesehen, als sie um den See gerannt ist. Jede Sehne ihres Körpers ist trainiert, keine Unebenheit bringt sie aus dem Tritt.

Ich bin nicht nur deutlich langsamer als sie, sondern auch noch verletzt. Wie soll ich es bis zum Retreat schaffen?

Keine Chance, sie wird dich einholen und dir die Kehle aufschlitzen.

Stumm liege ich da und kämpfe gegen das Bedürfnis an, die Beine anzuziehen und mich ganz kleinzumachen.

Ich zücke mein Handy und öffne die Kamera-App. Ich brauche Beweise. Unwiderlegbare Beweise.

Also starte ich eine Videoaufnahme und halte das Handy so, dass die kleine Kamera Josefine erfassen kann.

Als ich sehe, was sie dort tut, wird mir speiübel. Das Tier mit den vielen Haaren ... es ist eine Perücke.

Einer von uns hat sie am frühen Morgen draußen herumschleichen sehen.

Mein Magen krampft, und ich kralle mich so fest in den Boden, dass meine Finger schmerzen.

Sie setzt sich die Perücke auf und lächelt in den Spiegel. Es ist nicht ihr Lächeln, es ist –

»Hi, ich bin Karla«, sagt sie mit verstellter Stimme und streckt ihrem Spiegelbild die Hand hin. Doch so schnell wie das Lächeln auf ihrem Gesicht erschienen ist, verschwindet es auch wieder.

»Blöde Fotze.« Sie nimmt die Perücke vom Kopf und kommt in meine Richtung. Ihre Schritte hallen laut in dem sonst so stillen Raum, übertönen das Rauschen des Regens. Die Kunsthaare landen leise auf dem Bett, dann geht sie wieder zu Max.

»Tja, und was mache ich jetzt mit dir, du blödes Arschloch?« Sie setzt sich neben ihn und schaut ihn an.

»Okay, Mäxchen. Was hältst du davon, wenn wir deinen kleinen Unfall Karla in die Schuhe schieben?« Sie schlägt ihm hart gegen die Wange, aber er zuckt nicht.

Ich versteife mich.

»Das hat ja mit Tori auch schon wunderbar funktioniert. Warum also nicht noch einen draufsetzen, hm?« Sie rappelt sich wieder hoch. »Allerdings wäre es nur vernünftig, deinem Gedächtnis ein wenig auf die Sprünge zu helfen. Wir wollen ja nicht, dass du dich versehentlich noch an irgendwas erinnerst. Insofern wird es Zeit für ein Gläschen Hochprozentiges, oder?« Sie greift nach der Whiskeyflasche.

Starr liege ich da. Was habe ich getan, dass sie mich so sehr hasst? Wieso tut sie mir das an?

Einer ihrer Ringe klimpert am Glas der Whiskeyflasche. Wie alle hochwertigen Getränke ist auch diese Flasche mit einem Korken verschlossen, und es ertönt ein leises, beinahe feierliches Plopp, als sie ihn herauszieht.

Mit der Flasche in der einen Hand, greift sie mit der anderen nach einem der Gläser, die auf der Minibar stehen. Leise gluckernd gießt sie die bernsteinfarbene Flüssigkeit hinein, ehe sie sich um die eigene Achse dreht.

»Gut. Wo sind die scheiß K.-o.-Tropfen hin? Ich hatte sie doch gerade noch …«

Meine Augen weiten sich, und ich schaue an mir herab.

Sie. Sind. In. Meiner. Hand.

Eilig klemme ich mein Handy zwischen die Lattenroste, wobei ich penibel darauf achte, dass die Videoaufnahme nicht unterbrochen wird. Zwar wird die Kamera nur das Parkett filmen, aber den Ton nimmt sie ja trotzdem auf. Und mehr wird es hoffentlich nicht brauchen, um Josefine hinter Gitter zu bringen.

Ich will gerade die Flasche in ihre Richtung rollen, als sie bereits meinen Namen gurrt.

»Karla.« Josefines Stimme ist zuckersüß und weich. Sie kniet neben dem Bett und lächelt mich an.

Ach du Scheiße, hat sie das Handy gesehen?

»Mein Gott, was für eine Überraschung! Was machst du denn hier?«

Ich starre sie nur an, bin zu fassungslos, um irgendwas zu erwidern.

»Wie sieht's aus? Kommst du freiwillig raus, oder –«

Ich wäge meine Optionen ab, aber mir wird schnell klar, dass es kein Entkommen gibt. Alles, was ich tun könnte, würde es nur hinauszögern. Das Einzige, was mir bleibt, ist mitzuspielen. Sie mit ihren eigenen Waffen zu schlagen.

»Ich komme«, sage ich also mit belegter Stimme, ehe ich unter dem Bett hervorkrieche, wobei ich sie keine Sekunde aus den Augen lasse.

»Wieso trägst du eine Mitarbeiteruniform?«, frage ich, um sie abzulenken und ein Gespräch in Gang zu bringen. Ich brauche ein Geständnis.

»Max wollte mir Wechselsachen holen, aber das hat er nicht – weil er bei dir war, wie sich nun zeigt. Schließlich habe ich in den nassen Klamotten so gefroren, dass die liebe Magdalena mir eine der Uniformen gegeben hat. Nett, nicht wahr?«

Josefine steht nur wenige Schritte von mir entfernt, das Messer ist nicht mehr im Beutel auf dem Bett, sondern befindet sich nun in einer Schlaufe ihrer Hose. Anders als erwartet, attackiert sie mich aber nicht sofort. Stattdessen mustert sie mich gelangweilt. Mit ihrer linken Hand hält sie die Whiskeyflasche am Hals umklammert, die andere ruht auf dem Griff des Messers.

»Tja, das ist jetzt in vielerlei Hinsicht ungünstig«, sagt sie und schaut auf Max hinab. »Aber darf ich dich mal was fragen?«

Ich erwidere nichts.

»Wie konntest du nur mit jemandem wie ihm zusammen sein?« Sie deutet auf Max, als ob ich nicht wüsste, wen sie meint. »Der fickt wie ein wildes Tier. Hat er dir auch immer ins Gesicht gespuckt?«

Ich erwidere nichts, sondern schaue sie nur an.

»Du wirst ganz rot«, murmelt sie und nickt langsam. »Von so jemandem hätte ich keine Kinder haben wollen.«

Er hat es ihr gesagt.

Ich würge. Schmecke Galle bitter meine Kehle emporsteigen. Offenbar habe ich die Worte laut gedacht, denn sie erwidert:

»Natürlich hat er mir davon erzählt. Er liebt mich, weißt du.

Er liebt mich wirklich. Zu schade, dass er ein absolutes Arschloch ist. Du solltest froh sein, dass du ihn los bist. Du hast es wirklich nicht nötig, ihm dermaßen nachzutrauern.«

Ihre Worte dröhnen in meinem Schädel wie ein dumpfer Kopfschmerz, der einfach nicht nachlassen will.

»Bitte, sei einfach still«, sage ich und hebe eine Hand an die Schläfe.

»Och, kannst du die Wahrheit nicht ertragen? Sorry, ich habe dich für stärker gehalten. Um ehrlich zu sein, sosehr ich dich auch immer gehasst habe, ich habe immer auch Respekt vor dir gehabt. Wenn man mal davon absieht, wie sehr du unter Viktorias Fuchtel gestanden hast, warst du trotzdem ein verdammtes Genie, in dem, was du gemacht hast. Gib's zu, insgeheim bist du doch froh, dass ich sie getötet habe, oder? Ich habe dich befreit –«

Ausdruckslos starre ich sie an. »Da hast du recht, ich bin froh, dass du sie getötet hast.«

Obwohl sie es zuerst gesagt hat, wirkt sie überrascht.

»Ja, wirklich.« Ich nicke, um meiner Aussage mehr Bedeutung beizumessen. »Ich bin dir regelrecht dankbar. Du hast recht, ich habe sie gehasst. Sie hat sich für so schlau gehalten, dabei bin ich diejenige, die alle Fäden in der Hand hatte. Ehrlich gesagt, bewundere ich dich sogar dafür, dass du den Mumm hattest, dieser Farce ein Ende zu bereiten. Endlich jemand, der sich nicht alles von dieser egoistischen Bitch gefallen lässt.«

Josefine sieht mich überrascht an, allerdings bin ich mir nicht sicher, ob sie mir wirklich glaubt, also schiebe ich noch hinterher: »Du glaubst doch nicht etwa, dass ich dieses Miststück wirklich mochte?« Mit hoher affektierter Stimme rede ich weiter: »›Karla, lösch bitte alle negativen Kommentare über mich, davon krieg ich Stresspickel. Karla, warum ist das Posting noch nicht fertig?‹ Mein Gott, sie hat zugestimmt, dass Max dich mitbringt, obwohl sie genau wusste, dass ich ihn noch immer liebe. Was für eine Bitch kann man eigentlich sein?« Ich lehne mich gegen die Wand und schaue zu ihr hinüber. »Nun, dafür hat sie ja auch bezahlt, wenn man so will.«

Josefine schaut mich noch immer an. Die Flasche schwer und voll in ihrer Hand, dann reißt sie plötzlich den Arm in die Luft und schlägt mit der Flasche auf den Holzrahmen des Bettes. Whiskey spritzt durch die Lodge und Glasscherben klirren.

Ich rege mich keinen Zentimeter, schlucke nur trocken.

»Wieso nimmst du nicht das Messer?«

»Damit habe ich noch was anderes vor.«

»Was denn?«

Sie lächelt matt. »Sehe ich so aus, als ob ich mich verarschen lasse? Du bist eine gute Schauspielerin, aber nicht gut genug.«

Mein Blick gleitet zum Flaschenhals in ihrer Hand. Whiskey glitzert an den scharfen Kanten und tropft zu Boden.

Langsam schaue ich wieder in ihr Gesicht. Von der kontrollierten Perfektion ist nichts mehr übrig – da ist nur unkontrollierbarer Wahnsinn.

»Mir ist egal, ob du mir glaubst oder nicht. Nur würde ich an deiner Stelle noch mal darüber nachdenken, ob du mich wirklich umbringen willst. Denn –« Ich deute auf Max' leblosen Körper. »Du wirst das niemandem erklären können. Weder das mit Max noch das mit mir. Klar, du kannst behaupten, es wäre Notwehr gewesen, aber meinst du, das wird dir jemand glauben?«

»Und ob. Ich habe dir den Mord an Viktoria angehängt und ich hänge dir den an Max an. Das wird ganz problemlos gehen, wenn du erst mal tot bist. Blöderweise bin ich dazugekommen, als du dabei warst, deinen ehemaligen Verlobten abzumetzeln, und musste dann zusehen, dass ich irgendwie aus der Sache lebend rauskomme.«

Sie hebt die Flasche – oder das, was davon übrig ist – und

zieht sie sich mit der scharfen Kante mehrmals schnell über den Arm. Das Glas fährt durch ihre Haut. Sofort quillt rotes Blut aus den Schnittwunden hervor.

»Ich habe viel geopfert, um heute hier zu sein. Ich werde eine Erklärung finden, mach dir da mal keine Sorgen.«

Du musst Zeit schinden. Nur so besteht die Chance, dass euch jemand findet.

»Wenn ich sowieso sterbe ... Sag mir, wie du es gemacht hast. Ich will es nur verstehen. Ich habe ein paar Theorien, aber ... Na ja, ich glaube keine davon trifft es.«

»Dein Handy«, fordert sie mich auf und deutet auf meinen Bauch, wo sich Max' Handy unter dem Stoff des Hoodies abzeichnet.

Langsam ziehe ich es heraus.

»Schalte es aus und wirf es aufs Bett.«

Ich tue, was sie verlangt, und bin unendlich dankbar dafür, dass wir alle iPhones haben und sie nicht weiß, dass sich mein eigenes Handy noch immer im Aufnahmemodus unter dem Bett befindet.

Sie greift nach dem Gerät und überprüft, ob es auch wirklich abgeschaltet ist, dann lächelt sie und beginnt zu erzählen.

ACHT MINUTEN VOR DER TAT

49 @TORIFANDOM4EVA

Die Luft war geschwängert von den Körperausdünstungen des Schlafenden. Am liebsten hätte ich mir die Nase zugehalten, doch nicht mal dafür blieb Zeit. Das hier war anders geplant, aber man konnte nicht immer alle Dinge genauestens vorhersagen.

Man musste flexibel bleiben, wenn man es im Leben zu etwas bringen wollte. Sich den gegebenen Umständen innerhalb eines Sekundenbruchteils anpassen können. Selbst bei einem Mord.

So leise, wie es mir möglich war, schloss ich die Tür hinter mir.

In der Lodge war es stockdunkel, und ich konnte kaum meine eigene Hand vor Augen sehen.

Dennoch erahnte ich seine Umrisse.

Ist er wach?

Einen Moment stand ich ratlos da. Wie gesagt, das hier war anders geplant. In meiner Vorstellung hatte er mir ein Nachtlicht angemacht, damit ich mir nicht den Hals brach, wenn ich eintrat. Aber einerseits war er dafür viel zu voll gewesen, andererseits kannte ich ihn mittlerweile lang genug, um zu wissen, dass er sich nur für sich und seine Arbeit interessierte. Als ich mich am ersten Tag nach dem Streit zwischen Max und Viktoria aus der Lodge geschlichen hatte, um mich in dem Busch zu verstecken, den ich präpariert hatte, bevor die anderen eingetroffen waren, hatte ich mir bereits die wildesten Ausreden zurechtgelegt. Doch Max war derart in seine Arbeit vertieft gewesen, dass er meine Abwesenheit nicht mal bemerkt hatte. Insofern hatte das Ganze wohl auch seine Vorteile.

Ich unterdrückte ein Seufzen und schlich auf leisen Sohlen zum Bett hinüber. Draußen fegte der Wind über das Dach und verschluckte seinen flachen Atem.

Vor dem Bett blieb ich stehen und blickte auf ihn hinab. Sein Körper hob sich schemenhaft von den weißen Laken ab. Er lag auf dem Bauch, und sein rechter Arm baumelte herunter. Er sah friedlich aus, wie er da so lag, glückselig mit sich und der Welt. Bald würde er nicht mehr so schlafen. Bald würde er gar nicht mehr schlafen. Stattdessen würde er darüber nachgrübeln, wie er hätte verhindern können, was in den nächsten Minuten geschehen würde. Ich würde ihm seinen Schlaf rauben. Insofern war es ihm vergönnt, dass er noch diese eine Nacht hatte, in der er ihn genießen konnte. Eine letzte Nacht, in der Schlaf noch etwas Erholsames für ihn war.

Langsam ging ich in die Hocke und betrachtete sein Gesicht. Wenn er nicht schlief, konnte das den gesamten Plan gefährden. Niemand durfte mich sehen. Zumindest *noch* nicht.

Also ballte ich die Hand zur Faust, zielte auf seine Nase, holte aus und stoppte die Bewegung, kurz bevor ich ihn berührte. Er regte sich nicht. War weder zurückgewichen noch zusammengezuckt. Lag einfach da.

Hervorragend.

Ich hatte das in irgendeiner der Krimiserien gesehen, die ich mir so gerne reinzog. Es war eine sichere Methode, um herauszufinden, ob jemand nur so tat, als ob er schlief, oder ob er *tatsächlich* schlief.

Interessant nicht? Dass wir nicht mal sehen mussten, um zu wissen, dass wir in Gefahr waren. Wir konnten es spüren. Denn wenn ein Sinn ausfiel, waren die anderen umso geschärfter. Wäre er wach gewesen, wäre er also instinktiv zurückgewichen, sobald er den Luftzug gespürt hätte, der durch meine Bewegung entstanden war.

Ich richtete mich wieder auf und schlich zurück zur Garderobe, wo ich vorhin meinen Koffer drapiert hatte.

Vorbereitung war alles. Was das betraf, hatte ich mich wirklich selbst übertroffen.

Behutsam klappte ich den Deckel auf. Wie jeder Koffer verfügte auch dieser im Inneren über einen Stoffbezug, der sich mittels eines Reißverschlusses öffnen ließ. Es war das perfekte Versteck für all die Dinge, die niemand sehen sollte.

Nun schob ich langsam eine Hand zwischen Stoffbezug und

die Hartschale des Koffers, um drei Dinge herauszuholen: Eine Perücke, Lederhandschuhe und ein Messer. Alles verborgen in einem unauffälligen schwarzen Kulturbeutel. Vorsichtig zog ich ihn heraus, wobei ein intensiver Schauer der Vorfreude meinen Körper zum Kribbeln brachte.

Anschließend klappte ich den Koffer zu und verließ die Lodge ebenso leise, wie ich sie betreten hatte. Der Wind peitschte mittlerweile immer kräftiger durch den Wald, beinahe so, als ahnte die Natur, was im Begriff war zu geschehen, beinahe so, als wolle sie Viktoria ins Innere ihrer Lodge treiben.

Doch das bläuliche Licht ihres Handys leuchtete noch immer. War mein Polarstern in dieser finsteren Nacht.

Ich sah mich kurz um, und während ich mir die Handschuhe anzog, lief ich los. Es galt noch etwas anderes zu erledigen, und ich war mir sicher, dass sie sich so langsam schon wunderte, wo ich blieb, also musste ich mich beeilen.

Damit sie meine Schritte nicht hörte, lief ich quer über die weiche Wiese in Richtung der Lodge, die mein nächstes Ziel war. Vor der Eingangstür hielt ich kurz inne, um den Generalschlüssel aus der Hosentasche zu fischen. Ich hatte ihn mir vorhin mit Tränen in den Augen von Magdalena geben lassen, unter dem Vorwand, dass ich Max nicht finden könnte und befürchtete, er sei in Karlas Lodge.

Sie hatte mich mitfühlend angesehen und ihn mir gegeben. Dafür, dass sie ihn später nicht mehr zurückverlangen würde, hatte ich gesorgt, indem ich das Video verschickt und damit alles auf den Kopf gestellt hatte. Magdalena vergaß über das Drama den Schlüssel, und ich ersparte mir, eines der Schlösser zu knacken und unnötig Lärm zu machen.

Ich steckte den Schlüssel ins Schloss, trat ein und schloss eilig die Tür hinter mir. Gedämpftes Licht erhellte die Lodge, und ich erkannte, dass es vom Kamin herkam.

Sofort presste ich mich an die Wand – als ob das etwas bringen würde – und schaute in den Raum hinein. Ich entdeckte sie auf dem Bett. Eine halbtote Gestalt, die sich keinen Zentimeter bewegte, geschweige denn bei Bewusstsein war.

Erleichtert atmete ich aus und trat näher. Die Luft war heiß und drückend. Dieser süßsäuerliche Geruch des Alkohols in Verbindung mit der Hitze war unerträglich. Mit einem Mal bemerkte ich, wie meine Zunge ganz schwer wurde, und ich kurz davor war, mich zu übergeben.

Fuck.

Ohne auf *sie* zu achten, rannte ich zur Terrassentür und riss sie auf, um frische Luft hereinzulassen. Die Übelkeit verschwand so schnell, wie sie gekommen war.

Mein Blick huschte durch die Ritzen zwischen den Lamellen der Fensterläden nach draußen, scannte die Finsternis ab. Alles war ruhig. Keine Schritte zu hören.

Okay, und jetzt los, bevor sie mich noch suchen kommen!

Ich wandte mich ab und eilte zum Bett. Einen Moment beobachtete ich sie, lauschte, aber ich konnte nichts hören. Wieso atmete sie nicht? Sie musste doch –

Da hob sich ihre Brust. Verdammter Mist, offenbar hatte ich es mit der Dosis etwas zu gut gemeint. Wobei das nicht weiter verwunderlich war. Die Menge an K.-o.-Tropfen, die ich ihr vorhin in den Drink gemixt hatte, hätte ausgereicht, um einen hundert Kilogramm schweren Mann auszuknocken. Aber ich hatte eben auf Nummer sicher gehen müssen.

Obwohl sie dalag, als wäre sie im Begriff zu verrecken, testete ich zur Sicherheit auch bei ihr, ob sie nicht doch noch etwas mitbekam. Meine Faust schnellte vor. Nichts.

»Hallo?« Nichts.

»Karla, meine Süße?« Nichts.

Ich verpasste ihr eine Ohrfeige – nur so zum Spaß. Nichts.

Anschließend zog ich die Decke von ihrem Körper, nur um festzustellen, dass sie bereits bis auf die Unterwäsche entkleidet war. Was für eine köstliche Ironie des Schicksals.

Zufrieden wandte ich mich ab und suchte in dem Chaos ihrer Lodge nach den Sachen, die sie heute Abend getragen hatte. Nachdem ich sie endlich gefunden hatte, lief ich damit ins Bad, wo ich den Reißverschluss meines Kleides aufzog und mich aus dem viel zu engen Stoff schälte.

Ich schmiss den nuttigen Fetzen neben mich, dann zog ich den Slip herunter und ging in die Hocke. Etwas, das ich heute schon mehrmals getan hatte.

Vorsichtig schob ich zwei Finger in mich, zog das Kondom mit dem Smartphone heraus und begann, den Knoten zu öffnen. Ich hatte das Gerät extra zu diesem Zweck im Internet gekauft. Es war klein – gerade mal zehn Zentimeter lang und vier Zentimeter breit –, 4G-fähig und ließ sich gut in ein Kondom schieben und einführen. Denn auch wenn ich einige der SMS an Viktoria mittels einer Website zu festgelegten Zeiten automatisch versenden ließ, ermöglichte mir ein zusätzliches Handy mit Prepaidkarte, spontan zu reagieren. Schließlich konnte man nie wissen, wann sich ein guter Moment bieten würde, um noch mal nachzutreten, so wie beispielsweise als Tori und Karla in die Sauna gegangen waren.

Und Max gegenüber hatte ich nur behaupten müssen, dass ich meine Tage hätte, was für ihn Grund genug war, die Finger von mir zu lassen.

Endlich bekam ich den Knoten auf und zog das Handy heraus. Es war ölig vom Gleitgel, und ich wischte es mit Klopapier ab. Das Kondom warf ich anschließend ins Waschbecken, ehe ich mir Karlas Hose überzog. Obwohl ich kräftiger war als sie, passte ich problemlos hinein. Dafür hatte ich gesorgt. In den letzten Monaten hatte mein Essen überwiegend aus kohlenhydratfreier Nahrung bestanden, und ich war mindestens fünfmal die Woche laufen gegangen. Sportlich war ich schon seit dem Studium gewesen, aber es hatte mich einiges an Anstrengung gekostet, meine genetischen Rundungen wegzutrainieren. Mein Plan sah jedoch vor, dass ich in ihre Klamotten passte, also hatte ich getan, was dafür nötig war.

Nachdem ich mich angezogen hatte, griff ich nach dem Haargummi an meinem Handgelenk, bändigte damit meine Mähne in einem Dutt und öffnete dann den Reißverschluss des Kulturbeutels. Die Perücke fiel dumpf zu Boden. Lag da wie ein totes Tier.

Seufzend bückte ich mich und setzte sie auf. Sofort juckte meine Kopfhaut, was daran lag, dass die Perücke nicht besonders hochwertig war, aber das musste sie auch nicht sein. Ich wollte schließlich keine gute Kopie sein, sondern lediglich eine verschwommene Illusion.

Nachdem ich fertig war, trat ich vor den Spiegel und betrachtete mein Werk. Ich sah ihr derart ähnlich, dass ich am liebsten mit der bloßen Faust in den Spiegel geschlagen hätte.

Ich wandte mich ab und verließ das Badezimmer. Der Wind fuhr kühl durchs Zimmer, und das Feuer knisterte.

Karla bekam davon jedoch nichts mit. Lag wie eine Leiche, blass und bewegungslos, einfach nur da.

Perfekt.

Ich holte tief Luft, dann gab ich mir einen Ruck.

Es war so weit. In all den Monaten der Planung, der Selbstdisziplin und der Schauspielerei hatte ich auf genau diesen Moment hingearbeitet.

Lächelnd verließ ich die Lodge. Der Wind fuhr mir unter die Klamotten, und mit einem Mal fröstelte es mich. Aber ich schob diese Empfindung beiseite und konzentrierte mich auf das, was vor mir lag.

Während ich mich langsam dem schwachen Licht des Handys näherte, kribbelte mein ganzer Körper in freudiger Erwartung. Ich konnte kaum glauben, dass es endlich so weit war.

Als uns nur noch ein paar Meter trennten, ging ich hinter einem Baum in Deckung, zückte das Handy und tippte eine letzte Nachricht. Diesmal bei Instagram. Es war an der Zeit, dass sie erfuhr, wer ihr all das antat.

Pass auf, dass du nicht ins Wasser fällst. Wobei, eigentlich ist es egal, denn du hast recht. Das ist das Ende.

Ich drückte auf Senden, wartete, doch ihr Handy vibrierte nicht. Stattdessen hörte ich hinter mir ein Donnergrollen. Erschrocken zuckte ich zusammen, ehe ich mich wieder auf Viktoria konzentrierte.

Hat sie den Ton ausgeschaltet?

Nein, das tat sie eigentlich nie. Jetzt fiel mir ein, dass sie die Push-Benachrichtigungen bei Instagram deaktiviert hatte, damit sie nicht jedes Mal eine Mitteilung bekam, wenn einer ihrer Fans schrieb oder ein Bild likte.

Wieso kann kein Plan perfekt sein? Wieso muss es immer etwas geben, das man übersieht?

Am liebsten hätte ich mich selbst geohrfeigt, aber stattdessen drückte ich mit dem Finger so lange auf die Sprechblase, in der meine Worte standen, bis Instagram mir drei Optionen vorschlug: *Kopieren, Zurückrufen, Speichern.*

Plötzlich ertönte ein ohrenbetäubender Knall, als irgendwo ein Blitz einschlug. Erneut zuckte ich zusammen.

Scheiße, ich muss mich beeilen, bevor Viktoria doch reingeht.

Eilig klickte ich auf *Zurückrufen*, und die Nachricht verschwand aus unserem Chat, als hätte es sie nie gegeben.

Statt einer Direct Massage auf Instagram schickte ich ihr eine letzte SMS.

Ich trat aus dem Schatten heraus und lief direkt auf sie zu.

EINE MINUTE VOR DER TAT

50 VIKTORIA

Pass auf, dass du nicht ins Wasser fällst. Wobei, eigentlich ist es egal, denn du hast recht. Das ist das Ende.

Ich ließ das Handy fallen und sprang auf, während ich versuchte, ruhig zu atmen. Ich hatte gewusst, dass das passieren würde. Hatte sogar darauf gehofft. Immerhin gab es jetzt kein Zurück mehr. Wir würden uns von Angesicht zu Angesicht gegenüberstehen. Doch es war die Endgültigkeit der Worte, die mir einen Schauer über den Rücken jagte. Die mir Angst machte.

Ich sah mich um, um irgendwas oder irgendwen in der Dunkelheit auszumachen, doch da waren nur Schemen und Schatten. Vage Umrisse, die ich kaum zu deuten vermochte, und das Grollen des Donners, das unheilvoll die Stille durchbrach.

»Scheiße, verdammte.« Mit ungeschickten Bewegungen schaltete ich das Licht am Handy aus. Sofort verschluckte mich die Dunkelheit.

Mit einem Mal erschien mir alles an diesem Ort bedrohlich. Jeder Baum. Jeder Busch. Jeder Stein. Überall konnte das Böse lauern. Auf mich warten. Mich beobachten.

Wo bleibt Josefine?

Panisch sah ich zu den Lodges herüber, aber auch dort ließ sich nicht viel ausmachen. Es herrschte tiefste Dunkelheit, und meine Augen hatten sich wegen des Handylichts noch nicht daran gewöhnt. Angestrengt kniff ich sie zusammen.

»Hallo?«, rief ich, doch mir antwortete nur der Wind. Er peitschte mir die Haare ins Gesicht, zerrte an mir.

Hau ab.

Ohne mich noch einmal umzudrehen, setzte ich mich in Bewegung, als ich plötzlich ein Geräusch vernahm.

Das Knacken eines Astes.

Ich blieb stehen.

Lauf!, schrie mir eine Stimme in meinem Inneren zu.

Bleib, sonst endet das hier nie!, hielt eine andere dagegen.

Hin und her gerissen von meinen eigenen Gedanken, starrte ich in die Richtung, aus der das Geräusch gekommen war, als ein weiterer Blitz über den Himmel zuckte, und ich plötzlich eine Gestalt ausmachen konnte.

Sie trug weiße Kleidung, die selbst der Dunkelheit zu trotzen vermochte.

Erleichterung durchflutete mich.

»O mein Gott, Karla. Ich bin hier.« Ich winkte ihr zu.

In großen Schritten kam sie näher, und die Erleichterung darüber, sie zu sehen, ließ mich beinahe abheben.

Als sie nur noch wenige Meter entfernt war, lief ich ihr entgegen. »O Gott, du glaubst gar nicht, wie froh ich bin, dich zu sehen. Es tut mir so leid wegen vorhin. Ich –«

In diesem Moment stach sie zu. Erst hörte ich ein dumpfes, schmatzendes Geräusch – dann spürte ich den Schmerz. Heiß und brennend.

Ich ließ den Blick sinken, starrte auf den Griff des Messers, der aus meinem Bauch herausragte. Ich blinzelte, dann schaute ich auf zu ihr.

Erst da merkte ich, dass es nicht Karlas Gesicht war, das mich anschaute.

Es war das von Josefine. Die ganze Zeit über war es Josefine gewesen.

»Wieso?« Das Wort nur ein Hauch auf meinen Lippen.

»Weil du eine blöde Fotze bist.«

Sie zog das Messer heraus und stach erneut zu. Noch einmal. Und noch einmal. Verwirrt hielt ich mich an ihr fest, verstand nicht, was geschah.

Erst als die Dunkelheit einem gleißend hellen Licht wich, hatte ich verstanden.

Das war das Ende.

ZWEI MINUTEN NACH DER TAT

51 @TORIFANDOM4EVA

Ihr Körper bewegte sich immer noch leicht unter der Wucht meiner Stiche, dabei war sie längst tot. Nur konnte ich einfach nicht aufhören.

Es stimmte, was Mörder behaupteten. Es gab ihn – diesen Rausch. Ehrlich gesagt hatte ich angenommen, dass ich besser sei als diese Opfer ihrer eigenen Triebe, aber wir hatten heute wohl alle etwas gelernt. Auch wenn Viktoria ihr neues Wissen nie würde nutzen können. Dafür hatte ich gesorgt, als ich mich an ihr abreagiert hatte wie an einem Boxsack.

Dabei hatte es eigentlich ein sauberer Schnitt werden sollen. Einmal quer über die Kehle. Mir hatte irgendwie der Gedanke gefallen, dass sie an ihrem eigenen Blut ersticken würde.

Doch als ich dann vor ihr gestanden hatte, war die Vergangenheit über mich hereingebrochen wie eine Lawine – all die quälenden Jahre, in denen Mädchen wie sie mich schikaniert und drangsaliert hatten. In denen ich mich vor mir selbst versteckt hatte, um dazuzugehören und irgendwo hineinzupassen. All die Monate, in denen ich gute Miene zum bösen Spiel machen und so tun musste, als ob ich sie und ihre beschissenen Freunde mögen würde. In denen ich es ertragen musste, wie ihr egoistischer Scheißkerl von einem Bruder mich fickte und mich seinen Schwanz lutschen ließ, während er auf mich spuckte.

All der Schmerz, die Ungerechtigkeit und die Scham hatten mich überwältigt, und plötzlich gab es kein Halten mehr, und ich konnte nicht aufhören, immer und immer wieder zuzustechen. Bis ich auf Widerstand traf.

Ihr Handy, dämmerte mir.

Ich ließ die müden Arme sinken und erhob mich langsam. Betrachtete mein Werk.

Endlich sah sie aus, wie ich mich seit Jahren fühlte. Fast kam es mir vor, als hätte ich endlich einen Weg gefunden, mein Innerstes nach außen zu stülpen. Der Welt zu zeigen, wie es sich anfühlte, wenn man nicht dazugehörte und es ständig zu spüren bekam.

Ich schaute an mir herab. Karlas Klamotten waren von oben bis unten voller Blut. *Ihrem* Blut.

Eilig ging ich in die Hocke und füllte etwas Sand in die Hosentaschen. Dann schob ich auf der Suche nach Viktorias Handy eine Hand unter ihr Kleid. Es war am sichersten, wenn ich das Ding einfach mitnahm. Kein Handy – keine Daten, die man auslesen konnte.

Plötzlich durchbrach ein Geräusch die Stille. Es war kein Donner, sondern etwas Menschlicheres. Ein Niesen vielleicht?

Ich riss den Kopf hoch, konnte jedoch nichts und niemanden ausmachen.

Was nichts zu bedeuten hat, das weißt du ja wohl am besten.

Fuck.

Aufmerksam sah ich mich um und kam mir beinahe albern vor. *Ich* war hier doch das Raubtier. *Ich* war diejenige mit dem Messer in der Hand. Aber ich war nicht dumm. Es war mir klar, dass ich nicht einfach jeden niedermetzeln und dennoch davonkommen konnte. Ein gelungener Mord brauchte Planung. Das war nichts, was sich spontan machen ließ.

Ich tastete hektisch nach Viktorias Handy, während ich mich weiter umsah. Doch ich bekam das blöde Ding einfach nicht zu fassen. Es war wie mit einem Schlüssel, der sich in den Tiefen einer Tasche verbarg – obwohl man ihn hörte, fand man ihn nicht.

Mit jeder Sekunde, die verstrich, wurde ich panischer, bis ich schließlich nichts mehr wahrnahm außer meinem Puls. Wenn jetzt jemand auf mich zulief, würde ich nicht mal seine Schritte hören.

Das ist es nicht wert. Sie werden darauf sowieso nichts finden. Außerdem habe ich es ja auch mit dem Messer erwischt, wahrscheinlich ist es sowieso hinüber.

Ich muss verschwinden. Sofort.

Ich stand auf, ließ die Tote liegen und huschte zurück zu Karlas Lodge. Dabei hielt ich mich so lange wie möglich hinter den Bäumen verborgen. Es war zwar dunkel, aber dennoch wollte ich kein Risiko eingehen – auch wenn mich niemand als Josefine erkannt hätte.

Als ich die Lodge erreichte, war sie noch immer bewusstlos. Schlief seelenruhig, während ihre beste Freundin draußen bestialisch ermordet worden war.

Gott, wenn ich nur daran dachte, wie sie morgen ihre ganze

Existenz und ihr Wesen in Frage stellen würde, bekam ich beinahe einen Orgasmus.

Ich ging zu ihr und griff nach ihren Händen, um etwas vom Blut darauf zu verteilen. Dann nahm ich ihre rechte Hand und presste die Finger auf den blutroten Messergriff, damit ich sicher sein konnte, dass ihre Abdrücke gut darauf zu finden waren. Anschließend ging ich mit dem Messer ins Bad, wo ich es auf dem Waschbecken ablegte und mich aus den Handschuhen schälte, ehe ich zurückging, ein klein wenig Sand aus den Hosentaschen holte, um damit Karlas Füße einzureiben.

Nur ein klein wenig.

Nur so viel, dass es so aussah, als wäre sie am Strand gewesen.

Nur so viel, dass sie an sich selbst zu zweifeln beginnen würde.

Nachdem das erledigt war, ging ich wieder ins Bad zurück und ließ das Wasser in der Dusche laufen. Ihre Kleidung klebte feucht und blutig an meinem Körper. Ich zog sie aus und warf sie achtlos auf den Boden, ehe ich das Blut von den Handschuhen wusch und dafür sorgte, dass das weiße Becken unverkennbar mit Blut besudelt war. Und weil eine Betrunkene unvorsichtig war, schüttelte ich die nassen Handschuhe über dem steinernen Boden aus, um so das verwässerte Blut überall zu verteilen, bevor ich unter die Dusche stieg und mich säuberte.

Ich reinigte mich gründlich, sorgte dabei dafür, dass etwas vom Blut an die Fliesen spritzte und dort haften blieb. Das war genau das, was ich wollte.

Danach trocknete ich mich ab, föhnte mir die Haare und schlüpfte wieder in mein schwarzes Kleid. Auch die Handschuhe zog ich wieder an, ehe ich einen der Zahnputzbecher mit Wasser füllte und damit rüber zum Bett ging. Ich zog ihren Kopf auf meinen Schoß und feuchtete ihre Haare an.

Sie mussten nicht richtig nass sein, aber zumindest so feucht, dass es aussah, als hätte sie geduscht.

Auch ihre Hände machte ich nass, um das Blut, dass ich vorhin auf ihnen verteilt hatte, mit dem Handtuch wieder abzuwischen.

Sorgfalt war in dieser Angelegenheit enorm wichtig. Und nichts machte jemanden verdächtiger, als wenn er versuchte, möglichst nicht verdächtig zu erscheinen.

Ich brachte den Zahnputzbecher zurück ans Waschbecken, dann griff ich nach dem Prepaid-Smartphone. Ich öffnete den Instagram-Account, loggte mich bei @fine.fiebig aus und dafür bei @torifandom4eva ein, ehe ich es reinigte und, wie zuvor beim Messer, Karlas Finger daraufpresste.

Nachdem ich alles erledigt hatte, nahm ich mein ganzes Zeug und lief zur Terrassentür.

Eigentlich hatte ich Messer und Handy vergraben wollen, doch die Sorge war zu groß, dass jemand von den anderen wach sein und mich sehen könnte – und das jetzt, wo ich keine Verkleidung mehr trug.

Kurz überlegte ich, sowohl Messer als auch Handy einfach dazulassen, doch das Risiko, dass Karla beides fand und ihre Fingerabdrücke vernichtete, konnte ich nicht eingehen.

Nein.

Ich musste es mitnehmen und zu einem späteren Zeitpunkt deponieren.

Ich nickte mir selbst zu, dann verließ ich Karlas Lodge und lief zu meiner.

Max schlief noch immer. Schnell steckte ich Messer und Handy in einen Gefrierbeutel, ließ den im Deckel des Hartschalenkoffers verschwinden und kuschelte mich neben ihn ins Bett. Er drehte sich im Schlaf zu mir, zog mich eng an sich. Zufrieden seufzte ich und schloss die Augen.

Ich konnte mich nicht daran erinnern, jemals glücklicher gewesen zu sein.

52 KARLA

Eine von uns wird sterben.

Das ist der einzig logische Grund für ihren Redefluss. Sie hat mir meinen armseligen Ich-bin-dir-ja-so-dankbar-Bluff natürlich nicht abgekauft, und nun hat sie beschlossen, mich einzuweihen, bevor sie mir mit dem scharfkantigen Flaschenhals die Kehle aufschneidet.

Es sei denn, ich halte sie auf.

»Und die Sauna? Warst das auch du? Oder war das Zufall?«

»Natürlich war ich das. Max ist weggenickt, und da habe ich direkt die Chance genutzt, euch zu folgen.«

Ich kann sie nur anstarren, brauche mehrere Sekunden, um zu begreifen. Dann stelle ich die einzige Frage, die noch offen ist.

»Warum?«

»Warum?« Sie lächelt traurig und schaut auf die Flasche in ihrer Hand. »Weißt du, es ist mir nie um Viktoria im Speziellen gegangen. Das mag komisch klingen, aber Viktoria steht für etwas. Für eine sehr spezielle Art von Mensch.«

Sie fährt sich mit der Hand durchs Gesicht, dann fängt sie an zu erzählen. »Ich bin bei meiner Oma aufgewachsen. Einer übergewichtigen alten Frau. Wir haben in einer Gartenlaube in Hamburg-Harburg gehaust und von Hartz IV und dem Kindergeld, das sie für mich bekommen hat, gelebt. Da wir nicht viel gehabt haben, ist meine Oma erfinderisch gewesen. Sie hat gerne gestrickt, also habe ich viel Strickkleidung getragen. Leider hat sie auch wie ein Schlot geraucht. Weißt du, wie Stoff riecht, der ständig vollgequalmt wird? Ich habe gestunken wie ein alter Mann. Mein Taschengeld habe ich deshalb in Klamotten aus dem Secondhandshop investiert, die ich immer nur außerhalb der Laube aufbewahrt und getragen habe. Aber auch, wenn man es nicht mehr gerochen hat – man hat mir trotzdem angesehen, wo ich herkam. Selbst auf der beschissenen Schule bin ich eine Ausgestoßene gewesen. Nicht einmal gut genug für den Abschaum vom Abschaum.«

Sie lacht, doch meine Aufmerksamkeit wird von Max abgelenkt. Sein linkes Bein zuckt, und ich bemerke, dass seine Lider flattern.

Er lebt.

Eilig wende ich ihr meinen Blick wieder zu. Sie darf nicht mitbekommen, dass er am Leben ist.

»In der schimmernden Welt der Influencer habe ich Trost gefunden. Ich weiß, ich weiß … wie abgedroschen.« Sie schiebt sich eine Strähne hinters Ohr und zuckt mit den Schultern. »Aber so ist es nun mal. Ich habe mir Hunderte Videos auf YouTube angesehen. Habe meine liebsten Influencerinnen unterstützt, wo ich nur konnte.«

Josefine legt den Kopf schief und sieht mir tief in die Augen. »Ich habe Fan-Pages erstellt, um sie zu supporten. Habe ihnen Nachrichten geschrieben. Und ja, ich habe sogar Adventskalender für sie gebastelt.«

Ich schlucke trocken.

»Weißt du … Alles, was ich gewollt habe, war eine Freundin. Eine, die mich um meinetwillen mag. Aber so nah ich mich ihnen auch gefühlt habe, keine von ihnen hat einen engeren Kontakt zugelassen. Ich war eben nur ein Fan. Eine Fremde. Die Einzige, bei der das nicht so gewesen ist, war Viktoria.«

Am Rande meines Sichtfeldes bemerke ich, wie Max Anstalten macht, den Kopf zu heben, und gebe mir alle Mühe, nicht zu ihm hinüberzuschauen. Wenn ich Blickkontakt mit ihr halte, bekommt sie es vielleicht nicht mit.

»Als ich sie vor rund zwei Jahren auf Instagram entdeckt habe, hat das einfach alles verändert. Sie war schlichtweg perfekt. Von den blonden, splissfreien Haaren, den blauen, großen Augen bis hin zu den Brüsten, die etwas zu groß für ihre so schmale Sanduhrfigur waren, war einfach alles perfekt an ihr. Ich wäre gestorben, um so auszusehen wie sie. Weißt du, wofür ich noch gestorben wäre? Wenn ich sie als meine Freundin hätte haben können.« Sie hält kurz inne, scheint sich in Erinnerungen zu verlieren.

»Ihre Schönheit ist nämlich nicht das, was mich am meisten an ihr fasziniert hat. Durch Apps, Beauty-Filter und Schönheits-OPs kann ja heute jeder so aussehen. Nein … Am Anfang habe ich in ihr nur eine weitere Influencerin gesehen, die über ihren Tag schwadroniert und überteuerte Markenprodukte in ihren Postings bewirbt. Aber das hat sich schlagartig geändert, als ich das erste Mal eine Story von ihr gesehen habe. Viktoria war eine Fremde – zumindest damals –, und doch hat sie es geschafft, dass ich mich durch ihre Story-Slides von ihr *gesehen* fühlte. Es war die Art, wie sie sich artikuliert, wie sie sich bewegt hat und wie sie uns – ihre Follower – mit einbezogen hat. Es hat einfach etwas sehr Persönliches, sehr Intimes, ihr zuzuhören, auch wenn ich bis heute nicht genau sagen kann, wie sie es angestellt hat, dass ich mich gefühlt habe, als wäre ich die Einzige, mit der sie spricht, wo ihr doch Abertausende zugehört haben.«

Josefine dreht mir den Rücken zu und geht zu dem kleineren Fenster neben dem Bett. Vorsichtig stoße ich mich von der Wand ab und nähere mich Max. Sein Blick ist verhangen, und die Falte auf seiner Stirn verrät mir, dass er nicht begreift, was hier vor sich geht.

Wie auch. Er hat die Hälfte verpasst.

Ich lege einen Finger an meine Lippen.

Er blinzelt verwirrt, lässt den Kopf dann aber zu meiner Erleichterung zurück auf den Boden sinken.

»Noch bevor ich sie getroffen habe, wusste ich, dass sie einer von diesen Menschen ist, bei denen die Sonne aufgeht, sobald sie einen Raum betreten. Sie hat trotz ihres Erfolgs, trotz ihrer Schönheit bescheiden und freundlich gewirkt, schien ihren Freund aufrichtig zu lieben und hat sich um ihre Follower gekümmert.«

Ich schaue mich nach einer Waffe um, kann aber nichts Brauchbares entdecken.

Josefine seufzt, als sei sie enttäuscht, dass ich mich meinem Schicksal nicht füge, und dreht sich wieder zu mir herum.

»Bald schon hat mein Tag damit begonnen und geendet, dass ich ihr Gesicht angesehen und ihrer tiefen, weichen Stimme gelauscht habe. Sie ist Teil meines Lebens geworden, und nachdem ich sie einige Zeit stumm verfolgt hatte, beschloss ich mich aktiver einzubringen. Ich habe ihre Fotos kommentiert, in ihre Frage-Sticker geschrieben und auf ihre Storys geantwortet.«

Ich beiße mir auf die Lippe, fürchte mich vor dem, was nun kommen wird.

»Und irgendwann – na gut, nicht irgendwann, es war der dreizehnte November letzten Jahres an einem Mittwochabend um zwanzig Uhr drei – hab ich mit kleinen Augen auf meinem alten Ikea-Sofa gesessen, Nachos mit Käsesoße in mich reingestopft und dabei die Tagesschau geguckt, als sie mir auf eine meiner Nachrichten geantwortet hat.«

Ich schlucke, denn mir ist klar, was sie mir gleich vorwerfen wird. Viktoria hat ihr auf keine ihrer Nachrichten geantwortet – das war ich.

»Von da an haben wir regelmäßig geschrieben.« Sie lächelt. »Zumindest habe ich das gedacht. Ich habe ihr von meinem Tag erzählt, habe Fan-Pages gegründet, um sie zu supporten. Irgendwann habe ich mich persönlich angesprochen gefühlt, wenn sie von bestimmten Dingen in ihrer Story erzählt hat – als ob sie die nur mir erzählen würde. Noch nie zuvor habe ich mich so gesehen und dazugehörig gefühlt.«

Ich überlege krampfhaft, wann das gewesen sein könnte, doch ich kann mich nicht erinnern. Denn die Wahrheit ist, dass es mein Job war, mit all ihren Followern zu interagieren. Josefine hat absolut recht, es war das, was Viktoria als Influencerin so erfolgreich gemacht hat.

Sie hat sich Zeit für ihre Fans genommen, hat ihnen zugehört, ihre Nachrichten gelesen und beantwortet. Das war eines ihrer Alleinstellungsmerkmale in der Branche, das hat sie ausgemacht. Nur dass es – wie so viele Dinge – nicht echt war. *Ich* war diejenige, die all diese Nachrichten geschrieben hat.

»Aber auf ein irrsinniges Hoch folgte immer ein irrsinniges Tief. Als sie verkündet hat, dass sie bald die Eine-Million-Follower-Marke auf Instagram knacken würde, war ich total glücklich, bis sie gesagt hat, dass es diesmal keine Party geben würde. Von anderen Mädels, die ebenfalls Fan-Pages betrieben haben, wusste ich, dass Viktoria in der Vergangenheit bei jedem Follower-Meilenstein ausgewählte Fans sowie Freunde und Freundinnen in die Villa ihrer Eltern in Hamburg eingeladen hat. Die Partys galten als wild und exklusiv – und als Möglichkeit, Viktoria näherzukommen und sich mit ihr anzufreunden. Jedenfalls gab es ein paar Mädchen, bei denen das so geklappt hatte. Also wollte ich auch die Chance haben, sie endlich persönlich kennenzulernen und unsere Freundschaft zu vertiefen. Doch mit nur einem Posting hat sie meine ganze Hoffnung zunichte gemacht. Das war der Moment, an dem ich zum ersten Mal so etwas wie Wut ihr gegenüber empfunden habe. Da hatten wir uns bereits seit Monaten geschrieben, aber trotzdem wollte sie sich auf kein Treffen – ja, nicht mal auf einen Nummernaustausch – einlassen. Und dann hat sie auch noch die Party platzen lassen. Eine der wenigen Möglichkeiten, wo man sie hätte persönlich treffen können … Das war das erste Mal, dass ich wirklich an ihr gezweifelt habe. Wieso hat sie das gemacht, wenn sie ihre Follower doch so sehr geliebt hat?«

In ihrem Gesicht liegt ein irrer Ausdruck.

»Nach ihrem Posting habe ich fünf Tage darauf gewartet, dass sie mir schreibt, sich entschuldigt oder mir erklärt, warum – aber nichts dergleichen ist passiert. Selbst dann nicht, als ich auf ihre Story reagiert habe. Stattdessen hat sie so getan, als ob nichts wäre. Das hat mich unglaublich enttäuscht und wütend gemacht. Wie hat sie mir das nur antun können?«

Erneut wendet sie sich ab, was ich zum Anlass nehme, mich vorzubeugen und das Handy auf dem Bett wieder an mich zu nehmen. Sobald sich die Gelegenheit ergibt, muss ich hier raus. Fort von ihr. An einen Ort, wo es Empfang gibt. Und diesmal werde ich so weit rennen, wie es nötig ist, denn es steht nicht nur mein Leben auf dem Spiel, sondern auch das all der Menschen, die ich liebe.

»Schließlich bin ich in eins von den Cafés gegangen, wo sie sich laut Fan-Foren oft aufhalten würde. Bis heute weiß ich nicht, was ich dort eigentlich vorgehabt habe.« Sie lacht bitter. »Wollte ich mich ihr näher fühlen? Abschied von ihr nehmen? Habe ich gehofft, sie zu treffen, um sie konfrontieren zu können? Keine Ahnung. Meine Erinnerung an jenen Tag ist nicht besonders klar.« Sie kichert. »Jedenfalls saß ich da, als ein riesiges Gewitter losgebrochen ist, und dann, wie in einer Szene aus einem Film, spazierte sie mit dem nächsten Donnergrollen aus dem Platzregen zur Tür herein.«

Ihr Gesicht nimmt einen verträumten Ausdruck an.

»Ihre Haare waren nass, ihre Mascara war verlaufen, und trotzdem ging einfach die Sonne auf, als sie das Café betreten hat. Sie hat sich zwei Tische von mir entfernt hingesetzt und einen Zitronenkuchen und einen Karamell-Macchiato bestellt. Eine geschlagene halbe Stunde konnte ich sie nur anstarren und beobachten, wie hin und wieder jemand zu ihr ging, um nach einem Foto zu fragen. Irgendwann habe ich bemerkt, dass nur noch ein kleiner Schluck in ihrer Tasse übrig war und sie das Café wahrscheinlich bald verlassen würde. Also habe ich mir einen Ruck gegeben und bin zu ihr hingegangen.« Josefine schaut mich nun wieder an, und ich halte ihrem Blick stand.

»›Hi, Viktoria‹, habe ich gesagt. ›Ich bin's, Josefine oder at-torifandomfoureva.‹« Mit einem Mal ist ihre Stimme unnatürlich hoch. »Und weißt du, was sie mich gefragt hat? Sie hat mich allen Ernstes gefragt, ob wir uns kennen. Natürlich habe ich meinen Namen wiederholt und erklärt, dass wir ständig miteinander schreiben. Sie hat irgendwas gesagt wie ›Oh, wirklich?‹ … Weißt du, mich haben schon viele Menschen verletzt, aber das …«

Sie schüttelt den Kopf.

»Ich habe sie dann trotz allem noch nach einem Foto gefragt, aber sie hat nur geantwortet: ›Hör mal, es tut mir total leid, aber ich habe die ganze Zeit Fotos gemacht, und –‹ Ich habe mich umgedreht, hab mein Getränk bezahlt und bin gegangen. Weißt du …«

Sie läuft nun hin und her und umfasst den Hals der Whiskeyflasche so fest, dass ihre Knöchel weiß hervortreten.

»Natürlich hatte ich eine Umarmung erwartet. Irgendwas. Vielleicht sogar, dass sie mir anbietet, mich zu ihr zu setzen, aber sie hat mich nicht mal erkannt. Hat mich abgewiesen wie einen aufdringlichen Bettler.« Sie hebt den Zeigefinger. »Wahrscheinlich denkst du, dass das der Moment gewesen ist, in dem ich angefangen habe, sie zu hassen. Aber das stimmt nicht. Ich habe nur erkannt, dass ich als Fan niemals Teil ihres Lebens sein würde. Wir waren zu viele. Ich war einfach nur frustriert. Ich begriff, dass ich es anders angehen musste. Ich habe ihre Postings analysiert und herausgefunden, mit welchen Firmen sie kooperiert hat. Dann habe ich Initiativbewerbungen verschickt und mich als Campaign Managerin beworben. Erst habe ich nur Absagen bekommen, weil niemand gebraucht wurde, aber dann habe ich meine Chance doch noch bekommen. *Casend* hat eine Stellenanzeige veröffentlicht. Ich habe mich beworben, und wie es das Schicksal wollte, haben sie mich eingestellt. Monatelang habe ich für diese Idioten gearbeitet, bis es endlich so weit war und wir Viktoria für eine Kooperation anfragen sollten.« Sie lächelt. »Das habe ich auch gemacht, und da habe ich erfahren, dass du krank bist. Ich bin also mit Max in Kontakt gekommen, und von da an war es ein Kinderspiel. Max war so was von notgeil. Ein unschuldiger Wimpernaufschlag, ein tiefes Dekolleté, und schon hat er mich auf ein Date eingeladen.«

Ich senke den Blick und gucke auf Max hinab. Die Lache um seinen Kopf ist noch größer geworden, aber seine Augen sind geöffnet, und der Ausdruck darin ist nicht länger verwirrt. Er begreift endlich, was hier passiert.

Die Erleichterung darüber treibt mir die Tränen in die Augen.

»Aber dann hattest du doch, was du wolltest. Wieso …?«

»*Wieso?* Ich dachte, du könntest eins und eins zusammenzählen, Karla.« Sie schnalzt mit der Zunge. »Vielleicht habe ich dich doch überschätzt.«

Sie verschränkt die Arme vor der Brust. »Für Max die Beine breitzumachen war meine Eintrittskarte in eure Welt. Am Anfang habe ich es genossen – wirklich. Nach all den Jahren, in denen ich immer nur vom Spielfeldrand zusehen durfte, war ich endlich selbst mittendrin. Aber es war ernüchternd, Karla. Denn plötzlich habe ich eure wahren Gesichter gesehen. Und soll ich dir was sagen? Ihr ekelt mich an. Ihr alle beide. Lästert über die Menschen, die es euch ermöglichen, das Leben zu leben, das ihr lebt. Heuchelt uns vor, ihr würdet euch für uns interessieren, dabei geht es nur darum, den Algorithmus zu füttern. Keine von euch scherte sich wirklich um uns. Wir sind doch nur eine Masse anonymer Fremder. Bei all dem geht es euch nur um Profit. Um Geld, Geld, Geld.«

Sie schüttelt den Kopf. »Je besser ich euch kennengelernt habe, desto mehr habe ich euch gehasst. Die Arroganz, den Egoismus, die Art, wie ihr euch über die Fans lustig macht, als wären das alles nur minderbemittelte Vollidioten, die nicht bis zehn zählen können. Ihr zwei seid das beste Beispiel für das, was in unserer Welt schiefläuft. Der Inbegriff der Mädchen, die mich in der Schule gemobbt und fertiggemacht haben. Eines Morgens bin ich also aufgewacht, und mir ist klargeworden, dass ich nicht länger Teil dieser verlogenen Scheiße sein will. Also habe ich mir überlegt, wie ich es euch heimzahlen, wie ich mich selbst heilen und die Gerechtigkeit wiederherstellen kann. Und so habe ich diesen brillanten Plan ausgeheckt, bei dem du genauso Teil bist wie Viktoria. Denn nicht sie allein ist das Problem. Du hast mindestens einen ebenso hohen Anteil daran wie sie. Sie ist nur diejenige, die ihr Gesicht für all das hinhält.«

Am liebsten würde ich ihr sagen, dass ihre Anschuldigungen absurd sind. Dass unser Gerede das Geplänkel von zwei überarbeiteten Freundinnen gewesen ist. Dass wir es nicht so gemeint haben. Dass uns unsere Fans sehr wohl am Herzen liegen, aber ich weiß, dass es keinen Sinn hat. Josefine lebt in ihrer eigenen Realität, und meine Worte würden sie nur noch mehr verärgern.

»Du wirst damit nicht durchkommen«, sage ich also lahm. »Wenn Pierre oder Magdalena bemerken, dass du weg bist, werden sie nach dir suchen.«

Josefine lacht. »Pierre und Magdalena? Pierre sitzt in seinem Büro und flennt leise vor sich hin, und Magdalena hat selbst jetzt nur Augen für Julian. Keine Sorge, es wird niemand kommen. Wie auch immer ...« Ihr Lächeln wird zu einem bösartigen Grinsen. »Da du nun leider zu viel weißt, werde ich auch dich töten müssen. Aber das Schöne ist doch, dass ich sagen kann, dass es aus Notwehr war. Denn streng genommen ist es das ja auch. Du magst mir vielleicht körperlich nicht schaden, aber meine Seele hast du zerstört. Insofern erachte ich das nur als fair. Karma, wenn du so willst.«

Ich hole tief Luft und wappne mich für das, was nun kommen wird.

Eine von uns wird sterben.

JETZT

53 KARLA

Mein Blick gleitet hinüber zu Max. Eine stumme Träne kullert seine Wange herab, doch da ist auch wieder diese pulsierende Ader an seiner Schläfe.

Es tut mir so leid.

»Nein«, murmle ich. »So leicht werde ich es dir nicht machen, Josefine.«

Sie grinst. »Keine Sorge, ich hatte es noch nie leicht in meinem Leben. Ich liebe Herausforderungen.«

Bevor ich auch nur blinzeln kann, stürzt sie sich auf mich. Wie gelähmt stehe ich da. Kann weder vor noch zurück.

Wie in Zeitlupe sehe ich sie näher kommen. Den Flaschenhals noch immer fest in der Hand, die scharfe Kante zielsicher auf mich ausgerichtet. Und dann geht sie plötzlich zu Boden. Dumpf prallt ihr Körper auf dem Holz auf. Sie schreit, aber ihr Schrei erstickt.

Ich blinzle, zu geschockt, um mich zu bewegen.

Max lässt ihren Knöchel los – offenbar hat er sie festgehalten, weshalb sie gestürzt ist – und richtet sich auf. Sein Kopf und sein Körper sind über und über mit Blut bedeckt. Es sieht aus wie ein schlechtes Halloweenkostüm, nur dass das hier echt ist. Real.

Er setzt sich rittlings auf Josefines Brustkorb und schaut auf sie hinab. Blut läuft ihm übers Gesicht, rinnt ihm in die Augen.

Mit einer schnellen Bewegung entreißt er ihr den Flaschenhals und wirft ihn gegen den Schminktisch, wo er scheppernd abprallt und zu Boden fällt, während Max Josefines blonden Schopf packt und ihren Kopf immer und immer wieder auf den Parkettboden donnert.

Sie beginnt wie irrsinnig zu lachen, was Max nur noch mehr in Rage bringt, während ich noch immer völlig bewegungsunfähig dastehe.

Er wird sie umbringen.

Max hebt den Kopf und sieht mich an. Seine Lippen bewegen sich, doch ich verstehe nicht, was er von mir will, höre nur mein Blut in den Ohren rauschen und ein gleichmäßiges Fiepen.

Max brüllt nun, doch ich kann ihn noch immer nicht hören. Aber ich bemerke, wie Josefine nach etwas tastet.

»Karla! Geh und hol die anderen! Los!«, dringt Max' Stimme plötzlich zu mir durch.

Ich ignoriere seine Anweisung, stürze mit ausgestreckten Armen auf die beiden zu.

Doch ich komme zu spät. Josefine zieht die Klinge in einer

kontrollierten, zielsicheren Bewegung über Max' Kehle. Blut sprudelt hervor, spritzt auf Josefine.

Max hebt eine Hand an den Hals, sieht zu mir. Verwirrung und Angst in seinem Blick.

»Nein. Nein. Nein«, schreie ich. Es ist zu viel Blut. Viel zu viel.

»Lauf«, formt Max noch mit den Lippen, ehe sich seine Augen verdrehen und er auf Josefine zusammensackt.

Ich taumele zurück, beobachte, wie sie sich unter seinem Gewicht zu befreien versucht.

Eilig greife ich nach dem scharfen Hals der Whiskeyflasche, bevor ich die Terrassentür öffne und losrenne. Eiskalter, harter Regen schlägt mir entgegen, doch das kümmert mich nicht. Vollgepumpt mit Adrenalin renne ich hinüber zum Haupthaus des Retreats, schreie verzweifelt um Hilfe. Schlamm und Nässe bremsen mich aus, aber ich gebe nicht auf.

»Bleib stehen«, kreischt Josefine hinter mir.

Ich denke nicht einmal daran. Renne nur weiter. Ich muss es bis zum Retreat schaffen.

Doch sosehr ich mich auch anstrenge, es kommt mir vor, als würde ich auf einem Laufband rennen.

Als ich irgendwann den Strand passiere, spüre ich plötzlich einen Widerstand, dann gehe ich zu Boden.

Hände packen mich an den Haaren und zerren meinen Kopf zurück. Irgendwie schaffe ich es, mich zu befreien und zurück auf die Beine zu kommen, aber ich weiß, dass es keinen Sinn mehr hat fortzulaufen.

Also hole ich aus und schlage ihr mit voller Wucht ins Gesicht.

Es knirscht, als ihre Nase bricht, und ich spüre etwas Warmes auf meiner Haut. Es spielte keine Rolle, ob es ihr Blut oder meines ist.

Mit irren Augen funkelt sie mich an, ehe sie nach dem Messer greift. Instinktiv weiche ich zurück und werfe einen schnellen Blick zum Retreat.

Niemand ist zu sehen.

Niemand hat mich gehört.

Mir wird klar, dass niemand kommen wird, um mich zu retten, dass ich die Einzige bin, die es tun kann.

Also stürze ich mich auf sie. Nutze das Überraschungsmoment und schneide ihr mit dem Flaschenhals ins Handgelenk. Sofort lässt sie das Messer fallen.

Ich greife danach und beginne auf sie einzustechen.

Einmal.

Zweimal.

Dreimal.

Blut spritzt. Purpurrot.

Ich schreie, steche immer und immer wieder zu.

Schmatzende Geräusche vermischen sich mit dem gleichmäßigen Prasseln des Regens, werden zu einem beständigen Rauschen.

Josefine zuckt und sieht mich aus geweiteten Augen an. Sie öffnet ihren Mund, doch bevor ich verstehen kann, was sie sagt, ramme ich ihr das Messer mitten ins Herz.

»Halt. Endlich. Dein. Maul.«

Ihre Augen bleiben auf mich gerichtet, sehen mich jedoch nicht mehr.

Ich keuche und wische mir übers Gesicht. Dann höre ich plötzlich Schritte.

Pierre steht da und schaut mich an. Hinter ihm Julian und Sebastian. Entsetzen verzerrt ihre Züge zu entstellten Masken, und irgendwo weit entfernt ertönt ein gellender Schrei.

»Karla, was –?«, fragt Sebastian.

Ich richte mich auf, schüttele den Kopf. »Bitte, ich …« Ich lasse das Messer fallen und hebe beide Hände.

Pierre schaut an mir herunter, und ich folge seinem Blick.
Dunkle.
Rote.
Flecken.
Sie sind überall.
Wieder schüttele ich den Kopf.
»Es ist nicht das, wonach es aussieht. Ich kann es erklären.«

AUF DEM KANAL VON VIKTORIAKAPLAN.OFFICAL

Beiträge

Gefällt **byaphrodite** und **178.052 weiteren Personen**

viktoriakaplan.offical [Anzeige]

Hallo, ihr Lieben,
ich weiß, die Trauer um @viktoriakaplan.official und @maximilian.kaplan ist groß. Auch für uns waren die vergangenen Tage kaum auszuhalten. Vielen Dank für die vielen tausend Nachrichten und Beileidsbekundungen, die seit Bekanntgabe des Ablebens ihren Weg zu uns gefunden haben.
Leider kann ich nicht jede davon lesen, bin jedoch dankbar für eure Anteilnahme und tröstenden Worte. Viktoria hat immer zu mir gesagt, dass sie die beste Community auf der ganzen Welt hat – und das stimmt.
Ich weiß, dass viele von euch sich Antworten wünschen. Leider darf ich derzeit nur die offiziellen Fakten mit euch teilen:

Viktoria und Max wurden während ihres Aufenthalts im Glowing Forest Retreat & Lodges ermordet.

Derzeit ist noch unklar, was genau passiert ist. Die Polizei ermittelt mit Hochdruck, um die Ereignisse zu rekonstruieren. Es gibt derzeit eine Tatverdächtige, doch ob es sich dabei tatsächlich um die Mörderin handelt, ist noch unklar.
Laut neuester Informationen konnte ein Handy in der Lodge, in der

einer der Morde verübt wurde, sichergestellt werden. Darauf befindet sich ein Video, zwar ohne Bild, aber mit Ton. Die Polizei geht davon aus, dass die Aufnahme den Durchbruch bei der Aufklärung der Geschehnisse im Glowing Forest Retreat & Lodges bringen wird.

Bitte habt Verständnis dafür, dass ich mich vorerst von Social Media zurückziehe.
Ich habe viel verloren. Allem voran die Liebe meines Lebens. #rip 🕊

Julian

DANK

Vor nicht allzu langer Zeit habe ich alle Brücken abgerissen und meinen Job gekündigt. Ich wollte mir und meinem Traum vom Schreiben eine echte Chance geben. Mit Ersparnissen für ein paar Monate und der ganz großen Hoffnung, dass ich es schaffen würde, aus meiner Leidenschaft einen Beruf zu machen, habe ich mich aufgemacht, einen Roman zu schreiben.

Eben diesen Roman, liebe:r Leser:in, haben Sie gerade zu Ende gelesen.

Mittlerweile sind zwei Jahre vergangen, und ich habe noch immer nicht ins Büro zurückkehren müssen. Stattdessen darf ich weiterhin jeden Morgen aufstehen und mich in meinen Geschichten verlieren.

Dass ich meinen Traum leben darf und aus einem Word-Dokument dieses Buch geworden ist, verdanke ich vielen phantastischen Menschen.

Angefangen bei meiner brillanten Agentin Petra Hermanns.

Petra, ich könnte nie in Worte fassen, wie dankbar ich dir für alles bin. Ein Buch zu schreiben kann durchaus eine einsame Angelegenheit sein, aber mit dir an meiner Seite hat es sich nie so angefühlt. Deine kreativen Ideen und klugen Hinweise haben dieses Projekt unglaublich bereichert. Danke für die herzliche Zusammenarbeit, ich könnte mir keine bessere Agentin vorstellen und freue mich schon auf die zahlreichen Geschichten, die wir in Zukunft noch zusammen in die Welt bringen werden!

Mein Dank gilt den tollen Mitarbeiter:innen der S. Fischer Verlage. Danke, dass ihr meinem Roman ein Zuhause gegeben und mich so herzlich im Verlag aufgenommen habt. Eure Begeisterung bedeutet mir viel, und ich kann gar nicht glauben, mit welch großem Engagement ihr euch für meinen Roman einsetzt. Mit so einem tollen Team zusammenarbeiten zu dürfen ist ein wahr gewordener Traum!

Ein besonderer Dank gilt meinen Lektorinnen Iris Kirschenhofer und Susanne Halbleib, die gemeinsam mit mir die Geschichte zu dem gemacht haben, was sie heute ist. Danke für euer Vertrauen, eure beflügelnde Begeisterung und eure schlauen Anmerkungen. Außerdem danke ich meiner Redakteurin Silke Reutler, die mit ihrem feinen Sprachgefühl meinen Text poliert hat, bis die Seiten nur so geglänzt haben.

Ich danke meinen Testlesenden Franzi, Jule, Marie, Silja, Sofia und Thomas für ihr konstruktives Feedback, aber vor allem dafür, dass sie mir die Angst genommen haben, mit meiner Geschichte nicht zu genügen.

Ein ganz besonderer Dank gilt Maren Vivien Haase für ihre Freundschaft, ihr immer offenes Ohr, ihre unzähligen Pep-Talks und für so viel mehr.

Du warst es, die mich dazu ermutigt hat, den Sprung in die Selbständigkeit zu wagen und meinem Herzen zu folgen, und ich verdanke dir weit mehr, als diese Zeilen fassen können.

Wir begleiten einander nun schon seit Jahren auf diesem Weg, und ich freue mich auf all die Jahre, Bücher und Weinflaschen, die noch kommen werden.

Von ganzem Herzen danke ich auch meiner besseren Hälfte Moritz für sein immer ehrliches Feedback, seine brillanten Denkanstöße, seine Umarmungen und die stundenlangen Notfall-Brainstorming-Sessions, wenn ich vor Frust am liebsten den Laptop zerschlagen, die Wände hochgehen oder heulen würde – manchmal alles gleichzeitig. Außerdem danke ich dir dafür, dass du immer noch neben mir schläfst, obwohl ich mein Geld damit verdiene, den perfekten Mord zu inszenieren – ich verspreche, dass du nie zu einem Charakter in meinem Roman wirst.

Ich danke meinen Freunden und meiner Familie für ihre Liebe und Unterstützung.

Zu guter Letzt richte ich mich an Sie – meine:n Leser:in.

DANKE, dass Sie dieser Geschichte eine Chance gegeben haben. Ich hoffe, ich konnte Ihnen ein paar spannende Lesestunden bescheren, und hoffe, dass wir uns wieder lesen. Egal ob online (folgen Sie mir gerne auf Instagram @emilyrudolf.autorin) oder im nächsten Roman.

#Dankbar #Bisbald